Janine Montupet, née à Oran, en Algérie, arrive en France avec ses parents à l'âge de quinze ans. Après son baccalauréat, elle poursuit des études de lettres. En 1953, elle publie son premier roman, *La fontaine rouge,* suivi d'autres ouvrages ayant pour thème l'Algérie. *La dentellière d'Alençon* (1984), écrit alors qu'elle réside en Normandie, connaît un succès considérable tant en France qu'à l'étranger. Elle reviendra à l'histoire de l'Algérie avec *Couleurs de paradis* (1990). Ses fréquents séjours dans le Midi lui inspirent *Dans un grand vent de fleurs* (1991), une saga sur les parfumeurs de Grasse qui a fait l'objet d'une adaptation télévisée en 1996. Janine Montupet a récemment publié *Les jardins de Vandières* (2001) et *Les gens de l'été* (2002).

Pour être près de ses enfants, elle vit aux États-Unis, où elle se consacre à l'écriture et à ses recherches historiques. Elle est l'auteur d'une douzaine de romans.

JUDITH-ROSE

JANINE MONTUPET

JUDITH-ROSE

Si la loi du 11 mars 1957 n'autorise, aux termes des alinéas 2 et 3 de l'article 41, d'une part, que les « copies ou reproductions strictement réservées à l'usage privé du copiste et non destinées à une utilisation collective » et, d'autre part, que les analyses et les courtes citations dans un but d'exemple et d'illustration, « toute représentation ou reproduction intégrale, ou partielle, faite sans le consentement de l'auteur ou de ses ayants droit ou ayants cause, est illicite » (alinéa 1er de l'article 40).

ROBERT LAFFONT

© Éditions Robert Laffont, S.A., Paris, 1987.

ISBN : 2-266-11581-2

*A la mémoire d'Auguste Lefébure,
grand dentellier de France,*

*A toutes les dentellières d'autre-
fois, d'aujourd'hui et de demain,*

*Et à mes petits-enfants, Clémen-
tine, Aurélia, Pauline, et James-
Colin.*

PROLOGUE

En ce jour d'automne 1774, la comtesse de Beaumesnil, née Gilonne de Ferrières, allait rendre son âme à Dieu.

Tous ceux de sa maison et de ses ateliers disaient avec tristesse : « Mme la douairière va passer. » Dans la ville d'Alençon, on annonçait, avec non moins de chagrin : « Notre Grande Dentellière se meurt. »

En l'hôtel de Beaumesnil, rue Saint-Blaise, comme dans chacune des salles de la fabrique de point[1], on était en prière depuis le matin. Depuis que les médecins avaient affirmé : « Elle entre en agonie. »

Mais les médecins se trompaient. Une fraîche douceur de souvenirs heureux assaillait en ce moment la vieille dame. Et c'était comme une rosée sur sa fièvre.

1. Nom donné autrefois aux ateliers de dentelle, le « point » étant la dentelle à l'aiguille.

Elle souriait.

On l'entendit murmurer : « Marguerite... Marguerite la Mordorée... » Personne ne sut de qui ou à qui elle parlait. Mais comme elle souriait encore, ceux qui la veillaient dans l'ombre de la pièce aux volets fermés, aux rideaux tirés et à la seule clarté d'un candélabre d'argent, se dirent qu'elle allait vers le Seigneur avec sérénité.

De la chambre d'aspect monacal où elle couchait depuis la mort de son mari, on avait transporté la douairière de Beaumesnil, dès l'aggravation de son état, jusqu'à l'appartement somptueux qu'elle avait occupé autrefois. Sur le lit imposant, elle était frêle et menue, à demi enfouie dans la neige des dentelles de ses oreillers. Et aussi blanc était son visage.

Il régnait là ce lourd silence qui précède la mort, et l'attend. Les prières à peine murmurées ne le troublaient pas. Seul parvenait le faible écho de bruits difficiles à identifier pour ceux qui se trouvaient agenouillés au pied du lit, une bonne soixantaine de personnes. Il s'agissait des rumeurs lointaines d'une petite guerre qui se livrait dans les communs, entre les serviteurs de la branche protestante de la famille, issue du premier mariage de la dentellière et arrivée la veille de Genève, et ceux de la branche catholique d'Alençon, issue de sa seconde union. Au départ, les papistes des cuisines et des offices s'étaient sentis dérangés dans l'expression de leur douleur par la présence de ces huguenots froids et fleg-matiques. Et cela avait vite dégénéré.

S'ils étaient profondément recueillis, face à leur aïeule commune, les deux clans n'en exis-taient pas moins dans la chambre mortuaire, et sans qu'aucune tentative de fusion eût été amor-cée de la part de l'une ou l'autre des « tribus », ainsi que les appelait la comtesse lorsqu'elle évo-quait quelque complication familiale.

Les deux souches utérines étaient donc là, de chaque côté du lit à baldaquin de damas rose, aux quatre montants couronnés de bouquets de plumes d'autruche blanches. Les yeux étaient fixés sur la mourante, mais, en fait, on ne cessait de se guetter les uns les autres. Car les deux familles se connaissaient à peine. Depuis des lustres, les Genevois vivaient à Genève, et les Alençonnais, à Alençon. On s'était salué, pré-senté, puis séparé, après que des condoléances eurent été courtoisement adressées à ceux d'ici par ceux de là-bas, qui, n'en obtenant pas en retour, comme ils étaient dans l'espérance d'en recevoir — étant eux aussi dans l'affliction —, s'étaient éloignés, dépités, mais tête haute.

Les Suisses protestants, ainsi rapprochés les uns des autres, soudés par le ressentiment, se tenaient à droite de leur aïeule, et les Normands catholiques, à gauche. La couche empanachée séparait plus les deux clans que des remparts de M. de Vauban. Par hasard, ou peut-être par dérision, la ruelle où se cantonnaient les banquiers Morel d'Arthus se trouvait juste sous le portrait en pied et en habit de cour du grand dentellier, Ogier de Beaumesnil-Ferrières ! Était-ce là ce qui mettait maintenant un léger sourire sur les lèvres de la vieille dame ? A moins qu'elle ne songeât au souci que l'on devait se faire, à Genève comme à Alençon, en pensant à son héritage.

Elle avait toujours celé ses intentions, connues de ses seuls notaires. La fabrique, propriété Beaumesnil, allait aux Alençonnais, mais, se demandait-on, à qui léguait-elle son domaine de Grand-Cœur ? Certes, son second mari l'avait agrandi et embelli ; il restait néanmoins le fief des aïeux dont descendaient aussi bien la souche suisse que la normande. Elle pouvait ne le laisser qu'à la branche Beaumesnil, mais ceux de Genève étaient en espérance de quelque faveur ne leur retirant pas tous les droits sur leur lieu d'origine. Et d'autant plus que rien ne prouvait que le domaine avait été acquis par le comte Ogier. Exigeraient-ils de voir l'acte de vente signé par leur trisaïeul commun ? Le contesteraient-ils ?

La vieille dame souriait toujours.

La veille, on lui avait annoncé que son arrière-petite-fille, Yolaine de Beaumesnil, venait de donner naissance, à Grand-Cœur, à une enfant, nommée Pervenche comme toutes les aînées Beaumesnil de Pervenchères depuis quatre générations. Elle avait murmuré : « Dieu m'envoie un dernier bonheur avant de me rappeler... » Dès lors, le clan suisse avait déploré que Sarah Morel d'Arthus, en attente elle aussi, n'eût pas accouché pour qu'il y ait égalité de ce côté-là. Ceux de Genève dressaient l'oreille : on avait envoyé un courrier, là-bas, avec ordre de revenir dès qu'il y aurait une bonne nouvelle.

Il y eut des bruits dans la cour de l'hôtel, assourdis par le tapis de paille répandu depuis que la dentellière s'était alitée. Mais ce n'était que Mgr l'intendant de la généralité d'Alençon et Mgr l'évêque, venus s'enquérir de l'état de la malade.

Ils repartaient à peine qu'un remous se fit — comme si une vague légère eût soudain tout soulevé dans la chambre — à l'arrivée de la grande dame que deux laquais introduisirent et menèrent jusqu'au pied du lit. C'était la princesse de Lamballe, se rendant dans ses terres de Bretagne, qui passait par Alençon prendre livraison d'une commande et venait saluer une dernière fois cette *grande dentellière* qui avait toujours su joindre, à son goût parfait et sa science de la toilette, l'élégance de présenter fort tard ses factures, parfois même de les oublier. La princesse était l'une des femmes les plus riches de France, elle n'en était pas moins sensible à ces manières délicates.

Sur l'ordre impératif de la fille aînée de la comtesse, deux valets avancèrent un prie-Dieu. La princesse y étala de vastes jupes de soie bleu barbeau avant de s'abîmer dans ses prières.

La mourante avait les yeux fermés à l'arrivée de la visiteuse et ne les rouvrit pas.

Marie-Thérèse de Lamballe, ses oraisons finies, regarda autour d'elle avec une courtoise condescendance. Ses yeux jetèrent un léger voile de subtile ironie sur ce qui l'entourait. Et ce faisant, l'idée lui vint d'écrire à la reine Marie-Antoinette une lettre qui jouerait en sa faveur dans la lutte menée pour éloigner de Sa Majesté les trop entreprenantes princesse de Guémenée et comtesse de Polignac, décidées l'une et l'autre à prendre sa place de favorite. Mentalement, elle nota :

« Il y avait là, Majesté, dans un décor de damas rose, bouquets de plumes d'autruche, peintures de bonne facture et profusion de coupes, vases et boîtes d'or — à croire que le sous-sol d'Alençon recelait une mine de ce riche métal —, les deux groupes les plus dissemblables qui se puissent voir ! Sur la gauche, la descendance — à ce que je compris — issue du second mariage. Plaisante à regarder, bien qu'apparemment fort affligée. Quantité d'enfants de belle mine que je ne comptais point ! Un petit dernier, même, à ce que l'on me dit plus tard, eut le bon goût de rattraper au vol l'ultime souffle de sa trisaïeule. Ceux-là, donc, qui n'avaient pas encore pris leur deuil, auraient donné l'image d'une tendre nichée sur laquelle s'abat le malheur, si l'ahurissant déploiement de mouchoirs de dentelle — d'Alençon, bien sûr ! — agités sans cesse n'eût jeté sur eux une mousse fort déplacée de grande frivolité. Je me demandais où les larmes trouvaient à s'étancher, tant le point envahissant avait laissé peu de place à la batiste !

» Quant à l'autre clan, ah ! Madame, quel distrayant contraste il offrait ! Vous eussiez dit une assemblée de corbeaux bien lustrés. Si uniformément vêtus de noir et plus prostrés que vraiment à genoux, on eût cru voir là un sombre lac sur lequel les bougies jetaient une triste lueur. On prétend ces citoyens de Genève plus riches encore que leurs nobles cousins d'Alençon, aux coffres déjà fort garnis, assure-t-on. Ce sont ces Morel d'Arthus, dont le roi daigne parfois faire des banquiers de la Couronne. Ardents réformés s'il en fut et austères à rejeter luxe et faste avec dégoût. A moins, puisqu'ils ne sont pas tenus de briller de mille feux, comme doivent le faire ceux qui ont mission de donner au monde le spectacle fastueux qu'il attend d'eux — avons-nous, Majesté, assez débattu à ce propos ! —, que ces riches bourgeois ne se complaisent, au lieu d'étaler des trésors de Golconde, à n'offrir à nos regards qu'une pauvre apparence ? Mais ces roturiers, tout dorés qu'ils soient, ont-ils assez de raffinement dans l'âme pour jouir de ce subtil plaisir ?

» Nous en étions là, ma Reine, silencieux et en attente, lorsqu'un valet essoufflé est venu glisser une nouvelle à l'oreille du corbeau le plus solennel. Il s'est fait un grand remous parmi les ailes

15

noires, et deux corneilles ont volé vers la mori-
bonde :

» — Mère, Dieu nous envoie un grand bonheur : la petite Rose vient de naître.

» Une obligeante et sombre oiselle m'informa
de la chose en précisant que, du côté genevois,
les aînées Morel d'Arthus se prénommaient
Rose.

» Ce fut une résurrection chez la mourante.
Elle émergea de ses dentelles, s'ébroua et exigea
la venue de ses tabellions postés, en attente, dans
la chambre voisine.

» Ils vinrent. Ce fut bref. Ils écoutèrent en se
penchant vers les oreillers et rectifièrent un gri-
moire. La comtesse eut la force de signer, et ils
s'en furent, aussi vite qu'ils étaient accourus, à
reculons et si pleins de déférence que l'on eût pu
se croire, Majesté, en vos appartements ! Que
d'exagération dans nos provinces !

» Je m'avançai alors vers la vieille dentellière
pour lui offrir mes vœux de guérison, la voyant
encore si présente, plutôt que mes encourage-
ments à s'en aller vers Notre Seigneur avec
confiance. Savez-vous, ma Reine, qu'elle a plus
de cent ans ? J'allais me retirer lorsque le goût
d'en savoir davantage sur ces mœurs, souvent
piquantes en nos généralités, me remit sur mon
prie-Dieu. D'ailleurs, avec ce remue-ménage de
mort, la cadence du travail s'étant relâchée aux
ateliers, je devais attendre encore ces fichus
légers et si plaisants que je serai heureuse de

vous rapporter de mon voyage, ces "vapeurs" de dentelle qu'il fut si difficile de leur faire exécuter, habitués qu'ils étaient à surcharger de trop d'ornements leurs ouvrages. J'ai spécifié que Votre Majesté aimait la légèreté en toutes choses... »

Grand Dieu, non ! Elle ne dirait pas cela, Guéménée et Polignac auraient beau jeu d'y voir matière à médire et se gausser ainsi qu'elles excellaient à le faire ! Et dans le silence de la chambre, la princesse crut entendre alors le long, le redoutable rire de moquerie, nourri de calomnie et de haine, qui était le fond sonore de la cour et qui donnait, si souvent, envie de mettre ses mains à ses oreilles, ou de fuir...

La comtesse de Beaumesnil était de nouveau sereine. Elle venait de léguer le fief de Grand-Cœur en Pervenchères non plus en toute propriété à son fils aîné Louis-Guillaume, mais aux deux nouvelles venues dans ce monde qu'elle quittait, Pervenche de Beaumesnil et Rose Morel d'Arthus. Dieu lui avait dicté, *in extremis,* cette solution. Désormais, ce qui avait été l'apanage des seuls chevaliers de Ferrières depuis le xie siècle serait le *domaine commun* de la famille de Rose et de celle de Pervenche. La pensée d'un rapprochement des hautains calvinistes et des brillants papistes lui plaisait. Et elle n'était pas mécontente du bon tour qu'elle jouait aux uns et aux autres qui redoutaient tant l'indivision et n'aimaient que ce qui était bien à eux en totalité !

Vers le milieu de la journée, un mieux parut se produire dans l'état de la malade. Elle but quelques gouttes de lait et demanda une pomme. Elle lui fut apportée en grand apparat, pelée, tranchée, servie sur une assiette flanquée de couverts au centre d'un vaste plateau. Le tout en vermeil. Elle repoussa cet appareil, prit un quartier du fruit dans ses doigts et grignota avec lenteur.

Tous, silencieux, la regardaient. Puis sa main lâcha le morceau de pomme et retomba sur le drap. Elle appela, on se précipita. Elle demanda qu'on lui amenât les « petites ». On crut qu'elle voulait voir Rose et Pervenche, et il lui fut expliqué avec douceur que l'une était à Genève, l'autre à Pervenchères, et toutes deux trop nouvelles en ce monde pour entreprendre un voyage, mais que d'ici à quelques jours... Elle balaya cette réponse d'un revers de main. Elle voulait *les petites d'en bas,* des ateliers de dentelle. On comprit enfin qu'il s'agissait des plus jeunes enfants entrées en apprentissage depuis peu de mois et qu'elle les désirait là, auprès d'elle, sur l'heure.

Un laquais fut dépêché à la fabrique. On y fit relever dix fillettes agenouillées et en prière, on les poussa, ahuries et tremblantes, vers la chambre mortuaire. Elles laissèrent leurs sabots à la porte et s'avancèrent jusqu'au lit. Avec leurs joues de pétales de roses, leurs tabliers et leurs bonnets blancs, il entra dans la grande pièce, où pesaient le luxe, l'encens et la mort, une bouffée de fraîcheur. L'aïeule sourit et caressa chacun des petits visages effarés. Puis les regarda, longtemps, souriant toujours. Alors elle demanda qu'on lui donnât cela, là-bas...

Cela, c'était, sur une table de velours incarnat, une partie de la collection Beaumesnil de boîtes en or. On savait que le grand négociant avait, entre mille autres choses, offert à sa femme les plus belles tabatières qui se puissent trouver à Paris, Vienne, Londres, Rome ou Moscou. Une douzaine des plus superbes depuis des années et des années reposaient là, dans le scintillement de leurs pierreries. On les apporta une à une, avec une lenteur cachant mal une réticence qui irrita la mourante et lui fit agiter ses mains d'ivoire jauni. Les médecins intervinrent pour presser le mouvement. Quand elle les eut enfin, toutes posées sur les dentelles de ses draps, elle les distribua aux petites filles, ainsi qu'elle l'eût fait de dragées. Chacune eut la sienne.

La princesse de Lamballe était partie. Nul doute que, présente encore, elle eût noté, en place de choix, dans son rapport : « Et si les cris d'effroi que durent pousser ceux du clan bariolé, comme ceux du clan noir, n'eussent été étouffés au plus profond d'eux par leur bienséance, on eût entendu alors un effrayant tintamarre en ce lieu de recueillement. »

Les petites filles s'éloignèrent. Chacune tenait sa boîte d'or comme un oiseau pris au piège, attentive à l'empêcher de s'envoler en le serrant sur son cœur.

Épuisée, Mme de Beaumesnil laissa retomber sa tête dans les dentelles de ses oreillers. Puis elle entrouvrit la bouche et, le regard éperdu, murmura :

— Non, ne m'attachez pas ! Je vous en supplie, maîtresse ! Je promets de travailler sans bouger... Ne m'attachez pas !

Mais elle avait parlé si bas que personne ne l'entendit.

Elle mourut quelques secondes après.

1.

1855

— Eh bien, ce que vous, Français, appelez « courtoisie », moi, citoyenne de Genève — et aussi courtoise que quiconque —, je l'appelle « sottise » ! Car enfin, en Crimée, vous faites la guerre à la Russie et, dans le même temps, à Paris, vous accueillez cette même Russie à votre Exposition universelle ! *Par courtoisie*, dites-vous. Vraiment, à qui donc pourrez-vous faire admettre cette énormité ?

Charlotte Morel d'Arthus, qui venait de parler, était une vieille demoiselle, paraissant toujours ignorer que les sièges ont des dossiers. Elle possédait une colonne vertébrale sans faiblesse.

Elle n'avait fait aucun geste pour illustrer sa tirade. Ni haussé le ton. Elle avait été très bien élevée. Mais un tic de la paupière signalait son irritation à ceux qui la connaissaient bien.

Sylvère Neirel, à qui elle s'adressait, la pratiquait depuis plus de huit ans. Aussi est-ce sans espoir de la convaincre qu'il dit, souriant légèrement :

— Nous ferons admettre cette attitude généreuse à ceux qui verront là combien la France entend séparer les ambitions territoriales inacceptables du czar des justes ambitions commerciales de ses sujets.

Puis il attendit.

Mlle Charlotte aimait à prendre son temps avant de contre-attaquer, rassemblant ses arguments dans le plaisir extrême — qui aurait dû la rendre plus souriante — de détenir la vérité.

Sylvère Neirel était un jeune homme auquel une vie partagée entre l'étude et l'exercice physique donnait une apparence saine et un bel équilibre. Grand et mince, il avait une élégance naturelle étonnant parfois ceux qui découvraient sa position subalterne dans la famille Morel d'Arthus. Il était le précepteur de la jeune Judith-Rose, petite-cousine et pupille de Mlle Charlotte et de sa sœur Noémie.

— Convenez-en, monsieur Sylvère, on aurait pu, au moins, faire payer à ces barbares les frais de transport du blé, de la vodka et des broderies bariolées qu'ils exposent à votre Palais de l'industrie. Mais même pas cela, dit-on. Ainsi, vous traitez vos ennemis à l'égal de vos alliés ! Tenez, j'enrage d'y penser, et votre courtoisie française, mon cher, c'est de l'inconscience et de l'injustice. D'ailleurs, le pire n'est pas là ! L'horrible est que personne en France ne paraisse gêné d'écouter, ici, ces flonflons qui étouffent les râles des mourants de là-bas. Il y a inconvenance à tant s'amuser en ce moment à Paris. On aurait pu attendre la paix pour déclencher tout l'appareil de réjouissances de l'Exposition universelle...

Ces propos étaient échangés dans une confortable berline de voyage qui avait quitté Paris l'avant-veille et traversait maintenant le pays normand.

On était au plein milieu du jour et, après la caresse d'une fine petite pluie, le soleil tombait dru sur la campagne dans le flamboiement de son printemps.

Deux paires de chevaux bais étaient attelées à la grosse voiture. Ils avaient été choisis dans les écuries Morel d'Arthus parmi les plus sûrs et les plus aptes à entreprendre un long périple. Judith-Rose, que la lecture du roman de M. Alexandre Dumas venait d'enthousiasmer, les appelait les quatre mousquetaires et hésitait, quant à la couleur de leurs robes, entre le roux luisant du marron d'Inde frais sorti de sa coque et celui du sirop de caramel juste à point, ni trop blond ni trop brun. Des crinières noires, en revanche, elle était affirmative : elles s'effilochaient en folle gaieté au vent de la course. Même, lorsqu'un vol d'hirondelles les avait soudain criblées de ses flèches sombres, elles s'étaient joyeusement laissé épiler un brin. Et là-bas, au loin, les oiseaux s'enorgueillissaient de la longueur des moustaches cueillies au passage.

L'angélus de midi sonnait ses trois coups, la berline s'engagea sur une route tranchant au plus épais d'un verger de pommiers en fleur. Elle se trouva engloutie dans les millions de corolles nacrées de cette voie lactée et prise aussi entre deux volées de carillons. L'une lointaine et assourdie, l'autre proche et vibrante. On entendait là, affirma Judith-Rose, l'adieu mélancolique du village que l'on avait quitté et le bonjour joyeux de celui dont on approchait.

Judith-Rose allait avoir quinze ans.

Elle était née en Suisse et y avait vécu jusqu'à ce printemps de 1855 qui l'amenait en France découvrir la Normandie de ses lointains ancêtres, pavoisée aux blanches couleurs de sa plus belle saison sous un ciel ébloui par cette illumination de la terre.

Fête de la nature en forme de bienvenue, se disait Judith-Rose. On l'attendait ici. Elle l'avait toujours su. Elle s'était fait mille contes plus beaux les uns que les autres sur son arrivée. Mais mille fois plus belle était cette réception aux sons des cloches et ce passage entre les deux haies d'honneur d'un peuple de pommiers, au garde-à-vous sous des crinières poudrées.

Comme elle se disait qu'elle était un peu folle et que c'était bon de l'être, de petits tressaillements de joie la menèrent jusqu'au bord d'un rire qu'elle étouffa dans un faux bâillement derrière sa main.

Elle s'alanguissait dans son bonheur, confiante en cette générosité de la nature qui ne pouvait préfigurer que plaisirs et découvertes heureuses dans ce pays, lorsqu'une bouffée de désirs mal définis lui pinça le cœur. Elle ouvrit, très grand, ses yeux aux clartés bleues et vertes : la plénitude si totale de son âme pouvait-elle exiger davantage ? Et quoi ? Il lui sembla être à l'étroit dans sa robe, comme si son corps voulait se libérer d'une entrave. Elle en fut désorientée. Que lui fallait-il donc de plus ? Elle promena son regard sur ceux qui l'entouraient. Savaient-ils, eux qui vivaient avec elle dans ce vertige de splendeurs terrestres, ce que son cœur demandait encore ? Personne ne parut entendre son appel. Ne sachant si elle espérait respirer mieux, ou obtenir des hirondelles une réponse à sa question, elle mit la tête à la portière.

Elle respira le souffle des pommiers. C'était enivrant à en mourir ! *A en mourir* ?... D'où lui venait cette exagération ? Décidément, le printemps normand gonflait autant sa tête que celles des arbres fleuris. Elle se rassit, essaya de lire quelques lignes de son *Grand Guide de la France,* l'abandonna vite et dit, revenant à cette Exposition universelle dont on venait de parler devant elle :

— Le jour de l'inauguration, l'impératrice a salué profondément l'empereur avant de prendre place à son côté. Elle l'a fait avec déférence, mais aussi avec tant d'élégance, de grâce et... d'amour. C'était... Ah! c'était beau.

— Le protocole exige, en effet, que Sa Majesté s'incline d'abord devant son illustre époux et ne s'asseye qu'ensuite.

— Ce n'était donc pas là un élan du cœur? Je l'avais cru...

Une légère déception se lisait encore sur le visage de Judith-Rose — un petit pli au coin des lèvres — lorsqu'elle s'endormit. Subitement, comme le font les enfants qui ont trop joué.

La grosse berline était bleu canard et jaune citron. Bleue la partie supérieure, jaunes la caisse et les hautes roues. Jaune aussi le chiffre discret qui timbrait les portières. En petites lettres anglaises s'entrelaçaient les initiales de Charlotte et Noémie Morel d'Arthus, bourgeoises de Genève.

Ces deux vieilles demoiselles, par tendance naturelle et par éducation, n'aimaient guère faire étalage de leur fortune. Aussi prétendaient-elles ne voyager qu'en sobre équipage. Ce désir de simplicité se renforçait de la conviction qu'il est téméraire de se faire accompagner d'un trop grand nombre de serviteurs. Les domestiques les moins imparfaits, disaient-elles, se gâtaient à sortir du quotidien et vous semaient alors, au long des chemins, autant de complications que le véhicule, qui vous transportait en leur compagnie, y écrasait de cailloux. Charlotte rappelait volontiers, à ce propos — avec une horreur et un ressentiment encore vivaces —, une mésaventure vieille de dix ans, énumérant les rhumes, angines, bronchites et pneumonies d'un laquais qu'elles avaient commis l'imprudence d'emmener avec elles, un hiver, à Florence. Pour prolonger de coupables amours avec la lingère d'une princesse italienne de leurs amies, ce pendard retarda leur retour par ces maladies qui, osait-il jurer sur la Bible, l'assaillaient crescendo.

La berline n'était donc menée que par Big-James, le cocher, et Little-James, son fils, groom et postillon à la fois. Pas de valet de pied sur le siège arrière et tout juste deux servantes aux côtés de leurs maîtresses.

A regarder passer le véhicule, personne ne l'eût, de prime abord, qualifié de princier. Mais, aux relais, aucun aubergiste à l'œil exercé ne s'y trompait : il arrivait là des gens de qualité. Les deux paires de chevaux valaient leurs vingt mille louis chacune et, si la voiture était de facture ancienne, c'était, à coup sûr, que l'on tenait à elle, plus par refus du changement que par économie. Ce beau désuet — qui ne le savait ? — coûtait cher à prolonger. Sous les salissures des dernières lieues du parcours apparaissaient le poncé, le poli, le laqué et le vernis dus à des soins vigilants et constants.

Le marchepied était aussi gratté qu'un os de volaille par temps de famine, les lanternes, poignées des portières et grelots des harnais aussi luisants que des yeux de loups dans la nuit. Quant aux conducteurs anglais, houssés de drap sombre, plus fiers et plus méprisants que les maîtres, qui ignorait que leur service ne s'obtenait qu'aux enchères les plus élevées ? Ces indices irréfutables étaient, dans toutes les hôtelleries d'Europe, les éléments d'un langage international et signifiaient en clair : « Voici de grands et riches bourgeois peu soucieux que le soleil ou la lune fassent luire leur or. » Et, si une confirmation était nécessaire, elle sortirait de la bouche d'une servante d'auberge, portant avec respect sacs, plaids, ombrelles et parapluies en marmonnant : « Ces gens-là sont comme les couvertures qui les protègent du froid et de l'humidité des chemins : le dessus en seule bonne grosse laine, mais le dessous doublé des plus précieuses fourrures. »

Bien au chaud, en effet, sous de discrètes peaux de castor, Charlotte et Noémie, accompagnant Judith-Rose, s'en allaient à bonne allure vers la ville d'Alençon dont une étape encore les séparait.

A chaque arrêt, prévu ou non, les glaces des portières subissaient le traitement clarificateur que Little-James leur dispensait, blessé dans son amour-propre de ne pas être autorisé à utiliser son produit britannique et sommé d'employer le suisse. Il n'en frottait pas moins avec énergie et efficacité. Aussi, derrière une transparence parfaite, apercevait-on les visages de ces trois dames, de leurs servantes, Aloysia et Dorothée, et celui de Sylvère Neirel.

La présence de ce dernier avait créé quelque embarras. Il avait été envisagé, un moment, de prendre une seconde voiture pour le personnel. Cette solution eût sauvegardé l'intimité des voyageuses, mais soulevé un cas de conscience : ne serait-il pas malséant, voire ingrat, de traiter comme un domestique celui qui, depuis bientôt huit années, avait consacré son temps, son savoir et sa patience à l'instruction des enfants Morel d'Arthus ? Par ailleurs, quoique subalterne, M. Sylvère n'en était pas moins un homme de trente ans et, bien que ces dames fussent certaines de prendre toutes les précautions pour garder leur dignité d'attitude, quelques instants d'embarras, sinon de gêne, risquaient de survenir au cours de tant de jours de cohabitation dans une berline lancée sur les routes d'Europe. Charlotte et Noémie, à cette pensée, avaient sombré dans la perplexité alors que Judith-Rose riait. Depuis l'annonce de ce voyage elle riait de tout et de rien. Enfin, on s'était résolu à porter l'affaire devant Mortimer Morel d'Arthus. A lui d'assumer ses responsabilités quant au voyage de sa fille. Selon son habitude, le banquier genevois avait été bref et concis :

— Vous vous entêtez donc à ne pas vouloir prendre le chemin de fer ? Vous souvenez-vous que vous êtes les principales actionnaires du Genève-Lyon ? Enfin, puisque M. Sylvère sera armé, puisqu'il détient les lettres de crédit dont le port vous effraie autant que celui du pistolet, puisqu'il a tracé l'itinéraire du voyage, et que je vous crois incapables de lire une carte routière, c'est, à coup sûr, avec vous qu'il doit voyager. Et n'est-il pas votre lecteur à ses heures de liberté, depuis que mes fils sont à l'université? J'imagine qu'il lui sera plus facile de tenir cet emploi en étant à vos côtés, plutôt qu'en chevauchant derrière vous!

Sylvère était donc là, et regardait, avec Mlles Morel d'Arthus, dormir Judith-Rose. Tous trois s'attendrissaient à ce spectacle. Charlotte et Noémie somnolentes, leur compagnon noyé dans un bien-être auquel le petit vin d'Anjou du dîner [1] ne devait pas être étranger, car l'aubergiste, dépité de voir ces dames ne boire que de l'eau, l'avait généreusement servi.

Généreux aussi continuait à être le soleil de cette fin d'avril qui s'emparait des glaces des portières et tiédissait l'intérieur de la voiture au point qu'à la dernière étape on avait hésité à regarnir de braises les chaufferettes des voyageuses.

Judith-Rose s'était endormie dans un sourire, adossée au capiton de drap havane du siège. « Une perle dans un écrin », murmura Noémie. Et Sylvère pensa qu'elle disait juste. Un halo

1. Au XIXᵉ siècle, le déjeuner était appelé dîner et le dîner, souper.

nacré paraissait nimber le visage de la jeune fille. Elle reposait la tête penchée sur une épaule, le cou un peu renflé, dans une attitude qu'ont, souvent, les colombes. L'épaisse tresse de ses cheveux glissait le long de sa robe. Elle avait une chevelure superbe, mais indomptable, « ensorcelée », disait-on. Une fusion d'or et d'argent difficile à asservir à une règle ou une mode. On s'efforçait pourtant chaque matin, depuis quelques jours, depuis qu'il avait été décidé d'adopter une « coiffure sérieuse », de capter cette extravagante lumière blonde et de la réduire à l'état prosaïque d'épais bandeaux et d'un lourd chignon. Peine inutile. L'évasion commençait par les petites boucles des tempes et de la nuque qui se déliaient les premières et dansaient au moindre souffle. Puis, comme travaillé par une sève puissante et mystérieuse, le flot entier se gonflait, rejetait les épingles d'écaille, et la longue coulée soyeuse reprenait peu à peu sa liberté pour s'étaler, ou s'envoler « comme un oiseau orgueilleux de ses ailes d'or », rêvait Noémie.

— Ouf! disait Judith-Rose.

— Nous recommencerons demain. En attendant, Dorothée tressera ta natte, concédait Charlotte.

— Sapristi! Si on coupait une bonne moitié de tout ça! suggérait parfois Judith-Rose.

Le juron haut claironné et la mutilation envisagée faisaient doublement sursauter Charlotte. Et

Noémie tremblait à la pensée qu'un jour cette enfant, aussi indocile que sa chevelure, ne mette sa boutade à exécution.

Les yeux mi-clos, les deux vieilles demoiselles couvèrent encore quelques instants du regard la précieuse petite-cousine confiée par un père trop occupé avec ordre de lui montrer l'Europe et de la ramener à Genève au bout de six mois, comme on leur aurait dit : « Conduisez-la au théâtre et soyez de retour et couchées avant minuit. »

Puis Charlotte et Noémie s'endormirent elles aussi, le buste et le cou bien raides, ainsi qu'il leur avait été enseigné dès leur enfance à prendre, à la rigueur, quelque délassement hors d'une chambre, mais sans le moindre laisser-aller.

Bien qu'elles n'eussent que quarante et quarante-cinq ans (Charlotte était l'aînée), les deux sœurs avaient décidé à la fin de leur dernier deuil, quelques années auparavant, de s'en tenir désormais aux vêtements noirs. Égayés toutefois de cols et de manchettes blancs. Mais elles voyageaient en gris, couleur qu'elles imposaient aussi à Judith-Rose parce que confortable et hygiénique, la poussière des routes ne s'y déposant que discrètement.

Non sans avoir lancé un coup d'œil rapide dans la direction du précepteur, Charlotte et Noémie, avant de s'accorder un peu de repos, s'étaient efforcées de dissimuler leurs pieds — chaussés de bons souliers de marche — sous leurs jupes et de discipliner celles-ci sur leurs jupons empesés. Car elles ne portaient pas, et ne porteraient *jamais,* de crinolines. Qui d'ailleurs, parmi les femmes de leur famille, leurs amies et relations du quartier patricien de la ville haute à Genève, eût sacrifié au grotesque de ces cages d'acier ? Toutefois, et parce qu'il est aussi ridicule, pensaient-elles, d'ignorer complètement la mode de son temps que d'être lancée derrière elle comme un chien sur un lièvre, elles demandaient au seul empesage de leurs dessous un gonflement de bon ton. Aloysia était chargée de ce soin. La jeune émigrée italienne était géniale — il ne fallait pas avoir peur du mot ! — en ce qui concernait la pratique de l'amidonnage. Cette fille, pourtant inculte, avait inventé le procédé permettant d'atteindre le meilleur point de raideur résistant aux plus hauts degrés d'humidité. Ce qui était tout à fait étonnant. S'inclinant bien bas en recevant les compliments de celles qui essayaient de se faire révéler sa formule magique, Aloysia se contentait de sourire. Et elle agitait sa tête brune de droite et de gauche lorsqu'on la poussait par trop à livrer son secret. Mlles Morel d'Arthus prétendaient ne pouvoir se passer d'Aloysia en voyage. Et c'était vrai. Mais elles n'ajoutaient pas qu'elles voulaient s'assurer aussi que leur repasseuse ne se laisserait pas tenter, en leur absence, par une surenchère sur ses gages. Elles affirmaient avoir décelé une certaine convoitise dans le regard de quelques-unes de leurs amies et relations.

Lorsqu'elles avaient vu leurs maîtresses assoupies, les servantes s'étaient octroyé une somnolence de chat qui les laissait en alerte et prêtes à ouvrir l'œil à la seconde même où l'une de ces dames entrouvrirait le sien. Seul Sylvère resta éveillé. Il regardait toujours Judith-Rose endormie et venait de faire une découverte qui le surprenait. Se pouvait-il qu'un visage privé de ses yeux se révélât à ce point différent de ce qu'il était lorsque deux larges prunelles l'éclairaient ? Il avait l'impression, depuis quelques instants, de voir une autre Judith-Rose. Où donc s'en était allé, si brusquement, son joyeux compagnon de tant d'années ? Était-il vraiment devenu, sans qu'il s'en aperçût, cette « belle jeune fille endormie », comme aurait pu intituler son tableau le peintre qui l'aurait prise pour modèle ?

Les pommiers en fleur tendaient toujours vers Sylvère leurs glorieux bouquets et il perdit son regard dans leur flou laiteux. Il déplaça plusieurs fois ses longues jambes, hésita à enlever son carrick[1], bien qu'il eût chaud, et rouvrit son livre. Sans le lire.

Dorothée, la jeune servante qui osait aimer en secret et depuis longtemps M. Sylvère, comme une bergère rêve de son roi, entrouvrit les paupières et, avec discrétion, étudia son vis-à-vis. Il

1. Redingote ample à plusieurs collets étagés.

ne paraissait pas aussi heureux qu'elle l'aurait cru de revoir son pays natal. N'avait-il pas été content de se préparer à partir ? Elle l'avait entendu, à Paris, dire à ces demoiselles qu'il avait commandé, exprès pour elles, la floraison des pommiers et des poiriers, que c'était là un spectacle inégalable, et qu'elles allaient, en outre, être ravies de vivre le premier jour du mois de mai en Normandie. Elles en avaient demandé la raison et il répondait : « Vous verrez, vous verrez ! » Ils étaient joyeux, tous, et racontaient des choses qu'elle n'avait pas très bien comprises, mais elle était sûre de n'avoir jamais tant entendu parler et rire M. Sylvère. Pourquoi alors était-il brusquement silencieux ? Il avait aussi depuis quelques instants un pli, barrant son front, qu'elle lui avait vu, parfois, dans ses moments de contrariété. Pourtant, Mlle Charlotte n'avait rien lancé de désagréable à quiconque depuis la veille au soir, après avoir fait remarquer à l'aubergiste l'eau soi-disant croupie du pot à eau de sa chambre et obtenu une diminution de dix du cent de la note pour « manque absolu de propreté ». D'ailleurs, Mlle Charlotte était presque toujours aimable avec M. Sylvère. Comme tous ceux de la maison Morel d'Arthus, elle l'aimait beaucoup. Combien de fois ne disait-elle pas : « Ah ! sans lui que ferions-nous ! » Trop timide, Dorothée n'osa pas penser : « Et moi, que ferais-je sans lui ? » Mais si ce dernier lui avait soudain dit, au plus enlevé du galop des chevaux : « Dorothée, ouvrez la portière et sautez ! » elle l'eût fait, sans hésiter.

A mille lieues de supposer ce qui pouvait se passer sous la couronne de cheveux roux et raides de la petite Dorothée, et derrière ses paupières baissées pour n'incommoder aucun des voyageurs par ses regards — comme doit le faire une servante de bonne maison —, Sylvère, tout à ses pensées, sursauta lorsque Noémie, qui était sa voisine et qu'il avait cru endormie, murmura sans ouvrir les yeux ni se pencher vers lui :

— Ne trouvez-vous pas que notre Judith-Rose ressemble à une belle prune ? Voyez-vous ce que je veux dire ? Il y a chez nous, au fond du jardin de la rue des Granges, un prunier d'Agen dont les fruits lorsqu'ils ne sont pas encore mûrs, mais déjà rosés, drus, fermes, ont des tons d'aurore sur la neige, tout comme le visage de cette enfant.

Il était habitué, depuis bien longtemps, aux réflexions de Noémie, drôles, parfois cocasses, souvent bienvenues, toujours marquées au coin de quelque vérité. Ne se souciant pas de réveiller Charlotte, il se contenta de sourire. Par quel miracle — il s'était souvent posé la question — cette femme douce, tranquille, mais diablement perspicace, devinait-elle huit fois sur dix les pensées des autres ?

Alors, Mlle Morel d'Arthus cadette, de la branche cadette aussi, ajouta, toujours en confidence :

— Dans ce printemps en splendeur, nos yeux

ne veulent regarder que ce qui est aussi beau que lui, n'est-ce pas ?

Comme il hochait la tête, elle dit encore :

— Ni corset, ni jarretière, ni bottine. Le premier déforme les chairs, la seconde arrête la circulation, la troisième abîme cheville et cou-de-pied.

Malgré lui, il fit : « Ah ? » Pourtant, il savait que la chère demoiselle continuait souvent ses conversations à la muette et, sautant une partie de son raisonnement, offrait ainsi, à celui ou celle à qui elle s'adressait, sa conclusion à une réflexion qu'elle avait omis d'exposer. Il rétablit qu'elle aurait dû lui dire, à peu près :

« J'ai eu beaucoup de mal à obtenir de Charlotte, qui ne saisit pas l'importance de ces priorités, que l'enfant ne porte ni corset, ni jarretières, ni bottines, toutes choses laides, malsaines, redoutables. Nul n'a le droit de laisser meurtrir, déformer, enlaidir... » Ici, elle eût peut-être hésité, et sans doute ajouté : « enlaidir une belle prune rose à peine née ».

Il réprima une envie de rire. Dorothée, qui continuait à le regarder à travers ses cils courts et roux, se rassurait, quand elle sursauta au cri poussé par Judith-Rose en s'éveillant. Un cri de joie qui fit dire à Charlotte et Noémie, d'une même voix :

— Qu'y a-t-il, petite ?

Il y avait qu'il fallait admirer l'oiseau qui venait, là-bas, au-devant d'eux, un extraordinaire oiseau blanc qui était bien la plus belle coiffe de paysanne que l'on eût vue depuis le départ de Paris. Quel était son nom ? Était-elle réservée aux seules femmes du pays que l'on traversait ? Quelle sorte de dentelle l'ornait ?

Sylvère aimait ces chapelets de questions nées du perpétuel enthousiasme de Judith-Rose. Il répondit qu'il s'agissait sans doute là du *grand bavolet*. Il se rappelait aussi que sa mère lui disait, autrefois, qu'il n'était pas donné à toutes de savoir s'en parer avec « fierté ».

— Arborer un tel édifice pour garder les vaches ! maugréa Charlotte.

Judith-Rose aurait offert beaucoup — plus encore que la bourse remplie de louis d'or remise par son père à son départ — afin que Charlotte eût été contrainte, par un imprévu miraculeux, de renoncer à ce voyage. Hélas ! rien n'interviendrait pour empêcher l'aînée des cousines de « faire son devoir » et de peindre ainsi en noir tout ce qui était rose ! Mais, par une heureuse compensation, Noémie était là, souriant dans l'ombre de sa capote de velours gris. Noémie aux doux yeux, d'un bleu un peu assombri par le rêve et qui voyaient, eux aussi, Judith-Rose en était sûre, voler de fabuleux oiseaux. Qu'importait alors que Charlotte continuât à cheminer en jetant toutes les roses rencontrées pour n'en garder que les épines :

— Folie que tant de dentelles sur leurs têtes alors qu'elles sont pieds nus dans la paille de leurs sabots... Et s'il pleut ! Ah ! oui, vraiment, et s'il pleut, qu'advient-il de ce bel échafaudage ?

— Jamais une Normande ne sort sans son parapluie. Souvent il est rose, dit Sylvère.

— Voilà qui est bien ! Les ombrelles vertes de l'impératrice Eugénie ne font pas un beau teint. Mais du rose, à la bonne heure, cela doit farder joliment ! Vos Normandes, monsieur Sylvère, me paraissent plus futées que les dames de la Cour, dit Judith-Rose.

Et elle suivit d'un regard réjoui les ailes claires qui maintenant se confondaient, tout là-bas, avec les blancheurs rosées des pommiers. Elle était prête à jurer que ces merveilles de batiste et de dentelle ne pouvaient qu'éclore miraculeusement, comme les fleurs, dans une brise douce et parfumée un jour de sourire de Dieu.

— Petite, ferme cette vitre, tu nous fais geler. Et tu respires le vent à pleine gorge. Demain, tu ne pourras plus parler... Ce qui sera, d'ailleurs, une bonne chose !

Sylvère regardait toujours Judith-Rose.

Elle continuait à s'ébrouer. Les joues vermeilles, la crinière ébouriffée, on la sentait chaude d'excitation. Et il pensa à ce baiser qu'il avait donné, un jour, à l'un des jeunes enfants de sa sœur qui s'éveillait dans le douillet de ses couettes. Il se souvint avoir découvert alors que, si l'on n'a jamais posé ses lèvres sur la joue ou dans le cou d'un petit être qui fleure bon la dragée, on ne connaît pas l'une des plus pures et des plus exquises sensations qui soient. Pourquoi donc pensait-il à cela? Parce que Judith-Rose n'était, elle aussi, qu'une enfant? Ou, surtout, parce qu'il devait s'en convaincre? Il lui revint soudain en mémoire un détail de la matinée qu'ils venaient de vivre. Ils regagnaient la berline après leur dîner, lorsqu'ils avaient croisé deux voyageurs. Deux beaux messieurs qui entraient à l'hôtellerie quand ils en sortaient. Comment n'avait-il pas mieux vu, à cet instant, ce qu'il voyait si bien maintenant : les yeux de ces hommes, pleins d'admiration entachée de convoitise, se poser sur Judith-Rose? Il ressentit à ce souvenir une irritation si aiguë qu'il en fut désorienté, puis effrayé. Et il eut tout à coup l'impression que le monde dans lequel il avait vécu jusqu'à ce jour s'effondrait.

« Dieu! qu'il est pâle », s'inquiéta Dorothée.

Sylvère entendait à peine Judith-Rose qui disait :

— Encore des coiffes! Et encore d'autres là-bas! Elles viennent au-devant de nous comme des anges aux ailes déployées...

Et Charlotte de répondre :

— Tout à l'heure ces anges n'étaient que des oiseaux blancs!

Sylvère essaya de regarder, lui aussi, ces femmes qui passaient. Des cloches sonnaient... C'était, peut-être, un retour de baptême? Il se disait que là, sous ses yeux, était son pays, sous les grandes roues jaunes de la berline son sol natal, et soudain, un coup de tonnerre éclata dans les ors et les bleus du ciel, soudain cette terre, ces arbres, ces fleurs, ces paysannes, ces fantômes de sa jeunesse, les marques en son cœur de son passé, tout cela se fondit, devint Judith-Rose et elle seule. Il comprit qu'elle serait, à jamais, le printemps de sa Normandie et le printemps éternel en son cœur. Il ne savait s'il en était heureux ou désespéré...

Il regarda dans la direction de Noémie. Elle paraissait dormir. Ou du moins avait-elle abaissé ses paupières sur ses yeux perspicaces. Il en fut soulagé. Il était, en cet instant, au-dessus de ses forces d'essuyer le feu roulant des remarques saugrenues de « Mlle Cadette », ainsi que l'appelaient entre eux les domestiques de la maison de Genève. Il voulait être seul avec ce qu'il sentait naître en lui d'inquiétant et de merveilleux à la fois.

Sans ouvrir les yeux, sans se pencher vers Sylvère, mais ne doutant pas une seconde qu'il saurait qu'elle s'adressait à lui, Noémie murmura, rêveuse :

— Cette enfant est le printemps même.

Alors il eut envie, sans parler, de mettre sa main sur celle de la douce et étonnante vieille demoiselle. Il aurait aimé sentir la chaleur d'une main amie contre la sienne. Fort heureusement, il s'abstint de faire ce geste. Il allait oublier sa position chez Morel d'Arthus. Et, comme Charlotte répondait à une remarque de Judith-Rose par un énergique : « Décidément, le grand air te grise, mon enfant ! » il voulut se rassurer en se disant qu'il devait en être de même pour lui et il tenta de participer à la vie de ceux qui l'entouraient.

*

L'après-midi finissait et Charlotte se demandait si le serein normand n'était pas pire que celui de Genève.

— Encore une fois, petite, remonte la vitre de la portière et rassieds-toi.

— Laisse-la regarder les coiffes, les oiseaux et les fleurs, dit doucement Noémie. Dans ce crépuscule qui tombe, tout cela est peut-être encore plus beau que dans le soleil, et je trouve...

— Moi, je trouve que nous traînons. A quelle heure allons-nous atteindre cette ferme ? Monsieur Sylvère, est-elle encore loin ?

Se considérant comme la seule responsable du bon déroulement de ce voyage, Charlotte s'inquiétait. Aurait-elle dû céder à Judith-Rose et permettre que l'on vienne se perdre dans cette campagne ? La visite des villes dentellières normandes justifiait-elle cette expédition ? A se souvenir de ce changement dans le plan du voyage en Europe, à repenser à l'Exposition universelle de Paris, cause de ce bouleversement, Charlotte soupira. Il avait été contrariant que l'on eût donné le plus bel emplacement, tout juste face aux trônes de l'empereur et de l'impératrice, à ces immenses vitrines de présentation des dentelles de France ! Il n'était pas compté, dans les programmes d'exploration du Palais de l'industrie, de consacrer des heures à contempler des frivolités. On serait très brièvement passé devant elles, pour découvrir les pavillons étrangers dans l'ordre établi par M. Sylvère sur les suggestions impératives qu'elle-même avait faites. Hélas ! lorsque des milliers de visiteurs s'étaient soudain portés, le jour de l'inauguration, au-devant des souverains, Judith-Rose et Noémie, bousculées, refoulées par ce flot humain, s'étaient trouvées accolées aux fameuses vitrines et elles étaient restées là, le nez écrasé sur ces colifichets pendant le discours inaugural de Sa Majesté. Depuis, l'une et l'autre s'étaient mis dans la tête d'aller voir « comment ces merveilles se fabriquent ».

Or, c'était pour l'Angleterre qu'il avait été prévu de partir après le séjour à Paris. On était attendu à Londres, les dates ne pouvaient pas être changées. Lady Downpatrick, leur amie, recevait les Morel d'Arthus chez elle, et un thé était même promis chez la reine Victoria.

— Alençon, Bayeux, Argentan, Caen, les reines de la dentelle, voilà les seules reines que je veux voir, disait Judith-Rose.

— Tu étais pourtant fière d'être reçue par l'impératrice Eugénie !

— Visiter l'Europe ne consiste pas à m'admirer buvant du chocolat ou du thé entre deux révérences à des souveraines. Et vous savez que ce n'est pas mon fort, les révérences, même faites dans l'apothéose d'azur du *Salon bleu* de Sa Majesté. Si encore on avait pu se distraire en grignotant ! Mais à ces goûters-là, positivement, on ne goûte pas ! Il ne faut jamais rien avoir dans la bouche pour répondre si on vous adresse la parole. Et on voit passer de jolis gâteaux qui vous exaspèrent les glandes salivaires. Parce qu'ils sont ravissants, les petits fours du palais des Tuileries, on jurerait des fleurs de toutes les couleurs posées, sans leurs tiges, sur de grands plateaux d'argent ! Vrai, on croirait voir là de minuscules jardins suspendus de Babylone, comme je l'ai dit à Sa Majesté...

— *Tu as dit quoi ?*

— Quand elle m'a fait appeler par son chambellan, tout rutilant dans son costume rouge et or, vous avez bien vu que je n'ai pas pu faire autrement que d'aller vers elle. Elle m'a dit gentiment — ça, c'est vrai, très gentiment — qu'elle connaissait mon père, etc., etc., sauf qu'elle s'est trompée de Morel d'Arthus ! Elle a mal lu les petits papiers qu'on doit lui préparer sur ses invités, ou elle n'a pas de mémoire. Quoi qu'il en soit, elle m'a affirmé que papa était un célèbre numismate. J'ai bredouillé un « merci, Majesté ». J'ai été parfaite, je n'ai pas fait remarquer que c'est l'oncle Élie qui est enfoui sous les médailles, et mon père sous les faïences et les porcelaines anciennes. Elle m'a demandé ce que j'avais préféré à cette première Exposition universelle. Là, elle aurait dû ajouter « française » parce qu'il y en avait déjà eu une anglaise en 51. Mais je n'en ai rien dit, je n'aime pas les Anglais, vous le savez. Alors j'ai parlé des dentelles. Sa Majesté a été contente. Sa Majesté les adore, Sa Majesté en est fière, mais elle ne sait rien en dire. Elle ne doit pas vouloir paraître futile. Et comme elle attendait que je lui raconte encore ce que j'avais aimé, toujours à l'Exposition, et qu'on y aurait passé la nuit, si je m'étais lancée dans les descriptions des pavillons du monde entier, j'ai seulement ajouté, parce que je voyais un autre laquais s'avancer avec un plateau : « Ah ! j'aime beaucoup les petits fours de Votre Majesté, je n'en ai jamais vu d'aussi jolis, même dans le conte de Dame Tartine ! » Elle a eu l'air surpris. Elle a jeté un coup d'œil étonné sur ceux qui se promenaient non loin d'elle. Je pense qu'elle les voyait, vraiment, pour la première fois ! C'est là que j'ai sottement ajouté qu'ils avaient l'air de minuscules jardins suspendus. Nous en sommes ainsi arrivées, d'impressions en évocations, Sa Majesté, digne et sereine dans son grand fauteuil et toute vêtue de soie légère et de dentelles, et moi, debout et fébrile, jusqu'à Babylone. Pour y compter les rangées de colonnades circulaires et superposées qui supportaient les terrasses de plantations, et expliquer par quels mécanismes les machines hydrauliques cachées dans ces colonnes, actionnées par des centaines d'esclaves, faisaient monter l'eau de l'Euphrate jusqu'aux plates-formes les plus élevées des jardins, là où la nostalgique jeune femme du roi Nabuchodonosor aimait à respirer les parfums retrouvés des roses et des jasmins de ses collines natales. J'espère — je n'en suis pas sûre — avoir épargné à l'impératrice des Français les états d'âme de la reine des Babyloniens. Je ne sais vraiment plus où j'en étais lorsque M. Prosper Mérimée nous a rejointes, Sa Majesté qui commençait, je crois, à avoir l'air un peu étonné, et moi, les mains agrippées à mon réticule comme à une bouée de sauvetage. Je crains bien que l'impératrice n'ait fait un signe dans la direction de l'écrivain quand j'en suis arrivée à parler des palmiers mâles et femelles...

— MÂLES ET FEMELLES ?

— Bien sûr ! C'est eux, les Babyloniens, qui ont découvert, les premiers, que l'on encourageait la reproduction en secouant les fleurs de l'arbre mâle sur celles de l'arbre femelle ! Mais M. Mérimée et moi, c'est d'orangers que nous nous sommes entretenus, après que j'eus fait ma plus belle révérence d'adieu à Sa Majesté, et pendant qu'il me reconduisait vers vous. Parce que je lui ai dit que ça devrait être délicieux de naître, comme sa Clara Gazul, d'une mère cartomancienne, dans le royaume de Grenade, sous un oranger. Il a bien voulu reconnaître avec moi que voir le jour sur le bord d'un chemin dans un parfum d'orange, cela doit embaumer toute une vie, et, comme moi, il aurait bien aimé que pareille chose lui fût arrivée ! Je lui ai dit aussi...

— Encore ! Ne pouvais-tu te taire un peu ?

— Voilà bien le plus beau ! Mais vous me demandez toujours de parler ! Rappelez-vous, au dernier dîner à la maison vous m'avez coincée derrière le paravent chinois pour me dire : « Secoue-toi donc un peu, tu as l'air d'une oie endormie », et vous avez même ajouté : « A quoi cela te sert-il de pratiquer quatre langues vivantes, plus deux mortes, pour être si souvent muette à nos réceptions ? » Je vous rappellerai encore que ce soir-là je me suis mise à discourir en grec ancien avec le consul d'Athènes qui en était rose de plaisir, lui toujours si pâle, mais vous n'en étiez pas plus contente parce que personne d'autre ne nous comprenait et vous trouviez cela malséant...

Charlotte soupira. Se souvenir des incartades de Judith-Rose n'était pas bon pour ses nerfs fatigués. Et s'en aller voir ces fabriques de dentelles ne leur vaudrait rien non plus. Mais contre l'argument final de Noémie — qu'avait-elle eu besoin d'intervenir, celle-là ! — que pouvait-on ? Sans réfléchir, une fois de plus, sa sœur avait cru devoir dire :

— Enfin, Charlotte, le plus urgent, le plus important, n'est-il pas de faire une visite de courtoisie à ces lointains cousins que nous avons ici, et de montrer à Judith-Rose le château de Grand-Cœur, le berceau de la famille, qui est à quelques lieues d'Alençon... Je trouve dommage que cette propriété ne soit plus de moitié à nous, comme elle le fut si longtemps.

— Qu'aurions-nous fait d'un morceau de domaine en Normandie ? Nos parents ont eu raison de céder leur part à la famille Beaumesnil. D'ailleurs, nous devons le voir au retour d'Angleterre...

Peut-être aurait-elle dû mettre Noémie dans la confidence du projet de Mortimer d'unir Judith-Rose à Lord William Downpatrick, et lui faire comprendre ainsi l'urgence du séjour à Londres ?

Charlotte puisa un semblant de réconfort à l'idée qu'à vrai dire, le grand responsable, celui qui l'avait fait céder au désir de sa jeune cousine, était Georges-Eugène Haussmann. Le préfet de Paris était un bon ami de la famille, un bon protestant, un homme sûrement très compétent, mais aussi un vrai semeur de miasmes pestilentiels. Séjourner dans la capitale qu'il mettait sens dessus dessous, éventrait, écrasait, allait, avec les beaux jours, pour peu qu'une bonne chaleur printanière s'en mêlât, devenir fort dangereux. Et le choléra était en Crimée. Nul doute qu'il n'arrivât en France.

Le choléra était la terreur de Charlotte. Charles-Albert vivrait encore sans cette horrible maladie... Charles-Albert ! Charlotte soupira à nouveau. Un soupir discret, que même Dorothée, assise à côté d'elle, ne perçut pas, tout attentive qu'elle était, il est vrai, à ceux de Sylvère. Noémie et Judith n'entendirent rien non plus. Elles riaient. Charlotte les fit taire :

— Nous devons être à Londres en fin de semaine. Je vous le rappelle. Nous ne nous éterniserons pas ici.

Noémie risqua un discret :

— Oh ! Londres...

— Que penserait Lady Downpatrick d'un changement de programme ? Elle nous attend avec une telle impatience ! Nous bouleverserions sa saison, et d'ailleurs son fils aîné, Lord William...

Brusquement Charlotte s'interrompit : qu'avait-elle dit là ? Ennuyée, elle perçut le silence interrogatif qui s'installait, enrobant ce « Lord William » d'une curiosité attentive. On entendit alors dans toute leur force le grincement des roues sur le sol caillouteux et le martèlement bien rythmé des sabots orchestré par le claquement d'un coup de fouet trop brutal qui fit se redresser Judith-Rose. Elle remit la tête à la portière pour interpeller Big-James. Elle était la seule dont il acceptât des réprimandes, feignant de ne jamais comprendre l'anglais des vieilles demoiselles, les assourdissant de « *what ? what ?* » retentissants qui les obligeaient à renoncer à le sermonner.

— Monsieur Sylvère, faites donc enfin rasseoir cette enfant.

Sylvère n'entendit pas Charlotte. Il était tout à une découverte dont l'aveuglante évidence le confondait : *on voulait sûrement marier Judith-Rose à ce Lord William !*

« Dieu ! Il est malade ! » s'effraya Dorothée.

Noémie souriait et suivait des yeux un vol d'hirondelles dans le ciel que le couchant rosissait. Elle venait de faire un rapide tour de Grande-Bretagne, escomptant ce qui eût présenté dans ce voyage le plus d'intérêt. Puis elle s'était souvenue avoir vu, un soir à Genève, à une réception au consulat d'Angleterre, un membre du Parlement, Disraeli, « Dizzi » pour les amis et les journaux. Elle en avait gardé l'image d'un personnage original. Trop de boucles de cheveux noirs — sûrement teints ! — dessinant des accroche-cœurs sur un grand front, trop de dentelles aux manchettes et au jabot, trop de bagues aux doigts. Elle en avait conclu que c'était une espèce d'Oriental que la Grande-Bretagne s'était approprié, comme elle s'appropriait beaucoup trop de choses. Aussi, se réadossant aux coussins de la berline, et abandonnant les hirondelles, dit-elle dans le silence revenu :

— Tout le monde sait bien, d'ailleurs, que même les fameux jardins *à l'anglaise* ne sont qu'une imitation de ceux de la Chine !

Ce qui fit rire Judith-Rose et hausser les épaules à Charlotte.

Et Noémie, poursuivant sa conversation avec elle-même, revenant à Disraeli, se disait : « Dizzi ! C'est un charmant surnom, vraiment, mais peut-être pas assez sérieux pour un membre

50

du Parlement britannique. » Elle fut ainsi amenée, tout doucement, à passer de Dizzi à Lizzie. Lizzie, leur nurse, lorsqu'elles étaient petites filles, les battait, elle et sa sœur. Aussi entendit-on à l'étonnement général :

— Ah ! Lizzie ! Tu te souviens, Charlotte, de son martinet ? Je me demande qui de toi ou moi l'a brûlé, un soir de Noël, bien dissimulé entre deux grosses bûches, dans la cheminée du salon de maman !

Charlotte, résignée, capitula. Elle sourit presque en haussant de nouveau les épaules et dit : « C'était moi. »

Judith-Rose en hurla de joie. Et comme Dorothée et Aloysia se permettaient un petit rire, on s'arrêta pour l'allumage des lanternes dans une atmosphère de gaieté.

Tous descendirent de voiture pour marcher un peu.

— Que personne ne s'éloigne, dit Charlotte.

Little-James battait son briquet, Big-James s'octroyait, sans discrétion, une rasade de l'eau-de-vie de sa gourde. Une brume commençait à enrober de mystère le paysage. La température s'était brusquement abaissée et, à la lueur des lanternes, on vit que les croupes des chevaux fumaient sous le froid. Il fut agréable de retrouver la tiédeur confortable de la berline. Mais il y avait déjà longtemps que l'angélus du soir avait sonné et Charlotte recommença à s'inquiéter.

Quand atteindrait-on cette ferme où l'on devait faire étape ?

On aperçut enfin un jeune paysan torche en main, posté à l'entrée d'un chemin. C'était le valet qui devait conduire les voyageurs à la fameuse ferme où l'on dînerait et coucherait afin de jouir, le lendemain, dès l'aurore, de ce 1er mai aux champs que Sylvère avait promis réjouissant.

Si Charlotte avait consenti à être moins intransigeante, elle aurait accordé aux coiffes des femmes du pays d'Alençon, où l'on venait d'entrer, beaucoup de raisonnable dans ce qu'elle-même qualifiait du « plus grand déraisonnable ». Si elle avait bien voulu admettre — comme une tradition vieille déjà de cent cinquante ans et à laquelle on ne pourrait manquer de sacrifier sans paraître renier ses origines — la jolie coquetterie de ces hautes et élégantes architectures de lingerie et de dentelle, elle n'eût pu manquer alors de classer parmi les plus sobres celles des Alençonnaises.

On trouva trois de ces oiseaux blancs au calme devant l'âtre ; ils se mirent à battre des ailes lorsque les voyageurs firent irruption dans la grande salle de la ferme.

Dans la pièce sombre la torche du petit paysan éclairait les visages des arrivants. Et les rougeoiements des flammes qui léchaient la marmite pendue à la crémaillère faisaient luire les regards empreints de curiosité de la fermière, de sa mère et d'une toute jeune enfant.

A l'exception du petit valet, du grand valet et d'un palefrenier, que l'on vit passer peu après, il n'y avait pas d'homme à la ferme. Maîtresse Harelle était veuve et n'avait pas de fils. C'était une haute et forte femme dont on devinait la chair dure et les muscles solides. Elle s'efforça de souhaiter la bienvenue en français. Mais, dès qu'elle entendit Sylvère lui parler patois, elle parut soulagée et ne s'adressa plus qu'à lui et en normand. Elle dit alors qu'elle avait espéré ses hôtes plus tôt pour le souper, mais que, malgré l'heure tardive, elle avait tenu une collation au chaud. Si ces dames pouvaient se contenter d'une soupe à la graisse[1] et d'un chapon rôti, tout serait prêt dans l'instant.

Le visage de maîtresse Harelle était empreint d'une sérénité grave qui forçait le respect, sinon la sympathie. Ainsi que sa vieille mère et sa fillette, elle avait fait à ses hôtes une révérence de la meilleure tenue. Debout maintenant, les deux femmes attendaient que les valets et Little-James aient déchargé les malles et les sacs. La petite fille se tenait immobile aussi, et sage. On apprit qu'elle étrennait sa première coiffe avec ses quatre ans, ce qui la faisait, dit maîtresse Harelle, ébauchant son premier sourire, « bien gente » contre toute habitude.

1. Préparation à base de graisse de bœuf dans laquelle on cuit pendant plusieurs jours légumes, aromates et viandes, et utilisée pour parfumer une soupe de légumes. (Premier pas vers les extraits concentrés de potages !)

Judith-Rose regardait autour d'elle avec bonheur. La salle de cette ferme de basse Normandie lui plaisait. On menait ici la vie aux champs dont elle rêvait depuis son départ de Paris. Voilà qui valait mieux que les palais impériaux, voilà qui était le vrai cœur de la France.

Les meubles sculptés en bois fruitier, de la huche à pain au lit à courtines, en passant par les coffres et les armoires, intéressaient les vieilles cousines. On avait le culte du mobilier français chez les Morel d'Arthus. Il se contait encore, dans la famille, que parmi les premiers émigrés normands à Genève, les lointains aïeux chassés de France par les cruautés du roi Louis XIV, il s'était trouvé quelques audacieux exilés qui avaient bravé les lois somptuaires de Calvin et fait le voyage jusqu'à Lyon ou Grenoble pour ramener en fraude de belles pièces d'ébénisterie, au prix de beaucoup de peines et de risques.

Il régnait, dans la salle au plafond bas rayé de grosses poutres, une odeur de cire d'abeille et de pommes mûres qui dominait l'arôme, pourtant chaudement présent, de la soupe mijotant dans l'âtre.

Sur la longue table luisait l'étain des écuelles, des timbales et des pichets. Judith-Rose se souvint des descriptions que lui avait faites Sylvère de la ferme de ses grands-parents. Elle chercha son précepteur du regard. Debout devant la cheminée il leur tournait le dos, tendant ses mains vers les flammes. Elle l'imagina ému de ce retour aux vieilles habitudes familiales et souhaita lui dire quelques paroles amicales, mais n'y pensa plus quand maîtresse Harelle proposa de servir le souper. Elle mourait de faim.

Noémie et même Charlotte avaient bu du cidre. Et un peu plus que modérément. Elles disaient de cette boisson qu'elle était surtout un jus de fruits, fort peu alcoolisé puisque permis — sans excès bien sûr ! — par la ligue de tempérance dont elles faisaient partie à Genève. On en vidait une dernière moque[1], lorsque Judith-Rose s'approcha de Sylvère et se dressant sur la pointe des pieds, frôlant son oreille de ses lèvres, lui murmura :

— Je voudrais essayer une coiffe. Ne pourriez-vous le demander à notre hôtesse ?

Comme si elle le brûlait, il s'éloigna de la jeune fille et s'avança vers maîtresse Harelle qui montra aussitôt le chemin de sa chambre près de la salle où l'on avait soupé. « Nous accompagnerez-vous, monsieur Sylvère ? demanda Judith-Rose. Il vous faudra sans doute me servir d'interprète. »

De sa bonnetière[2] maîtresse Harelle sortit une coiffe aérienne et rare qu'avait portée son aïeule avant son mariage.

La fermière expliquait que son père était allé

1. Tasse dans laquelle on buvait le cidre.
2. Meuble du pays de Caux pour ranger hautes coiffes, bonnets et dentelles.

prendre femme dans les environs de Coutances et que c'était la *grande volante* en usage dans cette région. Maîtresse Harelle suggéra de tordre les cheveux de Judith-Rose en une masse et de la loger dans le bonnet lui-même, ce cône tronqué dont il ne fallait point voir une seule mèche s'échapper. Le bandeau de velours sombre pailleté d'argent devait aussi encadrer parfaitement le visage.

— Mais je ne peux pas ! Aidez-moi donc ! dit Judith-Rose.

Sylvère s'efforça de le faire.

— Oh ! que vous êtes maladroit !

Il avait de belles mains, brunies au soleil comme son visage et plus habiles à tirer au fleuret, à ramer sur le lac de Genève ou à manier l'alpenstock en promenade en montagne avec ses élèves qu'à maîtriser une chevelure de femme.

« Chevelure vraiment ensorcelée », se disait Noémie qui regardait étonnée, puis émue, soudain, de voir trembler ces grandes mains d'homme. Et elle eut alors, foudroyante, la révélation de *quelque chose* qu'elle s'interdit de préciser. Dès que certaines situations ont un nom, elles deviennent réalité. Et cette réalité-là ne devrait jamais être.

— Jamais ! dit-elle.

Mais personne, par chance, ne l'entendit. Elle n'avait pas parlé très haut, et ils étaient tous fort occupés.

« Jamais », se répéta-t-elle, entrant en urgente

conversation avec elle-même, ce qui l'amena à une conclusion dont, heureusement, elle ne gratifia pas son entourage : elle s'était souvent demandé si ce n'était pas en grande partie pour contrer Charlotte et lui montrer qui, seul, commandait chez lui, que Mortimer avait finalement décidé de garder Sylvère après le départ de ses garçons pour le Polytechnicum de Zurich. Était-il suffisamment perspicace lorsqu'il avait affirmé qu'un précepteur de grande compétence et de bonnes mœurs valait trois institutrices du meilleur niveau intellectuel ? N'avait-il pas ajouté aussi que les Morel d'Arthus pouvaient se permettre ce que d'autres devaient se refuser : agir en dehors des règles établies et faire instruire leurs filles par des hommes, si le bien-fondé de la chose leur apparaissait évident ?

Mortimer avait failli gagner son pari contre les usages. Dans un an ou deux, Judith-Rose aurait été mariée et tout se serait bien terminé. Il ne faudrait jamais qu'il sache son échec parce qu'une petite fille devient très vite une jolie femme et qu'un jeune précepteur est aussi un homme. Il était suffisant, pour son malheur, que Mortimer boitât si bas depuis sa chute de cheval. Elle était sûre, malgré les apparences qu'il s'efforçait de sauver, qu'il vivait très mal son infirmité. L'urgence était donc, se dit Noémie, que Charlotte ne fût pas aussi perspicace qu'elle-même afin que le secret, qu'elle venait de percer, fût gardé. Le danger écarté, qu'allait-il se passer? Du côté de Judith-Rose, rien. L'enfant n'était qu'innocence. Sylvère, d'ailleurs, savait-il, *réellement,* que Judith-Rose était entrée dans son cœur? Elle eut très vite une réponse : il savait, mais saurait se dominer. Il n'était, pour s'en convaincre, que de l'entendre dire en ce moment, avec autant de sereine courtoisie qu'à l'accoutumée et avec ce sourire un peu lointain qui lui était familier :

— Je ne suis peut-être pas très adroit, en effet.

Personne ne pouvait se douter du drame qu'il vivait. Elle seule aurait vu un éclair de souffrance noircir son regard et son apparente impassibilité essayer de tendre à de l'indifférence.

La lumière répandue par un grasset[1] suspendu à son crochet et deux bougies posées sur le haut de la bonnetière, parmi une petite réserve de fruits qui se ratatinaient, faisait rutiler la chevelure récalcitrante de Judith-Rose. Sylvère laissa retomber la masse odorante comme si elle fût soudain devenue incandescente. Alors, et peut-être parce que la chambre sentait la pomme, du plus lointain de son enfance, monta en lui le souvenir de ces bourdelots[2] que sa mère l'envoyait faire cuire au four banal de la ville et qu'il en rapportait caramélisés et brûlants avec la furieuse

1. Vieille lampe à huile.
2. Pomme ou poire enveloppée de pâte à pain recouverte de sucre.

envie de mordre dedans. Un jour, il avait succombé et en avait dévoré un, sans même attendre qu'il refroidisse... Comme si elle était plus brûlante encore que les bourdelots de son enfance, il s'écarta davantage de Judith-Rose.

Noémie ne quittait pas Sylvère des yeux. Elle se disait qu'elle seule l'aurait vu verser de ces larmes d'hommes qui ne coulent qu'au-dedans d'eux-mêmes, mais mettent dans leur regard une lueur pathétique. Elle aurait vu cela un soir, au milieu de rires joyeux et dans un parfum de fruits un peu sûrs, alors qu'ils contemplaient, tous, un délicieux visage de jeune fille auréolé de grandes ailes blanches...

Maîtresse Harelle avait piqué de jolies épingles d'émail à tête de pensée pour maintenir la coiffe sur les cheveux de Judith-Rose et, se tenant un peu en retrait, les mains dans les poches de son tablier, le buste bien droit, elle observait Sylvère. Il avait l'âge qu'aurait eu son fils, tué l'an dernier en Afrique, et il lui faisait peine. Elle voyait bien qu'il était fou d'amour pour cette belle demoiselle. Elle n'ignorait pas que, parfois, le diable se réjouissait de prendre l'aspect d'une femme pour torturer un homme. N'était-ce pas ce qui se passait là, sous ses yeux? Elle savait aussi qu'il ne faut jamais paraître avoir découvert une ruse du Malin. S'il voyait que vous aviez compris ses malices, il revêtait aussitôt une autre apparence pour vous égarer.

Aussi ne regardait-elle plus ni les étrangères ni Sylvère Neirel pour donner le change au Démon.

— Me photographierez-vous ainsi, monsieur Sylvère ? demandait Judith-Rose.

Noémie admira qu'il s'inclinât avec tant d'apparente sérénité en disant :

— Mais oui, si vous le voulez.

Elle admira aussi, comme il s'éloignait un peu plus encore, son aisance à se mouvoir. Les hommes grands, pensait-elle, étaient parfois embarrassés de leur trop haute taille. Pas lui. Et plusieurs belles Genevoises — elle le savait — avaient été séduites par la façon élégante qu'il avait de les saluer. « Voilà un beau Viking ! » avait même dit Mortimer en l'apercevant pour la première fois. Viking, certes. Il en avait la blondeur des cheveux et la clarté du regard. Beau ? Sans doute. Certainement moins que Charles-Albert en tout cas. Mais qui pourrait jamais être comparé à Charles-Albert !

Charlotte vint jeter un coup d'œil sur Judith-Rose et ne manqua pas de trouver la *grande volante* plus excessive encore qu'elle ne l'aurait cru, même sur la tête d'une Morel d'Arthus. Elle haussa les épaules lorsqu'elle entendit sa petite-cousine et Noémie prétendre qu'une telle coiffure influençait sûrement celle qui la portait. Elles n'étaient pas éloignées de croire, ces deux exaltées, qu'il était impossible de commettre une action basse ou laide ainsi couronnée et ailée !

Et Sylvère, lui, se disait que, si Dieu l'avait

voulu, Judith-Rose n'aurait été qu'une jolie paysanne, et qu'alors, peut-être...

La fermière, dont la chambre n'avait jamais tant entendu ni tant vu de horsains [1], se prit à songer au lendemain, à ce 1er mai, cette date précieuse entre toutes, où de mauvaises présences pourraient causer ici de grands dégâts. Elle se promit de ne laisser la jeune fille approcher de trop près ni ses vaches ni ses ustensiles de laiterie. On avait vu des beurres de mai rancir une fois mis en pots pour une baratte à peine frôlée par la jupe d'une possédée. Dès lors elle attendit avec impatience le départ de ses hôtes.

On avait envoyé le cocher anglais et son fils loger à l'auberge la plus proche. Leur amour-propre eût été poignardé s'ils avaient été contraints de coucher à l'écurie, offense qui aurait engendré d'interminables récriminations que ces demoiselles ne s'étaient pas senti le courage de supporter. Elles s'accommodèrent elles-mêmes de paillasses posées sur des lits-alcôves qu'elles se partagèrent, amusées.

Sylvère avait demandé à dormir dans le grenier à foin. Il y accéda par une échelle et, sans même enlever son carrick, se jeta dans l'herbe sèche.

Quelle situation insensée que la sienne! Ridicule. Et merveilleuse! Le tumulte de son cœur empêcha, tout d'abord, raisonnement et logique

1. Étrangers.

61

d'atteindre son cerveau. Il en rit, avec un étonnement teinté d'amertume et de tristesse.

La nuit de mai entrait par la porte qu'il n'avait pas fermée. A son rire répondit l'appel d'un oiseau. Un cri clair, pur, brillant comme les étoiles et qui lui griffa le cœur.

Allongé maintenant, les deux mains croisées sous sa tête, il pensait à Judith-Rose. Il l'avait laissée encore toute au plaisir de porter sa belle coiffe. Il aimait qu'elle ressente intensément ce que la vie lui donnait ! Elle était si peu « immobile », si peu semblable à ces jeunes demoiselles contentes d'elles, hautaines, lointaines, aperçues chez les Morel d'Arthus, ou dans leur entourage, épinglées dans les salons comme de beaux papillons sur des bouchons, trop sages, trop faussement indifférentes à tout, sauf à leurs toilettes... et sans doute aussi aux regards des hommes posés sur elles et qu'elles feignaient de ne point voir. Sa Judith-Rose était si différente ! Il se répéta, en souriant malgré lui, les paroles qu'elle lui avait dites avant que chacun ne regagne sa chambre : « Je sais quelle histoire j'inventerais ce soir, si je n'avais pas tant sommeil. » Et elle avait commencé le récit d'une aventure comique se passant en des contrées normandes, voisines les unes des autres, dont les seules frontières étaient les coiffes des femmes. Par jeu, les paysannes bouleverseraient les coutumes. Elles échangeraient entre elles de *grandes volantes de Coutances* avec des *papillons d'Avranches,* des *pois de senteur de Cherbourg* et des *bourgognes de Caen* ou des *sabots de Saint-Lô*. Et les pauvres voyageurs, ne se fiant qu'à la forme des ailes blanches, s'égareraient, se croiraient à Coutances quand ils seraient à Caen ou bien... Non, elle était trop fatiguée, disait-elle, elle aimerait mettre sa tête contre l'épaule de son vieil ami, et elle s'endormirait là, debout. Il aurait donné sa vie pour qu'elle le fasse, et pouvoir la regarder ainsi. Le sommeil l'aurait surprise souriant encore. Et il l'aurait contemplée jusqu'au matin. Qu'allait-il devenir lorsqu'il ne respirerait plus le même air qu'elle ? Et s'il ne devait plus jamais la voir, l'entendre rire ou raconter les histoires qu'elle inventait sans cesse ? Du plus loin qu'il se souvînt, dès le jour de leur première rencontre, elle avait commencé à lui dire tout ce qui lui passait par la tête et le cœur.

Bientôt huit ans de cela...

L'un de ses condisciples au lycée Malherbe de Caen, précepteur dans une famille genevoise, lui avait écrit : « Élève à Caen ! Pion à Caen ! Ne voudrais-tu pas voir un peu le reste de la terre ? Commence par le canton de Genève. Rejoins-moi ici dans la famille qui m'a accueilli avec amitié et à laquelle je joue le mauvais tour non seulement d'abandonner l'instruction de ses deux garçons, mais encore de lui ravir — pour l'épouser et partir avec elle tenir l'auberge dont elle vient d'hériter — l'institutrice de la plus jeune des enfants : une petite fille de sept ans.

» J'ai promis un remplaçant dont je puisse répondre comme de moi-même, et on l'attend. Ce qui dénote chez ceux que je délaisse beaucoup de compréhension, de générosité et l'absence de rancune.

» Voici les autres particularités de cette famille : elle est d'origine française, son exil vers le refuge genevois aux temps des persécutions contre les protestants date du xviie siècle. Le chef du clan est l'un des plus importants banquiers de la ville. Il est de tradition séculaire chez les Morel d'Arthus (et l'on n'y a manqué que lorsque les guerres, les invasions ou les révolutions y contraignirent) de donner aux enfants un précepteur français, souvent normand !

» Mon banquier est veuf : sa femme est morte d'une fièvre typhoïde contractée en soignant ses enfants qui survécurent tous trois. M. Morel d'Arthus a demandé à ses deux cousines germaines, restées filles, de l'aider à tenir sa maison et chérir ses orphelins. Elles sont là. On ne dit jamais non à M. Mortimer Morel d'Arthus. En général, on s'en trouve bien. Mais, dans le cas des deux demoiselles aussi riches, plus même, murmure-t-on ici, que le banquier, abandonner leurs habitudes a dû être un grand sacrifice dont elles ne parlent d'ailleurs jamais. Elles ont d'autres sujets favoris de conversation, tu les découvriras vite !

» Deux garçons donc à instruire jusqu'à ce qu'ils entrent à l'université. Ils sont intelligents, presque raisonnables, et relativement studieux. La petite fille, dont s'occupait ma future femme, est une gentille souris fureteuse qui court partout. On l'a sans cesse dans les jambes.

» Personnel nombreux, discret, efficace, te soignant à la fois comme si tu faisais partie de la famille de leurs maîtres et de la leur. »

Son arrivée à l'hôtel Morel d'Arthus dans le beau quartier résidentiel de Genève, rue des Granges, n'avait en rien ressemblé à ce qu'il s'était imaginé. Il s'apprêtait à subir l'écrasement du luxueux étalage domestique de la grande banque genevoise et il était tombé en plein vaudeville, comme on disait maintenant! Il suivait un majordome imposant, vêtu de noir et paré de superbes favoris blancs que n'eût pas dédaigné une tête impériale, et gravissait un non moins imposant escalier de marbre, lorsque, venues de là-haut, par-dessus les beaux favoris, par-dessus une courbe de belles sculptures de pierre, une voix, à la fois douce et aigrelette, puis deux — l'une étant comme l'écho de l'autre — avaient demandé :

— Est-ce vous enfin, Julius Bertram ?

S'adressait-on au majordome ? Celui-ci, sans répondre, montait toujours les marches dans la plus parfaite impassibilité.

— Est-ce vous, Julius Bertram ?

Le majordome laissa alors tomber, avec une indulgente condescendance :

— Je crois, Monsieur, que Mesdemoiselles vous parlent.

Il avait répondu, levant le visage vers l'ombre où devaient planer ces présences invisibles, que, non, il n'était pas Julius Bertram. Et sans trop savoir pourquoi, il avait mis dans sa voix un regret qu'il crut, vaguement, ressentir de ne pas être !

Le silence s'était fait là-haut. Ils continuèrent à monter, l'imposant serviteur et lui, l'un derrière l'autre, et se trouvèrent, soudain, face à deux petites dames minces et grises — le palier n'était pas très éclairé — qui dirent encore à l'unisson :

— Mais alors, qui êtes-vous donc ?

— Mesdemoiselles ont, sans doute, oublié que M. le précepteur de MM. Mortimer junior et Simon arrivait aujourd'hui.

Ce n'était pas une interrogation mais une constatation. Le majordome s'éloigna.

La demoiselle qui lui paraissait légèrement plus jeune que l'autre et plus ronde aussi, maintenant que ses yeux s'habituaient à la pénombre, dit, dressant le cou vers lui :

— Dieu que vous êtes grand !... Et quel ennui que vous ne soyez pas Julius Bertram !

Balayant ces remarques inutiles, l'autre, qui décidément était l'aînée et devait avoir le pas sur sa sœur, se mit à parler avec une certaine volubilité. La plus jeune l'approuvait par fréquentes agitations de ce chignon dont elles possédaient chacune un exemplaire semblable, bien net, et bien arrimé d'épingles d'écaille brune sur leurs petites têtes d'oiseaux. De tout ce que pépièrent les deux demoiselles, il avait compris ceci : une altesse sérénissime — on ne dirait pas laquelle, M. Morel d'Arthus interdisant les indiscrétions — faisait l'honneur à la famille de venir souper ce soir. Les ordres étaient que le couvert fût des plus raffinés. Ils recommandaient d'assortir, au service de table choisi, linge, argenterie, cristaux et fleurs avec la plus savante recherche et le plus grand goût. Or, pour commencer ces préparatifs, il était déjà tard. On n'avait plus que cinq heures devant soi ! Et il fallait bien comprendre que, si on se décidait pour les porcelaines de la *Compagnie des Indes ayant appartenu à Mme de Pompadour,* tout s'orienterait vers des tons de rose dégradés et rares, la cristallerie la plus fine et l'argenterie italienne si délicate. Ce qui, d'évidence, convenait le mieux au précieux du décor chinois. Mais, si on préférait le service en *Vieux Berlin du maréchal de Saxe,* la gamme serait dans les bleus les plus subtils allant peut-être jusqu'à certains mauves délicats — grâce à Dieu il y avait dans les serres des pieds-d'alouette et des scabieuses ! —, les verres de Saint Louis dits « taille de diamants » et la lourde mais superbe argenterie allemande.

Mais rien, absolument rien, ne devait être entrepris avant l'arrivée de Julius Bertram qui seul avait l'autorisation de sortir des vitrines les célèbres porcelaines, et seul aussi saurait dire si telles assiettes ou pièces de forme demandaient à être lavées à froid ou à chaud. Or, Julius Bertram, le *conservateur des services de table de la famille Morel d'Arthus,* était parti dans le canton de Thurgovie enterrer son frère en promettant d'être de retour ce matin. Il n'avait pas tenu sa promesse.

Sylvère s'était fait répéter le titre de l'absent, et les deux demoiselles avaient ajouté :

— Notre cousin Mortimer Morel d'Arthus est, d'évidence, le plus célèbre collectionneur de services de table d'Europe. Peut-être même du monde. Le czar, la reine Victoria, les plus grandes familles, voire quelques riches Américains ou Argentins, ne peuvent rivaliser avec lui. L'altesse qui vient ce soir éprouve à souper ici un plaisir délicat, raffiné : elle essaye de deviner dans quelle porcelaine elle sera servie. Et seul Julius Bertram sait cela aussi : la vaisselle présentée à la dernière visite du prince.

Il avait souri. Mais seulement de sa prétention à croire savoir quelques petites choses, alors qu'il ne supposait même pas qu'une famille de grands bourgeois de Genève — ou d'ailleurs peut-être ? — pût avoir un conservateur privé pour ses services de table !

Une petite voix — encore une ! — venue d'en bas, du hall sans doute cette fois-ci, cria :

— Cousines, le voici ! Julius Bertram est de retour !

Dès lors on ne s'était plus occupé du précepteur, et il attendait, ses bagages à ses pieds, devant une grande tapisserie flamande.

Le solennel propriétaire des favoris impériaux était réapparu. Les demoiselles Morel d'Arthus et lui s'étaient emparés de l'arrivant — un vieillard souriant et paisible — et l'entraînaient vers le fameux grand couvert, quand la jeune voix qui avait annoncé l'arrivée du retardataire dit :

— Venez, monsieur, je vais vous conduire à la salle d'étude. Puis j'irai demander où l'on vous loge et nous irons ensemble. Et je sais où miss cache ses biscuits ! Parce que vous devez avoir faim ? Voyez-vous, vous tombez en plein tourneboulis. Vrai, vous avez choisi le plus mauvais jour pour arriver. Quand il y a des visites importantes, c'est toujours comme ça parce que les cousines tremblent de peur que tout soit raté, et elles mettent la maison sens dessus dessous.

C'était un personnage blond aux grands yeux — verts ? bleus ? — souriants et malins.

— Je vous porterais bien votre sac, mais il est quasiment plus haut que moi et il se pourrait qu'on dégringole, lui et moi, jusqu'en bas de l'escalier. Pardonnez-nous s'il n'y a personne pour vous aider, mais, comme je vous le dis, c'est un jour de révolution... Et tout ça pour un prince ! J'en ai déjà vu trois et je peux bien vous certifier que l'un ou l'autre, c'est toujours la même chose. L'altesse vous prend le menton, vous le pince, demande — on ne sait jamais à qui — : « Comment s'appelle cette jolie petite

fille ? », n'écoute pas la réponse et passe. Et pour
ça, vous avez dû vous mettre en grande tenue,
avoir eu toute la nuit la tête coincée dans des
papillotes qui vous pincent le cuir chevelu ! Et il
a fallu s'introduire aussi dans la robe « à ne pas
salir, ne pas froisser », et mademoiselle et miss
ont mal dormi et se pâment déjà avant d'avoir
aperçu Son Altesse, et sa distinction et son
charme sérénissimes, comme elles disent. Vrai,
je vous assure que c'est assez terrible. Alors je
me cache, on me cherche, on ne me trouve pas et
c'est toujours ça de pris aux frais de Son
Altesse !

Il s'était abstenu de lui faire une remarque sur
son irrévérence envers les grandes personnes,
princières de surcroît. En regardant cette enfant
souriante et gentille, il s'était dit qu'elle devait
s'entendre répéter cela bien souvent. Il n'allait
pas sottement en rajouter et la peiner. Ils étaient
déjà amis.

Dans la salle d'étude où elle le conduisit, il
s'était efforcé de croquer avec appétit les biscuits
au gingembre d'une certaine miss Lawson dont
elle était si fière de connaître la cachette. Puis il
avait demandé où étaient ses élèves.

— Vous pensez bien que Mortimer junior et
Simon se sont enfuis dès l'aurore ! Ils en hurlaient de joie ! Je n'ai pas pu leur refuser d'être là
pour vous accueillir et obéir aux ordres de mon
père qui disait : « Il faudra recevoir M. Neirel et
le conduire à son appartement. » Par chance, les

ordres ne précisaient pas vraiment qui devrait être là. Alors mes frères m'ont donné dix sous chacun. Comme j'en devais vingt à Romain, le jardinier-chef qui me les avait avancés pour acheter mon chien... enfin, pas tout à fait, mais pour empêcher la pauvre bête d'être noyée par des romanichels, vu qu'elle était borgne... bon, c'est toute une histoire, et ce que je vous en dis, c'est seulement pour vous expliquer pourquoi c'est moi qui suis là. Je vous présenterai à Atma, mon chien, c'est comme ça qu'il s'appelle. Vous savez peut-être que c'est le nom du chien de M. Schopenhauer, le grand philosophe ? Ah, si c'était celui-là qui venait souper — le vieux monsieur, pas le chien ! — je supporterais mieux les papillotes et le pincement du menton !

— Vous êtes donc une philosophe, mademoiselle Judith-Rose ?

Elle avait eu un rire joyeux qui avait rajeuni, un temps, les murs gris de la salle d'étude.

— Oh ! non !

— Entretenez-moi donc tout de même un peu de M. Arthur Schopenhauer.

— Vous devinez bien que je n'en sais rien ! Mais souvent, j'écoute derrière la porte, quand il y a des invités. Un soir j'ai entendu dire que ce monsieur-là, le philosophe, a dit que s'il n'y avait pas de chiens sur terre il n'aimerait pas y vivre, et que le sien s'appelait Atma, qui veut dire « âme du monde ». Je venais juste de sauver mon pauvre borgne, alors je l'ai baptisé comme ça. Il ne se doute pas de qui est son parrain. Et il est sûr qu'avec ce qu'il pense, M. Schopenhauer ne serait pas contrarié de l'être, n'est-ce pas ? Il n'est pas beau, mon chien, mais il est si affectueux. Vous ne pouvez pas savoir comme il m'aime, ce bon vieux. Si je lui demandais son autre œil, sûr qu'il me le donnerait. Moi aussi, quand j'aime je donne tout. Et vous ?

Elle avait eu un regard légèrement inquiet en attendant sa réponse, et il avait dit, avec une conviction qui avait paru la ravir :

— Moi de même !

Eh bien, huit ans après il était comme son vieux chien borgne, prêt à lui donner sa vie lui aussi. Beau cadeau ! Il n'était rien et ne possédait rien qui eût quelque valeur pour une jeune princesse huguenote. Il n'était même pas huguenot et ses parents, nés de modestes cultivateurs, s'étaient tout juste élevés à l'état de marchands d'encre ambulants.

De cinq à neuf ans il avait aidé à remplir les encriers que les élèves des établissements scolaires de Caen portaient suspendus à leurs ceintures. Il se revoyait, par les matins les plus froids, appuyer ses mains boursouflées d'engelures sur cette grosse bosse tiède qui s'arrondissait sur le dos de leur âne, ce tonnelet où clapotait le liquide précieux, dégelé avant le départ et porté à une température suffisante afin qu'il ne fût pas, de nouveau, un glaçon noir au moment de la vente après les deux heures de route à faire pour atteindre la ville.

Sans l'intervention de l'abbé Samin, il serait peut-être encore là-bas, attentif à ne pas laisser perdre une seule goutte en remplissant les petits récipients, distrait malgré lui par les rires, les cris et les bousculades d'une clientèle turbulente.

Le souvenir de l'odeur de l'encre — de terre et de fer à la fois — lui monta aux narines, mêlée à celle du foin dans lequel il était enfoui et lui rendit soudain le regard du brave homme, pétillant de chaleur humaine dans l'espace laissé entre le chapeau descendu bas sur le front et l'écharpe montée haut par-dessus le nez.

Le premier lundi de chaque mois, l'abbé tendait du bout des doigts roses que laissaient à découvert ses mitaines de laine noire son encrier de porcelaine blanche de Bayeux, rond et pansu comme lui. Les autres pères jésuites de l'Institution Sainte-Marie étaient tous maigres, secs et graves. Lui seul, replet et souriant, trottinait jusqu'à l'âne du père et du fils Neirel pour s'offrir le petit luxe d'un quart de pinte d'encre nécessaire à la rédaction mensuelle de centaines de notes concernant ses *Recherches sur l'origine des noms de famille normands,* vaste labeur abreuvé, au cours des ans, au contenu entier d'un tonnelet.

Que son marchand d'encre s'appelât Neirel — de *neir,* noir, en patois de Normandie — ravissait l'abbé Samin, descendant lui-même, il en était certain, de fabricants de *samin,* autrement dit de velours de soie.

— Père Neirel, disait-il, vous n'êtes pas, comme vous le croyez, le premier de votre famille à vendre de l'encre. Vos ancêtres, à coup sûr, l'ont fait avant vous.

— Pt'êt' ben, monsieur l'abbé, si vous le dites.

— A moins...

Et les suppositions, alors, n'en finissaient plus. L'énumération était longue de tous les métiers que les Neirel, depuis le Moyen Âge, avaient pu exercer dans *quelque chose de noir.*

Puis était arrivée l'affaire des Éphémérides. Décisive. Un élève de la classe de philosophie à l'Institution Sainte-Marie avait oublié un jour de reprendre son livret-emploi du temps, glissé par lui entre deux sangles de l'âne pendant qu'il tirait un sou de sa poche. Sylvère l'avait trouvé en débarrassant, le soir, la bête de sa charge, curieux de manipuler quelque chose appartenant à l'un de ces « grands », dont il était fier qu'ils préfèrent son encre à celle que « baptisait », disaient-ils, le père économe et qu'ils appelaient sa « rosée de clair de lune ». Il avait gardé huit jours entiers cette espèce de calendrier détaillant une année en cours, abondamment annotée par son propriétaire de remarques très personnelles, du genre de celle-ci :

« Mardi 2 janvier : en guise de "lecture spiri-tuelle" proposer : l'*analyse d'une injustice ali-mentaire é-naur-me :*

74

» On a compté 45 pommes de terre frites dans l'assiette de l'abbé Samin, et seulement 40 sur le plat qui est destiné à notre table de huit élèves.

» Développer et sanctionner cette blâmable coutume qui donne à un gros homme promis à l'apoplexie neuf fois plus de pain quotidien qu'à de futures gloires de la France dans la force d'un âge quémandant suralimentation. »

C'était à l'abbé Samin que le père Neirel avait remis le livret confisqué à son fils et le brave homme, haussant les épaules après l'avoir feuilleté, avait maugréé : « Si ce grand sot écrivait ses sornettes en latin, ce serait là, au moins, un bon exercice. » Et, comme il avait remarqué l'attitude contrite de Sylvère, montrant son regret que ce fût à l'abbé que son père eût rendu les Éphémérides, il avait demandé :

— Tu sais donc lire, toi ?

C'était un des bons souvenirs d'enfance de Sylvère que la petite conversation qu'ils avaient eue tous deux ensuite. Depuis longtemps il désirait dire, à quelqu'un qui pourrait l'apprécier, comment il avait appris à lire et écrire à l'aide de deux vieux almanachs — trop déchirés pour être vendus — offerts par un colporteur. Il savait compter aussi. A rendre la monnaie tous les jours, qui ne saurait ? Et il était plus fier des « devinettes de calcul » qu'il inventait. M. l'abbé voulait-il savoir celle de ce matin ? Il s'agissait de trouver le nombre de pas faits par son père, lui-même, l'âne et le chien pendant les trois lieues de chemin. C'était amusant parce que le chien et l'âne compliquaient tout. L'un en allées et venues, l'autre — qui était bien vieux ! — en écarts sur les côtés. Les opérations avaient été un peu longues, mais ça l'occupait. Demain, il pensait tenir compte des quatre pattes des animaux et faire autrement sa devinette. M. l'abbé avait-il remarqué que pendant une marche sur la route gelée, si ça « marchait » aussi dans la tête, on avait moins froid ?

M. l'abbé, si frileux, était bien content de savoir cela et demandait :

— Ce petit livre t'a-t-il intéressé ? Aimerais-tu apprendre ici ce que tu as lu qu'on y enseigne ?

— Ma foi, je ne sais trop. Qu'est-ce donc que vos « leçons de silence et de bonnes mœurs » ? Si j'ai appris à lire, à écrire, à calculer tout seul, est-ce que j'ai besoin de quelqu'un pour m'expliquer le *silence* ?... Et puis, sur le petit livre, j'ai lu aussi que, si on arrive en retard à votre institution les jours de grandes rentrées, on est classé dernier aux compositions. Cela ne se peut pas. Pourquoi mélangez-vous le retard et le travail ? Si je disais, dans une devinette, qu'un caillou est égal à un bout de bois, ma devinette serait fausse. Vous, vous le dites. Si vous faites beaucoup de choses comme ça à votre école, je ne sais pas trop si j'aimerais y aller.

Il y avait pourtant été.

Ses considérations sur l'égalité des genres

avaient fait le tour de l'établissement et ses
« devinettes », dont il avait donné tout un choix,
l'amusement des professeurs de mathématiques
et le désespoir des élèves de son âge auxquels on
en avait soumis la complexité.

Son uniforme avait été payé par le cher abbé
auquel son père avait offert un tonnelet de sa
meilleure encre. Et jusqu'à ce qu'il fût bachelier,
on l'avait contraint, chaque jour, aux corvées de
bois pour les cheminées, d'eau pour les dortoirs,
une heure avant le lever et une heure après le
coucher des autres élèves, en témoignage de sa
reconnaissance à être instruit gratuitement.

Pauvre abbé, qui avait cru découvrir un futur
grand mathématicien et s'était résigné à ne protéger qu'un bon élève, brillant en tout, mais peu
soucieux d'essayer d'être plus que cela en quelque chose de particulier. « Tu goûtes à trop de
miels, mon enfant, essaye donc d'en choisir un,
ou deux à la rigueur. » Entré en rhétorique au
lycée Malherbe de Caen, Sylvère stupéfia le cher
homme en s'extasiant non point sur les possibili-
tés d'études offertes, mais sur la beauté de l'édifice situé dans la célèbre abbaye de Saint-Étienne
dite « aux Hommes », élevée par Guillaume le
Conquérant, le très puissant duc de Normandie et
roi d'Angleterre.

— Je devrais tous les jours remercier le Ciel
— et aussi Napoléon Ier — qui m'autorise à vivre
dans une telle harmonie de splendeurs ! Ce lycée-
palais est le plus grandiose de France, du monde

même. La connaissez-vous bien, cette étonnante et sublime abbaye aux Hommes ?

— Oui, mon fils. Elle est pour moi plus un séjour de souverains épris de faste qu'un monastère. L'œil est sans cesse détourné du principal sur un superflu d'œuvres d'art.

Car l'abbé Samin redoutait l'art. Il prononçait ce mot comme s'il eût été celui du diable. Et cette masse de pierre romano-gothique, encore enrichie au XVIIIe siècle, et, à son avis, raffinée à l'excès, lui paraissait peu convenir à un lieu de travail pour jeunes esprits encore fragiles. Que des potaches aient un réfectoire aux boiseries Régence dignes du plus splendide château de France lui semblait non seulement incongru, mais pernicieux. Il puisait toutefois un certain réconfort dans la certitude que la majorité d'entre eux se souciait plus de ses sacs de billes que des tableaux de Lebrun ou de Lépicié qui l'entouraient et que certains devaient aussi vaguement les regarder que des vaches dans un pré. Mais lorsque son protégé accepta de passer une année, puis deux, puis plusieurs autres, chez le banquier suisse, l'abbé ne fut pas loin de croire que les splendeurs de l'abbaye aux Hommes de Caen avaient été génératrices d'un goût de luxe contre lequel il serait, peut-être, difficile de lutter. Il l'avait écrit à son cher fils, lui reprochant aussi d'avoir mis fin à ses études. « Reviens, au moins, pour tes derniers examens. Lorsque tu seras professeur d'anglais et d'allemand, je serai plus tranquille. »

Où aurait-il pu mieux pratiquer les langues vivantes que dans la famille Morel d'Arthus ? On s'y exprimait, en effet, selon l'humeur, la qualité des visiteurs ou la nationalité des membres du personnel, en français, allemand, anglais ou italien. Ce dernier langage lui étant étranger, Sylvère s'était donné trois mois pour le pratiquer couramment avec ses élèves. Alors l'abbé écrivit : « Ainsi, vivant dans un confort princier et t'instruisant toi aussi, te voilà prêt à te croire un jeune étudiant sans souci et le grand frère de Mortimer junior, Simon et Judith-Rose. Attention, il te faudra un jour te réveiller. »

C'était fait. Car il ne se cachait pas qu'après avoir reconduit à Genève les vieilles demoiselles et leur pupille, il les quitterait aussitôt. Mais son chagrin ne serait pas celui que l'abbé, jadis, avait prévu. Comme il aurait voulu n'avoir à regretter que la vue quotidienne de ce portrait d'une aïeule Morel d'Arthus par Rembrandt. Ou les ombles-chevaliers sauce suprême au menu du dîner du samedi. Ou ce sentiment de sérénité qu'il éprouvait à s'installer dans la confortable bibliothèque de la rue des Granges et y rester perdu dans un bon et beau livre. Ou encore le plaisir enfantin de savourer la finesse des draps de son lit, s'y accoutumant au point d'être surpris par la rudesse de ceux des petites auberges romandes qu'il fréquentait certains dimanches en compagnie de quelque jeune fleuriste, modiste, ou brodeuse, peu exigeante sur la fréquence de leurs rencontres, la qualité et la force des sentiments qu'il pouvait lui accorder.

Mais il ne dirait plus jamais à l'abbé qu'il se trompait. Le cher vieillard était mort l'an passé. Sa dernière lettre disait : « Je ne veux pas que tu viennes me mettre en terre, ce sera fait sans trompettes. Je n'espère que celles de mes bons anges, si le Seigneur en juge digne le pauvre homme que je fus. Je n'ai pas souvent paru comprendre ce que j'appelais ta perte de temps à Genève, mais ce n'étaient là que paroles de radoteur. J'ai aimé que tu sois attaché aux enfants que la Providence t'a confiés. Ce n'est pas moi qui ai décidé, un froid matin de janvier, de m'occuper d'un petit bonhomme transi et qui ne voulait pas que l'on confondît des cailloux avec des bouts de bois, qui t'en voudra de chérir de jeunes et fraîches âmes. Je te lègue le peu que je possède : ma vieille maison de famille de Bayeux, ma ferme de Courseulles et le petit revenu qu'elle donne. Et aussi Théodorine, ma terrible bonne. Tu auras parfois envie de lui faire faire un petit séjour au fond du puits. Ne cède pas à cette tentation : tu ne pourras pas plus vivre à Bayeux sans Théodorine que moi depuis que j'ai quitté Caen et ma chère institution. Dès que tu auras monté les trois marches du perron et franchi la porte, tu lui appartiendras. Dieu te protège alors !... »

L'abbé, encore une fois, s'était trompé. Sylvère appartenait *déjà* à Théodorine avant même de l'avoir vue. Elle lui écrivait — ou faisait écrire, il ne savait pas encore — tous les mois, et ses lettres étaient de tels ultimatums qu'il y répondait sur l'heure. Toujours la même phrase d'ailleurs : « Faites comme vous faisiez du temps de notre cher abbé », ou « Agissez au mieux ». Car elle ne ferait pas un geste, disait-elle, sans des ordres écrits et signés de « son bon monsieur ».

Il s'efforça d'imaginer sa maison bayeusaine et la vie qu'il y mènerait. Mais dans la nuit claire, les yeux cillant sur les étoiles, c'est à ce premier jour passé à Genève qu'il pensait encore. La petite Judith-Rose d'alors l'avait conduit à son appartement. Elle allait partir mais restait, le regardait, hésitait, semblait avoir envie de parler sans pouvoir s'y décider.

— Y a-t-il quelque chose que vous ayez oublié de me dire ? Je sais les heures des repas, celles des relèves du courrier que je dois déposer dans le hall et j'ai compris qu'il me faut prévenir les écuries la veille si j'ai besoin d'une monture.

Sans paraître avoir entendu, elle avait dit, rapidement, comme elle aurait avoué une faute :

— Vous le verrez, mon père boite. Il est tombé de cheval à quinze ans. Je suis sûre qu'il déteste qu'on remarque son infirmité. Il ne me l'a jamais dit, mais je le sais : on le peine en lui montrant qu'on voit son malheur. Et encore plus si on le plaint.

Il avait incliné la tête pour affirmer qu'il ne verrait rien de cette disgrâce. Il était attendri, elle l'avait entretenu là de ce qui comptait, sans doute, le plus pour elle : l'affection qu'elle portait à son père.

Sylvère se leva soudain pour aller s'asseoir plus près de la porte du grenier et être tout à fait dans la nuit parmi les étoiles, les yeux levés vers elles. Et il se mit à leur parler de Judith-Rose en italien, le langage le mieux fait pour l'amour. Il se sentait un peu fou, mais assez lucide néanmoins. Comment avait-il pu croire qu'il n'avait rien à offrir ? Si Judith-Rose le voulait, il repousserait cette échelle, qui permettait de monter et de redescendre du grenier, et il se jetterait dans le vide. Si elle préférait qu'il passe le reste de ses jours à tuer ceux qui l'importunaient, il était prêt aussi, le doigt sur la détente du pistolet. Il se contenterait donc, désormais, d'obéir. Dès lors, de quoi se plaindrait-il ? Il allait vivre une pure et vraie passion. Henri Beyle, cet écrivain trop peu apprécié, le disait lui aussi : « L'amour est dans la seule élévation des sentiments et des pensées donnés à l'autre. » Il vieillirait donc ainsi, la cruelle et sublime douceur du renoncement au cœur.

— Cruelle et sublime douceur, répéta-t-il pour les rossignols et les étoiles...

Bien avant la fin de la nuit, il avait cessé de s'apitoyer sur lui-même, tiré de l'eau au puits, et s'était rendu aussi présentable que l'exigeait Mlle Charlotte, sans avoir d'ailleurs eu besoin qu'elle le lui conseillât, car ils avaient en commun le goût d'une sobre et stricte apparence.

C'était le petit vicomte de Randelle, l'un de ses condisciples, qui lui avait dit : « Cristi, si j'avais votre taille, ce vieux bougre de tailleur anglais minable et sublime qui niche dans cette espèce de clocheton derrière la cathédrale Saint-Pierre ferait de moi un dandy. » De Sylvère, il avait fait un homme élégamment correct, contre six mois de leçons d'allemand, de français et de mathématiques données à deux de ses fils et leur réussite à l'examen d'entrée au beau lycée Malherbe. Noémie lui offrait des chemises. Elle en faisait déposer parfois deux ou trois dans sa chambre. Et lorsqu'il la remerciait, elle disait : « Ah ! oui ? » presque surprise et paraissant avoir complètement oublié la chose.

Comme chaque matin de beau temps au pays normand, il y eut d'abord les blancheurs de l'aube, à l'horizon, puis l'embrasement de tous les roses de l'aurore, et le soleil parut. Et il semblait, ce début de matinée, identique à celui de la veille. Ce n'était là qu'apparence, le premier jour du mois de mai n'était pareil à aucun autre.

Mlles Morel d'Arthus arrivaient. Il était temps que chacun boive son lait de mai, la fermière héla la servante trairesse, une forte fille aux joues rouges, « une goule bisouse », comme disaient les hommes de cette région de celle qui avait tout le carmin d'un coquelicot sur les belles rondeurs de son visage.

Sur la margelle du puits étaient alignés des bols. Chacun prit le sien, mousseux jusqu'à l'extrême bord.

Se peut-il que j'aie faim ? se disait Sylvère.

Il avait faim. Qui n'aurait eu envie, en regardant Judith-Rose tenant son bol à deux mains, la tête renversée, les cheveux touchant terre, et buvant avec un tel plaisir, qui n'aurait eu envie d'en faire autant en se disant : « Nous avons en même temps aux lèvres le même goût, et dans la bouche la même saveur... »

Elle était vêtue de blanc, du premier au dernier volant de sa robe de mousseline, blanc aussi le ruban nouant sa natte, blanches ses mains et blanc le bol de lait. Il vit là le reflet immaculé, lumineux, éclatant de la grande pureté de la passion dont son cœur débordait.

Ils voulaient tous encore de ce lait. Judith-Rose, la première, tendait son bol vers la fermière qui disait :

— Vous n'en boirez jamais assez pour protéger toute votre année à venir.

Pensant à son léger embonpoint, Noémie décréta :

— D'ailleurs, cela ne fait pas grossir ; Voltaire, qui faisait chaque année, pendant le mois de mai, sa « saison de lait », était l'être le plus décharné qui soit.

— En buvant ainsi, nous sommes censés bénéficier de quoi ? demanda Charlotte.

— D'une protection contre les maladies que nous n'avons pas encore, et d'une guérison de celles que nous avons sans le savoir, ou de celles que nous pourrions contracter demain, répondit Sylvère.

— Aurai-je donc moins de rhumatismes l'hiver prochain ?

— Peut-être bien.

— Aucune certitude ?

— Qui peut annoncer les miracles ?

— Je me demande si tout cela n'est pas une facétie, grommela Charlotte. Charles-Albert, qui venait souvent en France, ne nous a jamais entretenues, Noémie et moi, de ces prodiges laitiers.

— Charles-Albert ne connaissait peut-être pas parfaitement la Normandie, suggéra Judith-Rose.

— Charles-Albert savait tout, dirent ensemble Charlotte et Noémie.

Les yeux de Judith-Rose cherchèrent ceux de son précepteur et les rencontrèrent. Ils se sourirent, complices. Il sembla à Sylvère qu'il retrouvait alors sa joyeuse petite élève de Genève. Il crut, un instant, que rien n'était advenu entre eux, que tout restait délicieusement comme avant.

Comme lorsqu'elle lui avait parlé pour la première fois de Charles-Albert. Après lui avoir énuméré chaque membre de la famille et du personnel domestique, elle avait ajouté :

— Puis, aussi, il y a Charles-Albert-de-Maheux-savant-naturaliste-distingué-et-paysagiste-de-talent. A entendre sans cesse parler de lui, on croit qu'on va le voir ouvrir la porte de la maison et entrer. Mes frères disent même qu'ils l'ont, vraiment, rencontré dans l'escalier lorsqu'il vient chercher sa boîte d'aquarelle que les cousines ont exposée sur la table de leur petit salon. Elles ne sont pas contentes, Charlotte et Noémie, quand ils affirment aussi que Charles-Albert court dans les couloirs en criant : « Laquelle ? Laquelle vais-je épouser ? » Mais les garçons, ça ne sait pas toujours quand ça fait de la peine, ça ne comprend pas bien ces choses-là...

» Les cousines vous raconteront, pour sûr dès demain, leur grand voyage à Constantine où Charles-Albert est mort. Elles sont allées recueillir les pinceaux, la palette, les peintures, la montre et la chaîne qu'elles lui avaient tressée avec leurs cheveux à toutes deux.

— Mais c'était qui, ce Charles-Albert, un ami ?

— Leur presque mari.

— Leur ?

— Il faut que je vous explique : Charles-Albert est parti très vite à cette guerre d'Afrique, sans avoir eu le temps de dire s'il épousait Charlotte ou Noémie. Moi j'aurais pas eu à réfléchir beaucoup, mais lui, il faut croire que oui, il faut croire aussi que vous, les Français, vous étiez bien pressés de la prendre, cette ville de Constantine, pour ne pas même laisser cet homme choisir sa fiancée ! Alors les cousines pensent qu'elles sont veuves toutes les deux. Vous avez vu qu'elles sont toujours en noir ?

Plus tard, il avait appris en détail l'histoire de l'ami d'enfance des deux demoiselles Morel d'Arthus, ce baron de Maheux dont le cœur avait balancé entre l'une et l'autre, aimant les principes de l'aînée et, sans doute bien malgré lui, l'originalité de la cadette. Membre observateur naturaliste étranger de l'expédition de Constantine en 1837, et faisant à ce titre partie de l'état-major de l'armée d'Afrique, il était mort du choléra dès la prise de la ville. Mais Mortimer Morel d'Arthus prétendait que, fût-il devenu centenaire, il n'eût pas su encore faire son choix.

Noémie discourait avec elle-même et Charles-Albert qu'elle savait très informé sur le pays normand, quoi qu'on en dît. Alertement, puisqu'on en était à boire depuis le réveil, elle était passée du lait au cidre, ayant en secret le désir d'abandonner les laitages pour quelque chose de plus relevé. Et cela l'avait amenée à introduire Sylvère dans sa conversation à la muette. Il lui avait appris, la veille, que l'origine du jus de pomme fermenté remontait au xve siècle. C'était de la Biscaye que s'était acheminée jusqu'à la France

cette boisson que les Basques appelaient zaguar-
dua. Sylvère avait suggéré alors que le cidre était
peut-être arrivé d'Espagne avec les Maures. Là,
Noémie n'était pas du tout d'accord. Aussi
lança-t-elle à ceux qui l'entouraient et s'entrete-
naient encore des bénéfiques laitages du mois de
mai :

— Le cidre n'est en aucun cas d'origine
maure !

» Charles-Albert, lorsqu'il nous écrivait
d'Afrique, nous a précisé que les musulmans ne
boivent rien qui soit alcoolisé. Et, bien que notre
ligue de tempérance genevoise permette d'en
consommer, je crois, quand même, que le cidre
contient un peu d'alcool.

Judith-Rose et Sylvère, complices de nouveau,
riaient. Sylvère s'attendrissait, quand la pensée
soudaine que cette spontanéité pleine d'innocence de la jeune fille serait peut-être — sûrement même — détruite par un Lord Downpatrick
quelconque fit monter une colère en lui. Quelle
femme un homme de peu de qualité ferait-il de
cette enfant ?

Et jusqu'aux deux vieilles demoiselles qui ne
seraient jamais comprises non plus ! On se
moquerait, dans la plupart des familles où elles
entreraient, à la suite de Judith-Rose, de l'intran-
sigeance théâtrale de Charlotte et du côté folâtre
de Noémie. Il se sentit si impuissant désormais à
leur être de quelque utilité, si rejeté hors de leur
univers par les écarts de son cœur, qu'il mordit

ses lèvres jusqu'à en saigner. Mais il était apparemment impassible et Noémie elle-même ne devina rien de la tempête qui l'agitait... et que Charlotte et Judith-Rose se chargèrent d'apaiser par un immédiat dérivatif : la première hurla, soudain, à découvrir les pieds nus de la seconde. Il crut qu'une vipère venait de mordre la jeune fille et se précipita vers elle.

Charlotte s'écriait, tremblante de fureur :

— Mais cette enfant est folle ! Ce soir elle aura le plus gros des rhumes et demain une bronchite !

Dépassant du dernier volant de la robe, les deux petits pieds blancs, rosis par la fraîcheur de l'herbe, frétillaient et Judith-Rose répondait en riant :

— Eh bien, pour le coup, on va voir si tout cela est facétie, comme vous dites, ou vérité vraie ! Si demain matin je n'ai ni rhume ni bronchite, c'est que la fameuse rosée de mai est bénéfique. Qu'en pensez-vous, monsieur Sylvère ?

Qu'en pensait-il ? Il avait à la fois envie de pleurer et de rire. Mais il offrit la vue d'un homme souriant et calme. Il appela Dorothée qui passait et lui demanda une serviette, les bas et les chaussures de Judith-Rose. Comme la jeune servante, dans sa précipitation à obéir, avait oublié la serviette, il sortit de sa poche un mouchoir blanc et bien plié, fit s'asseoir la jeune fille sur la margelle du puits et sécha ses pieds.

« Encore une fois, une dernière », se disait-il.

Demain elle lui serait étrangère, mais en ce matin de printemps éblouissant elle était encore à lui.

Il était si près d'elle qu'il voyait sur son visage briller de minuscules gouttelettes de sueur. Elle avait tant couru, tant sauté... Il voulut lui éviter les quelques pas qui la séparaient de la salle de la ferme où Charlotte lui ordonnait d'aller mettre bas et chaussures au chaud, face au foyer de la grande cheminée. Et il osa, pour la première fois, la prendre dans ses bras.

Quand il l'eut posée sur un banc, devant le feu crépitant, il s'éloigna, sans dire un mot, et s'en fut ramasser son mouchoir mouillé qu'il plia avec le plus grand soin et remit dans sa poche. Il le garderait toujours, imprégné à jamais de rosée de mai.

2.

Obéir à Charlotte en remettant la robe de voyage de lainage gris, voir Dorothée plier et ranger dans la malle celle du 1er mai en mousseline blanche, laissa un regret au cœur de Judith-Rose. Elle éprouvait encore ce sentiment d'inachevé, déjà ressenti l'avant-veille dans la berline. Elle désirait quelque chose d'autre, mais quoi ? Quitter cette ferme où elle n'avait passé qu'une nuit lui fut comme un arrachement.

Noémie s'était convaincue que, plus dangereuse encore que les brigands des chemins, pouvant surgir à chaque instant sur la route, était cette intimité forcée en voiture. Aussi est-ce d'une enjambée énergique qu'elle franchit le marchepied du véhicule, car aussi énergique était sa décision d'empêcher Judith-Rose et Sylvère d'échanger des idées, des regards. Il ne lui échappait pas que l'atmosphère amoureuse de ces journées de printemps commençait à entamer la grande innocence de sa jeune cousine. Elle ne s'accorderait donc aucune somnolence et parlerait sans cesse jusqu'à Alençon. Là-bas, on aviserait. Et quoi qu'il lui en coûtât, il faudrait se résigner à informer Charlotte de cette vigilance nécessaire, qu'il suffirait d'ailleurs de qualifier de « précaution ».

En application de ce programme d'obstruction, Noémie se lança dans l'exposé de considérations personnelles sur les pommiers. Ils étaient, dit-elle, si on voulait bien y réfléchir, totalement dénués de l'envie de monter toujours plus haut, ce dont tant d'autres arbres — des forêts, ou d'ailleurs — avaient la grande ambition. Peu soucieux de prétendre aux cimes les plus élevées, les pommiers se contentaient de leurs rondeurs charnues. Quasiment à portée de main, ces braves arbres n'étaient-ils pas aussi fleuris de sagesse, de générosité, de...

Comme la vieille demoiselle hésitait, Judith-Rose avança :

— D'amour !

Ce qui irrita Sylvère.

C'était la seconde fois, en vingt-quatre heures, que la jeune fille prononçait ce mot qui n'avait jamais encore fait partie de son vocabulaire. Et absolument hors de propos ! Il n'y avait pas plus d'amour, quoi qu'elle en dît, dans la fameuse révérence de l'impératrice Eugénie à l'empereur Napoléon III que dans ces arbres ! En revanche une curiosité toute nouvelle de ce sentiment semblait s'emparer de son élève. Que survienne un Lord Downpatrick quelconque et l'esprit et le cœur de Judith-Rose seraient attentifs. Cette situation dangereuse bouleversa Sylvère au point qu'il ne s'étonna pas, l'espace d'une seconde, de perdre l'équilibre...

— Ciel ! hurla Charlotte.

La voiture avait failli verser, elle se redressait à grand-peine, oscillait dangereusement, et, enfin, reprenait sa stabilité. Mais tous ses occupants avaient été projetés les uns sur les autres. Dorothée, assise en face de Sylvère, échut dans ses bras. La jeune servante, d'abord pâle de terreur, fut vite rouge de confusion et d'émotion. Et Judith-Rose, un court instant projetée sur Charlotte, vit, en se rasseyant, le trouble de la domestique et comprit en un éclair sa raison.

Si elle n'avait pas eu très peur de l'accident évité de justesse, Judith-Rose eût sans doute mieux dissimulé sa surprise amusée. Mais ce fut pour elle comme un soulagement de sourire, puis de rire, en regardant Dorothée et Sylvère. Et personne ne put se méprendre sur l'ironie de cette gaieté.

Sylvère en fut poignardé. A cet instant précis il décida de devenir un homme célèbre, riche et considéré. Comment ? Il n'en savait rien, mais il trouverait. Il lui avait longtemps manqué le levier nécessaire pour acquérir de l'ambition. Il venait de le saisir. Il se jura que lorsqu'il manquerait de courage, ou désespérerait, ce rire de Judith-Rose, qu'il garderait à jamais dans l'oreille et le cœur, l'obligerait à persévérer.

Pour l'heure, il dut tancer Big-James. Ce n'était pas chose aisée. L'homme devenait de plus en plus difficile à mener. Depuis Paris — pour ne parler que de cette partie du voyage ! — il n'avait pas consenti une seule fois à céder un pouce de route au moindre véhicule le talonnant, fût-il plus rapide que le sien. A l'instant, il avait refusé le passage à un courrier impérial. On avait évité l'accident de justesse, mais il pouvait en arriver un autre d'une minute à l'autre.

Tout étant rentré dans l'ordre, Noémie décida que les deux lieues qui restaient à parcourir seraient employées à analyser l'étrange comportement des bergers normands, presque tous sorciers, disait-on. Sujet d'ailleurs de grande opportunité. Maîtresse Harelle n'avait-elle pas affirmé que lorsque des voyageurs rencontraient l'un de ces gardiens de moutons planté dans un champ, appuyé sur son bâton et abrité sous sa cape sombre, il fallait faire montre de la plus grande civilité envers lui qui, en retour, si sa sympathie était acquise aux étrangers, aurait avec eux une longue conversation ? Le temps de cet échange de propos serait magiquement employé par le sorcier, car, l'entretien fini, les voyageurs se trouveraient alors arrivés à leur destination, sans avoir eu à faire un pas de plus.

— Seulement voilà, nous n'avons pas rencontré un berger sorcier, dit Judith-Rose.

Et elle ajouta, en riant : « D'ailleurs, Big-James ne lui aurait sûrement pas plu. »

L'angélus du soir sonnait quand ils atteignirent Alençon. Mais les carillons des églises de la ville ne suffirent pas à couvrir les emportements de Big-James contre les employés de l'octroi, placé là où, autrefois, il y avait une porte de la ville. Dans un anglais vociférant, le cocher défendait la réputation de ses maîtres, et le lustre qui en rejaillissait sur lui, en refusant d'obtempérer aux règles douanières. Il hurlait qu'il avait été, lui Big-James, à Sa Grâce le duc de Portland avant d'être, présentement, au plus grand des banquiers genevois, l'honorable M. Morel d'Arthus, ce qui, d'évidence, dispensait ce carrosse de toute obligation et contrainte réservées aux gens du commun. Il clamait si fort le nom de Morel d'Arthus que des voyageurs aux portefaix, en passant par les charretiers et leur cargaison de bois, ou les meuniers et leurs mules chargées de sacs de farine et tous les cavaliers ou piétons, personne n'ignora qui étaient ces nouveaux venus dans Alençon.

Enfin, sans que l'atrabilaire Anglais eût perdu la face — ce qui aurait annoncé des jours difficiles — et sans que l'exaspération croissante des commis d'octroi eût déclenché des complications, le droit d'entrée fut obtenu par la patience, la persévérance et la diplomatie de Sylvère. Judith-Rose les avait encouragées, penchée à la portière, et aussi passionnée par cette lutte qu'un spectateur de ce jeu appelé boxe, assis au premier rang devant le ring.

Ils arrivèrent à l'hôtel du Grand-Cerf, une bonne heure après s'être trouvés à l'entrée de la ville, et ils étaient à peine installés qu'un laquais, en livrée bleue à parements vert pâle, se présentait à eux avec un bouquet et une lettre, le tout envoyé par le vicomte Odilon de Beaumesnil-Ferrières.

— Eh bien, de quoi s'agit-il donc ? s'impatienta Charlotte qui — les bagages n'étant pas défaits — n'avait encore récupéré ni son binocle ni son face-à-main et demandait à sa sœur de prendre connaissance du message.

Noémie lisait sans lunettes, ce qui ne manquait jamais d'irriter son aînée. De sa petite voix claire et joyeuse, la cadette disait, ayant retourné le feuillet : « Cela est signé : vicomte Odilon de Beaumesnil-Ferrières. »

— Nous le savons ! Au fait.

Alors, Noémie distilla :

Alençon, le 2 mai 1855

Mesdemoiselles et chères cousines,
Le hasard avait placé ce soir l'un de nos gens sur votre chemin. Nous apprîmes ainsi votre arrivée.
Si les calculs que nous venons de faire, avec quelque hâte, sont justes, il y a soixante et un ans à ce jour qu'un Morel d'Arthus est venu à

Grand-Cœur en Pervenchères pour la dernière fois ! Et si nos déductions sont bonnes, il nous apparaît que ce visiteur — copropriétaire, à l'époque, du domaine avec un Beaumesnil — était votre aïeul. Le nôtre, à l'instant de cette arrivée, se trouvait, dit-on, déjà couché. Il n'était que six heures du soir, mais on ferme l'œil tôt dans nos campagnes si aucune fête ou bal ne nous le tient ouvert.

Votre aïeul surprit donc le mien dans un premier sommeil dont il fut arraché pour tomber dans une inquiétude soudaine : ce lit, dans lequel il reposait, et la chambre où il se trouvait appartenaient-ils aussi pour moitié à l'arrivant ? C'était là une question qu'il ne s'était jamais posée. Il lui fut très déplaisant de s'apercevoir qu'il aurait dû y trouver une réponse, en prévoir les conséquences et les pallier. Il fut d'ailleurs assez surpris d'avoir eu cette lucidité au sortir de ce premier sommeil, dont chacun sait qu'il est le meilleur et le plus profond.

Mon aïeul en était donc à se demander encore s'il devait céder sa couche tiède au cousin suisse qui y avait, hélas ! autant droit qu'un Beaumesnil, que M. Morel d'Arthus dormait déjà, exténué par son voyage, dans le lit qu'un serviteur lui avait préparé et bassiné, n'ayant eu, d'évidence, nulle prétention à en exiger un autre.

Une fois de plus, mon aïeul déplora — la

tradition familiale dit que le terme employé par lui était plus énergique ! — l'étrange testament de cette trisaïeule qui avait créé cette désagréable indivision.

Le cousin Morel d'Arthus, assure-t-on, était un jeune homme de la meilleure mine et du commerce le plus agréable. Il voyageait pour le plaisir de laver quelques aquarelles, de-ci, de-là. Il était, dit-il, arrivé dans le comté du Perche presque par hasard et s'excusait du dérangement qu'il causait. Sa parfaite civilité et le peu d'ambition qu'il avait d'apparaître comme demi-propriétaire des lieux le rendirent plus que sympathique à notre aïeul.

M. Morel d'Arthus trempa ses pinceaux dans un bol d'eau du puits de Grand-Cœur pendant une petite semaine et s'en fut, aussi discrètement qu'il était arrivé.

Mais le comte de Beaumesnil avait été secoué. Il dormit mal désormais, ne pouvant s'empêcher, lorsqu'il prenait seul — il était veuf — possession du grand lit de la plus grande chambre de Grand-Cœur, de penser qu'un jour, demain peut-être, des Morel d'Arthus pourraient avoir d'autres prétentions sur la moitié du domaine que celle d'y faire de l'aquarelle.

Il faut dire, à la décharge de mon aïeul, que l'on s'habitue vite aux situations faciles et que trois visites de cousins aussi discrets, ne dépassant pas huit jours chacune, en soixante-dix ans, avaient pu lui faire oublier qu'il n'était pas le seul maître à bord.

Son bon sommeil ne lui étant pas rendu, et le ver grignotant de plus en plus le fruit, mon aïeul prit le seul parti qu'il pouvait prendre. Le jeune peintre paysagiste était à peine rentré à Genève que le comte de Beaumesnil y arrivait aussi.

Votre tradition familiale, mesdemoiselles, raconte-t-elle, comme la nôtre, que l'on prit en considération à Genève les insomnies percheronnes ? Et l'année dentellière étant bonne, par la grâce de Napoléon, premier du nom, qui remit le point d'Alençon d'étiquette à la Cour, quelques commandes impériales de rideaux de berceau, et autres robes de baptême, aidèrent à ce que Grand-Cœur nous revînt tout entier.

Déjà peu envahissants, les Morel d'Arthus le furent moins que jamais. Mes grands-parents le déplorèrent souvent. Et ma mère, ma sœur et moi-même ne saurions vous dire à quel point votre venue chez nous, rue Saint-Blaise, nous comblerait de joie.

Après vous voir tant parlé de lit, oserais-je vous dire que l'hôtel des Beaumesnil serait heureux d'en réserver quelques-uns à votre usage ?

Dès demain matin, l'un de nos domestiques viendra s'enquérir de vos désirs et nous espérons vivement qu'il nous rapportera une acceptation de votre part à être nos hôtes en Alençon.

Charlotte jugea cette longue missive de mauvais goût — voire insolente. Et ce monsieur n'avait pas perdu de temps, dit-elle.

Noémie sourit et trouva du « goûteux » à la chose.

Judith-Rose n'osa pas dire qu'on allait peut-être enfin s'amuser ici. Pour que l'on entrât en rapport avec ces lointains cousins, il ne lui fallait pas paraître trop le désirer.

Le bouquet qui accompagnait la missive venait des serres de l'hôtel Beaumesnil, dit une femme de chambre du *Grand-Cerf* qui paraissait savoir de quoi elle parlait. Charlotte le déclara « excessif », Noémie « romantique », Judith-Rose en respira le parfum, sans rien ajouter.

Sylvère la regardait, avec un peu de mélancolie. Bouquets et lettres de ce genre, pensait-il, lui feraient sans doute préférer des gentilshommes de France aux seigneurs d'Angleterre...

Charlotte décida que l'on accepterait, sans plus, un dîner ou un souper « chez ces gens », et surtout pas de lit !

Pour que l'on ne fût pas pris au dépourvu le lendemain matin, lorsque le laquais des Beaumesnil se présenterait, Sylvère dut écrire cette réponse sur l'heure et « sans y faire le moindre esprit, s'il vous plaît », précisa Charlotte, ajoutant entre haut et bas : « Laissez donc ces jeux-là à ces papistes. » Le jeune homme sourit à compter qu'il venait de se passer un long temps — au moins trois jours ! — sans que Mlle Morel d'Arthus aînée s'en prît aux catholiques pour n'importe quelle mauvaise raison. Elle les fustigeait avec la même petite rage qu'elle mettait toujours à tuer les mouches qu'elle exécrait.

Big-James et son fils, renseignés par l'efficace service d'information qui fonctionne entre gens de maison, se déclarèrent satisfaits de cette parenté alençonnaise. Ils avaient su, bien avant leurs maîtresses, que les écuries Beaumesnil-Ferrières étaient les mieux garnies de la ville et M. le vicomte pourvu d'un groom anglais.

*

Lorsque Odilon avait posé sa plume et tendu à sa mère la lettre qu'il venait d'écrire, il avait demandé :

— Est-ce là ce que vous vouliez ?

— Laisse-moi le temps de lire !

— Faites vite, vous disiez à l'instant que cela était, je ne sais d'ailleurs trop pourquoi, de la plus grande urgence.

— En effet, je veux que l'on porte tout de suite ce billet au *Grand-Cerf*.

— Vous êtes sûre que ces personnes y sont descendues ?

— J'ai confiance en celle qui m'a renseignée.

C'est Hermance, l'ancienne dentellière que j'emploie comme laveuse de linge fin depuis qu'elle n'y voit plus guère... mais elle entend toujours fort bien. Elle m'a dit l'arrivée de deux vieilles demoiselles et d'une très jeune, accompagnées de leurs serviteurs.

— Ce n'est tout de même pas Hermance, quasi aveugle, qui les sait demoiselles... vieilles ou jeunes ?

— Que si ! Elle a écouté parler celui qui semble chargé de diriger leurs affaires et qui les appelait ainsi.

— J'ai toujours admiré votre réseau d'information. Sans bouger de chez vous, vous savez toujours tout. Prenez-vous réellement plaisir à cela ?

— Non. Je pense même n'être pas curieuse de nature. Mais je crois que se renseigner, avant les autres, sur ce qui se passe dans notre ville est d'un grand avantage. Toi qui fais la guerre, tu ne vas pas me dire que ce que vous pouvez apprendre de l'ennemi ne vous est pas précieux !

Odilon eut un grand rire joyeux :

— Votre vie n'est pas un interminable combat contre nos Alençonnais, que je sache !

— Oh si...

Le jeune homme regarda sa mère avec une ironie tendre qui disait toute leur complicité affectueuse.

Lorsqu'elle eut terminé sa lecture, la comtesse

de Beaumesnil, en riant à son tour, demanda ce qu'il y avait de vrai dans tout cela.

— Tout, précisément. Tout s'est passé ainsi. Enfin, presque...

— Et si ce « presque » nous amène quelques réactions du côté de la Suisse ?

Odilon eut un geste fataliste, cela ferait un sujet de conversation avec les « cousines » ; il sortit sa pipe de sa poche et la rentra aussitôt.

— Tu sais que tu peux fumer ici.

Il s'en abstint néanmoins. Il venait d'oublier que la fumée la faisait tousser. Il n'usait du tabac que depuis son arrivée en Crimée et s'était aperçu avec angoisse du mauvais état de santé de sa mère aux interminables quintes de toux qu'il avait déclenchées en fumant auprès d'elle. Il résolut de ranger sa pipe au fond de sa cantine et de ne l'en sortir que lorsqu'il serait de nouveau devant Sébastopol.

Bathilde de Beaumesnil pensait, elle aussi, au prochain départ de son fils, le cœur serré. Une angoisse l'étreignit. Deux fois blessé, déjà ! Par miracle le premier coup de sabre russe n'avait pas atteint le poumon et le second n'avait pas tranché la gorge. Il avait encore une cicatrice à la base du cou, que ses hautes cravates dissimulaient heureusement. Elle sentait la peur la gagner. Mais elle imposa à son visage, si pâle, un masque de sérénité :

— Tu sors ce soir ?

Il inclina la tête, prit la main de sa mère et la baisa :

— Le bal chez les Lassalle. Vous vous souvenez ?... Si vous vouliez m'accompagner ! Tous vous réclament.

— Tu sais que je suis un peu fatiguée, en fin de journée.

Elle s'efforça de sourire, y parvint, et il reprit quelque espoir, oubliant un instant son constant amaigrissement.

— Vous travaillez trop. Laissez ma sœur et vos dentellières vous seconder plus. Vous avez confiance en elles ? Vous les savez efficaces et dévouées ?

— Elles le sont. Mais il faut plus d'autorité qu'elles n'en ont pour mener tant de femmes. Il faut un seul maître.

Il voulut la distraire, la faire rire encore.

— Parions-nous qu'il y aura un *biscuit à la Balaklava* chez les Lassalle ?

— Non, tout de même pas ! Ce serait bien le douzième, au moins ?

— Le seizième !

Il fut content, elle riait. L'histoire datait de son arrivée en Crimée, et de sa première inspection de la popote de ses hommes. Un jeune Breton, lui tendant un biscuit de soldat, avait dit :

— Goûtez ça, mon lieutenant ! Elle a toujours et partout été plus dure que de la pierre, la galette de l'armée, mais celle-là, on me dirait que c'est un bon petit menhir de granit de chez moi découpé en rondelles, par sainte Anne, je le croirais !

Il avait essayé, en vain, de mordre dedans.

— Ne persévérez pas trop, mon lieutenant, vous avez toutes vos dents, et bien belles, n'en cassez pas deux ou trois sur ce caillou.

Faire tremper le biscuit dans un liquide, bien sûr les hommes, et surtout les zouaves, si astucieux, y avaient pensé depuis longtemps. Mais le résultat n'était guère savoureux. Alors il avait mis au point, avec ses troupiers, une recette des plus raffinées : on mouillait le biscuit de café et on le grillait ensuite. Et, comme une cantinière débrouillarde lui avait procuré du sucre, il en saupoudra ce qui devint vite, dans tout le camp, le célèbre *moka-délice à la Balaklava*, servi chaud.

L'anecdote s'était répandue dans les maisons amies d'Alençon et des châteaux alentour. Partout, pour fêter la croix du lieutenant de Beaumesnil, les maîtresses de maison s'ingéniaient à inventer de nouvelles manières de confectionner un gâteau au café, baptisé *Balaklava*.

Lorsque Odilon revenait de ses soirées en ville ou à la campagne, il ne manquait jamais de passer chez sa mère. Il voyait la flamme de la bougie briller par l'entrebâillement de la porte de la chambre, et il entrait, en s'excusant de sentir le tabac et l'alcool. Elle tenait toujours du thé au chaud, et c'était pour elle les meilleurs moments de sa vie, désormais, que ces causeries. Il énumérait les invités, et racontait ce qui s'était dit d'intéressant. Mais si elle lui demandait de décrire les plus belles robes, et surtout les dentelles, il s'exclamait :

— Ah! les dentelles! En ai-je vu? Ma foi, pour un fils, petit-fils, arrière-petit-fils de dentellier, je reconnais que je ne les remarque guère. Je devrais voir des volants en haut et en bas des robes de ces dames? J'avoue que le grain de la peau des épaules m'intéresse davantage, pour le haut... Quant au bas, l'étroitesse d'un joli pied me réjouit plus que la vue du point d'Alençon! Je sais, je sais, je suis l'indigne descendant de la plus belle lignée de dentelliers du monde! Qu'y faire?

Certes, qu'y faire? Il repartirait à ses guerres qu'il aimait. Elle le regarda, intensément; elle sentit que sa tristesse devait se lire dans ses yeux, et elle abaissa vite ses paupières.

A vingt-cinq ans Odilon de Beaumesnil était l'officier le plus célèbre de la ville. Il réalisait la performance d'être reçu à la fois dans les salons bonapartistes, légitimistes et orléanistes sans qu'on lui reprochât jamais, chez les uns ou chez les autres, ses opinions politiques. Il était pour l'Empire et l'empereur, ne s'en cachait guère, mais sans provocation. Sa bravoure au combat lui valait l'estime et l'admiration de tous. Même de ceux qui, dans le secret de leur cœur, souhaitaient la victoire de l'ennemi pour que le régime actuel s'effondrât. Blessé deux fois depuis le début de la guerre aux batailles de l'Alma et d'Inkerman, il achevait sa convalescence dans sa famille. Allant presque chaque soir à des réceptions, d'un hôtel de la ville à un château des environs, il avouait dormir moins rue Saint-Blaise que dans la boue du plateau de Chersonèse. Et on disait que son courage à charger les Russes égalait son entrain à mener un cotillon[1] ! Il était gai et joyeux non par légèreté ou inconscience, mais, disait-il, par philosophie. Il avait fait sienne cette pensée de M. Victor Hugo, pourtant féroce adversaire de son empereur :

« L'enthousiasme est le fond de la vraie sagesse. »

Il ouvrait sa fenêtre, chaque matin, sur le jour qui se levait, en remerciant le ciel — bleu ou gris — de la bonne journée à venir.

Pervenche-Louise de Beaumesnil, de deux ans son aînée, aussi effacée et timide qu'il était brillant et crâne, avait osé dire, un jour, alors que son frère traversait l'un de leurs ateliers de fabrication de dentelle, que ce n'était pas sa belle prestance qui captivait les ouvrières, mais quelque chose... quelque chose en lui... de triomphant.

Les mêmes attraits physiques de départ — taille élancée, belle régularité de traits, doux yeux gris et cheveux sombres et bouclés —

1. Ensemble des danses variées, agrémentées de scènes mimées, qui terminaient un grand bal.

n'avaient pas atteint, chez Pervenche-Louise, l'élégance et l'éclat qui séduisaient tant chez Odilon. Et, lorsque le frère et la sœur se tenaient côte à côte, on croyait toujours voir le premier dans le soleil et la seconde dans l'ombre.

Mais l'ardeur à vivre qui habitait Odilon n'était pas moindre chez Pervenche-Louise. Simplement, elle ne la montrait pas. Admirer et adorer sa mère et son frère, servir la dentelle, sa troisième divinité, paraissait à la jeune femme dans l'ordre des choses. Et elle n'aurait jamais pensé à afficher les bonheurs de sa vie par des paroles ou des actes trop démonstratifs, qu'elle eût d'ailleurs jugés superflus, voire de mauvais goût. Il fallait considérer comme exceptionnel qu'elle s'aventurât à accorder ses gestes ou sa voix aux élans de son cœur.

De tout ceci, il résultait que Bathilde de Beaumesnil, son fils et la fabrique de dentelle familiale avaient, en celle que l'on appelait souvent Perlou, une prêtresse dévouée à leur culte. Ils n'en abusaient pas, mais en usaient largement.

La ville s'enorgueillissait d'avoir depuis le xviie siècle, dans les Beaumesnil, les plus grands fabricants de point d'Alençon, et cela sans même que leurs ateliers aient changé une seule fois d'adresse en cent soixante-quinze ans !

Une tradition voulait que les familles dentellières s'allient entre elles. Mais Guillaume de Beaumesnil, après un premier mariage qui l'avait laissé veuf très jeune, avait, contre l'avis des siens, fait une mésalliance et épousé en secondes noces une jeune personne jaillie du « souterrain ». Ainsi appelait-on les ateliers des tisserands. On avait murmuré que le comte hissait sa nouvelle femme des sombres caves du drap au premier étage noble de la dentelle. (Les rez-de-chaussée étaient, dans les deux corporations, réservés aux magasins de vente.) Mais on ne l'avait pas dit longtemps, sauf chez les légitimistes et les orléanistes, qui ne pardonnaient pas à Bathilde d'être fournisseur attitré de Sa Majesté l'impératrice. Nul, néanmoins, n'aurait songé à dénigrer les efforts constants de la nouvelle comtesse pour garder la première place à la ville d'Alençon dans la fabrication du point. Sitôt remarié, Guillaume avait laissé la direction de l'affaire à Bathilde dont il disait qu'elle était bien plus apte que lui à ce métier. Il était d'ailleurs courant, chez les Beaumesnil — à l'inverse des autres dentelliers de la ville —, que la haute main sur les ateliers fût celle d'une femme. Et cela depuis la célèbre Gilonne de Ferrières, qui avait créé la Compagnie normande de la dentelle en 1683. Établissement fondu ensuite avec celui de son second mari, le comte Ogier de Beaumesnil, et devenu ainsi le plus important de la région.

Depuis dix ans maintenant, le comte Guillaume était mort. Il avait passé sa vie à la chasse, en voyage ou au domaine familial de Grand-Cœur en Pervenchères, rien pour Bathilde n'avait donc changé, à sa disparition, dans la marche de l'entreprise.

Un fils, Manfred, était né du premier mariage de Guillaume avec une Letourneur, des Établissements Letourneur et Nodier, venant après ceux des Beaumesnil dans la hiérarchie dentellière.

Manfred de Beaumesnil avait, à sa majorité — il y avait dix ans de cela —, vendu l'affaire maternelle et ne vivait plus à Alençon. On ne parlait qu'à mots couverts de sa jeune femme, issue de la meilleure noblesse légitimiste de la région, dont l'état mental, disait-on, déjà héréditairement faible, s'était dégradé encore depuis deux ans.

On se voyait assez peu entre enfants du premier et du second lit du comte Guillaume. Et la situation eût été délicate, à Grand-Cœur qui appartenait en indivision à Odilon et à Manfred, si ce dernier n'avait décidé de remettre en état un ancien pavillon de chasse, qu'il avait aménagé et que l'on appelait, désormais, *Petit-Cœur*.

*

Sylvère écoutait, sans y prêter attention, les propos échangés sur le refrain : « Nous soupons ce soir chez la comtesse de Beaumesnil. »

Mlles Charlotte et Noémie mettraient leurs robes de poult-de-soie noir, au col fermé par un camée antique. Elles avaient bien emporté leurs fameuses perles, dont l'orient et la grosseur étaient célèbres, mais elles ne pensaient pas qu'un souper à Alençon nécessitât qu'elles les sortent du petit sac de peau de chamois, lui-même caché dans la poche, fermée par une épingle de nourrice, de l'un de leurs jupons empesés. Elles s'étaient partagé, à la mort de leur mère, son collier à double rang et, n'ayant jamais songé à s'acheter le moindre bijou, n'auraient même pas eu l'idée de porter celui-là, si Charles-Albert ne le leur avait conseillé, un soir où elles lui avaient parlé du goût de leur mère pour les perles. Depuis, elles les mettaient, quand les circonstances paraissaient l'exiger, en souvenir des chers disparus, un peu comme elles auraient noué un ruban de deuil autour de leur cou.

L'affaire du collier réglé — non, vraiment, il n'était pas nécessaire, du tout, de se harnacher de la sorte —, on passa à celle du moyen de transport. La demeure des Beaumesnil n'était qu'à deux cents mètres de l'hôtel du Grand-Cerf. Jamais Big-James n'accepterait d'atteler la berline pour deux enjambées de ses chevaux. D'ailleurs, cette voiture de voyage était ridicule pour aller souper en ville. Mais on ne pouvait pourtant pas faire ce petit parcours à pied, les unes derrière les autres, comme une troupe de canards, Charlotte en tête et Dorothée en queue, portant châles et parapluies, car le temps menaçait.

On envisageait de louer un landau lorsque le laquais des Beaumesnil vint proposer celui de sa maîtresse et prendre les ordres pour la soirée.

« N'aurait-il pas pu venir plus tôt ! » maugréa Charlotte.

Judith-Rose était, officiellement, à sa toilette dans sa chambre. En réalité, elle était prête, mais se cachait. Dorothée avait fait une longue natte de ses cheveux et l'avait enroulée deux fois autour de la tête de la jeune fille, en une coiffure semblable à celle que portait souvent l'impératrice Élisabeth d'Autriche. Mais comme, malgré les deux enroulements, un morceau de la tresse était encore de trop, avant même que Dorothée ait eu le temps d'intervenir, Judith-Rose avait saisi les ciseaux et « raccourci son martyre ». Affolée, la servante était venue frapper à la porte de Sylvère :

— Monsieur ! que faut-il faire ? Si ces demoiselles s'aperçoivent de cela, elles m'accuseront de ne pas avoir assez surveillé Mademoiselle. Mais Mademoiselle a fait si vite ! Vrai, je n'ai même rien vu que « ça » par terre, tout à coup.

Et elle tendit un mouchoir où se lovait « ça », une espèce de petite queue de cheval d'un blond argenté, adorable et provocante.

— Que dois-je en faire, Monsieur, dites ? Si ces demoiselles la voient... parce que si elles ne la voient pas, peut-être ne sauront-elles pas... et cela repousse en si peu de temps !

Il avait rassuré Dorothée en s'emparant des cheveux et en promettant de les cacher... Dans la poche intérieure de son habit, sur son cœur ! Et il souriait, parfois, en y songeant.

De la fenêtre de sa chambre, il regardait ces dames monter dans une voiture vert bouteille aux armes des Beaumesnil qu'il distinguait mal.

Judith-Rose était vêtue de sa robe de mousseline blanche tout en volants, et il en ressentit quelque mélancolie. C'était « leur » robe du 1er mai. Il y avait deux grosses roses sur la paille de sa capeline et aux rubans noués à sa taille. Dorothée était fière de les avoir découvertes chez un horticulteur, à l'autre bout de la ville où elle avait couru, ne pouvant absolument pas laisser sa maîtresse aller souper sans fleurs fraîches à son chapeau et à sa ceinture. Il avait rencontré la jeune servante devant l'hôtel alors qu'elle revenait, radieuse, de son expédition.

— Regardez, Monsieur, comme elles sont belles, si blanches, avec juste un tout petit peu de rose au bord des pétales ! Elles sont aussi jolies que Mademoiselle !

Elle était gentille, cette fille, à peine plus âgée que sa jeune maîtresse. S'il était resté ce qu'il était au départ de sa vie, c'était une simple et douce créature comme elle qu'il aurait pu épouser, et il serait sans doute heureux. Maintenant qu'était-il ? Un déclassé, ce mot à la mode qui ne voulait pas dire grand-chose, mais qui signifiait quand même un état incommode.

Judith-Rose n'était pas encore montée en voiture.

Elle boutonnait ses gants sur le trottoir, en riant. Charlotte lui parlait. Elle devait lui faire remarquer qu'une jeune fille bien élevée achève de s'habiller dans ses appartements... et qu'avec un crochet à boutons on boutonne mieux... à moins qu'elle ne lui recommandât de ne point trop parler chez les Beaumesnil, et surtout pas des jardins suspendus de Babylone ! A Noémie, sûrement, Charlotte avait dû souffler aussi :

— Attention à ce que tu diras. Ne va pas nous fâcher avec ces gens ! Peu importe que nous n'ayons pas à les revoir souvent, laissons un bon souvenir de notre passage ici !

Sans être vexée, Noémie acceptait en souriant ce genre de rappel avant chaque sortie en ville ou réception rue des Granges. Même si Charlotte ajoutait :

— Et pas de *piqûre de guêpe,* s'il te plaît !

Cette histoire de guêpe...

Un dimanche, au sortir du culte où Sylvère accompagnait les Morel d'Arthus au complet, car il aimait écouter le sermon du pasteur dont il appréciait l'intelligence et la culture, Charlotte, marchant en tête, comme toujours, s'était arrêtée devant la vitrine de l'un des plus grands joailliers de la ville. Une jolie guêpe d'or aux ailes en brillants avait attiré son regard — l'anniversaire de Judith-Rose était en vue — et elle pensait que peut-être... et puis : « Non, dit-elle, cela doit coûter les yeux de la tête ! » Mortimer Morel d'Arthus parlait peu en général à ses cousines, sauf lorsqu'elles l'irritaient trop. Cette fois-là, il dit, sèchement, comme il savait le faire et avec son sourire un peu cruel :

— Mais vous pourriez, ma chère, et vous aussi, Noémie, acheter non seulement cette guêpe, mais tout un essaim, et la boutique et l'immeuble, et les dix autres qui les encadrent !... Et même, vous pourriez aussi acheter les deux marchands, deux frères, justement, un pour chacune de vous !

Charlotte avait eu un haut-le-corps :

— Mortimer ! Quelle étrange façon de parler !

Noémie, intéressée pourtant, n'avait rien dit. Mais sa tête s'était mise en mouvement sur cet achat possible des deux joailliers. Cela l'avait amenée, joyeusement, à penser à quelque chose qui ressemblait à la traite des Blancs. Des Blancs, elle était passée aux Noirs, et de là, à une famille nouvellement arrivée dans la ville et dont on soupçonnait que l'origine de la fortune était en liaison directe avec le commerce de « bois d'ébène ». En conclusion, Noémie avait dit alors bien haut, pour que Mortimer l'entendît :

— Croyez-vous vraiment que la richesse des Dolambac provienne de la vente d'esclaves ?

Or, par l'un de ces hasards qui font mal les choses, les Dolambac, sortant du temple eux aussi, dépassaient à cet instant précis les Morel d'Arthus et entendirent. Comment ne pas croire que ces paroles leur étaient délibérément lancées au visage ?

Judith-Rose avait dit, dans l'un de ses fous rires célèbres :

— Eh bien, à propos de guêpe, voilà une sacrée piqûre qui va rudement s'envenimer !

Il y eut brouille, bien sûr, entre les deux familles, et la pauvre Noémie entendrait parler de piqûres de guêpe jusqu'à la fin de ses jours.

Sylvère s'était juré qu'il n'attendrait pas leur retour.

Il fit une longue promenade, parcourant Alençon jusqu'en ses faubourgs. Il resta un bon moment devant l'ancien hôtel de la duchesse de Guise. Judith-Rose en aimait l'harmonieuse architecture de briques roses et de pierre... Il marcha dans le bruit des rues, parmi les coiffes blanches des femmes... Judith-Rose adorait ces fastueux bonnets ! Il garderait gravée dans son cœur cette vision de la jeune fille auréolée de la *grande volante*...

La rumeur de la ville s'éteignit peu à peu et il vit le blanc des coiffes passer au mauve, puis au gris, avant de se fondre dans la nuit.

Il s'était juré... Mais il attendit sous la pluie, sans même s'apercevoir qu'il pleuvait.

Ce fut Charlotte qui avança la première sa chaussure sur le marchepied de la voiture.

— Ces gens m'ont assassinée ! Doux Jésus, quelle soirée !

— Ce fut charmant, charmant, assura Noémie, à mi-voix.

116

Judith-Rose était radieuse. Jamais elle ne s'était tant amusée. Le cousin était mer-vei-lleux !

— Et demain, nous allons tous — vous aussi ! — visiter les ateliers. Oui, oui, je vous ai fait inviter, il faut que vous voyiez cela.

— Commandez donc du tilleul pour tout le monde, et faites-le monter dans notre petit salon. Une bonne infusion et faire le point avec vous, monsieur Sylvère, voilà ce qu'il me faut.

— Oui, venez que l'on vous raconte tout.

— Ne parle pas si fort, petite ! Tu as été infernale ce soir. Ah ! monsieur Sylvère, je ne vous fais pas compliment de votre élève, elle n'a pas cessé une seule minute de dire n'importe quoi à cet officier...

— A *notre cousin* !

— Ça, c'est à voir !

— Mais c'est tout vu ! Nous avons les mêmes ancêtres, il y a six à sept générations. Ce qui n'est pas si éloigné que cela, en y réfléchissant. Mais à vous entendre, ce soir, parce que, tout de même, vous leur avez parlé, vous aussi, à ces « papistes », comme vous dites, à vous entendre donc, on aurait cru que notre filiation remontait aux temps des pharaons ! Vrai, en vous écoutant on voyait notre trisaïeule commune sous des bandelettes et dans un sarcophage tant vous vouliez que tout soit loin et étranger entre les Beaumesnil et les Morel d'Arthus.

— Tais-toi donc. Dis-moi plutôt de quoi tu as

parlé, toi, si longtemps, et en aparté, à ce beau militaire ?

— De presque rien. J'ai répondu aux questions qu'il me posait sur Genève, le lac, les montagnes. D'ailleurs, c'est sans intérêt. Ce qui est important, ce que je veux raconter à M. Sylvère, c'est ce que j'ai appris d'intéressant sur la guerre de Crimée.

Elle parlait, elle parlait, et Sylvère l'écoutait à peine. Il se demandait ce qu'étaient devenues les roses qu'elle n'avait plus à la ceinture.

Comme dans un brouillard, il entendit :

— ... Et les meilleurs alliés des Russes sont les généraux Décembre, Janvier, Février... Et l'amiral Korniloff a dit à ses troupes : « Il faut mourir, mes gars, mourrez-vous ? » et les hommes ont répondu : « Nous mourrons, Votre Excellence, hourrah ! »

Qu'avait-elle bien pu faire de ces fleurs ? Il était sûr qu'elle ne les avait pas en rentrant à l'hôtel. Les avait-elle jetées en chemin, parce qu'elles étaient fanées ? Et comme elle s'exaltait à parler de cette guerre, qui hier ne l'intéressait pas !

— ... Le maréchal de Saint-Arnaud, le commandant en chef de l'armée d'Orient, si malade, presque mort, a pu tenir douze heures à cheval à la bataille de l'Alma parce que son médecin, qui ne le quittait pas, lui appliquait un gros aimant sur le cœur...

Peut-être avait-elle offert ses deux roses à ce

nouveau cousin, ce héros de la guerre de Crimée !

Elle disait encore :

— Lord Raglan, le commandant en chef des forces anglaises, a perdu un bras. On le lui a coupé dans une grange, sur une table de ferme, et comme on allait le jeter, il a demandé qu'on le lui apporte, et il a enlevé son anneau de mariage et l'a mis à la main qui lui restait !...

Sûrement, elle avait donné ces fleurs à son bel officier. Peut-être les lui avait-il demandées ? A cette pensée, Sylvère, qui était resté assis, impassible dans son fauteuil jusqu'à cet instant, ne put s'empêcher de dire avec une amère ironie :

— L'anecdote est exacte. Malheureusement cela ne s'est pas passé en Crimée en 1854, mais à Waterloo en 1815 !

Charlotte, qui buvait son tilleul, sursauta et s'écria :

— Ah ! j'en étais sûre ! Ce Beaumesnil m'a paru un bien beau parleur ! Ainsi, il prend des libertés avec la vérité, pour étonner une petite fille crédule ?

— Mais non ! J'ai dû mal comprendre. Il m'a sans doute dit, en parlant de Lord Raglan, qui est bien à la guerre en Crimée, ce qui lui était arrivé, autrefois, à Waterloo. Et puis quelle importance ? De toute façon, Lord Raglan s'est conduit magnifiquement en Orient aussi.

— Je croyais que tu n'aimais pas les Anglais, petite ?

— Non. Mais j'aime le courage. Et je trouve cette guerre splendide.

— Une guerre ! Splendide ! Comment peux-tu dire une énormité pareille, alors qu'il y a des milliers de tués à chaque bataille ?

— Ah ! j'aurais aimé voir les zouaves monter à l'assaut ! *Ce sont les premiers soldats du monde !*

— Si tu veux ! Mais il est temps que tu ailles te coucher. Et crois-moi, ne rêve pas trop aux beautés de la guerre, même décrites par un charmant officier.

Ainsi le vicomte de Beaumesnil était charmant ? Et si Judith-Rose ne contredisait pas Charlotte, c'est qu'elle pensait comme elle. Sylvère fut mécontent de la jalousie qui s'empara de lui, à voir la jeune fille tout excitée encore par ces récits guerriers, toute vibrante de ce qu'un homme, rencontré pour la première fois, venait de mettre dans sa tête et peut-être aussi dans son cœur. Elle était si jolie ainsi qu'elle lui donnait l'envie irrésistible de la prendre dans ses bras. Et c'était sans doute ce qu'avait dû désirer aussi ce Beaumesnil.

Il s'efforça de se calmer. Il allait falloir vivre les trois mois qui le séparaient du retour à Genève dans ces tourments, et comment y arrive-rait-il s'il n'était pas plus raisonnable ? Il décida qu'il irait à Bayeux voir sa maison. Il y resterait quelque temps, pour réfléchir à son avenir.

Noémie s'était tue pendant les discours de Judith-Rose. Elle avait regagné sa chambre avec, dans l'oreille, la dernière proclamation de la jeune fille :

« Les zouaves sont les premiers soldats du monde ! »

Cela, elle savait que c'était vrai. Charles-Albert le lui avait dit, donc le vicomte de Beaumesnil n'affabulait pas. Noémie, d'ailleurs, était sûre que ce jeune homme était de bonne qualité. Une autre preuve de la véracité de ce qu'il avançait : il avait expliqué que Sa Hautesse Omar Pacha, généralissime de l'armée ottomane, était venu dans le camp français saluer la maréchale de Saint-Arnaud qui arrivait en voiture à la revue des troupes. Un sultan parlant ainsi en public à une chrétienne, on n'avait encore jamais vu cela depuis la formation de l'Empire ottoman. C'était une révolution ! Or, Charles-Albert disait toujours, en effet, que les musulmans...

Noémie s'endormit, convaincue que ce jeune officier lui plaisait beaucoup et qu'elle le verrait, avec intérêt, s'occuper de Judith-Rose.

Elle se réveilla en sursaut, peu de temps après. Juste ciel ! Elle avait oublié qu'Odilon était catholique ! C'était ennuyeux. Très.

Judith-Rose ouvrit la fenêtre de sa chambre et s'accouda au balcon. La nuit était douce et claire, la rue déserte. Mais elle y entendait les joyeuses sonneries d'un régiment de zouaves, les cornemuses des highlanders, les flûtes et les cymbales des Turcs, toute la clameur de l'armée d'Orient avant une charge sur l'ennemi. L'ennemi russe qui attendait l'attaque dans son camp silencieux. Entre les rangs des hommes agenouillés, recueillis et se signant, passaient les prêtres aux longues barbes, avec des icônes et des bannières, et ils aspergeaient d'eau bénite ceux qui allaient combattre. De ces soldats en prière, féroces néanmoins, Odilon de Beaumesnil avait fait des hécatombes. Mais l'un d'eux, avant de tomber, avait essayé de lui percer le poumon et un autre de lui trancher la gorge. Il n'avait pas parlé de ces blessures, ni de son courage, bien sûr, mais par Little-James, qui le tenait du groom, elle savait tout : le vicomte de Beaumesnil était un héros. Sur Vent Sauvage, son coursier qui aimait la bataille, lui aussi, il faisait honneur à son pays. Il devait être splendide quand il attaquait, sabre au clair ! Plusieurs fois, pendant cette soirée, elle l'avait vu porter la main à son cou où la haute cravate de soie blanche cachait cette terrible entaille. Seuls les officiers blessés grièvement avaient-ils le droit de rentrer chez eux se soigner ? Peut-être, si Odilon ne guérissait pas tout à fait, ne retournerait-il pas à la guerre ? Mais il lui avait dit avoir hâte de regagner Sébastopol. Il voulait entrer dans la ville avec sa division. Alors, il repartirait...

Un réverbère éclairait la vitrine d'un magasin de dentelle, dans l'immeuble face à l'hôtel. On en avait retiré pour la nuit les pièces importantes. Il n'y restait que quelques métrages de très petite hauteur qui se déroulaient comme des rubans clairs sur le velours sombre des présentoirs. Combien y avait-il de fabriques de ce genre dans la ville ? Elle en avait déjà vu beaucoup. Mais demain, c'était la plus grande, la plus belle qu'elle visiterait. Et *il* avait dit qu'il l'accompagnerait.

Quelque chose chiffonnait Charlotte.

Elle revoyait le déroulement de ce souper.

Dans cette demeure où les laquais ne manquaient pas, le service à table était fait, sous la direction du maître d'hôtel, par des femmes. Elles étaient vêtues de robes bleu de roi à parements vert jade — couleurs de la livrée des Beaumesnil, depuis le XVIIe siècle, paraît-il ! — avec tabliers garnis de vraies dentelles et coiffes aussi luxueuses ! Il fallait le reconnaître, l'entrée dans la salle à manger de ces quatre personnes, l'une derrière l'autre, agitant leurs ailes et portant de grands plats d'argent ou des carafes de cristal, avait une certaine allure. Peut-être un peu théâtrale, mais enfin !... Et la comtesse, qui avait un œil aigu, dû sans doute à l'habitude de surveiller ses ateliers, lui avait dit :

— Je vois, mademoiselle, que mon personnel vous a étonnée. Je vais vous faire une petite confidence : vous êtes bien de mon avis, nous ne faisons mettre des gants blancs à nos domestiques mâles que parce que nous n'arrivons jamais à leur faire suffisamment laver les mains ? Eh bien, moi, cela ne me plaît guère de savoir que sous le coton blanc la peau est noire. Alors je me fais servir par celles qui, depuis l'enfance, savent qu'il n'y a pas de dentelle belle et neigeuse sans constante propreté. J'ai fait apprendre le service de la table à une dizaine de mes dentellières. Ces femmes sont ravies de l'aubaine, elles y gagnent leur repas et un petit supplément de salaire. Que pensez-vous de mon idée ?

— Chez nous, madame, nos serviteurs mâles ont les mains propres sous leurs gants blancs !

— On m'a dit, en effet, que la Suisse est le pays de la propreté. Je vous envie !

Mais elle n'avait pas eu l'air d'envier du tout. Cette dame était assez déroutante. La petite flamme d'ironie qui habitait constamment son regard était inconfortable. Ne s'était-elle pas moquée, avec ces histoires de mains propres et sales ? Cette comtesse de Beaumesnil avait, vraiment, l'air de quelqu'un qui pourrait s'amuser ainsi à vous dire n'importe quoi.

Tout cela n'était pas plaisant. Vivement le départ pour l'Angleterre où cette chère Lady Downpatrick était le naturel et la franchise mêmes.

En soufflant sa bougie, Charlotte se souvint qu'il y avait eu, au moins, quelque chose de positif pendant cette soirée : sans le vouloir le vicomte de Beaumesnil avait rapproché Judith-

Rose des Anglais en vantant les Lords Raglan et autre Cardigan, leurs charges héroïques de brigades légères et leur folle témérité. Et, plus encore, en racontant que la reine Victoria, visitant les Invalides, a fait agenouiller le petit prince de Galles devant les restes du vaincu de Waterloo. Ah ! voilà vraiment qui mettra l'enfant en bonne condition pour faire la connaissance de Lord William Downpatrick ! Bien dommage qu'il n'ait pas fait la guerre en Orient, lui aussi !

*

Les cousines parties, Odilon baisa la main de sa mère, enfourcha son cheval et s'en fut.

Il y avait bal au château d'Hauterive. Il avait promis d'y conduire le cotillon et n'arriverait à temps qu'en galopant pendant les trois lieues du chemin. Mais il n'avait eu aucune envie d'écourter le souper de dames suisses. Il s'y divertissait trop. D'une bonne gaieté que ces femmes simples et directes répandaient autour d'elles sans en avoir conscience un seul instant. Même la cheftaine de la tribu, digne, raide et revêche au départ, était, sur le mot apparemment magique de « fontaine », devenue soudain attendrissante dans son exaltation. Elle avait dit, comme si elle parlait de l'avenir du monde :

— Il faut, monsieur, que vous sachiez que ce voyage, décidé pour montrer l'Europe à notre pupille, est aussi entrepris pour mener à bien une connaissance approfondie des plus remarquables fontaines existantes. Nous avons décidé, ma sœur et moi, d'en offrir une à notre ville. Certes, Genève en possède de fort belles. Mais nous voudrions découvrir plus beau encore et en faire exécuter une réplique. Reste à choisir. Ah! le choix, comte, quel tourment! Comment se décider? Tenez, j'hésite, actuellement, entre une petite merveille que je connais, à Rome, et une autre à...

Dieu! elle était allée regarder tout ce qui en Europe distribuait de l'eau! Elle était une source intarissable sur la question. A écouter, sans sourire, cette femme qui ne devait pas rire souvent, on devinait, malgré le visage ridé et desséché, la jeune fille qui avait dû avoir des élans, des coups de passion pour quantité de choses, et que la sévère éducation protestante avait peut-être eu du mal à calmer.

Quant à Mlle Noémie, elle avait paru, dans sa conversation avec lui, ne s'intéresser qu'à Pervenche-Louise qui, en général, n'intéressait personne. Mais apprendre que Perlou, mariée à un lointain cousin portant le nom de Beaumesnil lui aussi, était très vite devenue veuve l'avait moins captivée que de savoir si elle avait toujours aussi peu parlé. Et Noémie avait dit alors :

— Je dois vous raconter que jusqu'à l'âge de treize ans je parlais peu de moi-même. Pas tellement par timidité, mais parce que je ne trouvais pas cela utile. Et puis un jour, à une matinée enfantine j'ai entendu, car j'ai l'ouïe très, très fine, une dame de vieille noblesse française expliquer à la gouvernante de sa fille qu'il ne fallait pas que celle-ci nous fréquentât trop, ma sœur et moi. Nous vivions, disait-elle, dans le monde de « l'argent » et il était inutile que son enfant sache ce qu'était cette vilaine chose et en prononce le nom. Soudain ma langue s'est mise à me démanger. J'ai foncé sur cette sotte personne et je lui ai dit, très haut, de manière à être entendue de tous :

» — N'ayez aucune crainte, madame, nous ne nous servons jamais chez nous de ce mot que vous ne voulez pas que l'on emploie chez vous. Mes parents ne parlent jamais d'argent mais d'*or*.

» Là, j'ai fait une pause, et j'ai ajouté : celui de nos cheveux, à ma sœur et à moi ! car à l'époque nous étions très blondes.

» Et depuis, le croiriez-vous, je parle sans cesse. On vous dira peut-être, dans la famille, que c'est parce que mon père, apprenant ma conduite par le récit détaillé de ma gouvernante, me donna, avec un gros baiser et un bon sourire, une jolie bourse en perles contenant treize pièces d'or, et que j'ai dû, alors, me faire la réflexion qu'il était plus payant de parler que de se taire.

» Pour en revenir à Mlle Pervenche-Louise, je vous dirai donc qu'elle n'a, peut-être, pas encore eu son déclic, mais qu'il ne faut jamais désespérer. Forte de mon expérience, je me suis efforcée d'inciter ma petite-cousine Judith-Rose à s'exprimer librement. Ma sœur Charlotte vous dira qu'elle a dépassé mes espérances.

De la conversation avec Judith-Rose dans le jardin, assis tous deux sur le banc et sous le magnolia, Odilon se souviendrait longtemps.

Ils évoquaient Grand-Cœur. Il proposait une promenade à cheval pour y aller dîner. Elle avait dit alors :

— Nous irons à pied.

— A pied ? Huit lieues ?

— Oh ! nous avons fait bien plus, chez nous. De vrais voyages à pied.

— Mais pourquoi, puisqu'il y a des chevaux et des voitures ?

— Parce que nous aimons marcher. Et qu'ainsi nous entretenons nos jarrets.

— *Vos jarrets ?*

— Oui, pour marcher toujours plus et mieux. Vous savez bien ce que c'est que l'exercice ? Eh bien, mes cousines et moi pratiquons le voyage à pied. C'est le seul moyen de bien voir le paysage, de jouir de la nature et d'herboriser.

— Et c'est bon pour... *les jarrets* !

— Ils sont améliorés après chaque randonnée. Si les vôtres sont en ce moment assez *faibles*, ou même *dégénérés*, puisque vous êtes toujours à cheval, ils peuvent, assez rapidement, en faisant quatre à cinq voyages à pied par an, passer du *faible* et de l'*inégal*, au *bon* et même à l'*excellent*.

— Et... puis-je vous demander comment sont les vôtres ?

— J'en suis arrivée, cette année, au *jarret éprouvé* et je parviendrai sans doute au *jarret exquis*.

— *Exquis ?* Oh ! la merveille ! Et cela pourra vous mener jusqu'où ?

— Jusqu'au *superfin*. Et même à l'*inouï* ! En passant, bien sûr, par le *fortifié*. Mais on peut régresser. Si je ne m'entraîne pas, je risque de retomber dans l'*irascible* et même le *dégénéré*.

— Et qui donc décerne ces qualificatifs ? Mlle votre cousine Noémie ?

— Mais non ! Notre maître à tous, nous autres Suisses, en matière de voyage à pied, Rodolphe Töpffer.

— Ah !

— Vous n'avez pas l'air de savoir qui c'est !

— Ma foi...

— Mais c'est notre grand écrivain de langue française. Il dirigeait aussi un pensionnat de jeunes garçons qu'il emmenait faire des voyages à pied. Ma famille l'a bien connu. Avant son accident de cheval, mon père a fait avec lui un périple autour du lac de Genève. En cinq jours. Et mes cousines ont participé à plusieurs autres, jusqu'en Italie !

— Alors, nous ferons, de la même façon, le voyage d'Alençon à Grand-Cœur en Perven-chères ?

— Vous viendrez aussi ?

129

— Ah! je ne voudrais pas rater cela! Mais mon jarret sera sans doute trop *dégénéré*?

— M. Töpffer vous aurait répondu qu'il n'est peut-être qu'*hypothétiquement dégénéré*, que vous avez en vous de grands espoirs d'amélioration et que le *jarret exquis* est accessible à tous, à la condition de le vouloir vraiment.

Elle paraissait s'amuser beaucoup en lui racontant cela. Elle avait un rire frais de petite fille. Mais elle semblait surtout se divertir à voir combien elle le distrayait. Il ne fallait pas s'y tromper, bien qu'elle ne manquât point d'humour, elle n'aurait sans doute pas admis que l'on se moquât de la grande attirance de ses vieilles cousines pour les voyages à pied, ou de l'aptitude de ce M. Töpffer à décerner les qualificatifs les plus ébouriffants aux fameux jarrets. On sentait bien que, quelque part dans son cœur, il y avait une place à jamais assurée aux bonnes vieilles traditions de son pays. Son beau regard à la fois bleu et vert guettait, sans en avoir l'air, prêt à enregistrer la moindre moquerie, et il aurait parié qu'elle ne lui ferait pas de quartier si elle sentait chez lui le plus faible soupçon de dérision envers les deux vieilles demoiselles.

On lui fit fête lorsqu'il arriva, bon dernier, à Hauterive. Et dès sa descente de cheval il dit à ceux et celles venus au-devant de lui et qui l'entouraient :

— Je suis en retard, mais je viens de vous inventer une nouvelle figure de cotillon! Désormais, il y aura entre la scène mimée de « La Chasse aux mouchoirs » et celle de « La mer agitée », « Le grand concours de jarrets ».

Alors, il leur avait raconté sa soirée avec les cousines, leur science et leur pratique du voyage à pied.

Plus encore que d'entendre les rires joyeux ou moqueurs des belles amies qu'il retrouvait à chaque bal dans la région, ce fut de voir la jolie, extravagante et fort légère Adélaïde de Courmarin relever ses jupes et dire : « Regardez le mien ! Est-il assez exquis ? » qui lui fit prendre conscience de ce qu'il venait de faire : il avait trahi la petite cousine.

Sur le chemin du retour il le regretta avec le désespoir assez démonstratif de quelqu'un qui a un peu trop bu. A Sucre d'Orge, sur lequel il fonçait dans la nuit — Vent Sauvage était resté à l'attendre en Crimée —, il dit : « Eh bien, mon vieux, ai-je été un assez beau goujat, ce soir ? »

Il arriva chez lui fort mécontent et accompagné d'une désagréable sensation de dégoût envers lui-même. Il n'avait aucune illusion sur la suite qui serait donnée à cette affaire : combien compterait-on de charmantes inoccupées, trop heureuses d'avoir une diversion à leur ennui aux champs, qui viendraient rôder, dès demain, autour du *Grand-Cerf*, voir un peu de quoi avaient l'air « les cousines de Suisse » ?

Comme il était tard, sa mère ne l'avait pas attendu. Il s'en félicita, il n'était pas d'humeur à discourir encore. Il n'avait que trop parlé ! Quoi qu'il fît, désormais, la petite Judith-Rose serait pour ses amis d'Alençon et des châteaux environnants Mlle du Jarret Exquis, ou Mlle du Jarret Éprouvé, ou... tout ce qui plairait à dire à ces écervelées auxquelles il l'avait livrée.

Il s'endormit sur la vision, désolante, des grands yeux innocents dont les belles clartés bleues et vertes disaient : « Pourquoi avez-vous fait cela ? »

*

Chaque matin, depuis l'arrivée à Alençon, Judith-Rose se faisait réveiller par Dorothée qui couchait dans le cabinet attenant à sa chambre : elle voulait assister à l'entrée des dentellières dans leurs ateliers. L'hôtel du Grand-Cerf était situé dans la rue Saint-Blaise où se groupaient plusieurs fabriques de point.

Dorothée avait avancé, avec timidité, qu'à quatre heures et demie les feux aux cuisines ne seraient pas allumés et que Mademoiselle n'aurait pas son chocolat. Judith avait recommandé de ne pas se soucier de ce détail. Mais la jeune servante connaissait le joyeux appétit de sa maîtresse et avait obtenu du chef qu'on lui tienne un petit foyer prêt dès l'aurore.

— On peut même vous le préparer, ce chocolat ! Non ? vous tenez vraiment à le faire vous-même ? Croiriez-vous, vous autres de la Suisse, que le chocolat, on ne sait pas ce que c'est ici ? Mais, ma petite, dans votre pays vous ne rêviez pas encore que ça pouvait exister, le chocolat, que nous, ici, on en avait déjà depuis cent ans ! Seulement, nous, on le déguste à des heures de bon chrétien !

A entendre Mlle Charlotte vitupérer les « papistes », Dorothée apprenait à répliquer : ses maîtresses, et elle-même, étaient d'aussi bonnes chrétiennes que d'autres, mais chez les Morel d'Arthus on savait ce que c'était que de se lever tôt pour ne rien perdre d'une journée accordée par le Seigneur. C'était bien pour cela qu'ils étaient riches, les maîtres, parce qu'ils ne jetaient par les fenêtres ni le temps ni les écus. Et, avec sérénité, elle confectionnait son chocolat, selon la recette de Mlle Charlotte, dans la casserole d'argent à manche d'ébène, puis le transvasait dans la chocolatière, en argent aussi, au moussoir de bois de châtaignier. Alors elle battait sa préparation avec une conscience et un plaisir évidents et la servait, contente d'elle, à sa chère Mademoiselle. Plus tard, à six heures très précises, elle renouvellerait l'opération pour ses deux autres maîtresses.

La famille Morel d'Arthus tenait cet appareil à cacao de la reine Hortense, la mère de l'empereur Napoléon III elle-même. On avait voisiné, autrefois, avec l'ex-souveraine. La grand-mère de Charlotte et de Noémie, une Suissesse allemande, possédait, près d'Arenenberg sur le lac de Constance, une demeure très proche de celle de la belle-fille de Napoléon Ier, où l'on allait souvent faire de la musique.

Impossible de se tromper sur les premiers clic-clac de sabots entendus dans le lointain et qui se rapprochaient vite. Ce ne pouvait être qu'*elles*. La marche des laitières qui viendraient, à une heure plus avancée d'ailleurs, vendre leur lait en ville était, du fait de la charge des bies[1], plus lourde et plus traînante.

Ce qui amusait Judith-Rose, c'était de fermer les yeux, puis de les rouvrir lorsque la sarabande des sabots était toute proche. Alors, la rue était déjà blanche de coiffes.

Fermer les yeux et les rouvrir, encore et encore, tout était de plus en plus blanc, devenait une vibration de blancheur dans le souffle du matin et dans les chants des carillons. Et il y en avait tant et tant de ces têtes claires ! C'était une allégresse de blancheur, coulant comme un lait.

— C'est joli, n'est-ce pas, Dorothée ?

Apparemment, Dorothée ne voyait rien là de si remarquable. Ces femmes avaient, disait-elle, de pauvres robes et des fichus à franges assez plaisants, de loin, mais bien misérables vus de près. La petite servante n'était pas éloignée de penser, comme Mlle Charlotte, que toutes ces dentelles sur les cheveux, ça ne servait pas à grand-chose

1. Ou cannes : cruches.

et devait demander beaucoup d'entretien. Elle en avait parlé avec Aloysia qui était de son avis. Mais Mlle Judith-Rose, on le savait, comprenait les choses à sa manière, ça chantait souvent dans sa tête et dans son cœur. Mademoiselle voyait du beau partout, même où il n'y en avait pas trop. Néanmoins, Dorothée jeta un autre coup d'œil sur la rue et calcula que, si une seule, sur cinq, de ces femmes avait une coiffe garnie de dentelle d'Alençon, une fortune circulait en ce moment, là en bas. Et que devait-il en être le dimanche lorsqu'elles mettaient leurs coiffures les plus belles ?

Sylvère avait pris l'habitude, à Genève, de se lever tôt afin d'avoir un début de matinée bien à lui avant de prendre en charge ses élèves. Il agissait de même en voyage et revenait d'une promenade dans les faubourgs de la ville, lorsqu'il aperçut Judith-Rose sur son balcon.

Elle était vêtue d'une longue robe de chambre de fin tissu blanc et ses cheveux, encore libres de toute contrainte, s'agitaient dans le vent léger autour d'elle comme de grandes flammes d'or pâle. Elle était là, à ce premier étage de l'hôtel, semblable à une divinité qui aurait eu à ses pieds une foule adoratrice. Hypnotisé par la beauté de cette statue au frais visage, Sylvère s'arrêta sur le trottoir, face au *Grand-Cerf*, dissimulé en partie par un groupe de dentellières. Et il resta en contemplation, quelques minutes, du rêve et de l'amour plein les yeux.

Judith-Rose ne l'aperçut pas. Mais Dorothée le vit et vit aussi son regard. Elle vacilla : M. Sylvère et Mademoiselle !... Alors, comme un animal battu ne connaissant que la fuite éperdue pour échapper au danger, elle quitta brusquement la chambre, descendit l'étage, sortit de l'hôtel et s'en fut, courant droit devant elle. Puis, essoufflée, aveuglée par les larmes, elle s'arrêta et rebroussa chemin. De nouveau, elle se mit à courir : et le chocolat de Mlles Charlotte et Noémie !

Comme Dorothée avait quelques minutes de retard, pour la première fois depuis qu'elle était en service chez les Morel d'Arthus, Charlotte grogna que ce pays, décidément, ne valait rien à quiconque : M. Sylvère parlait d'aller à Bayeux alors qu'il ne saurait en être question en ce moment où le départ pour l'Angleterre pouvait — elle l'espérait fortement — se décider du jour au lendemain. Et Noémie avait été indisposée cette nuit. Quelle erreur, aussi, d'avoir voulu manger des tripes à la mode de Caen au souper ! Rien n'était plus indigeste le soir. Et indigeste aussi allait être cette visite de la fabrique de dentelles des Beaumesnil.

*

Bathilde de Beaumesnil s'était éveillée très lasse et avec la sensation vague d'avoir une corvée à accomplir. Il lui fallut un moment pour se souvenir que les dames suisses venaient ce matin visiter ses ateliers.

Elle était si fatiguée que cette corvée, dont, il y avait à peine trois ou quatre mois, elle aurait souri, l'accabla. Elle envisagea, un moment, de faire dire qu'elle était souffrante. La pensée de donner de l'inquiétude à Odilon lui insuffla la force de se lever et de s'apprêter rapidement. Allons, elle ferait quand même bonne figure ce matin devant tous ! Peut-être n'était-elle pas aussi malade qu'elle le croyait. Ni aussi vieille. Elle lissa, d'une main distraite, devant l'un des grands miroirs de son cabinet de toilette, des bandeaux de cheveux encore bruns et très épais.

Elle arriva à la salle à manger, où sa tasse de lait l'attendait, en souriant, ce qui dilata le cœur de Pervenche-Louise et fit se lever joyeusement Odilon.

On décida de garder, après la visite, les « cousines » à dîner, et on convoqua Prudence, la cuisinière, pour faire le menu. C'était une femme grande, toute vêtue de blanc, de la coiffe aux bas et aux chaussons — elle avait laissé ses sabots à la porte — en passant par la robe et le tablier. De mauvaises langues disaient, en ville, à propos du personnel des cuisines de la maison Beaumesnil, que la comtesse ayant vécu trop longtemps dans le noir de son « souterrain », il lui fallait, désormais, beaucoup de blanc autour d'elle.

Pervenche-Louise, comme chaque matin, avait

assisté à l'arrivée des dentellières. Elle fit son rapport à sa mère. Trois absences seulement sur l'effectif de cent personnes. La Marie-Pierre, accouchée peu auparavant, n'avait pas voulu mettre son nouveau-né avec les autres, dans la salle des poupards, et l'avait caché au fond d'un panier sous la table de travail, affirmant qu'il ne pleurait pas et ne dérangerait pas. Certes, il ne criait guère et paraissait peu vivace, mais il avait bien fallu faire respecter la règle, n'est-ce pas? Et Perlou, ayant eu l'approbation demandée, allait continuer son exposé, lorsqu'elle croisa le regard d'Odilon. Oui, il avait raison, inutile de fatiguer leur mère avec ces petits problèmes.

Les visiteuses arrivèrent à l'heure prévue, accompagnées de Sylvère. Elles furent reçues dans la galerie des ventes par Bathilde et sa fille.

Odilon les rejoignit peu après, alors que la comtesse soulignait les détails de la robe de l'impératrice Eugénie, dont le portrait en pied ornait le mur du fond de la grande salle. C'était une copie, autorisée par Sa Majesté, du tableau peint par Winterhalter. Sur la longue traîne de taffetas vert amande, un haut volant de point d'Alençon Beaumesnil avait été reproduit à la perfection par l'artiste.

A l'instant même où le vicomte salua Judith-Rose, Sylvère sut qu'il y avait quelque chose entre eux. Peut-être seulement deux roses, demandées et données, peut-être plus... Et, comme Judith-Rose ne lui avait rien dit de son exposé des voyages à pied à son cousin, et comme, *a fortiori*, il ne pouvait deviner la nouvelle figure de cotillon qui en avait découlé, et encore moins le regret d'avoir agi sans élégance qui avait assailli Odilon, il donna à la petite flamme affectueuse brillant dans le regard du beau hussard lorsqu'il se posa sur la jeune fille une signification qu'elle n'avait pas encore.

Dans cette même galerie, une grande vitrine de bois sculpté était tout entière occupée par une immense pièce de point d'Alençon. Mme de Beaumesnil, en la désignant à l'attention générale, demanda à Odilon d'en parler, ajoutant que son fils ne s'y connaissait guère en dentelles, mais savait l'histoire de leur Maison. Et le vicomte avait juste eu le temps de dire : « Ceci recouvrait le lit de l'impératrice Marie-Louise, seconde femme de Napoléon Ier », et Noémie d'ajouter, dans un murmure, à Sylvère placé à côté d'elle : « Encore une histoire de lit ? Charlotte va crier à l'obsession ! », que la porte d'entrée s'ouvrit sur une délicieuse apparition. C'était Adélaïde de Courmarin, en costume d'amazone, cravache à la main et éblouissant sourire aux lèvres.

Fille du banquier Charles de Courmarin, Parisienne aux champs trois mois par an dans le château paternel d'Hauterive, Adélaïde, à vingt ans, avait décidé d'être vicomtesse de Beaumesnil-Ferrières avant d'avoir fêté sa majorité. L'officier de hussards lui plaisait depuis toujours — ils étaient amis d'enfance —, il lui plaisait presque autant que sa *vraie* noblesse. Les quartiers des Beaumesnil remontaient déjà à Louis XIV, mais ceux des Ferrières comptaient plus de sept cents ans d'âge. Et rien ne serait aussi élégamment confortable, à cette nouvelle cour des Tuileries, que de se sentir un bon cran au-dessus de l'aristocratie impériale. Du moins était-ce la pensée qui s'agitait dans la jolie tête d'Adélaïde, lorsqu'elle ne voulait pas s'avouer trop éprise du bel Odilon.

Bien que le vicomte se fût moqué, la veille, et pendant tout le bal, de ces cousines tombées du ciel helvète, il lui tardait de voir à quoi ressemblait la plus jeune. Prenant prétexte d'une affaire traitée récemment par son père, à Genève, avec la banque Morel d'Arthus, Adélaïde venait de passer au *Grand-Cerf* déposer quelques roses des serres d'Hauterive pour ces dames. Apprenant leur emploi du temps de la matinée, sa curiosité augmenta encore.

Filleule de Mme de Beaumesnil, traitée en intime chez elle, la fabrique et l'hôtel lui étaient ouverts à toute heure.

La comtesse fit les présentations, et chacun examina l'arrivante.

La jeune fille était habituée à l'effet de surprise admirative qu'elle produisait et le savourait. C'était la récompense d'une application constante en vue d'atteindre au plus près la perfection de son apparence. Et ce n'était pas la régularité des traits, le laiteux de la carnation, l'éblouissement de la flamme bleue du regard ou le miroitement de la sombre chevelure qui subjuguaient seuls. L'impression restait, ineffaçable, que l'on voyait là, aussi, la quintessence du bon goût le plus rare. Il eût fallu être un barbare pour ne pas ressentir, en détaillant la toilette d'Adélaïde de Courmarin, l'art consommé qui y avait présidé, alliant la plus grande simplicité apparente au raffinement le plus subtil. De son chapeau haut de forme entouré non d'une écharpe de mousseline à l'habitude, mais d'un tulle arachnéen, merveille œuvrée à la main, et aussi négligemment nouée que si elle valait dix sous, à ses bottes du cuir le plus fin et pour lesquelles elle avait conféré de longues heures avec son bottier, en passant par l'habit d'amazone bleu foncé qui plaquait son corps comme si le drap en eût été mouillé, elle était d'une sublime perfection.

Adélaïde se savait belle, mais avait coutume de dire que la beauté, dite de base, celle que Dieu accorde à certaines, faisait gagner du temps — celui qu'il aurait fallu consacrer à essayer de l'obtenir par de savants artifices — mais pas plus. Ce qui était important, ensuite, ce que Mlle de Courmarin appelait « le grand travail », consistait à magnifier cette beauté. Beaucoup de femmes étaient belles. Il fallait l'être plus, et autrement, mais sans que l'effort pour y parvenir fût le moins du monde visible. Cet exercice de haute habileté passionnait la jeune fille. Elle disait à son jeune frère ne l'écoutant guère, ou à sa femme de chambre n'y comprenant goutte, qu'il y avait autant de mérite, pour une femme, à réaliser un chef-d'œuvre avec elle-même qu'il y en avait pour un homme à parvenir au faîte de la gloire par la guerre, la politique ou l'argent. Elle ne le disait pas à beaucoup d'autres parce qu'elle pratiquait peu l'amitié ; son cœur, plein d'elle et d'elle seule, ne pouvait en nourrir aucune.

Adélaïde avait mis au point certains principes d'élégance dont elle s'étonnait d'ailleurs que d'autres n'y aient point pensé. Ainsi, sur les bijoux, elle avait des idées très personnelles. Les bagues, bracelets et colliers, disait-elle, coupaient l'effilé d'un doigt, la belle coulée d'un bras ou l'élancement d'un cou. A moins d'être d'extraordinaires pièces — et alors elles faisaient tout à fait oublier la beauté des présentoirs qu'étaient précisément la main, le bras ou le cou — des joyaux classiques n'apportaient pas grand-chose à une femme de qualité. Bien autrement séduisante était la technique originale de se servir des pierres précieuses de manière inattendue. Nantie de beaux écrins que lui avait légués sa mère, et, à l'instar de l'ambassadrice d'Autriche, Adélaïde de Courmarin faisait, chaque année, remonter ses bijoux. Mais, alors que la princesse de Metternich se contentait de modèles différents de diadèmes, colliers et bracelets, Adélaïde voulait faire rutiler de plus singulière façon ses pierres précieuses. Quelques beaux rubis étaient alors groupés en un fabuleux pistil dont elle percerait le cœur d'une rose fraîche et odorante à mettre à son col ou au poignet de sa robe. Un fil de beaux diamants, que toute femme dénuée d'imagination arborerait solennellement en « rivière » sa vie durant, s'enroulait chez elle aux rubans de soie d'une ceinture, à moins que, détachés, ils ne viennent clouter la résille d'un catogan, ou le satin d'escarpins qui danseraient toute une nuit de bal comme un éblouissant semis d'étoiles tombées du ciel. Elle réservait ses saphirs à ses manches d'ombrelles ou de cravaches. Piqueté de petits diamants, cet étincellement devait être, par des gestes du plus grand naturel, approché à hauteur de ses yeux afin qu'il en défie l'intense beauté bleue sans arriver à en triompher.

Jouant, ce matin-là, avec son stick précieux de la main qui ne relevait pas sa longue jupe, Adélaïde appuyait le pommeau scintillant contre sa tempe, comme si le froid des pierres dût calmer une migraine naissante, quand elle s'aperçut que l'attention de l'assistance se détournait de sa personne. Odilon et ce M. Neirel — d'assez belle mine, d'ailleurs — reportaient tous deux leurs regards sur la petite cousine suisse.

Adélaïde avait jeté, dès l'arrivée, un coup d'œil bref, mais acéré, sur cette enfant. Elle y revint, derrière un sourire des plus délicieux. Il lui apparut alors qu'il y avait là, venue de Genève, dans un emballage sommaire d'indienne et de paille d'Italie, une jeune beauté rustique. Cette beauté même qu'elle qualifiait *de base* et qui en était, franchement, restée à cet état élémentaire ! Traits délicats et velouté d'un teint de bébé. Le tout inadmissiblement saupoudré de taches de rousseur et éclairé par un regard d'assez belles émeraudes de Ceylan. L'espace d'une seconde les yeux de cette petite fille lui rappelèrent ces feuilles de pierreries vertes qu'elle venait de faire exécuter à son joaillier et qui lieraient, au prochain bal des Tuileries, un diadème de fleurs d'églantines naturelles. Aucune autre garniture à cette toilette d'un satin rosé presque blanc... Éloignant d'un geste léger de sa cravache cette vision agréable, Adélaïde revint à ce regard levé vers elle, criant d'admiration innocente, de désarmante adoration. Ce tendron huguenot était, à la vue de Mlle de Courmarin, dans le plus candide état de ravissement ! C'était là une charmante et fraîche sensation. Mais la vue soudaine de la longueur, de l'épaisseur et l'évaluation du poids de la chevelure de cette enfant en dissipèrent vite la douceur. A la connaissance d'Adélaïde de Courmarin, qui savait son almanach de Gotha par cœur, seule l'impératrice Élisabeth d'Autriche, dite Sissi, devait avoir une aussi belle toison. Et d'une moins splendide coloration !

Adélaïde chassa l'ombre de jalousie qui pouvait ternir son regard et décida de s'égayer de l'aspect des duègnes veillant sur cette tresse d'or qu'elles devaient trouver d'une provocante insolence, tout comme — elle l'aurait juré — un lait de laitue servant à nettoyer la peau du visage ou un suc de lys tendant à l'éclaircir devaient être pour elles crachats du diable. Mais elle revint vite à Odilon : que lui prenait-il de tant s'intéresser à cette petite étrangère ? Et combien de temps allait-on piétiner dans cette galerie devant l'éternel dessus-de-lit, dit « des impératrices » ? Il faudrait donc, encore, entendre l'histoire de cette pièce de dentelle ! Impatiente, mais apparemment impassible, Adélaïde dut, en effet, écouter :

— 1807, commande par l'impératrice Joséphine d'une garniture pour sa couche d'apparat, à ses armes et ses initiales.

» 1809, Napoléon Ier répudie sa femme et la pièce de point terminée est refusée à la Cour, l'intéressée n'étant plus en place !

» 1810, l'empereur se remarie.

» 1811, Leurs Majestés doivent passer par Alençon. Effervescence dans les ateliers Beaumesnil. On y travaille jour et nuit à remplacer les initiales de l'impératrice Joséphine par celles de l'impératrice Marie-Louise. Puis on entre en prière pour que l'empereur soit séduit par ce vol d'abeilles encadré de branches de lilas... d'une valeur de quarante mille livres !

» Napoléon est séduit et achète. On en est bien heureux à la fabrique Beaumesnil. Deux années de travail intense des meilleures dentellières sont récompensées là. Et le souverain a dit : "Comme on travaille bien en France !" Cela vaut, pour les vélineuses assemblées sur son passage et qui ont entendu ce compliment, autant que d'avoir eu l'oreille pincée sur un champ de bataille !

» 1814, fin de l'Empire.

» Qu'est devenu le beau dessus-de-lit ? Marie-Louise l'a-t-elle emporté en Autriche en y retournant ? Les Bourbons revenus, l'ont-ils relégué au fond d'un placard ? A-t-il été volé pendant la débâcle ?

» 1830, Guillaume de Beaumesnil, lors de l'un de ses séjours à Paris pour y visiter ses magasins de vente du faubourg-Saint-Honoré, l'aperçoit, croyant rêver, dans la vitrine d'un marchand d'objets anciens qui se tait sur le cheminement de la pièce de dentelle jusqu'à lui... et en demande le double du prix initial, car, depuis sa sortie des ateliers Beaumesnil, elle a pris de la valeur, elle est devenue historique ! Le comte n'hésite pas plus que l'empereur autrefois, il achète.

— Et voilà ce que sont nos grands dentelliers : des seigneurs ! s'écria Adélaïde.

— Pour le bien de la trésorerie de la fabrique, de telles retrouvailles ne sont, heureusement, pas fréquentes, dit la comtesse assez sèchement.

Bathilde n'aimait pas Adélaïde. La pensée que sa filleule veuille devenir sa belle-fille était un souci qui, souvent, la tenait éveillée la nuit. La jolie Adélaïde avait un cœur étroit et une conscience molle, elle exigerait d'un mari qu'il la vénère comme une idole, demanderait tout et ne donnerait rien en échange. Pas la moindre miette de tendresse. Quant à diriger la fabrique, ainsi que l'on en devinait la prétention chez elle, mieux valait en rire ! Adélaïde n'était pas éloignée de penser qu'il suffirait d'avoir quelques-unes de ses fameuses « idées originales » pour mener à bien les ateliers de la première maison de point d'Alençon et le plus beau magasin de dentelle de Paris. On aurait, pourtant, pu croire une jeune personne atteinte d'un tel narcissisme peu soucieuse de désirer s'occuper d'autre chose que d'elle-même. Mais Adélaïde se voyait déjà dans l'intimité des plus élégantes dames de la Cour — y compris, et surtout, l'impératrice — sur lesquelles elle régnerait en sacro-sainte conseillère. Elle devait rêver de Sa Majesté lui disant : « Je dois être la plus belle au prochain bal des Tuileries ! Vous seule aurez les trouvailles qui me feront pareille à nulle autre, vous seule me créerez les dentelles les plus extra-ordinaires, vous seule saurez me dire comment les disposer avec grâce. »

Bien qu'elle n'eût jamais osé en parler, Pervenche-Louise devait parfois frémir en pensant à la possibilité d'avoir une belle-sœur de cette sorte. Et d'autant plus que, depuis quelque temps, Adélaïde venait souvent à Hauterive, abandonnant son cher Paris dont elle prétendait pourtant pouvoir difficilement se passer. Elle avait même avancé la date de son séjour cette année, sans doute dès qu'elle avait appris le retour d'Odilon blessé.

Mme de Beaumesnil regarda son fils. Elle vit avec plaisir qu'il ne s'occupait que de sa petite-cousine. Il paraissait même vouloir l'éloigner d'Adélaïde. Pourquoi ? Elle se promit de repenser à cela plus tard. Pour l'heure, il fallait montrer à ces gens comment se faisait le point d'Alençon.

Les Beaumesnil avaient décidé, en l'honneur de ces visiteuses exceptionnelles, de sortir de sa vitrine le fameux couvre-lit impérial et d'expliquer, sur cette parfaite réalisation, les différentes phases de la fabrication.

Une dentellière qui, dans son jeune temps, avait fait partie de la délégation envoyée à l'Hôtel de Ville pour montrer à l'impératrice Marie-Louise comment « on travaille bien en France », ainsi que l'avait dit son illustrissime époux, entra dans la galerie suivie de douze personnes désignées par Pervenche-Louise.

C'était une vieille femme qui avait son franc-parler et la tête encore bonne sous les ailes blanches de sa coiffe.

Lorsqu'elle eut fait ranger les vélineuses et l'homme qui les accompagnait autour de la grande table où s'étalait le couvre-lit, elle s'élança fièrement dans le récit de cette fameuse journée dont le souvenir l'avait à jamais marquée. Tous, autour d'elle, apprirent — ou réapprirent ! — que Sa Majesté Marie-Louise n'était pas satisfaite qu'on lui offrît une garniture de lit commandée par une autre Majesté. Passe encore que la pièce soit piquetée d'abeilles, c'était là des emblèmes, comme on dit, mais ces lilas qui les entouraient étaient les fleurs préférées de l'impératrice Joséphine, et pas les siennes ! Et elle n'en voulait pas. Alors, que pouvaient-elles répondre, elles, les dentellières, lorsque la souveraine disait sans arrêt : « Ne peut-on changer cela ? » Si Sa Majesté avait écouté, et regardé, quand on lui avait montré comment se faisait le point, elle aurait compris que ce n'était pas possible, à moins d'une bonne année de travail pour cinquante ou soixante vélineuses.

— Mais, je vous le dis en confidence, ajouta la vétérante, Sa Majesté ne nous a pas longtemps prêté ses regards. Elle était en grand mécontentement contre son empereur, qui lui offrait un cadeau commandé par sa première femme. Les hommes, ça ne sent pas ces choses-là. Et nous, avec nos vélins, nos fils et nos aiguilles, on l'ennuyait plus qu'autre chose, notre souveraine. Alors, mesdames et messieurs, j'ai décidé de parler à l'impératrice Marie-Louise ! J'étais juste devant elle, au premier rang, et quand elle a demandé encore, en me regardant, de changer ces lilas, j'ai osé dire :

» — Et c'est donc laquelle, la fleur préférée de Votre Majesté ?

» Eh bien, par saint Michel et que son épée me

transperce de part en part si je mens, cette impératrice-là *n'avait pas de fleur préférée* ! Peut-être même n'en n'aimait-elle aucune, cette Autrichienne ! Elle m'a répondu : "N'importe laquelle... sauf les lilas."

— Bien, conclut Mme de Beaumesnil avec un petit sourire amical à la dentellière, mais il faudrait peut-être, maintenant, en venir aux explications sur le travail, ma fille.

La vieille femme présenta alors le dessinateur, un homme en blouse grise :

— Il est tout jeunot, en apparence, notre artiste, mais il dessine comme le Bon Dieu. Et Mme de Beaumesnil et Mlle Pervenche-Louise vous le diront, dans la dentelle, d'abord et avant tout, c'est le dessin. Qu'est-ce que nous ferions, pouvez-vous me le dire, sans une belle composition où les fleurs et les feuilles sont aussi vivantes que dans les jardins, et où les rubans s'envolent avec les oiseaux ? Rien ! Et ce jeune homme, que vous voyez là, s'y entend à nous faire des miracles avec son crayon.

Judith-Rose riait, une rougeur envahissait le visage du jeune dessinateur.

— L'avons-nous bien choisie, notre conférencière ? dit Odilon à l'oreille de la jeune fille.

Et ce fut au tour de Judith-Rose de sentir une chaleur lui enflammer les joues.

Sylvère se disait que la Judith-Rose de Genève aurait vu l'embarras du jeune dessinateur et n'en aurait pas ri. La Judith-Rose de Genève se serait rapprochée de son précepteur et aurait commenté avec lui ce qu'elle découvrait de ce métier de dentellière. La Judith-Rose de Genève, surtout, ne se serait pas laissé parler dans le cou par un homme qu'elle connaissait à peine.

Mais la Judith-Rose de Genève, peut-être, n'existait déjà plus...

— Le croiriez-vous, dit Odilon, en se penchant encore vers la jeune fille, le croiriez-vous, petite cousine, je n'en sais pas plus que vous ! J'ignore tout de la façon dont se fait cette dentelle. J'entends parler de point d'Alençon de mon réveil à mon coucher sans rien en connaître. J'ai, en Crimée, pour ami un vieux zouave qui tricote des chaussettes en attendant la bataille. Il m'a demandé, un jour, des détails sur la spécialité de mon pays et ne m'a pas cru lorsque je lui ai dit mon ignorance. Alors, je vais essayer de m'instruire enfin aujourd'hui. Si je ne comprends pas ces histoires de fil et d'aiguille que l'on va nous conter, vous m'aiderez, n'est-ce pas ?

En fait, il en savait beaucoup plus qu'il ne s'amusait à le lui laisser croire, se dit-elle. Et il commentait pour elle, avec drôlerie, ce qu'à tour de rôle expliquait chaque dentellière des différentes phases de la fabrication.

Hier, ce matin même encore, Judith-Rose était sûre que rien ne la passionnerait davantage que de connaître enfin cette intelligente division du travail qui était la grande caractéristique du point d'Alençon, et maintenant...

Maintenant, elle pouvait à peine s'intéresser à la démonstration qu'en faisaient ces femmes. Elle avait du mal à garder son sérieux en écoutant les plaisanteries d'Odilon. Mais, surtout, elle était dans une sorte d'enivrement à sentir ce souffle doux et chaud qui accompagnait le chuchotement à son oreille des paroles du jeune homme. Troublée, émue, elle se dit soudain : C'est presque comme s'il m'embrassait !

Était-ce là ce que tous, autour d'elle, pensaient aussi ? Apparemment pas Charlotte qui ne regardait guère dans sa direction.

Contre toute attente, celle que l'on aurait le moins supposé capable de trouver quelque attrait à cette dentelle écoutait avec intérêt, les yeux fixés sur les vélineuses. L'objet en lui-même ne la passionnait pas, mais la façon de le faire retenait son attention. Mlle Morel d'Arthus aînée était présidente d'un ouvroir, à Genève, dont le rendement ne la satisfaisait pas. Et elle se demandait si cette remarquable idée alençonnaise de division du travail ne pourrait pas s'adapter à d'autres genres de tâches. Il lui faudrait s'entretenir de cela, dès son retour, avec la directrice des travaux de son œuvre de charité. Elle avait, depuis si longtemps, l'ardent désir que le chiffre d'affaires des ateliers de la Société évangélique de Genève surpasse celui de la Société genevoise de secours religieux pour les protestants disséminés. Elle fit signe à Sylvère de s'approcher d'elle et lui demanda de prendre note de ce qu'ils voyaient et entendaient.

Depuis un grand moment, Sylvère, lui aussi, était séduit par l'intelligente façon d'œuvrer ce tissu arachnéen. Elle avait été inspirée à merveille, cette ingénieuse Mme La Perrière, inventant le point d'Alençon, au XVIIe siècle, avec l'idée essentielle du fractionnement de l'ouvrage et des nombreuses spécialisations des dentellières. Ces dernières excellant alors, et dans la plus grande rapidité possible, à exécuter l'unique élément qui leur était imparti. Il s'était même ensuivi un découpage géographique ! On apprenait non sans surprise que dans certains villages ou hameaux autour d'Alençon, voués à une seule compétence, on faisait faire, de mère en fille, depuis 1650, le même exercice à son aiguille. Mais en virtuose ! Voilà qui aurait dû amuser Judith-Rose. Hier encore elle aurait demandé que l'on entreprît, sur l'heure, une promenade à pied jusqu'à Carrouges ou Damigny[1], pour y voir quelle apparence cela donnait aux rues d'un bourg que, de la petite fille à l'aïeule, toutes fassent du « réseau » ou des « brides ». Elle se serait alors lancée dans les considérations les plus pertinentes... et extravagantes aussi. Était-ce à M. de Beaumesnil qu'elle confiait, en ce moment, ce que ce métier de dentellière lui inspirait ? Sylvère tourna la tête vers elle et pâlit. Elle

1. Petits villages des environs d'Alençon.

parlait en effet avec entrain au bel officier qui la regardait en souriant. Qu'y avait-il dans les yeux de cet homme ? De la gaieté ? De l'admiration ? De l'amour, peut-être...

Noémie se posait la question, avec souci.

La dentelle ne l'intéressait pas assez pour qu'elle prêtât une attention soutenue aux explications données par les vélineuses dès qu'elle en avait entendu l'essentiel. La rigueur de ses toilettes comportait peu de garnitures luxueuses, sinon pas du tout, elle n'était donc la proie d'aucune convoitise dans ce temple des plus beaux points d'Alençon. Chez les Morel d'Arthus, on aimait ce qui était beau, on appréciait toutes les formes de l'art, mais on parait plus les demeures et leurs parcs que leurs propriétaires. Au reste, eût-elle eu des velléités de coquetterie, Noémie les aurait calmées avec son argument favori : « J'ai une démarche trop énergique, pour ne pas dire masculine, qui s'accommode peu du port de fanfreluches. » Quant à ce couvre-lit impérial, autour duquel on faisait tant de bruit, il devait être, dans sa splendide fragilité, bien peu pratique ! Résolument, Noémie s'en désintéressa et se mit à penser au sort des dentellières. Il lui apparaissait bien précaire. Ces femmes ne prenaient aucun exercice. Leur teint était pâle, jaunâtre même. Nul doute que le sang de ces malheureuses ne fût très appauvri. Quant à leurs jarrets !... Penserait-on, un jour, à faire des ateliers au grand air ? Et avec

154

une interruption du travail, au moins toutes les quatre heures, pour permettre une petite promenade ? Désireuse de soumettre cette idée à Judith-Rose, Noémie réprima alors son élan vers elle, en s'apercevant qu'Odilon de Beaumesnil lui parlait quasiment dans le cou ! Et la jeune fille lui répondait ! Et il continuait ! Quel ennui encore ! Sylvère à peine écarté — restant de lui-même, d'ailleurs, à la place où Dieu l'avait mis —, voici que le danger papiste se précisait. Il allait falloir intervenir au premier prétexte plausible... et dès que Mme de Beaumesnil qui prenait, à l'instant, la parole en aurait fini.

Bathilde, qu'une grande fatigue, proche du malaise, accablait, s'efforça de réagir pour ajouter sa conclusion aux explications de ses dentellières. Après, il n'y aurait plus que la visite des différents ateliers, qui pourrait se faire sans elle. Elle irait alors se reposer avant le dîner. Mais, se promit-elle, dès demain elle consulterait de nouveau, il le fallait. Car son médecin se trompait — ou la trompait ? Elle devait être beaucoup plus atteinte qu'il ne le lui laissait croire. Avec un sourire un peu las, qui adoucissait les traits réguliers de son visage de brune aux yeux noirs, elle s'efforça de parler : ses visiteurs venaient de voir exécuter sous leurs yeux les douze phases principales de la fabrication, qu'elle leur rappelait, pour mieux faire comprendre ce qui allait suivre :

— *Le dessin* de l'artiste sur le papier et le

report de ce dessin sur du vélin — ou peau de mouton de coloris vert afin de moins fatiguer la vue.

» *Le piquage* de ce dessin sur le vélin, à l'aide d'une aiguille montée sur une tige en fer.

» *La trace,* ou dessin au fil sur le vélin en passant l'aiguille dans les trous du piquage.

» *Le fond,* ou remplissage des divers motifs dessinés.

» *Les remplis, brides et réseau,* qui relient motifs et dessins entre eux.

» *Les modes,* ou points divers, variant à l'infini selon l'imagination des dentellières, pour remplir tous les vides.

» *La brode,* ou relief donné aux motifs, avec renfort d'un crin de cheval, apportant plus de solidité.

» *L'enlevage,* ou le vélin enlevé.

» *Le régalage,* ou raccord des parties abîmées ou oubliées.

» Il reste alors à faire le plus important : l'assemblage de tous ces éléments exécutés aussi bien ici, à nos ateliers, que chez les femmes qui travaillent à domicile dans les environs, ajouta Mme de Beaumesnil. Et seule peut réaliser ce final prestigieux celle que nous appelons la maîtresse dentellière. Celle qui connaît *tous* les points. Celle qui a le grand talent, avec ces nombreux morceaux, d'en faire un seul et de recréer le dessin primitif.

» Vous le comprenez bien, il faut une *artiste*

qui restitue l'œuvre, dessinée au départ, *en une œuvre de fil.*

» Vous comprenez aussi que plus l'artiste sera douée, plus la pièce sera belle. Cette dentellière-là est une fée, pensons-nous ici. Certes, une longue pratique la rend de plus en plus habile, mais, surtout, elle est née miraculeusement douée. Dieu a voulu qu'elle reçoive, au départ, plus qu'une autre. La beauté de la pièce dépend d'elle, de ses doigts, de son sens artistique et, je peux le dire, de la poésie de son âme.

» Des maîtresses dentellières géniales, il en existe peu. A peine y a-t-il, en ce moment dans Alençon, cinq de ces souveraines, dont toutes les autres dentellières sont les abeilles diligentes.

» Un dernier travail encore, l'ultime mise en valeur de l'ouvrage et tout sera achevé :

» Il s'agit de mieux rehausser les points de broderie. Cela s'appelle *l'afficage* et s'obtient en écrasant sur l'envers du travail les parties plates, ce qui accentue celles qui sont en relief. On emploie soit une pince de homard, soit une grosse canine de loup.

» J'ajouterai que, chez les Beaumesnil-Ferrières, la tradition veut que ce soit des dents de loup. Il faut remonter très loin dans l'histoire de la famille pour arriver à cette dame dont la légende raconte qu'elle passa sa vie à pourchasser ces fauves et à fournir ainsi sa postérité en outils d'afficage. Mon mari m'a toujours dit que ces instruments originaux dont nous nous servons quotidiennement proviennent, sans doute possible, de dame Bertrade de Ferrières, grande chasseresse, l'ancêtre commune à nos deux familles, puisque de sa petite-fille, Gilonne, descendent tous les Beaumesnil-Ferrières d'Alençon et les Morel d'Arthus émigrés à Genève en 1683... »

Bathilde conclut, en osant avancer, sans que son affection maternelle l'aveuglât, que la plus douée des maîtresses dentellières d'Alençon était, actuellement, sa fille Pervenche-Louise.

Ce fut un soulagement à la nervosité d'Adélaïde d'applaudir, la première, une Perlou confuse, qui ne put que balbutier un remerciement presque inaudible. Puis Mlle de Courmarin, un peu apaisée par ses énergiques battements de mains — sa cravache sous le bras —, décida qu'elle avait suffisamment contemplé le flirt d'Odilon et de sa petite Suissesse. Tentait-on de faire comprendre qu'avoir beaucoup dansé avec une amie d'enfance, la veille au bal d'Hauterive, ne voulait pas dire que l'on fût définitivement asservi ? Parfait, elle comprenait. Mais demain, ou dans deux jours, au plus tard, Mlle Morel d'Arthus partie, on rechercherait de nouveau cette bonne Adélaïde. Eh bien, peut-être serait-elle envolée, elle aussi ! Elle allait d'ailleurs s'éloigner dès maintenant.

Mlle de Courmarin aurait voulu faire une sortie aussi spectaculaire que son entrée et laisser un sillage de regrets. Mais elle ne trouva ni parole ni attitude à la fois assez mordantes pour calmer ses nerfs, et assez correctes pour ne pas éloigner à jamais celui qu'elle considérait comme son futur mari. Elle se contenta donc, après de brefs adieux, de traverser rapidement la grande galerie d'une démarche légère, sachant qu'elle offrait, aux regards de ceux qu'elle quittait, la vue d'un dos plein de dignité, d'une taille fine et bien prise sur laquelle se plaquait si joliment le drap sombre de l'amazone. Et, lorsqu'elle ouvrit la porte donnant sur la rue, elle resta quelques instants sur le seuil, pour que tous admirent son profil parfait qu'un courant d'air complice auréola de l'envol du tulle de son haut chapeau.

Mais seule Noémie la suivait des yeux. L'allure à laquelle Mlle de Courmarin, voile au vent, s'était élancée sur le brillant dallage de la longue salle lui rappela le glissement sur l'eau d'un beau navire. L'un de ces clippers, si fins de carène et si rapides. Et cela la mena des voiliers aux bateaux à vapeur et jusqu'à ces steamers construits en fer, ces provocations de l'homme envers le Ciel! Comment pouvait-on fabriquer des embarcations dans un matériau qui ne flottait pas? Enfin, elle le tenait son sujet de conversation avec Odilon de Beaumesnil! Elle accaparerait l'officier, elle exigerait qu'il lui dise *tout* de ces invraisemblables moyens de navigation que l'on ne cessait d'inventer et d'utiliser pour le transport des troupes en Crimée. On avait bien là matière à discussion durant tout le dîner, et le beau vicomte ne trouverait pas une minute pour débiter ses fadaises papistes à Judith-Rose.

Les grandes coiffes blanches des dentellières qui servaient à la table de Mme de Beaumesnil voletaient autour des convives, dans le délicat fumet des soles à la normande. Ragaillardie par un excellent vin du Rhin, auquel elle n'aurait pas dû toucher en tant que vice-présidente de sa société de tempérance, mais qu'elle but, sans doute, par inadvertance, Noémie attaqua :

— Pouvez-vous me dire s'il est vrai que les troupes anglaises, vos alliées, ont été amenées à Balaklava sur un bateau en fer ?

Judith-Rose et Sylvère souriaient. Ils avaient plusieurs fois essayé de convaincre Noémie qu'une coque de fer flottait aussi bien qu'une coque en bois, mais sans jamais y parvenir.

— Eh bien, chère mademoiselle, cela est « vrai ». Le splendide *Himalaya*, le premier steamer de trois mille cinq cents tonnes entièrement construit en fer, a, en effet, porté l'armée de Sa Majesté britannique jusqu'en Crimée

— Mais, voyons, si je jette le couteau que voilà dans l'une de vos deux rivières de la ville, la Sarthe ou la Briante, il y coulera à pic. Et si on précipite un fer à cheval, ou à repasser et, à plus forte raison, une enclume dans la mer, tout cela va aussitôt par le fond. Vous ne pouvez pas me dire le contraire !

— Aussi ne le dirai-je pas, mademoiselle.

Mais en revanche, en vertu du bon vieux principe d'Archimède, je peux vous certifier qu'un bateau de fer, de dimensions égales à un bateau de bois, ne pèse pas plus lourd *et flotte,* lui aussi.

On servit les chapons aux morilles. Noémie maintenait toujours qu'on ne lui en ferait pas accroire et que seul le bois...

Lorsque le filet rôti arriva, Charlotte renchérit. Les bateaux de fer étaient une chose incroyable, mais les bateaux à feu en étaient déjà bien une autre ! La fumée et les mauvaises odeurs, que répandait sur les rives du lac de Genève cette navigation moderne, faisaient même tourner le lait des pauvres vaches qui y paissaient, jadis, en toute quiétude ; le calme était troublé maintenant par les bruits désagréables de ces machines.

Et la beauté ? Que devenait la beauté dans tout cela ? demandait Noémie. Rien ne serait plus superbe qu'un merveilleux clipper, toutes voiles au vent. C'était là un spectacle incomparable, ces voiliers étaient des joyaux flottants, le reconnaissait-on ?

— Je vous accorde l'esthétique, mademoiselle, mais avec les machines, dorénavant, nous ne dépendons plus des éléments. Un navire à vapeur peut marcher par vent contraire. C'est là un progrès, admirable aussi. La réalisation de l'impossible devient courante. Il est exaltant de vivre cela, ne trouvez-vous pas ?

— Dieu ! jusqu'où irons-nous donc ?

— Il serait dangereux de faire des prophéties.

Mais plus dangereux encore de prédire que certaines choses n'arriveront pas.

A l'étonnement de tous s'éleva alors la voix de Pervenche-Louise.

A qui s'adressait-elle ? A personne en particulier, semblait-il. Elle regardait droit devant elle, de ses yeux clairs dont la sérénité ne paraissait pas troublée, et récita, comme elle l'aurait fait d'une leçon bien apprise :

— La réalisation de l'impossible est devenue courante. Le bateau de fer et de feu chasse celui à voiles... Les machines sont de plus en plus nombreuses et puissantes, elles gagnent partout et la laideur remplacera la beauté...

Le silence qui se fit ensuite était plutôt dû à la surprise de voir Pervenche-Louise vaincre sa réserve habituelle qu'à ce qu'elle avait dit. Surprise qui grandissait à entendre la jeune femme parler encore, sur le même ton monocorde :

— *Ils* ont inventé le tulle mécanique. Des machines immenses, actionnées par la vapeur, tressent jusqu'à soixante mille mailles à la minute, pendant qu'une dentellière n'en fait que cinq ou six. La mécanique remplace donc le travail de douze mille ouvrières, je l'ai calculé... Après, *ils* ont su faire une machine qui imite la dentelle aux fuseaux. Demain, *ils* trouveront une autre machine qui fera de l'alençon... Alors que deviendrons-nous ici ?

Mme de Beaumesnil, qui luttait contre son

malaise grandissant, trouva la force de sourire pour dire :

— Voyons, ma chérie, tu sais bien que personne ne pourra faire de l'alençon à la mécanique !

Odilon, rêveur, entrevoyait avec étonnement, derrière la douce sérénité et le dévouement discret de sa sœur, un monde d'angoisse et de tourment.

Comme personne ne répondait vraiment à Pervenche-Louise, Sylvère se décida à le faire. Il avait vu, dit-il, de très près, en y conduisant ses élèves, les machines à tulle et à dentelle de Saint-Gall, en Suisse. Il avait parlé avec des ingénieurs : la dentelle à l'aiguille leur paraissait impossible à imiter sur un métier mécanique, sa complexité était trop grande...

Il parlait avec une chaleur qui l'étonnait lui-même. Exagérant sa certitude que jamais on ne saurait inventer un engin assez perfectionné pour supplanter la main féminine dans sa plus subtile habileté. Il s'était soudain senti l'envie non seulement de rassurer la douce et modeste personne qu'était Pervenche-Louise, mais aussi de défendre la beauté des travaux découverts ici. Pendant quelques secondes la vision s'imposa à lui de la splendeur de ces longs voiliers glissant sur l'eau, évoqués tout à l'heure, vision juxtaposée à celle de la merveilleuse qualité de ces dentelles d'Alençon. Et il avait réuni ces deux parfaites créations de l'homme, dans le vœu, bien sincère, qu'elles continuent à vivre.

D'une voix ferme et persuasive, il dit encore à Pervenche-Louise :

— Il m'est apparu ce matin, madame, que votre point, dont le caractère principal est dans la perfection absolue de l'ensemble et du détail, ne pourra jamais supporter l'insuffisance ou la médiocrité dans son exécution. Là est le privilège qui vous sauve... Toutefois, il a son revers. Car, s'il vous préserve de l'imitation, il vous contraint à une rigueur constante dans l'exécution.

» Et, à mon sens, le seul risque encouru est là : si la machine, imitant d'autres dentelles, plus faciles à copier, détourne la clientèle du point d'Alençon trop long à faire, trop cher, peut-être les ventes en souffriront-elles. »

Il n'aurait pas voulu faire cette restriction, bien qu'il la pensât justifiée. Il la fit pourtant, à l'instant où il vit l'officier dans la contemplation de la jolie main de Judith-Rose caressant machinalement des fleurs du surtout de table : « Ces primevères, se dit-il avec amertume, il ne sera même pas nécessaire au vicomte de les demander, il n'aura qu'à venir les cueillir, lorsque nous aurons quitté la pièce... »

— Oh ! la mévente, dit doucement Pervenche-Louise, je ne la crains pas. Nous aurons toujours des gens de goût pour ne vouloir que du beau.

— Bien sûr, lança Judith-Rose, mécontente de

son précepteur pour la première fois depuis qu'elle le connaissait.

Pourquoi, après l'avoir rassurée, inquiétait-il Pervenche-Louise ? Et elle ajouta avec fougue :

— La machine n'atteindra jamais à l'œuvre d'art. Sa rigueur ne peut remplacer l'émotion et une main de fer ne peut vibrer comme une main de femme. Je ne crois pas que la régularité mathématique imitera la légèreté, la finesse sans égale, le charme de l'hésitation et, même, celui de la petite erreur humaine. Toujours, la dentelle à la mécanique sera, à une vraie dentelle, ce qu'est... une lithographie à un tableau de maître, ou du strass à un diamant.

Et, s'emparant de son verre de bordeaux encore plein, Judith-Rose le leva « à la longue vie du point d'Alençon ! ». Puis elle but.

— Bravo ! dit Noémie.

Qui but aussi.

On vit alors Pervenche-Louise sortir tout à fait de sa réserve et marquer la fin du repas, en se levant pour aller embrasser Judith-Rose.

Il y avait des larmes dans les yeux de Perlou. Elles brillèrent un instant sur la joue de Judith-Rose.

Mme de Beaumesnil était de plus en plus souffrante. Elle s'efforçait, avec grande difficulté, de faire croire qu'elle se nourrissait un peu, s'astreignait à sourire et à suivre la conversation, mais sentait ses forces l'abandonner. Elle avait l'impression, à la fois pénible et presque douce, d'être ailleurs, dans un univers cotonneux où elle respirait mal et où, étrangement, elle entendait Guillaume, son mari, lui dire : « Cet étonnant testament de notre trisaïeule, mettant le domaine familial en indivision, tendait surtout à rapprocher la famille émigrée et devenue genevoise de la normande. » Et Bathilde souriait à demi, en regardant une Beaumesnil embrasser une Morel d'Arthus. Dans cet état second où elle flottait, elle fut, soudain, plus sûre que jamais de l'importance de la mission dévolue à chaque être en ce monde. Cette jeune fille de Genève était venue ici accomplir la sienne : ressouder, à l'arbre, la branche qui s'en était détachée. Et avec quels élans du cœur l'avait-elle fait ! Ces deux lointaines cousines dans les bras l'une de l'autre, cela méritait qu'on lève son verre... Mais la douleur, jusque-là légère et diffuse, se précisa, s'intensifia, devint intolérable. La poitrine enserrée dans un étau, Bathilde s'évanouit, le bras tendu sur la nappe blanche vers la flûte de cristal qu'il n'avait pu atteindre.

Au-dessus de l'agitation affolée qui s'ensuivit, Noémie vit flotter avec netteté ce qu'elle appelait le « voile noir ». C'était une vision qu'elle n'aimait pas. Elle s'efforça de la chasser, en s'octroyant deux gorgées de ce champagne que personne n'avait eu le temps de boire, pendant que les dentellières de service aidaient Odilon à transporter Mme de Beaumesnil sur la méridienne du salon. Mais le « voile noir » était toujours là, et comme accroché, maintenant, aux grandes coiffes blanches des servantes, escortant en quelque sorte la malade, ce qui était de plus en plus mauvais signe. Alors Mlle Morel d'Arthus cadette, vice-présidente de la Société de tempérance de Genève, décida de faire vraiment disparaître ce voile, et sans plus attendre, en achevant de vider tout à fait son verre, seule contre-attaque efficace à ce genre d'apparition.

Observer de strictes règles d'abstinence était une chose louable, chasser un signe de mort en était une autre, aussi louable et, de plus, urgente. Charlotte ne voulait pas croire à ce présage fatal. Elle avait tort. Elle, Noémie, hélas ! savait à quoi s'en tenir. Elle l'avait vu pour la première fois, avec précision, au-dessus de la tête de Charles-Albert, dans la gare de Cornavin à Genève, alors qu'elles lui disaient adieu, sa sœur et elle. C'était même si inattendu, cette espèce de petit nuage sombre sur ce chapeau de voyage spécial que leur ami s'était fait faire à Londres, en vue de son départ pour l'Afrique, qu'elle en avait d'abord ri. Depuis la fin tragique de Charles-Albert à Constantine, elle savait désormais ce qui lui était annoncé ainsi. Charlotte prétendit que dans l'éclat du soleil de midi, fêtant le départ du courageux observateur naturaliste, elle avait eu un éblouissement. Elle n'en avait pas eu un, aujourd'hui, dans cette salle à manger normande, aussi n'augurait-elle rien de bon de ce long éva-nouissement de la comtesse de Beaumesnil. Elle rejoignit Charlotte, qui avait pris la direction des premiers soins à donner en attendant le médecin, en proie à de sombres pensées.

Odilon entra dans la chambre de sa mère après le départ du docteur et des Morel d'Arthus qui avaient attendu le diagnostic confirmant, hélas ! un grave état angineux du cœur.

Il s'efforça de distraire la malade. Devinait-elle ce qu'en guise d'au revoir lui avait susurré Mlle Noémie ? Avec un air de conspiratrice, elle avait dit : « Eh bien, a-t-elle assez parlé, votre petite Pervenche-Louise, aujourd'hui ? J'en étais sûre : il faut un déclic ; et elle l'a eu avec toutes ces histoires de progrès scientifique et de machine. » Odilon, en riant, ajouta combien il comprenait que Judith-Rose fût si attachée à cette délicieuse originale.

— Savez-vous qu'elle l'aime au point de vouloir la garder auprès d'elle lorsqu'elle se mariera ?

— Est-elle déjà engagée ?

— Pas que je sache. C'est encore une enfant.

Ils se turent un long moment.

L'ombre de la maladie et de la mort qu'ils s'efforçaient de repousser était là, présente. Pourtant, une petite lueur, légère, perçait pour Bathilde. Elle brilla plus encore lorsque Odilon, sans avoir besoin de préciser de qui il parlait, dit, un peu rêveur :

— C'est une jeune fille exquise. Simple, droite, pure, un vrai lys des champs...

Pervenche-Louise entra dans la chambre, une tasse de tisane à la main. Elle affirma, tout comme elle venait de conseiller : « Buvez pendant que c'est chaud », du même ton calme :

— Elle a l'air d'une fleur en bouton, mais son cœur, lui, est épanoui.

Décidément, Pervenche-Louise parlait. Bathilde eut la force d'en sourire. Puis elle reporta ses regards sur son fils et, vite, baissa les paupières, comme s'il pouvait lire ce qui lui traversait soudain l'esprit.

*

Une lettre de Mortimer attendait les demoiselles Morel d'Arthus à l'hôtel. Charlotte en commença la lecture debout devant la fenêtre de leur petit salon, mais dut s'asseoir, « les jambes coupées », dit-elle. Et, avant de poursuivre, elle s'assura que Judith-Rose avait regagné sa chambre.

Le banquier annonçait, sans ménagements, sans préambule, qu'il s'était remarié. Il avait épousé, la semaine précédente, Anna-Hilda Littener. C'était, disait-il, la réalisation d'un projet longtemps mûri. D'un commun accord, Anna-Hilda et lui-même avaient décidé que la plus grande discrétion convenait aux secondes noces de deux veufs. Prévoyant une réaction peut-être véhémente de Judith-Rose, Mortimer avait, ajoutait-il, préféré que la nouvelle parvînt à sa fille alors qu'elle était toute à la joie et à la distraction de son voyage.

— Noémie, les hommes sont des lâches !

— Pas Charles-Albert.

— Charles-Albert, sans doute, comme les autres.

— Oh ! Charlotte !... Mais de quoi s'agit-il ?

— Tu liras cette lettre toujours assez tôt.

— Est-ce que... Est-ce que Mortimer se remarierait, par hasard ?

— Comment l'as-tu deviné ?

Noémie parut cueillir sa réponse sur le *Napoléon au pont d'Arcole* qui ornait, dans un cadre doré, un mur de la pièce et qu'elle sembla considérer avec intérêt tout en soupirant :

— J'étais inquiète depuis notre dernière réception, j'ai vu Mortimer baiser la main de cette trop doucereuse Anna-Hilda. Je ne lui avais encore jamais vu faire ce geste. C'est de celle-là qu'il s'agit ?

— Celle-là même ! Nous voici nanties d'une merveilleuse nouvelle cousine ! Mortimer a épousé une perfection. Écoute un peu cela : « Notre vieux Julius Bertram songeait à se retirer dans sa Thurgovie natale, ma femme a proposé immédiatement de remplir désormais ses fonctions. Très férue de céramiques anciennes, elle aussi, elle sera, pour moi, une précieuse collaboratrice. » Qu'est-ce que tu en dis ? Crois-tu que le vieux Julius Bertram ait envisagé de nous quitter ?

— Jamais. J'ai toujours pensé qu'on le trouverait un jour, ayant chu au milieu de ses trésors, mort parmi les débris d'un service de table royal. Mais... et nous ?

— J'y arrive, il dit : « Anna-Hilda serait fort heureuse si vous continuiez à assurer la direction de nos maisons de la rue des Granges et de la campagne de Champel. Mais elle a conscience de la lourde tâche que cela représente et propose de vous en décharger. »

— Traduit : a décidé de tout diriger elle-même. Cette Anna-Hilda a une puissance de travail énorme. Mais... et l'enfant ?

— Dieu, gémit Charlotte, soudain pâlie, on va nous en séparer ? Nous ne la verrons plus ? Ah ! il faut absolument que nous la gardions avec nous.

— Mortimer n'y consentira jamais. Heureusement, elle se mariera.

— C'est ce qu'il espérait en nous envoyant à Londres. Parce que Lady Downpatrick et lui avaient organisé une rencontre...

— J'ai deviné. Mais ça m'étonnerait que ce Lord William devienne notre cousin. Et maintenant il faut parler à la petite. Lui apprendre qu'elle a une belle-mère.

— Attendons encore un peu.

Elles convinrent de consulter M. Sylvère et de voir avec lui la meilleure façon et le meilleur moment de faire part de ce malheur à Judith-

Rose. Aussi, lorsqu'on annonça qu'un domestique des Beaumesnil s'informait si cette dernière pouvait se rendre au chevet de Mme la comtesse qui la demandait, Charlotte, soulagée de ce répit providentiel, dépêcha sa jeune cousine et Dorothée vers la malade, sans prendre le temps de s'étonner d'une telle convocation.

Bathilde s'était fait transporter dans son cabinet de toilette-boudoir.

Elle ressentait encore de la fierté, et même une certaine vanité, trente années après l'avoir installée, à montrer cette pièce à ceux qu'elle jugeait capables d'y porter intérêt. Elle avait déployé son génie féminin dans la réalisation de son décor. Et c'était là qu'elle souhaitait mourir.

Certaines dames de la ville, rarement reçues rue Saint-Blaise, n'ayant jamais pu parler de cet endroit, célèbre dans Alençon, que par ouï-dire, et le faisant ainsi avec d'autant plus de force dans la critique, de luxe dans les détails et de conviction dans le blâme, assuraient que c'était goût de fille que de trop raffiner la partie la plus intime de ses appartements. Bathilde laissait dire en souriant et ne s'était jamais lassée d'étudier l'impression produite sur ceux — très rares — qu'elle autorisait à pénétrer au-delà de ses salons.

Deux grandes chambres, l'une donnant sur la rue, l'autre sur le jardin intérieur de l'hôtel Beaumesnil, avaient été réunies en une immense pièce très claire. Douze panneaux de soie brochée de

Lyon, intercalés entre de hautes glaces, en couvraient les murs. Sur un fond d'un bleu très doux que la texture soyeuse argentait, voletait une multitude d'oiseaux brodés, des plus modestes aux plus fabuleux, paraissant si vivants que les gazouillis, chants et roucoulements de ceux qui s'ébattaient dans les deux grandes volières de vermeil placées devant chacune des fenêtres semblaient émaner d'eux aussi. Le plafond était peint en ciel-de-Normandie-lavé-par-une-petite-pluie-et-séché-au-soleil. Deux mésanges tendaient entre elles une banderole de dentelle où se lisait la devise de la comtesse : *Maxime miranda in minimis*[1]. Le tapis des Gobelins, exécuté à la dimension de la pièce, était une claire prairie de paradis d'un gris-vert pâle semée de fleurs des champs. Le mobilier, hollandais, n'était que blondeurs fleuries elles aussi de tulipes, de violettes et de boutons-d'or. Le lit de repos sur lequel était étendue Bathilde avait été exécuté, d'après ses dessins, par un vieil ébéniste d'Alençon : deux vols de blanches colombes d'ivoire, déployant, à l'aide de larges rubans d'argent, la fastueuse queue en éventail d'un paon royal. Bois et métaux précieux, écaille, corail, lapis-lazuli et malachite marquetaient cette tête de lit triomphale. Quatre fauteuils, dans le même style, posaient leurs pattes de flamants sur les fleurs du tapis, supportant, en guise de dossiers, des

1. Admirable dans les plus petites choses.

panaches de plumes en corail. La baignoire d'argent jaillissait d'un buisson de feuillage de bronze vert et deux ramiers de cristal de roche servaient de robinets. Les stores, qui tamisaient la trop grande clarté des beaux jours, ou atténuaient la grisaille de l'hiver, reproduisaient, en point d'Alençon, les oiseaux des panneaux de soie brodée. La table, où scintillaient les objets de toilette en vermeil, était drapée de volants de même dentelle. Et il aurait fallu beaucoup de temps pour apprécier le grand nombre d'objets, vases et boîtes, tous en forme de fleurs ou d'oiseaux, en métal ou en porcelaine. Un saule pleureur en argent servait de paravent devant la baignoire quand Bathilde le désirait. Des brassées de feuillages d'automne, en écaille blonde, isolaient un délicat petit piano en marqueterie hollandaise fleurie.

Bathilde, vêtue d'un déshabillé de lainage clair, le visage encore très pâle, souriait en regardant Judith-Rose avancer vers elle.

Dans sa robe de mousseline blanche nouée à la taille d'un ruban de satin fleur-de-pêcher, la lourde couronne de ses cheveux libérée de la capeline de paille d'Italie renvoyée dans son dos, la jeune fille s'arrêta, à mi-chemin entre la porte et le lit. Le regard ébloui comme par grand soleil, elle eut un soupir de bonheur, puis ses yeux lancèrent des étincelles joyeuses sur tout ce qui l'entourait.

174

— Comment trouvez-vous cela, petite-cousine ?

— Peut-être ne me croirez-vous pas, madame, mais j'ai l'impression étonnante d'être, enfin, là où, sans le savoir, j'ai toujours voulu aller. Vous dire que je n'ai rien vu d'aussi fabuleusement fou... que je n'aurais jamais imaginé un tel décor, vous dire cela serait sot, car je n'ai, bien sûr, encore pas vu grand-chose, mais...

— Mais ?

— Mais je ressens ce qui m'arrive lorsque j'ai lu un grand livre ou écouté une musique sublime, j'ai envie de réaliser quelque chose... quelque chose de très beau... je ne sais pas quoi... pas encore...

Bathilde leva le bras vers la volière où les oiseaux, qui s'étaient tus à l'arrivée de Judith-Rose, reprenaient leurs gazouillis et demanda :

— Voulez-vous savoir l'histoire de tout cela ? Ce n'est pas, comme vous pourriez le croire, un cadre que j'ai voulu donner à la jolie femme que j'ai été. C'est plutôt le rêve d'une petite fille que j'ai réalisé. Regardez là, par cette fenêtre. Que voyez-vous, dans la rue, en face de vous ?

— Une vieille boutique. Noire, décrépite et fermée. Tous ses volets sont clos aussi.

— Lisez-vous l'enseigne ?

— A peine. *Au Tisserand agile* ?

— C'est cela. La petite fille que j'ai été a vécu là. Ni au rez-de-chaussée, ni aux étages, mais dans la cave, à cinq pieds sous terre. Quatorze ans.

» Le "tisserand agile" était mon père. Ma mère, mon frère et moi l'aidions. Puis ma mère et mon frère sont, presque simultanément, morts de consomption. Le tisserand agile a dit : "C'est fini, je n'y arriverai plus sans eux."

» Je n'étais ni grande ni forte, mais d'être la seule de ma famille à ne pas tousser — par quel miracle n'étais-je pas été atteinte moi aussi ? — me donna le courage de dire que j'aiderais et qu'à nous deux, peut-être...

» Vous ne savez sûrement pas, puisque depuis dix ans au moins la vapeur a pénétré dans les ateliers, ce qu'était un métier à tisser à main. Les grands et lourds montants de bois à peine équarris, les lisses qui se mouvaient en criant, les cordes qui grinçaient dans les poulies, tout cela formait un monstre à la fois terrifiant et familier sous lequel il fallait sans cesse que je me glisse, passant entre les leviers pour rattacher les fils rompus.

» Nous tissions du coton.

» Notre cave, comme toutes les autres, était éclairée par un soupirail. Il devait y faire assez frais pour que le fil ne casse pas, mais pas trop pour ne pas le charger d'humidité.

» Le monstre de bois tenait toute la cave.

» Quand il nous a fallu rendre au propriétaire la chambre où nous couchions, parce que nous ne faisions plus assez d'aunages pour la payer, nous

176

avons dormi, mon père et moi, entre les bras et les pieds de notre métier.

» Et puis, mon père a toussé de plus en plus. Alors, j'ai dû l'aider à manœuvrer les lisses. On n'avait jamais vu une enfant y arriver. Moi, je l'ai fait. J'avais si mal au bras et au dos que j'en gémissais la nuit entière et je mettais une petite pelote de fil de coton entre mes dents pour que mon père ne m'entende pas sangloter.

» Un matin, j'ai trouvé le pauvre tisserand agile mort dans son morceau de couverture. Il était si maigre que je n'ai eu aucune peine à le tirer de sous les lisses.

» Je n'annonçai pas tout de suite que j'étais désormais seule dans mon souterrain. Je voulais réfléchir.

» J'avais à livrer une pièce de toile au marchand pour qui nous travaillions. Je poussai ma brouette chargée jusqu'à lui, j'attendis, comme chaque fois — de tradition, c'est toujours la femme ou la fille du tisserand qui livre l'ouvrage fait en famille —, le verdict sur notre travail. Ce n'était jamais ni assez fin, ni assez blanc, ni assez uni, et pourtant combien de nuits se passaient à arracher les nœuds avec une pince et à réparer les coupures par d'invisibles reprises !

» Ce matin-là, une petite tache de sang que je n'avais pas vue, l'une de celles que mon père faisait parfois en toussant, me coûta un sou pris sur mon dû. C'est ce minime incident qui, soudain, me fit décider que je ne tisserais plus. D'ailleurs je n'y serais pas arrivée. Or, ce sou volé me fit prendre ma résolution plus vite que je ne l'aurais pensé.

» Je méditais sur mon avenir, assise au bord de la Briante, les pieds dans l'eau et libre — enfin — de regarder le ciel, les fleurs et d'écouter les oiseaux.

» Mais vous savez ce qu'il advient de la réalité quand on la découvre au sortir d'un rêve. Et j'avais trop rêvé de fleurs et d'oiseaux. Alors je trouvais que, tout compte fait, la nature et Dieu réunis n'en mettaient pas assez sur la terre, et j'étais déçue. Je décidai d'en ajouter, à profusion autour de moi, plus tard.

» J'enterrai mon père et vendis notre métier. Comme nos dettes dépassaient notre avoir, il ne me resta que ma robe et mes sabots, troués tous trois. Mais aussi nos coiffes du dimanche, celle de ma mère et la mienne. Elles étaient pliées et cachées sous mon jupon pour en éviter la saisie.

» J'avais treize ans, et, le miracle continuant, je ne toussais toujours pas. Et j'avais faim, toujours aussi, une faim qui fait admettre d'en arriver à voler. Grâce à mes deux coiffes, je ne fus pas réduite à cette extrémité. Ma famille avait dû connaître des heures d'abondance et la dentelle de ces bonnets était du meilleur Alençon. Démontée, lavée, repassée, elle devenait un petit capital.

» Cet hôtel, que j'habite maintenant, je ne le voyais guère de mon soupirail. Je l'admirais distraitement, comme les trésors de l'église, le dimanche, en revenant de la messe, avant de redescendre sous terre. Ce palais de la dentelle, propriété des plus riches fabricants de point, me paraissait aussi loin de moi que Dieu dans son ciel. J'attendis trois jours avant de trouver le courage d'aller y vendre mon trésor. On ne me l'acheta que pour obliger, me dit-on, « la petite orpheline d'en face ». La maîtresse dentellière qui régla l'affaire m'offrit vingt francs et ne comprit jamais pourquoi je m'entêtais à vouloir vingt pièces blanches au lieu d'une seule en or. Auriez-vous deviné ? Eh bien, pensais-je à l'époque, un beau louis rutilant, ça brille trop, ça grise, ça incite à un geste large, inconsidéré, à une folie peut-être. Avec mon pécule morcelé je me sentis plus raisonnable.

» Mon idée première avait été de demander à mes voisins de m'enseigner la dentelle. Le hasard voulut que, dès le lendemain, alors que j'allais quémander une petite place aux ateliers, je visse revendre mes dentelles de la veille. Deux cents francs. Dix fois ce qu'on m'en avait donné ! Me croirez-vous, je n'en fus pas fâchée, mais pleine d'admiration. Je décidai, sur l'heure, de ne faire jamais de point : j'en vendrais.

» C'était une idée folle ; nous étions en 1814, occupés, meurtris et pauvres. Et l'Alençon, qui avait été d'étiquette à la cour, ne l'était plus. Je m'entêtai pourtant. Les vélineuses recevaient à peine le quart de leur salaire, les tiroirs des dentelliers débordaient de marchandises, et tous vendaient à perte : il fallait acheter. Mais avec quoi ?

» De nouveau c'était l'été. Je me nourrissais de pain et de fruits, je couchais dans des granges, et je réfléchissais. Le seul héritage laissé par le pauvre tisserand agile était un leitmotiv : « C'est le moment d'acheter. » Il me disait parfois : « Le père Robin a épluché et louvé[1] son coton, il n'a pas tout vendu, les tisserands de la ville sont pourvus, il sera heureux de céder son reste à bas prix, bientôt ce sera le moment d'acheter. » Ou bien : « La mère Hulotte a battu, peigné et filé son lin, mais elle n'en pourra céder qu'une partie. Quand elle n'espérera plus vendre l'autre, ce sera le moment d'acheter. » Il y a de ces fatidiques et précieux instants à saisir et je savais en tenir un. Ce que je ne tenais pas, c'était l'argent pour agir. Alors je décidai, à l'entrée de l'hiver, d'épouser ce marchand qui me voulait, m'avait retenu un sou pour une petite tache de sang sur la toile, me guettait et attendait que je lui cède.

» Il n'était pas si vieux que je le croyais à l'époque, et n'avait guère plus de trente-cinq ans. Il prit froid un soir de janvier en sortant du cabaret. Je n'avais pas eu le temps de me sentir mariée, je me trouvai veuve, nantie d'un beau pécule et d'une maison. Alors j'achetai tout ce qu'on voulut bien me vendre.

» Ma maison débordait de dentelles acquises

---

1. Battre à l'aide d'une machine appelée loup.

au quart de leur valeur et ceux qui me les vendaient à ce prix-là me bénissaient, de surcroît, de leur permettre de survivre.

» J'apportai ce stock, en dot, quand j'épousai le comte Guillaume. Il était devenu veuf à peu près en même temps que moi. J'en fus amoureuse un jour où, levant[1] des pièces de point dans la région de Pervenchères, il m'arracha aux griffes de deux brigands qui en voulaient à mon or, à mes dentelles et à ma personne. Il était fort comme un bûcheron et j'ai toujours été attendrie en voyant ses mains si grandes et si solides prendre la dentelle avec tant de délicatesse. Au vrai, il aimait surtout la chasse et fut bien heureux de me laisser diriger sa maison...

» Ce cabinet de toilette l'amusait. Il m'a toujours été reconnaissant de ne pas avoir transformé le reste de l'hôtel et de n'avoir réalisé mes rêves qu'ici. Il y venait beaucoup à la fin de sa vie. Il me disait : « Y a-t-il une petite place pour un vieux hibou parmi tous ces beaux oiseaux ? » Lorsqu'il s'absentait et m'écrivait, il ne signait plus que « votre vieux hibou ». Peu avant sa mort, il m'a dit, en se regardant dans l'une de ces glaces : « Cristi, il se déplume, votre vieux hibou, ma chère, il est temps... oui, je crois qu'il est temps qu'il s'envole à jamais. »

Bathilde se tut un moment, but un peu de

_____

1. Recueillir les dentelles chez les ouvrières travaillant chez elles.

tisane et dit doucement, en renversant la tête sur son oreiller :

— Voilà, je voulais vous montrer ma volière et vous raconter ma vie pour vous séduire un peu et vous donner l'envie de nous aimer. Maintenant je voudrais que vous jouiez quelque chose. Je sais que vous êtes musicienne. Allez jusqu'à mon piano fleuri. Choisissez ce que vous voudrez. Ce sera un peu comme si vous me parliez, à votre tour.

Bathilde écouta les yeux clos, fatiguée mais satisfaite.

Judith-Rose joua la *Sonate n° 4* de Beethoven. Elle la dédia à deux héros. La mère qui avait eu une vie de courage, le fils qui donnait, avec une élégante désinvolture, son sang à sa patrie. Ils étaient les deux êtres les plus merveilleux qu'elle eût jamais vus.

Quand elle eut fini, Bathilde demanda :

— Pourquoi Beethoven plutôt qu'un autre ?

— Presque toute sa musique décrit une lutte menée jusqu'à la victoire finale. J'ai pensé que cela vous convenait à merveille. A vous... et au vicomte de Beaumesnil.

Odilon avait écouté la *Sonate* de Beethoven sans se montrer. Son appartement était près de celui de sa mère et il lui avait suffi d'ouvrir la porte pour entendre.

Il resta songeur. Surpris, et ému aussi par les accents, pathétiques parfois, émouvants très souvent, de ce toucher. La jolie cousine se révélait peu à peu et ce charmant personnage l'intéressait de plus en plus. Il lui sembla sentir encore le frais parfum de petite fille qu'elle dégageait et qui s'alliait si bien à une peau ferme et veloutée de beau fruit. Heureux celui qui le croquerait !... Celui qui préférerait, à des senteurs mystérieuses et raffinées de tubéreuses, le délicieux arôme de confiture de fraises et de framboises embaumant une vaste cuisine de campagne, un jour d'été. Il soupira légèrement. D'où lui venaient de tels rêves ? C'était les carnages de Crimée qui l'attendaient, et non des petites filles pures et fraîches lui rappelant son enfance.

Il regardait son sabre et les boutons dorés de son uniforme posé sur un fauteuil devant sa fenêtre. Les derniers rayons du soleil couchant faisaient feu sur eux. Ce n'était pas là ce qui l'éblouissait, mais le souvenir d'une superbe chevelure, aux boucles rebelles. Et il se demanda, se sentant décidément un peu fou, si c'était le soleil ou la lune qui, par endroits, avait tracé de longs rubans d'argent dans la lourde masse d'or...

Il sortait de sa chambre pour aller passer un moment à son cercle, alors que Judith-Rose refermait derrière elle la porte du boudoir de Bathilde.

Sur le tapis pourpre, ils avaient dix pas à faire pour se rejoindre.

Ils ne surent jamais qui en avait fait le plus, ni qui, le premier, tendit les bras vers l'autre. Tout se déroula naturellement, avec une délicieuse douceur, dans le couchant rose.

Il était sûr que sa bouche aurait ce parfum de fruit.

Il se jura, soudain, de défendre chèrement sa vie en Crimée. Jamais il n'avait eu autant envie d'être heureux.

Elle avait, elle, la troublante sensation d'être prise dans un tourbillon de vent doux et tiède qui peu à peu s'échauffait et soufflait en une bourrasque qui la laissa éblouie.

Dorothée attendait dans le hall. Sa maîtresse la cueillit au passage.

Le trouble de Judith-Rose n'échappa pas à la jeune servante. Elle était trop amoureuse elle-même pour ne pas reconnaître qui l'était aussi. Elles coururent jusqu'à l'hôtel. Il était tard, Charlotte devait être mécontente. Dorothée vit Sylvère les guetter derrière sa fenêtre de chambre et s'écarter vivement lorsqu'il craignit d'être aperçu... Elle l'aimait généreusement. Elle ne pensa qu'au chagrin qu'il aurait bientôt, quand il saurait ce qu'elle avait deviné.

Charlotte était en effet furieuse, mais toujours contre Mortimer, et elle n'avait pas vu le temps passer.

Ce fut Sylvère qui parla à Judith-Rose. Les deux sœurs avaient préféré cela.

Il fut surpris du calme de son élève. Et du petit

rire qu'elle eut avant de s'enfuir dans sa chambre où elle écrivit sur-le-champ :

Cher père,

Vous savez qu'il y a dans la ville d'Alençon une famille apparentée à la nôtre. Celle des comtes de Beaumesnil-Ferrières.

Ce pays est celui de la dentelle. Vous le savez aussi, et les Beaumesnil font la plus belle. Mais vous ne savez pas ceci : au xviiie siècle, on découvrit ici du kaolin. Un certain comte de Brancas-Lauraguais le fit extraire et désira faire fabriquer quelques rares pièces de porcelaine.

Les terres sur lesquelles se trouvait cette argile appartenaient aux Beaumesnil, aussi achetèrent-ils ce qui leur parut le mieux venu dans cette brève production alençonnaise. C'est un service de table, le seul qui ait été fait avec du kaolin ornais. Assiettes et pièces de forme sont blanches, décorées sobrement de quelques papillons polychromes.

Ces cent cinquante-trois objets sont uniques en leur genre et au monde. Nul doute que vous désiriez les joindre à votre collection. Vous ne pourrez les avoir, car on ne vous les vendra jamais, que si vous offrez la main de votre fille au lieutenant de hussards Odilon, vicomte de Beaumesnil, actuellement parmi les siens à Alençon et qui regagne la Crimée dans un mois et demi.

Bien évidemment, les Beaumesnil sont catholiques, mais je ne doute pas que ma nouvelle mère, Anna-Hilda, qui aime autant que vous, mon père, les céramiques anciennes, ne plaide en ma faveur pour que votre accord à mon mariage me parvienne au plus vite, le lieutenant de Beaumesnil n'envisageant pas que Sébastopol soit prise sans son concours...

Quand elle eut rageusement signé sa lettre, Judith-Rose regarda droit devant elle. Nette, précise, une image s'imposa tout à coup : un après-dîner, rue des Granges à Genève. Anna-Hilda Littener était là et regardait Mortimer Morel d'Arthus qui traversait le salon. Les yeux de la jeune femme, d'un bleu dur, glacé, suivaient la jambe trop courte sans la moindre compassion, avec des éclairs d'irritation méprisante. Et l'infirme, dans la traversée de ce salon — Dieu, qu'elle était longue ! — s'essayait à boiter le moins possible, à paraître ingambe, alerte, jeune.

— C'est une affreuse femme. Elle le rendra malheureux, alors que, moi, je vais être heureuse. Moi, *il* m'aime !

Elle avait parlé à voix haute. Elle répéta : « *Il* m'aime, *il* m'aime. » Et il lui sembla que son amour était quelque chose de chaud, de vivant, qu'elle ressentait dans tout son corps et qui la comblait.

Comment avait-elle pu écrire une si horrible chose ? Elle déchira la feuille de papier, en prit

186

une autre. Elle allait demander, avec déférence et affection, à son père de l'autoriser à épouser un catholique. Il en aurait beaucoup de chagrin. Mais pas de colère. Elle en était sûre. Il ne montrerait jamais plus de courroux envers elle.

Elle posa soudain sa plume. *Odilon ne lui avait pas encore demandé de l'épouser!*

Souriante, quelques secondes après, elle se remit à écrire. Puisqu'il l'avait embrassée... si merveilleusement embrassée, n'était-ce pas la même chose?

3.

Dans le jardin du *Grand-Cerf,* les bruits de la rue, les cris des enfants et des marchands ambulants arrivaient atténués, quand ils n'étaient pas absorbés par les sons de cloche de l'église Notre-Dame ou de Saint-Léonard.

Sans même avoir essuyé le siège de rotin qu'une pluie matinale avait laissé humide, Noémie dit, en s'asseyant, à Sylvère qui arrivait :

— ... De sorte que Charlotte n'est pas dans son mieux, loin de là ! Elle n'a pas le temps de se remettre d'une mauvaise nouvelle qu'une autre l'abat plus encore.

Le jeune homme, le regard lointain, ne se souciant guère de s'amuser à rembobiner le fil du raisonnement de Mlle Morel d'Arthus qui avait amené cette conclusion, demanda avec un peu d'amertume dans le ton :

— Mais, mademoiselle, n'êtes-vous pas vous-même affectée par le mariage de mon élève avec un catholique ?

— Je prie, tous les soirs, Dieu de lui pardonner. Il le fera. Voilà pour le ciel. Pour la terre, je vous dirai ceci : mon cher Charles-Albert, qui s'intéressait à tout et allait au fond des choses, avait entrepris de collectionner avec soin des documents sur ces unions de papistes et de réformés. Il en a dressé une liste que nous avons trouvée dans les caisses de papiers dont nous avons hérité. Charlotte ne s'est pas souciée d'inventorier cela. Je l'ai fait. J'ai beaucoup de renseignements sur les mariages mixtes célébrés depuis vingt ans. Je les ai d'ailleurs communiqués à Mortimer pour l'aider à admettre que sa fille ne fait que suivre des traces célèbres. Je ne vous citerai que les plus importants dont je me souvienne. Sachez que chez le seul Louis-Philippe trois enfants ont, avec l'accord paternel et royal, convolé comme ils n'auraient pas dû. La princesse Louise, ardente catholique, a accepté le souverain de Belgique, Léopold Ier, bon protestant. Le duc d'Orléans, prince héritier, a épousé Hélène de Mecklembourg-Schwerin, et Marie d'Orléans, le duc de Wurtemberg. Et même M. Guizot ! Le rigide, le sévère réformé M. Guizot a eu une catholique pour femme ! Et je ne vous parle là que de quelques-uns des plus connus.

Noémie et Sylvère restèrent un moment silencieux. Puis ce dernier dit :

— Le vicomte regagnera l'armée d'Orient sitôt marié. Il laissera sa femme ici, seule...

— Seule ? Dans l'hôtel Beaumesnil où travaillent près de cent dentellières ! D'ailleurs, il vaut mieux pour elle être à Alençon qu'à Genève où Anna-Hilda ne veut ni d'elle ni de nous. A ce propos, cette maison que vous avez découverte, en allant repérer le temple, cette demeure dont vous dites qu'elle a appartenu à des Morel d'Arthus, jadis, êtes-vous sûr qu'elle est à vendre ?

— Oui.

— Eh bien, je crois que je vais l'acheter. Je ferai cette surprise à Charlotte. Ses nerfs s'en trouveront bien. Si nous pouvions l'installer avant de repartir, ma sœur envisagerait mieux les séjours que nous ferons ici, pour venir voir notre petite. Et cela la distraira peut-être du chagrin du mariage de Mortimer, et de celui, si précipité aussi, de Judith-Rose. Elle pleure souvent la nuit. Elle est très affectée...

— Pas vous, mademoiselle ?

Il aurait aimé qu'elle se plaignît. Il aurait voulu que le temps fût gris — il était radieux ! —, il aurait voulu que sa mélancolie s'associât à celle de ceux qui, tout en reconnaissant à Judith-Rose le droit d'être heureuse — même inconsidérément ! —, en souffraient. Or, cette extravagante Noémie, armée de son étonnante énergie, faisait front au malheur avec une sérénité inconcevable.

Quant à Charlotte, en virulentes imprécations contre les Beaumesnil, Alençon, la dentelle, la Normandie en fleurs, le printemps et Mortimer

Morel d'Arthus, quand elle n'était pas en ardente communion avec Dieu, elle offrait encore moins de réconfort. En fait, il n'en avait trouvé, par hasard, qu'auprès de la jeune Dorothée. Elle lui avait rapporté, un matin, ses quatre chemises dont elle prenait grand soin. Ils avaient un peu parlé. Et comme arrivaient jusqu'à eux, par la fenêtre ouverte de la chambre, les échos de bruits inattendus provenant de l'hôtel de Beaumesnil, il avait fait la réflexion, morose, que tous ceux de cette maison paraissaient bien réjouis par le prochain mariage.

Elle s'était permis, très poliment, de le contredire. Ce n'était pas tant la préparation de la cérémonie qui faisait chanter là-bas, mais une énorme commande de dentelle arrivée de la Cour récemment. Sa Majesté voulait une *robe entière* en point d'Alençon et avait choisi la fabrique Beaumesnil pour son exécution. Alors il avait interrogé la jeune servante. Elle savait beaucoup de choses par le cocher et son fils qui les tenaient des serviteurs Beaumesnil. Certes, on s'affairait pour le mariage, et Mme la comtesse se réjouissait, disait-on, des noces de son fils, au point de s'en porter mieux, mais on travaillait aussi beaucoup. Le dessinateur ne s'était pas couché de trois nuits, et Mlle Pervenche-Louise battait la campagne pour trouver les dentellières qui manquaient. On disait que c'était toujours comme ça : dès l'arrivée d'une grosse commande, c'était la révolution partout. Ah ! Mlle Judith-Rose était contente de vivre cela ! Et Mme la comtesse, si elle était trop souffrante pour aller livrer l'ouvrage fini aux Tuileries, en chargerait peut-être Mme la vicomtesse Odilon — déjà on appe-lait Mademoiselle comme cela ! M. Sylvère savait-il que Mademoiselle devrait alors faire trois révérences et être reçue par six, ou peut-être même huit dames d'honneur avant d'arriver aux pieds de Sa Majesté ?

Oui, la petite Dorothée, douce, gentille, par-lant avec sa lenteur habituelle, debout, les mains croisées sur son tablier, lui faisait du bien.

Les pensées de Noémie avaient cheminé, en direction de cette maison à acheter. De celle-là, elle était passée à d'autres — les maisons l'avaient toujours beaucoup intéressée, elle leur octroyait une âme — et elle était arrivée devant celle dont Sylvère avait hérité à Bayeux. Sans doute parce qu'à le regarder un instant, elle l'avait trouvé pâle et triste, elle décida qu'il se porterait mieux dès qu'il les aurait quittées, sa sœur et elle, et habiterait enfin chez lui. Loin de Judith-Rose, il oublierait. Quelques bonnes nuits de sommeil réparateur, sans rêves impossibles, lui feraient le plus grand bien. C'est alors qu'elle conclut, à haute voix :

— Évidemment, si les cloches ne vous empêchent pas de dormir ! Votre maison est tout près de la cathédrale, m'avez-vous dit ?

Il sourit. Mlle Noémie lui manquerait beau-coup.

Seule, mais résolue, Noémie s'achemina le jour même jusque chez le notaire dont Sylvère lui avait dit qu'il s'occupait de la vente de l'ancienne demeure des dentelliers Morel d'Arthus au XVIIᵉ siècle. Elle avait le sens de l'orientation d'un pigeon voyageur et ne se perdit pas. Elle arriva, fringante, chez Mᵉ Lebel-Faverie.

Un jeune clerc, assez insolent, la reçut. La toisa des chaussures au cabriolet. Chaussures boueuses, puisqu'elle était venue à pied, robe noire de droguet, anonymement correcte, sans plus, et cabriolet, sombre aussi, dont l'équilibre avait souffert du vent d'ouest qui courait la ville.

On la fit attendre. Longtemps.

Elle bavarda avec Charles-Albert sur l'utilité d'avoir une maison à soi partout où l'on doit séjourner souvent. Cela la mena loin, jusqu'aux demeures mauresques d'Alger et de Constantine dont Charles-Albert vantait toujours le charme. Elle se demandait comment et où elle pourrait utiliser, un jour, les carrelages arabes achetés là-bas, dans une demeure en ruine qu'on allait abattre, qu'il avait fait acheminer jusqu'à Genève et légués à ses vieilles amies, quand elle décida que cela suffisait : jamais une Morel d'Arthus, à Genève, n'attendait plus de trois secondes avant d'être introduite là où elle avait décidé d'entrer.

— Jeune homme, je crois avoir dit que je désirais voir Mᵉ Lebel-Faverie. S'il est occupé, je veux être reçue par celui qui le remplace.

Le « jeune homme » posa sa plume. Les deux autres clercs aussi, attentifs à ce qui allait suivre car ils savaient leur collègue porté à la plaisanterie.

— Et Madame désire ?

— Acheter la petite maison de la rue du Château.

— *Petite maison !* Madame sait-elle qu'elle contient quinze chambres ? Plus la réception. Plus les dépendances, et que cette « petite maison » vaut ses cent mille écus comme un sou ?

Ici, coup d'œil méprisant sur les chaussures, la robe et le cabriolet.

Il n'y avait pas de guêpes dans l'étude. Elles y auraient péri d'ennui et de faim, tout y était sombre, triste et quasi mort. Pourtant, l'une d'elles bourdonna à l'oreille de Noémie : « Vous pouvez acheter cette guêpe en or, et tout un essaim, et la boutique, etc. » Alors les trois clercs, et les centaines et les centaines de vieux dossiers poussiéreux, entendirent la petite voix, qu'une certaine excitation — Noémie s'amusait — rendait plus acide, qui disait :

— Jeune homme, en voilà assez. Je peux acquérir, quoi que vous ayez l'air d'en penser, non seulement la maison en question, mais toute la rue, et peut-être même la ville entière, y compris ses milliers de mètres de dentelles, et ses dentellières, et, bien entendu, cette étude, avec vous dedans ! Encore que la pensée de vous avoir souvent sous les yeux ne soit guère tentante. *Je suis Mademoiselle Morel d'Arthus, de Genève,* et je veux devenir propriétaire de la maison qui fut celle de nos ancêtres, rue du Château, à l'angle de la rue de l'Air-Haut. Me suis-je fait comprendre ? Répondez. J'attends. Et je suis pressée. Aucune femme de ma famille n'a l'habitude d'être dehors à la nuit tombante et le soleil se couche déjà.

Comme les trois clercs, muets, bouche ouverte, regardaient maintenant à quelques centimètres au-dessus du niveau de son cabriolet, Noémie tourna la tête et aperçut Me Lebel-Faverie, principal notaire de la ville, arrivé sans doute depuis un instant et s'avançant vers elle.

— Enfin ! dit-elle. Eh bien ! je suis heureuse de vous voir, maître.

— Pas tant que moi, mademoiselle Morel d'Arthus, pas tant que moi ! Il faut que je vous dise que je pense à écrire un jour, quand je passerai la main à mon fils, un petit historique sur ce que sont devenus ceux qui partirent jadis. On dit toujours : « Les réformés, chassés par les persécutions, s'exilèrent », et rarement, et même jamais on ne raconte où ils sont allés et ce qu'ils y ont fait. Je salue avec joie, ce soir, le retour de la descendante de l'un d'eux. Savez-vous, mademoiselle, que c'est dans cette étude-ci que fut acheté le terrain sur lequel vos ancêtres construisirent la demeure que je vais avoir le plaisir, ai-je cru comprendre, de voir revenir dans sa famille d'origine ? Et vous en connaîtrez toute l'histoire, vous en saurez tous les avatars jusqu'à ce jour, ils sont là, dans mes dossiers.

Me Lebel-Faverie était un homme jovial, bien de sa personne, et d'une élégance de bon aloi. Il avait, dans le fond de l'œil, cette petite lueur gaie qui voulait dire à peu près : « Ne nous prenons pas trop au sérieux », et que Noémie jugeait aussi nécessaire que de posséder une bouche, un nez et deux oreilles. Elle décida qu'elle allait régler l'achat de sa maison avec plaisir. Elle s'en considéra comme la propriétaire en quittant l'étude, s'étant contentée de dire : « Pour le règlement voyez cela avec notre banque. » Sans même demander le prix de son acquisition. Elle inviterait Me Lebel-Faverie à dîner quand elle séjournerait ici. Il lui plaisait.

Elle adressa aux clercs, en partant, un petit salut qu'elle qualifia d'honnête. Ce qui voulait dire poli, sans plus.

*

Le meilleur allié qu'avait eu Judith-Rose dans la lutte qu'il lui avait fallu livrer pour obtenir l'accord de ses vieilles cousines avait été, sans conteste, le baron Charles-Albert de Maheux.

Noémie n'avait cessé de répéter, non pas directement à Charlotte, c'eût été maladroit, mais comme en l'air, à personne en particulier, à elle-même, peut-être, ou à Dieu qui avait bien quelque chose à voir dans cette affaire :

— Il ne faut pas que l'enfant souffre ce que nous avons souffert, n'avoir pas connu le bonheur de vivre avec l'homme que nous aimions.

Une fois, une seule, Charlotte avait répondu, entre haut et bas :

— De toute façon, le vicomte a des chances de mourir à la guerre, lui aussi !

Et enfin, au quatrième matin de siège, Mlle Aînée, dans un chapelet de soupirs à faire tourner les trois moulins d'Alençon à la fois, avait admis, sans l'admettre vraiment, mais, néanmoins, laissé entendre, qu'elle arriverait peut-être un jour, avec l'aide du Seigneur, à reconnaître que l'on ne pouvait pas, lorsqu'on avait quinze ans, un enthousiasme prenant toujours le pas sur la réflexion et la sagesse, et un père égoïste, voire criminel, résister à la séduction d'un trop bel officier de hussards. Homme courageux, de surcroît. Car Charlotte ressentait une amère satisfaction à être juste envers son futur cousin. Elle voulait même rendre à chacun ce qui lui était dû, et faire, au passage, une révérence à la comtesse de Beaumesnil pour sa discrétion. Jamais un seul instant, pendant que l'on se désespérait à l'hôtel du Grand-Cerf, Bathilde n'avait tenté de faire pression en se servant de sa maladie ou de l'imminence de sa mort. On n'avait pas entendu : « Laissez-moi voir mon fils heureux avant de disparaître », ou : « Toute contrariété est absolument défendue à mon cœur. »

— Bien trop finaude, Mme de Beaumesnil, pour montrer le bout de son nez, marmonnait quand même Charlotte.

Bathilde ne le montrait pas, en effet, mais se réjouissait de cette alliance. Elle éloignait à jamais le péril Adélaïde, consolidait l'avenir de la fabrique, la fortifiait d'un inébranlable rempart d'or. Et cette petite huguenote intelligente et énergique, armée de bons principes protestants, serait pour Pervenche-Louise la meilleure des sœurs.

Et surtout, elle voyait son fils heureux.

Odilon était amoureux. Lui qui avait repoussé vigoureusement toutes les entrevues avec les héritières les plus séduisantes de la ville et des environs était subjugué par cette gamine toujours gaie, toujours contente et d'une énergie dont il n'avait vu l'équivalent, disait-il, que chez les zouaves de l'armée d'Orient. Elle n'arrêtait pas ! La veille, il avait voulu lui montrer la forêt de Perseigne, leur belle voisine. Elle avait demandé une promenade à pied plutôt qu'à cheval, avec la cousine Noémie comme chaperon. Et lui, qui ne marchait qu'à la chasse ou à la guerre et sautait sur Vent Sauvage ou Sucre d'Orge pour faire dix mètres, l'avait suivie cinq heures durant entre les hautes futaies et les genêts en fleur, ravi et joyeux comme il ne l'avait pas été depuis son enfance.

Il était venu voir sa mère à son retour, lui

raconter sa journée, ainsi qu'il le faisait si souvent pour la distraire de sa maladie.

— Dès que vous serez mieux, il faudra faire de petites promenades avec Judith-Rose et Noémie. La vue de Mlle Morel d'Arthus cadette en « tenue de voyage à pied » est des plus réjouissantes et met en gaieté dès le départ. Imaginez-la, en jupe écourtée à vingt centimètres du sol, chaussures suisses un peu étranges de forme, et paraît-il, merveilleuses de confort, et enfin « chapeau pratique ». Traduisez quelque chose d'étonnant, ressemblant aux coiffures des bersaglieri, feutre à bord relevé sur le côté gauche avec plumes de coq en panache alangui ! Ah, j'oublie ! la gourde en bandoulière, pleine d'eau, en général, mais aujourd'hui, de cidre, en mon honneur, paraît-il ! Balancé contre le cœur chaleureux de la délicieuse demoiselle, il a été très vite tiède. Nous en avons bu quelques gouttes mais notre cousine-chaperon ne l'a pas dédaigné. Elle en prenait une gorgée chaque fois qu'elle morigénait Judith-Rose dont la capeline de paille n'est jamais sur la tête mais toujours dans son dos, ce qui favorise, prétend-elle, la persistance de trois taches de rousseur sur le bout de son joli nez. J'ai plaidé en faveur de ces taches, quasiment invisibles. Il paraît que je n'y connais rien. En beaucoup de choses même, m'a dit ma future cousine. Ainsi je tolère un uniforme qui me désavantage ! Parfaitement. Je devrais, avec tous ceux de mon régiment, réagir sérieusement et exiger que l'on modifie la coupe de notre pantalon ! Il me faut prendre modèle sur ceux des guides, la Garde de l'empereur. Eux n'ont pas de ces poches si inélégantes, et certainement inutiles, qui coupent la ligne et empêchent le galbe des jambes d'apparaître dans toute sa beauté. Oui, les culottes des Gardes de l'empereur, affirme Mlle Noémie, sont merveilleusement bien coupées et révèlent, en son entier, la perfection de la moitié du corps des plus beaux soldats de l'Empire ! Voilà ce que l'on entend, en ce moment, sous les hautes futaies de notre forêt de Perseigne, sur la délicieuse musique du rire de ma Judith-Rose. Quels imbéciles solennels ont dit que les Suisses sont ennuyeux et les protestantes bégueules ?

Bathilde souriait.

Pervenche-Louise chantonnait ! Ce qui stupéfiait son entourage. Pervenche-Louise qui, un matin, apercevant Adélaïde de Courmarin venue aux nouvelles, s'avança vers elle, les joues chaudes d'excitation, le cœur battant une alerte et joyeuse mesure, et la conscience sereine. Elle s'octroya, peut-être pour la première fois, le plaisir d'une petite revanche.

— Mais oui, Adélaïde, Odilon se marie.

La divine Mlle de Courmarin n'était pas vêtue de son amazone, mais d'une robe de mousseline bleue, qui devint un tourbillon, une trombe de volants et de rubans couleur d'azur, puis un ouragan d'où siffla :

— A cette petite niaise piquetée de son ? A Mlle du Jarret Exquis ?

— Il épouse Judith-Rose Morel d'Arthus, de Genève.

— L'élégante vicomtesse qu'il aura là ! Oh ! Il est... il est...

— Amoureux. Comblé. Oui, il est tout cela, acheva Pervenche-Louise.

Elle paraissait découvrir le plaisir de distiller ces mots qui lui venaient si facilement aux lèvres depuis quelque temps. Et elle souriait, avec une innocence ravie qui donnait à Adélaïde l'envie de la battre. Eût-elle eu sa jolie cravache, peut-être n'aurait-elle pas résisté au plaisir de s'en servir. Mais elle n'avait qu'un panier au bras. Un ravissant panier de fine paille, assorti à son chapeau relevé à la Marie-Antoinette-à-Trianon et garni, comme lui, de liserons et de volubilis. Elle le planta là, sur les dalles de marbre de la galerie, le jeta plutôt, avec rage et s'enfuit, furie d'un bleu céleste qui vola jusqu'à la porte.

Pervenche-Louise souriait toujours. En convenant toutefois que le bleu seyait à Adélaïde, surtout lorsque son teint était coloré par la fureur. Elle ramassa le joli panier. Elle le donnerait à la Marie-Pierre pour y transporter et coucher son poupard si petit, si malingre. Les liserons et les volubilis l'amuseraient.

*

201

La date des cérémonies approchait. Pas sans soubresauts de Charlotte. On la croyait calmée, quand soudain elle s'écriait :

— On n'a jamais vu un mariage se préparer de la sorte ! Dans un hôtel ! Loin de tout et même du plus indispensable nécessaire.

— Son trousseau était fini depuis un an déjà. Tu l'avais commencé si tôt, disait Noémie.

— Bien m'en a pris ! Arrivera-t-il seulement à temps ? Si ce brigand de la Tamise de Big-James ne s'arrête pas dans tous les cabarets du chemin.

— J'ai demandé à M. Sylvère de lui suggérer que nous récompenserions sa rapidité.

— Jette donc aussi les louis par la fenêtre, cela complétera le tableau ! Enfin, n'aurait-il pu, au moins, attendre son retour de guerre, cet officier, pour se marier ?

— Et si le siège de Sébastopol dure deux ans ?

— Tout cela est fou ! Nous vivons en pleine démence. Et Mortimer approuve ! Mortimer admet, sans sourciller, cette cascade d'hérésies et d'extravagances.

On lui laissait le dernier mot, cela ne changeait rien et lui donnait une satisfaction très momentanée.

Avec sa logique toute crue, Noémie avait dit un soir à Sylvère, alors qu'ils prenaient le frais dans le jardin de l'hôtel :

— Lorsqu'un édifice commence à se lézarder, les éboulements sont à craindre. Il était sûr que la conduite de Mortimer allait déclencher des suites fâcheuses. Et je ne parle pas de ma sœur et de moi-même qui ne pouvons indéfiniment déménager. Mais se remarier à plus de cinquante ans, en remplaçant la femme de devoir que fut notre pauvre cousine par une écervelée sans cœur, c'est jouer à Booz et Ruth avec des prolongements plus graves. Parce que Ruth ne se débarrassait pas de ses belles-filles. Ruth ne détruisait pas une famille, ne désorganisait pas une maison. Oh ! Mortimer a conscience — mauvaise conscience — de tout cela. Je le connais bien, sa lucidité ne doit pas lui laisser beaucoup de répit. Seulement, voilà, il est amoureux et abandonne sa fille à un sort fatal.

— Elle est amoureuse, elle aussi, dit Sylvère, si calmement, avec tant d'apparente indifférence que Noémie se demanda si elle n'avait pas rêvé, un soir, dans une ferme, avoir vu un jeune et séduisant précepteur désespéré par les égarements de son cœur. Elle décida de ne pas s'appesantir sur ce problème dépassé. On en avait tant d'autres à résoudre, dans ce tourbillon d'événements. D'une conversation récente avec Charles-Albert elle avait conclu que, si tout cela s'était passé à Genève, tout aurait été différent. Mais, loin de leur univers familier, elles étaient amenées à trouver presque acceptables des événements qui leur auraient paru insurmontables chez elles.

Parfois, entre deux battements joyeux de son cœur, Judith-Rose pensait à donner à Charlotte, qu'elle jugeait la plus atteinte par les événements, quelques brins de tendresse. Un matin la jeune fille la vit pensive et les yeux rouges après la visite quotidienne du pasteur d'Alençon. Elle était assise dans le jardin de l'hôtel, le regard fixé sur une glycine, comme si elle guettait avec anxiété le prochain éclatement mauve de petites grappes encore vertes. Malgré sa résistance, elle réussit, avec Noémie, à l'entraîner vers la maison de la rue du Château, dont on avait désormais les clefs.

La ville s'habituait à voir passer ces trois dames aux pas rapides et élastiques, qui se repéraient sans hésitation dans les rues, même lorsque le grand monsieur baptisé secrétaire-des-Suissesses ne les accompagnait pas. Les étrangers séjournant à Alençon pour acheter des dentelles demandaient tous leur chemin. Elles, jamais.

Du XVIIe et du XVIIIe siècle bien harmonisés par des architectes de goût et les adoucissements du temps, de belles pierres, de belles sculptures, de belles ferronneries faisaient de la demeure des ancêtres des Morel d'Arthus l'une des plus séduisantes de la ville. Mais, dès la porte franchie, chacune des fenêtres ouvertes offrait une vue du château féodal voisin, vue écrasante car il n'y avait pas cent mètres entre les deux bâtiments. On pouvait se croire alors dans une gigantesque lanterne magique avec la vision gigantesque de trois tours gigantesques tellement présentes qu'il était difficile de voir autre chose qu'elles. A moins que l'on décide de les oublier, proposa Judith-Rose.

Le notaire avait précisé que rien d'important n'avait été changé dans la maison depuis un siècle. Il avait dit aussi que dans le jardin, à l'emplacement même où poussait un majestueux tilleul, sous un autre tilleul tout semblable, avait été momentanément enterré un Mortimer Morel d'Arthus, pour empêcher que la voirie ne soit la sépulture de ce pauvre homme qui refusait d'abjurer. C'était son fils, le dernier des Morel d'Arthus français, qui avait été enchaîné aux galères du roi où il était mort.

— Pour sa foi. Et aujourd'hui, toi, Judith-Rose, tu épouses un papiste !

— Charles-Albert a toujours dit qu'il était temps que la tolérance vienne des deux côtés à la fois et...

— Charles-Albert n'a jamais su de quoi il parlait.

— Oh ! Charlotte...

— Tais-toi, Judith-Rose ÉPOUSE UN PAPISTE, et les murs de cette maison doivent s'en ébranler. Dieu nous pardonne d'accepter de lui laisser perdre sa foi et son âme ! Seigneur, pardonnez-nous, protégez-nous...

Charlotte était tombée à genoux sur le parquet

poussiéreux, et face à la Tour Couronnée[1]. Elle priait. Alors Noémie s'agenouilla aussi. Et aussi Judith-Rose.

Il y avait à peine quelques mois, tous ceux de la maison de la rue des Granges à Genève, ainsi prosternés, écoutaient chaque soir Mortimer faire la lecture d'une page de la Bible. Elles y pensèrent. Et pleurèrent.

Quand elles se relevèrent, Charlotte, regardant fixement par la fenêtre, et s'adressant plus à la Tour Couronnée qu'à Noémie et à Judith-Rose, dit :

— Et maintenant, voilà que l'une de nous trois est une écharde dans la chair des deux autres.

Puis elle donna le signal du départ.

— Ne pleure pas, petite, ne pleure pas, dit doucement Noémie à Judith-Rose. Charlotte a toujours eu le malheur grandiloquent. Le Seigneur lui pardonnera, et à toi et à moi aussi, ou alors Il ne serait pas notre Seigneur. Ne t'inquiète de rien, Il sait que ma sœur et moi nous avons pris toute la responsabilité de ce mariage, et que seules nous Lui en rendrons compte. Toi, tu n'es qu'une victime innocente.

Les choses se compliquèrent encore un peu lorsque Bathilde, du fond de son lit — le médecin ne l'autorisait pas à se lever —, offrit de faire

1. Une des tours du château d'Alençon, composée de deux tours superposées.

porter au *Grand-Cerf* la robe en point d'Alençon qui servait à chaque mariage d'une Beaumesnil. Charlotte remercia et dit que la jeune fille comptait, dans ses malles, deux toilettes blanches qu'elle n'avait encore jamais mises. L'une d'elles, en y ajoutant une couronne de fleurs d'oranger, ferait l'affaire. Bathilde insista. Charlotte remercia encore, toujours négativement, mais aimablement jusqu'à ce que Mme de Beaumesnil, s'adressant à Judith-Rose, lui demande si elle ne préférerait pas les dentelles de famille. Avant qu'elle ait eu le temps de répondre, Charlotte s'écria :

— Madame, un sort funeste nous contraint à cette union et bientôt l'enfant dont nous avons la garde sera votre fille. Mais elle ne l'est pas encore, elle se mariera sobrement et sans falbalas, fussent-ils des trésors de famille.

Pour détendre l'atmosphère, bien que Bathilde n'eût pas paru offensée par cette sortie, Judith-Rose se hâta de dire, en riant, qu'elle était peu faite pour porter d'aussi précieuses parures réservées aux fort jolies personnes, dont elle n'était pas, et que son modeste physique s'accommoderait mieux d'une toilette modeste.

— Mais c'est qu'elle était sincère en disant cela, raconta le soir, pendant leur causerie d'après souper, Bathilde à son fils.

— Croyez-vous que je ne me marierais comme cela, si vite, presque sur un coup de tête, moi qui pensais finir mes jours en vieux colonel

— peut-être général! — célibataire, si je ne savais pas cette enfant aussi sincère que belle... quoi qu'elle en dise!

Il s'était tu, mais son esprit s'attardait avec plaisir à penser encore à elle, et à cette joie de vivre qui était son élément où elle entraînait ceux qu'elle côtoyait. Il avait le sentiment qu'il ne pourrait jamais être malheureux, tant qu'il serait près d'elle. L'imminence de son départ pour la Crimée ne le réjouissait plus du tout. Certes, il lui écrirait beaucoup, car elle était curieuse de cette guerre. Si elle avait su l'effroyable carnage qui s'y faisait!... le manque d'ambulances, de chirurgiens, et même de charpie! Mais il sourit, malgré lui, en pensant qu'avec ses yeux si grands et d'une couleur si extraordinaire elle paraissait toujours voir les choses autrement que les autres. En passant par les verts et les bleus de son regard fascinant, tout ce qui l'entourait était transformé, magnifié. Il était délicieux de l'entendre raconter ce qu'elle voyait... et ce qu'elle ne voyait pas! Son imagination était aussi alerte que son pas... Il adorait aussi, pendant leurs promenades, qu'elle sorte de sa poche, comme les enfants, un petit morceau de pain, toujours en réserve, lui offre de le partager et le croque allègrement, sans ralentir sa marche. Tout était si simple, si doux, avec elle. Une onde de joie le parcourut à la pensée que la beauté et la fraîcheur de son jeune corps seraient bientôt à lui.

— NOÉMIE !

Charlotte s'élançait, les joues en feu et presque échevelée sous son cabriolet. Elle avait couru et entrait dans le salon de l'hôtel du Grand-Cerf où sa sœur lisait le *Journal de Genève* arrivé quelques instants auparavant.

Comme deux ou trois personnes, occupées à faire leur courrier devant les petites tables-bureaux dispersées parmi les palmiers en pots, avaient dressé la tête et regardaient dans leur direction, Charlotte baissa le ton, mais répéta, avec une fureur contenue :

— Noémie, sais-tu ce que tu as fait ? Sais-tu où est située cette maison que *tu* as achetée ?

— Tout à côté du château d'Alençon.

— Et ce voisinage t'a suffi ? Et tu n'as pas vu plus loin ? Tu ne t'es pas renseignée, ce notaire ne t'a rien dit, bien sûr ? Et toi, pauvre innocente bornée, tu t'es laissé gruger ! Parce que, écoute-moi bien... enfin, rapproche-toi un peu, je ne peux pas crier, surtout *ça* : juste en face de *ta* maison il y a une maison... Une maison... Tu vois ce que je veux dire ?

Non, apparemment, Noémie ne voyait pas. Alors, encore plus furieuse, Charlotte essaya de préciser : « Une *maison*, spéciale, où des femmes... tu comprends à la fin ? »

Oh ! Maintenant Noémie comprenait et disait,

entre deux hoquets, tant elle riait : « Oui, oui, avec une lanterne rouge, oui, oui, j'y suis. »

La croyant soudain devenue folle, Charlotte regardait sa sœur avec inquiétude.

— Tu ne peux pas savoir pourquoi je ris. C'est que... C'est que j'ai failli acheter toute la rue !

Mais Charlotte ne riait pas, elle haussait les épaules et décidait qu'elle allait convoquer le notaire sur-le-champ pour lui dire ce qu'elle pensait.

Il vint et sut rassurer. Il habitait lui-même tout à côté de cette *maison*. Elle était là, d'ailleurs, depuis des décennies et c'était bien l'immeuble qui faisait le moins de bruit dans la rue. Ces « demoiselles » étaient la discrétion même. Les familles vivant rue du Château, rue du Val-Noble, rue de l'Air-Haut, étaient parmi les plus importantes de la ville et entouraient en quelque sorte cette maison-là de leur honorabilité. Et puis, ces « demoiselles », qui étaient-elles ? Mais des dentellières, tout simplement.

Que voulait dire ce « tout simplement » ? Elles étaient dentellières, ou elles étaient... autre chose ? Il fallait tout de même donner plus de précisions. Elles travaillaient leur dentelle le jour et... venaient là la nuit ? Charlotte frappa du plat de la main sur la table où fumait le thé que la femme de chambre de service avait apporté. Les petits gâteaux secs sautèrent dans l'assiette, et, bonhomme, le notaire expliqua : il ne fallait pas dramatiser, toute la ville n'était pas une maison de tolérance, bien que toute la ville fît de la dentelle.

Charlotte regarda autour d'elle comme si elle craignait que Judith-Rose, cachée quelque part dans la pièce, n'entendît. Elle s'écria :

— Seigneur Dieu ! Je l'espère bien. Enfin *qui* fait de la dentelle et *qui*... fréquente cette *maison* ?

Patient, paisible et souriant, Me Lebel-Faverie reprit et développa. Les salaires de certaines de ces pauvres femmes étaient peu de chose lorsqu'elles avaient à nourrir une famille, si le père travaillait peu ou pas, ou si elles étaient abandonnées, ou filles mères. Alors, l'humanité étant, hélas ! ce qu'elle était, plusieurs d'entre elles étaient contraintes de se vendre aussi.

— Bien. Bien, dit Charlotte qui ne tenait pas à ce que l'on s'étendît sur le sujet. Mais précisez-moi que *celles-là*, celles dont vous parlez, ne sont pas dans des fabriques, chez Beaumesnil, par exemple.

— Les Beaumesnil font beaucoup pour leur personnel. Les salaires sont bons. Mais je ne pourrais pas jurer que, parmi leur troupeau, il n'y ait pas quelque pauvre brebis égarée et contrainte de...

— En somme, lorsque Judith-Rose habitera l'hôtel des Beaumesnil, elle risquera de rencontrer dans l'escalier, les couloirs, ou ailleurs, de ces femmes ? Vous ne me contredirez pas ? Tu as entendu, Noémie ? Vous avez compris, monsieur Sylvère ? Voilà où nous allons laisser notre enfant. Il faut que j'en informe son père, immédiatement.

— Mademoiselle ! Mademoiselle ! N'exagérez-vous pas un peu ? Dans toutes les villes du monde, il en est ainsi. Et votre jeune parente ne risque absolument rien. Il n'y a pas plus sainte femme ici que Mme Pervenche-Louise, et je vous garantis bien qu'elle n'a jamais souffert de la moindre promiscuité désagréable. Fermons les yeux sur les choses que nous ne pouvons éviter et...

— Fermons les yeux ! Mais, maître, qu'est-ce que cette ville d'Alençon, pour que vous parliez ainsi ? Une Babylone ?

Me Lebel-Faverie but son thé, grignota un biscuit, reprit quelque force et entreprit, à nouveau, de convaincre Charlotte. Il pensa faire intervenir Sylvère, qui, en Normand éclairé, eût admis avec lui qu'un peu de prostitution, pas beaucoup plus qu'ailleurs en fait, était moins néfaste que beaucoup d'alcoolisme. Mais Noémie qui, depuis quelques instants, discourait en son for intérieur avec Charles-Albert, intervint et changea de cent quatre-vingts degrés le cap de la conversation :

— En résumé, on peut donc dire qu'ici, à Alençon, on sait pourquoi les femmes se prostituent : afin de gagner l'argent qui leur manque. C'est un fait établi. Alors que, pour Babylone, on ignore toujours pourquoi l'État obligeait, par une loi sévère, chaque femme, une fois dans sa vie, à venir au temple de Vénus avoir des relations avec un étranger. On se perd en conjectures.

Me Lebel-Faverie ne reposa pas la tasse qu'il élevait jusqu'à ses lèvres, elle lui permettait de cacher son sourire. Mais il ne put dissimuler la lueur joyeuse de son regard. De sa première entrevue avec Mlle Morel d'Arthus cadette, il avait gardé le souvenir de quelqu'un de fort réjouissant. Cette opinion se confirmait.

Charlotte n'avait pas interrompu la tirade de sa sœur. Trop suffoquée pour cela. Elle put enfin articuler :

— Mais... êtes-vous devenues folles, Judith-Rose et toi, avec votre Babylone ? Elle et ses jardins suspendus. Toi et tes... immoralités. C'est vous, monsieur Sylvère, qui leur avez mis ces incongruités dans la tête ?

Sylvère s'en défendit. Gai, pour la première fois depuis longtemps, mais sans toutefois le montrer, il assura n'avoir pas fait de cours, de ce genre surtout, à son élève.

Sereine, Noémie intervint :

— Si tu avais, avec moi, inventorié les papiers que nous a laissés Charles-Albert, tu y aurais trouvé tout un traité sur la vie à Babylone. Le chapitre sur les mœurs est fort étrange.

Très pâle, la voix blanche, Charlotte murmura :

— Ainsi, c'était ce qu'il écrivait, des histoires

de... mauvaises mœurs ? Alors qu'il ne nous parlait que de plantes et d'animaux ?

Le notaire ne savait pas qui était ce Charles-Albert. A voir le visage et l'air accablé de Mlle Charlotte, il pensa que ce monsieur venait de descendre de quelques étages dans l'estime de sa cliente. Mais celle-ci l'intéressait beaucoup moins que l'autre, qu'il écoutait avec ravissement. La ville accueillait là une recrue qui la saupoudrerait d'un peu de piquant.

— Il faut savoir que...

— Nous ne voulons rien savoir de plus, dit Charlotte.

— Oh si ! j'aimerais bien, moi, dit Mᵉ Lebel-Faverie, qui décida que sa vraie cliente était Mlle Noémie.

Par saint Michel, pensait-il, on n'avait pas si souvent l'occasion de se distraire. Et la Suisse lui envoyait là une sacrée distraction.

— Eh bien, que ce soit sans moi, trancha Charlotte. Monsieur Sylvère, nous avons du courrier à faire. Il nous faut répondre à Lady Downpatrick qui a reçu avec tant d'élégance le camouflet que les Morel d'Arthus lui ont infligé en renonçant à... à aller chez elle.

Mais, fourrageant dans ses papiers, cherchant ses plumes, pourtant si bien rangées, ou les taillant alors qu'elles l'étaient déjà parfaitement, Charlotte partait lentement.

— Oui, il faut s'intéresser à cette civilisation inconnue encore jusqu'à ces dernières années, et qui a enrichi l'histoire tout récemment, reprit Noémie. Le baron Charles-Albert de Maheux, notre ami, savant naturaliste, a connu cet Anglais qui a déchiffré l'écriture des Babyloniens et divulgué ainsi leurs secrets. Imaginez, maître, que cet homme, un fonctionnaire du service diplomatique britannique en Perse, découvrit à cent mètres de hauteur, sur un roc presque inaccessible dans les montagnes de là-bas, le récit des guerres et des victoires de Darius, gravé par des tailleurs de pierre sur l'ordre de leur roi. Ce récit était transcrit en trois langues : persan, assyrien et babylonien. L'Anglais écrivait au baron de Maheux — et j'ai lu ses lettres — qu'il était resté accroché pendant de longs jours à cette muraille, risquant sa vie à chaque minute. Parfois suspendu par une corde, parfois couché sur une aspérité. Il réussit même à prendre des moulages des surfaces gravées en se balançant dans le vide ! Mais avez-vous bien compris l'intérêt de la chose ? On ne savait pas encore déchiffrer le langage de Babylone parce qu'on n'avait aucun papier, aucune tablette, rien pour l'expliquer. Et là, sur ce roc, on venait de trouver des textes babyloniens traduits en deux langages que l'on connaissait. On était sauvé ! On pourrait apprendre toute l'histoire de la Babylonie !

Me Lebel-Faverie comprenait parfaitement. Du moins l'affirmait-il. Il se disait que Caroline, sa femme, allait passer une agréable soirée avec tout ce qu'il aurait à lui raconter en rentrant.

— Alors, continua Noémie après avoir repris du thé, j'ai bien failli ne pas savoir la suite, parce que ça — les inscriptions clefs sur la montagne de Darius — l'Anglais les a découvertes en 1835, et notre pauvre ami est mort du choléra devant Constantine en 1837. Or la traduction de tous les textes babyloniens que l'on possédait a demandé douze ans d'efforts ! Vous pensez bien que, pendant qu'il déchiffrait ses tablettes et ses papyrus, l'Anglais ne s'est pas aperçu, tant il devait être passionné par son travail, de la mort de Charles-Albert. Et un jour il lui a écrit, et envoyé l'essentiel de ses traductions. Ces savants, pourquoi voudriez-vous qu'ils s'arrêtent à la mort de quelqu'un et s'en souviennent ? Qu'est-ce que c'est, pour eux, la vie d'un pauvre baron suisse, habitués qu'ils sont à mesurer les choses en millénaires ? De la poussière ! Alors, j'ai lu ces documents quand ils sont arrivés. C'était pas-sio-nnant. Voulez-vous que je vous en dise un peu plus sur ces mœurs extravagantes ? Sur cette obligation qu'avait, une fois dans sa vie, toute Babylonienne de faire... enfin vous voyez ce que je veux dire, pour de l'argent. C'est si surprenant ! Et cela se passait de bien curieuse façon aussi. Les femmes riches, nobles, restaient dans leur voiture devant le temple de Vénus — là-bas la déesse s'appelait Mylitta —, les autres s'asseyaient à l'intérieur de l'édifice, et toutes attendaient les hommes. Des *inconnus* ! Ils arrivaient et faisaient leur choix. Ils jetaient une pièce d'argent dans les jupes de celle qu'ils préféraient. Elle devait prendre la pièce — c'était l'argent de la déesse, il était sacré — et elle suivait l'étranger. *Elle n'avait pas le droit de refuser.* Quelle terrible chose ! J'ai été horrifiée en lisant cela. J'ai dû boire des litres de tilleul pour dormir. J'étais aussi ennuyée. Parce que je ne connaîtrais pas la suite de l'histoire. Le savant anglais disait que l'on se perdait en conjectures, sur l'origine et les raisons de ce rite, et qu'il écrirait s'il les découvrait en continuant à déchiffrer les textes. Malheureusement, il n'a plus jamais donné de ses nouvelles. Ou bien il a appris la mort de ce pauvre baron. A moins qu'il ne soit mort lui-même. Mais j'ai réfléchi, et je crois que cette coutume s'explique ainsi...

— Noémie !

Charlotte n'était, en fin de compte, pas partie. Toujours sur le pas de la porte, elle avait écouté. Car il lui fallait découvrir la nature de ce que Charles-Albert appelait ses « recherches ». Il avait toujours laissé croire que seuls les animaux d'Afrique l'intéressaient. Que ne leur avait-il pas raconté sur les lions, les tigres, et jusqu'à ces fameux moutons tunisiens, dont, soi-disant, toute la graisse se porte sur la queue qui acquiert des dimensions énormes et devient, de ce fait, pour les Arabes le morceau de choix ! Les avait-il assez bernées avec la description des supports que les bergers mettent au pauvre animal, pour soutenir cette queue qui l'empêche de marcher !

Combien il devait s'amuser à égarer deux femmes crédules en leur racontant que ces appendices pesaient de dix à vingt livres... alors qu'il ne s'intéressait qu'aux turpitudes babyloniennes !

Charlotte soupira. Chaque jour lui apportait une épreuve de plus à surmonter. Elle avait mérité d'être ainsi traitée, elle le savait, baissa la tête et eut un bref sanglot.

Mᵉ Lebel-Faverie quitta l'hôtel du Grand-Cerf décidé à donner un dîner, après quoi Caroline pourrait s'amuser à parler, la *première* dans la ville, de ces dames suisses si originales. Peut-être même, ensuite, organiserait-on une autre réception en y invitant les Morel d'Arthus ? Caroline serait heureuse de les produire avec Mme la Présidente du tribunal, avant même Mme la Préfète.

Mᵉ Lebel-Faverie avait épousé une femme beaucoup plus jeune que lui. Elle faisait de la dentelle dans son salon à longueur de journée — et en tirait d'ailleurs un joli profit — mais il craignait qu'elle ne s'ennuie. Il se réjouit de cette distraction qui leur arrivait. Elle lui épargnerait un voyage à Rouen où il conduisait sa femme à des soirées théâtrales.

Avec une ironie plutôt méchante, Charlotte dit à sa sœur :

— Il va falloir parler à Judith-Rose. Elle n'a plus de mère. L'une de nous doit la remplacer. A t'entendre, à écouter ton érudition sur des sujets aussi stupéfiants, je pense que tu es toute désignée pour préparer l'enfant au mariage.

— Mais... que sais-je, moi, de plus que toi du mariage ?

— Ne sois pas hypocrite, Noémie. Tu as des pensées perverses et tu as dû réfléchir à ces choses.

— Entre réfléchir et savoir !...

— J'assure depuis des années toutes les charges de la famille Morel d'Arthus, c'est ton tour.

La veille du mariage, Charlotte poussa Noémie dans la chambre de Judith-Rose, en lui disant :

— Fais ton devoir et parle-lui bien.

Devant la cheminée, il y avait deux bergères Louis XVI. Dans l'une d'elles, la jeune fille, en chemise de nuit, réchauffait ses pieds nus tendus vers le foyer. Noémie prit l'autre fauteuil, enleva son châle et dit en riant :

— Ma pauvre sœur croit, parce que je lis beaucoup, que je vais savoir te prévenir de ce qui va t'arriver pendant ta nuit de noces. J'en suis bien incapable. De fait, tout ce que je vais pouvoir te dire, ma pauvre chatte, c'est peu de chose, que j'ai lu, de-ci de-là. J'ai recherché un livre dont je me souvenais qu'il renfermait un petit passage sur le sujet. Je suis allée chez le libraire. Par chance il avait l'ouvrage. J'ai feuilleté et retrouvé le chapitre. Je n'ai pas acheté le roman, ça ne valait pas la peine. J'ai copié sur un petit papier.

— Montrez !

— Oh ! Non, attendons, ça, c'est pour la fin. Bavardons un peu avant. Tu as vu Odilon aujourd'hui ? Qu'avez-vous fait ?

— C'est vrai, vous ne nous avez pas servi de chaperon cet après-midi. Si Odilon savait ce que vous alliez lire dans la librairie !

Judith-Rose riait. Elle était vêtue d'une chemise de nuit rose et ses longs cheveux ruisselaient sur ses épaules roses aussi. Ce que la vieille demoiselle avait relu de son roman dans l'après-midi lui revint à l'esprit. Comme *il* allait la trouver belle, sa petite épousée. *Il* la prendrait dans ses bras, la contemplerait... lui baiserait le front...

— Cousine Noémie, à quoi rêvez-vous ? Si vous me disiez ce que vous devez me dire ?

Judith-Rose rit et ajouta :

— Il ne faut pas confondre. C'est Odilon qui va repartir à la guerre, pas moi. A vous voir, on croirait presque le contraire. Je n'ai pas peur. Rien ne peut m'arriver que de merveilleux. Je le sais.

— Moi aussi. Et veux-tu que je te dise... ?

— Non. Ne me dites rien.

— Mais il faut que nous parlions ! Charlotte doit avoir les yeux sur la montre, et elle m'a ordonné de te parler au moins une heure.

— Alors parlons de chez nous. J'aurais aimé revoir la maison une dernière fois.

— La rue des Granges ? Avec Anna-Hilda dedans ? Et qui a déjà dû tout mettre sens dessus dessous !

— Je pense à notre ville aussi.

— Tu y reviendras souvent.

— Croyez-vous ?

— Ah ! Il faut que tu sois chez nous à la fin de l'hiver prochain. Pense donc, et la première feuille du marronnier de la promenade de la Treille [1] ?

Judith-Rose sourit en tendant ses mains vers les flammes. Depuis combien d'années, dès le retour du mois de mars, s'appliquait-elle avec attention à guetter l'éclatement du premier bourgeon sur l'arbre choisi, à Genève, comme messager du printemps ?

Elle était levée avant l'aurore tous ces matins en attente de l'événement et, dès qu'il faisait suffisamment clair, elle courait jusqu'aux marronniers de la promenade, allait droit à celui sur lequel il fallait découvrir la naissance de la première feuille et l'interrogeait ardemment. Non, ce ne serait pas encore pour ce matin, ni même dans la journée. Demain, peut-être ? Tant et tant de demains décevants, jusqu'à celui où, enfin, elle était là ! Petite, chiffonnée, attendrissante de

1. La plus ancienne des promenades publiques de Genève.

fragilité, mais présente, et, en quelque sorte, si téméraire d'oser, la première, jaillir de cet arbre énorme pour que M. le sautier[1] puisse consigner dans son livre : « Ce jour de mars, où est apparue la première feuille du marronnier de la promenade de la Treille, est de ce fait décrété premier jour du printemps de l'année. » Car elle avait couru prévenir M. le sautier, il était venu, tout courant lui aussi pour la suivre. Et à son habitude il ne voyait pas la nouvelle-née : « Mais là, elle est là, devant vous, monsieur le sautier... Et si vous mettiez vos lunettes ? »

Charlotte ne pouvait pas comprendre cette bouffée de joie de Judith-Rose lorsqu'elle découvrait, la première, la petite messagère du printemps. Noémie, elle, savait : « Emmène-moi vite la voir », disait-elle.

M. Sylvère venait aussi. Il s'extasiait pour lui faire plaisir, bien sûr, mais en ayant l'air de comprendre sa joie... Noémie et Sylvère allaient lui manquer. Et aussi le beau marronnier de la Treille. Pourquoi fallait-il qu'il y ait arrachement au passé pour construire l'avenir ?

Noémie avait dû converser en silence avec quelqu'un. Elle dit, en conclusion :

— ... Et une chose est certaine : Ce n'est pas Anna-Hilda qui te remplacera auprès du marronnier, ça, le printemps ne le permettra jamais.

1. Huissier du Conseil d'État suisse.

De tous les cadeaux que reçut Judith-Rose, le plus émouvant fut celui d'une vieille dentellière aveugle qui vint, guidée par son bâton et accompagnée d'un grand chien de race indécise. Elle négligea de dire, en arrivant à l'hôtel, qui elle venait visiter et attendit dans son noir, plusieurs heures, placidement. Dorothée, étonnée de voir, chaque fois qu'elle passait par là, cette vieille femme, en grande coiffe blanche, assise modestement derrière l'un des palmiers du hall, un chien à ses pieds, l'interrogea et la mena à sa maîtresse en lui demandant pourquoi elle ne s'était pas fait annoncer. Avec douceur la dentellière répondit : « J'attendais que les maîtres parlent les premiers et m'interrogent. »

— Voilà, dit-elle, en tendant à Judith-Rose un mouchoir noué contenant un petit objet assez lourd. Voilà ce qui devait être remis à la demoiselle qui se marie. Parce que, chez nous, il n'y a plus personne après moi, que mon chien. Ce qui est là, ma grand-mère l'a reçu, quand elle était petiote en apprentissage à la fabrique Beaumesnil. C'était si beau, un vrai trésor du Bon Dieu, qu'on a eu peur et qu'on l'a gardé enterré sous un pommier pendant près de cent ans. Quand on était malheureux, qu'on avait faim, on disait : demain on vendra la boîte. Mais chaque fois, au moment d'aller la chercher sous l'arbre, ma mère trouvait un peu de travail, ou recevait une aumône. Alors plus jamais on n'a parlé de vendre, parce que, pour sûr, on avait compris que c'était une boîte à faire des miracles et qu'elle nous donnerait toujours à manger s'il y avait nécessité. Je l'ai vue, la boîte, quand la dentelle n'avait pas encore pris mes yeux. Le jour de mes vingt ans ma mère l'a déterrée pour moi et l'a vite recachée, attendu que cette année-là avait mis plus de brigands sur nos chemins que de seigle ou de sarrasin dans nos champs. Il faut qu'elle vous revienne, maintenant que tous sont partis, et vu que vous et M. l'officier, votre pro-mis, êtes du même sang que celle qui a offert ce trésor à ma grand-mère, à ce qu'on m'a dit, hier soir à la veillée, dans la grange à Maît'Bresson, le tisserand.

» Vous allez, sans vous commander, demoi-selle, prendre le mouchoir et la boîte qui lance des éclairs, mais vous devrez aller quérir mon Pitou quand, au jour de ma mort, il pleurera sur ma pauvre carcasse à ameuter la ville. Il est jeune encore, il lui faudra un autre maître. Vous pou-vez le voir, vous, le Pitou, il est beau, n'est-ce pas ? Et bon, et fidèle. Il ne faut pas qu'il soit malheureux.

» Voilà ! Tout est dit, not'Demoiselle. J'habite rue aux Sieurs, pas loin de votre maison. De chez vous, vous l'entendrez, le Pitou, le jour où le Bon Dieu ordonnera que je clopine jusqu'à lui.

Voudriez-vous bien défaire le mouchoir et me dire si la boîte vous parle, si vous l'entendez vous dire pour le Pitou. Après pt'êt' qu'elle parlera plus. Ou pt'êt' qu'elle vous dira encore des choses. Comment savoir?...

C'était une tabatière d'or du XVIIIe siècle, enrichie de pierres précieuses. Dans un treillis d'ors de trois couleurs, des diamants et des rubis étaient enchâssés.

Judith-Rose promit que Pitou viendrait chez elle dès qu'il le faudrait. Mais on avait bien le temps, n'est-ce pas? D'ailleurs point n'était besoin de ce présent, on prendrait Pitou, c'était juré.

La petite vieille ne voulut rien entendre. Elle laissa son cadeau. Ce qui avait été donné à sa grand-mère par la Grande Dentellière d'autrefois, la première comtesse de Beaumesnil, devait retourner à ceux de sa maison. C'était dans l'ordre. Elle s'en alla frappant le sol de son bâton, précédée de Pitou.

*

C'était Aloysia, la repasseuse « de génie », qui avait demandé à coiffer sa jeune maîtresse pour son mariage. Elle avait proposé ses services à Charlotte, disant avoir appris avec sa mère, autrefois coiffeuse d'une noble dame de Turin. Ce fut aussi grâce à la petite Italienne que des dentelles furent autorisées dans les cheveux.

Deux grandes barbes[1] de point datant du siècle de Louis XV. On découvrit alors que le génie d'Aloysia ne se bornait pas à l'amidonnage. Elle sut discipliner à merveille la fougueuse chevelure et la tresser, y mêlant de fines guirlandes de fleurs d'oranger en cire odorante, puis dresser le tout en couronne d'où étaient prêts à s'envoler les deux longs rubans de point d'Alençon, semés aussi de fleurs d'oranger, mais de fil celles-là.

La robe de satin blanc — destinée aux brillantes soirées anglaises de Lady Downpatrick — eut son ourlet bordé de petites fleurs de cire. Il fallait bien, dit Aloysia, rappeler quelque part la coiffure. Et, comme c'était Odilon qui offrait son bouquet à la mariée, il fut facile à Bathilde d'entourer celui-ci d'une dentelle œuvrée aux ateliers Beaumesnil sous Louis XVI.

Comme Judith-Rose se regardait dans le grand miroir de sa chambre, plus émue qu'admirative, Noémie arriva en trombe :

— Dieu ! que tu es belle, ma chérie.

Noémie avait mal commencé la journée du mariage. Comme elle était fin prête, dans une robe de mousseline noire qu'éclairait son collier de perles, Charlotte, humant l'air, avait questionné :

— Qu'est-ce que tu sens donc ?

— L'Iris Impérial.

1. Bandes de dentelle qui pendent à certaines coiffures.

— Tu en as déversé des litres sur tes cheveux ?

— Non, c'est ma robe qui est parfumée. J'ai fait mettre des sachets odorants entre les doublures, par la couturière. C'était la robe prévue pour Buckingham, et je m'étais dit que ça égayerait un peu l'atmosphère. On dit que M. Disraeli se parfume, pour égayer, lui aussi...

Consternée, Charlotte était restée muette un moment. Prévoyant une réaction désagréable, Noémie s'était empressée de dire :

— Si le Seigneur ne voulait pas que nous sentions bon, il n'aurait créé ni les roses, ni les jasmins... ni l'Iris Impérial !

Et sans attendre la mercuriale de sa sœur, elle s'en était allée, guillerette, chez Judith-Rose.

— ... De sorte, venait-elle de dire en entrant, que ma sœur ne me dira plus rien de la journée. Je l'ai vexée, oh ! à peine, ne sois pas contrariée. Mais depuis quelque temps, elle ne laisse respirer personne... Tiens, dis-moi ce que je sens ?

— L'Iris Impérial... Et impérialement !

— A la bonne heure ! C'est ma fille qui se marie aujourd'hui, et je veux, en fermant les yeux, te voir dans un champ de fleurs qui embaument, courir et chanter.

— C'est bien cela, cousine Noémie. Vous voyez juste : je cours, je chante et tout est en fleurs autour de moi... Et sent bon l'Iris Impérial ! C'est si merveilleux...

Elle s'interrompit : Noémie ne connaîtrait

jamais ce bonheur de se marier avec celui qu'on aime...

Mme de Beaumesnil n'eut pas le droit de sortir pour assister au mariage catholique à l'église Notre-Dame d'Alençon. Et encore moins d'être présente à la cérémonie protestante qui eut lieu dans la maison de la rue du Château, par faveur spéciale, comme dans les familles royales.

C'était une idée de Noémie que d'avoir fait nettoyer et décorer le hall d'entrée de l'ancienne maison des Morel d'Arthus. Elle avait chargé Sylvère de diriger Dorothée, Aloysia et deux valets de chambre de l'hôtel du Grand-Cerf dans ce travail.

C'était une immense pièce, qui avait servi jadis de galerie des ventes aux ancêtres dentelliers. De fort belles boiseries d'époque Louis XIV couvraient les murs et un parquet, à l'imitation de ceux de Versailles, le sol. Tout cela reluisait et sentait la cire. Charlotte et Noémie s'y sentirent chez elles. La petite se mariait ainsi un peu dans sa famille. Ce leur fut une douceur que l'émotion transforma en larmes qu'elles s'efforcèrent de retenir.

Les voisins et les passants qui virent ces allées et venues se perdirent en conjectures sur cet étonnant mariage à double célébration.

Comme cette journée de juin, dans sa magnificence printanière, avait étiré au-dessus d'Alençon la splendeur de l'un de ces ciels normands poudrés d'or, les mariés avaient circulé en ville en coupé découvert. Bathilde avait donné l'ordre de le décorer d'aubépines en fleur. Le vieux cocher de la famille et le jeune groom d'Odilon, en livrée, leurs hauts chapeaux fleuris aussi d'un bouquet, menaient les deux anglo-arabes blancs, chevaux de selle de Bathilde et de sa fille qui les utilisaient peu. Dans ce véhicule d'un raffinement de bon aloi, la ville avait vu passer et admiré les jeunes gens. Si certains déplorèrent que les anciennes et précieuses pièces de point n'aient pas été offertes à leur vue — comme des reliques promenées par la ville —, beaucoup comprirent que, là encore, la grande inquiétude due à l'état de santé de la dentellière n'incitait pas aux étalages fastueux, et que ce qui était blanc ce jour-là pouvait, hélas, être vite remplacé par du noir.

Il eût été injuste de priver les vélineuses de l'atelier des réjouissances de ce mariage. On convint de donner, aux premiers beaux jours qui suivraient le retour de Crimée de l'officier, un grand bal champêtre au domaine de Grand-Cœur. Cette promesse fut accompagnée d'une gratification substantielle.

La santé de Bathilde n'avait pas permis non plus une grande réception. Providentielle excuse qui évitait que beaucoup d'amis et de relations, tous catholiques, désapprouvant, sinon condamnant, cette union, ne créent une situation délicate et tendue.

Mortimer et Anna-Hilda, arrivés la veille, M. de Bonnal, le parrain d'Odilon, un hobereau de la région de Mortagne, Percheron jovial et compagnon de chasse du comte Guillaume, et enfin la tante Perdriel de Verrières, vieille dame gracieusement démodée, au fin visage rose encadré de deux grappes d'anglaises blanches, furent les seuls invités au dîner qui suivit les cérémonies.

Adélaïde de Courmarin, conviée en tant que filleule de la comtesse, repartie à Paris pour assister, précisa-t-elle, à un grand bal aux Tuileries, avait envoyé ses plus brefs compliments.

M. de Bonnal, pour éviter à Bathilde la fatigue de mener la conversation à table et laisser Odilon à sa jeune femme — il était ému de voir la petite main de Judith-Rose, posée sur la nappe, emprisonnée dans celle de son mari —, parla d'abondance à Mortimer de ce qu'il connaissait le mieux : son élevage de chevaux percherons. Savait-on que les Américains eux-mêmes s'approvisionnaient ici ? Et comme les Indiens leur volaient souvent ces belles bêtes amenées à grands frais, nul doute que l'on en vende bon nombre dans l'avenir. Quant à l'armée d'Orient, elle était actuellement la meilleure cliente. Mais M. de Bonnal déplorait que ses produits d'élevage si parfaits subissent la férocité des Russes qui sabraient les montures avec les cavaliers et faisaient griller les attelages avec les fourgons. La France, disait-il, usait de trop de mansuétude et de courtoisie envers des ennemis qui ne les payaient guère en retour.

Souriant, Odilon intervint. La courtoisie russe fleurissait encore. Aux heures de trêve, une fois le drapeau blanc hissé, on se parlait d'un camp à l'autre. Entre voisins, en quelque sorte. Avec intérêt et respect mutuels. On évoquait Paris — tous les officiers russes connaissaient la France et parlaient français —, les courses, les promenades au Bois, le Boulevard et parfois, même, la « Mademoiselle », la gouvernante qui leur avait enseigné, jadis, la langue de son pays. Odilon dit s'être entretenu avec un certain comte Sazonow, qui connaissait mieux Paris que lui ! Ils avaient déploré, tous deux, cette sale besogne qu'on leur faisait faire, alors qu'ils auraient pu être compagnons de salle d'escrime faisant ensemble quelques assauts au fleuret moucheté !

— Et nous allions nous séparer, continua Odilon, après nous être réciproquement félicités sur la bravoure de nos armées, lorsque le comte m'a fait un petit signe pour me conseiller de me rendre invisible : le combat reprenait chez eux. Au même instant, en effet, la fusillade partit du camp russe. J'avais eu le temps de baisser ma tête qui dépassait du bastion.

— Mais tu ne me diras pas, tonna M. de Bonnal, que, s'il t'avait rencontré sur le champ de bataille, dans la mêlée, il ne t'aurait pas donné un bon coup de sabre ?

— Non. Je ne le dirai pas. La guerre est la guerre. Malgré des répits courtois.

Il lui fallait arrêter la fougue patriotique et vengeresse de M. de Bonnal. Sa mère n'avait aucun besoin de ce supplément d'angoisse, pensait Odilon. Et il ne tenait pas non plus à ce que Judith-Rose commence à entrevoir ce qu'était, réellement, cette expédition d'Orient dont il s'était efforcé de ne lui montrer que le panache. Il raconta alors un échange de vodka et de cognac entre un jeune officier ennemi et lui. Le Russe disait qu'il avait bu son dernier alcool français en compagnie d'une jolie femme, chère à son cœur, et à en boire de nouveau, en fermant les yeux, il croyait presque la tenir encore dans ses bras. Et en évoquant cela, Odilon se disait qu'il taisait l'odeur des charniers, l'odeur de tant de corps mutilés que l'on empilait dans chaque camp — quand on le pouvait ! — dans des charrettes. C'était après Inkerman, cette tuerie effroyable portée à un tel degré d'horreur que beaucoup avaient failli en perdre la raison. Le duc de Cambridge lui-même, cousin de la reine, y avait laissé son impassibilité et son flegme légendaires et on avait dû le rapatrier d'urgence. Penser au pauvre duc amena Odilon à se rappeler soudain l'existence des journaux anglais qui arrivaient clandestinement en France et que les légitimistes et les orléanistes faisaient circuler sous le manteau, à Alençon comme ailleurs. Le *Times* avait envoyé des correspondants de guerre qui racontaient ce que la censure interdisait de lire ici. Il se trouverait bien quelque bonne âme pour décrire à sa femme un champ de bataille d'Orient. L'Orient au nom de lumière, de chaleur, d'exotisme et qui n'avait généré que bise glaciale et boue, tempête de fer et de mitraille, limon sanglant et putréfaction. Il était même étonné que sa mère n'ait pas encore eu droit à l'envoi anonyme d'un journal de Londres par un ennemi du régime. Soudain, il eut peur. Peur de ce qu'il avait fait. Il avait séduit une douce et innocente jeune fille, presque une enfant encore, vivant dans un univers serein, et il la précipitait dans cette affreuse expédition de Crimée. Si elle l'aimait, car rien ne pouvait faire supposer le contraire, elle allait trembler et souffrir. Il se dit aussi, avec une amertume ironique, qu'il était bien temps de se soucier de cela, et que d'avoir endormi sa conscience en pensant que la censure ne laissait rien filtrer des carnages de Crimée, qu'il était né sous une bonne étoile et reviendrait intact, était pur égoïsme et parfaite légèreté. Alors, comme pour s'accabler plus encore, il crut entendre, dans la petite musique des cristaux heurtés, dans les fumets délectables d'un repas exquis, comme savait en ordonner sa mère, et servi par une « nuée d'oiseaux blancs » — ainsi que disait Judith-Rose —, l'effroyable et longue, si longue, plainte des agonisants pourrissant dans les boues sanglantes des plateaux de Chersonèse ou d'Inkerman. Il avait traversé un soir un champ

de bataille et jusqu'à sa dernière heure il se souviendrait des bras tendus vers lui et vers son
entourage. Comment avaient-ils pu avancer
quand même ? Et pourtant ils l'avaient fait. Il fallait continuer, ou mourir.

Avait-il le droit de se dire qu'elle saurait
attendre sans trembler ? Que la force de leur
amour le ferait revenir ? Avait-il le droit de se
laisser bercer dans cette joie qu'elle répandait
autour d'elle et qui faisait croire que rien n'était
impossible ? Judith-Rose existait, tout était
simple !...

Il la regarda. Il lui sembla que ses lèvres tremblaient. Il contempla un instant l'exquis profil
qu'elle offrait. Oui, ses lèvres tremblaient, il en
était sûr. Avait-elle compris ce qu'était la
guerre ? Avait-elle déjà peur ? Il se pencha un
peu plus vers elle.

Elle riait ! Ou, du moins, s'efforçait de ne pas
éclater de rire. Il suivit son regard. Nul doute. Il
était posé sur Noémie. Il se demandait ce qui la
mettait ainsi dans une telle joie, quand elle se
tourna vers lui. Elle avait recomposé son visage,
fut grave un instant, puis sourit. Plus que jamais
il perçut ce qu'elle était, ce qu'elle serait, dans ce
sourire.

Il commençait, ce sourire, aux deux coins de
la bouche, discrètement, comme s'il s'essayait,
hésitant à s'affirmer, puis flottait un instant,
chargé d'une sorte d'interrogation tendre :
« M'aimez-vous ? M'aimez-vous vraiment ? »

On avait envie de répondre, de crier qu'on l'adorait, quand le sourire s'amplifiait, atteignait les yeux, éclaboussait de joie tout le visage. Alors, on ne savait plus que dire. On devinait qu'elle ne voulait pas vous obliger à parler de choses sérieuses, trop personnelles, mais qu'elle, en revanche, était décidée à donner tout son amour, toute sa vie. Son sourire était plein de promesses comme elle, comme son corps dur, ferme et onctueux à la fois. Grisé, oubliant guerre et mort, Odilon baissa un instant les paupières pour cacher son bonheur à ceux qui les entouraient, pour le soustraire à leur curiosité. Il avait toujours trouvé ces cérémonies de mariage entachées d'un certain mauvais goût. Ce côté offrande d'Iphigénie au monstre qui s'en pourléchait l'avait souvent fait sourire. Il pensa qu'il se mettait à raisonner en bourgeois prude... Et elle, que devait-elle penser de tout cela ? La veille, elle lui avait dit, le regard un peu lointain :

— Je viens de voir mon père.

— Vous en êtes heureuse ?

Elle avait mis quelques secondes à répondre : « Je l'ai vu seul. Il est venu me voir sans sa femme, dans ma chambre. Du moins ai-je cru, d'abord, qu'il était seul. *Mais elle était là*. Elle a été présente tout le temps de notre entretien. Elle était dans son regard — différent — dans sa nouvelle façon de parler — moins brève — et aussi dans sa manière de me regarder, désormais — comme si j'étais plus loin. Ses vêtements même

235

sont autres. Toujours discrets, mais plus élégants dans leur discrétion. *Elle* l'accompagne jusque chez son tailleur. » Puis son beau sourire était revenu illuminer son visage et elle avait dit : « Mais peut-être mon père a-t-il eu semblable impression de moi ? Peut-être étiez-vous là, à côté de moi, comme Anna-Hilda près de lui ? Je n'avais jamais encore pensé à toutes ces choses. A ce bouleversement qui s'opère en nous parce qu'un être est entré dans notre vie, et y a pris sa place. J'ai vu sur le visage de mon père ce qu'est sans doute devenu le mien aussi, n'est-ce pas ? Je pense que désormais il vit par *elle* comme je vis par vous. » Elle avait eu beau, après cela, tenter de noyer sa confidence dans un rire chaleureux, qui essayait de dire : « Allons, allons, ne soyons pas compliqués », depuis hier il savait que les petites filles dans lesquelles on a envie de mordre comme dans du bon pain frais et croustillant peuvent aussi être tourmentées et inquiètes.

Il croisa à cet instant le regard de Sylvère Neirel, cet étonnant jeune homme qui avait, étonnamment aussi, éduqué sa femme. La veille, Mortimer Morel d'Arthus, au cours de l'entretien qu'ils avaient eu sur l'avenir de Judith-Rose, avait précisé que l'instruction qu'il avait fait donner à sa fille avait découlé de ce qu'il voulait que ses enfants parlent un français parfait. De là, avait-il dit avec ce petit sourire mi-ironique, mi-amer qui paraissait lui être familier, de là, Judith-Rose en était arrivée à être préparée à tout autre chose qu'à faire de l'aquarelle et broder. On lui avait ouvert sur le monde des vues plus étendues. Au passage, le banquier avait précisé le chiffre de la dot, dont il servirait les intérêts dans un premier temps, mais, si Judith-Rose ou son mari en voyaient la nécessité, il verserait le capital. Odilon s'était incliné, disant que sa femme n'aurait besoin de rien de ce genre, mais qu'il appréciait cette offre généreuse. C'était alors que M. Morel d'Arthus avait encore parlé du jeune précepteur, demandant que l'on voulût bien le compter parmi les invités au dîner réunissant les deux familles. Les vieilles demoiselles avaient, quelques jours auparavant, adressé le même souhait à sa mère. Il regarda de nouveau cet homme, qui le regardait aussi, et, brusquement, il comprit. Comment, d'ailleurs, eût-il pu en être autrement ? Qui pouvait vivre auprès de Judith-Rose sans en être amoureux ?... Alors l'image lui revint des mourants sur les champs de bataille... On en détournait les regards, et on passait...

M. de Bonnal avait remis ses percherons dans la conversation. Comme le dessert allait être servi et que toute l'attention de la table se porterait sur cette merveille de nougatine recouverte d'une dentelle de sucre aux armes et aux initiales des mariés, on le laissa dire. Mais il fut interrompu par Noémie, mélangeant ces histoires de chevaux et la description par Odilon d'une charge des turcos lancés au secours des Anglais à

Inkerman en criant « Allah ! Allah ! » et en faisant résonner un tonnerre de you ! you ! Elle en conclut, tout haut, que les musulmans étaient bien bizarres à trouver naturel de mutiler un homme pour lui donner la garde d'un sérail, alors qu'ils regardaient comme un acte de cruauté la castration d'un cheval. Ainsi, dans ces pays où les eunuques abondaient, on ignorait ce qu'était un hongre ou un mouton.

Dans le silence qui suivit, la vieille tante demanda, d'une voix claire, ce qu'était un eunuque. L'arrivée du gâteau en dentelle remit la réponse à plus tard.

Il était venu un peu de couleur aux joues de Mme de Beaumesnil, que ni la nourriture ni les vins n'avaient pu y mettre. Elle regretta que les deux demoiselles aient fixé leur départ au lendemain. Elle aurait volontiers gardé Noémie.

Parler d'eunuques, à un mariage ! Charlotte était consternée. Encore ces maudits papiers de Charles-Albert ! Dès le retour à Genève, elle les brûlerait. Elle ne pourrait, hélas ! faire aussi un autodafé de tout ce qui était désormais dans la tête de sa sœur. Charles-Albert n'avait certainement jamais deviné à quel point Noémie était une pauvre écervelée. Mais qu'avait-il été lui-même, vraiment, pour s'intéresser à tant de choses choquantes ?

Mme Perdriel de Verrières ne reposa pas sa question. Mais, avant de regagner son landau où, sur le siège avant, attendait un cocher aussi âgé que sa maîtresse et aux cheveux aussi blancs, elle entretint Charlotte, qui lui était apparue comme une dame très cosmopolite, de feu son mari. Il avait parcouru l'Europe à la découverte de vieilles pierres à acheter. Ce qui était dans les musées ou patrimoine d'État ne l'intéressait guère. Ce qu'il voulait, c'était ce qu'il pouvait rapporter chez lui, en Normandie. Un arc de triomphe ou un sarcophage romain. Elle ne l'avait pas accompagné longtemps, il était trop pénible, en plus des recherches dans les endroits invraisemblables, de souffrir des complications dues aux transports de ces énormes souvenirs et aux règlements des douanes et octrois ! Ainsi une fontaine trouvée à Florence avait failli les mener dans les prisons de cette ville. Ah ! Cette fontaine ! Son mari n'avait pas eu le temps de l'installer dans le parc de Verrières et elle ne le serait jamais, au grand jamais. Elle n'allait pas, à son âge, creuser des canalisations dans son parc et laisser entrer chez elle de ces compagnons-ouvriers. Car il fallait des spécialistes pour remettre toutes ces pierres taillées en bonne place, de ces Limousins un peu étranges dont on ne savait trop s'ils allaient vous assassiner ou vous demander la clef de votre chapelle pour y prier chaque matin.

Mme Perdriel de Verrières, à la demande de Charlotte, décrivit sa fontaine. On entendit alors :

— Mais c'est la réplique de ma vasque romaine, soutenue par trois amours !

On entendit aussi la tante Perdriel dire, avec un petit rire de gorge :

— Eh bien, n'allez donc pas chercher la vôtre à Rome, mademoiselle, nous voilà de la même famille désormais, ma fontaine est à vous !

Un peu plus tard, comme Odilon lui demandait ce qui lui avait donné le fou rire pendant le déjeuner, Judith-Rose avoua qu'elle entendait Noémie s'essayer à dire le mot eunuque. Elle l'avait lu orthographié de deux façons différentes, dans les notes du baron de Maheux, et elle était perplexe quant à sa prononciation.

*

Mortimer et Anna-Hilda furent les premiers à repartir. Une voiture et un cocher des écuries Beaumesnil devaient les mener à Rouen, d'où ils prendraient ensuite le chemin de fer pour Paris. Ils préféraient faire la moitié du trajet d'Alençon à la capitale normande ce jour-là, et coucher à Bernay, afin d'être le lendemain en fin de matinée à leur rendez-vous, pour l'achat de porcelaines rarissimes. Ce qui fit dire à Charlotte : « Mortimer et sa femme ne sont venus en France que pour leur collection de services de table et non pour le mariage de Judith-Rose. » Noémie pensa presque comme elle. Aussi furent-elles deux, le soir avant de s'endormir et après avoir pleuré sur le départ de leur enfant chérie, en proie au remords d'avoir eu une pensée si basse.

Toutefois, Charlotte ne se repentit pas complètement. Elle était sûre qu'Anna-Hilda, au moins, n'était venue ici que pour les porcelaines rouennaises. Et, lorsque le lendemain matin, avant qu'elles ne partent à leur tour, on chargea dans leur berline le service de table en kaolin d'Alençon, décoré de papillons de toutes les couleurs, détenu par la famille Beaumesnil depuis le XVIIIe siècle et offert par Bathilde à Mortimer, Charlotte conclut, aigrement, que, du seul point de vue céramique, ce voyage aurait été fort intéressant pour leur cousin. Noémie fit alors remarquer que du point de vue vieilles pierres, si on considérait la fontaine de la tante Perdriel de Verrières comme étant celle où Dante et sa Béatrice avaient trempé leurs mains jointes, ce n'était pas mal non plus. Et elle s'était alors lancée dans quelques remarques, sans doute inspirées par Charles-Albert, sur ce trop grand goût qu'avaient certains — les Anglais en tête — de piller l'Orient, la Grèce et l'Italie, de découper en rondelles des morceaux de l'histoire du monde et de les emporter chez eux. On dérangeait ainsi un ordre établi et des puissances occultes et mystérieuses s'en trouveraient sûrement irritées un jour et réagiraient. Consternée une fois de plus, Charlotte avait soupiré. Mais légèrement : elle avait, enfin, sa fontaine !

Hélas ! Si elle avait gagné sa fontaine, elle avait perdu sa repasseuse. Aloysia, au moment du départ, vint dire qu'elle restait. Elle se mariait elle aussi. Elle épousait le portier de l'hôtel Beaumesnil. Un veuf qui avait du bien et qui proposait de lui monter un atelier de repassage de « fin » et peut-être aussi de commanditer un début de fabrication de ces fleurs artificielles que l'impératrice mettait à la mode.

Charlotte ne discuta même pas. Elle redressa la tête et dit : « Eh bien ! bonne chance, ma fille. »

Noémie était persuadée qu'au fond, tout au fond, Charlotte n'était pas si mécontente que ça : on laissait quelqu'un de là-bas avec la petite.

Bathilde s'était bien entendue avec Mortimer. Il lui avait plu. Il ne lui apparaissait pas comme l'égoïste forcené dépeint par les cousines, ne pensant qu'à éliminer de son foyer l'enfant qui gênerait sa jeune femme. Ni comme le vieillard tardivement séduit par une méchante mais jolie créature, tel que devait le voir Judith-Rose. Il était, sans doute, un homme qui tentait d'être le moins malheureux possible pour le temps qui lui restait à passer sur terre, compte tenu de sa religion et de sa conscience. Mais elle l'avait senti effrayé par son bonheur tout neuf, en même temps qu'affligé par un sentiment de culpabilité envers sa fille.

Mortimer avait été franc avec elle. D'une de ces belles franchises d'homme qu'elle aimait : si honorable et si brillant officier fût-il, le vicomte de Beaumesnil n'était pas le mari qu'il aurait souhaité pour sa fille. Il n'avait pas ajouté « si beau garçon », comme si tout ce qui touchait à la chair fût en ce moment trop sensible à son âme écorchée. Un catholique, avait-il conclu, était bien le dernier mari qu'il aurait voulu se donner pour gendre. Les circonstances étaient telles, ajouta-t-il, qu'il considérait la « faute » de sa fille comme lui incombant entièrement et il en porterait le poids complet devant Dieu. Judith-Rose saurait-elle jamais quelle preuve d'amour total son père lui donnait là, en l'absolvant et en s'accablant seul ? Elle, Bathilde, avait voulu lui dire que la jeune fille était amoureuse d'Odilon bien avant de savoir le remariage de son père. Il l'en avait empêchée d'un geste bref et autoritaire qui sentait l'homme habitué à commander et à être obéi : il était l'unique responsable de tout cela. Le seul qui aurait des comptes à rendre, l'enfant... était encore une enfant. Alors il avait parlé d'elle, de sa fougue, de ses exaltations, mais aussi de ses belles qualités. Si Judith-Rose l'avait entendu...

Odilon et Judith-Rose étaient partis eux aussi, mais pour Pervenchères, et Bathilde décidait d'aller prendre ses gouttes, de se déshabiller et se coucher... Mais elle restait dans son salon, allongée sur sa méridienne devant la cheminée où flambaient quelques bûches. Elle avait toujours froid depuis sa maladie, et cela lui rappelait son enfance. Elle portait maintenant robes et châles en lainages des plus doux, et avait quand même froid. « Froid dans l'intérieur », ainsi disait-elle autrefois.

Elle pensait encore à Odilon. Peut-être, après cette guerre d'Orient, resterait-il ici enfin ? Elle soupira, et s'accorda quelques instants, avant d'avoir le courage de s'arracher au confort de sa chaise longue, le temps de se demander si elle n'était pas coupable d'oublier de plaindre les Morel d'Arthus souffrant dans leurs croyances. Alençon lui reprochait la tiédeur de ses pratiques religieuses. Elle laissait dire. Elle croyait en Dieu, se souciant assez peu de ses Églises. Elle avait deviné, chez Noémie, une tolérance que son clan devait juger bien sévèrement...

Elle regretterait beaucoup Noémie. Rire était ce qui pouvait lui faire le plus de bien actuellement. Et Mlle Cadette était de celles qui savaient vous dispenser cette bienfaisante panacée. Bathilde souriait encore à cette pensée lorsqu'on lui annonça M. Sylvère Neirel. Elle s'accorda, avec joie, encore un quart d'heure devant le feu. Mais du diable si elle savait ce que voulait le précepteur.

Il n'y avait rien d'humble ni d'emprunté chez cet homme de position subalterne, se dit-elle, et elle le regarda entrer avec cette élégance dans la démarche qu'elle avait déjà remarquée. Elle ressentait de la sympathie pour ceux qui essayaient de briser les chaînes qu'un moment d'inattention de Dieu leur avait laissé mettre, les attachant là où ils n'auraient pas dû être, et, d'un sourire, elle désigna au jeune homme un siège devant la cheminée.

Sylvère avait prévu d'être très bref pour ne pas importuner la comtesse ni la fatiguer. Il exposa qu'il lui était arrivé, il y avait deux jours, une étrange aventure dont il se demandait si elle ne concernait pas un peu la famille Beaumesnil. C'était la raison de sa visite.

Il devait, auparavant, expliquer qu'il raccompagnait Mlles Charlotte et Noémie Morel d'Arthus chez elles, à Genève, mais, malgré leur très généreuse offre de le conserver dans leur maison à titre de secrétaire, il préférait revenir aussitôt chez lui. Il avait reçu en héritage une maison à Bayeux et comptait y vivre. Pensant à cette installation prochaine, il s'était intéressé, en parcourant Alençon ainsi qu'il le faisait quotidiennement, à quelques meubles et surtout à un grand coffret de bois précieux qu'il avait acquis. C'était un bel objet qu'il avait rapporté à son hôtel avec plaisir. Or, en l'examinant de plus près, il avait découvert un double fond. Et, dans cette cachette, un second objet qui le laissa stupéfait. Sylvère tendit alors à Mme de Beaumesnil une petite boîte qu'il venait de sortir de sa poche.

C'était une tabatière. Ressemblant par la forme, la matière et la facture à celle que Judith-Rose avait reçue de la vieille dentellière. Comme il avait entendu, ici même, raconter cette légende familiale du don des boîtes en or de la trisaïeule

Beaumesnil, il se demandait si, par une loi des séries, il ne s'agissait pas, là encore, de l'un des présents faits aux petites filles de jadis.

Bien entendu, il s'était empressé d'interroger le brocanteur sur la provenance du coffre. Le marchand ne savait plus à quelle vente il avait acquis cet objet.

Bathilde admira la tabatière. Elle était aussi belle que celles qui lui étaient parvenues, provenant de la fameuse collection de la première comtesse de Beaumesnil et de la même qualité que celle donnée à Judith-Rose. Elle portait, en petit chiffres de diamant, la date de 1715 sur un pavage de saphirs.

— Il est possible que ce soit l'une de celles que possédait l'ancêtre de mon mari. Il est dit, dans le livre d'heures qui est parvenu jusqu'à nous, que la vieille dame n'avait plus sa tête, elle aurait jeté sa maison par les fenêtres si l'on n'y avait mis bon ordre, et elle donna des merveilles à tort et à travers. Quoi qu'il en soit, ces boîtes n'étaient ni décrites ni numérotées. Rien ne prouve que celle-ci était à nous.

Bathilde ne voulut rien entendre lorsque Sylvère insista pour lui donner la tabatière, persuadé qu'il était, lui, de sa provenance.

— Des bibelots de ce genre, ajouta Mme de Beaumesnil, il y en avait, à l'époque, dans tous les châteaux des environs et dans toutes les poches des grands seigneurs. Non, cher monsieur, celle-là est à vous, gardez-la pour votre maison de Bayeux... Et j'espère que vous n'aurez pas de scrupules quant au marchand qui ne l'a pas payée.

Deux heures plus tard, Sylvère était encore là — ayant failli partir quatre fois — et toujours retenu par son hôtesse qui lui parlait de son métier. Il était resté avec plaisir. Ce que Mme de Beaumesnil racontait l'intéressait. Puis, c'était lui qui avait attiré son attention sur une similitude entre le travail des dentelliers et celui des porcelainiers qu'il avait connu en étudiant des documents pour M. Mortimer Morel d'Arthus. Même souci, par exemple, chez certains de garder secrètes des trouvailles de fabrication. Savait-elle que le fameux service de table en vieux Rouen qu'allaient essayer d'acquérir M. et Mme Morel d'Arthus, le seul existant — la fabrication de la porcelaine rouennaise ayant été très éphémère —, c'était le célèbre céramiste Poterat de Saint-Étienne qui l'avait moulé seul pour qu'aucun ouvrier ne puisse connaître la composition de sa pâte ? Cela ne rejoignait-il pas le comportement de certaines dentellières dont elle venait de lui parler, qui ne voulaient révéler le secret de certains points que sur leur lit de mort ?

Et, soudain, Bathilde eut envie de se lever, de monter à ses appartements. Une irrésistible envie : elle voulait montrer son cabinet de toilette à Sylvère.

Il prolongea encore sa visite avec joie. Toute distraction qui pouvait l'empêcher de penser à

Judith-Rose dans les bras d'Odilon était bienvenue.

Merveilleuse distraction, se dit-il, dès les premiers pas qu'il fit dans le domaine des oiseaux et des fleurs.

Et, comme à Judith-Rose, Bathilde montra la maison du pauvre Tisserand agile. Sylvère la regarda pensivement. Cette cave, en face, lui rappelait ses longs cheminements sur les routes glacées, l'hiver, derrière l'âne chargé du tonnelet d'encre, et, pendant l'été, les brutalités des valets de la ferme où son père le louait. C'était aussi, au collège, six ans de l'humiliante corvée d'eau et de bois, pour des élèves fortunés. Et la mort du tisserand ne cédait en rien à la fin du marchand d'encre, quant aux circonstances poignantes qui les avaient entourées toutes deux. Ce qu'il voyait dans cette somptueuse pièce lui apparut comme la preuve de la possibilité, pour ceux qui n'étaient pas « nés », d'atteindre à la réussite. Il était désespéré, il ne cessait de penser à la disparition de Judith-Rose de sa vie, à l'avenir incertain qui l'attendait, et voilà qu'on lui montrait que tout arrive à qui le veut, que la naissance au plus bas de l'échelle sociale n'était pas un obstacle pour qui avait le goût de la conquête et la force de la mener à bien...

Bathilde était épuisée par cette journée, pourtant elle voulut encore, sous le couvert de parler de ses objets précieux, de leur histoire, de l'attachement qu'elle leur portait, achever de convaincre cet homme qu'elle devinait malheureux qu'il avait devant lui tous les bonheurs possibles.

Elle fit tant et si bien qu'il partit le cœur plus léger.

Quand elle entendit le portail claquer sur sa sortie de l'hôtel, elle s'adossa à la roue de plumes de paon de son lit de repos, songeuse. Elle allait bientôt mourir, elle le savait. Mais elle venait de clore le jour heureux du mariage de son fils bien-aimé par l'une de ces actions étranges que la vie vous demande, parfois, d'accomplir. Une vieille dame, jadis, avait donné de merveilleuses boîtes d'or à plusieurs petites filles. Il y avait quatre-vingts ans de cela. Quels rôles avaient joué ces bibelots précieux? Bons ou mauvais? Les deux sans doute. Et voilà que, ce soir, par le truchement d'une de ces boîtes venait à elle, Bathilde, la fille du Tisserand agile, un homme qui appelait au secours. Car elle l'avait bien vu, dès son arrivée, il criait à l'aide. Savoir pourquoi l'intéressait moins que de lui tendre la main. Il était à un tournant de sa vie, et il fallait lui donner le désir et la volonté d'espérer.

Lorsque Pervenche-Louise l'eut couchée et bordée, gorgée de tisanes et gavée de pilules, elle demanda à être seule.

La nuit tombait. Pour éviter de penser au départ d'Odilon pour la Crimée, elle préféra en revenir aux boîtes d'or de la collection Beaumesnil. Il y avait un étrange pouvoir dans les objets, elle en était persuadée, et elle se complut, au soir de sa vie, au seuil du grand mystère de la mort, à y réfléchir.

*

— Nous pourrons marcher un peu, en arrivant ? Faire le tour du parc ?

— Je crains bien qu'il ne fasse trop sombre pour cela, ma chérie.

Odilon rit. Elle n'avait pas eu son content de promenade le jour de son mariage ! Il ajouta :

— Mais demain matin, je vous promets le plus joli des voyages à pied, quelque chose qui aurait ravi votre M. Rodolphe Töpffer. Nous traverserons tout le territoire de Grand-Cœur. Ce soir, il faudra vous contenter de parcourir le manoir. Ce sera déjà un bon exercice...

Ils avaient quitté Alençon moins tôt qu'ils ne l'auraient voulu. La cérémonie du compliment et de la remise d'un bouquet par les dentellières s'était prolongée plus que prévu. Mais qui aurait pu penser, se disait-il, que Judith-Rose embrasserait chacune des soixante femmes et petites filles venues lui offrir ce mouchoir auquel elles avaient dû travailler nuit et jour, prises de court par la rapidité de ce mariage ? Et lorsque Adeline, la plus jeune élève dentellière — six ans à peine —, lui avait dit : « Moi, not'Dame vicomtesse, j'y ai

point pu faire tirotaine [1] de points à vot'mouche-
nez, vu que j'suis bien petiote, mais not'maîtresse m'a fait couper deux fils dessus pour que
ça vous porte joie, qu'elle a dit », Judith-Rose
avait été émue. Elle avait dû retenir ses larmes
toute la journée et, soudain, quand elle avait eu
cette mignonne fillette dans ses bras, elle avait eu
un gros sanglot.

... Maintenant, elle riait à nouveau, de ce rire
qu'il aimait tant, parce qu'il venait de l'inviter à
faire, dans la vaste salle de Grand-Cœur, un petit
retinton. Il expliquait qu'en langage percheron
cela veut dire le dernier repas du mariage. La
vieille Gratienne, qui les attendait, avait dû le
soigner, ce retinton. On aurait droit à son meilleur entremets, un confit de pommes aux épices,
nappé d'une crème fraîche dans l'épaisseur de
laquelle on pourrait planter un couteau. Ce serait
d'ailleurs assez terrible, la vieille Gratienne ne
les tiendrait pas quittes tant qu'ils n'auraient pas
vidé leurs assiettes.

Enfin, avec une *foutinette,* c'est-à-dire une eau
sucrée, bien bouillante, arrosée d'eau-de-vie —
le meilleur des digestifs ! — ils avaient une
chance de ne pas être trop malades pour leur première nuit à Grand-Cœur.

La vieille Gratienne, était là, au garde-à-vous,
encore verte (elle disait : pas trop acalbassie),

1. Quantité, beaucoup.

une bonne tête ronde sous sa gouline[1], des joues rouges et deux petits yeux noirs. Ils jaugèrent, ces brillants boutons de bottine, la nouvelle vicomtesse dans l'instant. Par saint Michel, à la bonne heure, M. Odilon ne s'était pas affoqué (entiché) d'une piaffeuse (prétentieuse)! Au reste, on savait par Valentin, le laquais d'Alençon, ce sourge-mites[2] qu'on lui avait dépêché afin qu'elle prépare Grand-Cœur pour les nouveaux mariés, que Mme la vicomtesse n'était pas si accourue (étrangère) que ça, vu que, quant aux origines, paraissait qu'elles étaient les mêmes que celles de ses maîtres! On avait vu plus étonnant, et on ne s'étonnait plus de rien par ces jours d'aujourd'hui...

— Ah, monsieur Odilon, le Valentin m'a pas dit quelle chambre monsieur le vicomte désirait. Mais faut pas s'inquiéter, on en a préparé trois, pour le choix.

Judith-Rose préféra celle du premier étage. Une grande pièce à fresques murales qui l'enthousiasmèrent et dont Odilon lui dit qu'on en devait la découverte, sous un enduit, à Manfred qui les avait fait restaurer avec soin par un peintre venu spécialement d'Italie. C'était d'ailleurs la chambre de son frère, autrefois, avant qu'il ne construisît « Petit-Cœur » qu'elle verrait demain. Pouvait-on dormir ici? demanda-t-elle.

1. Coiffe blanche des femmes du Perche.
2. Qui regarde par le trou de la serrure.

On pouvait. Et même, on souperait là aussi, plutôt qu'en bas, dans la trop grande et trop humide salle à manger. Il y avait un monte-charge, derrière le paravent, qui permettait de faire apporter les plats.

— Maintenant, dites-moi, qui sont-ils?

Et Judith-Rose montrait les personnages des fresques peintes sur les trois murs de la chambre; le quatrième n'avait été épargné qu'en raison des deux fenêtres qui le trouaient. Mais, entre ces dernières, un grand miroir ancien, un peu glauque, renvoyait une partie des peintures, ce qui faisait qu'hormis le paysage aperçu dans le jour par les hautes ouvertures, toute la chambre était le domaine de ces gens qui habitaient là.

— Cette jolie jeune fille, en tunique grecque, qui danse sous ces pommiers en fleur est Gilonne de Ferrières; elle épousa, en premières noces, et avant de devenir comtesse de Beaumesnil, Hélye Morel d'Arthus, celui qui est mort aux galères de Louis XIV pour n'avoir pas voulu renier sa foi de protestant. Le beau cavalier suivi de ses deux valets est son père, le chevalier Louis-Guillaume de Ferrières, un vaillant militaire, qui aimait rimailler, dit-on, et chanter. Il a laissé des cartons entiers d'ariettes, toutes à la gloire de son souverain. Les rats en ont croqué quelques-unes et, pendant la Révolution, certaines ont servi à faire du feu, mais il en reste encore! Nous avions calculé, mon frère et moi, qu'il avait dû en composer au moins trois chaque jour de sa vie! Ses deux serviteurs ont l'air de brigands, ne trouvez-vous pas ? Et ils ont des accoutrements très originaux. A un bal chez les Courmarin, à Hauterive, nous étions ainsi déguisés, Manfred et moi... C'était du temps où... Enfin, avant son mariage et son malheur.

Odilon s'était tu, les yeux toujours fixés sur les personnages. Elle aurait voulu en apprendre plus sur ce Manfred, dont elle savait qu'il n'était qu'un demi-frère, en séjour aux Amériques en ce moment, et que là, tout à côté, dans cet autre manoir, appelé « Petit-Cœur », vivait sa femme Bérangère que l'on disait folle. Mais elle n'osa pas poser de questions. D'ailleurs, Odilon continuait à parler des fresques :

— L'étonnante personne qui caracole sur son cheval bai, et qui porte ce beau chapeau aux trois plumes d'autruche blanches, est la mère du chevalier Louis-Guillaume et donc la grand-mère de la belle jeune fille qui danse. Ce sont nos ancêtres à tous deux... Savez-vous que, lorsque ces peintures furent restaurées, sous la surveillance de Manfred, et qu'ensuite mon frère aîné prit cette pièce lui revenant de droit, j'en fus jaloux ? J'étais amoureux de la jeune fille.

Et, en disant cela, Odilon se demanda soudain si cette impression qu'il avait de connaître déjà Judith-Rose ne venait pas de ce qu'il avait tant contemplé la petite Gilonne sur son mur.

— Vos longues chevelures sont semblables, dit-il.

Elle le laissa enlever les épingles d'écaille blonde qui retenaient la couronne de tresses. Il défit les nattes. La masse irisée s'écroula sur les épaules, puis tout le long du dos et jusqu'au bas des reins de la jeune femme. Et à la lueur des bougies des candélabres d'argent, elle scintilla.

Doucement, il disait : « Comme vous êtes belle, ma chérie. » Mais le grincement du monte-charge l'empêcha de la prendre dans ses bras. Gratienne arriva de son côté, ayant monté l'étage avec sa panière contenant tout ce qu'elle n'avait pas voulu confier aux « tremblements de la mécanique rouillée ». Elle disposa le couvert sur une petite table, et, discrète, pour la première fois de sa vie, fit remarquer Odilon après son départ, se retira.

Il y avait des nourritures pour dix ogres affamés.

Ils n'avaient faim que d'eux-mêmes.

Elle était assise en face de lui sur une chaise à haut dossier de bois sombre sculpté. Comme une enfant sage à qui on n'avait pas besoin de dire : « Tiens-toi droite » et elle le regardait, de ses immenses yeux aux clartés vertes. Il se demanda comment une petite fille si pure, si neuve, avait rêvé sa première nuit d'amour et à quoi elle s'attendait. Il se savait séduisant — tant de femmes le lui avaient dit que cela devait bien être vrai. Elle l'aimait, mais comment ? Il sentait que ses baisers lui plaisaient, mais au-delà de ces premiers contacts, il se promit d'user de la plus grande délicatesse et de ne lui faire découvrir que peu à peu ce qu'elle ignorait. La tendresse qu'il lui portait modérerait, il l'espérait, le désir qu'il avait d'elle. A se souvenir de ses regards éblouis lorsqu'il l'embrassait, il se dit que, sans doute, ces jeunes filles aux bouches qui sentent la framboise devaient vite aimer l'amour. Même si elles étaient des princesses huguenotes, tout fraîchement venues de Genève.

Elle portait une tenue toute simple, prévue pour le trajet dans le landaulet mené par deux chevaux et qu'il avait conduit lui-même, ne se souciant pas d'emmener la curiosité d'un cocher ou d'un groom. C'était une robe de mousseline blanche, nouée à la taille d'un ruban de satin rose et qu'il lui avait vu mettre souvent. Elle l'étonnait, mais le ravissait, par son manque absolu de coquetterie. Il se dit : Elle est comme une fleur, faite pour être respirée et caressée. Il avait par deux fois arrêté ses chevaux pour la prendre dans ses bras et l'embrasser sans lui avoir entendu dire, comme tant d'autres : « Attention à ma robe ! » ou « à ma coiffure ! ». Et sa capeline de paille d'Italie, que Charlotte avait voulu, absolument, qu'elle emporte, elle l'avait ôtée et lancée, à toute volée, dans un champ, en disant :

— Ouf ! N'en parlons plus ! Vous m'avez épousée *avec* mes taches de rousseur, n'est-ce pas ? Alors tant pis pour deux ou trois de plus.

Comme elle buvait un peu de cidre — c'était tout ce qu'elle voulait du somptueux retinton de

Gratienne —, la tête renversée et son beau cou rond offert, il y mit une pluie de baisers. Elle découvrait, lui avoua-t-elle, qu'elle adorait qu'on l'embrasse. Et, comme il osait une caresse plus audacieuse, ce fut elle qui dit :

— Je vais enlever ma robe, et me déshabiller.

Il s'attendit presque à ce qu'elle ajoutât : Ce sera plus commode. Il rit. Ému. Elle avait reçu en partage, entre tant de dons, celui, merveilleux, de la simplicité.

Et il s'en fut, lui aussi, dans le bureau attenant — elle s'était éloignée vers le cabinet de toilette — mettre sa tenue de nuit. Il souriait toujours. Elle l'amusait plus que ne l'avait amusé aucune femme.

Comme il revenait, elle entrait dans la chambre et s'extasia sur le cachemire d'Inde dans lequel était taillée la robe d'intérieur de son mari, semblable au tissu de ces châles dont les femmes raffolaient. Elle l'admira un moment et lui dit, sérieuse, convaincue de la chose :

— Vous êtes beau !

Elle, à son habitude, était d'une sobriété extrême, mais le fin linon qui la couvrait captait les reflets roses de son corps, la plus belle soie du monde. Il se jura pourtant que c'était la dernière fois qu'il acceptait d'avoir l'air d'un somptueux coq faisan auprès de sa modeste poule faisane. Dès son retour de guerre, il l'emmènerait à Paris acheter les plus jolies toilettes de jour et de nuit.

Elle avait fermé ses yeux un instant. Quand elle les rouvrit, il s'aperçut qu'elle n'avait pas seulement changé de vêtements, elle avait changé de regard et il y passait, maintenant, d'étranges reflets vert sombre. Alors il la souleva et l'emporta vers le grand lit à baldaquin qui tenait le milieu de la pièce.

Elle n'était pas effarouchée, mais heureuse. Elle trouva naturel que ses beaux petits seins ronds eussent désormais leur place sous les doigts ou sous la bouche d'Odilon et que les mains de cet homme qu'elle venait d'épouser n'eussent d'autre dessin à faire que celui de son corps. Elle ne s'effraya de rien et accueillit chaque caresse comme le plus beau des cadeaux. Et lorsqu'il la prit tout entière, il ne fut pas sûr qu'elle n'ait pas soupiré : « Déjà ! » Il recevait en ce moment, des lèvres et du corps de cette savoureuse créature, un don précieux. Il se demanda s'il en était digne.

Beaucoup plus tard, alors qu'il la croyait près de s'endormir contre son épaule, elle lui demanda :

— Est-ce que... Enfin, est-ce que seuls les hommes embrassent et caressent, ou bien moi aussi puis-je vous aimer ?...

C'était une question qui ne lui avait jamais été posée encore. Il regarda sa femme en souriant. Elle était la plus exquise qui ait pu être créée non seulement par la Suisse et la Normandie réunies, mais par l'univers entier ! Il s'allongea, bien droit sur le lit, posa sa tête au milieu de son oreiller et dit, apparemment fort sérieux :

— Madame la vicomtesse, je suis tout à vous !

Plus tard encore, ils soupèrent.

Elle avait dit, alors que couchés, serrés l'un contre l'autre, ils écoutaient un rossignol et respiraient l'air frais venu de la terre humide, le parfum des fleurs de pommier et la fumée d'un feu de bois :

— Je crois que j'ai faim. Je crois que je voudrais goûter à cette fricassée de poulet à la crème.

— Elle sera froide, ma chérie.

— C'est bon froid. Meilleur même. Ne le savez-vous pas ?

Que savait-il ? Plus rien. Tout était effacé de sa vie, de ce qui avait été avant elle. Il n'était sûr que d'une seule chose : il avait deux jours entiers et deux nuits à passer tout contre elle. Une éternité de bonheur. Et de l'avenir il ignorait tout, si ce n'est qu'il se battrait comme les plus courageux lions de la terre pour revenir de *là-bas*. Parce qu'il reviendrait. Il ne pourrait en être autrement. C'eût été contre toute logique du destin. Il s'efforça soudain, avec une espèce de rage concentrée, de croire à cette grande logique du destin.

Il dormait lorsqu'il l'entendit lui dire à l'oreille :

— J'ai peur. Réveillez-vous, j'ai très peur.

— Mais de quoi ?

— Il s'est passé quelque chose... d'assez terrible. Je me suis réveillée parce que la dame du mur, celle qui est à cheval, avec son grand chapeau à plumes, me caressait la joue... Je vous assure, *me caressait la joue*... et sa main était froide, horriblement froide.

— Vous avez rêvé, chérie. La fricassée de poulet était froide, elle aussi, et sans doute indigeste...

Elle ne l'écoutait pas et dit avec un regard de somnambule :

— Mais pourquoi la vieille dame du mur n'avait-elle pas ce chapeau-là ? Elle portait un drôle de bonnet rouge, garni d'une petite couronne de plumes... bleues, oui, bleues.

— Vous voyez bien ! Pourquoi voudriez-vous que notre brave ancêtre qui avait l'air de tant aimer les chapeaux à plumes d'autruche blanches vienne vous voir avec un bonnet rouge à petites plumes bleues ?

— Mais je ne sais pas, moi ! C'est vous qui les connaissez, les fantômes de Grand-Cœur...

— Eh bien, nous allons en parler. Il y en a toujours eu deux. Qui ne pouvaient pas cohabiter. Ils se gênaient dans leurs vies de fantômes. Le plus ancien, Dame Yolaine de Ferrières, a dû être une châtelaine un peu brouillonne. Elle perd sans cesse ses ciseaux, son dé, ses aiguilles, et sans doute aussi quelques chaînes. Et elle cherche tout cela dans les chambres, les corridors et les greniers à grand renfort de lamentations. Alors, le deuxième fantôme, Sir Réginald, se plaint de ce tintamarre. Lui est anglais. C'est un cadeau d'adieu, en quelque sorte, que nous firent ses compatriotes lorsqu'ils quittèrent notre pays normand. Ce domaine leur appartint le temps de leur occupation. Donc, les bruits incessants de Dame Yolaine l'empêchant de dormir, Sir Réginald a élu domicile dans la plus grande de nos granges. Il a dû s'y plaire, car il y ronfle allègrement. Chaque Beaumesnil-Ferrières l'entend au moins une fois dans sa vie.

— Vous l'avez entendu ?

— Trois fois ! Et, approchez-vous plus près encore, je vais vous dire un secret de famille : il paraît qu'au XVIIIe siècle une Beaumesnil-Ferrières, l'une de nos aïeules, fut peut-être un peu légère, bref, l'un de ses fils ne put jamais entendre ronfler Sir Réginald ! Vous savez comment sont ces Britanniques, si snobs ! Celui-là ne daigne pas se manifester aux bâtards, il n'honore de ses ronflements que les vrais seigneurs du lieu !

Elle rit, mais il la sentait trembler encore. Aussi se leva-t-il pour rallumer le feu. De grandes flammes illuminèrent la chambre. L'une d'elles éclaira le visage de la vieille châtelaine au chapeau à plumes d'autruche caracolant sur son cheval. Et Judith-Rose murmura en frissonnant encore :

— Je suis sûre que c'était elle qui était assise là, au bord du lit et... elle avait ces yeux-là, ceux du portrait, et qui me regardaient... qui me regardaient...

Odilon se pencha vers elle :

— C'est moi, chérie, qui vous regarde. Qui vous regarderai toujours, sans me lasser jamais. Et vous ? M'aimerez-vous longtemps ? Toujours ?

Elle mit ses bras autour de son cou, posa sa tête sur sa poitrine et, rassurée à demi, essaya de ne plus penser à Noble Dame Bertrade de Ferrières qui était, quoi qu'il en dise, le troisième fantôme de Grand-Cœur.

Elle piaffait, le lendemain matin, dans l'attente de la visite de Grand-Cœur.

— Parce que nous n'avons même pas tout vu du manoir, hier au soir !

Elle n'avait pas natté ses cheveux, se réjouissant de pouvoir vivre en sauvageonne sur ce domaine où ils étaient seuls, Odilon et elle. Une grande nappe se répandait, dorée, sur ses épaules et son dos, retenue seulement par un lien vert clair, du même tissu que sa robe d'indienne.

— Vous avez l'air de la fée des prés et des champs !

— Ne vous activerez-vous pas ? Vous êtes long à vous préparer !

— Mais je m'active, je m'active ! Évidemment pas à votre vitesse qui est celle du vent d'ouest lorsqu'il amène la pluie !

Il allait ajouter : « Je n'ai jamais vu une jeune femme prête à s'élancer vers sa journée aussi rapidement que vous », mais il se ravisa.

Il l'avait entendue barboter dans le « tub » de zinc qu'elle avait fait amener ici par le laquais Valentin, lorsqu'il était venu porter l'ordre de préparer Grand-Cœur. Les cousines le lui avaient laissé, puisqu'elles en retrouveraient d'autres à Genève, sacrifiant ainsi leurs propres ablutions pendant le voyage de retour. Puis il l'avait écoutée vitupérer ses cheveux qui ne se démêlaient pas assez vite à son gré. Quelques secondes après, un « bon, voilà ! » satisfait lui était parvenu. Elle avait fini ! Il la soupçonnait, une fois étrillée — c'était sûrement le mot qui convenait ! —, de ne même pas se regarder dans un miroir. Cela devait lui paraître superflu. Il posa son peigne, après avoir achevé de se coiffer lui-même fort convenablement, et sourit, sans la voir, à l'image que la psyché lui renvoyait, en se disant que sa Judith-Rose était, exactement, telle qu'il n'aurait jamais osé rêver qu'elle puisse exister... pour lui.

Enfin prêt, il entra dans la chambre. Elle était vide ! Mais sur la glace, entre les deux fenêtres, il lut, écrit avec l'une des barres de chocolat que Gratienne avait disposées dans une assiette — suprême raffinement de gourmandise qu'un colporteur venait lui vendre à domicile : « Il fait trop beau ! Je n'en pouvais plus d'attendre. »

Il la retrouva vite.

Elle n'était pas allée plus loin que la grande salle du bas, à la fois hall et salon, tendue de tapisseries fanées. Elle était stupéfaite. La veille au soir, lorsqu'ils avaient traversé cette vaste pièce, elle était loin d'avoir le même aspect. Sur chaque meuble, crédences, coffres et bahuts, sur la longue table qui pouvait contenir trente à quarante couverts, il y avait des bouquets de fleurs ! Et Judith-Rose, étonnée et ravie, allait de l'un à l'autre.

Il avait fallu dépouiller chaque pré et chaque haie alentour pour qu'une telle profusion puisse être étalée là.

— Mais qui ? Qui ? demandait la jeune femme à Odilon, lorsque Gratienne entra.

— Et qui voudriez-vous, sinon Mme Bérangère ! Elle seule sait où trouver ça ! Dès la bonne saison, elle s'échappe et part, sur son cheval, quérir tout ce qui pousse. Pauvre dame ! Elle a dû vouloir vous honorer et s'en sera allée par les champs et par la forêt.

— Est-ce que nous allons la voir ?

— Oh ! Que non ! Elle ne reçoit personne. Elle sera passée ici sans qu'on s'en doute et maintenant elle ne sortira plus de la journée. La vieille Martoune l'en empêchera bien. Le docteur et M. Manfred ne veulent pas qu'elle quitte Petit-Cœur. Mais l'est maline, et quand elle veut s'en sauver, pardi, elle court plus vite que nous tous !

— Comme c'est affectueux de sa part d'être venue mettre ces fleurs ici !

— C'était la personne la plus gentille de toutes, avant son malheur, dit Gratienne en hochant la tête. Y avait pas plus gentille dame qu'elle.

Il était émouvant de regarder ces genêts dorés, ces aubépines blanches, ces églantines roses, ou ce bouquet d'anémones des bois, en pensant à celle qui était allée les cueillir.

Voyant Judith-Rose bouleversée, Odilon voulut l'entraîner vers la cuisine, il allait lui montrer là quelque chose qui chasserait sa tristesse soudaine. Mais elle lui désigna, d'un petit geste, la grande cheminée au fronton de laquelle était gravée la devise des Ferrières : « Le cœur peut tout. » Et elle dit, avec un sourire triste :

— *Elle* est comtesse de Beaumesnil-Ferrières, femme du fils aîné de votre maison... et le cœur n'a pas tout pu pour elle. Votre blason n'a donc jamais été le sien.

Il eut envie de lui dire : « Il est déjà le vôtre et totalement. » Mais il ne le fit pas. Il la connaissait assez maintenant pour savoir qu'elle ne se serait pas réjouie du malheur d'une autre.

Elle lui demanda encore, tout bas, comme si celle qui avait déposé, à l'aube, toutes ces fleurs eût pu entendre :

— Comment a-t-elle su que nous étions ici ?

Gratienne, qui balayait quelques brins de feuillage jonchant le sol, répondit pour lui :

— Oh ! pour sûr, elle aura su vous voir arriver ! L'est maline. Et si elle n'a pas vu, elle aura deviné !

Ils quittèrent la grande salle mal à l'aise. Mais dès l'entrée dans la cuisine, comme s'ils étaient passés d'une pièce sombre dans une autre ensoleillée, ils furent dépouillés de leur mélancolie.

La cuisine de Grand-Cœur avait tout ce qu'il fallait pour remettre d'aplomb une âme souffrante, dit Odilon. C'était sa pièce préférée. Enfant, il y vivait. Il y avait un coffre avec ses jouets et, si ses parents avaient consenti, il eût été aux anges d'y avoir aussi un lit.

Une immense cheminée de pierre, présence puissante et protectrice, était le cœur du logis qui battait là pour les siens. Depuis des siècles elle donnait la chaleur, donc la vie, et n'avait jamais failli. Personne, au plus loin que l'on remontât, n'avait vu ce foyer éteint.

Deux fenêtres s'ouvraient sur les prés et leurs bouquets de pommiers en fleur. Et sur les murs s'étirait une armée d'ustensiles de cuivre timbrés aux armes des Beaumesnil-Ferrières, dont Gratienne parlait comme d'enfants turbulents quand elle disait : « Ils m'attrapent l'humidité et s'en rendent tout tristes » ou « Comptez bien sur eux pour se ternir plus qu'à leur tour dès les premiers soleils ». Ils étaient son souci, mais aussi sa fierté quand ils scintillaient dans leur gloire. C'était le cas ce matin-là. Pour la venue des mariés, elle avait embauché six enfants du village qui avaient frotté avec force.

Mais ce qui avait toujours fait le bonheur d'Odilon, c'était un grand tableau, accroché entre deux énormes bassines à confitures, surmonté d'une couronne de moules à gâteau en cuivre.

Au centre de cette toile, dressée sur ses pattes, une dinde majestueuse, une reine des dindes, au plumage d'un brun chaud que le voisinage des cuivres dorait encore plus, se pavanait, l'œil fier et conquérant. On lisait, au bas de la peinture, le nom de l'animal royal devant lequel, sûrement, l'artiste s'était effacé :

« Marguerite la Mordorée, poule d'Inde, 1666-1670. »

— Quelqu'un, dans la famille, aura eu de la fierté à avoir élevé un si bel animal et l'aura fait immortaliser, dit Odilon. On a eu beaucoup de goût pour les portraits chez nous. Le salon en déborde. Mais je crois que nous sommes les seuls à pouvoir dire en les montrant : « Et ils furent tous dentelliers. »

— Pas vous !

— Manfred l'est. C'est suffisant.

Ils les visitèrent, les portraits, et le manoir du haut jusqu'en bas. Elle ne lui fit grâce de rien. A l'extérieur non plus. Enfin, non pas fatiguée, mais songeuse, elle s'arrêta, au retour d'un périple de trois heures à pied, devant la façade du manoir. Au-dessus du portail, sculpté dans la pierre, l'écu aux armes des Ferrières la séduisit et elle s'assit sur la souche d'un vieux chêne pour l'étudier.

— *D'azur à cœur d'or.* C'est beau ! Je suis heureuse d'être chez moi, désormais, dans cet azur et cet or.

Puis elle promena son regard sur le manoir entier, un corps de bâtiment plus long que haut percé de belles fenêtres à meneaux et flanqué d'une tour, le tout coiffé de tuiles plates et recouvert d'un crépi qui selon le temps était crémeux, rosé ou ocré.

Elle eut faim. Grâce à Dieu ! pensa-t-il, et ils rentrèrent.

Sur le chemin du retour vers Alençon, deux jours plus tard, pour chasser leur tristesse à la pensée de la séparation si proche, il évoquait quelques-unes parmi les meilleures des sottises et farces qu'ils avaient commises, Manfred et lui. Tant de pétards jetés un soir dans le feu auquel se chauffaient, à une veillée, les paysans du domaine qu'un paralytique dont on était sûr qu'il ne marcherait plus, était, d'effroi, redevenu ingambe. Deux énormes merluches, emportées clandestinement d'Alençon, le jour du départ en vacances pour Grand-Cœur, et déposées sur le bord de la mare aux canards, étaient le « miracle » qui avait ramené un vieux mécréant à l'église. Et ce portrait de la poule d'Inde trônant dans la cuisine, de combien de projectiles l'avaient-ils criblé ! Un peintre ambulant, qui passait chaque année une petite semaine à Grand-Cœur pour y faire un tableautin d'un coin du parc, n'avait cessé de le restaurer...

Elle l'écoutait en souriant, mais les hautes futaies de la forêt de Perseigne qu'ils traversaient l'oppressaient ou bien le souvenir de cette jeune femme qu'on disait folle, qu'elle n'avait pas vue mais devinée, sentie, si près d'elle.

— Dites-moi l'histoire de Bérangère.

— Manfred la connaissait depuis l'enfance. Il l'a toujours aimée. Il savait que sa mère s'était tuée dans un moment de démence, mais il a voulu l'épouser quand même. Elle a eu un enfant, un garçon mort-né, et elle a été très ébranlée. Puis une nuit, elle a eu un accès de fureur meurtrière, elle a voulu tuer mon frère, l'accusant d'avoir assassiné leur fils et de l'avoir donné à manger aux loups. C'était par une terrible nuit d'hiver. Il neigeait, les loups venaient jusque dans le parc et hurlaient sous nos fenêtres. Elle a pris un poinçon qui sert aux dentellières à tracer leur dessin sur le parchemin et elle a tailladé le visage de Manfred. Il a gardé deux longues cicatrices sur les joues. Mais il n'a pas voulu la faire enfermer. Elle est d'ailleurs calme maintenant et facile à garder. La vieille femme qui l'a élevée veille sur elle. Mais les hivers où il neige, surtout lorsqu'elle entend des loups, sa raison bascule à nouveau... Le reste du temps elle fait de la dentelle. Ma mère dit qu'elle a réalisé les plus extraordinaires morceaux de point que l'on verra jamais. Elle invente ses dessins, ils sont étranges, et fort beaux.

— Quand votre frère reviendra-t-il?

— Bientôt. Il s'intéresse aux machines qui, dit-il, remplaceront les dentellières et il achève, en ce moment, la visite des usines qui en fabriquent en Angleterre, en Suisse, en Amérique.

— Il pense que la dentelle à la mécanique a un avenir ?

— C'est ce qu'il dit. Et pour Pervenche-Louise il est le diable.

— Pourquoi, alors que votre famille n'espère qu'en la seule vraie dentelle, celle à la main, veut-il s'occuper de machines qui mettront fin à ce qui est votre joie, votre fortune, votre gloire ?

— Parce qu'il croit au progrès... peut-être pour croire à quelque chose. Il est malheureux.

*

Odilon partit pour l'Angleterre le lendemain matin. Le brouillard n'était pas levé et Judith-Rose ne put longtemps suivre des yeux son mari monté sur Sucre d'Orge, escorté de son groom qui ramènerait les chevaux de Dieppe où il s'embarquait. Il regagnait Balaklava sur un navire britannique, comme il en était venu.

Bathilde fut très souffrante dans la nuit. Mais Pervenche-Louise avait eu ordre de n'en rien dire. Judith-Rose passa la journée auprès de sa belle-mère à parler d'Odilon, ou à faire de la musique.

La première lettre n'arriva de Crimée qu'un grand mois après.

Petite chérie,

Vous ne devineriez jamais d'où et comment je vous écris. Ne cherchez même pas, vous n'avez aucune chance de trouver.

Je suis assis devant un bureau pliant en acajou. Je trempe ma plume dans un encrier d'argent et, au passage, appréciez le luxe de mon papier.

Sur un plateau de laque, posé sur une table de bois précieux, une tasse de Chine translucide, famille rose, contient un thé fumant à l'arôme sublime. Lorsque je l'aurai bu, je pourrai m'en verser encore d'une théière aussi chinoise et aussi rose que la tasse. Et il y a de la dentelle au bord du napperon du plateau et aux quatre coins de ma serviette. Serviette qu'entre vous, moi... et le cabinet noir de la censure impériale où ma lettre sera lue avant de vous parvenir, j'emporterais volontiers. Car je suis très pauvre en mouchoirs. Pour ne pas dire absolument ruiné. Mon ordonnance les a donnés à la dernière quête de linge du camp, pour en faire de la charpie. Mais, rassurez-vous, je saurai rester un invité correct et le steward qui viendra desservir remportera son plateau au complet. Je me contenterai de prier pour ne pas m'enrhumer !

Je suis donc l'invité.

De qui? De Sa Grâce Lord Cardigan. Le commandant de la brigade de cavalerie légère qui a mené avec superbe la charge de Balaklava entre deux rangées de batteries russes!

Et où suis-je?

Je suis sur le yacht de plaisance de Sa Grâce, ancré sur la mer Noire, devant Balaklava précisément. Parce que, en vertu de ce sage principe de l'officier anglais qui dit qu'on peut être brave sans renoncer au confort, Lord Cardigan est venu en Crimée sur son navire personnel. Il y retourne, presque chaque soir, dormir après la bataille!

Pourquoi y suis-je?

Le nouveau chef de l'armée d'Orient nommé en mon absence, le général Pélissier, m'a envoyé porter un message et ordonné d'attendre la réponse. Fort courtois, celui qui s'est élancé sur son pur-sang, seul à la tête de sa magnifique brigade, la blanche aigrette de héron de sa coiffure offerte en cible à l'ennemi, et criant : « En avant le dernier des Cardigan! », ce héros-là m'a gardé à souper et à coucher! Nous venons de terminer un repas succulent servi par deux ordonnances en gants blancs qui m'annonçaient les vins pendant que Sa Grâce me complimentait sur nos chasseurs d'Afrique dont elle dit qu'ils sont des braves parmi les plus braves, et que, lorsque l'air retentit des you! you! et des clameurs sauvages de nos turcos, il doit passer un frisson d'épouvante chez nos ennemis communs.

Et maintenant, petite chérie, je vais m'endormir bercé par un très léger roulis, et dans des *draps!* en pensant à vous.

La seconde lettre parvint à Judith-Rose un mois après la première.

... Si seulement, disait Odilon, le câble sous-marin, cette merveilleuse invention, qui relie désormais directement l'empereur à la Crimée, pouvait aussi se charger des dépêches des pauvres officiers, c'est cent fois par jour que je ferais passer sous la Méditerranée le message suivant : « Vous aime plus que jamais et plus que tout. »

Ah! Savez-vous ce qui excite le plus nos amis anglais? Voir le prince Napoléon, le fils du roi Jérôme, le neveu du grand empereur. Son Altesse a reçu le commandement d'une division et s'est montrée d'une grande bravoure à la bataille de l'Alma.

Voir ce personnage est assez facile et beaucoup y parviennent. Mais le fin du fin est d'arriver à le voir *assis*.

Parce que le prince est très grand et sa haute taille l'empêche de ressembler tout à fait à son oncle. Tandis qu'assis, on croirait voir Napoléon Ier et être à Waterloo!

Distribution hier, pour se garantir du soleil

l'été, et de la neige l'hiver, d'un fez rouge à toute l'armée française ! Et anglaise ! Cadeau ottoman de Sa Hautesse le Sultan, qui nous remercie ainsi de nous battre pour elle ! Je vous rapporterai le mien. Il vous amusera, mais je ne crois pas que vous y logerez le dizième de votre étonnante, unique, inoubliable chevelure... (A ce propos, la petite boucle d'or que je vous ai volée, je l'ai cousue — *moi-même !* —, un soir d'inactivité, dans la doublure de mon dolman, car je tremblais de la perdre.)

Autre cadeau. Le duc de Marlborough a envoyé aux soldats de son pays cent chevreuils tués par ses garde-chasse. Ce tableau-massacre est arrivé hier. Il était temps de le consommer ! Le général en a reçu trois cuissots avec les compliments de Lord Raglan, nous y avons goûté, nous, ses officiers.

Savez-vous ce qu'il dit de la guerre, notre général en chef ? Qu'elle est une de ces nécessités cruelles auxquelles il faut se résigner, sans s'attendrir. Et certes, il ne s'attendrit guère. On sait qu'en Afrique, il a fait enfumer, comme des jambons, trois cents Arabes dans une grotte pour briser une résistance qui s'éternisait.

Moi, je me résigne à la guerre, c'est mon métier. C'est à être loin de vous que je me résigne mal parce que je vous aime.

4.

Triste, figée à l'ombre de sa cathédrale, endormie dans l'air — pourtant tonique ! — qui lui vient de la mer si proche. Voilà ce qui se disait de la ville de Bayeux.

Cela importait peu à Sylvère. Au contraire. Guère de voitures, guère de passants dans les rues ? Rien de plus agréable. Se promener en ne rencontrant que de vieilles et belles pierres, des arbres, des fleurs, des chiens ou des oiseaux, avec le soleil ou la pluie pour compagnon de route, c'était là son idéal. Il l'aurait à lui seul, cette ville devenue sienne. Il en était convaincu ; aussi, arrivant devant la cathédrale dont la tour centrale était entourée d'échafaudages, se dit-il : « Que fait-on à *ma* cathédrale ? » Ce possessif le fit sourire, et il atteignit sa maison, un reste d'amusement aux lèvres. Alors, comme un rideau, puis un autre s'écartaient, discrètement, aux fenêtres des demeures encadrant la sienne, il rit franchement d'avoir cru, ne serait-ce qu'une seconde, pouvoir être seul et ignoré ici !

Il attendit, avant d'actionner le heurtoir de fer en forme d'anneau. Il s'accordait un instant pour contempler la façade de sa maison.

Le brave abbé Samin vivait simplement et il s'était imaginé sa demeure plus modeste. Il se demanda si c'était une bonne ou une mauvaise surprise que de la découvrir grande et haute, majestueuse même dans son style XVIIIe, et si claire sous son crépi récent et son toit de tuiles roses. Elle avait un beau portail de bois, quatre fenêtres au rez-de-chaussée, six à l'étage et cinq lucarnes à la Mansart aux combles. Une demeure de cette sorte demandait de l'entretien. Pourrait-il y pourvoir ? Il se rappela la ferme de Courseulles, et reprit confiance. Si l'abbé avait pu vivre ici avec le revenu de sa petite terre, nul doute qu'il n'y parvienne aussi.

Il s'avança jusqu'au portail. Il allait étendre la main vers le heurtoir quand il se ravisa. Laissant son cabriolet et son cheval devant la porte de l'écurie, il traversa la rue et entra chez son illustre voisine, la cathédrale Notre-Dame.

Il ne connaissait âme qui vive dans cette ville, il y arrivait chargé de souvenirs tristes, et même d'un certain désespoir. Il ne pouvait apporter ce bagage de malheur chez lui, dans cette maison où sa nouvelle vie allait commencer. Il fallait essayer de s'en décharger.

Il traversa la nef dans sa longueur et vint prendre place sur un banc au premier rang. Et, ainsi que l'on regarde celui ou celle que l'on rencontre pour la première fois en s'efforçant de découvrir ce qu'ils sont vraiment, il regarda sa cathédrale. Quelques brefs coups d'œil, point n'était besoin de plus, pour se faire une idée des beautés à découvrir. Il se surprit à passer sa main dans ses cheveux, comme pour se présenter dans son mieux lui-même. Serein, tout à coup, il admira le premier étage de la nef et réfléchit. Ce qu'il n'avait pu faire sur le chemin de Caen à Bayeux, tout au souci de bien mener son cheval, cet animal qui devinait si facilement qui vous étiez dès les premiers contacts !

Son cabriolet et ce demi-sang étaient deux dépenses importantes, une bonne partie de ses gages genevois. Mais quelle joie, ces achats ! Sa première joie depuis longtemps. Le vieil et malin harivelier[1] qui lui avait vendu la bête disait que ce bel anglo-normand, aussi bon à traîner une petite voiture qu'à être monté, irait comme le vent, tout friand d'avaler du chemin. Alors Sylvère l'avait baptisé Goulivan, ou gourmand, en patois.

Depuis deux jours, depuis son retour en Normandie, il se surprenait souvent à parler patois. Il connaissait celui de Bayeux appris avec l'abbé, et qui différait peu de celui des environs de Caen. En traversant la plaine, il s'était dit « Je suis dans le pays d'amont », comme l'eût fait un Bayeusain.

1. Marchand de bestiaux.

Cette cathédrale avait dû être, pour l'abbé, sa deuxième maison. On était sans doute plus près encore de lui ici, plus dans son souvenir, qu'en face. Mais avait-il joui du merveilleux gothique normand qu'offraient le chœur, son déambulatoire et ses chapelles rayonnantes, fleurons d'une couronne admirable ?

Ce que l'abbé lui aurait dit, il l'entendait : « Eh bien, c'est le moment, mon fils, tout commence pour toi. Tu t'es diverti, tu as oublié le principal depuis plusieurs années, mets cela au compte d'une préparation à la vie, et, maintenant ose entreprendre. » C'était aussi ce que lui avait recommandé Mme de Beaumesnil. Quant à Judith-Rose, il lui offrirait sa réussite, comme on tend des fleurs, pour qu'elle les respire un bref instant, puis les oublie ou les jette. Mais dans ce court moment-là, elle aurait su ce qu'il avait fait et c'était suffisant.

Que ferait-il ? Il ne le savait pas encore, mais il était sûr qu'il réussirait ce qu'il entreprendrait.

Il se releva vivement, se signa et gagna la porte. Il allait chez lui d'un pas décidé.

Les rideaux s'écartèrent de nouveau. Il rit. Un rire gai comme une délivrance. Il donna un coup de heurtoir impératif, geste bref et sec du maître de ce heurtoir, de cette porte, de cette maison, et de celle qui se trouvait maintenant devant lui, sur le seuil.

La femme le toisa des pieds à la tête. Elle dut

lever la sienne pour cela. Il lui plut que son maître fût grand et souriant.

Il la regarda dans les yeux. Des yeux vifs et joyeux. Elle était encore jeune, dans les vingt-six à vingt-sept ans, brune et assez laide, mais avec un cou bien rond et des mains fines.

Ils n'étaient pas, au premier abord, mécontents l'un de l'autre. Au contraire.

Ne doutant pas une seconde que ce fût là son « Monsieur », elle ouvrit grand la porte, marquant, en somme, assez peu de surprise. Ce fut lui qui en eut ! Dès le vestibule, il entendit des voix, se dirigea vers elles, arriva dans une vaste et claire cuisine et y découvrit une volée de femmes en ailes blanches.

Soudain, comme elle aurait tiré sur un assaillant, prévenant l'attaque et attaquant la première, se révéla la vraie Théodorine. Il entendit la plus belle diatribe qui lui eût jamais encore été adressée et se résumant à ceci : cette maison était un haut bateau auquel il fallait de hautes voiles, et Monsieur n'avait jamais envoyé le moindre écu. Et elle, de saint-frusquin [1], elle n'en avait point ! N'est pas milsoudier [2] qui veut à Bayeux et toupiner [3] n'aurait servi de rien. Alors il avait bien fallu gagner de l'argent. Et Monsieur savait-il comment on en gagne ici ? En maniant les blo-

---

1. Économies.
2. Millionnaire.
3. Tourner en rond.

quets[1]. Et que faisaient ces femmes-là, de la plus dobriche[2] à la plus petiote? *de la dentelle,* et Monsieur pouvait être sûr qu'on la vendait pinte et fagot[3]. Fallait pas croire que toutes celles-là, assises dans cette cuisine et qui avaient l'air de petits Bon-Dieu sur des pelles[4], s'amusaient à regarder rouler des bobines. Elles travaillaient ferme. Elle, Théodorine, avait organisé cet atelier dans la désespérance et, maintenant, c'était le paradis. Et si le maître avait un bon dîner ce soir — à la regarder, il pensa qu'elle jugeait qu'il ne le méritait guère! — c'était à leur diligence qu'il le devrait.

Elles avaient les yeux fixés sur lui et attendaient.

C'était, se dit-il, comme avec son cheval, le premier mouvement qui allait compter.

S'adossant au vaisselier, les mains dans les poches, il regarda d'abord les dentellières, coup d'œil rapide, mais où chacune sentit qu'il avait enregistré sa présence.

Il s'efforçait de penser vite et juste. Il était dans son tort, sans doute, par manque d'information de la part de Théodorine, mais jamais elle n'en conviendrait. Ces femmes, sa servante en tête, s'étaient substituées à lui, avaient travaillé

1. Fuseaux.
2. Vieille femme.
3. Fort cher.
4. Affectaient un air modeste.

pour lui. L'étranger qui arrivait devait plaider coupable, mais le maître de cette maison devait rétablir la situation, et sans vexer personne.

Il sut déplorer son ignorance des besoins de sa demeure, et admirer la présence d'esprit, l'intelligence, le courage de Théodorine et le travail de ses amies. Mais il était là, maintenant, et tout allait rentrer dans l'ordre. Et cet ordre commençait par un remboursement de ses dettes. Il questionna. Il apprit que les douze femmes qui étaient dans la cuisine s'étaient contentées d'un faible salaire pour que les gains de Théodorine fussent plus larges. Il demanda à combien se montait ce renoncement de chacune, sortit sa bourse et cessa ainsi d'être « le Monsieur héritier de M. l'abbé Samin qui n'envoyait pas d'argent pour entretenir son domaine ». Il se demanda si cette réputation s'effacerait tout à fait. Il se promit d'y veiller. Donc, il remercia, félicita, admira. Et attendit.

Les regards posés sur lui, à l'ombre des grandes ailes blanches, passé la petite flamme allumée par l'apport d'un gain inespéré, s'étaient ternis. Alors il comprit. Il se dit, très vite, qu'il n'avait pensé qu'à lui, à sa réputation, et pas une seconde à ces femmes. Sans doute étaient-elles heureuses de leur travail ici, et de l'organisation de Théodorine, et peut-être même de cette petite aventure dans leur vie monotone : travailler pour entretenir la maison d'un maître qui était loin et se souciait peu de son bien. Il avait encore un long chemin à parcourir avant de savoir mener les humains !

Vite, toujours en patois, il exposa que ce qu'il venait de faire était la première partie de son programme. Il y en avait une seconde, nécessitant qu'on en parlât plus longuement, mais dont l'essentiel était ceci : en rétablissant de justes proportions de salaires et de bénéfices, peut-être ces demoiselles voudraient-elles travailler encore avec Théodorine ? Si toutefois Théodorine le souhaitait. On verrait cela dans les jours à venir.

Ce fut comme si, venu d'en face, un ange avait volé jusqu'à elles, mêlé ses ailes aux leurs et qu'ensemble tous avaient chanté l'alléluia ! Il souffla dans la cuisine un vent d'espérance et de joie. Et Sylvère, joyeux aussi, se dit : « Mais, ce n'est pas si difficile que ça ! »

Dès lors tout se précipita. Il était adopté. Et en plus, disaient-elles, ce n'est pas un horsain !

Prenant en main le commandement, Théodorine s'occupa de son Monsieur. Elle allait le conduire à son appartement et y monter sa malle.

Il fallait continuer à faire montre d'autorité. Il dit ne pas vouloir la chambre de l'abbé, mais une autre qu'il allait choisir. Il avait ménagé la susceptibilité de Théodorine en ne la désapprouvant pas devant ses amies. Il comprit qu'elle lui en était reconnaissante et qu'ils allaient peut-être s'entendre.

Les dentellières étaient parties et il soupait, assis seul à l'extrémité d'une longue table.

— M. l'abbé recevait ici ses amis, les chanoines du chapitre, dit Théodorine.

— Souvent?

— Une fois le mois. Ces messieurs sont tristes depuis la mort de M. l'abbé...

Dirait-il qu'il reprendrait ces habitudes? Il pensa que rien ne pressait. Il faudrait étudier d'abord.

Mais il ne connaissait pas Théodorine. Elle ajouta qu'heureusement, elle avait continué à préparer leur bon souper à ces messieurs du chapitre, une fois le mois. Il en resta la cuiller en l'air, et elle se hâta de dire, sûre d'elle :

— Monsieur m'a bien écrit de faire, en tous points, comme du temps de M. l'abbé?

C'était en effet ce qu'il avait écrit. Ne sachant à quoi il s'exposait.

Il n'en était encore qu'au rôti et il avait déjà compris pourquoi la maison coûtait tant de dentelles.

Outre le repas du chapitre, il y avait la soupe des lundi, jeudi et samedi aux trente protégés de M. l'abbé, la distribution du lait et du beurre de la ferme de Courseulles, avec miches de pain, deux fois par mois, aux veuves et aux orphelins et l'achat de laine à tricoter pour les dames de l'ouvroir personnel de M. l'abbé.

Était-ce tout?

Oh! Le reste n'était que faibles aumônes de-ci

de-là, quasiment à muche pot[1] pour que tous les mendiants de la ville n'en exigent pas autant.

Les prunelles noires et brillantes narguaient le maître. Théodorine savait qu'elle avait gagné la première manche. Il pensa qu'elle se dirait : « Mon bon Monsieur ne s'est pas mal conduit, il a su retomber sur ses pieds sans trop de casse, mais c'est moi qui suis restée maîtresse des lieux ! » Sylvère se rappela qu'enfant, lorsqu'il demandait s'il s'était bien acquitté du remplissage des encriers des élèves, son père lui disait qu'il avait été chinchoux[2].

Couché dans des draps fleurant l'iris, il s'octroya la même appréciation.

Il tâcherait de faire mieux demain.

Mais auparavant, il voulait visiter la maison. Ce qu'il n'avait pu faire encore. Théodorine l'avait promené dans le jardin pendant que son souper mijotait et entretenu du fonctionnement de son embryon d'atelier, pour finir par lui raconter sa vie. Sa mère, fine dentellière, était morte au Creusot d'un refroidissement. On l'avait fait venir là-bas avec quelques autres de Bayeux, pour apprendre aux femmes des ouvriers de l'endroit à se servir des fuseaux. Elle aussi avait toujours fait de la dentelle. Qui n'en faisait à Bayeux, du haut en bas de la société ? Et il lui était apparu comme évident que manquant

1. En cachette.
2. A demi bon.

d'argent — ce pauvre M. l'abbé lui en avait bien laissé un peu, mais le notaire attendait les fermages de Courseulles pour le lui verser — elle devait activer ses bloquets.

Il s'amusait à l'écouter. Elle parlait de la dentelle comme d'une banque qui vous procurait des écus quand cela était nécessaire. De plus, ajoutait-elle, *le roi de la ville* la faisait travailler, elle avait ce privilège.

— Le roi ?

— Quasiment. C'est notre M. Lefébure, il a reçu des médailles d'or à s'en faire une couronne !

— Et que fait-il, ce M. Lefébure ?

— Les semailles et les moissons ! Il donne les dessins, les matériaux et il ramasse les dentelles après.

— Il habite la ville ?

— Mi-Bayeux, mi-Paris. C'est le plus grand dentellier de tous, même là-bas, à Paris.

— Et vous avez beaucoup travaillé pour lui ?

— Parbleu ! Et d'avoir œuvré pour sa maison, c'est comme si on m'avait donné une médaille à moi aussi. Parce qu'on n'entre pas chez M. Lefébure comme à la cathédrale. Il choisit les meilleures !

Maintenant, il attendait qu'elle fût endormie pour aller visiter, seul, son domaine. Il voulait essayer de respirer sans elle.

Lorsqu'il n'entendit plus aucun bruit dans la cuisine, il se leva, passa sa robe de chambre, ses babouches et, muni de son bougeoir, commença sa promenade.

A voir les tableaux, les meubles, les objets ayant appartenu aux Samin de Courseulles, il devina qu'ils avaient dû faire bonne figure jadis. Tout était de belle qualité, un peu trop touffu peut-être. Trop de passementeries, de pompons et de glands, fanés d'ailleurs. Mais il se sentait bien, dans ces chambres où traînaient les parfums de verveine et d'iris du linge bien rangé dans les hautes armoires normandes.

Il descendit sans faire de bruit au rez-de-chaussée. Il n'avait fait qu'apercevoir son salon. Il voulait vérifier s'il y avait bien un piano. Il y était. Ce fut une joie.

Lorsque l'abbé l'avait repêché dans son encre, et fait entrer à l'Institution Sainte-Marie de Caen, la vue du piano de la salle de chant l'avait séduit. Le frère Anselme ne s'était pas fait prier pour l'initier à la musique. Mais donnant donnant : il avait ciré le parquet de cette pièce une fois par semaine, ce qui n'était pas cher, s'était-il dit alors.

Il caressa le bois de l'instrument, feuilleta les partitions. Il lui sembla se souvenir que l'abbé lui avait parlé du talent de sa mère, sans doute cette dame accrochée au mur, l'air sévère et le regardant comme un intrus. Son mari — si le monsieur, en pendant, était celui qui avait vécu avec cette peu souriante créature — avait l'air jovial du brave abbé. Lorsqu'on héritait ainsi d'une maison, devait-on garder sous les yeux le portrait d'une personne vous affirmant à longueur de jour que vous ne lui étiez pas sympathique, et qu'elle n'appréciait pas que ses biens vous soient échus ? Il se proposa d'y réfléchir. Mais décida de douter que cette revêche ait donné le jour au souriant abbé. Il était peu probable aussi qu'elle ait aimé la musique. Il en était là de ses réflexions lorsque Théodorine entra dans le salon.

— Eh ! bien, notre Maître peut se vanter de m'avoir fait peur ! Monsieur aurait dû me dire qu'il voulait visiter, j'aurais pas cru que des malfaisants étaient en train de nous déposséder !

Sans sa coiffe, deux petites nattes brunes encadrant son visage rouge de contrariété, en jupe, en camisole et les pieds nus, elle paraissait plus jeune encore. Et encore plus désagréable. Elle avait dû avoir vraiment peur, car on voyait sa poitrine — solide, et aussi ronde que ses mollets — soulever son corsage. A moins que ce ne fût une rage qui l'agitât.

Il décida d'en finir. S'il ne gagnait pas la deuxième manche, il n'aurait jamais d'autorité chez lui. L'abbé avait dû se laisser faire. Son exemple n'était pas à suivre.

Il prit le temps de rajuster sa robe de chambre qui s'était ouverte. C'était un long vêtement de piqué de coton blanc que Dorothée lui avait bien entretenu, tout comme ses babouches de velours noir, brodées par Mlle Noémie. Il ne se sentit pas

amoindri, au contraire, par sa tenue de nuit.
D'une voix un peu sèche il dit :

— Théodorine, une fois, et une seule, mettons les choses au point : je vais et je viens ici comme il me plaît. J'y suis chez moi. Demain vous prendrez note de la façon dont j'aurai décidé de régler la marche de cette maison. Et maintenant vous pouvez vous retirer, je vais faire de la musique.

Elle avait ouvert la bouche pour répondre mais se ravisa, tourna les talons et s'en fut.

Il avait gagné la deuxième manche, mais se jura de remporter la belle. Il supposait qu'elle méditait sa revanche.

Il joua du Mozart, très avant dans la nuit, en pensant à Judith-Rose.

Un rossignol, dans un arbre du jardin, s'égosillait dès que le piano se taisait. Encore un qui avait dû trouver son intrusion intempestive !

Quand il eut regagné sa chambre, bu un verre d'eau parfumée de quelques gouttes de fleur d'oranger — cette Théodorine avait tout de même du bon —, il récapitula qu'il était non seulement propriétaire de cette maison et de la ferme du hameau de Courseulles, mais aussi, en quelque sorte, d'un atelier de dentelle.

Il pleuvait lorsque sonna l'angélus du matin. Les pierres de la cathédrale, imbibées d'eau, avaient la couleur de la galette de seigle que sa mère lui faisait jadis. Il avait faim.

Du lait et du pain, chauds tous deux, l'attendaient ainsi qu'une jatte de mascapié, cette confiture faite avec du cidre doux et des morceaux de pomme... Et une Théodorine souriante sous sa coiffe !

Il fut souriant aussi. Il annonça qu'il partait pour Courseulles, serait de retour pour le souper et mit deux écus dans le petit pot de grès où elle lui avait dit serrer son argent. Il la laissait libre de faire les menus.

Elle remercia gravement. Il était sûr qu'elle projetait des représailles. Mais lesquelles ? Il pensa qu'une gentille Dorothée lui aurait mieux convenu comme servante. Il n'aurait pas longtemps la patience de combattre celle-là. Mais il trouva Goulivan bien pansé, bien nourri, son cabriolet nettoyé et un en-cas pour sa route dans un panier recouvert d'une serviette blanche. Cette haingeuse[1] était prévenante, malgré tout.

Sylvère regagna Bayeux à la nuit. Il ramenait des huîtres des parcs de Courseulles et il avait réfléchi pendant tout le trajet du retour.

La ferme, dont les terres s'étendaient jusqu'à la mer, était d'un faible rapport. Il était urgent de trouver une occupation qui le fasse vivre. Les nombreuses petites fabriques de dentelle vues en ville l'incitaient à étudier ce moyen-là de gagner quelque argent. Mais il se demandait s'il n'y avait pas déjà surproduction.

1. Méchante.

Théodorine devait le guetter. Elle se précipita, lui fit sa plus belle révérence et détela Goulivan. Elle paraissait nerveuse. Il comprit pourquoi en entrant dans la cuisine où une quinzaine de personnes étaient assises, devant la grande cheminée. Tous se levèrent à son arrivée. Les femmes posèrent leurs carreaux[1] à terre et lui firent une révérence, les hommes un salut déférent.

— C'était mon tour de vesprée[2], dit Théodorine. M. l'abbé le permettait, ce sont là mes amis.

Les amis buvaient du flip, qui embaumait la cuisine.

— Le souper de Monsieur est servi.

Elle désirait l'entraîner vers la salle. Il y alla, pour ne pas la contrarier devant « ses amis ». Elle lui demanda des nouvelles du fermier, et s'il réclamait toujours autant de réparations et d'aménagements. C'était en effet ce qui avait alimenté sa conversation avec le vieux paysan.

Il passa une heure devant son piano. Lorsqu'il regagna sa chambre, il rencontra Théodorine montant aussi chez elle.

— Vos amis sont déjà partis ?

— Ah ! Monsieur peut bien penser qu'ils ont assez la tête cassée, toute la journée, avec les carillons de Notre-Dame, trémondes, tinterelles et compagnie... Si, de surcroît, ils doivent avoir aussi de la musique ici, sûr qu'ils iront faire vesprée ailleurs !

1. Métier à dentelle aux fuseaux.
2. Soirée, veillée.

Il riait encore en se couchant avec deux livres, l'*Histoire de Bayeux* et une *Histoire de la dentelle.*

Il était désormais convaincu, pour l'avoir parcourue dans la matinée, que sa ville était des plus agréables, et que les ouvrages aux fuseaux avaient un avenir supérieur à ceux d'aiguille. Ils coûtaient moins cher et se faisaient plus rapidement.

Il usa trois chandelles et lut très avant dans la nuit. Bayeux, découvrait-il, était une espèce de phénix qui renaissait continuellement de ses cendres. C'était là qu'il devait habiter. Le goût de vivre lui revenait, il renaissait, lui aussi.

Et cette dentelle ?

Pourquoi n'avait-il pas compris plus tôt combien elle lui conviendrait ? L'art, l'industrie et le commerce réunis ! il y avait là de quoi satisfaire le plus exigeant. Sans vraiment s'en rendre compte, il enviait leur métier aux Beaumesnil. Et en quelque sorte, comme aurait dit Mlle Noémie, il trouvait une fabrique dans sa cuisine.

Les matines sonnèrent, il ne dormait pas encore.

Il se leva. Alluma une autre bougie. Il avait envie d'écrire à Judith-Rose. Peut-être n'enverrait-il jamais sa lettre, mais il voulait lui raconter ce qu'il ressentait.

A la réflexion, il décida que ce ne serait pas une lettre, mais le début d'un journal tenu pour elle :

« Les matines viennent de sonner.

» La cathédrale, ma voisine, lance trois coups qui entérinent une vérité : Goethe a eu raison de dire à Napoléon Ier que ce qui distingue les Français des autres peuples, c'est qu'ils ne connaissent pas la géographie. Car ceux qui se sont cru autorisés à juger Bayeux ne savaient rien, en effet, de leur géographie. Non seulement ce n'est ni la plus triste ni la plus endormie des villes, mais elle est ce que peu de femmes réussissent à être, belle et jolie à la fois. Je sens que je vais en être amoureux. Comme je n'aimerai jamais une autre femme que vous, j'aimerai ma ville. »

*

Judith-Rose, dès qu'elle recevait une lettre d'Odilon, courait la lire à Bathilde, qu'elle trouvait allongée sur son lit de repos dans son cabinet de toilette. Les oiseaux, habitués à la présence de la jeune femme, ne cessaient de chanter. Pour lire à haute voix elle leur demandait, en riant, de se taire, allant d'une cage à l'autre. A la regarder s'agiter, à contempler sa jeunesse et sa grâce, à voir voleter ses longs cheveux retenus seulement par un ruban, à réchauffer le peu qui lui restait de vie à la flamme verte de ses yeux, Mme de Beaumesnil s'attendrissait et demandait en souriant :

— Vite, vite, que dit-il ?

Il disait qu'il allait bien. Il n'avait même pas eu un rhume et avec la belle saison, le camp était beaucoup plus supportable. Il s'y passait toujours quelque chose d'amusant, aussi bien du côté des Alliés que de celui des Russes. On savait tout dans l'heure qui suivait l'événement !

« Voici la dernière anecdote : le courrier envoyé aux prisonniers français et anglais enfermés dans Sébastopol est lu avant de leur être remis. Il y a huit jours, le prince Menchikoff apprend ainsi qu'une dame anglaise demande à son mari, dès qu'il aura gagné la guerre et capturé le général russe à son tour, d'essayer de lui avoir un bouton de son fameux paletot, si élégant, dit-on, pour en faire une relique. Eh bien, notre galant ennemi a immédiatement détaché l'un des boutons et l'a fait envoyer à la dame ! Je tiens l'histoire de mon ennemi-ami Sazonow qui a vu le prince prendre lui-même ses ciseaux. Nous nous sommes donné ainsi les dernières nouvelles de nos camps, le comte et moi, hier, entre deux escarmouches. Cette fois-ci, ce fut mon tour de prévenir mon adversaire que le combat reprenait. Je lui ai sauvé ses moustaches, qu'il a fort belles. »

Il disait aussi qu'il fallait entendre les Anglais chanter « La casquette du Père Bugeaud » dit *la Casquette,* tout court, apprise à écouter nos turcos ! Cela aurait un franc succès au théâtre du Palais-Royal.

Il ajoutait qu'un peintre faisait des esquisses de scènes des camps et des batailles, et lui avait paru avoir du talent. Il avait retenu l'un des tableaux qui serait exécuté d'après ces croquis, où son ami le vieux zouave, celui qui tricotait ses chaussettes, s'était laissé « croquer ». Le brave *chacal*[1] figurait dans un grand machin intitulé « Le salut d'adieu dans la tranchée ».

Enfin, du point de vue intendance, tout allait bien mieux. Le bourg de Kamiesch était devenu l'épicerie des Alliés. On y trouvait désormais le nécessaire et du superflu. Mais à de tels prix que les Français avaient surnommé Coquinville les petites rues bordées de boutiques, et les Anglais Coquin-City. Lui n'y achetait que du sucre pour le moka-délice à la Balaklava de ses hommes. Si le siège durait encore six mois, ce qu'il aurait payé en pains de sucre vaudrait sans doute l'équivalent d'un beau volant de point d'Alençon !

La dernière lettre, celle de la victoire, arriva un jour de septembre chaud et lumineux.

Bathilde allait mieux. Elle était allongée sur une chaise longue d'osier, dans son jardin. Les hêtres jetaient un tapis de feuilles d'or autour d'elle. Elle disait de ces feuilles qu'elles mouraient dans l'apothéose de leur beauté, ce qui ne serait pas le cas pour elle, et qu'elle n'avait pas du tout aimé se voir aujourd'hui dans son miroir. Si à la fin de sa vie son mari se comparait à un vieux hibou, elle commençait à ressembler à une

1. Surnom donné aux zouaves.

vieille chouette. Mais lorsque Judith-Rose accourut, agitant deux grandes pages, elle rajeunit dans l'instant.

« ... Enfin nous y sommes ! Nous les avons toutes les deux, et la tour de Malakoff et notre ville de Sébastopol !

» Onze mois de siège, et Dieu soit loué, la fin de la guerre !

» Mais peut-être faut-il vous expliquer ce qu'étaient cette tour et cette ville. Cette dernière fut le grand arsenal des Russes, la base de leur puissance dans la mer Noire, la menace toujours suspendue sur Constantinople. Détruire cet arsenal signifiait gagner la guerre et laisser Constantinople à ceux à qui elle appartient.

» La tour Malakoff était une construction de pierres blanches dominant de sa hauteur les dômes de cuivre des églises russes de Sébastopol qui nous ont tant éblouis, les jours où le soleil jetait ses feux sur eux. Ce sont les marchands de la ville qui se sont cotisés pour la faire élever dès qu'ils ont su la guerre imminente.

» Notre général en chef avait un plan d'attaque dont nous ne savions rien encore. Même l'état-major anglais l'ignorait et disait : "Pourvu qu'un boulet ne vienne pas emporter la tête de Pélissier avec son idée ! Nous ne la connaîtrions jamais." Et, avec leur extrême courtoisie, nos alliés ne laissaient pas voir qu'ils étaient assez vexés. Nous, nous attendions, confiants.

» Trois jours avant l'assaut, dans une vaste

plaine proche de Balaklava, une excellente course avait remonté le moral des troupes. Les plus splendides chevaux des Alliés s'étaient affrontés et Vent Sauvage couvert de gloire. Seuls les deux plus beaux pur-sang anglais, ceux de Lord Raglan et Lord Cardigan, avaient pu le distancer. Le général en chef turc, Omar Pacha, m'a depuis fait une offre d'achat, que j'ai, vous le pensez bien, refusée. Il m'a alors envoyé la réponse suivante : "Sa Hautesse comprend le vicomte de Beaumesnil. Un tel cheval ne se vend pas, il se donne."

» Qu'auriez-vous compris ?

» Rassurez-vous, j'ai gardé Vent Sauvage. Omar Pacha est ennuyeux à périr et nous inflige constamment sa haute importance, oubliant vingt-trois heures sur vingt-quatre que nous nous faisons trouer la peau pour lui.

» Nous étions donc à trois jours de l'assaut, quand soixante-dix heures de pilonnage de notre artillerie vers les coupoles dorées de la tour nous ont fait comprendre que nous préparions la fin du siège.

» Pélissier a réuni le 5 septembre les chefs de corps, annoncé l'assaut pour le lendemain et nous a dit ces mots qui révèlent l'homme tout entier :

» "Messieurs, vous savez ce que j'attends de vous, j'avais eu l'intention de vous demander des conseils, mais comme il est probable que je ne les aurais pas suivis, j'y renonce. Maintenant allez dîner, couchez-vous et bonsoir. Demain plusieurs d'entre vous auront la gueule cassée, mais nous aurons Sébastopol."

» Et nous l'avons eue !

» Ce lendemain, à midi nous avons hurlé à nous faire éclater les poumons : "Vive l'empereur !" Ce fut une clameur assourdissante, tonitruante, étourdissante. Et toutes les colonnes s'élancèrent. Une vision d'enfer, en vérité, pour ceux d'en face.

» On savait la tour minée. Mac-Mahon, frais arrivé d'Afrique, la prit et s'y installa, la sachant près de sauter d'une minute à l'autre. On lui a donné l'ordre d'en sortir, il a eu cette réponse admirable : "J'y suis, j'y reste !" Voilà.

» Vous aurez les détails de cette grande affaire très bientôt. Puisque nous allons rentrer... du moins les survivants ! Combien de milliers et de milliers de tués ? Mais je savais, j'étais sûr que j'allais vous revenir.

» P.-S. J'allais donner ma lettre au sergent-fourrier lorsque la vôtre m'arrive. J'ai pleuré. Oh ! que j'ai pleuré de joie. Un fils, je suis sûr que ce sera un fils !

» Je sors indemne de cette guerre, je vous aime et vous allez me donner un enfant. Nous l'appellerons Louis-Ogier. Ce nom m'est venu tout à coup, en annonçant à mon vieux zouave (toujours celui des chaussettes) que j'allais être père. Notre ancêtre commun Ferrières, le chevalier extravagant peint sur le mur de Grand-Cœur,

297

s'appelait Louis, et Ogier le premier comte Beaumesnil, celui dont la légende familiale dit qu'il était si beau et si amoureux de la jolie créature qui danse sur le même mur...

» Que la vie est belle, et que je vous aime !... »

*

Alençon s'était habituée à voir aller et venir, toujours d'un pas rapide, « la jeune madame Odilon » qui se promenait de par la ville. Sur Judith-Rose et les deux vieilles cousines qui l'avaient menée jusqu'ici, les commentaires les plus surprenants s'échangeaient..

Ils avaient été nourris, à l'origine, par M. de Bonnal, le parrain d'Odilon. Ce n'était pas qu'il fût très bavard, mais il était un conteur alerte. Les soirées passées dans son manoir, après de bonnes journées de chasse, quand on tend vers les flammes de la cheminée les semelles des bottes humides et que l'on échauffe entre les mains un verre de la meilleure des eaux-de-vie, incitaient à conter. Et il le faisait, à la demande de tous.

Il eut un beau succès, dès l'ouverture du faisan, avec la petite histoire intitulée : « Les aventures de trois dames qui aimaient à voyager ». Malgré une affabulation dont M. de Bonnal croyait qu'elle était suffisante pour égarer ses auditeurs, Mlles Morel d'Arthus étaient parfaitement reconnaissables. Les braves épouses de ces messieurs purent répandre le lendemain — et avant même que le gibier qui leur avait été rapporté en même temps fût plumé — les vérités suivantes :

« Ces dames sont extrêmement riches. A pouvoir s'acheter une ville entière.

» Ces dames parlent quatre langues. Plus le chinois. (L'origine de l'attribution de ce langage supplémentaire était due à Noémie qui avait dit à M. de Bonnal, en commentant le mutisme de Pervenche-Louise : "Elle est comme le philosophe Tai Tchên qui fut muet jusqu'à ce qu'il pût parler philosophie, dans sa maturité.")

» Ces dames s'occupent, avant tout, de collectionner les fontaines. En ayant recherché de par le monde, c'est ici qu'elles ont trouvé la plus belle !

» Mais ces dames ont, sûrement, de drôles de mœurs. Elles osent soutenir que les hommes ne doivent pas avoir de poches à leurs pantalons pour que la ligne de leur corps se dessine mieux !

» En conclusion, les deux plus vieilles de ces dames ont trouvé ici la fontaine qu'elles cherchaient, et la plus jeune, le mari. »

Un jour où Bathilde était sans force ni appétit, une lettre de Noémie à Judith-Rose la réjouit au point de lui donner, soudain, l'envie d'un verre de lait et d'une courte visite aux dentellières des ateliers.

Mlle Cadette disait regretter de n'avoir pu,

jusqu'à maintenant, écrire qu'un mot pour signaler leur bonne arrivée à Genève. Mais le déménagement de la rue des Granges et l'emménagement rue de la Taconnerie avaient été longs, pénibles et attristants. On avait bousculé dix ans de vie bien ordonnée et cela faisait plus de ravages qu'on ne l'aurait supposé. Il ne fallait pas croire que ce genre d'exercice ne mettait sens dessus dessous que les choses, il bouleversait aussi les souvenirs, donc les sentiments, et le cœur risquait bien d'être aussi ébréché ou fendu que les porcelaines ou la verrerie. Enfin, le Seigneur décidait !

Pour en revenir au voyage d'Alençon à Genève, tout se serait bien passé si, par un malencontreux hasard, on n'avait croisé, à l'octroi de Chartres, M. le Préfet de l'Eure. Elles avaient immédiatement été reconnues ! Ce haut fonctionnaire, célèbre pour son faste et les brillantes réceptions qu'il donnait dans son fief, devait être aussi un grand physionomiste. Bref, saluts de part et d'autre et rappel de la dernière rencontre, à un lundi de l'impératrice. « Et qu'est donc devenue cette délicieuse jeune fille, fanatique des jardins suspendus de Babylone ? » Apprenant qu'elle serait désormais sa voisine. M. le Préfet ne se tient plus de joie, descend de voiture et promet que la vicomtesse sera de tous ses bals et de toutes ses garden-parties...

« Si nous en étions restées là ! Toi, tu aurais fait ce que tu aurais voulu de ces invitations, et nous... Enfin Charlotte, surtout !... Mais voici la suite. Cet obligeant préfet entend ma pauvre sœur répondre aux questions de l'employé de l'octroi. Tu sais qu'on ne peut se fier à notre brigand de la Tamise de Big-James pour s'acquitter de son service ! Bref Charlotte expose que le fourgon, tiré par deux percherons, et qui nous suit, transporte une fontaine de pierre offerte par Mme Perdriel de Verrières, etc. (Il faut tout leur dire, à ces gens, même les secrets de famille !...) Et, à cet instant, le préfet s'élance. La fontaine de Florence ! Mais il la connaît ! Celle de Dante et de Béatrice... Ah ! nous ne pouvons pas voyager avec ce trésor sans escorte !

» Eh bien ! ma chère, nous n'avions pas eu le temps de bâiller que les deux percherons, le fourgon et les vingt-sept morceaux de pierre, plus l'indélébile souvenir des mains jointes des deux amants, étaient nantis, à droite et à gauche, d'un gendarme armé jusqu'aux moustaches, parce que, nous dit-on, de féroces bandits écumaient la région !

» Mais il était bien certain qu'avec notre nouvelle étiquette : "Attention : transport de valeur bien gardée", nous étions perdues.

Nous le fûmes. Ou, plutôt, la fontaine. Nous — avec, de surcroît, le service aux papillons de toutes les couleurs que nous rapportions pour Mortimer —, il nous fallait nous démarquer de cette charge de poudre qu'était devenue la pauvre fontaine. Nous avons foncé, laissant loin derrière nous le fourgon et les gendarmes.

» Au premier relais où nous devions nous retrouver, personne. Nous avons attendu, longtemps, et appris enfin, par une estafette du préfet, que dix bandits masqués et armés s'étaient enfuis avec les vingt-sept blocs de pierre !

» Charlotte a été parfaite. Elle n'a pas bronché. Seulement pâli. Puis sombré dans un chagrin muet.

» A ce jour, dix-huit morceaux ont été retrouvés par les limiers de M. le Préfet. Charlotte ne désespère pas de reconstituer son chef-d'œuvre. Il est sûr que les voleurs, déçus de ce qu'ils ont découvert sous les bâches, ont semé çà et là cet encombrant larcin.

» Moi, tu connais mon opinion : laissons où ils sont nés les monuments du passé. L'histoire n'aime pas être perturbée et semée Dieu sait où. Tiens, même chez nous elle doit souffrir. Peux-tu me dire, à propos de fontaine, précisément, pourquoi celle du Molard [1] a été plusieurs fois déplacée ? Et pourquoi celle de la place du Port a reçu, tout à coup, un morceau de colonne de celle de l'Hôtel-de-Ville ? Elles ont dû en être aussi perturbées que nous en ce moment par Anna-Hilda qui bouscule l'institution que nous étions, Charlotte et moi, rue des Granges. Tout compte fait, je me demande s'il ne serait pas souhaitable que

1. Place du quartier bas de la vieille ville de Genève.

les neuf blocs manquants restent introuvables. Notre ville n'a pas besoin d'un nouveau remue-ménage de fontaines. Je suis sûre qu'il y a une vie mystérieuse et assez redoutable à l'intérieur des vieilles choses. Il faut les laisser en paix. »

*

Judith-Rose, dès le départ d'Odilon, avait demandé à Bathilde à la remplacer dans son travail de *leveuse*[1].

— Jusqu'à ce que vous alliez tout à fait bien.

— Je ne serai plus jamais tout à fait bien. Mais le métier de leveuse suppose une bonne connaissance de la dentelle. Il faut savoir si ce que la dentellière a fait est bon, passable, ou mauvais.

— Je voudrais apprendre.

— Pourquoi ? Rien ne vous oblige à travailler...

— Tous travaillent ici. Et j'aimerais ne pas être la seule à me promener le nez en l'air. Et puis... vous l'avez vu, je ne suis pas très portée sur les travaux de dames. Je couds et je brode mal. Bref, je n'ai rien à faire.

— Je note, au passage, que vous ne prenez pas le point d'Alençon pour un ouvrage de dames. Bien. Mais il faut savoir que l'on

1. Celle qui ramasse les dentelles chez les ouvrières à domicile.

303

s'attache à la dentelle, lorsqu'on l'aborde, soit qu'on en fasse, soit qu'on en vende. Mieux, on se passionne. Il n'est pas d'exemple de dentellière n'aimant son vélin. Il n'est pas un fabricant qui reste indifférent à la beauté de ce qui s'œuvre chez lui. Autrement dit, si l'on entre dans ce métier, par n'importe quelle porte, on lui appartient.

— Eh bien, j'aimerais lui appartenir moi aussi !

Bathilde avait réfléchi. Souvent elle s'était dit qu'à sa mort Pervenche-Louise aurait, désespérément, besoin d'une aide. Mais on n'apprend pas à juger du travail d'une dentellière en huit jours !

Or, en deux mois Judith-Rose acquit une parfaite connaissance du point d'Alençon.

Bathilde s'en réjouissait. Et Pervenche-Louise tout autant. Mais Judith-Rose fut étonnée de la rapidité avec laquelle elle sut reconnaître chaque élément de fabrication, puis les bonnes ou mauvaises façons de le réaliser. Et lorsqu'un matin, ouvrant l'une des grandes boîtes de bois qui contenaient les vieilles dentelles, Bathilde lui dit : « Et maintenant, il vous faut apprendre à distinguer les points anciens des modernes », elle comprit qu'elle était digne d'être une Beaumesnil : elle savait ce qui était la reine des dentelles et la dentelle des reines, la plus belle œuvre de fil qui soit au monde.

Bien sûr, plus tard, bien plus tard, il faudrait savoir aussi reconnaître et juger les autres, toutes les autres dentelles. Mais là, rien ne pressait. L'essentiel était atteint : elle pouvait remplacer Bathilde dans une partie de son travail. C'était là une assez grisante satisfaction, qu'une vieille dentellière, avec laquelle elle bavardait parfois, ramena à sa juste dimension : « Oui, oui, not'jeune Dame, l'œil se fait plus vite que la main ! Et c'est pas toujours pour notre bonheur. Faut les voir, certaines clientes, qui pourraient même pas venir à bout d'une reprise à leur bas, dadiller à-tibi-à-taba[1] de choses qu'elles connaissent point, avec trois loupes à la main ! »

Et comme Judith-Rose avait beaucoup ri, la vélineuse raconta aux autres : « Not' nouvelle dame l'est plus gaie qu'une nichée d'oiseaux. »

Il y eut un dernier problème à résoudre. Judith-Rose détestait être accompagnée dans ses pérégrinations. Or, une aussi jeune femme ne pouvait sortir seule, en ville et à pied. Les convenances l'interdisaient. Quant aux courses en voiture dans la campagne, il était déraisonnable de les faire sans prendre de grandes précautions. Il fallait une présence masculine armée. Car dès que l'on saurait la jeune vicomtesse parcourant la région avec, au départ, l'argent de la paye des ouvrières, et au retour son panier de leveuse rempli de précieuses dentelles, elle serait en danger. On dut insister beaucoup pour faire céder Judith-Rose : à Genève elle sortait seule souvent, et

_____
1. Parler à tort et à travers.

jamais, au cours de ses voyages à pied, elle n'avait fait de mauvaise rencontre. Elle convint toutefois qu'elle ne transportait rien, alors, d'une aussi grande valeur que ces ouvrages de point. Enfin, elle avait accepté la présence à ses côtés, pour les déplacements en ville, d'une femme de chambre de la comtesse et, pour ceux de la campagne, d'un laquais armé qui, aidé du cocher, viendrait bien à bout des malfaisants, si on en rencontrait. Pour que Bathilde ne s'épuisât pas en inquiétudes, elle promit de toujours rentrer avant le coucher du soleil. Mais, très vite, dès qu'elle fut dans l'espérance d'une naissance, on supprima les expéditions hors les murs.

Elle s'en allait désormais très tôt le matin vers ses dentellières.

Elle aimait voir la ville s'éveiller et il lui semblait qu'en s'agitant tout le jour, l'attente du retour de son mari lui paraissait moins longue. Elle avait connu Odilon bien peu de temps, et il lui manquait comme s'il avait toujours été dans sa vie. Il lui fallait le souvenir constant de son amour et l'espoir de le revivre bientôt pour ne pas avoir le cœur trop serré par ce qu'elle découvrait ici de misère. Ces femmes travaillaient aux plus luxueuses des parures pour des privilégiées, qui semblaient, par rapport à elles, habiter une autre planète.

Elle revint un jour si émue de ce qu'elle avait vu qu'elle se précipita chez Bathilde.

— La vieille Rachelle, celle à qui vous donnez les dentelles noires de Mme de Larmor à laver et remettre en état, vous savez qu'elle les nettoie en les trempant dans du lait ? Eh bien, ce lait, *elle le boit* ! Elle est si pauvre qu'*elle ne peut pas le jeter.* Elle le laisse déposer, comme elle dit, et il fait son dîner ! Nous ne pouvons pas, il n'est pas possible que nous laissions faire cela !... Vous ne dites rien ?

— Que voulez-vous que je vous dise ? Nous rendons service à cette femme autant que nous le pouvons en lui donnant ce qui n'est pas de notre ressort, l'entretien des vieilles dentelles de certaines clientes.

— Mais ce lait ? Ce lait sale, horrible, vous admettez qu'elle s'en nourrisse ?

— Que voudriez-vous ? que je distribue chaque jour un démion [1] de lait à Rachelle ? Que je fasse arracher les dents de la fille de Mélie, la repasseuse, que son haleine pourrie empêche de faire de la dentelle blanche et qui ne trouve pas d'embauche ici ? Que je fasse vivre, sans qu'elles touchent à leur aiguille, toutes celles qui crachent du sang ?

» Mon enfant, venez là près de moi, et parlons sérieusement.

» Cette crise, je l'attendais. Je vous vois revenir, votre panier plein de dentelles au bras, et je me dis : "C'est pour ce soir !" Vous avez tenu,

1. Un demi-litre.

et longtemps. Je sais ce que vous avez vu sans rien dire. Je sais ce que vous avez distribué ici et là, sans en parler. Et aujourd'hui, voilà que le lait de la vieille Rachelle fait tout déborder ! Je le connais, son lait de nettoyage, gris et gras du négligé de Mme de Larmor qui ne veut que des dentelles noires parce qu'elles se salissent moins ! Et la poussière qu'il contient fait sûrement grincer les rares dents qui restent à la pauvre vieille quand elle le boit. Le goût doit être semblable à celui de la bourre de lin que j'arrachais, dans mon enfance, avec une pince, sur les toiles de mon père pour les rendre bien régulières. J'en ai mangé de ces petites pelotes de déchets de tissage, certains jours de trop grande faim. Ça ne nourrissait pas, ça distrayait la bouche, et si on s'entoquait, mon père, de désespoir, giflait. Et cela, tout compte fait, nous occupait et nous réchauffait, lui et moi.

» Mais qu'en est-il donc, à Genève ? Il n'y a pas de pauvres, chez vous ? Vos belles fontaines donnent-elles du lait, du vin ? Allons, allons, ne pleurez pas, je fais comme mon père qui me battait parce qu'il m'aimait et qu'il était malheureux. Vous ne sauverez pas le monde avec vos larmes. Et la vie, c'est cela : ou l'on est dans la cave d'en face, ou l'on est en haut, ici, avec les fleurs et les oiseaux...

» Bien sûr, demain vous porterez de la nourriture à la vieille Rachelle. Et, bien sûr, j'ai donné deux louis pour faire arracher les dents de la fille de la repasseuse. Bref, comme beaucoup d'autres, à ce qui crie trop, j'essaye de mettre un bâillon. Et je donne au curé plus qu'il me demande, et je donne au pasteur tout autant... Au fait, vous ai-je dit que chez les Beaumesnil, depuis le XVIIe siècle, on répartit, à égalité, les subventions aux deux Églises ? Mais quand nous distribuerions, demain, ce que nous possédons de richesses, il y aurait encore, après-demain, des millions de déshérités... Plus vous et moi, de surcroît !

» Voilà ! Alors petite, cessez d'être une enfant. Vous n'avez été que cela jusqu'à maintenant. Il faut grandir, et vite. Parce que je vous aime, parce que vous faites le bonheur de mon fils, je dois être sévère avec vous. Je vous ai regardée vivre, vous êtes une délicieuse colombe, une colombe dorée aux yeux verts, mais dans votre jolie tête il n'y a pas encore grand-chose, et il est temps qu'elle se remplisse. Je vous ai vue aimer mon fils, comme une enfant, sautant les obstacles qui vous séparaient de lui avec légèreté, plus soucieuse d'être dans les bras d'un beau militaire que dans le respect des lois de votre Église. Parce que je suis positive à en avoir honte, sans jamais en être honteuse, je m'en suis réjouie : je vous voulais pour bru. Mais, maintenant, je veux une bru intelligente et raisonnable et non geignarde ou exaltée. Je vous l'ai dit il y a un instant, s'occuper de dentelle, c'est entrer en religion de la dentelle. C'est aussi accepter le monde tel qu'il est, et la dentelle nous met le doigt sur ce qu'il est avec férocité. Écoutez-moi bien : je ne crois pas qu'il y ait pire injustice que l'existence de la dentelle. Dieu a inventé là une des plus jolies inégalités du monde qu'il a créé. Ce labeur des plus pauvres, pour le plaisir des plus riches.

» Mais celles qui ne gagnent qu'un morceau de pain à ce métier y renonceraient difficilement, puisque Dieu leur envoie en récompense, chaque jour de leur longue peine, le bonheur d'aimer ce qu'elles font.

» Et maintenant qu'allez-vous me répondre ? Vous pouvez ne pas me ménager. Je me sens bien ce soir, et je n'ai presque pas souffert aujourd'hui.

Judith-Rose regarda Bathilde, quelques secondes, avec gravité. Puis peu à peu son visage se détendit, et elle dit, agitant doucement la tête en signe de dénégation, et comme si elle rejetait soudain ce qu'elle avait été jusqu'à maintenant :

— Vous avez raison. Je ne suis qu'une sotte.

» J'ai sans doute été trop gâtée. C'est vrai, je pleure sur les malheurs du monde pour être rassurée, pour entendre dire que l'on va tout arranger, qu'ils n'existeront plus, et que je pourrai ronronner en paix.

» Depuis que je vis ici, je ne me suis pas seulement familiarisée avec le point d'Alençon dans sa fabrication, mais aussi dans sa vocation : j'ai compris et admis la frivolité des unes, servie par l'abnégation des autres. Et, surtout, que cela passe par un point essentiel, *la nécessité que cela continue ainsi*. Le plus pénible aujourd'hui a été de reconnaître que la vieille Rachelle, dans son malheur, est *heureuse* de boire son lait sale, parce qu'elle sait qu'elle pourrait ne pas avoir de lait du tout. Et l'horrible est d'admettre qu'il me faut, comme vous, ou fermer les yeux et le cœur, ou... changer de métier.

» Bien sûr, et vous le dites, ma mère, nous donnerons de-ci de-là, mais il y aura toujours les unes qui auront trop et les autres rien... et, au passage, vous et moi, nous nous enrichirons.

— Il est temps, aussi, que vous le sachiez, la dentelle n'enrichit plus les fabricants. Les grosses fortunes faites dans le point n'ont été réalisées qu'aux XVIIe et XVIIIe siècles. Peu en feront maintenant. Il est même possible que demain tout aille mal pour nous. Que la mode change, que l'impératrice préfère les rubans aux dentelles, et ce sera la fin.

— Je suis riche. Je pourrai, quand il le faudra...

— Je doute qu'Odilon accepte.

— Qui le lui dira ?

— Ah !... cela aussi vous l'avez compris, que votre mari se soucie peu des comptes de la fabrique ?

— Je n'ai pas compris. J'ai peut-être senti. Il n'aime que l'armée, l'empereur et les guerres, n'est-ce pas ?

Elles se turent. Elles venaient de chasser de leur esprit et de leur cœur tout ce qui n'était pas Odilon et lui seul.

Elles restèrent silencieuses un long moment. Puis Judith-Rose parla de nouveau. Elle ne regardait plus Bathilde, elle s'était levée, rapprochée de l'une des grandes cages et, ne paraissant s'occuper que des oiseaux, elle dit :

— C'est vrai, j'ai écarté de ma conscience ce qui aurait pu m'empêcher d'épouser votre fils.

— Vous en souffrez ?

— Non.

Ce « non » parut tellement être un « oui » pour Bathilde qu'elle soupira, puis demanda :

— Si vous me jouiez l'une des sonates de Beethoven ? De cet homme que vous aimez parce qu'il ne cessait de se battre et de vaincre ?

Judith-Rose alla jusqu'au piano.

Avant de s'asseoir sur le tabouret, elle regarda par la fenêtre une seconde, la maison d'en face. Celle du Tisserand agile. Les mains posées sur le clavier, avant le premier accord, elle dit doucement, mais distinctement :

— Ma mère, je vous aime.

*

Les fumées montaient encore des décombres de la tour Malakoff. Les Russes, fidèles à la tradition moscovite, avaient laissé derrière eux un rideau d'incendies.

312

Le général Pélissier était désormais maréchal, et duc de Malakoff.

Et Lord Raglan venait de mourir du choléra.

Comme étaient morts avant lui le maréchal de Saint-Arnaud, les généraux d'Elchingen et de Carbuccia, bien d'autres officiers et soixante-quinze mille hommes sur les quatre-vingt-quinze mille Français perdus dans cette expédition de Crimée.

Au matin du 2 octobre, le capitaine Odilon de Beaumesnil en mourut aussi, dans les bras de son vieux compagnon, le zouave qui tricotait ses chaussettes en attendant les assauts.

Écrire n'était pas ce que le brave chacal faisait de mieux. Il eut recours à une cantinière. Il dicta :

Madame la capitaine,

Le capitaine est mort cette nuit en vous appelant, vous et le petit.

Il est mort fier de la victoire et de l'enfant.

Quand les troupes rentreront et avant que je m'embarque pour mon pays d'Afrique, je viendrai à Alençon. J'ai les ordres du capitaine, s'il lui arrivait malheur, de vous remettre son paquetage.

Pour le cheval, j'ai bien du regret de vous dire que, dès la fin du capitaine, Omar Pacha a fait prendre Vent Sauvage.

Il a dit que c'était un cadeau. Ma parole

était celle d'un chacal contre celle d'un tigre.

Madame la capitaine comprendra.

Avec le salut du drapeau et de tous,

Antoine Rabastin
Caporal du 2ᵉ zouaves d'Afrique.

Judith-Rose ne reçut cette lettre qu'un mois après la visite du maire d'Alençon et d'un conseiller municipal.

... Ce soir-là, Bathilde, fiévreuse, s'était couchée très tôt.

Pervenche-Louise et Judith-Rose travaillaient ensemble sous la lampe. La taille de Judith-Rose s'était arrondie et Pervenche-Louise venait de dire qu'il faudrait songer à la layette quand le laquais Valentin annonça la visite de ces messieurs.

Comme les arrivants avaient un air grave et une raideur inhabituelle dans l'attitude, les deux jeunes femmes se levèrent, anxieuses.

Elles restèrent très près l'une de l'autre, soudées presque, et lorsque le maire commença à parler, elles se prirent la main.

Plus tard, quand il racontait ce pénible moment, M. le maire disait : « Elles étaient toutes les deux comme une seule, et le désespoir des yeux de l'une était dans les yeux de l'autre... Alors Mme la vicomtesse a pris Mme Pervenche-Louise dans ses bras, ou peut-être le contraire... »

On ne sut jamais si Bathilde avait entendu, ou deviné, ou si, simplement, son état s'était soudain aggravé. Mais lorsque ses deux filles, ne prévoyant pas encore ce qu'elles feraient, ou diraient, vinrent la voir, elle était au plus mal.

Le médecin, arrivé aussitôt, hocha la tête. C'était la fin.

Elle put parler encore un peu.

Elle se croyait, sans doute, dans la cave de son enfance. Parce qu'elle disait : « Comme il fait noir... j'ai froid... j'ai si froid... »

*

Désormais, elles étaient seules.

C'était ce que ne cessait de répéter Pervenche-Louise.

Elles n'avaient pu se quitter. Elles continuaient à se tenir serrées l'une contre l'autre, assises maintenant auprès du lit de Bathilde.

Pervenche-Louise n'aurait pas voulu coucher sa mère dans son cabinet de toilette, là où pourtant elle avait toujours dit qu'elle aimerait mourir. Judith-Rose avait insisté, balayant les timides « Que vont dire les gens ? » de sa belle-sœur, et empêché que l'on couvrît les cages. Bathilde entendrait ses oiseaux chanter jusqu'à son départ de cette demeure.

Elles choisirent, pour la morte, une robe d'un bleu très doux, assorti à celui des soies brodées des murs.

Quand tout fut en ordre, et les fleurs de la serre répandues autour du corps, elles regardèrent les deux cohortes de colombes d'ivoire et leurs longs rubans d'argent portant ce plateau fleuri et leur mère endormie, auréolée d'une roue de plumes de paon éclatantes.

— C'est bien. C'est ce qu'elle aurait voulu, dit Judith-Rose.

Elles se tenaient de nouveau la main, elles pleurèrent, pendant que les oiseaux chantaient.

— Si nous faisions prévenir M. Sylvère ? dit soudain Pervenche-Louise, à voix basse.

— Sylvère ?

Du tréfonds du désespoir et de la souffrance où elle était, perdue à jamais, lui semblait-il, sans presque se rendre compte qu'elle parlait, Judith-Rose dit :

— Sylvère ? Pourquoi ?

— Parce que nous sommes... si seules.

Seule ! Elle tenta de s'attacher au sens de ce mot. Seule, oui, elle l'était puisque Odilon ne reviendrait plus jamais, ne pourrait plus lui dire qu'il l'aimait ni la prendre dans ses bras. Pour la punir, le Seigneur l'atteignait par Odilon.

Ce fut à cause de la panique qui s'empara, tout à coup, de Pervenche-Louise que Judith-Rose fut obligée de s'oublier, de moins penser. Elle rassembla ses forces et son courage pour s'efforcer de calmer Pervenche-Louise qui ne cessait de répéter : « Et la fabrique ? Et nos femmes ? Qui va s'en occuper ? Il faut réveiller ma mère. Elle seule sait. Elle seule dirige les ateliers... »

Le médecin craignait une fièvre cérébrale. Alors, Judith-Rose n'appartint plus qu'à Pervenche-Louise et vécut à son chevet. Elle était sûre que Bathilde et Odilon la lui avaient confiée et comptaient sur elle.

Ce fut cette conviction, et celle aussi que, désormais, elle était maîtresse ici et devait tout y prendre en main qui la firent se plier, dans un calme que beaucoup qualifièrent de froideur, aux rites des funérailles d'une personnalité de la ville d'Alençon.

Les domestiques de l'hôtel prétendaient tendre de draps blancs la pièce où reposait Mme de Beaumesnil. C'était la coutume, disaient-ils, pour recevoir M. le curé et les sacrements. Ce fut la seule chose que Judith-Rose ne leur laissa pas faire. Bathilde devait rester dans cette pièce qu'elle aimait sans que l'on y changeât rien. Elle permit seulement, « pour chasser la mort », disaient les valets et les servantes, une grande fouée [1] dans la cheminée où des branches de laurier et de genièvre crépitèrent, joyeuses, et divertirent les oiseaux.

Mais comme elle n'avait pas respecté tous les usages, il se répandit très vite, en ville, que Mme la vicomtesse était une mécréante. Elle

1. Flambée de bois et d'herbes fortes pour chasser le « mauvais air ».

commença, dès lors, à se dire qu'elle imiterait Bathilde et se soucierait peu de ce que les sots pourraient penser d'elle.

Un matin où elle s'éveillait en sursaut, après n'avoir dormi qu'une heure au chevet de Pervenche-Louise, elle pensa à faire prévenir sa famille. Elle décida d'expédier en Suisse le groom d'Odilon, qui ne cessait de pleurer, porteur d'une lettre pour son père et ses cousines. Et elle confia aux messageries impériales l'annonce des deux morts à Sylvère.

Tous les laquais, valets et gens d'écurie partirent « faire des tours » ou « marcher pour Mme la comtesse », c'est-à-dire avertir la ville et les environs du décès de Mme de Beaumesnil.

Pervenche-Louise était plus calme. Le médecin laissait espérer une convalescence prochaine, si rien ne venait contrarier les progrès de la malade.

L'une des directrices d'atelier prit en main le déroulement de la cérémonie d'enterrement, à la demande de Judith-Rose.

Il n'était pas dans la coutume que des étrangers à la famille portent le deuil, mais la maîtresse dentellière dit que *toutes* les vélineuses voulaient rendre un honneur à leur chère dame et viendraient à l'église avec un voile noir sur leur coiffe blanche. Il fut prévu qu'elles assisteraient ensuite au repas de funérailles. Dans un élan de son cœur simple, la dentellière ajouta : « Cela compensera la fête du mariage qu'elles n'ont pas eue. »

On arrêta les horloges et pendules de l'hôtel. Il le fallait aussi. Et la même maîtresse dentellière s'en fut, conduite par le cocher, à Grand-Cœur où tout devait être ordonné aussi selon les règles. Elle assura à Judith-Rose qu'ayant vécu en campagne, elle savait les usages et s'acquitterait avec beaucoup de soin de les faire respecter.

— Et Madame la vicomtesse peut être certaine que je n'oublierai pas les abeilles.

Judith-Rose ne paraissant pas comprendre, elle ajouta, expliquant ainsi qu'elle l'aurait fait pour un enfant :

— Madame la vicomtesse l'ignore, mais on doit mettre le deuil aux ruches. Du bon crêpe, comme pour nous. Sans cela, sûr qu'elles meurent de chagrin à se croire rejetées de la famille et oubliées. Et je sais leur parler, je leur dirai : « Mes petites belles, votre mère Mme la comtesse Bathilde et votre frère M. le vicomte Odilon sont morts. » Et je ne partirai pas sans qu'elles m'aient répondu, vous pouvez être tranquille. En route, je serai au repos, et je dirai mes chapelets pour la guérison de Mme Pervenche-Louise.

C'était la troisième nuit de veille de Judith-Rose.

Pervenche-Louise, un peu plus consciente,

avait pris la main de sa belle-sœur et ne la lâchait pas. Sans ouvrir les yeux, elle murmura :

— Je n'entends plus les horloges. Pour qui les a-t-on arrêtées ?

Alors, elle se souvint...

Judith-Rose craignit que son cerveau ne s'égarât de nouveau. Il n'en fut rien, Pervenche-Louise pleura doucement, mais elle avait toute sa tête. Elle dit encore :

— Pensez-vous que ma mère est morte sans savoir, pour Odilon ?

— J'en suis sûre... Et ils seront ensemble, désormais.

Elle ne savait pas que les corps des officiers morts du choléra ne pouvaient être repris par leur famille. Le jeune et beau capitaine de Beaumesnil n'avait eu droit qu'à une fosse commune, devant Sébastopol dont les coupoles noircies des églises incendiées ne brillaient plus.

Et Sylvère, lorsqu'il vint à l'enterrement de Bathilde, se garda bien de lui dire ce qu'il en était quand elle lui demanda de l'accompagner là-bas, pour y recueillir les restes de son mari. Il l'avait trouvée si pâle, si morne, si différente de la lumineuse Judith-Rose quittée le jour de son mariage.

5.

Sylvère revint à Bayeux, en proie aux sentiments les plus contradictoires. Judith-Rose était malheureuse, ce qu'il n'aurait jamais voulu. Judith-Rose était libre, ce qui lui faisait battre le cœur. Il ne devait pas penser — pas encore à cette situation, mais il ne pensait qu'à cela.

Il était chez lui depuis une heure à peine, quand Théodorine, émue, avec des joues de pivoine, et comme elle l'aurait dit de l'empereur faisant antichambre, annonça :

— M. Lefébure attend Monsieur au salon.

Sylvère ne se précipita pas au rez-de-chaussée dans l'instant, et s'octroya une seconde pour se recoiffer ; alors elle dit, impatiente :

— Vite, vite, Monsieur...

Ce qu'il en était de cette visite, Sylvère n'en savait rien encore. Mais une chose était certaine, cette démarche du « roi de la ville » venait de le hausser considérablement dans l'esprit de Théodorine. Il s'avança vers son visiteur en souriant et avec le sentiment d'être déjà son débiteur.

Voisin et ami de l'abbé Samin, M. Lefébure savait tout de Sylvère. Il fut heureux que son apparence correspondît à ce qu'il connaissait de ses qualités d'intelligence et de cœur. Ce beau Viking, à la poignée de main franche, au regard vif et au vêtement sobrement élégant, le ravit. Il avait devant lui un homme comme il les aimait.

Dans le même temps, Sylvère se disait que le roi de la ville avait la royauté bon enfant et bienveillante. Mais qu'il ne fallait pas s'y tromper, derrière cette courtoisie parfaite, cuirasse des souverains dignes de ce nom, il y avait une force et une volonté certaines.

Physiquement, les deux hommes étaient dissemblables. M. Lefébure avait le type plus méditerranéen, la taille moins haute, les cheveux et les pupilles plus sombres. Mais ils avaient quelque chose d'identique : un voile de rêve, par moments, passait dans leurs regards.

Sans préambule, c'était sa manière, M. Lefébure dit en riant :

— Je suis dentellier, vous le savez, mais savez-vous pourquoi je le suis, d'après notre cher abbé Samin ? Parce que je m'appelle Lefébure, nom *normand,* paraît-il, et dérivé du latin *faber* — fèvre dès le Moyen Age — qui veut dire : artisan. Ce fèvre est devenu Lefèvre et Lefébure. Vous devinez la joie du brave homme ! Il veillait sur moi comme sur la plus belle démonstration de l'influence des noms sur l'individu. Car c'était devenu sa marotte. Il disait : je découvre dans une famille l'origine du nom et souvent, très souvent, après l'oubli total de cette origine par les descendants, voilà que la marque, l'indéfectible marque, reparaît ! Oui, j'étais la plus belle démonstration de sa théorie. Je me suis parfois demandé s'ils étaient catholiques, ces raisonnements, mais, avec un saint, on ne devrait pas se poser de question, et notre abbé était un saint. J'appelle ainsi ceux qui ne pensent qu'aux autres. C'est pour moi la condition nécessaire et suffisante. Si j'articulais, discrètement, mon point de vue à l'abbé, il s'écriait : « Je suis le pire des égoïstes ! J'aurai à en rendre compte. Je me passionne pour mes recherches, je les aime jusqu'à la démesure, je prends à Dieu une part de l'amour que je lui dois. »

Théodorine, de sa propre autorité, apporta du thé. Elle savait que M. Lefébure l'aimait. Elle n'ignorait rien de celui dont chacun des mouvements était commenté dans la ville, certains même entrant déjà dans la légende par les contes que l'on en faisait aux veillées.

Lorsqu'elle eut quitté la pièce, le maître dentellier en vint au but de sa visite : précisément Théodorine. Elle était l'une des plus adroites, sinon des plus talentueuses dentellières, Sylvère le savait-il ? On ne l'avait découvert qu'à la création de son petit atelier, dans la cuisine de l'abbé, après la mort de celui-ci.

Il fallait savoir aussi que manier les bloquets,

beaucoup de femmes en étaient vite capables. Mais le faire avec génie n'était pas donné à toutes. Il y avait — c'était des plus intéressants à constater — une manière de *penser* fuseaux qui était stupéfiante. Il faudrait qu'un jour ils parlent longuement de cela. Pour l'heure, ce qui amenait M. Lefébure chez le fils adoptif de son vieil ami, c'était ceci : il ne fallait pas que la Théodorine cesse son travail. Il faudrait même qu'elle l'intensifie. Il était des plus faciles de trouver une domestique, il était rare de rencontrer un aussi beau talent. Cette fille ne devait plus se gâcher la main au ménage, mais être, à plein temps, devant son carreau.

— Autrement dit, monsieur, vous venez me la demander pour votre fabrique ?

— Pas vraiment. Il me conviendrait mieux que son petit atelier subsiste. Elle l'a bien en main, et moi je n'ai plus de place chez moi pour l'y loger. Non, ce que j'aimerais, si cela vous convenait, serait que l'on continue ainsi... Sauf que votre servante ne vous servira plus.

Sylvère sourit. Sans répondre tout de suite. Le roi avait décidé, et attendait qu'on s'inclinât en approuvant et, peut-être même, en remerciant !

— En quelque sorte vous auriez, monsieur, une modeste succursale chez moi ?

— C'est comme cela *aussi* que se fait la dentelle. Il y a les grands ateliers et les petits, et les femmes qui travaillent seules chez elles, et les paysannes dans les champs, et les bergères auprès de leurs moutons. Il y a même des foyers où l'homme, ouvrier agricole mal payé, ou pauvre valet de ferme, s'occupe désormais du ménage et des enfants, pour que sa femme ne lève pas le nez de son carreau. Si elle est excellente dentellière, c'est là une bonne organisation. Il y a aussi les petites bourgeoises et les grandes — plus que vous ne le penseriez jamais! — qui travaillent dans leur salon ou leur boudoir, souvent en cachette du mari, et nous livrent, en secret, leurs ouvrages... Il y a bien d'autres façons encore de manier fuseaux, épingles et fil! Et tout cela, mis bout à bout, fait la dentelle.

— Ma Théodorine, avec ce que vous m'énoncez là, vous est-elle *vraiment* indispensable, monsieur?

— A moi, pas nécessairement. J'ai de très bonnes dentellières. A la dentelle, oui.

— Je ne vous suis pas très bien.

Alors Auguste Lefébure redemanda du thé et s'expliqua.

La dentelle, ce n'était pas aussi simple que cela. La dentelle, c'était la femme malade de l'Europe. C'était la plus jolie, la plus séduisante, la plus exquise, mais aussi la plus fragile. Il fallait la sauver perpétuellement. Certes, en ce moment elle était belle et florissante. Pourtant ses crises habituelles la guettaient. Et l'une des meilleures panacées était du bon sang de dentellières géniales à lui fournir périodiquement.

C'était là que la Théodorine était indispensable. Qu'elle appartînt à un atelier ou à un autre.

— Ce n'est pas faire fortune qui m'intéresse, ajouta M. Lefébure, c'est sauver la dentelle. Oh ! Je ne suis ni désintéressé ni philanthrope à l'excès. Mais ma fortune, si jamais j'en fais une, ne passera que par l'existence solide de la dentelle. Et si mon cœur me porte vers elle, ma raison aussi. Vous seriez ici, demain, fabricant à deux pas de chez moi et avec la Théodorine — savez-vous qu'on l'appelle Blanche-Main ? — que je m'en réjouirais. Il y a de la place, à Bayeux, dont je peux vous certifier qu'elle sera d'ici peu le centre mondial de la dentelle, pour plusieurs fabricants à condition qu'ils soient *de qualité*. Réfléchissez à tout cela.

Sur le pas de la porte, alors que Sylvère le reconduisait, Auguste Lefébure se mit à rire en disant :

— Je pense au nom que vous portez : Neirel, Noir. Nul doute que la dentelle de Chantilly, noire, comme vous le savez sans doute, et qui devient l'une des spécialités de Bayeux, ne soit votre avenir ! Ah ! c'est pour le coup que notre cher abbé, de là-haut, se frotterait les mains !

Plus tard, bien plus tard, quand il leur arrivait soit de dîner tous deux ensemble, et de parler de *leur* dentelle sans se lasser, soit de se promener dans *leur* ville, Auguste Lefébure disait parfois, en riant :

— Ai-je assez bien manœuvré ce jour-là pour

vous faire entrer dans notre confrérie ? Ah ! J'avais bien mijoté mon coup !

— Tout de même pas celui de la fin, celui des dentelles noires pour un Neirel ?

— Non. Mais ça, ce fut l'un de ces éclairs de génie, comme j'en ai parfois. Vous étiez l'homme qu'il me fallait, et dans les cas d'urgence je suis assez bon.

... Et l'homme qu'il fallut à Sylvère, lorsqu'il décida de devenir dentellier, de faire de Théodorine une maîtresse dentellière, de vendre sa ferme de Courseulles et d'en investir le produit dans la formation d'un atelier plus important, cet homme-là, Sylvère le découvrit par hasard...

A quoi tiennent les origines d'une fortune ? Parfois à un petit clin d'œil du destin. Celui de ce matin-là était annonciateur de deux réussites : celle de Sylvère et celle d'un jeune vendeur en mercerie.

Ce matin-là, donc, Sylvère avait besoin de boutons pour ses chemises. L'Amélie, vieille Bayeusaine qui remplaçait la Théodorine et tenait désormais son ménage, avait un défaut irritant. Elle appuyait son fer à repasser avec la force d'un forgeron, sans penser aux boutons qu'elle écrasait en même temps que le pauvre linge. La batiste s'en remettait à peu près, la nacre jamais. Sylvère jurait en s'habillant — comme beaucoup d'hommes, dans toutes les parties du monde où la chemise est de rigueur, auxquels arrive pareil malheur — et avait résolu d'acheter un cent de boutons pour ne plus commencer sa journée de mauvaise humeur.

Il attendait, patiemment, dans la meilleure mercerie de la ville que le vendeur en ait fini avec une brave dame désirant des rubans pour le bonnet de la nourrice de ses enfants. Elle en voulait de plusieurs couleurs. C'était la mode, à Paris, disait-elle, d'en laisser pendre dans le dos de ces femmes. Elle les voulait beaux et surtout bien neufs. Pas de ces rossignols aux tons passés qui ont été reteints et n'ont plus de tenue. Elle avait dû être échaudée et, forte de son expérience, s'éternisait dans son examen de la marchandise proposée.

Le jeune vendeur était un Normand de belle prestance, l'œil vif, les joues bien roses, les cheveux noirs naturellement frisés et les dents solides et prêtes à mordre dans tout ce qui passerait à leur portée. Il avait dû faire des ravages dans plus d'un cœur de petite bonne ou de paysanne de la ville et des environs.

Rassurée sans doute, la dame disait enfin :

— Mesurez-m'en deux mètres de chaque couleur et que j'entende bien la soie crisser.

— Oh ! Elle crisse, madame ! Elle crisse !

De fait elle crissait ferme. Même Sylvère l'entendit.

La dame, satisfaite, partit, avec son paquet, accompagnée jusqu'à la porte par le vendeur qui, revenant vers Sylvère, lui fit un clin d'œil suivi d'un imperceptible mouvement de bouche, un peu comme s'il allait siffler. Alors Sylvère comprit : c'était le jeune homme qui avait imité le bruit de la soie neuve, cette espèce de petit cri que l'on aurait pu dire inimitable, s'il ne l'avait été à l'instant même.

Lorsqu'il présenta des boutons, le vendeur était redevenu sérieux. Il avait même l'air ennuyé de s'être laissé aller à dévoiler sa supercherie. Il voulut se justifier envers ce client, qu'il voyait pour la première fois, mais dont il avait déjà entendu parler comme d'un nouveau dentellier installé à Bayeux, et devant qui les portes des beaux hôtels de la noblesse et de la grande bourgeoisie s'ouvraient déjà :

— Voyez-vous, monsieur, je fais de bonnes journées en ce moment parce que j'arrive à écouler les vieilles soies passées et reteintes empilées ici. Il est dur de débuter dans la mercerie, et encore plus de faire les foires, ainsi que m'y oblige mon accord avec le patron. Mais j'aime vendre, j'aime réussir à vaincre le client. J'ai des idées pour cette réussite-là. Je passe mon temps à avoir des idées. Celle-là, celle du bruit de la soie, n'est pas mauvaise, n'est-ce pas ? Je ne suis pas malhonnête, on me connaît, en ville. Et mon père est sacristain à la cathédrale. J'aime vendre, et j'aime surmonter des difficultés que d'autres trouveraient insurmontables. Le patron d'ici, tendre comme un caillou, m'a dit : « Je t'engage si tu arrives à écouler mes vieux rubans. » J'ai réussi. Alors le vieux a racheté un stock de soieries qui ont fait les foires du département depuis ma première communion. Et j'ai dix pour cent sur nos bénéfices qui ne sont pas épais, parce que vous vous doutez bien qu'on ne la vend pas cher, cette marchandise-là. Mais, voyez-vous, monsieur, j'ai confiance, je sais qu'un jour j'aurai ma mercerie à moi. Alors, en attendant...

Il termina sa phrase par le même clin d'œil du début et le même mouvement de bouche allant jusqu'au son cette fois. C'était stupéfiant, ce parfait crissement de soie dépliée et qui gémit.

Sylvère avait gardé son sérieux jusqu'à maintenant. Puis rit franchement. Et, dans une impulsion qu'il reconnut être dans la ligne de tout ce qui lui était arrivé depuis qu'il habitait Bayeux, dit :

— J'aurai peut-être une proposition à vous faire. Je cherche un voyageur. Je viens d'ouvrir un atelier de dentelles et il me faut quelqu'un pour aller les proposer sur les foires que vous n'aimez pas trop, mais aussi dans beaucoup de villes de France. Venez, si cela vous intéresse, me voir ce soir chez moi. J'habite...

— Je sais où monsieur habite. Tout se sait ici.

— Moi, je ne sais pas votre nom.

— Victurnien Artaud, pour vous servir, monsieur Neirel. Du moins, je l'espère.

Au moment de partir, Sylvère demanda en souriant :

— Vous n'avez jamais de réclamations ? D'ennuis ?

— Si vous achetez une poule vivante au marché, vous l'avez entendue piailler, vous en êtes sûr, n'est-ce pas, monsieur ? Et si, lorsqu'elle arrive chez vous, elle est muette parce que morte, vous vous *rappelez* l'avoir entendue piailler, et vous êtes rassuré. Vous l'avez achetée vivante. Mon ruban, mes clientes l'ont entendu crisser. Elles ne peuvent pas dire le contraire. Mais je dois vous l'avouer, monsieur, je préférerais vendre autre chose que cette marchandise. Si vous me confiez de la bonne qualité, je vous ferai un travail des plus sérieux, je vous en donne ma parole.

Théodorine, consultée, s'écria :

— Celui-là ! Par saint Michel, Monsieur, il vendrait des sabots à un cul-de-jatte et des gants à un manchot !

— A-t-il une réputation de malhonnête homme ?

— Non... On peut pas dire... On sait seulement qu'il ne vous lâche pas avant de vous avoir placé quelque chose.

— C'est ce qu'il nous faut

— Si Monsieur le croit !...

Elle s'adoucissait, Blanche-Main ! Ce surnom lui avait été donné par ses compagnes, parce que sa dentelle était toujours d'une parfaite propreté et d'une blancheur ne nécessitant aucun traitement avant d'être vendue. Elle s'adoucissait parce qu'elle avait le sentiment de devenir une dame.

Elle les avait vite trouvées, les trente dentellières que Sylvère voulait pour le démarrage de son atelier. M. Lefébure avait dit : « Commencez doucement. Ne vous accablez pas trop de charges fixes au départ. Des femmes qui seront heureuses que vous leur donniez du travail chez elles, vous en aurez toujours cent fois plus qu'il ne vous en faudra. »

Et maintenant, il avait son atelier, avec une maîtresse dentellière pour le diriger, trente ouvrières attitrées, un voyageur pour vendre la marchandise courante et lui-même pour aller, de par le monde, placer des pièces exceptionnelles ou en prendre commande.

Et Sylvère s'étonnait, parfois, de ne pas être inquiet mais, au contraire, serein, heureux, avec, de temps à autre, des bouffées de délectable excitation.

Il se souvenait qu'en deux mois à peine il avait pris nombre de décisions importantes en ne se fiant qu'au seul jugement de M. Lefébure sur la situation de la dentelle de Normandie.

Il avait eu, d'emblée, une entière confiance en cet homme auquel il découvrait chaque jour des qualités nouvelles. Cet homme qui était sans doute un artisan, comme il le disait, mais aussi un artiste de grand talent et un industriel clairvoyant et inventif.

Après l'offensive, si directe, de leur première

rencontre, Sylvère, déjà séduit et voulant en savoir plus, lui dit :

— Si vous voulez, monsieur, que je vous comprenne parfaitement, si vous voulez que je devienne un associé non dans votre affaire proprement dite, mais dans votre grande entreprise de survie de la dentelle, il faudrait me dévoiler votre plan.

M. Lefébure avait un plan, en effet. Il l'exposa.

La plus belle branche de la dentelle française, celle d'Alençon, vivait sur son antique réputation et stagnait. A plusieurs reprises, lui, Lefébure, avait demandé aux grands fabricants de la ville, les Beaumesnil, les Verdé-Delisle, les Videcoq et Simon, qu'on essayât de refaire pour lui ces merveilleux « points de France » d'autrefois avec fleurs en relief et fonds picotés, gloire des XVIIe et XVIIIe siècles. Mais les Alençonnais n'avaient rien voulu savoir. Ils avaient des commandes de vélins modernes et se refusaient à essayer de retrouver ces points anciens dont les techniques étaient oubliées depuis longtemps. Alors lui, Lefébure, venait de décider d'avoir, à Bayeux, un atelier de dentelle d'Alençon. C'était, en vérité, changer le cours de l'histoire, c'était un grand tournant, et il allait le prendre, avec sa femme qui désirait, depuis longtemps déjà, que l'on fît de la dentelle à l'aiguille ici.

Et comment intervenait Sylvère dans tout ceci ?

Eh bien, pour que la Belgique, qui était le principal concurrent, n'hérite pas des commandes de chantilly et autres dentelles aux fuseaux auxquelles, pendant un temps, les ateliers Lefébure ne pourraient faire face, trop occupés par leurs nouveaux ateliers de point à l'aiguille, il serait souhaitable qu'une entreprise amie s'en chargeât.

— Autrement dit, lorsque vous pourrez reprendre toutes vos fabrications, je risque d'être en mauvaise posture ?

— Non, si vous avez réussi à vous démarquer de moi et à faire votre renommée personnelle. Je vous mets le pied à l'étrier, à vous de galoper ensuite.

— Me croyez-vous capable de réussir ?

— Si je ne le croyais pas, je ne serais pas allé vous chercher. Je sais que vous aimez les arts — l'abbé vous le reprochait assez ! — : voilà pour la dentelle elle-même. Je sais que vous êtes bon calculateur : voilà pour la comptabilité de votre affaire. Je sais que vous parlez quatre langues : voilà pour le dentellier international parcourant le monde pour placer ses merveilles.

Ce qui avait le plus séduit Sylvère : voyager, s'évader, oublier Judith-Rose. Or, elle était libre, maintenant, et s'éloigner de la Normandie le séduisait beaucoup moins.

*

334

Non ! Elle ne le pouvait pas. On ne devait pas l'obliger à faire quelque chose d'aussi affreux. *Et elle ne le ferait plus.*

— Pourquoi ? disait Pervenche-Louise. Les dentellières savent que nous leur défendons d'employer le blanc de plomb. Pourquoi alors ne leur poserais-tu pas la question ?

Depuis leurs malheurs, Judith-Rose et Pervenche-Louise se tutoyaient. Mais ne se comprenaient pas toujours.

— Pourquoi ? Eh bien, va donc lui demander, toi, à la Lucille, si *vraiment* elle peut jurer qu'elle n'en a pas employé, du blanc de plomb, pour blanchir sa dentelle !

— C'est à toi de le faire, c'est le travail que tu as accepté.

— J'ai accepté de m'en aller par la ville, avec un panier au bras et une bourse pleine dans ma poche, et de relever les travaux des femmes qui font du point pour nous. Je n'ai pas accepté de faire passer la population d'Alençon à la question.

— Comme tu exagères !

— Écoute, Pervenche-Louise, écoute-moi bien : j'arrive chez la Lucille, ou la Fannette, ou n'importe quelle autre. Et, dès la porte, je le vois sur son visage si blanc, de ce blanc-gris horrible que je peux maintenant reconnaître entre mille, je le vois à ses yeux bordés de rouge, je le vois à sa maigreur et je sais — parce que j'ai interrogé le médecin — qu'elle a la gorge et les intestins malades. *Je sais* tout cela et tu voudrais encore que je lui demande de me jurer qu'elle n'est pas en train de se suicider à petit feu ? Tu voudrais que je la torture encore plus ?

— Pourquoi emploient-elles ce produit, puisqu'on le leur défend ?

— Pervenche-Louise, tu es née ici, tu vis ici depuis trente ans, tu le sais, pourquoi elles font ça. Tu le sais, que bien malgré elles, l'ouvrage se tache ou jaunit. Par la faute de qui ? Des enfants, d'un animal, de la fumée, que sais-je ? Elles vivent dans des taudis, et elles font mille besognes.

— Alors tu dois refuser le travail. L'ouvrière qui devra le prendre en main et le continuer en y ajoutant l'élément suivant refusera un vélin déjà blanchi artificiellement, et qui la rendra malade, elle aussi.

— A cette pauvre fille, d'une pâleur de mort, qui me regarde avec ses yeux rouges, et qui tremble que je refuse son ouvrage, tu crois que je peux dire : « Je n'en veux pas » ? Eh bien non, je ne le ferai pas.

— Tu l'as fait jusqu'à maintenant !

— Ouvre le tiroir de ma commode et tu y verras les soixante-douze morceaux que j'ai déjà acceptés, payés sur ma bourse personnelle et cachés là.

— Tu es folle !

— Non. J'ai besoin de dormir la conscience en paix.

Pervenche-Louise, se disait Judith-Rose, vivait pour sa dentelle, se donnait à elle tout entière, en était la servante la plus soumise, mais Pervenche-Louise en devenait inhumaine.

Et s'il n'y avait eu que le blanc de plomb !

La veille encore elle était allée, de bon matin, comme elle aimait le faire, dans les bruits de la ville qui s'éveille, chez de talentueuses dentellières auxquelles elle apportait, souvent, une petite gâterie. Elle voulait mettre sur leur fenêtre, sans être vue, un pot de géranium rose. Elles lui avaient dit aimer les fleurs.

C'étaient deux jeunes filles, deux sœurs, qui vivaient seules. Elles étaient gaies, et leur dentelle était aussi jolie qu'elles.

Elle s'était avancée doucement et allait poser son pot sur le rebord de la fenêtre devant laquelle travaillaient les vélineuses, quand elle les avait aperçues, tirant l'aiguille... et *portant chacune un bâillon de linge blanc sur la bouche !*

Apercevant Judith-Rose, le regard affolé, elles avaient arraché très vite ce bâillon.

On pleurait à les écouter. Juliette, l'aînée, avait supplié :

— Vous ne le direz pas ? Notre travail, si nous empêchons notre haleine de le jaunir, est bon, n'est-ce pas ?

Et la petite Pernette avait ajouté, avec tristesse :

— Seulement, avec ça sur la bouche, on ne peut pas chanter.

Et à combien de femmes qui perdaient la vue fallait-il dire : « Non, vous ne pouvez plus travailler à la dentelle » !

Judith-Rose décida, un matin, qu'elle n'était pas faite pour ce métier de leveuse. Il fallait voir avec Pervenche-Louise comment elle pourrait se rendre utile autrement.

Elle pensait parler à sa belle-sœur après le souper. Elle allait le faire lorsqu'elle comprit qu'en agissant ainsi elle tournerait, une fois de plus, le dos à la misère du monde pour oublier qu'elle existait. Et ces gens, qu'elle aidait, seraient plus malheureux encore sans elle.

Alors, elle parla à Pervenche-Louise. Mais d'autre chose. Elle avait vu, près du faubourg de Courteille, une espèce d'agglomération de petites maisons. On lui avait dit que c'était, autrefois, au xviiie siècle, des logements créés pour les dentellières des établissements de MM. d'Ocagne. Depuis que ces fabricants s'étaient retirés des affaires, les habitations avaient été vendues. Ne serait-il pas possible de recréer quelque chose de ce genre ? Elle avait l'idée de loyers à très bon marché et d'une installation d'eau assez puissante — plusieurs puits, peut-être même — pour que les dentellières, ayant de quoi se laver, fassent des ouvrages propres et n'aient plus recours au blanc de plomb. Elle pensait aussi à des fenêtres assez larges devant lesquelles on pourrait travailler avec de la bonne lumière. Elle croyait pouvoir intéresser ses cousines à une telle entreprise charitable et, si on trouvait un terrain à acheter, on se mettrait assez vite à sa réalisation, car Charlotte et Noémie revenaient le mois prochain de Genève.

*

Elles arrivèrent sous une implacable pluie de novembre, drue et serrée. Elles étaient harassées, fourbues et ravies.

La berline avait été menée par Big-James et son fils, qui étaient encore au service de ces demoiselles malgré leurs menaces répétées de départ — absolument — définitif.

Dorothée était là aussi.

Et Léonard, le majordome.

— Ah ! le pauvre homme, dit Noémie, sans se soucier qu'il entendît. Le pauvre homme ! La vie avec Anna-Hilda comme maître n'était plus possible pour lui. Parce qu'il faut voir l'existence que l'on mène désormais chez ton père, ma pauvre petite chérie. Tout y est devenu si épineux qu'on s'y égratigne partout. Quand je pense à l'époque bénie de ta pauvre mère où la vie glissait comme sur de la soie et du velours ! Le plus pénible, vois-tu, est le manque de tact de ta belle-mère. Envers ce pauvre Léonard, il a été total ! Elle lui a retiré les clefs ! A Léonard, qui les tenait, depuis dix-huit ans, de son père qui les avait gardées quarante-deux ans ! Je me demande si tout cela n'ira pas jusqu'à mener la banque à la faillite ? Du tact, on a toujours dit chez nous qu'il était absolument nécessaire dans les affaires. Songe qu'Anna-Hilda a aussi voulu faire faire l'argenterie à Léonard. Lui qui n'a été engagé que pour ouvrir et fermer les portes et veiller, en quelque sorte, sur tout ce qui passe par elles. Anna-Hilda pourra toujours en chercher un autre sachant te dire le nom du bottier de chaque visiteur ! Sachant qui est une vraie dame et qui ne l'est pas. Te souviens-tu de cette comtesse Fornarelli, que la ville admirait tant ? Eh bien, en l'introduisant chez nous, à sa première visite, Léonard faisait sa petite grimace. Et il avait raison ! Elle était née Marie Cruchon, Léonard l'avait deviné. Non, vois-tu, on ne retire pas les clefs d'une maison à quelqu'un qui veille sur le renom d'une famille de tous ses yeux et de tout son cœur. Aussi, lorsqu'il est venu nous voir pour nous dire, avec beaucoup d'élégance, qu'il redoutait une certaine divergence de vues entre Madame et lui... Bref, il est entré chez nous. *Nous,* nous lui avons donné nos clefs immédiatement. Même celle du placard aux alcools. Nous nous sentons mieux maintenant, parce que depuis le départ de M. Sylvère nous étions un peu seules. Et puis nous pouvons parler de Charles-Albert avec Léonard. Surtout moi, parce que je ne sais pas ce qu'a Charlotte depuis quelque temps, mais elle brise là dès que je prononce le nom de notre pauvre ami. Elle a même brûlé une partie de ses papiers. Elle voue, à ceux de Babylone, un ressentiment absolument primaire, et qui m'étonne d'elle. Ah ! cette pauvre Charlotte change... Je te le disais donc, nous parlons de Charles-Albert, Léonard et moi. Car Léonard, vraiment plein de délicatesse, ne nous avait pas dit avoir rencontré le baron au Tir fédéral de Genève, en 1831, et qu'il est lui-même un bon tireur. Nous nous sommes senties protégées, pendant ce voyage. Depuis que ces dix brigands se sont emparés de la fontaine, nous avons peur sur les routes. Et ici, dans notre maison de la rue du Château, il nous sera utile. Pour le bébé aussi.

— Mais Léonard n'est pas une nourrice !

— Non, mais ses favoris et ses moustaches sont si distrayants pour les enfants. Tous ceux de chez nous s'en amusent. A propos d'enfants, tes frères, que l'on croyait raisonnables, eh bien, *ils ont fait des dettes !* Ce n'est pas de notre temps que cela serait arrivé. Nous les nourrissions, nous ! Imagine-toi qu'ils sont allés dans le plus grand restaurant de Genève, ils ont pris du foie gras, des chapons et bu du champagne ! Et comme ils n'avaient pas assez d'argent sur eux, paraît-il, le restaurateur a présenté la note à ton père. Alors Anna-Hilda a ri ! Parfaitement, elle a ri et fait tripler les mensualités de ses beaux-fils. Depuis, ces petits sots l'adorent. Tiens, et sais-tu qui l'adore aussi ? Le vieux prince amateur de porcelaines ! Celui pour qui on mettait la maison sens dessus dessous une fois par an. Il est devenu complètement gâteux, à ne plus discerner une

Compagnie des Indes XVIIIe d'un Limoges moderne, et il bavote d'admiration devant Anna-Hilda. La voilà qui triomphe complètement. Le Seigneur est parfois difficile à suivre dans Ses voies... Je peux, en tout cas, te dire que ta belle-mère ne risque pas d'aller réveiller M. le sautier pour lui annoncer l'éclosion de la première feuille de marronnier et le printemps. Elle, ma chérie, se lève bien trop tard pour cela, on lui apporte son petit déjeuner dans son lit à huit heures moins le quart ! Personne n'avait jamais vu ça rue des Granges où, à six heures, tous étaient sur le pont, cravatés et pommadés. A propos de feuilles, tu sais que j'ai toujours dit combien celles des arbres du Puits Saint-Pierre, dès l'automne et quand il pleut, font des petits tas gluants sur les pavés et combien c'est dangereux. Notre épicière de la place Saint-Pierre a glissé et s'est cassé une jambe... Mon Dieu ! tu pleures ? Pour l'épicière, qui ne t'a jamais offert le moindre petit bâton de chocolat, malgré les sacs d'or que les Morel d'Arthus auront laissés chez elle ?

— Je pleure de joie ! De nous voir là, tous...

— Tous ! Tu ne crois pas si bien dire ! Sais-tu qui arrivera ce soir ou demain, dans le fourgon qui nous suit avec des objets de première néces-sité, quelques tubs, entre autres ? Julius Bertram ! Il n'avait aucune envie de quitter la famille et de rentrer chez lui. Anna-Hilda a voulu se rendre indispensable à Mortimer en prenant sa place et en ayant la haute main sur les collections. Nous l'avons recueilli et nous le garderons jusqu'à sa mort. Il trouvera bien à s'occuper. Il paraît qu'il y a, près d'ici à Saint-Denis-de-Sarton, de fort intéressantes poteries, qu'il sera ravi d'étudier. Et puis il rêve de se promener à Rouen sur les traces des vieilles porcelaines. Nous lui devions bien ça, après trente-cinq ans chez nous... En fait, c'est ton père qui lui devait quelque chose. Enfin !... A propos de ton père, nous avons un cadeau de sa part à te remettre : les bijoux de ta mère. Il n'a tout de même pas osé les offrir à Anna-Hilda. Charlotte te les donnera, elle les a mis dans la poche de son jupon, pour le voyage. Au fait, la petite Aloysia amidonne-t-elle toujours aussi bien ? Charlotte lui en veut, moi pas, et j'espère qu'elle aura un moment à me donner de temps à autre, parce que, depuis qu'elle nous a quittées, le bouffant de nos jupes est déplorable. A la moindre humidité les amidonnages sont absolument déprimés. Impossible de savoir ce que cette fille a inventé pour garder une percale inflexible sous n'importe quel climat.

Noémie s'arrêta enfin. Elle avait raconté tout ce qu'elle avait pu pour distraire Judith-Rose, lui éviter de parler de son chagrin et se faire du mal, dans son état, à trop pleurer. Elle la regardait, émue de la retrouver si pâle dans ses vêtements sombres, attendrissante et si jolie aussi.

— Vraiment, le noir te va bien. Tu devrais toujours être habillée ainsi.

Judith-Rose ne put s'empêcher de sourire. C'était bien sa Noémie tout entière qui était revenue !

— Je le serai toujours, désormais. Les Normandes, lorsqu'elles sont veuves, ne reviennent jamais à d'autres couleurs. Jusqu'à leur mort elles portent le deuil.

— Les paysannes ? Tu n'es pas devenue, aussi, une paysanne ?

— Je suis devenue normande.

— Jusqu'à quand ? Charlotte compte bien te ramener à Genève.

— Charlotte, mais pas vous ?

— Moi, j'ai compris que tu ne nous reviendrais pas. Peut-être la Normandie veut-elle reprendre les Morel d'Arthus. Ils étaient à elle...

— Peut-être.

— Ne pleure pas, petite, ne pleure pas.

— Je l'aimais tant, si vous saviez... Comment vais-je pouvoir vivre sans lui ?

— On vit, ma chérie, on vit quand même, tu verras.

*

Le 15 mars, dans la matinée, l'impératrice des Français commença à ressentir les premières douleurs de l'accouchement. Elle souffrit toute la nuit, veillée par deux médecins — le troisième, victime sur place d'une indigestion, fut inopérant

—, la famille impériale et les témoins obligatoires à une naissance d'enfant de souverains.

Elle mit au monde le prince Louis, à trois heures du matin, le 16 mars 1856, à bout de forces.

L'empereur pleurait de bonheur et embrassait ceux qui l'entouraient.

L'impératrice avait trente ans.

Judith-Rose quinze, et pas de mari qui puisse dire sa joie.

Elle donna naissance à Louis-Ogier Guillaume Élie Mortimer de Beaumesnil-Ferrières, avec juste les douleurs nécessaires pour ne pas faire mentir la parole de Dieu. Et seule une sage-femme l'assista.

Cela se passa aussi le 16 mars 1856 à Alençon, rue Saint-Blaise, mais à une heure trente et non à trois heures comme aux Tuileries. Et sa cour, pour ne comprendre ni princesse d'Essling ni princesse Murat, n'en était pas moins serrée autour d'elle.

Pervenche-Louise, Charlotte, Noémie, Dorothée, Aloysia, Léonard et Julius Bertram pleuraient et riaient à la fois.

Pour Louis-Ogier, il n'y eut pas le peuple de Paris se réjouissant de cent un coups de canon, mais il y eut la troupe des dentellières, heureuses de la naissance d'un petit prince alençonnais. Et ces bébés, venus au monde le même jour, avaient un autre point commun : ils étaient les seuls à dormir sous un identique et somptueux voile de berceau en point d'Alençon.

Dès qu'elle avait su que Judith-Rose attendait un enfant, Pervenche-Louise avait mis en chantier la copie exacte des dentelles commandées par les Tuileries. Elles étaient une profession de foi Beaumesnil, car les abeilles impériales y voletaient partout. Pervenche-Louise avait pensé que cela plairait à son frère. C'était ce qu'elle se disait en refermant le rideau de dentelle sur son neveu et en retenant un sanglot.

L'enfant serait catholique, Judith-Rose l'avait promis à Odilon, et Pervenche-Louise serait la marraine. Mais on n'avait pas de parrain. M. de Bonnal? Non, il ne plaisait qu'à demi. Un des amis d'Odilon? Judith-Rose ne les connaissait guère.

— Pourquoi pas le pape, comme le prince impérial? Au point où nous en sommes..., murmura Charlotte à Noémie.

Ce fut Pervenche-Louise qui, après avoir entendu trois ou quatre fois Judith-Rose refuser des parents lointains ou des amis des Beaumesnil, proposa Sylvère. Ajoutant :

— Il est dentellier, maintenant.

— Et pourquoi pas? dit Charlotte. Il saura au moins instruire son filleul !

Comme une bouffée de son enfance heureuse, des souvenirs assaillirent Judith-Rose. Elle se revit dans le jardin de la rue des Granges, donnant la main à Sylvère, et l'écoutant avec bonheur.

— Oh oui, dit-elle, oui, c'est lui qu'il nous faut.

Elle voulait s'occuper elle-même de son enfant. On lui passa cette fantaisie. Tout ce qui pouvait la distraire de son chagrin était souhaitable. Pour l'aider, on lui donna Dorothée, qui quitta la rue du Château et vint s'installer rue Saint-Blaise, définitivement.

Théophile Gautier avait fait d'assez médiocres vers pour fêter la venue au monde du prince impérial. Les deux derniers convenaient aussi bien à l'un qu'à l'autre enfant :

. . . .
Blanc comme les jasmins d'Espagne,
Blond comme les abeilles d'or !

Judith-Rose reçut, un matin, la visite la plus inattendue.

Une rumeur, dans la rue, avait accompagné l'arrivée d'un étranger, comme on n'en avait encore jamais vu ici. Alençon savait peut-être ce qu'était un zouave, mais n'en avait admiré que sur les images d'Épinal.

Antoine Rabastin, du 2e zouaves d'Afrique, tenait sa promesse et apportait le paquetage du capitaine.

Comme il avait entendu parler depuis longtemps de l'enfant, il s'étonna qu'il vînt à peine d'ouvrir les yeux. Et Mme la capitaine, dans son grand lit, si jolie avec ses longs cheveux dorés, lui apparut comme une Vierge de vitrail. Il offrit « pour plus tard, quand il comprendra », un morceau de drapeau pris à l'ennemi.

On le garda trois jours. Il n'y eut pas une dentellière qui ne le vît, ne lui parlât. Entouré de cette multitude de femmes et de petites filles, toutes en bonnets blancs ailés, il disait se croire au paradis.

Et il en racontait, des histoires ! Il fut le héros de veillées dans la grande cuisine de l'hôtel Beaumesnil qui restèrent célèbres. Car, dès le premier soir, il avait demandé à prendre ses repas avec le personnel. Souper face à Pervenche-Louise, dans l'immense et luxueuse salle à manger, l'intimidait sans doute, aussi vivait-il, lorsqu'il avait évoqué un bon moment le capitaine avec Judith-Rose, à l'office ou aux ateliers.

Il se passionna pour une démonstration de fabrication du point. Il s'efforçait de retenir ce qu'on lui expliquait pour le répéter à sa femme, qui était, disait-il, la plus fine brodeuse d'Algérie. Et il ne cessait de répéter : « Ah ! Quand je vais tout lui raconter, elle va me dire : C'est donc comme ça que tu fais la guerre ? Dans la dentelle ? »

Lorsqu'il partit, du haut en bas de l'hôtel on fut triste. Lui aussi d'ailleurs. Il avait affirmé plusieurs fois : « Si j'avais pas une femme et deux enfants qui m'attendent là-bas, j'aurais bien planté ma tente ici. »

On lui donna, pour Mme Rabastin, un col en alençon qu'il reçut en pleurant et bafouillant : « Ah ! Il aurait été bien content, le capitaine, bien content de voir ça ! »

La robe de l'impératrice en chantier était la première toilette entièrement exécutée en point d'Alençon qui eût jamais été faite depuis le règne de Louis XIV.

Bathilde vivait encore lorsque, sur une présentation de soixante dessins, les Tuileries avaient choisi le modèle et accepté délai et prix par contrat. Depuis, pour être en mesure de livrer à la date promise, il fallait travailler sans interruption.

Penchées sur les cent dix morceaux que Pervenche-Louise et deux autres maîtresses dentellières devraient raccorder, il y avait les vélineuses habituelles, des ateliers et de l'extérieur, auxquelles on avait adjoint celles que l'on appelait les *aiguilles de nuit*, engagées dans les périodes exceptionnelles.

Ces *aiguilles de nuit* ne faisaient que six heures de travail, elles relevaient l'équipe dite « de jour » à dix heures du soir et étaient elles-mêmes remplacées, à quatre heures du matin, par celles qui n'étaient allées se reposer et s'occuper de leur famille que pendant bien peu de temps.

Il était interdit aux dentellières de jour d'être

aussi de nuit. Mais certaines, pressées par des besoins d'argent, essayaient de se faire embaucher à plein temps. Le contrôle, sévère, était exercé par Lucas, le portier de l'hôtel Beaumesnil. Très physionomiste, il repérait facilement celles qui tentaient de tricher. Mais certaines femmes, plus coriaces, et au verbe haut et coloré, luttaient parfois longtemps avant d'être refoulées. Il arrivait qu'elles se mettent à crier en injuriant Lucas, qui criait plus fort encore. Les vociférations arrivaient jusqu'à Judith-Rose, couchée auprès de son bébé, dans le confort douillet de leur chambre. Et la jeune femme savait que ces dentellières, qui tenaient tant à « faire la nuit », sacrifiaient leur sommeil pour nourrir leurs enfants. Alors, elle regardait le sien avec tristesse. C'était donc ça, la vie, les unes qui se battaient pour dix sous, les autres pour qui l'argent ne comptait pas, mais dont le cœur était brisé ?

Une nuit, les clameurs venues de la porterie furent plus fortes que jamais. Louis-Ogier se réveilla et hurla lui aussi. Judith-Rose se leva, prit un châle et descendit.

Pervenche-Louise était déjà là.

Une jeune fille, presque une enfant, maigre et blanche comme une morte, était allongée sur le carrelage. C'était la Marie-Juliette, une vélineuse de jour, qui avait essayé de se glisser avec celles de nuit. Lucas l'avait reconnue et repoussée. Elle s'était évanouie.

« De faim », disaient ses compagnes. Son père

prenait sa paye pour aller boire et ne lui laissait même pas un sou pour se nourrir. Elle avait essayé de se faufiler avec les autres à l'atelier, non pour travailler, elle savait qu'on l'aurait reconnue, mais pour avoir le verre de lait chaud et la tranche de pain qui étaient distribués à minuit. Elle n'avait pas crié, la pauvre, elle n'en avait pas la force, mais ses compagnes qui voulaient obtenir de Lucas l'entrée de la petite avaient copieusement injurié ce plein de soupe, ce gras à lard, cet assassin d'enfants.

Judith-Rose fit transporter Marie-Juliette dans le boudoir attenant à sa chambre, lui donna à boire du lait chaud et sucré dès qu'elle fut revenue à elle, et décida de la garder pour aider Dorothée à s'occuper de Louis-Ogier.

C'était une douce et délicate créature, qui osait à peine sourire, à peine parler, à peine manger. Elle disait, à mi-voix : « Oui, oui, not'Dame » et buvait son lait à tout petits coups, chauffant ses mains à la chaleur du bol.

Lorsque Judith-Rose lui proposa de rester ici, d'habiter une chambre pour elle seule, d'être nourrie et de bercer l'enfant, elle offrit un regard émerveillé. Ses yeux bleu très pâle s'illuminèrent, puis très vite s'éteignirent :

— Mais... Et mon point ?

— Tu préfères continuer à faire de la dentelle, qui te nourrit si mal ?

Elle ne sut pas répondre. Ses yeux le firent

pour elle. Une détresse y passa. Alors, en souriant, Judith-Rose la rassura :

— Tu en feras encore, mon fils est sage. Tu pourras tirer ton aiguille en le gardant.

Le pâle regard bleu disait : Merci, merci beaucoup, mais...

— Que décides-tu ? Que veux-tu ?

Elle ne décidait rien, ne voulait rien. Sans doute, simplement, que cela continue comme auparavant, avec, peut-être, un peu plus de pain et de lait, pensa Judith-Rose.

Il fut décidé qu'elle viendrait, le dimanche seulement, garder le bébé et le bercer pendant que Dorothée se reposerait. On la nourrirait, lui payerait sa journée. Son père ne saurait rien de ce supplément de gain.

Une ombre d'ironie traversa le regard bleu pâle.

— Oh ! Il le devinera vite, il est malin !

Et Judith-Rose sut que l'enfant se laisserait prendre cet argent-là aussi.

Lasse, soudain, elle se recoucha, commençant à entrevoir la grande sagesse de Bathilde qui disait : « Faites ce que vous devez pour elles, mais n'essayez pas d'intervenir dans leur vie, laissez-les agir comme elles veulent. »

Charlotte et Noémie, à qui elle parla de l'enfant, dirent ensemble :

— Le problème est au niveau de l'ivrognerie du père, cette tare de tant de Normands.

A Genève, ces demoiselles s'étaient retrempées dans l'eau claire de leur Société de tempérance, et plus que jamais faisaient passer le sauvetage de l'humanité par la suppression de l'alcoolisme. Elles arrivaient ici décidées à chasser ce fléau. Que la sage-femme, avec l'approbation du médecin, eût frotté le corps du bébé Beaumesnil à l'eau-de-vie de pomme, selon une tradition séculaire, les avait horrifiées :

— Mais les vapeurs d'alcool qu'il respire ? C'est positivement criminel !

— En quelque sorte, il y a beaucoup trop de pommiers en Normandie, soupira Noémie.

Même Pervenche-Louise, femme instruite et vivant dans un milieu évolué, pensait, avec ses dentellières, que le poupet Louis-Ogier pouvait s'étouffer tant qu'il n'était pas baptisé.

Dès que Judith-Rose fut autorisée à se lever, on fixa la date de la cérémonie. Sylvère fut invité à coucher la veille, rue Saint-Blaise. Il arriva dans son cabriolet pour le souper.

— Ne trouves-tu pas qu'il a beaucoup changé ? dit Noémie.

Judith-Rose regarda Sylvère, en conversation avec Charlotte, à l'autre bout du salon.

— Changé ? En quoi ?

En fait, se dit Mlle Cadette, jamais Judith-Rose n'a vraiment *vu* Sylvère en tant qu'homme. Elle s'en fut, rêveuse, converser avec Charles-Albert de cette étonnante cécité. Elle alimenta son monologue intérieur d'une constatation soudaine : Pervenche-Louise, en revanche, *voyait* fort bien, lui semblait-il, le nouveau dentellier. Était-ce dû à son changement d'activité ? Ils parlaient métier, bien sûr, mais la jeune femme, si réservée, si peu bavarde, levait vers lui un visage transfiguré.

— Pourquoi pas ? conclut Noémie à haute voix.

— Qu'est-ce que tu racontes encore ? lança Charlotte énervée.

Ce baptême l'irritait au plus haut point. Elle en voulait à Judith-Rose, et à tous ces papistes, de ne pas avoir attendu pour le célébrer son départ pour Genève, sachant fort bien qu'elle leur en aurait voulu aussi d'agir de la sorte.

Elle en voulut encore à Noémie qui, parlant sans réfléchir, mettait maintenant la conversation sur la Crimée et le zouave, Antoine Rabastin. Elle disait que cet homme, stupéfait de l'activité déployée dans la famille du capitaine, répéterait, partout en Algérie, que la France était le pays du monde où l'on œuvrait nuit et jour de la dentelle, et qu'à voir une telle énergie déployée pour des colifichets on pouvait supposer ce qu'était le rythme du travail dans les industries plus sérieuses !

Pour faire disparaître le fond de tristesse de Judith-Rose, Sylvère, qui ne cessait d'étudier la jeune femme avec mélancolie, décida de rendre au déjeuner un peu de gaieté et enchaîna sur « l'histoire de la plume » qui faisait parler toute

la capitale où il se trouvait quelques jours auparavant pour engager un dessinateur.

On racontait donc que le traité de Paris [1] avait
été signé avec une plume d'aigle. Une plume de
fer c'est trop belliqueux, disait-on — sans doute
aux Tuileries! —, une plume d'oie trop niais,
mais une plume de l'oiseau de Jupiter, à la bonne
heure! Alors on avait chargé M. Feuillet de
Conches, introducteur des ambassadeurs au
palais, d'aller en prendre une au Jardin des
plantes sur l'un des nobles oiseaux qui s'y
ennuyaient ferme, mais n'en étaient pas d'un
abord plus facile pour cela. On admirait le courage de ce haut dignitaire de l'Empire, partant en
expédition et pénétrant dans la cage de ces dangereux porte-plumes, pour en dépouiller un sans
se faire éborgner. L'opération réussit et on pensait que, pour cet exploit, le baron Feuillet de
Conches deviendrait au moins comte. L'impératrice, à qui avait été offert ce trophée — orné des
emblèmes de tous les pays signataires par un
joaillier célèbre —, ne manquerait pas de le
demander à son auguste époux.

— Les deux aigles de Genève ne se seraient
pas laissé faire aussi facilement, dit Judith-Rose
en riant, pour la première fois depuis longtemps.
Je me souviens combien ils étaient irascibles
quand nous les approchions, vous le rappelez-
vous, monsieur Sylvère?

1. En 1856, ce traité met fin à la guerre de Crimée et
garantit l'indépendance de l'Empire ottoman.

Ils évoquèrent, pour Pervenche-Louise et la tante Perdriel de Verrières, cette vieille tradition genevoise de posséder des emblèmes vivants, qui remontait à 1625. Comme Berne, qui avait des ours dans une fosse, Genève possédait un couple d'aigles, dans une cage de fer située près de la porte des Abattoirs, afin qu'on nourrisse facilement les rapaces.

Voir Judith-Rose enfin gaie les rendait si heureux qu'ils parlèrent tous à la fois, évoquant ces fameux oiseaux et les promenades où l'enfant s'inquiétait de leur découvrir l'œil et la plume tristes et désespérait de trouver ce qui pourrait les divertir.

— Ouvrir leur cage est la seule chose qui les égayerait, me disiez-vous, monsieur Sylvère. Mais leur prison avait de solides barreaux et un cadenas énorme, sans cela, je me demande si nous ne les aurions pas libérés, un jour d'hiver où, malgré leur lit de paille, ils avaient l'air gelé et malheureux.

Il se souvenait. Elle avait huit ou neuf ans. Ils avaient fait une grande promenade dans la ville, et, comme cela arrivait souvent, elle avait dit : « Allons les voir. » C'était le plein moment où, aux abattoirs, devant lesquels étaient prisonniers les aigles, on assommait du bétail. Toute pâle, elle avait mis sa main qui tremblait dans la sienne. Il s'était empressé de l'emmener loin de cet épouvantable endroit... Maintenant elle avait encore besoin d'une main amie. Il espéra qu'elle s'apercevrait qu'il était toujours là, comme autrefois. Mais n'était plus un subalterne aux gages de sa famille. Un bonheur l'envahit à cette pensée. Tout lui parut possible. Lorsque la tante Perdriel de Verrières, qui avait vécu à Caen, lui demanda où il y avait fait ses études, il évoqua avec plaisir et fierté le lycée Malherbe. Il avait repris, dit-il, en l'adaptant à ses activités la devise des moines de l'abbaye aux Hommes qu'il avait eue sous les yeux pendant tant d'années :

OMNIA SECUNDUM
ORDINEM FIANT

« que tout soit fait selon l'ordre des choses », en y ajoutant : « et dans la beauté ».

Il regardait Judith-Rose, mais elle n'écoutait plus. Elle était dans ses rêves et son amour perdu. Il faudrait du temps pour qu'elle oublie. Il se sentait jaloux de ce mort qui faisait d'elle une jeune femme au regard lointain.

Elle portait une robe de velours noir, sans autre ornement qu'une ganse de satin au col et aux poignets. Elle n'avait pour parure que la masse de sa chevelure et l'éclat de ses yeux. Il se dit qu'aucune femme ne pourrait lui être comparée. Il la quitta le lendemain plus amoureux que jamais et décidé à devenir un homme dont on parlerait.

*

— Vois-tu, disait Noémie à Judith-Rose, il n'y a rien d'étonnant à cette réussite de Sylvère dans la dentelle. J'ai toujours pensé qu'il était un artiste. Ses moments de loisir, rue des Granges, il les passait à contempler les tableaux de ton père. Devant le Rembrandt, il n'entendait plus ce qui se disait autour de lui. Je l'ai constaté plusieurs fois.

— Il faut aussi être un industriel, intervenait Charlotte. Une fabrique, si petite soit-elle, est une entreprise qu'il faut mener. Saura-t-il ?

— Mortimer ne t'a-t-il pas toujours dit qu'il le trouvait très intelligent et qu'il aimait parler affaires avec lui ?

Judith-Rose n'intervenait pas dans ce genre de conversation. Ou seulement pour dire :

— Pourquoi ne réussirait-il pas là où tant d'autres réussissent ? Cette ville est pleine de fabricants de dentelle qui ne devaient pas en savoir beaucoup plus que lui à leurs débuts.

Noémie, si elle s'était tue un moment, disait tout à coup, peut-être inspirée par Charles-Albert :

— Vous savez, ces mines d'or, en Amérique, et ces gens qui se ruent vers elles ? Eh bien, la dentelle me fait un peu cet effet. Il y a ceux qui ont leur gros filon depuis longtemps, et ceux qui en découvrent un nouveau. M. Sylvère paraît en avoir trouvé un prometteur, s'il sait l'exploiter.

Il paraissait savoir.

Par les chalands qui passaient, faisant « leur

358

grand tour de dentelle » pour acheter dans plusieurs villes de Normandie, on entendit parler, en bien, des ateliers Neirel. Pour n'en être qu'à leurs débuts, ceux-ci ne s'en distinguaient pas moins déjà par la qualité du travail et la recherche originale des dessins.

Celle qui suivait avec le plus d'attention la carrière de Sylvère, c'était Dorothée. Doucement, patiemment, elle posait une question ici, une autre là, sans avoir l'air d'y attacher plus d'importance qu'au temps qu'il faisait. Et après une conversation avec un colporteur ou un client important qui demandait à voir le petit-fils de la tant regrettée comtesse de Beaumesnil, ou avec des marchands, les jours de foire, elle accompagnait l'ancien précepteur par la pensée dans sa réussite, et priait chaque soir pour lui.

Le jour du baptême fut sa récompense.

Quand elle amena le bébé pour le présenter à son parrain, M. Sylvère lui parla amicalement : « Maintenant, Dorothée, nous nous verrons souvent tous les trois, votre poupon, vous et moi ! » Et elle garderait toujours le cadeau qu'il lui avait fait, en la félicitant de si bien veiller sur son filleul, un nécessaire à couture en nacre. M. Sylvère l'avait traitée en dame et non en domestique. Elle en avait pleuré de joie.

*

Comme l'hôtel Beaumesnil, rue Saint-Blaise,

était à dix minutes à pied de celui des Morel d'Arthus, rue du Château, on organisa un service d'échange de billets entre les deux demeures. C'était, en général, Léonard qui venait, le matin, portant un pli, écrit par Noémie ou Charlotte, et il attendait la réponse.

Ce nouveau personnage intéressait beaucoup la ville. On lui trouvait grand air avec ses favoris et ses moustaches blancs, son port de tête majestueux et son pas décidé. Ce chef du personnel domestique de ces demoiselles donnait, trouvait-on, une parfaite dignité à leur maison.

C'était, le plus souvent, Noémie qui écrivait.

Elle disait : « Il fera beau aujourd'hui, ma chérie, nous viendrons vous voir, le bébé et toi, dans l'après-midi. Charlotte a bien (ou mal) dormi, est de bonne (ou mauvaise) humeur... J'ai encore guetté cette nuit, mais je m'endors toujours avant d'apercevoir l'ombre du fantôme de Marie Anson[1] !... Ces dames, de la fameuse *maison* au gros numéro et qui sont, en général, discrètes, ont fait du bruit cette nuit. Un de leurs visiteurs, pris de boisson, a crié : "Vive le roi, à bas l'empereur !" pendant un bon moment, avant que la maréchaussée ne vienne le faire taire. »

C'est ainsi qu'un matin il fut décidé, après un aller et retour de Léonard, que ce genre de petite pluie qui tombait ne durant jamais, Big-James

1. Fantôme apparaissant, disait-on, dans la nuit de Noël.

paraissant de bonne humeur et Judith-Rose et son fils trop pâles, on pourrait envisager un voyage à Grand-Cœur.

Et on partit. On resterait au manoir aussi long-temps qu'il le faudrait pour que les couleurs reviennent aux joues de la mère et du fils. Et, puisque Judith-Rose s'entêtait à vouloir, contre tout conseil pertinent, continuer à allaiter Louis-Ogier, il était temps qu'elle aille boire elle-même le bon lait des vaches de Pervenchères.

Dès l'arrivée dans « ce repaire de papistes », Charlotte fut irritée par les jérémiades de la vieille Gratienne. Sans répit la servante revint sur les chagrins de la famille. Les morts de Mme la comtesse et de M. le vicomte, l'effraie, l'oiseau du malheur, les avait annoncées, pendant dix nuits consécutives. Son cri était à vous glacer les sangs. Et on ne pouvait s'y tromper, l'oiseau tournait autour de Grand-Cœur, sans cesse et sans repos. Et elle ajouta, baissant le ton, regar-dant autour d'elle avec effroi :

— La dame au bonnet rouge est apparue à mon pauvre homme déjà si malade. Oui, la dame de Grand-Cœur était devant lui, et pleurait.

— Et elle avait un bonnet rouge ? Vous êtes sûre ? demanda Judith-Rose.

— Ah non, assez de superstition comme cela, coupa Charlotte furieuse, tu ne vas pas, toi aussi, verser dans ces balivernes que j'entends partout depuis que nous habitons cette demeure extra-vagante de la rue du Château.

— Je ne vois pas où est l'extravagance, dit en riant Noémie.

— C'est ça, ris ! Nous vivons là-bas, les yeux sur des tours au sinistre renom, parmi une population arriérée qui voit flotter les voiles blancs d'un fantôme, et, dès qu'on ouvre la porte, ce ne sont que turpitudes dans la rue !

Gratienne, qui ne comprenait rien à tout cela, se contenta de penser que cette Mlle Charlotte ne plairait sûrement pas aux esprits de Grand-Cœur. Ils n'aimaient pas à être moqués.

— Votre pauvre homme va-t-il mieux ? demanda Judith-Rose.

— Oh ! not'Dame, ses sabots n'écrasent plus beaucoup d'herbe. Il peut guère marcher. Déjà, quand vous êtes venue... avec M. le vicomte...

Elle allait continuer, mais se tut. Voir cette petite maîtresse en peine lui hachait le cœur. C'était pas possible qu'une si jolie et si douce personne n'ait plus droit qu'à des robes noires le jour, et des bassinoires de braises dans son lit la nuit. Elle savait bien pourquoi elle pleurait, la vieille châtelaine au bonnet rouge, c'était beaucoup de malheurs sur Grand-Cœur, tout cela, et par cette belle saison qui ne demandait qu'à fleurir les cœurs autant que les champs.

Pour fermer la porte au Malin, qui savait quand une famille était affaiblie et lui résisterait moins, Gratienne et les deux femmes engagées pour l'aider ne manquèrent pas de faire les recommandations d'usage à Dorothée qui ne connaissait rien des habitudes du pays.

Il lui fallait savoir que, dès le soleil couché, elle ne devait plus sortir l'enfant. Des sorciers ou des vieillards maléfiques le guettaient, et, s'ils s'en emparaient, on ne le reverrait jamais. C'était là des ogres affamés de chair enfantine. Mme la vicomtesse aurait dû vouer son enfant au blanc, c'est-à-dire à la Vierge, ou au brun, à saint François d'Assise, pour être sûre qu'il soit bien protégé. Hélas ! Mme la vicomtesse ne savait pas ces choses-là !

Dorothée écoutait, tremblait et aurait bien voulu assister aux veillées des trois femmes, le soir devant la grande cheminée de la cuisine, pour en apprendre davantage. Mais elle n'avait pas le cœur de laisser sa maîtresse dans sa chambre, si effrayante avec ces gens peints sur les murs, qui vous regardaient drôlement. Dans le lit, dressé à côté de celui de Madame, elle se cachait la tête sous ses couvertures. Non, elle ne pouvait, dès la nuit venue, avec les terreurs apportées dans ses voiles noirs, laisser Madame et le petit seuls en haut. Elle savait n'être pas d'une grande aide contre les puissances infernales, néanmoins elle avait décidé qu'il était de son devoir de veiller.

Sans s'asseoir devant le feu avec les femmes, à manger des châtaignes grillées, ou boire une foutinette, Dorothée ne cessait d'entendre des histoires terrifiantes. Elle serrait alors Louis-

Ogier très fort dans ses bras, de peur que l'esprit malin ne le lui arrache.

Charlotte n'entendait pas tout ce que ces femmes se chuchotaient entre elles, mais le peu qu'elle en surprenait la mettait en fureur. Elle n'aimait pas ce manoir. Elle ne tarderait pas à regagner Alençon. Noémie resterait ici avec Judith-Rose et le bébé qu'on ne pouvait abandonner à des gens si crédules qu'ils en étaient à la fois pitoyables et redoutables, bien trop irritants pour qu'on les supporte longtemps.

— Je ne vois pas ce qui t'irrite dans tout cela, disait Noémie. J'aime cette atmosphère mystérieuse. Je m'y sens bien.

— Et cette jeune folle ? Et cette maison, là-bas, dont on voit fumer la cheminée sans jamais apercevoir un être vivant, ça ne te porte pas sur les nerfs ?

— Non. A Judith-Rose non plus.

— Eh bien, restez. Je rentrerai seule. Il y a d'ailleurs le tapissier à surveiller dans notre maison. Je veux arriver avant que Léonard ne le paye. Il serait capable de ne pas discuter la facture. Depuis quelque temps, Léonard se prend pour un seigneur ! Mais si ! Et sais-tu ce qui l'enivre ? Toutes ces femmes à bonnet de dentelle qui se retournent sur son passage, le saluent, l'admirent. Ah ! Je n'aurais jamais cru qu'un homme aussi raisonnable se laisse aller à sourire dans la rue à des paysannes endimanchées. Tais-toi, je l'ai vu.

Charlotte partit. Elle renverrait Big-James dans une quinzaine de jours pour le retour. Non, à la réflexion, elle reviendrait, elle aussi, afin que l'on n'oublie rien ici.

Son départ changea l'atmosphère de Grand-Cœur.

Comme si un sort eût été soudain levé, ce furent de vraies vacances.

Judith-Rose décida que l'on prendrait les repas dans la grande cuisine, si belle avec ses cuivres et le portrait de la dinde royale et mordorée. Et, chaque fois que le temps le permettrait, on déjeunerait sur l'herbe.

Louis-Ogier offrit son premier sourire un matin au soleil de juillet qui vint l'éblouir dans son berceau. Et un matin aussi la salle du bas fut à nouveau pleine de fleurs des prés et de la forêt.

— Cette fois-ci, j'irai *la* remercier, dit Judith-Rose.

Et elle traversa le parc qui séparait Grand-Cœur de Petit-Cœur.

Martoune, la gardienne, entrouvrit la porte, la regarda un moment, paraissant hésiter, et comme cette situation durait, Judith-Rose dit :

— Je suis la vicomtesse de...

— Je sais, Madame. Mais Mme Bérangère ne peut pas recevoir.

— Je suis sa sœur.

— Madame comprendra. Les ordres que j'ai reçus...

— Seulement lui dire bonjour... l'embrasser.

Martoune continuait à hésiter et ne referma pas la porte. C'était une gaillarde, haute et large. Les traits du visage étaient sévères, mais le regard sans dureté. Il sembla même à Judith-Rose qu'il y passait un peu de tendresse quand elle dit :

— Elle est calme aujourd'hui. Elle est toujours heureuse quand je la laisse s'échapper et cueillir des fleurs. Eh bien, si Madame la vicomtesse veut bien entrer, je vais voir... Ah ! que Madame ne s'étonne pas, la maison a brûlé et rien n'a été remplacé. M. le comte dit qu'*elle* mettrait le feu à nouveau et que ce n'est pas la peine.

Tout le rez-de-chaussée, tout ce que Judith-Rose vit de Petit-Cœur, n'était que parquets, murs et plafonds à caissons noircis par les flammes. Seuls l'escalier et sa rampe de fer restaient intacts.

— Que Madame le vicomtesse veuille bien m'attendre ici.

Dix minutes, un quart d'heure même, passèrent et une jeune femme au teint pâle apparut, donnant la main à sa gardienne.

Elle était plus jeune encore vue de près, et très jolie. Dans ses beaux cheveux bruns il y avait d'épaisses mèches blanches. Elle portait une robe de toile écrue.

— Merci pour les belles fleurs de ce matin, dit Judith-Rose. Merci aussi pour celles de la première fois.

Et elle s'avança pour embrasser Bérangère qui hésita un peu, puis lui rendit son baiser.

Elle ne souriait pas et son visage, fin et régulier, empreint de gravité, elle dit, en tendant un index vers la robe noire :

— *Il* est mort?...

Judith-Rose inclina la tête. Alors Bérangère, prenant la main de sa belle-sœur, l'entraîna vers l'escalier et la fit asseoir à côté d'elle, sur la troisième marche.

— C'est toujours là que Mme Bérangère se tient et par ces fenêtres, elle voit le parc, dit la gardienne.

Comme elles ne parlaient ni l'une ni l'autre, la femme intervint encore :

— Si vous montriez vos dentelles à Mme la vicomtesse?

Vive, légère, Bérangère monta l'escalier et revint avec un grand panier.

— Elle fait du point toute la journée, sans s'arrêter. Le médecin dit que c'est bon pour elle, ça la calme.

Le panier était plein des plus belles dentelles que Judith-Rose eût jamais contemplées. Des plus étranges aussi.

Même celles qui, à première vue, paraissaient simples révélaient, si l'on regardait attentivement, un petit ange, assis dans la profusion florale, ou une tête de femme, de profil ou de face, à la place d'un cœur de rose ou d'églantine. A moins que l'on ne vît courir ou sortir d'un flot de rubans un écureuil ou un oiseau. Cela ressemblait, pensa Judith-Rose, à ces devinettes d'Épinal pour les enfants. On aurait pu dire : « Cherchez l'écureuil, l'oiseau ou la femme. »

Les plus belles pièces, de vrais tableaux de point à l'aiguille, révélaient un talent de dessinatrice qui laissa Judith-Rose confondue. Ces ouvrages, sortis de ce vieux panier, parmi des ruines qui semblaient encore fumantes, auraient fait l'admiration des plus grands experts en dentelle du monde.

Il y avait, entre autres merveilles, le manoir de Grand-Cœur, vu de face, et réalisé avec une profusion de points savants, de *modes*[1] extraordinaires dans leur conception et leur réalisation. C'était un tableau de fil fascinant. Judith-Rose ne connaissait personne à Alençon qui eût pu réaliser une telle œuvre. Mais très troublant était le décor de fond du manoir. Là où l'artiste aurait dû dessiner un ciel et quelques arbres, il n'y avait que des cœurs. Un massacre de cœurs percés ou embrochés.

Et il y avait aussi, parmi ces *tableaux*, une vue de la forêt, aux arbres courbés par un vent de tempête et paraissant gémir, pendant qu'à leur pied des loups montraient leurs crocs.

— Il a fallu des années pour réaliser cela ?

— Madame est ici depuis quatre ans !

— Quatre ans et deux mois ! dit Bérangère.

1. Motifs de fantaisie ornementaux.

Judith-Rose tourna vivement la tête et espéra rencontrer son regard. Mais la jeune femme avait toujours les yeux baissés sur son panier.

Quand Judith-Rose abandonna sa marche d'escalier pour s'en aller, Bérangère lui demanda, avec naturel et comme l'eût fait la personne la plus sensée du monde :

— Jouerez-vous du piano ce soir ?

— Oui...

— Alors, j'ouvrirai ma fenêtre et je vous écouterai. Pourriez-vous jouer la même chose qu'hier ? J'ai aimé...

— Oui... Bien sûr.

Judith-Rose resta longtemps, très longtemps, à son piano ce soir-là.

Elle ne sut pas si Bérangère l'avait écoutée, il n'y avait pas de lumière à sa fenêtre. Mais elle avait joué pour elle.

— En quelque sorte, disait Noémie, le lendemain matin, les plus belles dentelles que tu auras vues, et tu commences à t'y connaître, auront été faites par une folle ?

— En quelque sorte, cousine Noémie.

Par moments le sourire de Judith-Rose revenait et Noémie s'en réjouissait.

Elles étaient installées dans un coin du parc qu'elles aimaient toutes les deux, lorsque Dorothée les rejoignit avec le bébé. C'était l'heure de la tétée.

Rose et joufflu, Louis-Ogier avait pleinement

profité de son séjour dans le Perche et il arrivait affamé vers sa mère.

Judith-Rose portait une robe de percale noire qui faisait une grande fleur de deuil sur l'herbe verte où elle était assise, tendant les bras à son fils. Elle venait de laver ses cheveux et ils achevaient de sécher au soleil. Elle entrouvrit son corsage et son sein apparut, rose et dur comme un beau fruit.

— Seigneur ! J'ai vu un homme ! Là. Une tête, des yeux... surtout des yeux ! dit, à mi-voix, Noémie.

— Quel homme ? Quels yeux ?

— Là, à l'instant, derrière le massif de rhododendrons... Non là, derrière les plus grands arbustes. Et il nous regardait. Mon Dieu, et tu allaitais !...

— Eh bien ?

— Comment, eh bien ? Et ton corsage ouvert ?

— Ce n'était qu'un paysan.

— Non. Il n'avait pas des yeux de paysan.

— Nous dirons à Gratienne de veiller à ce que tout soit bien fermé ce soir.

— Tu ne comprends pas, ce n'était pas un maraudeur, pas un voleur, c'était un homme. Un vrai.

Il fut difficile de savoir ce que Noémie voulait dire par là.

Le lendemain, sans pouvoir être affirmative, Judith-Rose crut bien, elle aussi, entrevoir un visage d'homme à un autre endroit du parc où elle lisait, allongée dans l'herbe. Elle pensa qu'il était temps de rentrer à Alençon. Ces histoires de revenants, de fantômes, ces contes que l'on faisait à Dorothée et qu'elle répétait sans cesse commençaient à leur troubler la raison. D'ailleurs, Pervenche-Louise avait besoin d'aide. Et Charlotte arriverait très probablement.

Elle arriva, en effet.

Elle n'avait pas bonne mine, et dit avoir pris froid l'avant-veille.

Elle voulut, le lendemain, faire une longue promenade à pied. C'était la seule chose qui pouvait la remettre en forme, affirma-t-elle, et elle partit avec Noémie. Chacune armée d'un solide bâton normand.

Elles s'étaient éloignées en début d'après-midi, et avaient promis d'être rentrées avant le coucher du soleil. La nuit tombait, sans qu'elles soient revenues. Le couvre-feu sonna, on entendit la cloche qui aide les derniers voyageurs encore sur les routes à trouver leur village en se guidant au son ; elles arrivèrent enfin, Noémie soutenant Charlotte défaillante. Elles s'étaient perdues.

Perdues ? Alors qu'elles avaient déjà fait la même promenade trois fois, et qu'une Morel d'Arthus ne se perd jamais !

Gratienne leva les bras au ciel : Mesdemoiselles avaient marché sur *l'herbe qui égare,* c'était sûr.

— Taisez-vous donc ! eut la force de dire

Charlotte. On bassina son lit et on lui prépara une foutinette bouillante. Pour une fois, elle absorba un peu d'alcool, ce qui montra à Noémie et Judith-Rose combien elle était fatiguée.

Gratienne n'en démordait pas. Il y avait de *l'herbe qui égare* dans les environs, elle le savait. Sûr que ces demoiselles avaient mis le pied dessus, et alors c'était terrible, leurs pas, malgré elles, les avaient dirigées du mauvais côté. Ah! cette herbe qui égare, si son pauvre vieux mari pouvait parler, il en dirait de vraies histoires là-dessus...

On dut envoyer Big-James le lendemain matin chercher un médecin à Nogent-le-Rotrou.

C'était une congestion pulmonaire.

Un silence s'était fait dans la maison. Le valet qui s'occupait des feux montait et remontait jusqu'à la chambre de Charlotte, des bûches plein les bras. Gratienne faisait infuser sa verveine cueillie à la dernière Saint-Jean, comme il se devait, et en attendait les effets bienfaisants en disant son chapelet.

La fièvre ne baissait pas et le médecin prit Judith-Rose à part pour lui dire ses craintes. On allait mettre en œuvre tout ce dont la médecine était capable, mais...

Charlotte était alitée depuis trois jours déjà, lorsqu'un violent orage vint, une nuit, donner un tour plus dramatique encore à ces moments d'angoisse.

C'était une tempête. Le parc entier mugissait

et la maison en tremblait. La fenêtre de la malade, sous la poussée du vent, s'ouvrit, et Judith-Rose se précipitait pour la refermer lorsque Charlotte l'appela.

— Viens, petite, je voudrais te parler. Approche, et assieds-toi, ce sera long.

— Il ne faut pas vous fatiguer. Nous parlerons demain.

— Non, ce soir. Il n'est déjà que trop tard. Écoute... Je ne peux pas mourir comme cela, sans avoir avoué...

» Charles-Albert... C'est lui dont il s'agit... Charles-Albert avant de partir pour Constantine *avait choisi*. Tu comprends ce que je veux dire ? Charles-Albert savait avec laquelle de nous deux il voulait se marier. Il me l'a dit, la veille de son départ. Ah ! J'ai encore son aveu dans l'oreille et dans le cœur... : "Charlotte, vous êtes l'aînée de la famille, vous n'avez plus ni père ni mère, c'est donc à vous que je dois parler. Lorsque je reviendrai d'Afrique, j'épouserai votre sœur. Je l'aime et je crois en être aimé aussi. Mais elle est bien jeune, je préférerais que ce soit vous qui lui disiez combien je serais heureux qu'à mon retour de cette expédition elle devienne ma femme."

Charlotte haletait.

Des larmes coulaient de ses yeux qu'elle gardait fermés depuis qu'elle avait commencé à parler.

— Voulez-vous boire un peu ?

— Non... Alors, je ne sais pourquoi je n'ai

pas dit la vérité, tout de suite, à Noémie. Je ne
sais pas pourquoi j'ai attendu...

Elle rouvrit les yeux, regarda fixement Judith-
Rose et avoua, en articulant chacun des mots
comme s'ils eussent été des poignards qu'elle
s'enfonçait dans le cœur :

— Si, je le sais ! J'étais jalouse. Tu
m'entends : *jalouse* à en avoir envie de mourir.
Et je n'ai pas parlé.

» Après, bien sûr, je ne pensais qu'à cela :
dire enfin la vérité. Mais il était trop tard, j'avais
laissé passer tant de temps. Noémie m'en aurait
voulu. Je me suis dit : quand Charles-Albert ren-
trera, c'est à lui que j'avouerai ma faute et il fera
sa demande lui-même. Mais il n'est pas revenu.
Et je porte le poids de cette vilaine action depuis
bientôt vingt ans.

Comme elle pleurait, à petits sanglots brefs,
secs, elle, Charlotte, que personne n'avait jamais
vue s'attendrir, Judith-Rose lui passa un bras
autour du cou et murmura :

— C'est loin, si loin... oubliez cela... Demain
vous irez mieux. Il sera temps alors...

— Il n'est plus temps ! Je vais mourir, je le
sais. Écoute-moi encore, petite, écoute-moi, je
t'en supplie : je voudrais soulager ma conscience
en parlant à Noémie, lui dire qu'elle était aimée
de Charles-Albert, qu'elle l'a toujours été. Mais
ai-je le droit, pour lui demander son pardon et
m'en aller absoute, de la troubler maintenant
avec cela ? Et aussi de lui infliger la peine que

ma lâcheté, ma méchanceté d'autrefois vont lui faire ?

Comme Noémie entrait dans la chambre, Judith-Rose se pencha vers Charlotte et lui murmura en l'embrassant :

— Ne dites rien encore. Je vais réfléchir. Nous déciderons plus tard.

— Oui, réfléchis, mon enfant. Réfléchis bien et vite, je n'ai plus beaucoup de temps.

Contre toute attente, elle eut du temps, car elle guérit ! On se demanda si l'intervention, aussi étrange que discrète, de Gratienne y fut pour quelque chose. Elle avait capturé, avant le lever du soleil, ainsi que le veut la recette, un crapaud vivant. Elle l'enveloppa dans un linge et appliqua le petit paquet — sans doute agité ! — sur le pouls du bras droit de la malade. Ce remède devait couper la fièvre. Crapaud ou pas crapaud, elle baissa et, une semaine plus tard, Mlle Morel d'Arthus aînée était sur pied et prête à repartir pour Alençon.

Ou le médecin avait eu un diagnostic trop pessimiste, ou le crapaud ?...

Entre-temps, Judith-Rose avait parlé avec Noémie. Assez vaguement d'abord, évoquant Charles-Albert, ce choix qu'il n'avait pas fait...

— Comment, « pas fait » ! Mais, ma chérie, je ne t'ai jamais précisé cela parce que tu étais trop jeune, mais je vais te faire un aveu, maintenant que tu as été mariée, tu peux tout entendre : Charles-Albert avait choisi. C'était moi qu'il voulait épouser. Il me l'a dit la veille de son départ.

— Il vous a parlé?

— Mais Charles-Albert n'a jamais eu besoin de me parler! Nous nous comprenions sans qu'il soit nécessaire de préciser. Nous étions en parfaite communion de pensée. Nous le sommes toujours. Nous le serons jusqu'à ce que j'aille le rejoindre. Et cela continuera dans l'éternité. Tu dois le savoir maintenant que tu connais l'amour?... Seulement le bonheur parfait n'existe pas. Ce qui m'empêchait d'être pleinement heureuse, c'était Charlotte. Imaginer son chagrin quand elle saurait m'était horrible. Et d'autant plus que Charlotte ne se prépare jamais au malheur. Tu sais comment elle est, elle fulmine tout le temps, mais pense peu. Bref, à cette situation de famille assez tragique, Charles-Albert a su mettre fin avec élégance. Il n'est pas revenu... Parce que je me suis toujours demandé si j'aurais pu construire mon bonheur sur le malheur de ma sœur. Je suis heureuse qu'elle n'ait jamais rien su...

Elles étaient dans leur berline, sur le chemin d'Alençon. Les moissons étaient commencées, et la route coupant à travers des champs de blés mûrs était vivante, bruyante des chansons et des cris de ceux qui fauchaient.

La veille, Judith-Rose avait mis fin à la crise de conscience de l'aînée des cousines. Il ne fallait pas troubler la sérénité de Noémie par de tardives révélations. Charlotte avait admis et reconnu que la punition de sa faute passait par un silence crucifiant et expiatoire.

— Un papiste, avait-elle dit, se confesserait à un prêtre. Nous, nous portons notre croix jusqu'au bout.

Elle paraissait la porter en effet, pâle et défaite. Et Noémie avait le teint rose et l'œil brillant.

Mais Charlotte se remettrait, on pouvait lui faire confiance. Elle reprenait son autorité, momentanément perdue. Et Noémie continuerait à ronronner... Soudain, la pensée que ces deux femmes, à qui elle devait une enfance heureuse, étaient de pauvres petites vieilles radoteuses et que c'était désormais à elle, Judith-Rose, de les protéger lui fit comprendre que sa belle enfance était terminée. Ni son mariage, ni son veuvage, ni sa maternité ne le lui avaient vraiment révélé.

Elle pénétra dans la ville en se disant qu'il était temps de prendre sa vie en main.

Comme elle avait bien supporté de revoir Grand-Cœur, où elle avait vécu les trois plus beaux jours et les trois plus belles nuits de sa vie, elle décida d'avoir aussi le courage de pénétrer dans le boudoir de Bathilde. Pervenche-Louise ne s'était pas encore résolue à le faire. « D'ailleurs, disait-elle à Judith-Rose, cette pièce est à toi, notre mère te l'a donnée. C'était toi qu'elle voulait voir lui succéder là et non moi. » Il n'y avait pas la moindre amertume dans le ton de Pervenche-Louise. Ce qu'elle disait, elle le pensait vraiment.

On avait entretenu la pièce comme Balthide l'exigeait de son vivant. Au grand soleil d'été, les oiseaux des cages s'y égosillaient et ceux des murs brillaient de toutes leurs soies. Il y avait des roses et des giroflées dans les vases. Et les flacons de cristal à bouchon de vermeil étaient pleins d'eaux de fleurs. Judith-Rose en déboucha un, l'approcha de ses narines et ferma les yeux. Bathilde était là. Elle lui disait :

— Il faut savoir ce que l'on veut, et le vouloir ensuite de toutes ses forces.

Mais elle, que voulait-elle ?

Elle voulait que les bras d'Odilon se referment sur elle, elle voulait Odilon, rien que lui. Et Bathilde, hélas ! n'y pouvait rien...

Quand elle eut pleuré, jetée en travers du lit aux colombes blanches et à la royale queue de paon, elle se sentit mieux. En arrangeant ses cheveux devant l'un des miroirs, elle vit une jeune femme en noir, les yeux gonflés, le nez rouge. Elle décida que c'était la dernière fois qu'elle s'apitoierait sur elle.

*

Les ateliers de M. Lefébure étaient proches de la cathédrale Notre-Dame et de l'hôtel de l'évêque. On y maniait les bloquets, les yeux sur les échafaudages qui entouraient la tour centrale en réfection et dans le bruit constant des travaux entrecoupé du son des cloches.

Les ateliers de Sylvère Neirel étaient plus proches encore, puisque situés en face de l'entrée sud de l'édifice religieux.

Théodorine prit ce prétexte pour déplacer le sien. Ses femmes activeraient beaucoup mieux leurs bloquets en regardant le jardin qui leur enverrait plus de clarté que Notre-Dame et moins de vacarme. On était en plein déménagement, un début d'après-midi de juillet, lorsqu'une belle cliente, arrivée en tilbury, se présenta.

C'était Adélaïde de Courmarin.

Sylvère la reçut dans son salon.

Adélaïde regarda autour d'elle, jaugea, évalua, puis examina le nouveau dentellier.

Elle l'avait, bien sûr, reconnu, mais préféra ne pas parler des Beaumesnil. Il lui parut mieux encore — plus bel homme, plus élégant, plus raffiné — que dans le souvenir qu'elle en avait gardé. Il avait un bon tailleur, il faisait sûrement faire ses chemises et ses bottes à Paris. Il avait parcouru du chemin depuis qu'il n'instruisait plus de petites huguenotes à taches de rousseur.

Ce qu'elle voulait, elle l'exposa brièvement : la plus belle robe de dentelle que l'on puisse faire. Entièrement en dentelle. Elle avait longtemps été fidèle à Alençon, mais elle s'en lassait. Les fuselles — le mot existait-il déjà ou l'inventait-elle ? — étaient plus légères, faisaient plus jeune. Déjà ce nom charmant qui chantait, qui voletait... n'était-ce pas l'avis du dentellier?

C'était son avis. Il approuvait et souriait. « Mais il a un charme fou, cet homme, et de la classe, oui, de la classe », se dit Adélaïde, et elle estima que ce *créateur* — elle adorait ce mot — irait loin et qu'il allait être pour elle d'une grande importance de l'avoir connu à ses débuts. Connu et encouragé. S'il réussissait ce qu'elle lui commandait, elle le lancerait. Elle le regarda comme s'il était déjà sa propriété exclusive. Il n'était pas désagréable de penser que ce monsieur, parfaitement courtois et souriant, était votre propriété exclusive... enfin, pourrait l'être.

Quel genre de robe voulait Mlle de Courmarin?

Et Sylvère proposa de montrer des dessins. Peut-être conviendraient-ils?

Non, en aucun cas ils ne conviendraient. Il fallait de l'inédit.

Dans sa crinoline en organdi blanc, relevé de myosotis bleus, Mlle de Courmarin virevoltait entre les meubles du salon, regardant un tableau, puis un autre d'un air distrait. Elle posait ses conditions avec précision. Elle ne voulait rien rappelant du déjà vu, et il fallait que ce qui serait désormais exécuté ici, pour elle, ne soit refait pour personne d'autre.

Sylvère ne se demanda pas pourquoi Mlle de Courmarin l'honorait de son élégante clientèle plutôt que d'en faire le don précieux à M. Lefébure. Il le savait : elle espérait payer moins cher chez lui. Une noble dame de la ville et un marchand de Paris avaient déjà fait ce calcul et abandonné son prestigieux voisin pour lui. M. Lefébure l'avait su, avait ri et même poussé un soupir de soulagement : ces deux-là étaient les plus difficiles à satisfaire de tout l'empire. Compatissant, le grand dentellier avait ajouté qu'il fallait bien en passer par là, au début. Après, on pouvait choisir ses clients.

Sylvère accepta donc Mlle de Courmarin et ses exigences d'exclusivité.

Elle voulut voir son dessinateur. Il le fit venir et ils travaillèrent, tous trois, d'après l'idée de départ de la jeune femme. Il s'agissait de réaliser, sur un fond de dentelle aux fuseaux, simulant de légers feuillages, un semis d'églantines en même dentelle et en relief. La nouveauté serait dans le relief. Il y avait sûrement là une difficulté technique à résoudre. Et le nombre des fleurs serait très grand — les crinolines avaient de plus en plus d'ampleur ! —, deux cents, peut-être trois cents, peut-être plus. C'était une commande importante, mais il ne saurait être envisagé d'en attendre plus d'un an la livraison, précisa Adélaïde. Que les dentellières le comprennent, les longs délais ne servaient pas leur art. Une femme a envie d'une dentelle un jour et peut-être pas le lendemain. Ces attentes interminables devaient être raccourcies. Certes, elle était raisonnable, elle s'engageait à patienter le temps qu'il faudrait mais pas plus. Pour n'être pas oubliée elle viendrait, parfois, voir où on en était.

Mlle de Courmarin subjugua le dessinateur qui, pour parisien qu'il fût, n'avait encore jamais approché une aussi ensorcelante créature. Il admira que M. Neirel ne parût pas succomber le moins du monde à tant de beauté et d'élégance. Pour sa part, il était prêt à travailler, jour et nuit, sur un sourire d'une telle déesse. Et lorsque la déesse demanda à Sylvère ce qu'il pensait d'un diadème d'églantines en diamants pour parachever cette toilette, qui ferait sûrement sensation aux Tuileries, ce fut le jeune dessinateur qui cria : « Oh ! Bravo ! »

Théodorine, appelée pour donner son avis, fut moins enthousiaste. Des fleurs en relief ? Certes, on essayerait. Mais qui avait donc déjà tenté cela, à Bayeux ? Personne précisément, dit Adélaïde avec fougue, ce qui refroidit Blanche-Main, comme si le rible[1] eût soudain soufflé dans la pièce.

Lorsque Adélaïde partit, après avoir, au passage, admiré les rosiers du jardin et reçu des mains de Sylvère leurs plus belles fleurs cueillies pour elle, Théodorine ne manqua pas de flairer là une *remandeuse*[2], fière comme un Iroquois, et qui apporterait sûrement des complications. Et sûr qu'elle élugerait[3], ce genre de dame élugeait

1. Vent froid.
2. Ergoteuse.
3. Chicaner, marchander.

toujours. Enfin, une cliente est une cliente et on verrait à s'arranger de celle-là comme des autres.

Sylvère était songeur. Ce métier lui révélait un aspect des mœurs de l'élite fortunée qui ne cessait de l'étonner. Voilà une jeune femme qui commandait une toilette valant le prix d'une belle ferme et elle ne la mettrait qu'une fois! Il décida d'étudier comment on pourrait ensuite utiliser ces centaines de petites fleurs de fil. Il eut l'idée d'un châle bordé d'une mousse d'églantines de dentelle. Et les châles, eux, pouvaient être portés longtemps. Il suggérerait cela à sa nouvelle cliente.

Il n'était pas mécontent de lui. Il aimait de plus en plus son métier.

Ce soir-là, après avoir passé une heure à son piano, il consacra un moment à écrire dans son journal pour Judith-Rose :

« Bonne conversation aujourd'hui avec Auguste Lefébure, sous l'arbre [1].

C'est notre lieu de prédilection. Nous nous y retrouvons lorsque l'un de nous ressent l'envie de marcher un peu, d'aller respirer au-dehors, de fuir le caquetage de nos femmes.

Les Bayeusains ont maintenant l'habitude de nous voir là, assis sous notre platane, au point que si j'y suis seul on me demande :

— Not' Monsieur n'est pas là?

1. Célèbre platane de la ville, planté en 1790.

Il y a quelque chose de touchant dans cette façon de parler du grand dentellier. Pour tous ici, il est *not' Monsieur*. Père de la dentelle, père des dentellières de cette ville. L'une et les autres ne vivent que par lui. Peut-être suis-je, pour ceux qui le nomment ainsi, le disciple ? Peut-être disent-ils : "Not'Monsieur instruit l'héritier de M. l'abbé." Peut-être pensent-ils : "En a-t-il de la chance, celui-là ! L'abbé d'abord, not'Monsieur ensuite" ?

J'aimerais qu'ils disent cela. Parce que c'est la vérité. Et j'aimerais être sûr que j'ai mérité ces deux chances.

Je pensais ainsi avant qu'Auguste Lefébure n'arrive me rejoindre, sous notre arbre. Ce seigneur arbre, *notre* ami, comme nous disons : *notre* cathédrale, *notre* dentelle, *notre* ville, nous écoute de toutes ses feuilles. Et un jour viendra où il aura entendu prononcer le mot dentelle autant de fois qu'il a de feuilles !

Je me disais aussi qu'à ces deux chances de ma vie il faut en ajouter une troisième : la chance Morel d'Arthus.

La maison de la rue des Granges à Genève, à l'image de ceux qu'elle abrite, m'aura été généreuse.

Elle m'a donné des leçons de beauté.

La beauté, chaque soir renouvelée, de voir cette famille agenouillée et priant. Belle prière dépouillée d'artifice, dans un cadre de sobre magnificence.

— A quoi pensez-vous, mon ami ? m'a demandé not'Monsieur, en s'asseyant sur le banc à côté de moi.

Je lui ai parlé des Morel d'Arthus. Je lui en ai parlé, parce que j'étais pénétré à cet instant de la beauté de leur demeure. J'ai commencé par dire :

— C'est une maison... sans brimborions.

Il a attendu que j'explique. Cet homme sait écouter, comme il sait regarder. Quand on lui présente un dessin, il le scrute, le transperce, va jusqu'à son cœur.

— C'est une demeure sans aucun objet médiocre. Si cette famille devait avoir une maxime en décoration, ce serait "Peu mais beau". Peu, bien sûr, c'est relatif, elle est si grande, leur demeure ! Mais s'il y a un Rembrandt sur un mur il n'y a que lui. Et sur le mur, en face, il n'y a qu'un cabinet Renaissance. Beaucoup de gens diraient : "C'est froid, jetez-moi quelques pompons ici et là." Eux ne savent même pas que les pompons existent ! J'ai été précepteur chez eux, neuf ans. J'y ai appris la sobriété en toute chose... Dans son traité de l'élégance, Balzac dit que "la prodigalité des ornements nuit à l'effet". Je n'aime pas le mot "effet". J'aurais dit à sa place : "La prodigalité des ornements nuit à la beauté."

— Tout est là, pour nous. Pour notre art. Il faut nous garder "d'en faire trop". A propos, j'ai découvert hier que vous saviez dessiner.

Théodorine m'a montré une ébauche de motif de dentelle faite par vous.

— Si je n'avais pas eu un petit talent, ou plutôt une petite tendance à dessiner, je ne crois pas que j'aurais, si vite, décidé de tenter l'aventure dentellière. Je m'étais remis un peu au dessin, pour mes élèves genevois.

Nous avons aussi parlé de Paris. Il y part demain. J'ai demandé :

— Croyez-vous que tout se passe à Paris ? Pensez-vous que tout l'esprit est là-bas et que nous n'avons ici que des mains ?

Il réfléchit, contempla la face ouest de la cathédrale. C'était peut-être d'ailleurs une réponse. J'ai ajouté : "Vous vous en souvenez, Balzac a dit que celui qui ne vient pas souvent à Paris ne sera jamais élégant."

Il m'a répondu que l'esprit de Paris met la matière en mouvement, peut-être, il n'en était pas absolument sûr, mais que la matière se meut aussi avec l'esprit d'ailleurs, dans beaucoup d'endroits. "*Mens agitat molen*[1]." Not' Monsieur a lu Virgile. Et je me demande quand ! Il a quitté l'armée napoléonienne pour être vendeur de dentelle, puis dentellier. Il court toujours, travaille dix-huit heures sur vingt-quatre, écoute ses ouvriers en confessionnal, parcourt le monde pour y vendre sa dentelle... et lit Virgile !... Et

1. L'esprit met la matière en mouvement.

aussi allonge ses jambes, étire ses bras sous notre platane et dit :

— Je ne sais pas ce que j'ai, je suis fatigué et je n'ai rien fait.

Judith-Rose, ma chérie, vous aimerez cet homme qui m'a raconté avoir accueilli chez lui, ce matin, une toute petite élève dentellière. Elle a six ans. Elle lui a dit :

— Vous savez, not' Monsieur, ma mère veut que je vienne chez vous parce que mes mains sont encore toutes petites et que vous êtes le seul qui sait les faire grandir.

Quand viendrez-vous à Bayeux ? Je vous montrerai ma ville, ma cathédrale, mon arbre, mon Auguste Lefébure.

Moi, il faudra bien que j'aille à Paris, parfois, et j'irai pour la fameuse élégance et le fameux esprit nécessaires à mon métier. Mais j'irai comme on va chercher de l'eau à une fontaine, on puise, on emporte et on vient boire chez soi. »

Lorsque Sylvère eut posé sa plume, il se leva et regarda autour de lui. Les murs de sa chambre ne lui déplurent pas. Il avait enlevé les gravures pieuses qui avaient moisi là pendant cent ans. Il n'avait gardé qu'un beau crucifix au-dessus de son lit. Un lit Empire de bonne facture. Comme la table à écrire et le fauteuil. Il avait retiré les satins violets qui recouvraient ces meubles.

— Mais... Mais..., avait dit Théodorine, ils sont nus maintenant !

Il y avait une toile bise, sous la soie, qui suffirait jusqu'à ce que les ateliers Neirel fassent fortune.

Et le salon? Il n'aimait pas son salon!

Il prit sa bougie et descendit.

En une heure il enleva tout ce qui le gênait. A commencer par la dame peu contente qu'il eût hérité de ses biens.

Théodorine, réveillée, vint l'aider.

Il y avait six mois, elle aurait fait une remarque acerbe. Plus maintenant. Elle avait vu son maître travailler, et ne pas ménager sa peine. Elle n'était pas loin de l'admirer : il n'était pas n'importe qui. Quelque chose en elle disait que ceux qui ne sont pas « n'importe qui » ont parfois des idées étranges. Et certes, c'en était une de remiser au grenier de si beaux tableaux, de si beaux vases, de si belles lampes.

Elle eut, néanmoins, du mal à s'empêcher de crier d'effroi quand elle vit arracher les passementeries de la méridienne et des fauteuils. Là, Monsieur exagérait!

Elle contemplait, incertaine, le résultat.

Les murs étaient nus, la moitié du mobilier enlevé, l'autre déshabillée! Elle apporta, puisqu'on le lui demandait, deux châles en cachemire des Indes rangés dans une armoire et alla chercher le vieil encrier de porcelaine blanche de Bayeux de l'abbé!

Sur une table recouverte autrefois d'un si beau

tapis galonné et pomponné, il y avait tout juste maintenant ce châle et l'encrier...

Elle se demanda pourquoi Monsieur disait : « Ah ! je me sens mieux ! » Elle haussa les épaules en allant se recoucher. Il était un peu fou, son maître, mais il avait dessiné une jolie dentelle cet après-midi. Si, comme elle le lui conseillait, il voulait y rajouter quelques ornements ici et là, elle serait tout à fait bien. Mais elle ne croyait pas trop qu'il l'écouterait.

Elle se demanda, avant de se recoucher, pourquoi le déménagement de ce soir lui faisait penser au dessin de l'après-midi. Mais elle n'alla pas plus avant dans ses réflexions et s'endormit.

*

Cette fin de juillet 1859, qui voyait se terminer la guerre pour l'indépendance de l'Italie, baignait dans un soleil chaque jour plus chaud.

A Grand-Cœur, d'exceptionnelles groseilles — on n'en avait jamais eu d'aussi grosses — rougissaient les deux côtés de la longue allée centrale du verger. Et les mûres étaient comme une grêle de perles noires tombées sur les chemins de Pervenchères. Aussi pensait-on plus aux confitures qu'aux victoires des armées française et sarde sur les Autrichiens.

Certains, pourtant, disaient, le soir, aux veillées, que ce bel été aurait vu les batailles de Magenta et de Solferino qui étaient aussi glorieuses que celles du grand empereur, autrefois. Et on admirait d'autant plus ces triomphes de l'armée française qu'ils avaient ponctué une guerre brève, n'ayant ni trop endeuillé la région, ni trop ralenti travail et commerce. De belles commandes de point couvraient même plusieurs pages dans les livres des dentelliers d'Alençon, et on commençait à dire que le règne de Napoléon III serait aussi celui de la dentelle. Les femmes de la campagne, les travaux des champs finis, se penchaient sur leur vélin, à la belle clarté de ces longues journées de lumière.

Le parfum des confitures de groseilles habitait la cuisine de Grand-Cœur. Trois rondes bassines de cuivre, débordantes d'une pourpre en fusion, trônaient sur une nouvelle venue : la cuisinière de fonte, récemment introduite ici, après de longs et délicats préliminaires.

Gratienne avait d'abord été farouchement contre cette masse noire aux robinets, poignées et enjolivures diverses, coquetteries dorées et luisantes dont elle avait dit : « Encore des cuivres à frotter ! » Mais peu à peu... Et elle s'attendrissait maintenant, fière d'un petit robinet qui donnait — oh ! qu'est-ce qu'on n'inventerait pas ? — de l'eau bouillante.

Un pas fit crisser le gravier de l'allée, les chiens aboyèrent. Judith-Rose essuya ses mains à son tablier blanc et courut ouvrir la porte.

Les douze dentellières convalescentes, qui faisaient leur vélin, assises autour de la grande table, levèrent la tête. L'arrivée du courrier était la distraction de la journée, et le François, qui l'apportait, était toujours prêt à raconter des histoires pendant qu'il se rafraîchissait d'un verre de cidre. Son concurrent le plus sérieux était le colporteur. Mais ce dernier ne venait qu'une fois par mois, et le facteur avait sur lui l'avantage de la fréquence de ses visites au manoir.

Le François avait pris l'habitude de faire durer le plaisir. Il s'épongeait le front d'abord, buvait lentement, et n'ouvrait sa sacoche qu'après avoir, enfin, dit : « Voyons donc ce qui est pour chez vous, aujourd'hui. »

Une lettre. De Genève.

Judith-Rose donna le timbre à la petite Louison. L'enfant le collerait sur l'album qu'elle lui avait offert à cet usage. Elle faillit lui dire : « Va le faire maintenant, si tu veux », mais se ravisa. Pervenche-Louise avait recommandé de ne pas trop gâter les convalescentes.

— Ce n'est pas parce qu'elles ont été malades, et que tu leur offres un mois de bon air et de bonne nourriture à Grand-Cœur, qu'il faut rompre le rythme du travail.

Pervenche-Louise devait avoir raison. Judith-Rose soupira et lut sa lettre.

10 juillet 1859.

Nous prenons, ma chère enfant, quelque repos dans notre campagne de Champel. Cette écriture, qui n'est pas la mienne, te surprendra. Elle est celle de Léopoldine, notre nouvelle lectrice. Tu sais comme la vue de Charlotte a baissé et, si la mienne est encore bonne, je découvre, figure-toi, que le plus ennuyeux des livres devient distrayant par le truchement d'une voix harmonieuse. Et Léopoldine a aussi la jolie écriture que tu peux apprécier en ce moment. Alors, quand je suis fatiguée comme aujourd'hui — légèrement, rassure-toi —, je fais appel à elle.

Mais qui ne serait alangui après ce que nous venons de vivre ?

Te souviens-tu de celui que tu appelais « le jeune-homme-qui-aime-les-petits-poissons » ? Eh bien, nous l'avons revu. C'est un grand monsieur, maintenant. Ce sera peut-être l'un des plus grands de son temps !...

Mais commençons par le commencement.

Prenons comme point de départ de cette aventure — car cela en fut une — notre arrivée au bord du lac de Côme, chez la Contessina. Notre amie a bien soixante-dix ans maintenant, guère de santé, plus beaucoup de cheveux à elle sous sa perruque, et le jarret définitivement ralenti. Mais on l'appelle toujours Contessina comme lorsqu'elle avait huit ans, cette chère comtesse Montefiori.

On nous avait dit : « Attention, il va y avoir la guerre en Italie, n'allez pas y faire votre séjour annuel. »

Mais quelles raisons aurions-nous eues de croire à la guerre ?

Que l'empereur ait décidé de mettre l'armée française en marche, pour tenter de faire l'unité italienne, ce n'est pas à nous, filles Morel d'Arthus, qu'il faut parler de cela comme d'une nouveauté. Du temps où notre chère maman s'honorait d'être l'amie de la reine Hortense, à Arenenberg, du temps où nous brodions des abeilles d'or sur ses pantoufles pour le prince Louis, Son Altesse affirmait déjà qu'un jour elle volerait au secours de son second pays d'adoption et en chasserait les Autrichiens.

Que Sa Majesté ait dit, le 1er janvier, au cours de la réception du corps diplomatique, à l'ambassadeur d'Autriche : « Je regrette, Excellence, que nos relations ne soient pas aussi bonnes que par le passé », était-ce là un sérieux indice de guerre ? Si sérieux pourtant que la Bourse baissa.

Nous, vois-tu, nous écoutions M. de Rothschild qui répétait : « L'Empire, c'est la paix. Pas de paix, pas d'Empire. » Nous avons tendance, dans la famille, à prendre en considération ce que disent les banquiers.

Et d'ailleurs qui ne cessait de nous corner aux oreilles : « Attention, danger ! » ? Notre inévitable Anna-Hilda !

Or, la nouvelle cousine est maladivement jalouse de nos amitiés italiennes. De la princesse Bosoli à la Contessina, en passant par Lucrezia Maleta, duchesse Leonardi. Car aucune de ces trois personnes ne la reçoit.

Elles la trouvent ennuyeuse.

L'ennuyeuse essaya donc, par tous les moyens, de nous dissuader d'aller cette année sur le lac de Côme.

Nous partîmes quand même. Nous disant que, si Napoléon III désirait toujours libérer l'Italie, il attendrait bien un mois encore.

Il n'a pas attendu.

Sa Majesté n'écoute plus personne, dirait-on. Et Mortimer est persuadé qu'elle aurait mieux fait d'écouter les Rothschild.

Nous ne fûmes pas contrariées de ce qu'Anna-Hilda ait semblé avoir remporté sa victoire italienne, elle aussi. Seul un événement imprévisible — j'ignore lequel — est intervenu pour ne lui donner raison *qu'apparemment*.

Bref, nous avions à peine commencé les interminables et délicieuses évocations de nos jeunesses communes, la Contessina, Charlotte et moi, que l'armée française était en marche et l'empereur débarqué à Gênes !

Si tu regardes une carte, tu vois que rien n'est plus près du lac de Côme que ces Palestro, Magenta et Solferino, lieux de batailles sanglantes, dans la chaleur torride et la poussière épaisse de ce trop bel été. Lieux aussi de victoires, certes, mais boucheries effroyables, carnages barbares, souffrances, agonies de moribonds qui appellent leurs mères, implorent, supplient...

Alors, crois-tu que l'on puisse rester dans un fauteuil de jardin, dans des coussins de plume, à regarder évoluer des cygnes sur un lac, en se contentant de dire : « Hélas ! Hélas ! le monde est fou ! »

Non. On ne peut pas.

Charlotte a dit, soudain, pendant que nous nous délections de citronnade, dans le bruit si rafraîchissant que font les morceaux de glace heurtant le cristal du verre :

— *Je les entends !* Depuis ce matin, je n'entends qu'eux, ces pauvres blessés, ces mourants !

Moi, cela faisait déjà deux jours et deux nuits que mon cœur était près d'eux.

Alors, nous sommes parties.

Nous avons laissé la Contessina compter les cygnes du lac, agiter sa clochette d'or pour appeler Giuseppe, son maître d'hôtel, lui ordonner de dire au chef de faire preuve d'un peu d'imagination dans ses sorbets, et que chez la Marchesa d'Orvani, sa voisine, on en sert aux fleurs de capucine qui sont délectables.

Parce qu'il faisait si chaud que seules les nourritures glacées nous apportaient quelque plaisir.

La Contessina aurait voulu venir elle aussi.

Elle a essayé. Mais vraiment ses jarrets !...
Ah ! les pauvres ! Songe qu'il lui faut déjà une
canne et, si tu m'en crois, bientôt deux. Nous
lui avons laissé la joie de participer à notre
expédition en fournissant la calèche, les chevaux, le cocher, les vivres, l'eau, la charpie et
un laissez-passer obtenu par l'un de ses
anciens sigisbées encore influent.

Et nous voilà, avec Bartholo le cocher, en
vue de Castiglione, village qui était, en quelque sorte, l'hôpital de la bataille de Solferino.

J'espère — je prie désormais pour cela aussi
— que tu ne verras jamais ce que nous avons
vu là. Et que plus personne ne subira le sort de
ces martyrs étendus sous le plomb fondu d'un
ciel impitoyable. Un monumental étal de bou-
cherie, voilà ce qu'était le village dont chaque
rue, chaque place, couverte de paille, était
devenue un immense lit d'agonie des combat-
tants.

Des milliers de morts et de blessés où que
se pose le regard, car il avait bien fallu utiliser
chaque pouce de terrain, les églises et les maisons de Castiglione étant pleines de moribonds. La population — les braves gens ! —
faisait de son mieux. Mais hélas, il n'y avait
que quatre chirurgiens pour couper des milliers de bras ou de jambes.

Et tant de mouches et de poussière ! Des
nuages entiers de l'une et des autres mêlées,
enveloppant, avec la chaleur de fournaise, ce

carnage d'êtres humains. C'était là un cauche-mar effroyable, l'on en restait un moment sans force, sans voix et on pleurait sans même s'en apercevoir.

Par où commencer, Seigneur ?

— Donner à boire et essayer de protéger ces malheureux du soleil, a dit Charlotte.

Parce que ce bruit étrange, cette sorte de vagissement, quand nous avons mieux pu l'entendre, était une infinité de : « A boire, à boire par pitié ! »

Un verre à la main, suivies de Bartholo portant le bidon d'eau, penchées vers ces déchets humains, nous répétions inlassablement des paroles de réconfort, lorsque nous avons entendu :

— Dieu vous bénisse ! Vous êtes celles que je suppliais le Seigneur de m'envoyer.

C'était le jeune-homme-qui-aimait-les-petits-poissons ! Mais peut-être ne te sou-viens-tu pas de lui ?

Lorsque tu étais enfant, tu venais avec Charlotte et moi visiter les pauvres du quartier des fabriques, sous les remparts. Et, souvent, nous croisions le jeune Henri Dunant[1] qui fai-sait, avec sa mère, le même travail que nous. Les malheureux l'adoraient. Il savait leur par-ler, les réconforter, leur faire accepter, sans les humilier, un secours ou une douceur. Nous

1. Philanthrope suisse fondateur de la Croix-Rouge.

l'appelions le jeune-homme-des-petits-poissons parce qu'un jour, alors qu'il était garçonnet, il avait vu, sur les bords du Rhône, un enfant martyriser l'ablette qu'il venait de pêcher. Le soir il avait demandé à son grand-père, le Dr Colladon, directeur de l'hôpital de Genève, d'obtenir du Conseil qu'on interdît la pêche à la ligne. C'était évidemment impossible, il fut très désappointé et eut du mal à admettre qu'on ne puisse, quand on était un homme raisonnable et influent comme son aïeul, empêcher la barbarie.

Il était là, à Castiglione, toujours dans les mêmes idées, lorsqu'il nous reconnut. Il nous embrassa en pleurant. Il était à bout de forces, il peinait depuis trente-six heures sans avoir pris une minute de repos.

— Que voulez-vous que nous fassions ? a demandé Charlotte.

— Par pitié, essayez d'empêcher que l'on enterre des soldats encore vivants.

Alors, il nous a expliqué que les paysans lombards, chargés d'emmener et de rassembler les cadavres dans des fosses communes, y jetaient souvent des moribonds qui pouvaient être sauvés.

Quarante-huit heures durant nous avons fait... ce tri. Après, comme nous étions un peu fatiguées, nous avons aidé aux pansements.

Soudain quelqu'un a crié : « Il n'y a plus de charpie, plus du tout ! »

Nous avons appris, par la suite, qu'un wagon entier, mal aiguillé, était arrivé chez un fabricant de papier qui, en toute bonne foi, en avait fait des enveloppes !

Où trouver de la charpie ?

Les habitants avaient déjà donné jusqu'à leurs moindres morceaux de linge. Nous avons, nous, enlevé nos jupons et Bartholo sa chemise. Il y avait aussi les serviettes qui couvraient notre en-cas et nos mouchoirs. Tout y est passé. Mais le sang coulait, coulait toujours. Les paysans nous apportèrent du foin !... Alors, le curé de l'église de Castiglione a donné le linge du service de Dieu. Les aubes, les nappes d'autel. Nous avons coupé, coupé, là-dedans. Il y avait des batistes, des toiles, mais aussi tant de dentelle ! Des merveilles de dentelle. Et nous avons coupé, coupé encore, dans la nuit qui tombait, puis à la lueur d'une bougie.

Depuis que tu m'as montré ce qu'est la dentelle, depuis que j'en vois faire chaque jour, quand nous sommes à Alençon, j'ai appris à admirer et à respecter ce travail. Et pourtant, j'ai détruit, tailladé, effiloché les points anciens de ces aubes et de ces nappes. J'ai réduit en charpie du Venise de grande beauté. Je le faisais, ma chérie, les mains tremblantes, pressée de satisfaire les chirurgiens qui réclamaient en criant, les infirmiers qui hurlaient : « Vite, vite ! Dépêchez-vous, il arrive des blessés sans cesse. » Je le faisais le désespoir et la rage au cœur.

Mais pourquoi ces boucheries ? Que veut le Seigneur, à la fin ? Du sang, et encore du sang partout ?

Lorsqu'elles nous ont vues tailler dans les beaux linges de l'église, les femmes du village sont allées prendre, dans leurs armoires, ce qu'elles avaient cru pouvoir garder, ce qui était brodé ou garni de dentelle. Et celles qui avaient encore un col au cou ou une mantille sur les cheveux les ont enlevés et donnés aussi. Et on coupait, on hachait toujours... Et des blessés arrivaient encore et encore...

L'an prochain, je reviendrai ici. J'aurai dans mes bagages deux parures d'Alençon, pour deux jeunes filles que j'ai vues panser et réconforter, sans relâche, des malheureux, enlever et donner leurs cols de dentelle à la femme qui passait recueillir les derniers brins de fil de Castiglione. Sur le dessus du panier tendu vers elles, elles ont posé leurs petits cols. Ils avaient été empesés et ils étaient, sur ce tas de dentelles, comme deux couronnes blanches.

Je ne t'ai pas encore dit que tous ces blessés étaient français, sardes et autrichiens, soignés sans aucune distinction de nationalité. Et que disaient, comme tant d'autres, mes deux jeunes Italiennes ? Elles répétaient : « *Tutti fratelli, tutti fratelli* », tous frères.

Plus tard les blessés ont été dirigés sur Milan, et lorsque nous avons quitté le village de Castiglione, couvert de sa paille sanglante, nous pensions à ce que nous avait dit Henri Dunant avant de partir avec les soldats vers les hôpitaux : « Au nom de l'humanité, n'y aurait-il pas moyen de constituer des sociétés de secours dont le but serait de faire donner des soins aux blessés en temps de guerre, par des volontaires zélés, dévoués et qualifiés pour une pareille œuvre ? » Charlotte lui a dit : « Que le Seigneur vous bénisse et vous aide, mon enfant. Nous vous aiderons aussi de notre mieux. » Et nous l'avons embrassé. Nous étions si sales, si hirsutes tous les trois que, le croiras-tu, nous en avons ri ! Et Dieu sait que rire, là où nous étions !...

Maintenant c'est toute propre, pomponnée, parfumée à l'Iris Impérial que je t'embrasse de tout mon cœur.

NOÉMIE.

P.-S. Napoléon III a remporté de belles victoires — oublions un instant qu'elles furent si sanglantes — et grâce à qui ? Grâce à son professeur de stratégie, notre cher général Dufour, commandant en chef de l'armée helvétique, qui fut, jadis, son professeur dans le métier des armes.

6.

Le quatrième anniversaire de Louis-Ogier fut fêté dans la joie. La robe de l'impératrice était presque finie. Les six années nécessaires pour la réaliser, s'il ne s'était pas agi d'une commande pour la souveraine, furent ramenées à quatre par le travail des « aiguilles de nuit » et l'augmentation considérable de l'effectif ouvrier de la fabrique.

Et Pervenche-Louise était exténuée.

Deux autres maîtresses dentellières et elle travaillèrent jusqu'à épuisement de leurs forces à l'assemblage *invisible* des cent dix morceaux qui composaient cette toilette.

Le résultat était fabuleux.

Des petites élèves de six ans aux plus âgées des vélineuses, toutes regardaient cette réussite comme s'il se fût agi d'un miracle. C'était, se disait Judith-Rose, l'un des plus émouvants côtés de ce métier. Chacune œuvrant, comme une fourmi dans son coin, suivant le chemin tracé, s'extasiait ensuite du résultat obtenu, comme si elle n'y avait pas participé. Il y avait là une humilité, un effacement devant l'œuvre collective, qui l'attendrissait toujours. Tant de fois, il lui était arrivé de faire compliment à une dentellière de la belle *mode* qu'elle venait de réussir, et tant de fois, la femme avait dit :

— Oh ! cela n'est rien, c'est quand tout sera assemblé que ce sera beau.

Et elle les voyait vivre, ces pauvres créatures, si patientes dans l'attente de ce miracle final et sans cesse renouvelé, sans jamais se plaindre.

La vraie fée de cette fabrique, Bathilde avait eu raison de le dire, était Pervenche-Louise qui non seulement parlait peu et travaillait beaucoup, mais avait une technique d'assemblage des morceaux de dentelle d'une perfection si absolue qu'il était impossible de croire que cette robe ne fût pas née d'un seul tenant, par miracle, précisément.

Même Charlotte et Noémie comprenaient qu'il y avait là une œuvre véritable qui méritait qu'on s'y intéressât.

Elles étaient parties chez elles pendant six mois, les deux cousines, et elles revenaient et s'installaient pour le printemps et l'été, à Alençon, à l'ombre du château.

Charlotte continuait à porter sa croix, sans trop d'affliction apparente ; elle semblait même assez sereine. Son séjour à Genève avait été très agréable. Elle avait pu montrer à Anna-Hilda comment on recevait chez les Morel d'Arthus.

Elles avaient, Noémie et elle, donné des réceptions dans leur hôtel de la rue de la Taconnerie désormais rouvert. On pouvait le dire, toute l'aristocratie genevoise était venue fêter leur retour dans la ville. Anna-Hilda n'avait quant à elle pas réussi à avoir la moitié de leurs invités à son dernier dîner prié ! Et, surtout, pas les deux plus prestigieuses présences : celle de la comtesse Edmond de Pourtalès et celle de la duchesse Colonna de Castiglione, toutes deux reçues à la Cour, familières de l'impératrice et en séjour à Genève à ce moment-là. La première était suisse par son mariage, et la seconde de naissance.

En d'autres temps, précisait bien Charlotte, attacher de l'importance à de telles satisfactions mondaines ne lui serait pas venu à l'esprit, mais quand il y a conflit, il faut savoir employer les seules armes qui puissent vaincre l'adversaire. Anna-Hilda s'efforçait de riposter en mettant en première ligne la vieille altesse sérénissime, celle qui se piquait jadis d'être experte en porcelaines anciennes et qui n'était plus experte en rien du tout maintenant, si toutefois elle l'avait jamais été !...

— Ah ! si tu nous avais vues, ma chérie, si fêtées par tous à ces belles réceptions que nous avons données, tu aurais été fière de nous, vraiment. Nous avions mis nos perles, ajouta Noémie. Et tu aurais été heureuse de revoir le consul d'Athènes qui m'a demandé de tes nouvelles. Il a dit que, le soir où tu lui as parlé en grec ancien, il a cru s'entretenir avec Perséphone, à cause de tes longs cheveux blonds...

Cette bonne humeur de Charlotte annonçait-elle une atmosphère agréable pour l'été ? Il n'en fut rien.

La robe de l'impératrice déclencha une crise qui eut les prolongements les plus inattendus.

Tout commença avec le problème de la livraison de la toilette de dentelle. Sa Majesté souhaitait qu'on la lui fît parvenir à Compiègne. Mme Pollet, trésorière des atours de la souveraine, l'avait fait savoir et Judith-Rose se réjouissait d'aller la lui porter.

Charlotte, d'abord incrédule, ne réagit pas la première. Ce fut Noémie qui demanda des précisions.

— Tu veux aller au château de Compiègne livrer *toi-même* la robe, la remettre à cette Mme Pollet ? Tu sais qui est cette personne ? C'est l'Espagnole, appelée Pepa, femme de chambre des Montijo et devenue gardienne des atours. C'est... c'est une domestique.

Revenue à elle, Charlotte put articuler qu'on n'avait encore jamais vu une Morel d'Arthus *faire une livraison et présenter une facture.* « Le travail ennoblissait », disait le Seigneur qui exigeait que celui qui savait faire quelque chose ne gardât pas ses dons inutilisés. Mais le Seigneur n'avait jamais demandé que l'on fît la besogne de ceux qui ne savaient faire que celle-là. N'importe qui, ici, pouvait aller livrer cette robe.

Ces raisonnements ne parurent pas atteindre Judith-Rose. Il fallait bien se rendre compte, dit-elle, que si elle allait, elle-même, porter ce travail, c'est qu'il valait une fortune et était irremplaçable. S'il était abîmé ou volé, ce serait une catastrophe.

— Et en plus, tu risqueras ta vie à transporter cet objet! Pense à la fontaine de ta tante Perdriel de Verrières.

Et les deux sœurs échangèrent un regard navré, puis décidé; ce fut Noémie qui parla encore.

Il fallait bien penser, dit-elle, que si une Morel d'Arthus se déclassait, oui, le mot n'était pas trop fort, son attitude rejaillirait sur toute la famille. L'oncle Élie, ancien ambassadeur, ne devait en aucun cas avoir à rougir de sa nièce. Il était reçu dans toutes les cours d'Europe en tant que numismate distingué et compétent. On devait penser aussi aux cousins que, certes, on voyait peu, mais qui étaient placés au sommet de la carrière qu'ils avaient embrassée. Il ne fallait pas oublier non plus la branche hollandaise, les vieilles tantes Coralie et Thérésine qui s'évanouiraient de saisissement, elles, dames d'honneur de Sa Majesté la reine Sophie de Hollande, si elles apprenaient que leur petite-nièce se conduisait comme... comme...

— Comme quoi ? demanda doucement Judith-Rose.

Elle s'efforçait de ne pas sourire. Tout cela, pour les cousines, était très sérieux.

Charlotte reprit :

— Il y a quatre ans, ma chérie, tu étais reçue en invitée à la Cour. Tu ne peux pas, maintenant, y aller en *fournisseur*. Tu n'entrerais pas par la même porte.

Et on parla, on parla sans fin. Le ton ne s'éleva jamais, les vieilles cousines étaient trop bien élevées. Mais elles avaient les pommettes roses des jours de grande contrariété.

Les arguments de Judith-Rose furent tous réfutés. Si Bathilde de Beaumesnil avait livré des dentelles à la reine Amélie — petite grimace de Charlotte qui n'avait jamais beaucoup admiré la femme du roi Louis-Philippe —, cela n'avait rien à voir, Bathilde n'était pas *née*.

— Moi non plus !

— Comment ! Mais tu es née Morel d'Arthus, de Genève. Cela vaut tous les titres que nous aurions pu avoir *si nous l'avions voulu*. Et tu pourrais, au moins, vivant en Normandie, te souvenir que nous descendons d'un noble normand. Et puis, rappelle-toi : ta grand-mère s'honorait de l'amitié de la reine Hortense. Noémie et moi, jeunes filles, nous avons brodé des pantoufles à l'empereur Napoléon III, du temps où il n'était encore que le prince Louis. Charles-Albert chassait avec lui dans les environs d'Arenenberg...

— J'avais remarqué, intervint Noémie, en revenant aux pantoufles brodées, que le prince avait le pied gauche très légèrement plus fort que le droit, et comme je brodais précisément celui-là — Charlotte se chargeait toujours du droit, c'était une entente entre nous —, bref, j'avais tenu compte de cette très légère déformation et le prince nous a dit que nos pantoufles étaient, vraiment, les plus confortables du monde.

— Il nous a demandé surtout, renchérit Charlotte, en admirant les abeilles en or sur fond de velours vert : « Est-ce là l'or de vos cheveux, chères demoiselles ? » Tu ne peux pas, *toi,* aller livrer une robe à cette Pepa Pollet, camerera espagnole qui a épousé un officier français certes, mais qui reste une subalterne chargée de veiller sur la garde-robe de l'impératrice et *qui accepte des cadeaux des fournisseurs* en récompense du mot qu'elle glisse sur eux à Sa Majesté ! Non, mon enfant, tu iras à la Cour par la grande porte ou pas du tout... Mais je ne comprends toujours pas pourquoi tu veux apporter *toi-même* cette robe.

— D'abord, parce que j'en suis très fière. C'est une splendeur faite chez nous, c'est le travail ininterrompu, pénible, harassant de nos femmes. C'est quelque chose de si beau ! Nous ne pouvons pas en risquer la perte ou le vol, je vous l'ai dit. Et puis... vraiment j'ai envie de la remettre moi-même.

— Dans ce cas, c'est à l'impératrice que tu dois la porter et à elle seule.

— En quelque sorte, dit Noémie, qui réfléchissait et prenait sans doute depuis un moment l'avis de Charles-Albert, en quelque sorte, il faut que nous te fassions inviter à Compiègne. Leurs Majestés aiment la Suisse. Mme de Pourtalès m'a raconté que l'empereur affectionne particulièrement un manteau de l'artillerie helvétique qu'il portait dans sa jeunesse, du temps où notre général Dufour lui apprenait le métier des armes. Il a toujours gardé cette redingote. Léon, son valet de chambre, a ordre de l'emporter dans tous les déplacements.

Charlotte conclut qu'elle allait réfléchir aux moyens à employer pour faire inviter Judith-Rose à une « série[1] » de Compiègne.

Il y eut encore, à l'ombre des tours du château d'Alençon, un long conciliabule de Charlotte et Noémie, douillettement installées dans leur salon, buvant leur tisane et protégées par Léonard et Julius Bertram. Elles essayaient de faire le point de la situation.

Judith-Rose avait dix-neuf ans et ne pouvait pas, indéfiniment, continuer à promener ses robes noires dans les rues de la ville ou sur les chemins de la campagne environnante en « levant » de la dentelle comme un chien lève

1. Réception donnée par Leurs Majestés où l'on groupait un grand nombre d'invités.

des lièvres. Elle risquait, à la longue, de s'ennuyer malgré la surveillance du chantier des petites maisons pour ses dentellières, l'aide qu'elle apportait à Pervenche-Louise et l'éducation de son fils. Une jeune femme exaltée avait sans doute besoin, pensaient les cousines, de quelque chose de plus. Genève, sûrement, lui aurait donné ce quelque chose, mais puisqu'elle s'entêtait à vouloir rester ici !...

Dès le lendemain, Charlotte tailla sa plume et écrivit à Mélanie de Bussière, comtesse de Pourtalès, et à Adèle d'Affrey, duchesse Colonna de Castiglione, pour demander conseil, après avoir exposé son problème.

En femmes fort bien élevées, courtoises et obligeantes, elles répondirent au plus vite.

La première approuva pleinement la réaction de Charlotte et de Noémie. Il ne fallait à aucun prix se laisser aller à jouer des rôles qui n'étaient pas les siens ailleurs que sur la scène des théâtres de salon des gens de son milieu. La vicomtesse de Beaumesnil-Ferrières, née Morel d'Arthus, devait rester là où elle était née, elle ne devait pas, sur une impulsion, commettre des actes que le monde ne pardonne pas.

« De tout ce que je lis entre vos lignes, ma chère amie, concluait la comtesse, il ressort que votre petite veuve s'ennuie. Nous allons l'aider à se distraire. J'aurai pour elle ce que peu de gens ont : le bristol rose tant désiré et qui convie à

Compiègne. La princesse de Metternich, comme vous le savez, fut ma marraine à la Cour. Je serai celle de votre Judith-Rose. Je vais voir, précisément avec l'ambassadrice, comment votre jeune cousine pourra, puisqu'elle y tient tant, apporter sa robe à l'impératrice sans déchoir.

Mais, dès maintenant, commencez la somptueuse garde-robe nécessaire à une semaine chez Leurs Majestés : tenues du matin, d'après-midi, de jardin, de petit et grand soir. Et des chapeaux. Beaucoup de chapeaux. Notre souveraine les adore et s'amuse toujours à regarder ceux de ses invitées. »

La seconde grande dame sollicitée répondit différemment. Elle était, disait-elle, assez mal placée pour juger de problèmes de cet ordre, s'étant elle-même démarquée de sa condition première en étant désormais une artiste qui signait ses sculptures *Marcello*. Elle considérait, toutefois, que l'on pouvait orienter sa vie comme on le voulait dans la mesure où l'on ne nuisait ni aux autres ni à sa conscience. Elle ajoutait que la personnalité de la jeune femme désireuse de « livrer elle-même ses dentelles parce qu'elles étaient belles et qu'elle en était fière » l'intéressait. Elle serait heureuse de la connaître, de la recevoir et de bavarder avec elle.

Une deuxième lettre de Mme de Pourtalès disait : « La princesse de Metternich s'est beaucoup amusée de notre histoire de dentelle. Elle m'a rappelé que l'impératrice parlait encore dernièrement de la nécessité d'aider les métiers qui font vivre des provinces entières.

L'ambassadrice d'Autriche pourra organiser "quelque chose qui servira les intérêts de chacun et divertira Leurs Majestés". Je ne sais quoi encore, mais on peut lui faire confiance. Elle a dix idées géniales par jour! »

Les recommandations de la première lettre étaient renouvelées : très beaux et très riches atours. Ne rien oublier de ce qui peut servir à la toilette. Se faire accompagner, au minimum, d'une femme de chambre, et si possible d'un valet. Les indications relatives au voyage jusqu'à Compiègne seraient précisées sur l'invitation envoyée par le chambellan de Leurs Majestés.

Après avoir, de nouveau, longtemps conféré, les deux sœurs décidèrent de ne montrer aucune de ces lettres à Judith-Rose. Elle pourrait, exaltée comme elle l'était, refuser qu'on s'occupât d'elle. Elles se contentèrent de lui dire que tout était réglé. Elle irait, à l'automne, à Compiègne et il n'y avait pas une minute à perdre pour s'y préparer.

Judith-Rose avait une amie.

Une jeune dentellière de huit ans. Pervenche-Louise lui avait parlé d'elle : « C'est un personnage intéressant. Hier, elle a étonné notre dessinateur en lui montrant, sur un vélin, une tige de fleur disposée, par erreur, dans le mauvais sens. Cinquante personnes ont regardé ce modèle sans déceler l'anomalie, et cette petite chose de rien du tout l'a vue à la minute où on lui a montré le dessin ! »

Questionnée, l'enfant s'était révélée intelligente, futée et surtout passionnée. Elle apprenait avec une telle rapidité qu'il fallait la calmer, la raisonner, tout en ne la décevant pas. Sa mère, une bonne vélineuse, lui avait enseigné les premiers rudiments du travail à l'aiguille et disait, avec fierté, qu'avant deux ans sa fille en saurait autant qu'elle.

Judith-Rose s'était donc intéressée à Élisa et, un jour, l'avait emmenée, sans trop savoir pourquoi elle agissait ainsi, dans son cabinet de toilette. L'enfant avait regardé autour d'elle avec intérêt, mais en silence. Interrogée sur ce qu'elle pensait de cet endroit, elle avait répondu, toujours sérieuse et montrant un oiseau, un cardinal à huppe rouge :

— Je voudrais être celui-là.

— Parce qu'il est le plus beau ?

— Non. Parce qu'il habite ici.

— Tu trouves que c'est joli ici ? C'est pour cela que tu voudrais y vivre ?

— Non. C'est pour être là, avec vous.

— Tu m'aimes bien ?

— Non... Oui... c'est qu'ici je serais à l'aise pour faire de la dentelle comme je veux. En bas, à l'atelier, il faut faire comme elles veulent, les maîtresses... et chez nous je dois m'occuper des bêtes et des deux petits frères. Là, avec les oiseaux seulement, ce serait bien... p'têt' même dans la cage avec eux on doit être tout tranquille.

Et elle avait enfin souri.

Il fallait faire quelque chose pour les enfants douées.

Il fallait créer une école. C'était à elle, Judith-Rose, de s'en occuper. C'était peut-être pour cela que le destin l'avait envoyée ici.

*

Judith-Rose faisait goûter Louis-Ogier.

Dorothée avait apporté sa tartine de confiture de groseilles, sa pomme et sa timbale de lait.

Il avait toujours un bon appétit et il riait entre chaque bouchée. Dorothée était fière de lui, fière qu'il fût un enfant bien-portant et heureux. Souvent, dans le jardin, elle l'élevait, dans ses deux bras tendus, le plus haut qu'elle pouvait, et disait :

— Regardez-le, Madame, regardez comme il est beau ! Il vit dans le soleil !

L'expression était justifiée, en ce bel été normand chaud et doré. Mais l'hiver elle disait aussi, en contemplant son poupet : « Toi, tu es mon petit soleil. » Gaie, attentive, nette, soignée, elle portait toujours des robes de percale claire, roses ou bleues, unies ou à carreaux, qu'enveloppait un grand tablier blanc sentant le pré sur lequel il avait séché. Ce tablier était le havre, pour Louis-Ogier. Lorsqu'il se serrait contre

Dorothée, son joli visage collé à la bavette de toile immaculée, il se sentait en sécurité et il étudiait le monde qui l'entourait.

Cet après-midi-là, ce n'était pas dans le jardin que l'enfant goûtait, mais dans le cabinet de toilette, la fenêtre ouverte sur les tilleuls du jardin.

Louis-Ogier babillait avec les oiseaux de l'une des cages et Judith-Rose, qui avait passé la matinée à visiter trois dentellières et à examiner leur travail, pensait à elles, à la petite Élisa, à Marie-Juliette, aux deux jeunes sœurs qui devaient mettre un bandeau sur leur bouche, aux « aiguilles de nuit » dont il allait falloir diminuer le nombre, à celles qui se mouraient empoisonnées par le blanc de plomb, à la vieille Rachelle buvant son lait sale. Elle pensait à ces centaines d'autres, vivant leur misère pour qu'un miracle de beauté, cette robe impériale que l'on terminait, en jaillisse. Elle soupira. Elle ne s'habituerait jamais à la cruauté de la vie. Même si elle se répétait qu'une petite Élisa ou une jeune Marie-Juliette, passionnées par ce qu'elles faisaient, ne seraient peut-être pas aussi malheureuses qu'elle le croyait. Chacun avait sa voie en ce monde, était-ce bien là ce que Dieu voulait ?

Louis-Ogier commençait à trouver que ces oiseaux en cage, il serait peut-être amusant de les distraire un peu en leur envoyant des projectiles : le reste de sa tartine, le trognon de sa pomme. Judith-Rose et Dorothée arrêtaient ce bombardement lorsque Valentin apporta une lettre.

Valentin ne savait pas lire, mais il avait reconnu les aigles impériales et il donna le pli avec un certain respect dans l'attitude. Et parce qu'il était vraiment un sourge-mites, comme disait la Gratienne de Grand-Cœur, il s'attarda pour voir décacheter l'enveloppe, attendant qu'il en sortît quelque chose d'extraordinaire. Il ne vit qu'une carte rose, ce qui le déçut beaucoup... encore qu'il y eût les aigles là aussi. Il se tâtait pour savoir ce qu'il raconterait à l'office ce soir. Louis-Ogier, séduit, avança la main pour s'emparer de ce papier couleur de dragée, et Judith-Rose alla ranger son invitation. Elle ne savait pas si elle était contente d'aller à Compiègne. Elle décida, à la réflexion, qu'elle l'était. Peut-être pourrait-elle parler à l'impératrice et lui dire ce qu'il en était des dentellières de France.

*

— Ne crois-tu pas ?...

Noémie, l'air un peu confus, s'arrêtait là.

— Quoi donc ?

— On vend, à Paris, un lait, ou une lotion... Non, un lait, quelque chose comme le lait Anté... Attends, j'ai noté... (Noémie fouilla dans ses poches et en sortit un petit papier.) Voilà ! Le lait antéphélique, chez Candès, 26, boulevard Saint-Denis. On assure, enfin la réclame le dit, que les tâches de rousseur disparaissent avec ce produit.

416

Judith-Rose rit.

— A la Cour, continuait Noémie, il te faut être impeccable. Et vraiment, il n'y a que cela qui ne va pas chez toi, juste ces taches.

Elle regardait sa petite-cousine et se disait à part elle, et peut-être avec Charles-Albert, qu'il était difficile d'être plus jolie. Qui, même à Compiègne, aurait des yeux, des cheveux et un sourire aussi éblouissants? Elle était bien certaine que personne n'égalerait, en beauté, charme et jeunesse, leur enfant. Mais, soudain, elle s'était souvenue de cette Adélaïde de Courmarin et souhaita que la petite, comme elle continuait à l'appeler malgré ses dix-neuf ans, fût aussi parfaite que cette dame.

— Dès que tu arriveras à Paris, tu chercheras le boulevard Saint-Denis, et tu iras, tu le promets?

Elle promit. Depuis quinze jours elle ne faisait que ce que l'on voulait qu'elle fît. Sa tranquillité était à ce prix. D'ailleurs, elle reconnaissait qu'elle ne pouvait aller à la Cour comme elle allait aux champs.

Il avait fallu élaborer ces toilettes, et s'extraire du quotidien alençonnais, des habitudes dans lesquelles elle avouait s'être un peu endormie depuis plusieurs mois. Penser qu'il faudrait changer de tenue au moins quatre fois par jour, se recoiffer tout autant et mettre des chapeaux ailleurs que dans son dos!...

A la fabrique, on savait que Mme la

vicomtesse irait, elle-même, présenter la robe à Sa Majesté et qu'à cette occasion elle serait reçue pendant huit jours dans l'un des nombreux châteaux de l'empereur. La nouvelle s'était répandue par la ville. Les amis et relations bonapartistes étaient flattés. Les légitimistes et orléanistes, réprobateurs, n'y faisaient guère allusion.

Pervenche-Louise sortit de ses cartons ses plus beaux volants de point, anciens et modernes, pour que l'on en garnisse trois des toilettes de grand soir. Il y avait à Alençon une excellente couturière, qui pour n'être pas les célèbres dames Palmyre, Gagelin, Lassalle ou Ghys, n'en était pas moins experte. Et, soudain, Judith-Rose décida de s'amuser à la confection de ses atours. Et même de ses chapeaux ! Ce qu'elle se fit faire fut simple mais raffiné.

Aloysia avait réussi dans la fabrication de fleurs artificielles, si à la mode et si prisées de l'impératrice, et elle avait décidé un jour de ne plus empeser des jupons. Elle fit des merveilles pour orner robes, chapeaux et coiffures.

C'était en rose ou en blanc, disait-on, que Judith-Rose était le plus à son avantage. Noémie offrit pourtant une robe en velours vert émeraude. Il y avait, dans les écrins rapportés de Suisse, une belle parure qui compléterait parfaitement cette toilette. Charlotte préférait le satin ivoire. On décida que les deux étaient nécessaires, plus quatre petites tenues du matin à jupe raccourcie comme les aimait l'impératrice, et six toilettes de promenade...

— Pensez que je ne pars que huit jours, disait Judith-Rose.

— Sait-on jamais ! répondait Noémie.

Lorsqu'on demanda à Dorothée si elle voulait accompagner sa maîtresse à Compiègne, elle se lamenta. Elle ne pouvait pas laisser son poupet, non, ce n'était pas possible. Il pleurerait la nuit s'il ne la sentait pas là. Et c'était vrai. Léonard, lui, acceptait de venir. Il ne voyait pas comment Mme la vicomtesse pourrait partir sans lui.

Pervenche-Louise proposa Marie-Juliette. Elle était habile, savait réparer une toilette endommagée et même coiffer. Depuis qu'elle venait, une fois par semaine, garder Louis-Ogier, elle avait meilleure mine. Nantie d'une jolie garde-robe de paysanne normande, avec une belle coiffe et une croix de Jeannette au cou, elle serait charmante et pittoresque.

— La princesse de Metternich trouvera cela amusant, conclut Noémie.

Marie-Juliette devint l'héroïne de la rue Saint-Blaise. Elle disait : « Oui, oui, je vais chez l'empereur. » Mais exactement comme elle aurait dit : « Je vais à la foire. » Elle aurait été bien incapable d'expliquer ce que cela signifiait. Elle savait qu'elle partait, quelque part, avec not'maîtresse et M. Léonard, dans la grande berline de ces demoiselles. Et qu'elle aurait des souliers. Des souliers de cuir. Après ? Oh ! après, on verrait bien.

*

Judith-Rose ne savait pas encore, en se mêlant à la cohue qui se pressait gare du Nord à Paris, qu'elle faisait partie d'une « série » de Compiègne dite « élégante ».

En atteignant le quai où le train spécial, réservé aux invités de Leurs Majestés, attendait ses soixante-quinze voyageurs, leurs domestiques et leurs bagages, elle commença à entrevoir la qualité de ceux dont elle serait la compagne pendant une semaine et qui s'avançaient, nonchalamment, jusqu'à leur wagon.

Leurs tenues de voyage de bon ton, raffinées dans le détail, annonçaient et justifiaient le gigantesque monceau de bagages que l'on engouffrait dans les fourgons. De grandes caisses de bois, dites « de couturière », transporteraient, sur leurs crinolines, les robes de ces dames dans le même confort que leurs propriétaires.

Mais ce qui lui prouva surtout qu'elle voyait là ce que Paris et l'Europe devaient compter de plus prestigieux en êtres humains — d'apparence du moins — était l'air gourmet de Léonard.

Léonard était parmi les siens !

Dans sa livrée Morel d'Arthus — drap bleu marine à boutons d'argent — il faisait belle figure, le savait et savourait le plaisir de marcher, à deux mètres réglementaires derrière Madame, en compagnie d'une bien jolie servante normande et en suivant une maîtresse sur le passage de qui tous se retournaient.

Le drap mastic de sa robe et de son mantelet, le feutre castor assorti à la couleur du cuir de ses chaussures et de ses bagages faisaient de la vicomtesse Odilon de Beaumesnil-Ferrières une parfaite élégante en voyage.

Un monsieur d'un certain âge, vêtu, comme le disait Léonard, avec « le parfait chic anglais », les suivait depuis qu'ils étaient tous trois sur le quai, et les dépassa. Derrière ses lorgnons, il avait lancé un regard vif à Judith-Rose, puis il s'arrêta, attendit, laissa passer le trio, le rejoignit et s'écria :

— Je ne me trompe pas, c'est ma petite princesse de Babylone !

Ce nez rond, ces binocles, ce gentleman : c'était M. Prosper Mérimée !

Jamais Judith-Rose n'aurait pensé le retrouver avec autant de plaisir ! Enfin quelqu'un qui lui désignerait Mme de Pourtalès.

— Je me doutais bien qu'un jour vous reviendriez sur la trace de vos chers petits fours ! On nous en offre tous les soirs, avec le thé de fleur d'oranger, et ils sont toujours aussi jolis !

— Quelle mémoire, maître !

— Voulez-vous me dire un peu, ma chère, comment nous pourrions écrire deux lignes, nous les forçats de la plume, si nous n'avions pas de

mémoire ? Notre imagination, c'est notre
mémoire... Je vous ai reconnue à vos cheveux.
Nous n'oublions jamais les cheveux d'une jeune
fille qui nous dit qu'elle aime nos héroïnes, ni
ses yeux, d'ailleurs, ni son sourire. Je me
dépêche de vous faire la cour parce que, dès ce
soir, il y aura foule autour de vous et très vite, je
ne serai plus le seul à savoir qui vous êtes. Êtes-
vous en bonne forme physique ? Je veux dire en
bonne santé ?

— N'en ai-je pas l'air ?

— Sans doute, sans doute. Mais, il faut que je
vous en prévienne, la vie à Compiègne est harassante, malsaine, redoutable. Ne me trouvez-vous
pas terriblement vieilli ? Je viens de faire trois
Compiègne, après six Saint-Cloud et deux Fontainebleau, et je me traîne. Vous verrez... Vous
verrez, on nous tue à coups de brusques changements de température entre les salons et les corridors et on nous nourrit comme des bêtes à
l'engrais. Vous verrez... Vous verrez...

— Elle verra quoi ? Ne démoralisez pas cette
enfant et présentez-la-moi, bien que je devine
son identité, dit la princesse de Metternich qui
les avait rejoints. Elle ajouta : — Il n'y a que
trois nouvelles têtes à cette série. Jules Sandeau
que je viens de voir, Mrs. Boulton, ce coquelicot
ardent là-bas, derrière sa pile de malles... On a dû
dire à cette belle Américaine que l'impératrice
aimait le rouge ! Seulement on l'a mal renseignée, ce rouge-là n'est pas celui de Sa Majesté,

mais celui de l'uniforme de jour de MM. ses chambellans !... Donc, par élimination, vous ne pouvez être que la vicomtesse de Beaumesnil-Ferrières.

— Ah ! Vous avez changé de nom ? Déjà ? dit M. Mérimée.

Et il aurait sans doute demandé qui était l'heureux époux, si un regard de la princesse ne l'avait arrêté tout net. Sur ces entrefaites Mme de Pourtalès arriva, et on lui enleva sa princesse de Babylone. Il put juste dire avant qu'elles ne s'éloignent :

— Vous me la reprêterez ? Elle est la seule de vous toutes qui m'ait lu *vraiment*. Elle est la seule à savoir la hauteur des colonnes qui soutenaient les jardins suspendus...

— Il vous a déjà prévenue, bien sûr, demanda Mme de Pourtalès en riant, que vous alliez vous enrhumer ou périr d'indigestion ?

La princesse de Metternich riait aussi. Elle était gaie avec naturel et simplicité et promenait autour d'elle son regard pétillant avec une acuité d'entomologiste. Mme de Pourtalès, ravissante et fraîche comme si elle sortait de son bain, était exquise. Judith-Rose se sentit rassurée.

Elle fut présentée aux arrivants qui prenaient place autour de ses deux protectrices qui paraissaient les reines du voyage.

Sans inquiétude au sujet du trésor en dentelle de l'impératrice qui voyageait dans son carton, sur les genoux de Léonard, et de la petite Marie-Juliette aussi sous la garde du paternel majordome, Judith-Rose se dit qu'elle pouvait se laisser aller à écouter ses compagnons.

Un très distingué vieux monsieur, qui avait dû être renseigné sur ses origines familiales, se pencha vers elle et lui demanda si l'ambassadeur Élie Morel d'Arthus était de ses parents. Elle dit qu'il était le frère de son père. Le comte de Saulcy précisa qu'il était collectionneur de médailles lui-même, et la félicita d'être la nièce de l'un des plus éminents numismates de son temps. Alors, elle parla de l'oncle Élie et du joli petit hôtel de la place Saint-Pierre à Genève. Il y vivait seul et lui disait dès qu'elle arrivait chez lui :

— Si tu veux que je te raconte l'histoire de cette monnaie carolingienne, je t'en supplie, ne touche à rien, assieds-toi, et ne bouge pas.

Elle bougeait si peu et se taisait si bien qu'il l'oubliait et, un long moment après, l'apercevant, il lui disait :

— Tiens, tu es là, toi ? Et par où es-tu entrée ?

C'était toujours la même chose. Elle n'avait jamais su l'histoire de la pièce carolingienne, ni des autres d'ailleurs.

Ils semblaient, tous, ne pas s'être vus depuis des années tant ils racontaient et on apprenait, à les écouter, qu'ils avaient passé la soirée de la veille ensemble ! Ils évoquaient des gens qu'elle ne connaissait pas, des affaires qu'elle ignorait, des événements dont le récit n'était jamais arrivé jusqu'à elle. Et la princesse et la comtesse débattaient d'une épineuse question de préséances à laquelle elle ne comprenait rien.

Elle avait eu deux journées fatigantes de courses dans Paris. Il régnait une douce tiédeur dans ce wagon luxueux. Elle s'endormit.

Elle s'éveilla, une demi-heure plus tard; ses deux protectrices dormaient aussi.

Une grande pratique du Paris-Compiègne leur avait permis un repos confortable. Judith-Rose s'aperçut que ces dames ne portaient pas une cape, comme elle l'avait cru, mais un burnous, très en vogue depuis la conquête de l'Algérie et apparemment bien commode. Le capuchon permettait, le chapeau enlevé, la tête à l'aise et néanmoins couverte, de somnoler, non pas le buste droit et raide pour éviter de se décoiffer, mais agréablement adossé à son siège. Judith-Rose décida que la première chose qu'elle s'achèterait, en revenant à Paris, serait un burnous.

Le train, parti à 2 h 33 (« Êtes-vous du 2 h 33 lundi prochain? » se disaient les habitués entre eux), déposait son précieux chargement environ deux heures plus tard à la gare de Compiègne.

De vastes breaks aux cochers en livrée vert et or, à perruque à marteaux poudrée, les menèrent au grand trot jusqu'au château.

On lui avait attribué une chambre du deuxième étage, donnant sur le parc.

— Les bagages de Mme la vicomtesse seront

ici dans une demi-heure à peu près, avec ses gens, dit un laquais poudré.

Elle s'accouda à son balcon.

La vue du parc, en cette fin de journée d'automne, l'attrista soudain. Elle retrouvait ici la mélancolie des soirées alençonnaises où elle se sentait glisser doucement vers un avenir terne et morose, s'effrayant qu'à dix-neuf ans tout fût déjà fini pour elle. L'amour aurait traversé sa vie le temps d'un éclair ?

Il y avait, par endroits, des bouquets d'arbres aux feuilles dorées qui flamboyaient aux derniers rayons du soleil, et des parterres de dahlias, de tous les tons de jaunes, du plus pâle au plus éclatant, paraissaient être les ombres d'or des arbres dorés. C'était beau. Elle soupira.

Léonard et Marie-Juliette arrivèrent. Il leur avait fallu se battre pour récupérer les bagages.

— Oui, Madame, se battre ! J'ai donné un coup de canne à un grand pendard de valet qui disait que le carton à chapeaux numéro trois de Madame était à sa maîtresse. Je signale au passage à Madame, à toutes fins utiles, que Mme la marquise de Galliffet a un carton à chapeaux, par le plus grand des hasards, semblable à celui de Madame et portant aussi le numéro trois.

Léonard ajouta, à regret, que Mme la marquise de Galliffet avait huit cartons à chapeaux, et Madame seulement quatre. Il aurait préféré le contraire.

Marie-Juliette commenta :

— Ben, vrai, c'était pire qu'à la fouère.

— Par égard pour la livrée que je porte, je ne corrigerai pas davantage ce malotru, mais nous nous efforcerons, la petite et moi, d'être placés loin de lui ce soir, au souper dans la salle des gens.

Léonard inspecta « le confort de Madame ».

Le cabinet de toilette lui parut convenable. Sans qu'il l'avouât, l'immense cuvette et tous les accessoires de toilette en porcelaine de Sèvres bleu et or, marqués du N surmonté de la couronne impériale, l'impressionnèrent.

Épaules et Épaulettes, ordonnait l'étiquette.

Que d'épaules nues ! Que d'épaulettes d'or !

Dans le salon, dit galerie des Cartes, parce que celles de la forêt de Compiègne en tapissaient les murs, tous ceux du « 2 h 33 » se retrouvèrent, un peu avant sept heures du soir.

De chaque côté de la porte de gauche de la galerie, les femmes s'alignèrent, en un rang chatoyant et scintillant. En face d'elles, les hommes firent de même, habits noirs et uniformes éclatants mêlés.

On attendit ainsi Leurs Majestés.

La princesse de Metternich d'un rapide coup d'œil avait apprécié la tenue de Judith-Rose : robe de satin blanc toute simple, bouffant sur crinoline obligatoire, ceinture de moire du même rose très pâle que les pivoines piquées à la taille et dans le magnifique chignon de tresses.

« Bien », dit-elle à sa protégée, tout en pensant qu'aucune femme, ce soir, n'offrait une vision aussi délicieuse que cette jeune créature vêtue avec tant de simplicité. « Bien, très bien », répéta-t-elle, en admirant les jolies épaules et l'orient et la grosseur des perles du collier. Puis elle donna un petit coup d'éventail sur la joue de Judith-Rose en ajoutant :

— Tous nos messieurs parlent déjà de vos yeux et vous avez des cheveux plus beaux encore que ceux de mon impératrice Élisabeth, ce que je n'aurais jamais cru possible.

Du rang des hommes à celui des femmes circula la nouvelle que Jules Sandeau mettait ce soir pour la première fois l'habit de cour et, ne sachant que faire des rubans de genoux de sa culotte, avait appelé Mérimée à son secours. Celui-ci interrogea le valet de chambre de son ami, un « extra » déniché au dernier moment, et l'entendit lui répondre :

— Eh ! non, je ne suis pas du métier, mais je voulais voir le château. C'est fait. Je veux aussi voir Leurs Majestés. Dès que je les aurai admirées, je déguerpis. Vous pensez si vos culottes de soie à rubans je m'en f...

Et on s'inquiétait du danger qu'il y avait à introduire des inconnus qui pourraient être des Pianori ou des Orsini[1].

Du côté dames, on renvoya l'histoire, toute

1. Terroristes ayant attenté à la vie de Napoléon III.

chaude aussi, de Mrs. Boulton. La comtesse de Bertigny, réputée pour ne pas aimer les étrangères parce que le comte les aimait trop, venait de faire compliment de sa robe à l'Américaine. Ce qui avait étonné tout le monde. Cette New-Yorkaise aurait-elle trouvé grâce aux yeux de la comtesse ? On avait vite été détrompé. Car à une Mrs. Boulton, ravie, et qui lui demandait si elle serait aussi du goût de l'impératrice et lui plairait, Mme de Bertigny avait répondu :

— Oh, certainement ! Sa Majesté avait à peu près la même robe l'année dernière. C'est même étonnant ce que la vôtre ressemble à la sienne... Savez-vous que, lorsque l'impératrice a porté ses toilettes deux fois, elle les donne à ses femmes de chambre qui les revendent ? Leurs meilleures clientes sont, justement, vos compatriotes...

On disait que Mrs. Boulton, déjà trop serrée par son corset, allait trépasser avant la fin du dîner tant elle étouffait de rage. On disait aussi que la comtesse de Bertigny aurait ajouté que les acheteuses des robes de l'impératrice en Amérique étaient ces personnes des saloons du Far West.

Judith-Rose, qui écoutait, n'avait pas encore pu jeter un regard sur le rang des messieurs, que Leurs Majestés furent annoncées.

Le chambellan de service était, lui dit-on, le « charmant, le délicieux, l'exubérant comte Bacciochi », superbe et triomphant dans son uniforme du soir, bleu, à collet de velours. Il accompagnait l'empereur qui donnait la main à l'impératrice.

... Plus tard, Judith-Rose se souvint avoir admiré la souveraine, somptueuse dans une robe de satin ivoire qu'illuminait une parure de saphirs. Elle se rappela que l'on avait été pour elle toute délicate bienveillance... Pour l'heure elle se redressait, après la parfaite révérence qu'elle venait de faire, levait son visage vers l'impératrice et offrait l'éblouissement de son sourire pour remercier Sa Majesté de sa bonté... lorsqu'elle s'évanouit.

Ce fut le comte Bacciochi qui, se trouvant le plus près d'elle, releva Judith-Rose aussi blanche que sa robe et la déposa sur le premier fauteuil venu. Le docteur Conneau, médecin de Leurs Majestés, s'occupa d'elle.

On entendit Prosper Mérimée affirmer l'avoir toujours dit, ces brusques changements de température, la glace qui vous tombait sur les épaules dans les couloirs et la canicule des salons, tueraient même les plus coriaces. Mrs. Boulton était sûre que l'émotion de voir de si près Leurs Majestés... Seule la princesse de Metternich avait l'impression qu'en regardant l'impératrice, la vicomtesse avait vu quelque chose, ou quelqu'un, qui l'avait impressionnée. Elle le dit. Un bel homme en habit de cour s'avança vers elle :

— Je pense, en effet, que c'est en me voyant

que Mme de Beaumesnil a été très surprise. Elle est ma belle-sœur mais ne me connaît pas encore. Je ne suis rentré d'un voyage de trois ans à l'étranger que tout dernièrement... Et je ressemble beaucoup à son mari, mon frère, mort en Crimée...

On se récria ! Ainsi, cette adorable jeune femme était de la famille du comte Manfred de Beaumesnil-Ferrières ? Et quel choc quand elle avait cru voir là, derrière l'impératrice, son mari soudain revenu ! Combien était touchante cette rencontre de deux parents qui ne se connaissaient pas !

L'impératrice se souvint avoir vu deux fois le même nom sur la liste des invités. Mais le comte était inscrit sous son nom entier de Beaumesnil-Ferrières et la vicomtesse seulement sous celui de Beaumesnil.

Hélas ! commentait le chambellan Bacciochi, malgré le soin que l'on prenait pour éviter le moindre impair, il se glissait souvent dans les invitations quelques terribles complications. Sa Majesté l'impératrice avait bien raison de dire que c'était toujours « le problème du chou, de la chèvre et du loup ». On n'était jamais sûr d'éviter les drames. Mais l'affaire de ce soir était plutôt romanesque.

Le docteur Conneau revint, rassurant : la vicomtesse allait bien. Après une bonne nuit elle serait tout à fait rétablie.

On lui demanda si la jeune femme savait qui

était celui qu'elle avait pris pour le fantôme de son mari, mais avant qu'il ne réponde, l'impératrice, avec son tact habituel, détourna la conversation.

Cela n'empêcha pas toutes ces dames de s'intéresser plus vivement encore que de coutume au beau comte Manfred de Beaumesnil-Ferrières qu'elles avaient déjà vu plusieurs fois ici, aux Tuileries et à Saint-Cloud.

*

Napoléon III savait être reconnaissant. Pas une seule personne l'ayant aidé dans les moments difficiles de sa vie aventureuse qu'il n'ait remerciée avec générosité et élégance, dès qu'il accéda au pouvoir.

Manfred de Beaumesnil-Ferrières était de ceux-là.

Il avait connu le prince Louis-Napoléon Bonaparte en Angleterre où ce dernier était exilé, alors qu'il venait acheter sa première machine à faire de la dentelle. Il avait été reçu à Londres, dans le bel hôtel de Carlton Gardens où Son Altesse menait une vie fastueuse et dépensait sans compter l'héritage de sa mère, la reine Hortense.

Ce beau Français intelligent, féru de mécanique, dont la noblesse remontait aux Croisades, intéressa le futur empereur, passionné de progrès et de science. Ils parlèrent des soirées entières de leur pays et de leurs passions, ils furent ensemble d'élégants cavaliers à Hyde Park et de joyeux compagnons de parties galantes.

Venu en Angleterre à trois reprises, Manfred était un intime du petit cénacle de Carlton Gardens que l'aristocratie anglaise ne boudait pas.

Après le coup de main manqué de Boulogne [1] et lorsque le prince fut emprisonné en France au fort de Ham, Manfred avait correspondu avec lui. Pour occuper ce temps de captivité, Louis-Napoléon s'instruisait — une partie de ses connaissances, dira-t-il plus tard, furent acquises à *l'université de Ham!* — et rédigeait quelques essais. L'un d'eux, « L'extinction du paupérisme en France », l'avait amené à demander à Manfred — se souvenant d'une conversation, un soir, au coin du feu de Carlton Gardens, sur la situation misérable des dentellières de France — des détails et des chiffres.

Manfred lui apporta les renseignements et vint visiter, par deux fois, le prisonnier.

A sa seconde visite, il le trouva dans un tel embarras financier qu'il lui offrit vingt mille livres. Le prince voulut lui donner un bijou en gage, ce *Camée d'Auguste* que Bonaparte avait trouvé en Égypte dans les ruines de Péluse et qui était estimé à cette somme-là. Manfred refusa. Plus tard, lorsque l'empereur voulut rembourser

1. Tentative du prince Louis Bonaparte pour s'emparer de la caserne de Boulogne et renverser le gouvernement de Louis-Philippe.

sa dette, le comte de Beaumesnil prétendit que cet argent avait été sa contribution à la cause bonapartiste.

Les amis de Louis-Napoléon avaient été récompensés par de brillantes positions dans l'entourage immédiat du souverain. Manfred n'en accepta aucune. Pris tout entier par ses machines et l'avenir de la dentelle à la mécanique, il voyageait de par le monde pour y étudier leurs développements et leurs débouchés. Il était ce type d'industriel moderne dont la France commençait à s'enorgueillir, et l'empereur n'insista pas.

Sa Majesté obtint, toutefois, d'avoir de lui, périodiquement, des comptes rendus techniques sur la situation des textiles en Europe et en Amérique.

L'impératrice disait, en souriant, que le comte aurait pu, sans doute, faire d'aussi brillants rapports sur les femmes qu'il devait séduire en chemin que sur les machines et la mécanique, si elle en jugeait par ses succès remportés à la Cour.

Mais Sa Majesté reconnaissait, en toute bonne foi, qu'il ne paraissait pas apercevoir les nombreux cœurs qu'il aurait pu cueillir, s'il l'avait voulu.

Le comte de Beaumesnil savait faire aux jolies femmes de la Cour — et sans doute à beaucoup d'autres — les compliments qu'elles étaient en droit d'attendre d'un homme pour qui une cer-

taine galanterie de propos fait partie d'un raffinement de savoir-vivre, mais sans plus. Et la
princesse d'Essling, dame du palais, disait de
lui :

— Son regard passe toujours au-dessus de
mon diadème et, sauf lorsque je lui parle et qu'il
faut bien que nos yeux se rencontrent, je crois
qu'il ne me voit jamais.

Mrs. Boulton, après l'avoir étudié un long
moment, avait conclu :

— Le lointain de son regard est bien lointain !... On dit chez nous qu'il n'y a pas de chemins carrossables pour atteindre ces lointains-là.

La langoureuse marquise de Maillecourt affirmait qu'il pensait à son malheur.

— Taratata, répondait la pétillante baronne
Desglandis, il est trop bien élevé pour venir ici
nous accabler de ses tristesses. Je crois simplement que nous ne l'intéressons pas. Dommage...

L'impératrice avait donné l'ordre de prendre
des nouvelles de Judith-Rose et de lui faire porter un bouquet de fleurs de ses serres.

La princesse de Metternich envoya un raris-
sime flacon à sels en opaline rose, dite « gorge-
de-pigeon », à bouchon d'or incrusté de rubis.
Une carte disait : « A ce soir, n'est-ce pas ? Le
petit objet ci-joint est pour conjurer le mauvais
sort. »

Les trois hommes de lettres résidant au château firent déposer un panier de fruits sur lequel

s'étalait, cacheté à la cire écarlate, le document suivant :

Les soussignés,
Octave Feuillet,
Prosper Mérimée,
Jules Sandeau.
(énumération alphabétique et non au mérite)
Ayant tous trois passé une atroce nuit à s'inquiéter de l'état de santé de la divine vicomtesse de Beaumesnil-Ferrières, tombée hier soir sur le parquet de Leurs Majestés, comme une fleur coupée, sollicitent l'honneur de venir la distraire avec les meilleurs contes de leur répertoire.

Mais pour éviter que l'un d'eux, hélas ! ne l'endorme et qu'elle ne puisse, dès lors, recevoir le suivant, ils jurent sur leur honneur de gentilhomme et d'écrivain qu'ils ne viendront jamais que tous trois ensemble se répandre à ses pieds.

Fait à Compiègne, le 10 novembre 1860.

P.-S. Les pommes, les poires et les raisins qui accompagnent ce solennel engagement ont été obtenus de M. l'intendant de la bouche de l'empereur. Les soussignés étaient trop éprouvés par leur mauvaise nuit pour avoir la force d'aller jusqu'à la ville.

Judith-Rose sourit en refermant ce petit billet.

M. Prosper Mérimée, pensait-elle, se plaisait à dire qu'il était le « fou » de l'impératrice. Mais les deux autres paraissaient bien aussi fous que lui, tout sérieux bibliothécaire de Sa Majesté que dût être M. Feuillet !

Elle était rétablie et se souciait de s'être donnée ainsi en spectacle.

Le paternel docteur Conneau la rassura en lui affirmant que Leurs Majestés n'étaient que compréhension et simplicité.

— L'impératrice surveille elle-même les listes de ses invités et a dû croire que le comte Manfred de Beaumesnil-Ferrières n'avait rien de commun avec la vicomtesse de Beaumesnil, puisqu'on ne lui avait fait aucune remarque à ce sujet. Sa Majesté est très vigilante et redoute précisément des rencontres inopportunes... D'ailleurs, dans votre cas, madame, il ne s'agit pas, je crois, de quelque chose de ce genre ?

Le regard voilé de tristesse, Judith-Rose lui dit :

— Tout à coup, docteur, derrière le visage de l'impératrice, *j'ai vu mon mari* et en même temps, je me disais : *Mais il est mort !* Après, je ne sais plus... mais ce que je sais, en revanche, c'est que je ne m'étais jamais évanouie. Je crois avoir eu, hier au soir, la plus grande peur de ma vie. Et maintenant je ne suis pas très rassurée à la pensée de reparaître ce soir devant Leurs Majestés.

— On vous attend avec sollicitude, croyez-le bien, avait dit le médecin en la quittant.

Songeuse, elle croquait un grain de raisin, lorsque Léonard la prévint que le comte de Beaumesnil demandait à la voir.

Son cœur se mit à battre très vite. Elle aurait voulu dire : « Plus tard, je vous en prie, plus tard ! » Mais elle décida que mieux valait affronter cette épreuve dès maintenant.

Elle l'attendit, assise près de la fenêtre, les yeux fixés sur le parc, elle se détourna lorsqu'il entra. Elle ouvrit plus grand encore ses yeux si grands, le regarda avancer vers elle et, sans qu'elle s'en rendît compte, des larmes coulèrent le long de ses joues.

Il s'approcha, prit le petit mouchoir qu'elle tenait, roulé en boule dans une main, et lui essuya doucement le visage.

Il était près d'elle... comme autrefois Odilon... Elle eut un bref sanglot.

Il emprisonna ses mains dans les siennes, les serra et dit :

— Tout ira bien maintenant.

Il n'avait pas la voix d'Odilon. Et, très étrangement, elle fut sûre, en effet, que tout irait bien.

Elle le regarda de nouveau :

— Pourquoi n'ai-je jamais su que vous vous ressembliez tant ?

— Vous a-t-on beaucoup parlé de moi ? On devait même penser que nous ne nous rencontrerions jamais. Je vis surtout à Paris et très rarement en Normandie désormais. Mes usines sont à Calais. Et je suis l'ennemi. J'ai abandonné le clan. Vous savez cela ?

Elle hocha la tête et ne put s'empêcher de sourire à demi. Pour Pervenche-Louise, il était Caïn.

Ils s'assirent, côte à côte, sur le canapé rond surmonté d'un palmier qui occupait le centre du salon attenant à la chambre. Manfred n'avait pas le regard lointain que ces dames lui reprochaient.

— Vous vous êtes mariés très vite, n'est-ce pas ?

— Odilon devait retourner en Crimée sans tarder. Nous ne savions pas quand il rentrerait. C'était déjà un miracle qu'il ait réussi à venir se faire soigner chez lui après sa seconde et grave blessure. Aucun militaire français ne le pouvait. Il avait eu la chance d'être embarqué sur le navire anglais qui ramenait le cousin de la reine d'Angleterre, le duc de Cambridge, et des officiers anglais gravement atteints. Il savait aussi combien sa mère serait heureuse de nous savoir mariés. Elle était très malade... comme j'aimais Odilon, et que lui, je le pense, m'aimait aussi...

Manfred ne dit rien. Il regardait les frondaisons d'or roux du parc. Elle se dit qu'il pensait peut-être à son propre malheur

— Et que faites-vous maintenant ?

Il lui sembla, tout à coup, ne s'être jamais posé cette question. Elle s'était contentée de continuer ce que Bathilde avait attendu d'elle, sans le lui avoir dit : aider de son mieux Pervenche-Louise et la fabrique.

— Mais ce travail vous plaît-il ? Vous y étiez préparée ?

Elle s'expliqua. Dit qui elle était et comment tout s'était, si subitement, déroulé. Mais passa sous silence le remariage de son père et n'avoua ni son désespoir ni sa panique en l'apprenant. Sa réaction lui paraissait si enfantine maintenant... Elle se souvint de la lettre de petite fille rageuse qu'elle avait failli envoyer et se demanda pour la première fois si, sans ce bouleversement dans sa vie, elle serait devenue la femme d'Odilon.

Elle rougit soudain. Et elle ne sut pas très bien pourquoi. Était-ce de tant parler de sa vie conjugale à cet homme qui en vivait une si pénible... ou de s'apercevoir que cet homme-là tenait toujours ses mains dans les siennes.

Le brusque fard de ses joues donna à ses yeux un éclat tel qu'ébloui, Manfred, une seconde, ferma les siens.

Ce n'est pas le regard d'Odilon, se dit-elle, quand il les rouvrit. Celui d'Odilon n'était que tendresse. Celui de cet homme est impérieux et étrange à la fois.

Elle le voyait maintenant, si la coupe allongée du visage, la belle rectitude du nez, la bouche ferme et les cheveux bruns étaient semblables, il y avait tant de différences par ailleurs ! Manfred était plus grand, plus grave, plus âgé qu'Odilon. Et si elle devait mieux le connaître, elle relèverait sans doute beaucoup d'autres dissemblances. Elle se dit qu'elle serait heureuse de le revoir, ressentant un apaisement à le sentir chef de sa famille, et en même temps ?... Non, elle ne savait pas vraiment ce qu'elle éprouvait.

Elle se taisait.

A la façon dont il lui dit, soudain : « Vous avez un fils ! » elle devina qu'il avait fait un rapprochement entre leurs deux destinées et que la balance penchait de son côté à elle.

Puis ils parlèrent d'Odilon.

Il en parla, elle le sentit, pour chasser des images et des pensées douloureuses. Elle dut mettre, sans trop s'en apercevoir, de la pitié dans son regard. Cela parut lui déplaire, car il prit alors un ton dur et même ironique. Peu à peu, il l'adoucit.

Elle apprit ainsi qu'Odilon n'avait jamais pu envisager d'être, comme leur père, ligoté dans des fils de lin, enfoui sous des dessins de dentelle et assailli par des bataillons de dentellières d'un côté et de clientes de l'autre. Il était vrai, au demeurant, que leur père lui-même ne s'était pas complu longtemps dans cette position et avait vite laissé sa première, puis sa seconde femme, tout affronter à sa place.

Le rêve d'Odilon aurait été de faire partie du régiment des guides. Le plus beau régiment de France, qui incarnait pour lui l'excellence militaire des deux empires. Il rappelait toutes les gloires de Napoléon Ier, il était celui des preux chevaliers de notre époque.

Odilon disait : « Je veux être du régiment qui a été créé à la campagne d'Italie en 1796, chargé de veiller sur l'Empereur et l'accompagnant partout. » Il s'exaltait, parlait de toutes les victoires napoléoniennes, de l'Égypte et de l'Europe conquises. Et aussi de l'uniforme vert dont le premier empereur portait habituellement le frac de petite tenue, celui dans lequel il reposait à Sainte-Hélène.

Il fut invité, un jour, à déjeuner au mess des officiers du régiment des guides, dans leur hôtel, rue de Grenelle à Paris. Il revint surpris et quelque peu désenchanté, parlant du luxe, de l'apparat, qui régnait là, sans doute aussi grand que celui des Horse Guards à Londres. Il avait vu les plus beaux officiers revêtus du plus rutilant des uniformes, mais il avait peu apprécié leur rôle de parade, aux portières de la daumont de l'empereur, et ajouté : « Moi, c'est au feu que je veux aller. » Il s'engagea chez les hussards.

Au grand désespoir de sa mère qui aurait préféré le voir caracoler en faisant escorte à Sa Majesté, ignorant sans doute que, dès que l'empereur partirait à la guerre, les guides le suivraient.

Elle écoutait attentivement.

Dans tout ce que Manfred disait il n'y avait ni raillerie ni condescendance, mais l'intérêt affectueux d'un aîné. Elle sentit qu'il aurait été pour

442

Odilon et elle un protecteur attentif. Le serait-il pour elle et son fils ?

Son regard s'était adouci. Et lorsqu'il la quitta, en lui disant qu'il se réjouissait de la revoir ce soir au souper de Leurs Majestés, elle le sentit sincère.

Elle s'habilla pour la soirée avec un soin particulier.

La petite Marie-Juliette se révélait très adroite, prenait vite le rythme des servantes chevronnées des grandes dames du palais, courait dans toutes les directions pour obtenir ses fers à repasser, ou ses fleurs fraîches, et n'était pas la dernière à demander qu'on active la livraison d'eau chaude ou froide pour sa maîtresse. Les crinolines la subjuguaient. Elle en avait essayé une et la pensée de la « frottée » que lui aurait donnée son père, s'il l'avait vue ainsi affublée, la fit rire une matinée entière. Sans Léonard elle se fût sentie perdue, mais elle était comme une enfant qui sait pouvoir risquer quelques imprudences, sûre de la protection familiale. Ces imprudences-là, c'était d'aller admirer les valets ou les laquais du palais, si beaux dans leur livrée impériale vert et or. Ils lui paraissaient splendides, mais dangereux aussi. Et elle ne dressait les ailes de sa coiffe et son museau admiratif vers l'un d'eux que lorsqu'elle savait Léonard à portée de voix. Tout princes-valets qu'ils fussent apparemment, ils n'en avaient pas moins les mains aussi indiscrètes que les laquais ou palefreniers d'Alençon.

Elle arrivait préparer sa maîtresse pour la soirée avec une provision de petites nouvelles glanées en furetant un peu partout. Elle commença à les débiter en s'occupant des cheveux de Judith-Rose qui trouva trop long le temps qu'elle mettait à les brosser :

— Faudra ce qu'il faudra, Madame, parce qu'il y a nécessité qu'ils soient les plus beaux ce soir. Toutes les dames disent qu'elles vont beaucoup vous regarder au souper.

— Pourquoi disent-elles ça ?

— J'le sais point. Mais j'entends qu'elles s'occupent joliment de Madame. Leurs femmes me l'ont dit. Et aussi qu'il y a un beau seigneur qui ne connaissait pas not' maîtresse, mais qui aurait dû la connaître, et que ça, plus ça, ça fait grand bruit puisqu'elles en parlent toutes ! Elles ont essayé, les femmes de ces dames, de faire causer le Clément qu'est au comte de Beaumesnil, ce seigneur dont je parlais à Madame et qui est son parent à ce qu'on m'a dit. Mais ce gaillard-là, le valet Clément, faudrait se lever tôt pour lui faire ouvrir la bouche autre part qu'à la table des gens où il ne laisse sa part de rôti à personne. Y mange et y dit rien. Et y boit pas que de l'eau, mais même le bon vin de l'empereur ne sait guère lui faire dire autre chose que « bonjour ou bonsoir la compagnie ».

» ... J'suis bien aise que Madame mette sa robe de satin rose, c'est celle que Mme Aloysia, Mlle Dorothée et moi, on préfère. Elles disent, et moi aussi, qu'vous êtes aussi belle que des amours là-dedans. Mme Aloysia m'a bien répété de vérifier que les roses du décolleté soient bien disposées. Elle m'a corné aux oreilles qu'il faut qu'elles entourent les épaules de not' maîtresse comme une couronne.

» ... Eh bien, c'est pas possible, pas une dame ne pourra être aussi belle que not' maîtresse ! conclut Marie-Juliette quand elle eut fini d'ajuster les plis du satin, les fleurs et les perles.

Pour être moins démonstratifs dans leur admiration, ceux qui accueillirent ce soir-là Judith-Rose ne manquèrent pas d'être séduits et furent d'accord pour trouver qu'elle semblait avoir perdu un peu de son extrême jeunesse et gagné encore en charme.

La fatigue et l'émotion avaient légèrement creusé son visage. Plusieurs des invitées, à la voir, épiloguèrent sur l'influence des émois de l'âme sur la beauté.

— Ah ! soupirèrent-elles, nous ne sommes que cela, un cœur qui bat et qui fait de nous ce qu'il veut.

— Eh bien, glissa la princesse de Metternich à l'oreille de Judith-Rose, regardez-les, ces « cœurs émus », quand ils seront à table, et vous verrez qu'ils ont fichtrement besoin d'ortolans et de foies gras d'oie. Seuls les corsets les ramènent un peu à la raison.

— J'ai toujours très faim moi aussi, dit Judith-Rose en riant.

— Peut-être, mais vous ne m'avez pas encore dit que vous n'étiez qu'un cœur sensible... Et j'ai l'impression, bien que votre taille soit parfaite, que vous ne serrez pas votre corset.

Se penchant vers l'oreille de la princesse, Judith-Rose murmura :

— Je n'en porte pas.

Peu de personnes pouvaient se vanter de réduire au silence l'ambassadrice d'Autriche ; ce soir-là, la vicomtesse de Beaumesnil y parvint. Il fallut quelques instants avant que Mme de Metternich, après un coup d'œil vers la ceinture de sa voisine, puisse dire :

— Vous me le jurez ?

— Sur l'honneur.

— Eh bien, ne le dites qu'à moi ici. Ce serait très mal vu. Être sans corset à la Cour, c'est y être quasiment nue.

— Votre Excellence m'a déjà dit cela pour la crinoline. Je n'en avais jamais porté non plus.

— J'ai dû voyager trop vite en Suisse. Je n'y ai pas assez remarqué les petits phénomènes comme vous.

— Une vieille cousine m'a élevée. Elle trouve malsain de se serrer. Elle interdit aussi les jarretières.

— *Vous n'avez pas de jarretières non plus ?*

— Non ! Je le jure aussi.

— Mais ils tiennent comment, vos bas ?

— Par des petits rubans cousus à ma chemise.

— Toujours une idée de la vieille cousine ?

— Toujours. Elle trouve malsain le ligotage des chairs.

— Il faudra que vous me décriviez cela en détail, mais il y a ici trop d'oreilles indiscrètes... Tout de même, jeune dame, savez-vous que, si je disais, là, bien fort, que vous ne portez ni corset ni jarretières, je causerais plus d'émoi que vous n'en donnâtes hier en vous évanouissant.

— Il est certain, princesse, qu'un tel sujet développé dans ce salon...

— Je peux me permettre beaucoup de choses ici. On m'y passe tout. Mais c'est *vous* qui seriez la grande attraction... Non, non, rassurez-vous, je me tairai.

Nombreux étaient ceux qui attendaient le moment où les deux héros du petit drame, dont on avait eu le premier acte la veille, joueraient le second. C'était encore plus rare qu'une première de MM. Dumas, Augier, Sandeau ou Feuillet. C'était quelque chose d'inédit, joué devant Leurs Majestés et quelques privilégiés.

On vit donc la jeune femme entrer dans les salons sans gêne apparente, faire sa révérence sans se troubler et renouveler ses excuses aux souverains pour l'incident de la veille. (On savait qu'elle avait aussi écrit à l'impératrice une lettre exprimant les regrets qu'exigeait son inconvenante attitude.) Et maintenant on attendait de la voir confrontée avec le comte de Beaumesnil dont elle avait eu si peur la veille. Mais ce dernier parlait avec l'empereur et les ducs de Morny et de Persigny. On piaffait d'impatience. Enfin le général Rollin, préfet du palais, vint annoncer le souper.

L'empereur et l'impératrice se donnèrent le bras pour passer à table. Les invités devaient suivre par couples. La vicomtesse avait-elle demandé au comte de Beaumesnil de la « mener à table » ?

Car l'usage voulait que ce fût la femme qui choisît le cavalier qui la conduirait à la salle à manger et s'assiérait à côté d'elle.

Elle n'en avait rien fait. Ce beau-frère, découvert par surprise, ne lui avait donc pas assez plu pour qu'elle veuille l'avoir auprès d'elle ? Le deuxième acte commençait donc par de l'indifférence ? De l'antipathie ? A moins que ce ne fût une ruse pour tromper les curieux ?

On allait surveiller cela avec un intérêt croissant.

Judith-Rose, en fait, lors de la visite de Manfred, n'avait pas pensé à cet usage de la Cour à Compiègne, et lorsqu'elle vit son beau-frère escorter la très belle Mrs. Boulton, elle décida qu'elle enverrait Léonard, dès le lendemain matin, « retenir le bras du comte » pour la soirée. Elle y avait droit avant cette dame de New York dont le teint, les cheveux et les diamants rivalisaient d'éclat.

Elle était assise à côté de Prosper Mérimée qui se plaignait toujours de tout et gémissait sans cesse. Peu demandé par ces dames, il avait dit à Judith-Rose :

— Si vous n'avez encore prié personne de vous mener à table, je sollicite cet honneur. Vous me parlerez de Babylone, cela m'aidera à atteindre la fin de l'un de ces interminables repas qui nous feront tous mourir avant l'âge.

— Je croyais que c'était vous, maître, qui deviez me distraire ?

— Oh ! pas à table ! Si je parle, j'avale de l'air et alors j'agonise la nuit entière. Regardez, jusqu'au surtout qui est indigeste ! Une chasse à courre en argent ! Je déteste penser que les bêtes souffrent. Examinez de plus près ce petit monument de métal, parce que, en confidence, ce n'est même pas de l'argent ! Regardez ! il y a l'hallali, la curée... Allez donc manger du gibier après avoir vu ça... Seigneur ! vous allez avaler tout ce qui est dans votre assiette ?

— J'ai faim, maître.

— Vous éclaterez dans votre corset, et vous vous trouverez encore mal !

— Mais, vous-même, maître, vous mangez bien aussi, à ce que je vois.

— Moi, ma chère, je suis intoxiqué. J'ai pris l'habitude, par politesse, de faire honneur à longueur d'année aux tables impériales, aux Tuileries, à Saint-Cloud, à Fontainebleau. Si je ne mange pas, mon estomac me tiraille la nuit.

— Et si vous mangez, il criaille !

— Moquez-vous, moquez-vous. Je mourrai

l'une de ces nuits, victime d'une impériale indigestion.

— On meurt aussi de faim, en France.

— C'est une mort plus noble !

— J'ai à mon service une petite fille qui, un soir, est tombée faute du morceau de pain que vous émiettez là.

— Ah ! ma chère, je ne vous choisirai plus pour compagne. Vous empêcheriez un régiment de digérer.

— Tout ce que nous disons, dans cette magnifique salle à manger, devant cette table somptueuse, en écoutant cette musique du régiment de la garde, en essayant de savoir combien il peut y avoir de kilogrammes de diamants autour de nous, me paraît irréel.

— Pas à moi. J'aimerais mieux que vous me parliez de Babylone. Voyez-vous, ce que l'on vient de nous servir là, ces petites cailles en caisse, c'est encore ce que je préfère, ne me les gâchez pas.

— Des cailles en caisse ! s'écria la princesse de Metternich, placée non loin d'eux, je les adore. Ah ! vraiment quelle bonne maison que celle-ci !

— Et voilà ! dit Prosper Mérimée, tout bas à Judith-Rose, *elle l'a dit !* Je me demandais, depuis hier, quand elle placerait son « Ah, quelle bonne maison ! », elle nous le sert à chaque « série ».

450

— Mais Son Excellence le pense vraiment, je suis sûre.

De mauvaise grâce Mérimée dut approuver :

— Oui, elle est sincère. Elle aime ce qui est bon... et elle ne craint pas les courants d'air et les changements de température d'une pièce à l'autre.

— Dites-moi, maître, l'impératrice vouvoie l'empereur et il la tutoie, l'appelle *Ugénie*, en supprimant la première lettre du nom. Pourquoi ?

— Oh ! le pauvre, il a été élevé en Suisse... Aïe ! mais vous êtes folle, vous m'avez écrasé le pied... et j'ai le pied hypersensible.

— J'ai été élevée en Suisse, moi aussi.

— Bon ! Voyez-vous ces choses-là n'arrivent qu'à moi. Et à table ! Pour m'incommoder encore plus. Enfin... Tenez, pour me faire pardonner je vous donne un conseil : prenez du thé de fleur d'oranger après dîner. C'est celui qui assure la meilleure digestion et fait dormir. D'ailleurs, tout le monde en boit, pour imiter l'impératrice.

En fait, elle se serait plutôt amusée si elle n'avait eu, dans son champ visuel, les épaules merveilleuses de cette Mrs. Boulton. Et Manfred les avait regardées, avait-il semblé, avec complaisance. Les siennes, elle le savait, étaient trop frêles encore. Les cousines auraient dû veiller à un peu moins de jarret exquis et plus d'épaules sublimes.

Mais, vraiment *il* aurait pu, par-dessus le décolleté marmoréen de cette New-Yorkaise, lui faire un petit signe amical, rien qu'un petit signe...

Elle était en proie à une certaine mélancolie, lorsque la princesse Murat demanda un partenaire pour une partie de billard. Comme la cousine de Sa Majesté était d'une force légendaire à ce jeu, peu de personnes, hormis l'empereur, se mesuraient à elle. Judith-Rose avait été à bonne école avec son père. Elle osa se proposer. On s'écarta, surpris, pour la laisser passer.

Elle n'avait pas joué depuis longtemps. Elle allait choisir sa queue, quand elle croisa le regard de Manfred qui s'était rapproché et sans doute allait suivre la partie. Il y avait un peu d'amusement dans le fond de son œil. La croyait-il assez folle pour risquer de se rendre ridicule ? Elle décida qu'elle gagnerait.

La princesse Murat était d'une habileté diabolique. C'était une grande et fort belle créature blonde, vêtue de velours rouge et parée de marguerites en diamants.

Judith-Rose, toute claire, toute fleurie, toute légère, voletait autour de la table avec aisance et adresse.

Le jeu fut serré. Les coups, beaux et répétés.

On ne fut pas sûr que, par élégance et courtoisie parfaites, la princesse n'ait pas donné l'avantage, à la fin de la partie, à la jeune vicomtesse.

On applaudit les deux belles adversaires, on leur fit porter du champagne et l'empereur s'avançant vers Judith-Rose lui dit :

— Demain soir, vicomtesse, à nous deux !

Tous avaient regardé cette partie. L'impératrice s'était même dérangée lorsqu'on lui avait annoncé que la princesse Anna Murat avait trouvé une partenaire digne d'elle.

Tous. Mais *lui* n'était plus là quand l'empereur avait lancé son défi.

Judith-Rose eut envie de taper du pied pour calmer le dépit qu'elle sentait monter en elle. L'endroit n'était pas propice à un tel acte. Elle le fit néanmoins, discrètement, et découvrit qu'une crinoline n'avait pas que des inconvénients. On pouvait en faire, des choses, là-dessous !

Pour la première fois depuis quatre ans, en se couchant ce soir-là, ce n'est pas seulement à Odilon et à Louis-Ogier qu'elle pensa.

Elle éprouva même de la compréhension pour la comtesse de Bertigny qui n'aimait pas les belles Américaines dorées de partout et nanties de maris complaisants.

Où était-il, d'ailleurs, Mr. Boulton, au lieu de veiller sur sa femme ? A chercher de l'or, évidemment.

Avait-elle dû valser, la belle Mrs. Boulton, lorsque le piano mécanique en avait donné le signal et qu'elle, Judith-Rose, s'était discrètement retirée ! Une veuve ne danse pas, et surtout pas quand elle vient de faire remarquer à quel point elle est veuve, jusqu'à prendre pour son mari ressuscité le premier beau-frère venu !

Brusquement, elle se leva, se mit à genoux près de son lit et pria. Elle avait besoin de demander de l'aide au Seigneur, elle n'était plus elle-même et, malgré le thé de fleur d'oranger, eut du mal à s'endormir.

*

Elle s'éveilla plus raisonnable.

Il faisait un temps d'automne où un léger poudroiement d'or dans l'air semble entourer d'un halo les feuilles dorées qui vont mourir.

Tout cet or ne lui fit pas penser à Mrs. Boulton. Elle l'avait oubliée. Elle envoya ce petit mot par Léonard :

> Cher beau-frère,
> Voudriez-vous me mener à table ce soir? Encore un souper comme hier et nous nous entretuerons, M. Mérimée et moi.
>
> Je vous promets de ne pas parler si vous n'en avez pas envie. Il faut, d'ailleurs, que je garde toutes mes forces pour ma partie de billard avec Sa Majesté.

Léonard attendit et rapporta la réponse :

> Chère sœur,
> Si je me réfère à ce que j'entendais dire de vous, hier au soir, à beaucoup de beaux messieurs, vous auriez pu avoir, pour vous mener

à table jusqu'à la fin de la « série », trente à quarante gentilshommes plus prestigieux que moi. Mais, si vous me faites l'honneur de me le demander, mon bras est à vous.

Nous ne parlerons que si vous le désirez. Si oui, un sujet m'est à cœur : mon neveu. Je ne sais encore rien de lui.

L'impératrice partait en promenade dans le parc et invitait ceux qui le désiraient à la suivre. Elle vit Judith-Rose et Mme de Pourtalès qui bavardaient ensemble sur l'une des terrasses du château, les regarda et leur trouva de la ressemblance. Il y avait en effet dans leur éclatante jeunesse, leur teint de blonde, leurs beaux cheveux, leurs toilettes, beaucoup de similitudes.

Elles portaient toutes deux des robes de mousseline blanche à volants. L'une avait une ceinture rose, l'autre bleue et leurs immenses capelines de paille d'Italie débordaient, la première de bruyères rosées et la seconde de myosotis.

Elles riaient, le soleil brillait, elles étaient l'image, non de l'automne qui arrivait, mais d'un printemps éternel.

Le petit et trapu Jean-Baptiste Carpeaux passait, à ce moment, près d'elle ; l'impératrice lui dit :

— Maître, au lieu de me poursuivre toujours pour faire mon buste, voilà deux bien jolis modèles dont vous pourriez vous emparer.

Levant les bras au ciel, le sculpteur s'écria :

— Je ne veux que cela, Majesté! Mais personne ne peut poser ici. Personne. Vous avez toutes mille autres choses à faire, je me demande bien quoi, par exemple!

On l'emmena en le persuadant qu'il avait besoin d'exercice. L'impératrice était une adepte fervente des promenades à pied.

— Il faut marcher, disait-elle. C'est essentiel.

Elle interrogeait à ce sujet tous les médecins qui passaient à sa portée, et comme aucun ne la contredisait, elle organisait des randonnées dans le parc ou la forêt.

On partit. Et par de prompts renforts, la petite troupe s'augmenta en cours de route. On récupéra Prosper Mérimée à un carrefour. Il interpella Judith-Rose :

— J'ai mal au pied gauche, par votre faute, petite sorcière. Restez donc un peu à côté de moi.

— Oui, si j'ai enfin droit à mon histoire. On devait me distraire. On m'avait promis des contes.

— Vous allez avoir l'étrenne d'une idée d'historiette. Vous savez que l'impératrice a voué un culte à Marie-Antoinette et que cette reine a vécu à Compiègne. Eh bien, je crois que j'écrirai un jour, peut-être, quelque chose sur elles deux et sur la trame suivante : Sa Majesté, la nôtre, arrive ici, pour la première fois, prend possession de ses appartements et qu'y découvre-t-elle? Un portrait de sa souveraine préférée. Elle est ravie et soudain pâlit : la dauphine est représentée portant au cou un ruban rouge, de mode à la cour d'Autriche, mais le peintre — oh! prémonition! — lui fait poser l'index de sa main droite sur ce ruban rouge, désignant à l'attention ce trait sanglant qui coupera en deux, d'une ligne écarlate, le cou de la future martyre... Ah! je vous ai donné la chair de poule! Je suis bien content! Ce n'est pas une histoire inventée, ce portrait est ici dans la chambre de l'impératrice.

— J'espère que vos deux confrères me conteront quelque chose de plus gai.

— Voilà Feuillet qui arrive. Il n'a pas de problèmes de santé, lui, il digère des briques, il vous fera rire.

La princesse de Metternich, d'un pas énergique, vint vers eux.

— Monsieur Feuillet, vous êtes celui qu'il me faut. Je voudrais mettre sur pied une charade avec le mot DENTELLE. Comment découperons-nous ça?

— Je ne vois que DANTE et ELLE.

— Dante? On l'a déjà mis à tellement de sauces!

— Il est commode! Et puis on a le costume, on ne l'a pas rendu au Théâtre-Français l'année dernière. Cela a fait assez d'histoires avec la direction. Et nous avons aussi sous la main M. de Grandpierre, qui ressemble au poète... Enfin, tel qu'on se l'imagine.

— Pour ELLE, dit la princesse, je verrais assez

bien un portrait de l'impératrice entourée de ses dames d'honneur. Le ELLE en majesté, ce qui me paraît indiqué, ne trouvez-vous pas? Et, pour le finale, le tableau sur le mot DENTELLE, nous en montrerions, au maximum, de cette jolie chose, sur les robes de nos plus belles dames. Me ferez-vous deux ou trois couplets, monsieur Feuillet?

— Avec joie, princesse. Au pied levé, il me vient un brouillon de la définition de votre charade :

Mon premier n'en aima qu'une seule,
Mon second ne sera jamais seule,
Mon tout est pour elles seules.

S'approchant de Judith-Rose, la princesse de Metternich lui dit tout bas :

— Voilà donc mon idée. La charade sur le mot DENTELLE nous permettra de présenter, sur scène, la robe à Sa Majesté. Elle ne sait pas encore que vous la lui apportez?

— Non, princesse.

— C'est une toilette extraordinaire, m'avez-vous dit? La première entièrement faite en point à l'aiguille.

— La première de nos jours. On en a réalisé de semblables sous Louis XIV.

— C'est loin. On a oublié. On habillera donc de cette robe l'un des mannequins de l'impératrice, il occupera le milieu du plateau et toutes celles qui auront été du tableau précédent, parées

458

de leurs plus belles dentelles, danseront autour. Avouez que ce sera beau !

Manfred rencontré, solitaire, au détour d'une allée transversale rejoignit le groupe.

On surveilla, avec discrétion et curiosité, son attitude envers Judith-Rose. On fut à peu près sûr qu'il y avait une certaine affection, sinon une tendresse, dans le regard quand il salua sa belle-sœur. La marquise de Maillecourt assura que le comte avait longuement admiré, sur la jolie tête, les belles tresses enroulées en une couronne si opulente qu'elle avait rejeté la capeline dans le dos de la jeune femme.

Au déjeuner, où l'on se plaçait aussi à sa convenance, Manfred s'assit à côté de Judith-Rose.

— Nous n'avons pas encore parlé dentelle, lui dit-elle.

— Je n'ai aucune envie de vous déplaire.

— Mais pourquoi faites-vous de la mécanique ? Votre famille maternelle, à ce que l'on m'a dit, était aussi dans le point, à Alençon ? Alors, quelles raisons vous ont poussé vers la dentelle à la machine ?

— Combien les ateliers de Pervenche-Louise ont-ils mis de temps à faire la fameuse robe de Sa Majesté dont m'a parlé la comtesse de Pourtalès ?

— Quatre ans.

— Et seulement parce que vous aviez enrôlé des « aiguilles de nuit » en renfort ?

459

— Oui.

— Qu'il vous a fallu renvoyer ensuite ? Et ces ouvrières-là ont pris leur travail de demain aux ouvrières de jour ? Vous n'aurez pas assez de commandes pour employer votre effectif actuel à plein temps s'il y a pas d'autres contrats exceptionnels. Mais en auriez-vous, qu'ils seraient encore à exécuter dans des délais records. Le problème sera toujours le même : trop de travail ou pas assez. Il y aura des périodes de presse et d'autres de chômage. Prenons maintenant le problème par l'autre bout. Si vous aviez dû faire attendre Sa Majesté plus de quatre ans — ce qui est déjà énorme — croyez-vous qu'elle aurait commandé cette robe ? Quelle femme *sait* qu'elle désirera encore quelque chose, dentelle ou tout ce que vous voudrez, cinq ou sept ans après le moment où elle en a eu envie ?... Vous ne répondez pas ?

— Je vous dirai ce que m'a dit M. Mérimée hier : vous couperiez l'appétit à un régiment.

— Il ne me semble pas... Vous venez d'engloutir — élégamment —, mais engloutir tout de même, votre tranche de filet Wellington.

— Mais qu'avez-vous donc, tous ici, à en vouloir aux femmes qui ont faim ? J'ai besoin de deux repas par jour, comme tout un chacun. Vous voudriez me voir ressembler à Mrs. Boulton qui a dû lire sur son navire, en traversant l'Atlantique, et dans le plus idiot des livres de savoir-vivre, qu'il ne faut presque pas manger à la table des grands de la terre. Soyez sûr qu'elle s'est lestée ce matin, elle est trop ronde pour vivre de l'air du temps.

— On apprend, en effet, aux Américaines de bonne famille à se nourrir avant un repas ou un pique-nique dans le monde... Pourquoi riez-vous ? Ce que je vous dis est vrai, je vais souvent en Amérique.

— Je ris parce que je m'amuse, parce que cette table est gaie, et pour me faire l'écho de la princesse de Metternich je dirai que « Compiègne est une bonne maison » !

Il la regarda. On avait l'impression, près d'elle, de respirer l'air pur des alpages de son pays. Les trois petites taches de rousseur, sur son joli nez, donnaient envie de l'embrasser.

Judith-Rose ne gagna pas la partie de billard avec l'empereur pour adversaire. Il était trop fort. Mais elle se défendit en « bon petit soldat », lui dit Sa Majesté. Elle mérita d'être décorée d'une jolie rose d'or émaillée à feuilles d'émeraude.

C'était le baron Feuillet de Conches qui avait été dépêché, dès le matin, à Paris pour en rapporter ce bijou. La fleur fut facile à trouver, mais il n'y en avait pas à feuillage de pierres vertes. Le joaillier Mellerio, rue de la Paix, en fit exécuter une en un temps record, lorsque M. le maître des cérémonies dit que Sa Majesté y tenait essentiellement. Ce qui permit, le soir, à l'empereur, alors qu'il épinglait le bijou au corsage de Judith-Rose, de dire :

— Une rose comme dans votre nom, avec une feuille semblable à l'émeraude de vos yeux. Comme c'est charmant, comtesse, d'avoir dix-neuf ans, l'aspect et le nom d'une fleur, des yeux verts comme les feuilles au printemps !... et de si bien jouer au billard !

— Le plus extraordinaire dans tout cela est que les femmes n'ont pas l'air de vous détester. Et je sais pourquoi, lui dit Prosper Mérimée.

— Pourquoi ?

— Parce que l'impératrice ne s'est pas vraiment occupée de vous. Vous n'avez pas encore été priée pour le thé dans le salon de musique, ou à l'après-souper dans le « salon de famille », cela obtenu je ne donnerai pas cher de votre jolie peau... Dieu ! Que je suis malade, j'ai encore trop dîné... Écoutez, faisons un pacte : vous m'empê-chez de manger à table et je vous dis de quelles jalouses vous devez vous méfier.

— On commence ? Je connais des histoires qui coupent l'appétit.

— Ah ! j'écoute.

— Vous voyez cette belle dame, là-bas. Regardez bien sa toilette, elle porte des dentelles de Chantilly noires. Ces dentelles sont en soie. Pour les nettoyer et leur garder cet apprêt si important, cette apparence du neuf, on les lave dans du lait. L'ouvrière en met un demi-litre dans une petite bassine et elle laisse la dentelle déposer toutes ses saletés. Et il y en a ! Même la femme la plus soignée porte ses chantilly assez longtemps avant de les donner à « blanchir ». Vous êtes la dentellière qui fait ce petit nettoyage, vous gagnez dix sous par jour. C'est tout ce que vous avez pour le loyer, le charbon, le pain. Et vous avez faim ! Alors, après avoir retiré la dentelle propre de la bassine, *vous buvez le lait sale.*

— Horreur ! je vais être encore plus malade. Et je ne m'ôterai jamais cette image du cœur !

— C'est bien ce que je voulais.

— Mais qui êtes-vous donc ? un ange exterminateur ?

— Je ne suis qu'un témoin.

— Et vous avez vu beaucoup de choses comme celle-là ?

— Beaucoup.

— Alors, de grâce, arrêtez. Je crois que je ne pourrai avaler que du thé d'oranger jusqu'à mon départ.

Judith-Rose n'écoutait plus Mérimée.

Elle regardait les salons où l'on s'apprêtait à danser, et qu'elle allait quitter, comme chaque soir avant la mise en marche du piano mécanique et ses rengaines... Elle eut envie devant ces arrogantes têtes à diadèmes de crier à en couvrir tout ce caquetage : « Il y a des enfants et des femmes qui doivent travailler sans répit pour parer vos blanches épaules endiamantées des plus merveilleuses dentelles du monde. Ce travail, elles aiment le faire, même s'il les nourrit moins bien que les chiens de ce château. Mais ce qu'elles aiment aussi, et peut-être plus encore, c'est de pouvoir chanter en tirant leur aiguille. Chanter, même l'oiseau qui mourra de froid cet hiver, en tombant, gelé de sa branche, le peut. Elles non. Parce que pour que les blanches dentelles soient des plus blanches, avant que vous ne renversiez dessus de la sauce aux truffes ou du champagne, elles vivent, ces femmes, avec un bâillon sur la bouche... »

Comme elle aurait aimé lancer cela vers certaines qui, depuis qu'elle était arrivée, l'horripilaient par leur arrogance, leur égoïsme et leur méchanceté. Mais elle ne le ferait pas. Par égard pour ses deux petites amies aux haleines de pauvres qu'elle ne jetterait pas en pâture à n'importe qui.

*

La charade obtint un franc succès.

Elle fut jouée sur la petite scène du grand salon, le soir de la fête de l'impératrice, le 15 novembre.

Depuis le matin, les fleurs et les présents de toute sorte arrivaient au château dans le bruit assourdissant des salves tirées par les canonniers de la garde nationale de Compiègne.

Sa Majesté recevait en audience, les uns après les autres, ou ensemble, sans protocole, et avec une simplicité chaleureuse, ceux qui arrivaient vers elle avec bouquets et compliments. Les autorités civiles, les notabilités, les officiers de la garnison et les collégiens. Elle allait et venait, alerte, jamais fatiguée, affable et souriante, suivie du petit prince impérial qui trottinait, suivi lui-même de Néro, son chien. Un grand braque que tout ce tintamarre excitait et que l'on ne voulait pas priver du plaisir d'y participer par ses aboiements joyeux. L'empereur disait que la bête sentait, dès le réveil, que c'était la Sainte-Ugénie et que rien ne pourrait l'empêcher d'en être. Miss Shaw, la gouvernante de Son Altesse, suivait ce trio, radieuse.

Du haut en bas de la grande demeure régnaient la gaieté et les violettes. Les fleurs favorites de Sa Majesté. Elles étaient arrivées de Nice par wagons entiers. Il en jaillissait des touffes un peu partout, sur les meubles qui jalonnaient le parcours de l'impératrice, comme si c'eût été le printemps qui s'annonçât et non l'hiver. L'air embaumait. Les horticulteurs, ayant forcé la croissance des fleurs, avaient dû forcer aussi sur le parfum pour qu'il ne s'évanouisse pas pendant le voyage.

Chacun, le soir, avait des violettes à la boutonnière ou au corsage, pour assister à la charade inventée par Mmes de Metternich et de Pourtalès et rimée par M. Octave Feuillet.

Le premier tableau, Dante parlant de sa Béatrice, n'offrit pas une grande originalité, mais l'atmosphère avait été si animée toute la journée qu'il en restait quelque chose. Aussi le comte de Grandpierre, qui avait déjà évoqué le poète dans une autre charade, l'année précédente, remporta un succès qu'il n'attendait pas.

— Pourquoi riez-vous tant ? demanda Manfred en se penchant vers Judith-Rose, assise devant lui. La comtesse de Grandpierre peut voir vos épaules qui s'agitent et s'en vexer.

Comme c'était l'aventure malheureuse de la fontaine de Charlotte qui l'égayait, elle lui en chuchota l'histoire pendant le changement de décor. Il écouta, penché vers elle, et rit aussi. Beaucoup en conclurent que leur amitié — était-ce bien le mot qui convenait ? s'interrogea-t-on — allait bon train.

— Et on n'a pas retrouvé les six derniers morceaux ?

— Non ! C'est la vasque qui est perdue à jamais, celle où précisément Dante et Béatrice joignaient leurs mains. Elle sert peut-être d'auge à des cochons dans quelque ferme...

Judith-Rose portait une robe de satin rose pâle, recouverte de volants de point d'Alençon d'époque Louis XV. Pour ne pas nuire à la somptuosité de la dentelle, elle n'avait ni fleurs ni bijoux. Seul le cadeau de l'empereur brillait au bord de son décolleté.

Elle était en apparence la plus simplement vêtue. Mais en réalité, elle portait une fortune en point que la princesse de Metternich aurait voulu

466

qu'elle montrât sur scène. Elle s'y était refusée. Non seulement à cause de son veuvage, mais aussi parce que, n'étant pas propriétaire de la Compagnie normande de dentelles qui n'appartenait qu'à Pervenche-Louise et à Louis-Ogier, elle jugeait déplacé de se mettre en évidence.

— Mais, puisque vous faites, vous-même et vos cousines Morel d'Arthus, cet impérial présent à l'impératrice sous la forme d'un hommage des ateliers d'Alençon à leur souveraine!

Car, au moment du départ, Charlotte et Noémie avaient renouvelé leur recommandation :

— Et qu'on ne parle pas d'argent! Va-t'en donner tes belles dentelles, mais c'est nous qui en payerons le prix à l'atelier. Offre cette robe à la belle-fille de notre vieille souveraine et amie d'Arenenberg.

La princesse s'était enfin rendue à ses raisons, et Mme de Pourtalès avait dit :

— C'est plus élégant ainsi, évidemment...

Pour le second tableau de la charade on avait disposé au milieu de la scène le grand portrait de l'impératrice en tenue d'apparat, apporté en secret, la veille, des Tuileries. Sa Majesté y portait une robe de satin blanc à larges volants de dentelle d'Alençon semblables à celui qui bordait le manteau de cour.

Toutes ses dames d'honneur étaient autour d'ELLE, abîmées à ses pieds en une révérence pleine de grâce. Toutes vêtues de mousseline mauve, un chignon de violettes sur leurs jolies nuques inclinées, chacune était comme l'un des pétales de la fleur préférée de Sa Majesté, et chacune, blonde ou brune, était aussi une des fleurs de l'aristocratie française.

Il y avait la princesse d'Essling, grande maîtresse de la maison de l'impératrice, et les douze privilégiées qui l'aidaient dans son service : la duchesse de Bassano, la vicomtesse Aguado, marquise de Las Marismas, la marquise de Latour-Maubourg, la duchesse de Montebello, les comtesses Legay Mernésia, de Sancy de Parabère, de La Bédoyère, de Rayneval, de Lourmel, les baronnes de Malaret et de Pierres, et Mmes de Saulcy et Féray d'Isly.

Tous les invités, debout, leur firent une ovation.

Quand le rideau se leva sur le tableau final, sur la DENTELLE, ce fut du délire. L'impératrice elle-même, les larmes aux yeux, se dressa de son fauteuil et s'avança pour applaudir. C'était contraire au protocole, mais depuis le matin on le piétinait avec tant d'allégresse...

— Jamais, dit Sa Majesté, une charade n'a été aussi magnifique.

A un mannequin de bois de l'impératrice, emprunté à ses femmes des atours, on avait fait une tête, des épaules et un socle en violettes de Parme. Des milliers de petites corolles mauves, serrées les unes contre les autres, pour que toute cette charade soit un hommage à Sa Majesté et à sa fleur préférée.

Quelqu'un, ayant dû découvrir que ces violettes n'avaient pas assez de parfum, avait répandu sur toute la scène, qui de ce fait embaumait, de l'Odor di Viola à profusion.

Un fond de robe, sur crinoline, habillait le mannequin. Il était vert. D'un satin de l'exacte couleur du vélin sur lequel se faisait le point d'Alençon.

Sur cette soie brillante, la robe s'étalait. L'unique et première robe réalisée tout entière en point à l'aiguille. Personne n'aurait pu croire que cent dix morceaux de dentelle avaient été assemblés, fût-ce par des mains fées, tant le chef-d'œuvre paraissait être né d'un coup de baguette magique.

Des branches d'arbres exotiques encadrant des bouquets d'« impériales » se détachaient sur le fond vert du satin. Le réseau qui les soutenait était si fin qu'on ne le voyait guère, bien que la scène fût petite et les spectateurs très près d'elle.

Autour de cet astre éclatant, ses étoiles dansaient. Chacune de couleur différente, les crinolines des douze dames du palais offraient aux regards éblouis tout ce que les armoires et coffres de famille recelaient de dentelles anciennes. Chacune était allée chercher ses trésors dans son hôtel, à Paris, ou dans son château, en province.

Presque tous les plus beaux points à l'aiguille et travaux aux fuseaux étaient là : la Normandie, l'Auvergne, les Flandres, la Belgique, l'Angleterre, représentées par les fleurons de leurs productions dentellières.

On ne savait qu'admirer le plus, de l'*Argentan* XVIIe de la duchesse de Montebello, de l'*Honiton* de la comtesse de La Bédoyère, des *Malines* uniques de la marquise de Las Marismas ou du *point de Sedan* de la baronne de Malaret. Un *Bruxelles* de la vicomtesse Aguado, dans le goût des tapisseries de Beauvais, avec navires, pagodes et fruits tropicaux, enthousiasma, et Mme Féray d'Isly, la fille du maréchal Bugeaud, tournant doucement sur elle-même, déroula, sur fond de velours bleu de mer, tous les vaisseaux de l'expédition d'Alger que la ville de Bayeux avait immortalisés sur un grand volant d'un mètre de hauteur. Du *Provence* au *Breslau,* en passant par le *Trident* et le *Didon*, ils étaient presque tous là.

On ne cessait d'applaudir...

Alors la princesse d'Essling et la duchesse de Bassano, parées d'un point d'Alençon l'une du XVIIe siècle, l'autre du XVIIIe, et qui, jusqu'à maintenant, étaient restées immobiles, prosternées au pied de la robe d'Alençon moderne — tel le Passé s'inclinant devant l'Avenir —, se relevèrent, s'écartèrent l'une de l'autre. D'entre leurs deux crinolines parut une petite chose, accroupie contre le socle de violettes de Parme : une enfant, en costume de Normande, avec sa coiffe blanche d'Alençonnaise. Elle semblait, aiguille en main, faire le dernier des millions et des millions de points de la robe. Puis elle se redressa, elle aussi, et s'avança vers Leurs Majestés.

On voyait briller une croix d'or à son cou, et les franges de son fichu de soie frissonnaient sur son buste frêle.

La princesse de Metternich était à l'origine de cette surprise. Surprise aussi pour Judith-Rose. Seul Léonard avait été mis dans le secret.

Et maintenant, Marie-Juliette devait dire quelques mots à l'impératrice. Mais elle les avait perdus à tout jamais.

Elle n'était pas sotte, et se souvenait du sens de ces deux ou trois phrases. Elle ne s'affola pas. On peut perdre des mots, on en trouve d'autres.

Après une gracieuse révérence, elle dit de sa voix douce, en s'efforçant de bien parler français :

— La robe, Votre Majesté, toutes les dentellières de chez nous sont fières de vous la donner. C'est les grandes dentellières, celles qui font le beau, et non pas moi, qui devraient être là. Et les petites aussi qui ont fait le reste. Ça ferait beaucoup de monde. Mais vu qu'il n'y a que moi, de dentellière, dans ce palais, il n'y a donc que moi pour être là. Sur ma croix, je promets, Madame, de tout leur raconter : les fleurs partout, le petit prince, les belles dames et notre impératrice, la plus belle. Je leur dirai ce que j'ai vu, et aussi le chien du petit prince, qui pousse l'empereur pour prendre sa place dans son fauteuil et Sa Majesté qui le laisse faire, et notre impératrice qui a embrassé, ce matin, tous les enfants des collèges, un après l'autre... et aussi que le petit prince court comme un lapin de chez nous, dans le palais où il y a tant de fleurs. Oui, je dirai tout. Mais je ne pourrai peut-être pas expliquer combien ça sentait bon. Voilà, Votre Majesté, et la belle robe avec.

Elle fit une révérence. Et se sauva.

Manfred était encore assis derrière Judith-Rose. Il vit ses épaules bouger. Il se pencha vers elle.

Elle pleurait. Les larmes coulaient, rondes, pressées, et elle ne les essuyait pas.

Il mit sa main sur son épaule nue.

Elle ne tressaillit pas. La chaleur de cette main l'apaisa. Elle pensa — si fort qu'elle crut s'entendre le dire : « Faites, Seigneur, oh ! faites qu'il la laisse longtemps. »

Il se pencha vers elle, pour lui demander si elle voulait un mouchoir. Il se pencha beaucoup, et de sa bouche effleura l'épaule.

Elle ne répondit pas. Et n'eut pas honte d'avoir imperceptiblement soulevé cette épaule pour qu'elle fût plus près de ses lèvres.

Manfred et Judith-Rose s'étaient tus et restaient silencieux lorsque le comte Bacciochi vint dire que l'impératrice serait heureuse d'avoir la vicomtesse de Beaumesnil un moment auprès d'elle.

Judith-Rose en voulut au chambellan de troubler une communion qu'elle sentait complète, elle alla vers Leurs Majestés avec le regret que Manfred ne l'accompagnât pas.

Dans une sorte d'état second, elle entendit des remerciements pleins de chaleur.

Les yeux levés vers les souverains, et se sentant à la pointe extrême de sa sensibilité, elle eut, brusquement, la conviction qu'elle perçait le secret de ces deux regards que tous disaient insondables. Celui « terne et absent » de l'empereur, celui « d'un bleu mystérieux et voilé » de l'impératrice.

Lui venait de s'écrier : « Mais je me souviens fort bien des demoiselles Morel d'Arthus et des pantoufles qu'elles me brodaient ! J'ai encore les dernières au château d'Arenenberg où je les retrouve lorsque j'y vais ! » Et *elle* évoqua les Sainte-Eugénie de sa jeunesse, en Espagne, dont elle venait de retrouver l'émotion et le ravissement ce soir. Des yeux des souverains avait alors, un instant, disparu ce voile qui les ternissait.

Je viens de voir leurs vrais regards, se dit-elle. Le reste du temps, ils les dissimulent pour se préserver de la curiosité et de l'indiscrétion des autres. Il faudra, désormais, que je fasse comme eux. Mais elle ne voulait pas, pas maintenant, pas encore, se donner les raisons de cette décision.

Manfred n'était plus là quand elle revint dans le grand salon. Elle le chercha, en vain.

— N'errez donc pas ainsi, comme une âme en peine, lui dit Prosper Mérimée. Venez avec nous. Nous allons faire parler Mrs. Boulton, ce peut être savoureux.

Elle le suivit. Elle espérait, en ne partant pas encore, que le comte reviendrait.

Après le petit bal habituel, toujours au son du piano mécanique, parce que l'impératrice ne voulait pas de musiciens de l'extérieur, qui auraient colporté trop de faux bruits sur la Cour, il y aurait le feu d'artifice en l'honneur de la Sainte-Eugénie. Et l'empereur allumerait — c'était aussi de tradition — la première fusée. Elle pensa qu'elle ne pourrait pas se retirer comme les autres soirs, dès le premier air de valse. Tous se devaient d'assister au bouquet final de ce jour de fête.

La comtesse de Bertigny, qui paraissait de fort mauvaise humeur, les bouscula presque, Jules Sandeau, Octave Feuillet et elle, alors qu'ils allaient rejoindre Mrs. Boulton. Elle leur lança au passage :

— Les définitions, messieurs les auteurs célèbres, doivent faire partie de votre métier ? Dites-moi donc si vous trouvez que celle de la violette, « emblème de la modestie », vous paraît appropriée ? Surtout ce soir. Si j'étais vous, je ferais une déclaration à l'Académie florale pour la changer. On pourrait dire, par exemple : « Et sous le règne de Napoléon III, et par la grâce de l'impératrice, la violette devint l'emblème du triomphe et du luxe. »

— Elle enrage, la pauvre, dit Octave Feuillet, le comte s'est fait porter malade pour éviter cette « série » et elle ne sait que trop bien qu'il « pétule » de santé dans les bras d'une pulpeuse demi-mondaine anglaise. Ayons pitié des méchants lorsqu'ils le sont par désespoir.

— Mais pourquoi aime-t-elle donc tant son mari ? dit Mérimée. C'est d'un bourgeois !

Sandeau, dont on n'ignorait pas qu'il ne se consolerait jamais de sa rupture avec George Sand, fit, rêveur :

— Pourquoi aime-t-on ? Si, seulement, on le savait.

Mrs. Boulton n'était pas de bonne humeur non plus, et son mari n'y était pour rien. Elle aurait voulu faire partie de la charade. Monter sur la scène du salon de Leurs Majestés l'aurait posée auprès de ses amies. En Amérique, on aurait honoré une étrangère en lui donnant la meilleure place. Ici, il semblait que ce fût le contraire. On essaya de lui expliquer qu'elle était à la Cour, et non chez des particuliers. Elle soutint que cela ne changeait rien. Mais, si elle était montée sur scène, elle aurait dit, en un petit monologue, l'aventure qui lui était arrivée, précisément une histoire de dentelle. Tant pis ! on ne la saurait pas.

— Mais nous les adorons, nous, les histoires !

Et nous en avions justement promis à cette jeune femme. La vie harassante de ce château nous a empêchés de lui en raconter. Divine Winnie, ajouta Prosper Mérimée, nous sommes tout ouïe. Dites un peu, d'abord, pourquoi vous parlez si bien le français.

— Parce que j'étais pauvre ! Parce que mes parents louaient ma chambre à un professeur de français, m'obligeant à dormir dans un placard. Comme il était presque aussi pauvre que nous, il payait la moitié de sa pension en m'apprenant sa langue. Et mon père était intraitable : si je ne faisais pas de progrès — il le constatait, sans comprendre ce que je disais, à la seule rapidité avec laquelle je m'exprimais —, il mettait le pauvre professeur à la portion congrue, dont je pâtissais moi aussi, puisque nous mangions à la même table ! Alors, le cher homme ne me lâchait pas que je n'aie compris parfaitement la leçon du jour. Pour résumer, convertissez ce que vous m'entendez dire en bon français en un poids de pain, de beurre et de viande assez colossal : c'est ce qu'ont coûté mes leçons, pendant dix ans, à mes parents.

» Maintenant, pour que vous compreniez mon histoire, il faut que je vous dise un peu comment nous vivons, nous Américaines.

» Nous venons, au moins une fois par an en Europe, et si nous le pouvons, deux. Pour y faire nos achats. Nos maris disent que c'est bon pour notre moral, et ils sont fiers de nous donner de l'argent à dépenser. Ils nous répètent : "Achetez, achetez, vos petits-enfants feront le tri." C'est pour que leurs femmes puissent vivre ainsi qu'ils travaillent tant. Et ils aiment ça. Enfin, presque tous, les meilleurs. Parce qu'il y en a, bien sûr, qui disent que l'Europe est la perdition de la femme américaine et la destruction de son foyer.

» Alors, nous achetons, nous bourrons nos armoires.

» De temps à autre, l'une de nous, de notre cercle d'amies, ou de notre club, dit : "Il faudrait peut-être restreindre ce luxe, ce serait sage, n'amollit-il pas nos âmes ?" Mais, en général, celle qui parle ne peut pas venir en Europe cette année-là, parce qu'elle a un empêchement, et elle tremble que nous rapportions mille choses qu'elle n'aura pas.

» Vous savez, en Amérique, nous n'avons pas encore créé ce que vous appelez ici un "salon" littéraire. Nous n'avons qu'un pouvoir... je crois que l'on dit : individuel. Mais chaque femme peut devenir une puissance quand même, sans "salon". J'en suis devenue une à New York. D'abord et évidemment parce que j'ai un mari très riche, mais aussi parce que je me suis fait une spécialité...

— Oh ! Oh ! dirent, ensemble, les trois hommes.

— Ne soyez pas discourtois, messieurs : je suis *spécialiste de la dentelle*.

» J'en achète de toutes sortes, à condition

qu'elles soient très, très belles. J'aurais bien acheté ce qui nous était montré ce soir, si c'était à vendre !

» Il y a cinq ans j'étais en Belgique pour compléter mes points de Bruxelles et mes Malines. Je revenais avec mon stock et je m'arrêtai à la douane pour *tout* déclarer. Nous, les Américaines, nous ne fraudons pas, nous déclarons *tout*. Puis je remontai dans ma voiture — parce que j'étais allée visiter des ateliers dans de petits villages où n'arrivent pas les trains — et nous repartîmes.

» Soudain, ma femme de chambre se mit à hurler. Il y avait une bête, dit-elle, sous son siège. Elle avait peur, elle n'osait pas regarder de plus près. Je le fis. C'était un chien, affamé, qui se jeta sur le reste de gaufres de notre goûter. A y regarder d'encore plus près, je m'aperçus que c'était un drôle de chien. Il avait une toute petite tête pour un gros corps. Et, à examiner complètement cette bête, en la prenant sur mes genoux, malgré les hurlements de terreur de ma femme de chambre, je vis qu'on lui avait cousu une deuxième peau sur la première. Je défis cette espèce de vêtement. Dessous, il y avait, comme un pansement enroulé autour du corps de l'animal, un pansement long de vingt-cinq mètres, en merveilleux point de Bruxelles !

» Ma femme de chambre continuait à crier, mais d'admiration, et moi j'étais stupéfaite.

» J'appris, plus tard, que la contrebande entre

la Belgique et la France était importante, puisqu'en dix ans on ne détruisit pas moins de quarante mille chiens ! Une prime de trois francs était offerte par les douanes françaises par bête capturée. On dressait, paraît-il, ces animaux de la façon suivante : on les nourrissait comme des princes et on les cajolait en France. Puis, on les emmenait en Belgique où ils étaient affamés, battus et enchaînés. On leur ajustait la peau d'une bête plus grande et on remplissait l'espace entre les deux fourrures de dentelles précieuses. On remettait alors le chien en liberté et il regagnait, à toute allure, la France où l'attendaient de bonnes pâtées et des caresses.

» Le mien avait sans doute été poursuivi, avait eu peur, et s'était réfugié dans ma berline.

» Je venais de laisser une petite fortune en achats, j'en avais abandonné une autre à la douane, je considérai donc que le cadeau que me faisait ce contrebandier canin était une compensation. Et je gardai la dentelle.

— Et le chien, qu'en avez-vous fait ? demanda Judith-Rose.

— Enfin une Française qui me pose cette question ! Savez-vous que, lorsque je conte cette aventure chez moi, on me demande, immanquablement, ce que j'ai fait de l'animal ? Ici jamais ! Eh bien, vicomtesse, je l'ai gardé. Il le méritait. Il me fait penser à Oliver Twist, dont on avait voulu faire un voleur et qui était resté pur ! Jamais, le brave Lace (Lace veut dire dentelle en anglais) ne nous a dérobé le moindre rôti. Il mourrait plutôt de faim à côté que d'y toucher.

» Donc je gardai mes volants de point de Bruxelles. Les voilà d'ailleurs, je les porte ce soir. Ils ont fait l'admiration de mes compatriotes. Une seule, qui ne m'aime pas trop, m'a dit que je sentais le chien. Elle était jalouse. Toutes les autres ont adoré mon aventure qui a aidé à ma célébrité. Quand on parlait de dentelle, on parlait toujours de moi.

» Je décidai donc, parce que je les aimais, et qu'elles paraissaient m'aimer aussi, de me spécialiser dans les dentelles. Mais je ferais plus que les acquérir pour mon usage. Je créerais une collection. Nous autres, Américaines, il nous arrive vite de ne plus nous contenter de nous gâter nous-mêmes, mais de désirer le faire pour notre ville, notre pays. J'allais commencer à prospecter pour un musée de ces petites merveilles que je léguerais à New York.

» Comme chez nous nous ne faisons rien à moitié, j'ai acheté tous les livres sur le sujet, et je suis partie en chasse, munie d'un crédit illimité de mon mari.

» J'avais appris que les Italiens revendiquaient l'invention du point, ou dentelle à l'aiguille. Du moins le disaient-ils, parce que là encore ce doit plutôt être les Grecs, comme d'habitude, qui sont les précurseurs... Mais je laissai Byzance pour plus tard, et partis pour Venise.

» J'y ai dépensé une véritable fortune. Surtout dans cette jolie petite île de Burano, à quelques kilomètres dans la lagune. Il y a là une école dentellière, protégée par la reine, où sont formées les meilleures ouvrières. La ville regorge de marchands. Mais j'avais appris que les plus beaux spécimens du point de Venise étaient les plus anciens, ceux des XVIe et XVIIe siècles, et je les recherchai avec passion. J'en trouvai plus que je n'espérais, avec une garantie écrite pour chacun, et j'ai dépensé à Venise une somme absolument astronomique. De quoi construire, au moins, un gratte-ciel sur Madison Avenue.

» Je suis rentrée excitée. Ed, mon mari, était heureux de ma joie.

» J'ai organisé, sur un étage entier de ma maison, un petit musée.

» J'étais célèbre : personne à New York n'achetait la moindre guipure sans venir me la montrer. Et, lorsque l'ambassadeur d'Italie et sa femme vinrent me voir, je ne me sentais plus de fierté. Ils regardèrent mes merveilleux points, me félicitèrent, mais brièvement.

» Toujours innocente je me dis : Ils sont un peu jaloux.

» Le lendemain matin l'ambassadrice revint. Elle était consternée. Elle était la petite-fille du plus célèbre fabricant de dentelle italien et, avec ménagements, mais résolument, me dit que tous mes XVIe et XVIIe siècles étaient d'excellents XIXe.

» Elle me proposa, élégamment, de faire rendre gorge aux brigands de son pays.

» C'était mal me connaître. Je décidai d'agir seule.

» Nous autres Américaines, nous demandons beaucoup à nos maris. Nous les mépriserions s'ils ne gagnaient pas cet argent que nous dépensons, considérant qu'il nous est dû. Mais nous estimons, aussi, que nous faire rouler et extorquer ce qui est le fruit du travail de notre compagnon serait humilier ce dernier.

» Je préparai mes représailles. Et je partis pour Venise, avec mes dentelles et leurs parchemins d'authenticité.

» Il n'était pas question que je me rende chez chacun des marchands. Ils étaient trop nombreux. Et je savais, par expérience, qu'ils ne reviendraient pas sur ce qu'ils avaient dit, et ne me reprendraient aucun de mes achats. C'était l'Italie qui m'avait "roulée", j'allais me venger de l'Italie.

» Je me rendis chez le meilleur assureur de Venise. Peut-être savez-vous que c'est à Venise qu'on a inventé les assurances ? Au XVe siècle, juste avant d'inventer la dentelle ? Ce détail me plaisait.

» Je déclarai, à l'élégant directeur de cette firme, que j'avais acquis des merveilles et craignais qu'on ne me les volât. Je voulais donc m'entourer de précautions pendant mon séjour en Italie.

» On me dit que cela coûterait assez cher. Tant pis. Je voulais être garantie de la somme déboursée.

» Lorsque j'eus mon assurance, je partis faire le tour du pays et quelques semaines après, de retour à Venise, je lestai mes quatre gros paquets de dentelles de gros cailloux et en fis don au Grand Canal.

» Je récupérai mon argent et le rendis à mon mari... Avant de le lui redemander pour continuer ma collection, avec, désormais, la méfiance d'une vieille usurière. Si l'un de vous vient à New York, je lui montrerai mon musée.

— Il faut que vous veniez à Alençon, chez moi, dit Judith-Rose. La collection de la famille de mon mari remonte au XVIIe siècle. Et nous avons aussi tous les dessins originaux des modèles, dont ceux de Lebrun, peintre de Louis XIV.

— Quand ? dit Mrs. Boulton, demain ?

Manfred n'avait pas reparu.

Judith-Rose assista au feu d'artifice avec ses trois compagnons et Mrs. Boulton qui ne la quittait plus.

Elle eut du mal à s'endormir. Elle ne savait plus très bien où elle en était.

Léonard vint la réveiller à l'aube, il était inquiet : on n'avait pas revu Marie-Juliette depuis le début de la soirée. Elle passa un peignoir en hâte et le suivit. Mais où aller ? Après une heure de recherches infructueuses dans les sous-sols et les combles où vivait le personnel, et dans le parc, Judith-Rose entra dans la chambre de la jeune fille. On y trouverait peut-être un indice.

On y trouva Marie-Juliette, *sous* son lit et dormant. Les laquais et les servantes l'avaient fait boire pour fêter son succès. Elle avait trop bu et en avait eu honte. Alors, elle s'était cachée parce qu'elle devait être, pensait-elle, aussi vilaine que son père quand il rentrait du cabaret. Réveillée, elle déclara vouloir s'en aller. Et vite. Il lui fallait rapporter, encore fraîches, leurs fleurs aux dentellières de l'atelier.

On aperçut, sous le lit aussi, deux mannes débordantes de violettes.

Le lendemain, le comte Bacciochi, dans sa belle tenue de jour rouge et or, vint informer la vicomtesse de Beaumesnil-Ferrières qu'elle était attendue, à cinq heures et demie, dans le salon de musique de Sa Majesté l'impératrice, pour y prendre le thé.

Comme Judith-Rose achevait de sécher ses cheveux et qu'ils étaient répandus dans son dos, le chambellan fut ébloui. Il rencontra, peu après, le sculpteur Carpeaux et lui déclara, délirant d'enthousiasme :

— Ah, maître ! il y a ici une bien jolie femme que vous devriez prendre pour modèle. Elle a les plus beaux cheveux de la terre ! Je viens de les voir dénoués. Croyez-moi, on rêve de s'y rouler, d'y rester tapi et comblé à jamais.

— Si cette belle dame n'a pas plus de temps à me donner que Sa Majesté, j'aime mieux ne pas y penser ni me mettre à rêver, moi aussi. Je suis assez déçu avec l'impératrice que je poursuis à longueur de journée et qui ne m'a pas encore accordé dix minutes de pose. Mais je sais de qui vous parlez. C'est sans espoir. C'est une personne trop remuante. Je ne l'ai vue assise qu'à table. Le reste du temps, elle voltige de-ci de-là sans jamais se poser, suivie de son grand chapeau qui court derrière elle.

— Maître ! vous êtes le sculpteur du mouvement, de la danse. C'est la vicomtesse qu'il vous faut pour modèle !

Bien qu'il s'en défendît, Carpeaux était entré dans le rêve.

— J'aurais aimé faire son buste. Un grand chapeau de paille fleurie et son joli visage dans cette auréole. Cette jeune femme a une ligne de sourcils absolument parfaite, un coup de pinceau de Dieu admirable ! Mais je vous l'ai dit, je ne veux pas me mettre à rêver inutilement. Les dames de ce château passent leur temps à s'agiter. On ne peut en atteindre aucune. Et celle-là moins que les autres, elle court toujours...

Elle courait encore, à travers les grands salons, quelques minutes avant cinq heures et demie, mise en retard par un ourlet de robe qu'il avait fallu recoudre au dernier moment.

Sur fond de laque de Coromandel, d'un côté, de tapisserie des Gobelins, de l'autre, se tenaient quatre hommes et une femme qui attendaient et Judith-Rose et Leurs Majestés : la princesse de Metternich, M. de Saulcy, historien et archéologue, Prosper Mérimée, Carpeaux et Manfred de Beaumesnil. Ces petits thés intimes de l'impératrice ne dépassaient jamais cinq à six invités.

Judith-Rose eut tout juste le temps de reprendre son souffle, avant de s'abîmer en une révérence parfaite. On en faisait si souvent pendant un tel séjour, se disait-elle, qu'on arriverait à maîtriser peu à peu cet engin diabolique, cette cage impossible. On finirait presque par prendre plaisir à réussir, de mieux en mieux, cet exercice périlleux.

L'impératrice avait troqué sa jupe noire et sa blouse rouge du matin contre une jupe rouge et un corsage noir, de taffetas. Elle aimait, pour la journée, une grande simplicité de mise et ne devenait « Falbalas Iʳᵉ », comme la surnommaient les journaux de l'opposition, qu'en endossant l'uniforme splendide des petites et grandes soirées.

La princesse de Metternich portait une robe de soie écossaise, aux tons verts des plus acides, qui venait de faire dire à Prosper Mérimée, entre haut et bas, combien les Mac-Kelk-Chose de ce clan-là devaient grincer des dents sous ce tartan. De la tenue blanche, en coton piqué de Judith-Rose, il se contenta de tirer un peu sur le nœud de velours noir du col, en disant : « Vous, il y a des jours où l'on vous donnerait douze ans ! On se fierait alors à votre air angélique et on aurait tort. Parce que, sous la jupe, il y a un petit pied qui sait se défendre.

— Seulement si on l'attaque, maître ! »

L'empereur assistait rarement aux thés de l'impératrice. Il fallait une raison exceptionnelle pour qu'il y vînt. Il la donna immédiatement, en réponse à l'interpellation de l'ambassadrice d'Autriche. Sachant que le souverain aimait son franc-parler, elle lançait :

— Votre Majesté a donc soif, aujourd'hui ?

— Une certaine soif, en effet, princesse. Celle de m'instruire. L'impératrice m'a fait remarquer, ce matin, que nous avions le privilège d'avoir, en ce moment, les deux spécialistes de la dentelle. L'un de celle à la main, l'autre de celle à la mécanique. Nous aimerions savoir quels sont leurs problèmes, ce qu'ils envisagent pour l'avenir, et comment vivent ceux qu'ils emploient.

Tous, autour de l'empereur, savaient son ardent désir d'en revenir, chaque fois qu'il le pouvait, à sa vieille idée de « l'extinction du paupérisme en France ». Tous connaissaient ce qu'il appelait son « socialisme » et personne ne s'étonna qu'il y revînt ainsi, à l'heure du thé, un jour gris de novembre, à Compiègne. Ce qui surprit, ce fut le choix des personnes réunies. L'impératrice l'expliqua :

— M. Carpeaux nous donnera l'avis de l'artiste et M. de Saulcy celui de l'historien. J'aurais voulu un économiste, mais nous n'en avions pas sous la main. Et M. Mérimée et la princesse de Metternich sont là, parce qu'il est évident que rien ne peut se passer sans eux ! Quant à nos deux dentelliers, bien qu'étant de la même famille, ils sont... devons-nous dire : ennemis ?

Manfred, souriant, répondit :

— Non, Majesté, complémentaires. Le métier que je fais, je pense que je n'aurais pas pu l'exercer sans, bien sûr, l'invention de la machine à vapeur et de la mécanique. Mais aussi sans celui que mes ancêtres pratiquèrent. La dentelle ne serait pas née, comme cela, toute seule, d'une machine. Il a fallu les dentellières et les fabricants de dentelle. Je ne fais qu'imiter.

— Donc, vous, vicomtesse, vous créez ?

— Oh ! je le voudrais, Majesté, mais j'en suis loin ! Je suis seulement entrée dans une famille de dentelliers, par le mariage. Et à cet art j'apporte bien peu de chose, en vérité, parce que je n'ai guère de qualité pour cela. Mais je crois bien que j'ai épousé aussi la dentelle, la vraie, en devenant alençonnaise.

— Comte, dit l'empereur, avez-vous entendu comment la vicomtesse a dit *la vraie* ?

Manfred s'inclina en souriant :

— Le mot est le bon. Comme je vous l'ai dit,

en effet, Majesté, je ne fais fabriquer que de l'imitation.

— Ce n'est pas un joli mot quand il ne s'applique pas à un ouvrage de piété, et encore, dit Mérimée. La chose est-elle plus jolie que lui ?

— Elle est très laide, s'écria l'impératrice.

— Elle satisfait nos sujets les moins fortunés, et c'est le but à atteindre : donner à ceux qui ne peuvent prétendre au luxe des grands un modeste équivalent, dit l'empereur.

— Si on parle de beauté des mots, intervint la princesse, je trouve que le plus laid qu'ait créé la machine à vapeur est le mot *ouvrière* appliqué à la femme. Votre Michelet a dit : « Mot impie, sordide, qu'aucune langue n'eût jamais, qu'aucun temps n'aurait compris avant cet âge de fer et qui balancerait, à lui seul, nos prétendus progrès ! »

— Ah ! c'en est trop ! s'écria Mérimée simulant l'irritation. Quelle famille que ces Metternich ! Le prince ne fait que trois fautes à une dictée, qui ici même ravagea l'élite de la France, et voilà que la princesse nous ôte les citations de la bouche.

— Jurez-moi donc que vous avez lu Michelet, vous ?

— Princesse, je ne jure jamais. Par hygiène. Les nuits blanches du repentir m'achèveraient.

Et, se tournant vers Judith-Rose, l'écrivain demanda :

— Et vous, madame la dentellière, que pensez-vous de ce mot-là ?

— Nos ateliers n'ont pas *d'ouvrières*. Ils ont des *dentellières*. Et à vous écouter je me disais combien ce nom de dentellière est joli, harmonieux. Aussi joli que la dentelle elle-même.

Ils eurent tous envie de lui dire : « Et que vous. » Personne ne le fit, mais tous les yeux fixés sur elle l'avouèrent pendant le petit silence qui suivit.

Comme on servait le thé, l'impératrice demanda à M. de Saulcy ce qu'il pensait de l'avenir des moteurs mécaniques dans les textiles.

— Oh ! Majesté, les historiens ne savent qu'après. Mais je peux tout de même vous dire qu'aucun esprit sensé ne voudrait résister à l'établissement des manufactures.

— Mais elles tueront l'art. Elles feront disparaître l'artisan, sinon l'artiste... Monsieur Carpeaux, à propos, que pensez-vous de la dentelle ? Vous aimez tout ce qui s'agite, vole, danse, c'est cela, la dentelle, n'est-ce pas ? Mais ce qui nous pare, nous, femmes, est-ce de l'art ?

— Majesté, on a dû dire avant moi que l'art, en tant que facteur de la civilisation, n'est que l'embellissement de la vie par l'agrément de la couleur, du rythme, de la forme, et qu'il débute par l'ornementation du corps.

— Mais voilà ce qu'il faut m'écrire sur les murs de ma chambre des atours ! Je vais, dès demain, le faire broder en point de croix. Je me sentirai moins futile en m'habillant, je me dirai : Je sers l'art... Mais vous, comte, vous le desservez.

Et le doigt de l'impératrice, braqué sur le dentellier, était accusateur.

Manfred n'était pas courtisan.

Les conversations de salon, même impériales, l'ennuyaient. Il venait ici pour chasser. L'empereur lui avait donné le *bouton en or* des fusils privilégiés de ses résidences. Et il avait eu plaisir à connaître le prince Louis-Napoléon pendant son exil, et célibataire. Il se distrayait moins avec l'empereur marié. L'impératrice avait la manie de vouloir saupoudrer ses frivolités d'un semblant de sérieux. Une tentative, pour les rendre pardonnables. Une indulgence qu'elle s'accordait et qu'elle ne manquerait pas, sans doute, d'introduire dans sa prière du soir, en demandant au Seigneur de l'absoudre.

Et comment Mérimée, si grand écrivain, pouvait-il ainsi faire le « fou » de la reine à longueur d'année ?

Quant à la princesse de Metternich, elle l'amusait parfois. Mais pas longtemps. Elle faisait peut-être des citations intéressantes, mais elle avait une vilaine bouche. Alors, pour oublier celle de Judith-Rose qu'il trouvait trop tentante, et mécontent de ne pouvoir s'empêcher de la regarder, il décida d'en finir avec ce combat singulier entre sa belle-sœur et lui que l'on paraissait avoir envie de provoquer.

— Il faut donc, Majesté, que je me défende ?

» Je commencerai par en revenir à cet état d'*ouvrière* que l'on ne pardonne pas aux industriels d'avoir créé. Nous n'avions pas le droit, nous dit-on, de retirer les filles et les mères de leur foyer. Avant la machine elles avaient un travail chez elles et n'allaient dans de petits ateliers que si elles le désiraient. On leur laissait le choix.

» La mécanique arrive et tout change. Voilà la femme soumise à quatorze heures d'usine par jour, dans une promiscuité douteuse. Au lieu de régner dans son logis, même petit et insalubre, où elle était préservée, pudique et libre, elle a désormais des compagnes de mauvaise moralité, elle est entourée d'hommes et subit la dure férule d'un contremaître. Dès lors, le foyer est abandonné, le nouveau-né à la crèche ou chez une gardienne, les autres enfants, qui n'ont pas les huit ans révolus leur permettant de travailler aussi, livrés à la rue, et aux mauvaises rencontres. Conséquence inévitable de tout cela : mortalité élevée, absence complète d'éducation morale, et dégénérescence de la race.

» Mais cet affreux tableau n'est pas le fait de la machine seule. Il est celui de l'impuissance où nous sommes encore de remédier au paupérisme d'une grande partie de notre population.

» Un bon point important, tout de même, pour l'industrie. Les ouvriers et ouvrières des usines vivent mal, mais ils vivent, et ils vivront de mieux en mieux. Ceux qui font des petits métiers qui vont mourir périront. Parce que dans les usines le travail est constant. Pas de morte-saison, pas d'arrêt subit qui laisse sans ressources. Voilà pour l'usine. Et je vous épargne tout ce que nous essayons de faire pour améliorer ce que je viens de décrire.

» Reste la dentelle. Main ? Machine ?

» Je crois qu'il n'y a pas lieu de comparer ce qui n'est pas comparable.

» Vous portez, Majesté, et vous, mesdames qui êtes ici, ce qu'il faut appeler, en effet, la vraie dentelle, comme vous portez des diamants. La valeur de ces deux objets de haut luxe restant d'ailleurs à peu près égale.

» Celles qui achètent ce que produisent, désormais, quelques usines, dont la mienne, se parent avec joie d'un colifichet qui ne ressemble que de très loin à ce que précisément elles ne voyaient que de très loin. Pour elles cette ressemblance suffit.

» Dans l'état actuel des choses, ce que je fais donne donc du pain à beaucoup, et fait plaisir à d'autres.

» Tant mieux si vous pouvez, Majesté, et vous, mesdames, continuer à porter des points prestigieux tant qu'il s'en fera. Tant mieux, désormais, pour celles à qui la mécanique donne l'illusion de vous ressembler, et qui, avec quelques sous, ont l'impression d'avoir acheté du vrai chantilly ou du vrai bayeux !

— Précisément, intervint Judith-Rose, vous

venez de le dire, vous faites du faux. Et je n'en discute pas l'utilité, au contraire. Mais je crois qu'il n'est pas juste que vous preniez leurs noms aux vraies dentelles. Et même celui de « dentelle » est usurpé. Il n'appartient qu'à ce qui a été jusqu'à maintenant fait à la main.

» Ce que vous fabriquez devrait s'appeler autrement. On ne comparerait plus, et tout serait dit. Voyez les Champenois. Ils se sont ligués pour empêcher les producteurs de vin d'Anjou d'employer le mot "champagne" pour désigner une partie de leur production. Les ateliers de vraie dentelle devraient en faire autant.

Manfred la regarda. Il hésitait à lui répondre. A aucun prix il n'aurait voulu la peiner. S'ils avaient été seuls... Par chance, se dit-il, ils ne l'étaient pas.

Alors, s'efforçant de rire, il préféra faire cesser une discussion inutile, en plaisantant :

— Mais non ! Si, par un affreux malheur, que je ne souhaite pas, on ne faisait plus de vraie dentelle un jour, laissez-en, au moins, le nom en héritage à vos descendantes qui n'auraient que les productions de mes successeurs pour orner leurs épaules.

Elle sourit aussi.

Elle se demanda si, un autre homme ayant tenu les mêmes propos, elle aurait eu cette attitude calme et compréhensive. Sûrement non. Et elle ne savait pas si elle devait s'en réjouir ou pas. Elle avait le sentiment que beaucoup de

494

choses basculaient dans sa vie et la projetaient hors de la mélancolique uniformité de ces dernières années. Quoi qu'il dût en résulter, c'était une situation qui ne lui déplaisait pas, tout en l'effrayant un peu.

Ils parlèrent encore longtemps.

L'empereur mena le débat. Il voulait des chiffres, des précisions.

L'impératrice et la princesse soupirèrent, réfutèrent, prophétisèrent.

— Soyez sûre, conclut Sa Majesté en parlant à Judith-Rose, que je porterai de plus en plus de « robes politiques ».

Elle appelait ainsi les toilettes qu'elle faisait faire pour « lancer » les soies de Lyon, les rubans de Saint-Étienne, ou les dentelles.

Carpeaux et M. de Saulcy ne participaient plus à la conversation depuis longtemps. Sur une remarque du sculpteur concernant les sourcils de Judith-Rose, sur « leur ligne d'une beauté remarquable, magistral coup de pinceau chinois », ils étaient partis et arrivés en Chine.

— Et si vous preniez un dernier petit four ?... proposa Mérimée à Judith-Rose. Ah ! dites-moi donc s'il y avait de la dentelle à Babylone ?

— Des broderies seulement, je crois, je ne suis pas sûre...

— Vous n'êtes pas sûre ? Mais c'est votre grande spécialité, la Babylonie, comme dirait Mrs. Boulton... Qu'y a-t-il, vous êtes triste ?

C'est le comte de Beaumesnil qui vous a fait de la peine ?

Manfred, qui venait vers eux, demanda :

— Qu'ai-je fait ?

— Vous l'avez assombrie, pardi. Je me demande bien pourquoi. Quelle idée de dire qu'il n'y aura plus de dentelle ! Mais c'est une institution, la dentelle, et elles ont la vie dure, les institutions... Voyons, quand croyez-vous que nous pourrons enfin aller nous habiller pour le dîner ? L'ennui, avec Leurs Majestés, c'est qu'elles ne paraissent jamais avoir faim.

L'une des épingles était tombée de la coiffure de Judith-Rose. La couronne de tresses ne tenait pas toujours aussi longtemps qu'il aurait fallu pour ces longues journées de Compiègne. Marie-Juliette ne savait pas la faire aussi solide que Dorothée. Manfred ramassa l'épingle et la tint un moment dans sa main fermée. Puis la rendit. Il avait été tenté de la garder. Il était temps, se dit-il, que cette « série » finisse. Elle se terminait, précisément, le lendemain. Il se surprit toutefois, pendant le souper, en regardant Judith-Rose qui paraissait séduite par la conversation de son voisin de table, le duc de Morny, à le regretter.

La jeune femme, pour cette dernière soirée, avait mis la seule toilette qu'elle n'avait pas encore portée, en velours vert, avec la parure d'émeraudes de sa mère.

— Ne prenez pas cela mal, sachant ce que je

pense des Vénitiens, lui dit Mrs. Boulton : vous avez l'air d'une dogaresse !

— Splendide, fit le duc.

Le demi-frère de l'empereur était la courtoisie et le charme mêmes, mais il y avait toujours un peu d'ironie dans son regard. Aussi les beaux yeux verts, levés vers lui, disant : « Le pensez-vous vraiment ? », le duc de Morny répéta :

— La plus belle dogaresse qui soit.

Elle se souciait peu, en vérité, de ces compliments. Elle aurait pourtant désiré que Manfred les entendît. Mais il était placé trop loin d'elle.

Le lendemain matin, les invités donnaient les derniers ordres à leurs domestiques pour que les bagages soient prêts en début d'après-midi. Le comte Bacciochi se fit annoncer chez Judith-Rose. Il venait faire part du désir de Leurs Majestés de garder la vicomtesse de Beaumesnil une semaine encore. Il irait ensuite inviter les trois autres personnes dont les souverains désiraient plus longtemps la compagnie.

Trois autres ? En admirant, une fois de plus, la belle tenue de jour du chambellan, rouge et doré, Judith-Rose pensa que, sûrement, l'empereur et l'impératrice s'intéressaient à leurs dentelliers et à leurs problèmes et les conviaient tous deux à prolonger leur séjour.

Le comte Bacciochi ne paraissait pas désireux d'aller très vite s'acquitter de la suite de sa tâche, il disait :

— Savez-vous, vicomtesse, ce que nous fait M. Carpeaux ? Il reste ici sans qu'on l'en prie. Voici *trois semaines* qu'il est là, alors qu'il était invité pour une seule. Leurs Majestés, la première fois qu'elles l'ont vu prolonger, n'ont rien dit, par courtoisie. La seconde, elles ont ri beaucoup. La troisième, je vous dirai en confidence que je crois qu'elles ne s'en sont même pas aperçues. Nous avons, vicomtesse, des souverains absolument délicieux.

Judith-Rose en était persuadée, mais elle aurait surtout voulu savoir *qui* restait.

Ce n'était pas la princesse de Metternich, qui vint lui faire ses adieux en forme d'invitation chez elle.

— Je ne reste pas plus longtemps ici parce que j'ai mes préparatifs à faire pour ma redoute [1]. Vous vous travestirez comme vous le voudrez, mais je veux que vous y veniez. Vous vous doutez bien que, lorsqu'on a la chance de connaître une jeune femme qui ne porte ni corset ni jarretière, qui ose s'évanouir aux pieds de Leurs Majestés, bat la princesse Anna Murat au billard, retrouve à Compiègne son beau-frère qu'elle n'avait jamais vu, et offre une fortune de dentelle à l'impératrice, on ne la lâche pas. Je suis sûre que vous allez faire quelque chose de sensationnel chez moi, le soir de ma grande fête,

1. Bal masqué.

parée et masquée. Je vais vous annoncer à tout le monde.

Au dernier déjeuner, Judith-Rose ne put parler à Manfred, placé très loin, et qui ne fit rien pour se rapprocher d'elle.

Elle s'efforça de fuir Mrs. Boulton qui voulait l'accompagner à Alençon. Il était difficile de lui dire : « Vous quittez Compiègne et j'y reste. » Et c'était une situation bien délicate, pensa-t-elle, pour ceux qui prolongeaient leur séjour, que d'essayer de répondre sans les vexer à ceux qui vous disaient : « A tout à l'heure au train. » Elle réussit, néanmoins, à remettre à plus tard la visite de Mrs. Boulton et décida de se cacher jusqu'au départ du dernier break.

Marie-Juliette s'était résignée à rester encore au château quand elle avait su que l'impératrice avait fait envoyer des mannes de violettes, directement de Nice, aux dentellières de l'atelier. Elle se consola de ne pas revoir Alençon avant une semaine encore, en espérant approcher, de plus près, le petit prince impérial. Elle était sûre que Louis-Ogier était plus grand et plus fort que lui. Elle réussit à faire ses comparaisons, à l'avantage de « son poupet du dimanche ». Elle eut même une longue conversation avec miss Shaw. Elle pourrait dire à Dorothée que la nurse avait les mêmes habitudes qu'elle. La fenêtre de la chambre du prince restait entièrement ouverte à la belle saison, à demi par hiver doux, au quart seulement quand il gelait. Et M. le vicomte et Son Altesse prenaient tous deux du chocolat le matin. Cette conversation s'était déroulée en un français mêlé d'anglais d'une part et de patois de l'autre.

Quant à Léonard, il avait pris ses habitudes ici et elles ne lui déplaisaient pas. Il avait noué amitié avec M. Sosthène, le valet de chambre de M. le duc de Morny, d'origine vaudoise, et aussi parfait gentilhomme que son maître. M. Sosthène se munissait toujours, dans ses déplacements à la suite de M. le duc, de son linge de toilette et de ses couverts de table. Même dans les résidences impériales le confort n'était pas toujours ce qu'il aurait dû être. C'était là, ajoutait Léonard, un bon conseil à retenir, si Mme la vicomtesse devait désormais villégiaturer beaucoup. Judith-Rose promit un étui contenant des couverts d'argent pliants à Léonard. « C'est exactement ce que possède M. Sosthène », lui dit le majordome en la remerciant par avance.

Judith-Rose pensait que ce premier souper avec la nouvelle « série » serait distrayant.

Elle attendait, dans la galerie des Cartes, avec Prosper Mérimée, qui redoublait aussi et même triplerait ou quadruplerait, si bon lui semblait. Il était, comme il le disait, de fondation.

— *Nous* n'avons gardé, dit-il, que vous, M. et Mme de Saulcy et l'éternel Carpeaux, mais comme j'ai oublié ce que m'a dit l'impératrice, je ne sais pas du tout avec qui nous rompons le pain ce soir.

Il devait se tromper, Manfred était sûrement resté aussi. S'il était parti, il lui aurait dit adieu. Elle attendit. Il ne vint pas. Elle passa une mauvaise soirée bien que ses voisins, le compositeur Ambroise Thomas et l'écrivain Edmond About, eussent déployé tout leur charme et leur intelligence pour la séduire.

Peut-être Manfred n'avait-il pas été prié de rester? Mais alors pourquoi ne pas avoir pris congé d'elle?

M. de Saulcy lui dit, un peu plus tard, alors qu'ils se trouvaient rapprochés au moment du thé de fleur d'oranger, qu'il aurait bien aimé bavarder plus longuement avec le comte de Beaumesnil, une si belle intelligence. Il regrettait que l'industriel n'ait pu accepter l'invitation de l'empereur à prolonger son séjour. Il était impérieusement attendu à Calais, avait-il dit.

Ainsi, il était parti sans même avoir pris congé d'elle!

Il était plus de minuit, elle avait regagné sa chambre et allait se déshabiller, lorsque Léonard lui apporta une gerbe de roses que le fleuriste de Compiègne venait de livrer.

— Vous ne dormez donc jamais, Léonard?

— Je tiens compagnie à M. Sosthène qui attend M. le duc pour sa toilette de nuit. Si Madame voyait les salles des gens de maison!

C'est plus bruyant que les salons de Leurs Majestés. Il y a des parties de cartes qui durent jusqu'à l'aube. Mais M. Sosthène et moi nous jouons aux dominos. M. Sosthène, qui est délicat dans ses goûts, trouve ce jeu plus élégant. Nous nous rencontrons sur ce point-là aussi.

Une carte accompagnait les fleurs. Elle disait :

Chère petite sœur,

Une manufacture de dentelles à la mécanique n'est pas comme un atelier d'ouvrages à l'aiguille. Les chaudières qui alimentent les machines à vapeur actionnant les métiers sont des feux infernaux qui brûlent nuit et jour. Le diable que je suis — dirait Pervenche-Louise, et peut-être d'autres ! — doit aller donner quelques coups de fourche pour que ça tourne. Rester huit jours loin de mon usine a été déjà beaucoup trop. J'ai dû profondément remercier Leurs Majestés et leur dire que je me devais d'aller où le travail m'appelait.

J'ose vous dire, maintenant, que je vous connaissais avant notre rencontre ici. Je vous avais vue, sournoisement, un jour où j'allais prendre des nouvelles de ma femme Bérangère... Vous étiez assise dans l'herbe, habillée de noir, avec votre fils dans les bras.

Si vous avez, un jour, besoin de votre frère, faites appel à lui sans hésiter. Voici mon adresse...

Elle tira quatre conclusions, navrantes, de ce billet :

Manfred n'avait pas voulu rester. La raison donnée n'était qu'un prétexte. Les feux de son enfer, ce n'était tout de même pas lui qui les alimentait !

Il lui rappelait ensuite qu'il était marié à Bérangère.

Il n'avait, en plus, nullement l'intention de la voir, sauf cas dramatique.

Et, enfin, il la traitait en sœur.

Elle disposa les roses dans un vase, qu'elle changea trois fois de place pour les voir de son lit.

Avant de s'endormir, elle repensa à tout ce qu'il lui avait dit, tout ce qu'il avait expliqué de son métier.

Elle se rappela des détails qu'il avait donnés de la vie pénible des ouvrières d'usine. Il avait parlé aussi, à voix basse, à l'empereur — sans doute pour qu'elle n'entende pas —, des gardiennes des nourrissons de ces femmes. Pour réduire au silence et à l'immobilité les pauvres enfants, elles leur faisaient prendre des doses d'opium.

C'était là une excellente raison de pleurer, en s'apitoyant sur ces pauvres petits martyrs.

Le lendemain matin, en buvant son chocolat — Marie-Juliette disait qu'on en faisait aux cuisines de grandes quantités, dans des chaudrons de cuivre qui brillaient comme des soleils couchants —, elle convint qu'elle avait négligé le positif de la lettre de Manfred. Elle refit le parcours inverse des quatre paragraphes :

On pouvait comprendre, qu'il partait parce qu'il le jugeait préférable... pour des raisons qui faisaient un peu battre le cœur, mais qu'elle ne définit pas. Qu'il avait une femme, mais ne l'approchait plus. Qu'il l'avait vue, elle, allaitant son enfant et l'avait regardée comme les vieillards admiraient Suzanne au bain, c'est-à-dire avec... intérêt !

Et il lui avait donné son adresse.

Elle décida qu'elle mettrait deux de ses roses, à son corsage et à sa ceinture, au souper.

Le galant chambellan, toujours aimable, vint la voir. Il avait la joie de lui annoncer que, par ce bon froid sec et ensoleillé, Leurs Majestés allaient faire une promenade en forêt et souhaitaient sa présence à leurs côtés de dix heures trente à onze heures trente.

— Mais permettez-moi de vous conseiller de vous couvrir, vicomtesse, j'ai mis le nez dehors ce matin pendant quelques instants, et il est devenu aussi rouge que mon habit. Je crois pouvoir vous recommander le port d'une fourrure.

Elle la porta. C'était un mantelet d'hermine blanc de lait, qu'elle mit sur une robe de promenade en velours marron glacé. La jupe, courte comme celle de l'impératrice, laissait voir les chevilles. Un manchon attaché par un ruban de satin blanc complétait la toilette. Mais pour se couvrir la tête Judith-Rose avait dû laisser pendre ses longues nattes dans le dos. Marie-Juliette en avait orné les extrémités de nœuds de satin qui étaient « deux petites souris blanches trottinant derrière elle », lui dit Mérimée. Il ajouta :

— Vous êtes-vous munie de quelque chose qui ressemble à des bonbons, de préférence à la menthe ? Il faut en mettre un dans la bouche, dès que l'on commence à marcher, et ne plus parler pour éviter d'avaler le froid de cet air mortel. A tout à l'heure au château, ma jolie, si nous existons encore ! Je vous dis au revoir, parce qu'à partir de maintenant vous ne m'entendrez plus, je ne serai pratiquement pas là, je n'ai pas envie d'avoir une angine ce soir. Il est vraiment déraisonnable de nous obliger, l'empereur et moi, à ces exercices.

L'un des soucis majeurs de l'impératrice était la santé de l'empereur. Elle le trouvait ou trop assis, ou trop debout, ou trop à cheval, bref, il ne marchait pas assez.

Elle avait remarqué le pas alerte de Judith-Rose et lui avait demandé de l'aider à entraîner Sa Majesté dans des promenades à pied plus longues que celles que l'empereur consentait à faire. Elle avait noté aussi combien la jeune femme amusait son mari par son franc-parler. Sans être aussi mordant que celui de la princesse de Metternich, il n'en était pas moins savoureux.

Napoléon III, pour ne pas contrarier sa femme,

vint s'exécuter, ce matin-là, souriant et affable selon son habitude, même lorsqu'il accomplissait une corvée.

Comme l'impératrice organisait la promenade devant les participants — une douzaine de personnes —, l'empereur demanda :

— Et où ferons-nous halte ?

— Mais nulle part. Pourquoi voudriez-vous que nous nous arrêtions ?

— Parce que je suis comme ce compagnon de voyages à pied du cher Rodolphe Töpffer : je ne marche que pour les haltes, et rien que pour elles.

— Oh ! Sire, dit Judith-Rose, Votre Majesté l'a connu, Elle aussi ?

— Sûrement, vicomtesse, il était plus de mon temps que du vôtre.

L'empereur parla, pour ceux qui ne le connaissaient pas, de l'enthousiaste marcheur qu'était l'écrivain suisse de langue française, qui entraînait les élèves de son pensionnat et ses amis dans des randonnées pleines de pittoresque dont il relatait les péripéties avec plus de pittoresque encore.

— Il avait l'habitude, dit l'empereur, de commencer son journal de voyages par la description des participants. C'est ainsi qu'il y avait un certain voyageur dont il disait... Ah ! je ne me souviens plus très bien.

— « Porte un costume légèrement septentrional, a une canne à mécanique, est ami des bouteilles et du chant, et ne voyage que pour les haltes ! » cita Judith-Rose en riant.

— Exactement ! Et je suis tout à fait comme lui, seules les haltes m'intéressent. Mais, vicomtesse, de quelle qualité était-il, le jarret de celui qui n'aimait que les haltes ?

— Oh ! sûrement pas superfin, Sire, ni même éprouvé !

— Toi, Ugénie, qui marches tant, tu l'as certainement *exquis*... n'est-ce pas, vicomtesse, Sa Majesté a le jarret exquis ?

— C'est une certitude, Sire.

Il fit beau pendant cette semaine-là. Et les promenades quotidiennes aidèrent un peu Judith-Rose à passer ces huit jours qu'elle trouvait interminables, sans vouloir s'avouer vraiment pourquoi.

Un après-midi, avant de se rendre au thé de l'impératrice, dans le salon de musique, avec de nouveaux arrivés, Judith-Rose écrivit à ses cousines une dernière lettre de Compiègne.

... J'ai accepté de poser pour M. Carpeaux. Il est désespéré de ne jamais obtenir de l'impératrice qu'elle lui consacre ne serait-ce que dix minutes. Il s'est rabattu sur moi. De Sa Majesté, il ambitionne de faire un buste. De mon humble personne il va faire une statue en pied. Et voici pourquoi :

Hier, à force d'entendre M. Mérimée

m'appeler sa petite Babylonienne, M. de Saulcy, dont je vous ai déjà parlé, lui en a demandé la raison. Et M. Mérimée, qui a un peu mal à la gorge et tremble que cela ne s'aggrave, m'a chargée de lui répondre. Alors j'ai raconté Charles-Albert, son ami anglais, les documents, etc.

M. de Saulcy est très enthousiaste quant à la Babylonie ; il affirme que ce sera l'une des gloires de ces dix dernières années d'avoir enfin permis à l'humanité de savoir ce qu'elle doit à sa culture.

Puis, pour intéresser l'impératrice, il nous a décrit le costume des dames de Babylone.

— Voilà comment j'aimerais la représenter, s'écria M. Carpeaux, en parlant de moi. En longue tunique de lin blanc, des sandales d'or aux pieds et des perles dans ses cheveux dénoués.

C'était, paraît-il, ainsi qu'étaient les princesses de là-bas. C'est ainsi que je serai, en marbre, un de ces jours.

Une couturière de l'impératrice a fait la tunique. Dans les accessoires qui servent aux charades et aux tableaux vivants, on a trouvé des sandales (romaines, mais M. Carpeaux s'en contente) et je mets les perles de ma mère dans mes cheveux. Marie-Juliette trouve que cette robe, cette chemise plutôt, « vrai, on aurait pu faire mieux pour Mme la vicomtesse ! »...

Les dames du palais, à tour de rôle, s'amusent à me servir de chaperon.

Et elles s'amusent vraiment ! Si vous saviez ce que nous avons découvert en arrivant à notre première séance, Mme de La Bédoyère et moi ! Un taudis. C'est ce que le sculpteur avait fait de sa chambre ! Sur la commode, qui a appartenu à Marie-Antoinette, il avait déposé ses kilos de terre glaise. Comme il lui manquait des chiffons pour la maintenir humide, il a arraché les tissus du mobilier. L'état du sol, n'en parlons pas, le maître refuse que l'on fasse le ménage de ses appartements.

Et savez-vous de quoi je m'entretiens avec ces dames ? De dentelle. J'ai trouvé ma voie : le plus grand service que je puisse rendre aux ateliers d'Alençon et à nos chères vélineuses, c'est de parler d'eux. J'ai décidé de parcourir le monde — des salons — et d'y faire des adeptes de la dentelle. Il faut que j'en parle comme on parle peinture ou sculpture et que j'explique que c'est un art complet et pas si mineur qu'on le croit.

J'ai si longtemps entretenu de ce sujet mon chaperon d'hier, que je l'ai endormi. Il est vrai que cette pauvre dame était de la promenade en forêt du matin — qui les exténue tous, sauf l'impératrice et moi — et qu'elle comptait sans doute sur la séance de pose pour faire une sieste réparatrice. Pourtant je lui disais de jolies choses... Le dessin d'abord qui est comme un poème... et les dentellières qui mettent une musique dessus...

Lorsque la « série » reprit le train, M. Carpeaux, malgré ce qu'il avait dit, n'y monta pas. Il avait dû oublier l'heure. Mais il n'avait pas manqué de rappeler à Judith-Rose : « Vous vous verrez au prochain Salon, en princesse de Babylone. »

*

Judith-Rose prévoyait de ne passer que trois jours à Paris. Le premier, elle préparerait sa toilette pour la redoute Metternich. Le second, elle y participerait. Le troisième, elle visiterait les magasins Beaumesnil de Paris, faubourg Saint-Honoré, et on rentrerait.

Elle s'installa à l'hôtel Meurice, rue de Rivoli, où les Morel d'Arthus descendaient toujours. Elle obtint le même appartement qu'elle avait occupé avec ses cousines, avant de partir vers la Normandie et son destin.

Elle trouva, par chance, chez Palmyre, un domino de faille rose. Elle dénicha des chaussures de satin du même ton, brodées de petites perles. Et on put lui faire, en vingt-quatre heures, un masque, rose et garni de perles, lui aussi.

Après examen des trois volants de dentelle qui bordaient, selon la mode, le capuchon du domino, Marie-Juliette conseilla de remplacer

« ce travail de rien » par de l'alençon. Ce que l'on fit.

Tout ceci, porté avec une robe de taffetas blanc au grand décolleté orné de pivoines roses, faisait une toilette parfaite pour une redoute parée.

Elle n'avait eu qu'un seul ennui au cours de cette première journée à Paris. Un client de l'hôtel, croisé dans le hall, la veille, à l'arrivée, n'avait cessé de se trouver sur son passage. Il paraissait n'avoir rien d'autre à faire, dès le lendemain matin, que de suivre son fiacre dans un cabriolet qui l'attendait à la porte de l'hôtel et qu'il conduisait lui-même. Il l'avait attendue aussi à la porte de Palmyre, et accompagnée chez le bottier, et il avait commis l'incorrection d'entrer à sa suite, dans la boutique. Il y paraissait connu du reste et s'était contenté de faire un signe négatif de la main quand on avait voulu s'occuper de lui. Puis il avait regardé Judith-Rose choisir ses chaussures. Quand elle était repartie, suffoquée, il l'avait suivie encore jusqu'à l'hôtel où il résidait aussi.

Le soir elle avait reçu des roses accompagnées d'une carte :

Comte Mikhaïl Bolokhov.
Avec toute son admiration.

Léonard, outré, avait renvoyé la gerbe chez le fleuriste de l'hôtel.

Lorsqu'elle sortit, masquée, le lendemain soir, pour monter dans la voiture louée par Léonard et qui la conduirait rue de Varenne à l'ambassade d'Autriche-Hongrie, le comte russe était encore là. Il se leva tranquillement et la suivit.

Elle s'amusait, maintenant. La princesse de Metternich lui avait dit que les invitations à ses fêtes étaient vérifiées. N'entrait pas, chez elle, qui voulait; si ce monsieur en avait la prétention, il serait refoulé.

La rue de Varenne était encombrée de voitures. Il fallait patiemment attendre son tour de passer le porche et entrer dans la cour d'honneur.

Judith-Rose patientait... quand la portière de sa voiture s'ouvrit. Un homme, posément, monta auprès d'elle.

C'était le comte russe! Elle en resta muette de saisissement.

Il s'était assis à côté d'elle, comme si c'eût été sa propre voiture. Il était surprenant de calme et d'aisance. Dans un français parfait, il dit :

— Je pense que nous pouvons converser pendant dix bonnes minutes. Il y a encore une douzaine de voitures devant nous. J'ai essayé, au cours de la journée, de trouver un ami qui pourrait me faire inviter à l'ambassade d'Autriche ce soir. Je savais que c'était là que vous alliez.

Elle parla, aussi calmement que lui :

— Voulez-vous quitter ma voiture, je vous prie ?

— Non. Pas avant de vous avoir dit ce que j'ai à vous dire.

— Et que je ne veux pas écouter. Descendez. Qu'espérez-vous ? Dans quelques minutes je serai chez mes amis. Je vais d'ailleurs, si vous ne voulez pas descendre, le faire moi-même.

Toujours avec calme, il dit doucement :

— Je vous en empêcherai. Écoutez-moi et je partirai.

— Ce que vous avez à me dire ne m'intéresse pas. Laissez-moi ou j'appelle.

— Qui ? Un cocher ? Je ne suppose pas que vous vous souciiez d'être ridiculisée en expliquant à l'un des invités de la princesse de Metternich que quelqu'un vous importune dans *votre voiture*.

Il avait raison.

Elle essaya d'ouvrir la portière.

Elle n'y parvint pas. Elle luttait, se débattait.

Toujours impassible, l'homme se contentait de la tenir, par la taille, contre lui.

Elle n'arriva même pas à mettre sa tête à la portière pour appeler son cocher.

Elle avait peur. Elle sentit sa robe craquer, son domino se déchirer. Le bras du Russe était un étau dont elle ne pouvait se dégager.

Du temps ! Il fallait gagner du temps, pensat-elle. Dans quelques minutes elle serait dans la cour de l'ambassade.

Elle ne songeait même pas que ce fou aurait pu tenter autre chose que de la retenir quand, soudain, elle sentit sa bouche sur son cou, puis essayant de prendre la sienne.

Elle ne voulait pas crier. Elle ne pensait maintenant qu'à cela : ne pas se ridiculiser. On apercevait les lumières du perron illuminé, les laquais brandissant leurs torches, les invités qui descendaient de voiture et entraient...

Et soudain, elle hurla :

— Manfred !

Elle venait de l'apercevoir. Il arrivait, à pied, vision si extraordinaire qu'elle en enregistra, comme en un éclair, tous les détails. Il portait l'habit sous sa cape, avait un chapeau haut de forme et une canne... Avec la lucidité qui ne l'avait pas abandonnée pendant cette aventure, elle se souvint : il habitait tout à côté, rue de l'Université.

Bien que le Russe s'efforçât de mettre sa main sur sa bouche pour l'empêcher d'appeler, elle put hurler de nouveau :

— Manfred !

Elle avait dégagé l'un de ses bras qu'elle agita par la vitre ouverte.

Il était là, il ouvrait la portière.

— Cet homme... Cet homme est monté dans ma voiture, il voulait...

Il la fit descendre, la soutint car elle vacillait.

— Mais... où est-il ? demanda-t-elle, en se retournant.

Le Russe était descendu par l'autre portière et avait disparu dans la nuit.

— Je ne peux pas le poursuivre, dit Manfred, sans faire un scandale. Votre assaillant, tout indigne qu'il soit, l'a compris et il s'est éloigné pour ne pas vous compromettre davantage. Nous nous retrouverons et s'il est de ceux avec lesquels on se bat...

— Oh ! Vous n'allez pas vous battre ?

— Croyez-vous que je vais laisser courir la ville en liberté un homme qui vous a offensée ? S'il est gentilhomme, nous nous battrons, s'il ne l'est pas, je le battrai.

Elle ne savait plus très bien où elle était, elle tremblait.

Elle entendit, de nouveau, la voix froide et dure de Manfred dire :

— Rabattez votre capuchon et suivez-moi vite, tout Paris est là...

Elle crut comprendre qu'il donnait un ordre au cocher et elle se retrouva marchant dans la rue aux côtés de son beau-frère qui l'entraînait rapidement :

— Dépêchez-vous, essayez de ne pas vous faire reconnaître de ceux qui sont dans ces voitures.

Il était furieux.

— Vous boitez ?

— L'une de mes chaussures a dû rester dans le fiacre... mais où allons-nous ? L'ambassade est derrière nous.

— Vous n'avez pas l'intention d'entrer chez la princesse dans cet état ?

Elle s'aperçut du désordre de sa toilette, serra son domino, rabattit davantage son capuchon sur son visage. Et elle eut un bref sanglot, qu'il dut entendre.

— Vous n'avez pas pleuré lorsque cet homme s'est jeté sur vous, vous pleurez maintenant votre robe déchirée et votre soirée perdue !

— Où allons-nous ?

— Chez moi. J'habite à deux pas. Une chance pour vous que je ne prenne jamais de voiture quand je vais à l'ambassade d'Autriche.

Il lui fit franchir une porte cochère, monter un étage, entrer dans un vestibule éclairé, puis dans un salon. Il y avait une grande cheminée et un feu y flambait.

Elle serrait toujours son domino rose autour d'elle et dit, sans se rendre compte qu'elle parlait :

— J'ai aussi perdu ma bourse... et mon masque...

— Restez ici. Je vais dire à votre cocher qui a dû nous suivre de rentrer dans ma cour et de vous attendre.

Elle ne répondit pas, s'approcha du feu et rejeta son capuchon en arrière. Ses cheveux étaient défaits. Elle s'en soucia peu. Elle ne comprenait qu'une chose : elle était chez Manfred. Elle regarda autour d'elle. Un grand bureau. Une lampe allumée. Des livres.

Comme il revenait, elle demanda :

— Vous vivez ici, ou à Calais ?

Il ne répondit pas à sa question.

— Et maintenant, expliquez-moi cette aventure extravagante, dit-il.

Pourquoi cette voix dure ? Il était bien plus aimable à Compiègne.

Elle raconta tout.

— Mais enfin, s'écria-t-il, ne savez-vous pas qu'en descendant à l'hôtel à votre âge... avec votre... enfin, telle que vous êtes, vous alliez au-devant de complications de ce genre ?

— Non. Pourquoi ? Ma famille habite toujours le Meurice, quand elle vient à Paris. D'ailleurs j'allais juste à la redoute de la princesse et je serais rentrée chez moi... Mon Dieu ! La princesse ! Elle ne va pas comprendre mon absence...

— Ne vous occupez pas d'elle. Nous verrons cela demain. N'avez-vous pas compris, vous, qu'en vivant seule, sortant seule, on risquait de vous prendre pour une femme du demi-monde ?

— Qu'est-ce que cela ?

— Vous ne savez donc rien de la vie à Paris ? Mais qu'est-ce que mon frère vous a appris ?

— Rien. Il n'a pas eu le temps de m'apprendre...

Elle fondit en larmes.

Elle pleurait, pour cent raisons. Elle n'aurait pas pu les énumérer toutes, mais elles lui montaient au cœur dans un désordre où les pires se mélangeaient aux moindres, portées par le même affreux désespoir. Elle laissait déborder quatre années de chagrins et de tristesses.

Il s'éloigna et revint avec un verre et une carafe.

— Buvez cela.

— Qu'est-ce ?

— Buvez ! Lorsque vous serez mieux, je vous raccompagnerai à votre hôtel et, dès demain, vous me ferez le plaisir de rentrer à Alençon... que vous n'auriez jamais dû quitter.

Elle toussait ; elle buvait rarement de l'alcool, mais elle finit son verre.

Elle essuya ses yeux, regarda Manfred, et lui dit :

— A vous entendre on dirait que tout ce qui s'est passé est de ma faute.

— Mais oui. Je vous l'ai expliqué. Vous n'êtes ni à Genève ni à Alençon. Une très jeune femme ne vit pas seule à l'hôtel. Celles qui ont votre âge, et qui sont de notre monde, sont accompagnées d'un mari, d'un père, d'un frère...

— Je n'ai rien de cela.

— Alors engagez une dame de compagnie, une duègne qui vous suivra, pas à pas, dans vos excentricités.

— Comme vous me parlez durement ! Pourquoi ?

Il ne répondit pas. Il s'avança vers la cheminée, tendit ses mains vers les flammes.

— Pourquoi ! l'entendit-elle dire tout bas.

Il lui tournait le dos.

Il se retourna brusquement. Son visage était dans l'ombre. Il la regardait en silence.

Puis, du ton qu'il avait eu pour lui parler à Compiègne, il demanda au bout d'un moment :

— Êtes-vous maintenant en état de rentrer ?

Étrangement, qu'il fût redevenu aimable avec elle lui redonna envie de pleurer. D'une petite voix, elle dit qu'elle était prête, leva son visage vers le sien et, comme il s'écartait de la cheminée, le foyer jeta, l'espace d'une seconde, une vive clarté dans son regard... ce regard... elle crut rêver encore, ce regard, celui d'Odilon quand... Puis un effet d'ombre et de lumière révéla brusquement, sur ce masque dur, ce qu'au grand jour elle avait pris pour des rides, deux longs sillons verticaux. Un sur chaque joue. Bérangère !... Elle se souvint qu'elle avait blessé son mari avec son fin poinçon de dentellière.

Du regard Manfred parcourait ce visage de femme levé vers le sien, il semblait chercher ce qu'il y avait derrière ces traits ravissants, ce regard lumineux.

Elle s'aperçut qu'elle tremblait encore, et vacillait aussi... Son unique chaussure la gênait. Elle l'enleva. Puis elle s'efforça de rentrer ses cheveux dans son capuchon.

Il fit un pas vers elle, pour l'aider, se ravisa, s'arrêta et attendit, sans la regarder.

— Venez-vous ?

La voix était redevenue impérieuse.

Elle laissa sa chaussure sur le tapis, devant le feu.

Ils parlèrent à peine pendant le trajet en voiture. Il lui demanda comment elle rentrerait à Alençon, parut satisfait d'apprendre que Big-James venait la chercher. Elle se garda bien de préciser qu'il n'arrivait que le surlendemain.

Puis, ils se turent, jusqu'à ce qu'elle s'écrie :

— Mais je ne peux pas traverser le hall de l'hôtel pieds nus !

— Vous êtes costumée, cela n'étonnera pas trop. Votre domino est très long. Avez-vous des bas ?

Il descendit avec elle. Attendit qu'elle ait demandé sa clef et l'accompagna jusqu'à la porte de sa chambre.

— Enfermez-vous, gardez votre servante à vos côtés si vous avez peur, dormez bien et partez demain.

Il prit sa main qu'elle ne pensait pas à lui tendre, la baisa et s'éloigna rapidement.

Elle enleva son domino, chercha dans ses cheveux les épingles qui y restaient. Elle était vexée et furieuse contre les deux hommes qui s'étaient occupés d'elle ce soir. Cet imposteur étranger qui croyait que toutes les femmes sont de ce fameux demi-monde et l'autre, le sauveur providentiel dénué de... d'affection. Pourquoi secourir, si c'était pour désespérer ensuite ? Elle reverrait longtemps Manfred s'avancer, implacable, vers la voiture où elle était prisonnière du Russe, l'amenant à lui d'une main de fer, et au lieu de la consoler, de l'entourer de tendresse, il la rudoyait! Ah! les hommes étaient impossibles, les Russes et les autres. Eh bien, si le comte de Beaumesnil était d'une humeur exécrable ce soir, il avait bien fait de retourner devant son feu, avec son flacon d'alcool à ses côtés... et aussi la chaussure rose et perlée, pour lui tenir compagnie! Elle ne la reverrait jamais, celle-là. Il ne la lui rapporterait pas. Il ne chercherait sans doute plus à rencontrer une belle-sœur aussi étourdie. Elle qui avait cru qu'autour du malheur de la mort d'Odilon, il recréerait pour elle un monde où ses larges épaules lui seraient une protection! « Enfermez-vous, gardez votre femme de chambre avec vous si vous avez peur! » Croyait-il qu'elle faisait veiller une pauvre petite enfant à l'attendre pendant qu'elle allait danser? Il ne comprenait rien à rien. Et il était brutal, il n'avait cessé de la bousculer ce soir.

Sa toilette finie, elle s'installa devant un bon feu qui flambait dans la cheminée de sa chambre.

Elle soupira. Ce n'était pas du tout comme cela qu'elle aurait aimé retrouver Manfred. Elle avait plutôt rêvé de le rencontrer, un jour, à une exposition, celle, peut-être, où Carpeaux aurait exposé sa *Princesse de Babylone,* en marbre de Carrare. Devant ses admirateurs, elle arrivait, on la reconnaissait et il était là, peut-être un peu jaloux. Au lieu de cela, elle s'était ridiculisée à ses yeux. Elle n'était pour lui qu'une sotte que son frère avait épousée Dieu seul savait pourquoi. Rejetant en arrière une longue mèche de cheveux, elle décida qu'elle était bien heureuse de rentrer chez elle. Depuis quinze jours elle ne s'était pas occupée de Louis-Ogier et des dentellières les plus démunies qu'elle visitait régulièrement. Les cousines, ses deux délicieuses cousines, lui manquaient aussi. Même Charlotte. Par chance, tous ceux qui l'entouraient n'étaient pas des indifférents, on l'aimait. Elle consacrerait sa vie à ceux pour qui elle comptait, gardant le souvenir vivant de ces trois jours et trois nuits avec Odilon, le souvenir du regard passionné d'un homme qui vous aime, ce regard...

Elle se redressa soudain. Se leva. Ce regard, elle l'avait revu ce soir, l'espace d'une seconde, mais elle l'avait revu *dans les yeux de Manfred,* lorsqu'il avait tourné le dos à la cheminée!...

Elle mit ses deux mains sur ses joues subitement brûlantes. Est-ce que?... Est-ce qu'elle n'aurait rien compris?

Avec des gestes fous, elle arracha et jeta les vêtements de nuit qu'elle venait de revêtir, s'habilla à vive allure, comme si la cloche d'incendie résonnait dans les couloirs de l'hôtel, remit le domino qui dissimulait ses cheveux non relevés, prit de l'argent et partit.

Elle rit soudain, en se rappelant que son père lui disait toujours: « Quand on a pris une décision, on trace une ligne droite de A à B, et on la suit. »

On lui appela un fiacre. Et elle donna l'adresse de Manfred.

Elle n'avait même pas pensé que son Russe aurait pu être encore à l'affût. Elle ne pensait à rien d'autre qu'à arriver au plus vite rue de l'Université.

Il y avait un beau ruban de sonnette en tapisserie ; « cadeau d'une femme, ça », se dit-elle en tirant. Elle entendit, lointaine, une clochette tinter.

Personne ne vint. Elle tira de nouveau, avec force, entendit encore la petite musique et, enfin, un pas.

Son cœur battait. Et si elle s'était trompée ? Eh bien... on verrait...

La porte s'ouvrit. Elle craignit qu'il ne la refermât sur elle, elle se hâta d'entrer et de dire :

— Voilà, je ne vous avais pas remercié. Il m'était impossible de dormir sans l'avoir fait... et puis j'avais peur toute seule...

Que fallait-il dire encore pour faire tomber les défenses de cet homme au visage dur et fermé qu'elle regardait en guettant le moindre signe de capitulation ? Elle baissa les paupières une seconde, respira à fond, et se jeta dans le précipice, les yeux, cette fois-ci, grands ouverts et rivés sur ceux de Manfred.

— Je sais que vous ne pourrez jamais rien m'offrir de ce qu'il est convenu d'appeler honnête ou respectable, comme vous voudrez, je ne sais pas comment on dit, mais, moi, je peux offrir ce que je veux et c'est *moi* qui vous offre... mon cœur et ma personne.

Affreusement pâle, il répondit :

— La plaisanterie est féroce, et pas drôle.

— Plaisanterie ? Mais je suis sérieuse comme... comme... Dites-moi donc ce qui est le plus sérieux au monde, cela non plus je ne le sais pas. Je vous en supplie, apprenez-moi tout ce que j'ignore, aimez-moi.

— Allez-vous-en, fit-il d'une voix basse et rauque. Allez-vous-en.

— Vous le voulez, vraiment ? Vous voyez bien, vous ne répondez pas. Écoutez-moi, juste une minute.

» Je ne sais pas grand-chose de la vie, mais je ne suis pas tout à fait idiote. Si je vous étais indifférente, vous ne seriez pas aussi pâle, vous m'auriez tapoté la joue en souriant, et dit : "Ma gentille petite fille, vous lisez trop de romans, rentrez chez vous et demain vous irez mieux..." Mais vous ne m'avez rien dit de cela, vous qui savez tout dire. Alors c'est moi qui vous le crie : j'ai envie d'être dans vos bras, une envie à en mourir, tendez-les-moi. Vous m'aimez, et c'est beau l'amour, et si c'est beau, moi qui ne sais rien, je sais, je sens, que c'est honnête et respectable...

— Nous sommes fous.

— Peut-être, mais c'est si délicieux.

Elle lui tendit les bras. Le domino tomba, petit tas rose à terre.

Elle était dans sa robe blanche toute simple et sans crinoline, les épaules nues, ses cheveux lui faisant une grande cape d'or. La statue même de la tentation.

Il ouvrit alors ses bras et dit :

— Non, viens, toi.

Il montait de la rue un beau tapage. Les invités de l'ambassade rentraient chez eux.

Elle reposait dans ses bras, elle se mit à rire.

— Vous ne pouvez pas savoir à quoi je pense ! Ah non, vous ne le pouvez pas !

Il rit de confiance : qui pourrait résister à partager la joie de cette merveilleuse créature ? De l'hiver glacé où il s'enlisait avant ce soir, n'était-il pas en train de découvrir qu'il ne faut pas accepter d'avoir une seule vie et oser en commencer une autre ?

— Dites, mon trésor.

— Eh bien, qu'ai-je fait ce soir en venant vous voir, sinon monter de force dans votre voiture, comme ce jeune homme russe, et vous obliger à m'écouter ? Alors, je me le demande, aurais-je eu l'idée de m'imposer de la sorte si le Moscovite ne m'avait pas donné l'exemple ? Croyez-vous qu'il puisse y avoir, comme cela, sans que nous nous en doutions, des influences qui nous font agir malgré nous ? Si oui, ce pauvre Russe ne mérite pas que vous le pourfendiez s'il est gentilhomme, ou bâtonniez s'il est croquant... Je crois même que je devrais le remercier.

— Je vous l'interdis bien! Parions d'ailleurs que votre comte russe est négociant en vodka, tout au plus.

— Ah! n'abîmez pas mes souvenirs! Je ne veux pas me raconter, plus tard, quand je serai vieille, que, le soir où l'homme que j'aimais est devenu mon amant, il m'avait, au préalable, extraite des bras d'un placier en vodka. Je veux pouvoir me raconter l'histoire en disant: Un beau seigneur étranger m'avait enlevée, Manfred survint et..

— Et?

— Et je vous aime.

Il la serra plus fort contre lui, sa bouche impérieuse prit la sienne.

Il était assez amusant, se dit-elle, de ne pas supporter d'un homme qu'il vous parle rudement, mais d'adorer qu'il soit autoritaire dans l'amour.

7.

Noémie était dans le secret. Elle disait :

— Ma chérie, « les passions font moins de mal que l'ennui, parce que les passions tendent toujours à diminuer, et l'ennui à s'accroître ». Je ne sais si Charles-Albert avait lu cela quelque part ou si c'était de lui, mais c'est vrai.

— Ma passion pour Manfred ne diminuera jamais.

Perplexe, Noémie ajouta :

— Je me suis toujours demandé combien de temps peut durer une passion. Deux ans ? Trois ?

— C'est vous qui posez cette question ? Vous, cousine Noémie, qui vivez la vôtre depuis bientôt vingt-cinq ans ?

— C'est de l'amour que j'ai pour Charles-Albert. Pas de la passion. Je ne suis pas une passionnée... Pourquoi ris-tu ?

Elles convinrent qu'il était préférable de ne pas informer Charlotte.

— Vois-tu, ma chérie, je ne crois pas que ma sœur admettrait ta conduite. Elle ne me paraît pas comprendre les élans du cœur. Entre nous, elle n'a jamais compris non plus Charles-Albert. Après l'avoir pris pour un saint, la voilà en passe d'en faire un libertin ! Au fait, quel homme est-il, ce comte de Beaumesnil-Ferrières ?

— Il est beau et élégant. C'est un grand seigneur qui ne dédaigne pas de travailler. Mais il m'intimide. Dès qu'il fronce les sourcils, je me hâte d'obéir.

— Il les fronce souvent ?

— Il est autoritaire et intransigeant. Dur, aussi, inflexible parfois. Et quand il a décidé quelque chose... Il a retrouvé le fameux comte russe, dont je vous ai parlé. Il avait raison, ce n'était pas un gentilhomme ni un négociant en vodka, comme il le prétendait, mais en cuivre de l'Oural ! Il l'a corrigé d'importance. Et il n'avait pas un regard tendre en parlant de lui.

Émoustillée, Noémie disait :

— Raconte, raconte, ils se sont battus comment ?

— Je n'ai pas pu savoir. Quand Manfred a dit : « Ne parlons plus de cela », il ne faut plus en parler.

Judith-Rose souriait, rêveuse, et ajoutait :

— Mais il est très tendre aussi.

— Il t'aime.

— Je le crois.

— Il ne te l'aurait jamais avoué si tu ne l'y avais contraint. Bien. Mais où cela va-t-il te mener ? Tant que cette malheureuse Bérangère

528

vivra, et Dieu sait que nous ne souhaitons pas sa mort, vous ne pourrez pas vous marier.

— C'est vrai, je vais avoir une vie compliquée.

Noémie réfléchit, puis déclara :

— En quelque sorte, le comte est veuf sans l'être, et vous serez mariés sans l'être non plus. Il est possible que le Seigneur veuille admettre cet état de choses. Attendu que cette pauvre Bérangère devient un peu plus folle quand elle voit le comte, on peut considérer qu'il nuit à sa santé en essayant de se rapprocher d'elle, alors qu'il améliore la tienne en te voyant le plus possible. Je ne crois pas que Charlotte comprendrait, mais, en conscience, je pense que vous ne faites de mal à personne en vous aimant. Pourquoi souris-tu ?

— Je me demande si, lorsque vous arriverez, un jour, là-haut, le Seigneur vous dira : « Entrez, douce innocente », ou s'il prendra un air sévère pour ordonner : « Vous, Noémie, venez ici, nous avons des comptes à régler, car vous fûtes trop indulgente pour deux pécheurs. »

— Dieu est intelligent et bon. Je m'endors chaque soir en me le répétant. Toutefois, dès que tu le pourras, tu me le présenteras, ce Manfred. Je veux bien aider les pécheurs, en effet, mais je tiens à me faire une opinion sur eux.

Judith-Rose dut aller à Paris assister à l'inventaire annuel du magasin des « Dentelles d'Alençon », faubourg Saint-Honoré. Elle en profita pour emmener Noémie et la présentation de Manfred eut lieu.

Il vint les prendre à leur hôtel et les invita à dîner chez Véfour.

Manfred fit aussi la connaissance de Charles-Albert, qu'il apprécia avec solennité.

Noémie déclara avoir passé, ce soir-là, un des meilleurs moments de sa vie. Elle regretta de ne pouvoir en parler à Charlotte.

Manfred, lui, avoua un peu plus tard à Judith-Rose qu'il n'oublierait jamais l'air futé de Noémie déclarant soudain, et absolument hors de propos :

— De toute façon, mon cher, je suis persuadée que le mariage est, en quelque sorte, ardemment désiré par les femmes, mais seulement subi par les hommes. Et ne me racontez pas le contraire, je vous écouterai, mais ne vous croirai pas.

Puis, ayant avancé ceci au moment des huîtres, elle dit encore, pendant qu'elle savourait une aile de faisan, et avec aussi peu d'à-propos :

— J'ai lu, dernièrement, un article précisant que les dentelles à la mécanique sont des articles très communs, très ordinaires, qui veulent lutter de prix contre les ouvrages de basse qualité faits à la main — car il y a, bien sûr, des pièces à l'aiguille ou aux fuseaux de mauvaise facture —, et une machine pourrait peut-être en triompher. Vous n'arrivez donc à vous approcher que de ce qu'il y a de plus médiocre dans la dentelle. Or, à vous regarder, comte, jeune encore, beau, bien fait, intelligent — à mon âge on peut enfin dire à un homme ce que l'on pense de lui ! — bref, à voir ce que vous êtes, je me demande pourquoi vous vous abaissez à créer un tel produit ?

— Chère mademoiselle, je vous donne rendez-vous, ici même, au Véfour, dans dix ans, et vous me direz ce soir-là si mes tissus genre dentelle — je ne prétends pas à autre chose — sont encore médiocres. Car les progrès de la mécanique croissent, régulièrement, implacablement.

Alors, levant son verre de champagne, Noémie dit :

— Eh bien, je bois à l'espérance, le plus beau mot dans toutes les langues.

On ne savait pas à quelle espérance elle buvait, mais Manfred riait et Judith-Rose n'essayait pas de pousser Noémie à s'expliquer.

C'eût été d'autant plus difficile que la vieille demoiselle dégustait un soufflé glacé dont le parfum lui échappait.

— Ni Grand-Marnier ni curaçao. C'est certain. Pourtant ce parfum d'orange est supporté par un alcool. Lequel ? Je pencherais pour une fine champagne.

— Cousine Noémie, quelle conversation pour la vice-présidente de la Société de tempérance !

— Oh ! Je ne connais ces alcools qu'olfactivement, bien sûr, mais cela ne m'empêche pas d'être connaisseur et, j'ose dire, très connaisseur.

Ils menèrent Noémie jusqu'à sa chambre et partirent tous deux.

Ce n'était ni à l'Opéra ni au Théâtre-Français qu'ils pouvaient passer la soirée. Ils ne se montreraient plus ensemble, désormais, là où leurs relations pourraient les rencontrer. Ils avaient adopté cette règle de vie, dès leur premier petit déjeuner rue de l'Université :

— Vous avez, hélas, bien compris ce qui nous est interdit à partir de maintenant ? Vous ne regrettez rien de tout ce qui se ferme autour de vous ?

— Je ne pense qu'à ce qui s'ouvre, au contraire. Si nous avons perdu ce qui s'appelle la société, à Paris, il nous reste le monde entier à explorer.

— Nous ne pourrons plus accepter d'être invités à la Cour ensemble. Par déférence envers nos souverains, nous nous l'interdirons nous-mêmes.

— Je n'en périrai pas de désespoir. Trouvez-vous que l'on s'amuse tellement aux Tuileries et dans les châteaux impériaux ? Quant à l'Opéra ou au théâtre, vraiment cela ne me manquera guère. On s'assied sur le devant de sa loge pour se montrer, des centaines de lorgnettes se braquent sur vous et évaluent noblesse et fortune de votre famille, pureté de vos diamants, orient de vos perles. Quant à votre personne, elle est offerte en pâture à la salle ! J'ai entendu un soir deux beaux messieurs, dans une loge voisine, discourir pendant tout un entracte du grain de peau des épaules offertes là, comme des veaux à une foire. C'était édifiant. Ces deux jeunes gens avaient une gamme très riche de tons de chair, du plus pur blanc de lait à la pêche et à l'abricot, cela m'a donné envie de mettre un châle. Qui, réellement, écoute l'opéra ou regarde le spectacle ? Non, ces distractions ne me manqueront pas. Nous aurons tant de choses à faire ensemble. Le monde doit être passionnant à découvrir ! Nous y serons seuls. Hormis dix villégiatures à la mode que nous éviterons, nous n'y rencontrerons sûrement pas un chat parisien.

— Que voulez-vous faire ce soir ?

— Je voudrais que vous m'emmeniez, dans votre coupé fermé, sur le Boulevard, devant le café Tortoni. Nous resterons cachés dans le fond de la voiture et votre valet Clément ira nous chercher des sorbets. Nous les savourerons là, sans être vus, mais en voyant tout. Autour de nous on se demandera qui nous sommes.

C'était une belle nuit d'été. Quantité d'équipages stationnaient dans l'illumination des becs de gaz. Le fameux perron de Tortoni débordait de monde.

Du bruit, de la gaieté, et dans la houle des habits noirs, les crinolines semblaient des ballons colorés et chatoyants.

Elle demanda pourquoi ce qui s'appelait « le Boulevard » commençait à la rue Drouot et n'allait pas plus loin que la Chaussée-d'Antin et pourquoi, juste à côté de lui, le boulevard des Capucines était triste et désert.

— D'abord, dit-il, c'est depuis l'église de la Madeleine jusqu'à la rue Montmartre seulement que des candélabres éclairés au gaz donnent la lumière nécessaire à la fête. Cette clarté blanche n'est pas encore dans toute la ville. Ceux qui font la mode ont décidé que là commençait le bon ton et que là il finissait. Au-delà de ce qui est donc appelé le Boulevard, c'est, comme le disait Alfred de Musset, « les Grandes Indes ».

— Alors, dit Judith-Rose, nous, puisque nous irons au-delà de tout, désormais nous partons pour les Grandes Indes !

Nul ne prêta attention à leur voiture fermée. Tant de calèches montraient de belles personnes offertes, comme des bijoux, dans l'écrin de satin du capitonnage de leur landau.

Une jolie femme, en toilette jaune pâle, se prélassait sur un capiton bouton-d'or. Elle respirait le parfum d'un bouquet de roses thé et son petit chien avait au cou un ruban de soie paille.

— Il ne lui manque qu'un canari ! Et je suis sûre qu'elle a commandé une glace à l'ananas !

Comme, en effet, le laquais apportait un sorbet de couleur jaune, Judith-Rose riait. Manfred la regardait savourer la crème glacée qu'elle avait voulue à la vanille, blanche comme sa robe.

Il se disait, songeur, qu'il avait là, en un bref raccourci, le déroulement de l'existence qu'il allait imposer à cette si belle femme. Elle serait cachée et lui, il guetterait avec inquiétude, se demandant combien de temps cette vie secrète l'amuserait.

Elle achevait sa glace, disait qu'elle avait assez vu ce monde bariolé et criard et demandait à rentrer. Il eut soudain froid au cœur : se lassait-elle vite de tout ?

Mais quand elle ajouta : « Allons chez nous » en se coulant dans ses bras et en lui tendant sa bouche, il se dit qu'il allait tant l'aimer, et tant s'efforcer de la distraire qu'elle serait à lui à jamais.

Le lendemain, Noémie passait la journée chez une amie, ils avaient plusieurs heures à eux, avant le départ pour Alençon. Il lui parla avec éloquence de ce qu'ils allaient faire ensemble.

Son idée partait de ce qui les intéressait le plus : leurs dentelles.

Puisqu'il devait voyager, pour continuer à découvrir et à étudier partout en France et à l'étranger les divers genres de fabrication de ce tissu léger afin de les imiter, pourquoi n'en profiterait-elle pas pour se familiariser avec les productions régionales et mondiales de tout ce qui se faisait à l'aiguille et aux fuseaux ?

Ce projet lui plut : c'était là son rêve, et elle allait le réaliser avec celui qu'elle aimait !

Elle s'assit sur ses genoux et s'écria :

— Dites, dites vite ce que nous allons voir et quand nous partirons.

Sans nuire à sa vie de famille, à l'éducation de

Louis-Ogier, et à la tendresse qu'elle lui devait, sans négliger ses obligations alençonnaises, elle pourrait, pensait-il, distraire quinze à vingt jours tous les deux mois environ, qu'ils emploieraient à un voyage. Il laisserait son usine pendant ce temps-là sans difficulté.

Pour respecter l'ordre des choses et l'histoire, ils commenceraient par la ville du Puy et les dentelles du Velay, les plus anciennes de France. Ce serait un périple dans des contrées quasi inexplorées par les belles dames et les seigneurs de leur connaissance, et ils ne risquaient pas, sur les routes du centre de la France, de fâcheuses rencontres. Hormis celles de bandits ! Mais on serait armé et on ne voyagerait que de jour. Il y avait là un parfum d'aventure dont il sentait bien qu'elle serait friande et s'en réjouit. Il se savait, en outre, assez d'imagination et de culture pour lui montrer l'univers entier sous ses jours les plus pittoresques.

*

Avant le premier départ pour leurs « Grandes Indes », Judith-Rose décida de devenir coquette ou, pour être plus exact, de se raffiner.

Elle se regarda dans son miroir.

Elle avait vingt ans. Elle se demanda ce qui avait changé en elle depuis son arrivée en France. Rien, se dit-elle, mi-satisfaite, mi-déçue : elle avait toujours des cheveux trop longs et trois taches de rousseur sur le nez. Le reste de son visage ne la mécontenta pas, car elle s'adressa un petit sourire, sans fatuité. C'était un remerciement qu'elle envoyait à la jeune créature, reflétée dans cette glace, et à son bonheur d'être aimée d'un grand seigneur qui n'accordait que des regards indifférents aux autres jolies femmes. Elle savoura le privilège d'avoir été choisie par cet homme, et se demanda même par quel miracle il l'aimait, oubliant ce qu'elle était, ce que, précisément, le miroir essayait de lui dire.

Elle voulait donc « se raffiner ».

Il était temps de s'occuper sérieusement de sa personne.

Elle admirait, chez Manfred, une recherche vestimentaire qui, pour être d'apparence sobre, n'en était pas moins réelle. Or, s'il appréciait la belle qualité et le bon goût pour lui, il ne saurait manquer de les désirer pour elle aussi.

Elle commanda chez la meilleure couturière de Paris, Mme de Baisieux, place Vendôme, six robes qui lui parurent s'accorder aux belles redingotes à col de velours et aux gilets de drap de soie de Manfred. Et elle ne résista pas à l'achat d'une amazone de chez Schwebisch, en damas vert Chambord semé de bouquets de roses blanches, et qui se portait avec un grand feutre, blanc aussi.

Manfred affectionnait les gilets de soie dans les coloris allant du « ventre de biche » aux « noisette » et « marron glacé ». Elle se fit composer, pour rester dans la gamme, une toilette de poult-de-soie tabac blond, à mantelet et petit chapeau de velours de même ton, et s'amusa à collectionner les peignes d'écaille blonde dont les reflets s'assortissaient à sa chevelure. Ils étaient garnis de perles, de diamants ou d'émeraudes. Elle dépensa, en trois jours, ce qu'elle n'avait jamais cru dépenser en trois ans. Pour la première fois de sa vie, elle se félicita d'être riche, et se jugea enfin digne de son bel amant.

Elle fit provision de savons parfumés chez Felix Millot qui lui en proposa trente qualités aussi différentes que séduisantes. Elle découvrit une « crème de lys » de la maison Piver, pâte miraculeuse garantissant au teint la pâleur nacrée de la fleur des rois. Elle acheta son eau de Cologne chez MM. Roger et Gallet et son parfum au jasmin chez M. Guerlain. Enfin elle se munit d'Eau de Lubin qu'il lui fut expressément recommandé d'employer en la brûlant sur une pelle chaude, non rougie, afin de purifier et parfumer l'air des chambres d'hôtel où elle séjournerait. Elle se déclara alors prête à partir visiter la France.

Lorsqu'elle monta dans la berline de voyage, confortable et raffinée, attelée à quatre alezans fougueux, elle trouva, à sa place, deux couvertures. L'une de cachemire, pour les petites fraîcheurs, l'autre d'hermine, pour le grand froid. Et trois ombrelles. Une par tache de rousseur, dit

Manfred en souriant. Trois bijoux de soie. L'une était rose, à manche d'opale enrichi de rubis, l'autre blanche, à manche de perles et de diamants, la troisième havane, à manche d'écaille blonde incrusté d'or.

Elle ne savait plus qui avait dit : « Le bonheur est un état tel qu'on en désire la durée sans changement[1] », et lorsqu'elle fut installée dans la voiture à côté de Manfred et qu'elle put mettre sa main sur la sienne, sous la couverture de cachemire, elle désira, ardemment, que rien ne change et que cet état de félicité se prolonge.

Comme elle poussait un soupir de bien-être, Manfred lui demanda si elle était bien.

— Si bien ! Oh ! si bien, dit-elle avec ravissement.

Pour la remercier, il eut un sourire bref qui éclairait à peine son visage et la laissa désorientée. Elle savait maintenant qu'il n'était pas expansif et n'étalait guère ses sentiments à tout propos. Il n'était pas homme à déclarer sans cesse qu'il l'aimait. C'était elle, toujours, qui se jetait dans ses bras, venait s'asseoir sur ses genoux ou lui prenait la main. Il ne la repoussait jamais, mais, de lui-même, il était peu porté aux démonstrations qu'elle appelait « de jour », en les comparant à celles dites, par elle aussi, « de nuit ».

Comme elle se familiarisait avec l'amour, elle

1. Fontenelle.

réfléchit au comportement de Manfred. Et elle en conclut qu'il était plein de réserve entre les deux soleils — comme on disait en Normandie —, pour n'être que plus fougueux et ardent sous la lune. Elle lui fit part de ses réflexions, une nuit, en riant dans ses bras. Il lui dit, en riant aussi :

— Pas mal raisonné, pour une petite Suissesse protestante !

Le soir, dans les hôtels ou les auberges rencontrés en chemin et de confort inégal, pendant qu'elle préparait ses cheveux pour la nuit, ou le matin quand elle les arrangeait pour la journée, il venait s'asseoir à côté d'elle et la regardait faire. Il disait : « Voilà un long travail que je vous oblige à accomplir seule, puisque nous avons décidé de ne pas rompre notre intimité par la présence d'une femme de chambre. »

Un soir, elle lui raconta que petite fille — six ou sept ans à peine — elle avait lu, placardée sur un mur de la ville, l'interdiction de faire porter des charges excessives aux enfants sous peine d'amende. Alors, elle avait dit à la cousine Charlotte qui l'accompagnait :

— Eh bien, si ces messieurs du Conseil savaient le poids de mes tresses, sûr qu'ils vous puniraient !

Comme il l'écoutait, paraissant rêver, elle s'interrogea avec perplexité sur ce qu'il pensait en la contemplant ainsi. Et puis soudain, il murmura :

— Dieu, que vous êtes belle !

Et elle se demanda s'il n'avait pas dit cela avec un certain reproche. Mais dans ses bras, elle ne se posa plus de questions et au réveil conclut avoir associé sa vie à un être détestant les mièvreries sentimentales et les démonstrations d'affection en public. Elle acquit, dès lors, sciemment ou non, plus de dignité dans son port de tête, redressa le buste, s'efforça de moins courir et de modérer ses gestes.

Un soir, la veille de leur arrivée au Puy, Manfred était assis, près de la table de toilette d'une auberge de fortune, et la regardait encore défaire sa coiffure de jour et préparer celle de nuit. Posant l'un de ses peignes d'écaille qu'il venait d'admirer, il montra la boîte de « crème de lys » qu'elle n'avait pas encore pensé à utiliser :

— Attendez-vous qu'elle rancisse, pour vous en servir ?

Elle rougit, se troubla et dit, inquiète de nouveau :

— Mon Dieu ! J'avais résolu de me prendre sérieusement en main, et j'oublie ! Et... Et vous pensez que j'en ai bien besoin, n'est-ce pas ?

En riant, il répondit :

— Ma chérie, vous n'avez besoin de rien de ce genre. Jetez donc votre pommade par la fenêtre, ou donnez-la à la gardienne d'oies que l'on aperçoit dans son champ là-bas. Mais je voudrais, à propos de cette « crème de lys » inutile, vous parler plus utilement. Je vois bien que vous vous imaginez — et pourquoi, grand Dieu, je me le demande ! — que vous n'êtes ni assez ceci, ni assez cela. Or, ce que vous êtes, je vais vous le dire : *vous êtes aveugle*. Si vous ne l'étiez pas, vous vous verriez belle à regarder, délicieuse à vivre, et vous dormiriez tranquille... Je souhaiterais que l'amour que je vous porte serve, au moins, à vous donner confiance en vous.

Dès lors, elle se sentit tout à fait joyeuse. Elle vit Le Puy-en-Velay à travers un nuage de félicité.

Ils partaient, à cheval, dès le matin.

La ville du Puy et ses alentours furent pour elle un morceau de paradis.

Elle écoutait ce que Manfred lui expliquait, lui répondait avec à-propos, mais n'était pas vraiment là. Elle était dans son amour, sur un beau décor du Velay, avec des envies de rire et de chanter. Elle n'osait rien en faire, mais se demandait ce qu'eût donné son chant lancé au milieu de ce grand cirque de montagnes, et du haut de ce rocher d'Espaly d'où elle contemplait la formidable cathédrale, suspendue au-dessus de l'abîme et dominant la cité aux toitures de tuiles qui coulaient comme une eau rouge le long des pentes.

La fabrique de dentelle du Puy, la plus considérable d'Europe, faisait travailler cent vingt à cent trente mille femmes de tous âges recrutées dans toute l'Auvergne.

En petit bonnet blanc, elles étaient, dans chaque ville, dans chaque village ou hameau, assises, groupées en rond devant leurs maisons, carreau sur les genoux. Et elles actionnaient leurs fuseaux aussi vite que leurs langues.

Celles qu'ils visitaient, un moment interdites par la venue de ce beau couple, se reprenaient vite et, sans quitter leur ouvrage, jacassaient en patois. Quelques-unes, s'exprimant en français, lançaient alors question sur question, et répondaient, parfois, à celles qu'ils leur posaient.

Elles ne paraissaient pas savoir que de la dentelle pouvait se faire ailleurs que chez elles et semblaient n'envisager de concurrence qu'avec les rubaniers de Saint-Étienne. Plusieurs d'entre elles dirent avec fierté :

— Nous changeons nos dessins aussi souvent qu'ils changent ceux de leurs rubans, nous avons autant de modèles qu'eux !

Beaucoup de femmes dans les campagnes ne faisaient que des ouvrages de petite valeur. Mais au Puy Manfred acheta à Judith-Rose de fort belles blondes et même une dentelle au point qui aurait pu être de l'alençon tant elle était parfaite d'exécution.

Mais ce qui étonna le plus la jeune femme, ce fut la découverte d'un musée de la dentelle, en plein Velay. Le premier de France !

— Ma parole, vous êtes jalouse ! dit Manfred en riant.

Elle l'était. Pourquoi Alençon n'en avait-elle pas encore un ! Elle se jura de s'en occuper, dès son retour, et se réjouissait d'en faire déjà le projet.

Et puis, ce fut comme si un énorme nuage noir s'était soudain posé sur tout ce ciel bleu.

Ils étaient, ce matin-là, sur la place du Martouret, au Puy, et s'amusaient à regarder les campagnardes vendre leurs produits laitiers, installées devant une petite fontaine qui chantait.

Une jeune fille, son panier à ses pieds, finissait d'y disposer avec goût des pains de beurre sur des feuilles de chou. Elle était haute, mince, élégante dans sa robe de cotonnade foncée. Une coiffe étroite, cerclée d'un ruban de soie, enserrait sa jolie tête. Silencieuse, le regard perdu au loin, elle paraissait beaucoup plus être venue faire une offrande à une divinité qu'attendre des acheteurs.

Judith-Rose regarda Manfred. Il était très pâle. Alors elle pâlit elle aussi.

On ne pouvait pas dire que cette paysanne ressemblât à Bérangère. Mais son attitude statique et ce regard vide qu'elle avait dans l'attente rappelaient le comportement de la malheureuse folle lorsqu'elle restait, longtemps, des heures entières à regarder un point fixe, immobile et comme privée de vie.

Ils ne firent aucune allusion à elle.

Ils quittèrent Le Puy le soir même.

Cet immense cirque de montagnes, ces roches énormes et jusqu'à l'aspect gigantesque de Notre-Dame du Puy, penchée au-dessus de son abîme, tout paraissait, soudain, redoutable à Judith-Rose...

A Alençon, Judith-Rose retrouva un Louis-Ogier de plus en plus bavard, en français et en patois. Il adorait passer une partie de ses après-midi dans les ateliers où il se sentait tout-puissant, parmi tant de femmes à sa dévotion.

Pervenche-Louise essayait bien d'inciter Dorothée à emmener l'enfant ailleurs, mais il hurlait lorsqu'on voulait l'entraîner vers le jardin ou au-dehors. Il jouait donc là, avec de petits morceaux de vélin vert et des bouts de fil. Il écoutait chanter, chantait lui-même, et il était heureux. Dorothée assurait qu'il serait dentellier et que, déjà, il aimait dessiner. Elle l'avait dit à M. Sylvère, venu en l'absence de Madame voir son filleul. M. Sylvère était un grand dentellier, maintenant. Madame savait-elle tout le bien que l'on disait de sa dentelle de Bayeux?

Judith-Rose le savait, s'en réjouissait pour lui, mais ne posait guère de questions à ce sujet à une Dorothée déçue que l'on fît si peu de cas de la foudroyante réussite d'un homme admirable.

Judith-Rose ne pouvait penser qu'à Manfred. Elle serait deux mois sans le voir et c'était douloureux. Pourtant, il fallait qu'elle s'habitue à ces longues séparations. Le prochain voyage serait en Angleterre, ils se retrouveraient à l'Exposition universelle de Londres. Elle avait, en attendant, à préparer ce que ses ateliers y exposeraient, mais elle dut se forcer pour reprendre ses occupations.

Pourquoi Manfred ne simplifiait-il pas leur vie à tous deux et ne s'occupait-il pas de vraies dentelles ici même ? Il aurait pu le faire s'il l'avait voulu. Mais il n'aimait que ses machines ! Il en convenait : plus encore que ce qu'elles fabriquaient, c'était ses mécaniques qui le passionnaient. Et si, pendant leurs voyages, ils visitaient tous les ateliers de dentelle croisés sur leur passage, dès qu'il était possible de voir des machines il était autrement intéressé.

Pervenche-Louise faisait achever de beaux modèles pour cette exposition anglaise. Ingénument, elle disait : « Comme c'est bien que tu acceptes d'y aller ! Ta présence sera tellement préférable à celle d'une maîtresse dentellière ! »

Pauvre Pervenche-Louise, si crédule ! C'était odieux de lui cacher la vérité. Pourtant, il faudrait continuer à le faire. Et pas seulement à elle !

S'il ne s'était pas agi de Louis-Ogier et de son avenir, elle se serait peu souciée de cacher sa nouvelle vie. Mais l'enfant ne pouvait être le fils d'une femme déclassée, d'une femme perdue, même, par le scandale. Elle ne voulait pas qu'on lui dise un jour, au collège ou ailleurs, que sa mère vivait en concubinage. Elle envisagea de lui faire faire ses études ici, avec un précepteur choisi par Sylvère. Mais alors, l'enfant toujours à la maison, comment pourrait-elle s'absenter ? Il ne tarderait pas à poser des questions embarrassantes et qu'y répondrait-elle ?

Elle trouva, un matin, la solution à ses problèmes dans un partage de sa vie entre Alençon et Paris. Il y avait ce providentiel magasin de vente du faubourg Saint-Honoré. Si elle s'en occupait davantage, il paraîtrait normal qu'elle passe dix à quinze jours par mois dans la capitale.

Elle amena, peu à peu, Pervenche-Louise à admettre que « Les Dentelles d'Alençon » avaient besoin d'une surveillance accrue et elle se proposa de vivre désormais autant ici que là-bas.

Elle fit un séjour d'une semaine à Paris pour y organiser l'appartement situé au-dessus des magasins. Comme son père lui versait les intérêts de sa dot, auxquels elle avait à peine touché jusqu'à maintenant, elle fit quelques folies chez les tapissiers pour donner un cadre digne d'eux aux meubles d'époque Régence amenés jadis de Grand-Cœur ici et encore recouverts de housses de toile. La pensée qu'Odilon et Manfred les avaient connus, dans leur enfance, les lui rendit précieux.

Il y avait aussi trois tableaux de maître, dont l'un surtout l'émut, et elle écrivit immédiatement aux cousines :

« Imaginez six enfants, de deux à six ans, cinq garçons et une petite fille. En pourpoint et robe de soie et de dentelle. Les visages sont ronds, rosés et les yeux vifs. Quels jeunes et joyeux ancêtres nous avons, en cette ribambelle de Morel d'Arthus ! Un parchemin, rivé au dos du cadre par des chevilles de bois, spécifie que sont représentés ici, par le peintre Philippe de Champaigne, MM. Mortimer, Hélye, Simon, Jonas, Josuah et demoiselle Cornélie, accompagnés de leur chienne Banvole.

» Ce petit monde va, désormais, habiter mon salon de Paris. »

Ce logis bien à elle, le premier qu'elle possédât vraiment, lui donna l'impression qu'elle s'affranchissait de beaucoup de servitudes. Il lui sembla se rapprocher de Manfred.

Elle habita là huit à dix jours par mois.

Elle ne se montrait jamais dans le magasin aux heures où il était ouvert à la clientèle, mais elle prenait plaisir à s'occuper de la présentation des plus belles pièces sur fond de velours ou de soie, dès le rideau baissé.

Huit vendeuses, en strictes robes noires, une caissière imposante, deux garçons de course et un portier majestueux travaillaient au milieu des boiseries du XVIIIe siècle dans ces salons luxueux aux comptoirs de marqueterie et aux sièges tendus de damas lyonnais de tons doux et précieux. Avant même d'avoir admiré les dentelles, les clientes avaient le sentiment de pénétrer là dans le temple du luxe et du raffinement les plus parfaits.

Toute la Cour y venait. Les plus beaux attelages stationnaient devant les trois vitrines, et une foule de jolies femmes entrait et sortait des

« Dentelles d'Alençon », dans le froufrou soyeux des crinolines.

Elle ne se fit jamais reconnaître par l'une des grandes dames vues à Compiègne. C'était là une page tournée.

Une sortie discrète des appartements par le jardin de l'hôtel donnait sur une petite rue derrière le faubourg. Elle l'empruntait pour aller trotter incognito dans son quartier, en jupe écourtée et voilette sur le visage. Elle allait acheter le meilleur pain de seigle de tout Paris chez Ladurée, rue Royale, et s'approvisionnait en fleurs et en fruits aux étalages des marchands ambulants.

Le plus proche voisin des « Dentelles d'Alençon » était le parfumeur Houbigant. Dans son joli magasin « A la corbeille fleurie », elle entrait au moins une fois par jour, pour le plaisir d'y respirer de délicieuses senteurs. Elle y achetait aussi des gants parfumés en s'amusant à regarder des messieurs d'aspect sérieux venir en acheter aussi. Mais si les siens étaient blancs ou beiges, les leurs se teintaient de rouge cette année-là. D'un rouge étrange, appelé « betterave des princes » et imposé par l'arbitre des élégances masculines, le duc de Gramont-Caderousse.

Le petit jardin qui permettait des sorties discrètes était resté en friche des années, elle le fit reverdir et refleurir. Elle pensa aussi à le peupler de statues. Elle se souvint de Carpeaux et de l'œuvre qu'elle avait inspirée. Elle n'était pas allée la voir. Elle était en Auvergne lors de son exposition.

Elle se fit conduire à l'atelier du sculpteur.

— Ah, vous voilà, vicomtesse ! dit-il, bourru. Ne me demandez pas où est *La Princesse de Babylone*. Trop de beaux messieurs la voulaient. C'en était irritant. Je me suis décidé à la vendre à l'un d'eux pour avoir enfin la paix. Un homme de qualité, d'ailleurs, il l'aurait emportée sur ses épaules s'il l'avait pu, tant il avait hâte de l'avoir, au point qu'il ne m'en a même pas demandé le prix ! Et dix minutes après mon accord, il *vous* faisait soulever par quatre porte-faix qu'il avait eu la chance de trouver au coin de la rue ! Vrai, il *vous* a ravie comme un voleur.

Elle fut déçue. Et pas satisfaite du tout de se savoir chez n'importe qui. Carpeaux ne se rappelait même pas le nom de l'acquéreur.

— Ah ! ma chère vicomtesse, s'il fallait se souvenir des noms de tous ceux qui défilent ici !

*

Le premier hiver qui suivit son installation fut très froid. Les pauvres de Paris souffraient.

Le directeur du célèbre Bal de l'Opéra, cette apothéose de la période du Carnaval qui ravissait la capitale et la province du haut en bas de la société, décida d'organiser une loterie à leur bénéfice.

Tous ceux qui avaient un nom, une fortune ou

une renommée quelconque, à l'exemple de Leurs Majestés l'empereur et l'impératrice, du roi des Belges, du roi Jérôme, oncle de Napoléon III, et de toute la cour, furent d'une grandiose générosité. Les dons affluaient au foyer de l'Opéra. Un matin de fin de décembre, Judith-Rose alla y apporter ce qu'elle venait de ramener d'Alençon : douze mètres d'un volant, haut de soixante centimètres et où couraient des guirlandes de fleurs printanières et de délicats feuillages. Un don royal.

Emmitouflée dans ses fourrures, elle descendit un matin, rue Le Peltier[1], de la voiture de Manfred qui l'avait accompagnée. Ils déjeunaient ensemble ce jour-là, rue de l'Université. Comme elle se hâtait, pour éviter de le faire attendre, et marchait d'un bon pas dans la galerie de l'Opéra vers le foyer où étaient rassemblés tous les lots, elle faillit se heurter à Sylvère, qui venait de déposer, pour sa part, un châle de chantilly noir, fait dans son atelier.

Ils s'attendaient si peu à une telle rencontre qu'ils s'abordèrent en riant. Pour pouvoir bavarder, sans se mettre trop en retard, elle lui demanda de revenir sur ses pas avec elle. D'ailleurs, elle ne savait où se trouvait ce bureau des dépôts et elle serait bien aise qu'il lui montrât le chemin. Il ne demandait que cela.

Il la trouva bien jolie dans son grand collet de

1. Là se trouvait l'ancien Opéra de Paris.

castor à capuchon doublé de satin blanc, les mains dans un manchon. Un groom trottinait derrière elle et portait les dentelles comme le saint sacrement !

Il ne pouvait détacher ses yeux de son visage. Il avait beau penser à elle chaque jour, il ne se rappelait jamais assez la fascinante luminosité qu'elle dégageait.

Elle lui dit, en souriant, que le voir la guider la rajeunissait. Se souvenait-il de leurs longues promenades autour du lac ? Il lui semblait l'entendre encore dire : « Judith-Rose, il fait froid, ce matin, rentrons vite à la maison. »

— Vous me faisiez asseoir devant le feu et on nous apportait de ce bouillon de poule dont il y avait une marmite au chaud, pour nos retours de promenade, l'hiver... Et l'été, nous buvions de la grenadine.

Soudain elle rit en ajoutant :

— Quand je pense qu'on ne vous donnait rien d'autre à boire. On vous traitait comme moi ! Avez-vous dû en avoir assez de ces bouillons et de ces grenadines !

Si elle savait combien il aurait voulu avaler à nouveau l'un de ces verres de sirop qu'il exécrait alors ! Si elle savait... Mais déjà elle avait remis ses dentelles à un huissier, déjà elle repartait, déjà tout allait finir et elle lui souriait en lui disant adieu. Ne lui tendrait-elle pas la main ? Ne la sortirait-elle pas de son manchon ? Et, si elle le faisait, oserait-il y poser ses lèvres ? Elle était libre maintenant, et lui n'était plus un employé dans sa famille. Mais du petit manchon rien ne sortit, et, précipitamment, elle dit au revoir, ajoutant qu'elle oubliait l'heure, qu'on l'attendait...

On l'attendait ?

Il la suivit. Très discrètement.

D'une voiture timbrée à des armes qu'il ne put déchiffrer, le groom ouvrit la portière et elle monta rapidement.

Un homme était assis dans ce coupé noir et élégant. Sylvère entrevit un profil altier et des tempes grisonnantes.

Ainsi, il y avait quelqu'un dans sa vie !... Qui se pencha vers elle, dans une attitude ne laissant aucun doute quant aux liens qui devaient les unir.

Qui était-il ? Peu importait, en vérité. Il existait, il avait pris le cœur de Judith-Rose, cela seul comptait.

Il regagna Bayeux désespéré. Une colère monta en lui, contre lui-même. Il avait trop attendu pour se déclarer. Avait-il été stupide de se figurer qu'elle le laisserait faire fortune, s'agiter entre les fuseaux de ses dentellières, parcourir le monde pour vendre ses produits, sans s'intéresser à d'autres hommes ? S'il l'avait perdue, cette fois encore, c'était bien à lui et à lui seul qu'il devait s'en prendre.

Puis sa colère tomba. A quoi aurait-il servi de dire à Judith-Rose qu'il l'aimait si, elle, ne l'aimait pas ? Quelle chance aurait-il eue d'être agréé ? Elle n'avait jamais ressenti pour lui autre chose que de l'amitié, parfois un peu de reconnaissance, sans plus.

Et qu'était-il? Sous son habit de dentellier de province perçait encore celui de précepteur. Il n'était pas et ne serait jamais digne d'une vicomtesse de Beaumesnil-Ferrières, née Morel d'Arthus.

Cette douche froide qu'il s'administra lui fit du bien. Elle lui permit de se réhabiliter ensuite à ses yeux : son entreprise, tout de même, marchait bien ! Victurnien Artaud, l'imitateur du crissement de la soie, devenu son vendeur depuis deux ans, avait fait une excellente année. Le chiffre d'affaires avait dépassé toute espérance. La presque totalité du stock de l'atelier était vendue, on s'activait à fabriquer, sans relâche, des châles en dentelle de Chantilly noire, spécialité de Bayeux. Théodorine était une maîtresse dentellière dont il se félicitait chaque jour qu'elle fût sa collaboratrice.

A peine arrivé chez lui, il monta dans sa chambre, toujours aussi monacale d'aspect, mais il ne l'habitait plus seul. *La Princesse de Babylone,* de Carpeaux, faisait face à son lit, s'élançait droite et pure de son socle de velours cramoisi. Il s'endormait et se réveillait les yeux fixés sur elle.

Lorsque sa vieille servante vint frapper à sa porte et lui dire que son souper était prêt, il s'était déjà changé de vêtement. Il gagna la salle à manger où Théodorine l'attendait pour le mettre au courant de la marche de l'atelier en son absence.

C'était l'une des joies secrètes de Théodorine que d'être parfois conviée, comme ce soir, au titre de maîtresse dentellière, à la table de M. l'abbé, à la table où les dignes chanoines du chapitre avaient si souvent dîné.

— Vous avez fait un bon séjour à Paris, Monsieur ? demanda-t-elle.

— Fort bon.

Et ils parlèrent dentelle.

Il ne s'intéresserait plus désormais qu'à cela. Ce serait toute sa vie.

Il décida, pendant que Théodorine l'entretenait de commandes de fil et qu'ils prenaient leur potage, qu'il ne se marierait jamais.

Pourquoi épouser n'importe qui sans amour ? Pour avoir des enfants ? Il avait Louis-Ogier qui lui était très attaché et qu'il adorait. Tout serait bien ainsi.

Comme Théodorine l'informait, pour la troisième fois, d'une augmentation du prix de la soie noire et de la nécessité de majorer les commandes passées par les magasins du Louvre, il s'efforça de revenir à ses affaires. Cinquante femmes, maintenant, travaillaient pour lui, donc dépendaient de lui. Il était responsable de leur vie quotidienne et du plus ou moins gros morceau de pain qu'elles auraient dans leur huche. Il n'avait pas le droit de leur faire subir les conséquences des états de son cœur. Il écouta, dès lors, Théodorine avec attention.

Quand elle fut partie, après avoir pris un café additionné d'une petite goutte d'eau-de-vie « pour avoir chaud en route », il décida qu'il emmènerait, dès les beaux jours, Louis-Ogier et Dorothée visiter le camp de Châlons. Cet immense champ de manœuvres où l'armée française s'exerçait à toutes les évolutions de la tactique. Il avait appris que ce vaste emplacement, situé entre les villes de Châlons et de Reims, à proximité des belles futaies de la forêt de Versy, était traversé en tous sens par de véritables rues empierrées et roulées, et qui portaient, pour la plupart, les noms de morts illustres de la guerre de Crimée. L'une d'elles s'appelait rue Odilon-de-Beaumesnil-Ferrières. Il la montrerait au fils d'un héroïque officier bien vite oublié par sa jeune femme.

*

Le printemps revenu, et alors que les pommiers poudraient la campagne entière, tout était prêt, aux ateliers Beaumesnil, à partir pour Londres.

L'exposition ouvrait le 1ᵉʳ mai 1862, Judith-Rose devait arriver huit jours avant, avec une dentellière, pour organiser la présentation des pièces de point. On était déjà au milieu d'avril.

Qui emmener ? Marie-Juliette mariée, depuis

un an, à un petit mercier de la ville attendait un enfant. Il ne fallait pas compter sur elle. On pensa à la petite Élisa, celle qui avait toujours envie d'être tranquille pour travailler à son vélin et qui eût aimé à le faire dans le gazouillis des oiseaux du cabinet de toilette de Bathilde.

Elle devait approcher maintenant de ses douze ans. Elle était discrète, et n'écoutait même pas ses compagnes lorsqu'elles se racontaient les potins de la ville. Quand elle n'était pas penchée sur son vélin, c'était sur une feuille de papier, un crayon à la main, qu'elle inclinait sa tête brune, sérieuse et réfléchie.

Excellente dentellière, elle pourrait faire une démonstration du point d'Alençon ou une réparation, si quelque pièce se trouvait endommagée dans le voyage.

Judith-Rose demanda qu'on la fît monter chez elle. Mais on lui dit qu'Élisa était malade depuis deux jours. Comme elle n'obtenait aucune précision sur cette maladie, Judith-Rose alla s'enquérir chez la jeune fille. Elle lui annoncerait ainsi ce qui ne pourrait que la ravir : un voyage en mer. Savait-elle seulement ce qu'était la mer, les bateaux et un séjour dans une des plus grandes capitales du monde ?

Elle trouva l'enfant couchée, en proie à une forte fièvre.

— C'est pt'êt' ce qu'elle a à son doigt, dit la mère. Juste une piqûre avec le poinçon de la trace, mais le mal s'est mis dedans.

— Le médecin l'a vue ?

— Oh ! point n'est besoin ! J'ai soigné avec les plantes. Le mal sortira du doigt tout seul.

Judith-Rose préféra ne pas discuter, mais envoya son médecin à Élisa.

Elle le vit le lendemain. Il hocha la tête.

— Trop tard, comme toujours ! Cela m'étonnerait qu'on sauve le doigt.

— Oh non, pas ça ! Pas à elle ! Pauvre petite qui a tant besoin de sa main... Il y a bien quelque chose à faire, docteur, tentez tout ce qui sera en votre pouvoir, je vous en supplie.

Tout fut tenté. Rien ne put éviter l'ablation de l'index.

— Et encore, elle s'en tire bien, j'ai cru qu'il faudrait lui couper la main, ronchonna le médecin.

Judith-Rose recula le plus possible son départ. Elle voulait emmener l'enfant quand même, pour essayer de la distraire, de chasser de son regard cette terreur qui y passait parfois. Avec une autre dentellière qui ferait le plus gros du travail, Élisa aurait une convalescence moins triste que dans son taudis familial.

Le matin du départ, la voiture pour Dieppe chargée, Judith-Rose passa prendre Élisa afin de lui éviter de marcher jusqu'à l'atelier.

Le cocher fit stopper les chevaux devant la masure.

Il y avait un beau pommier en fleur qui ombrageait le banc où l'enfant avait coutume de s'asseoir faire son vélin.

A l'une de ses branches, Élisa s'était pendue cette nuit. Un voisin était allé chercher une échelle pour la détacher.

Il avait fallu partir quand même.

Manfred attendait à Londres, et elle était irremplaçable à cette exposition où l'on espérait une médaille d'or, comme en 1851. A chacune de ces manifestations, universelles ou nationales, il était important d'obtenir des récompenses. Elles étaient nécessaires à la vie de la dentelle.

Judith-Rose souffrit pendant le voyage. Le souvenir de la petite Élisa ne la quittait pas. Elle se répétait, avec désespoir, que ce n'était pas maintenant qu'il fallait revoir, sans cesse, le farouche et profond regard de détresse de l'enfant, et soupirer qu'il laissait prévoir le pire. C'était au moment de l'opération qu'elle aurait dû penser à un geste fatal possible et l'empêcher. « Je ne me le pardonnerai jamais », se dit-elle.

Elle ne se rasséréna qu'en arrivant dans l'estuaire de la Tamise. Elle savait qu'elle allait avoir besoin de toutes ses forces pour batailler calmement, courtoisement, mais batailler quand même avec les douaniers anglais. Leur Exposition universelle ne les rendait pas plus accommodants. Ils étaient aussi tatillons que cinquante de leurs collègues suisses réunis.

Quand elle quitta l'hôtel des Douanes, elle

était harassée, mais ses dentelles avaient été admises. Elles étaient passées en Angleterre au complet et intactes !

Elle déposa, en fiacre, sa dentellière dans une pension de famille, proche du Crystal Palace, dans Hyde Park où se tenait l'exposition, et put enfin gagner l'hôtel où l'attendait Manfred.

Elle se jeta dans ses bras, à bout de nerfs.

Il l'écouta, s'efforça de la calmer, et décida qu'un bain chaud lui ferait le plus grand bien ; pendant qu'elle était dans l'eau, il s'assit à côté d'elle pour tenter de la distraire.

— Vous savez, ma chérie, que je suis un ami de Ferdinand de Lesseps. Je suis de ceux qui ont souscrit à la création de la première société pour le percement du canal de Suez. L'affaire est loin d'être terminée. Mais il y aura bientôt, à l'automne, une première cérémonie à laquelle je vous ferai assister. Nous partirons pour l'Égypte. A Port-Saïd nous verrons M. de Lesseps, et il nous conviera à quelque chose d'étonnant. Il s'avancera au bord du lac Timsah, et il dira : « Au nom de Son Altesse Mohammed Saïd, je commande que les eaux de la Méditerranée soient introduites dans le lac de Timsah, par la grâce de Dieu ! » Et, dans un grand bouillonnement, les eaux se réuniront et la Méditerranée pourra communiquer avec la mer Rouge, au milieu des sables ! Un poète dirait que la mer de perle s'unit à la mer de corail. Que pensez-vous de cela ?

Elle n'en pensait rien. Elle pleurait, puis s'écria :

— Eh ! que voulez-vous que me fassent vos mers qui se rejoignent ! Elles ne me rendront pas la petite fille si courageuse, si douée. Elles n'effaceront pas que je suis une criminelle par omission. Une idiote qui n'a rien su voir ni deviner, et qui mérite de porter le poids de ce remords sa vie durant.

Il fit servir le dîner dans la chambre. Puis la coucha et la borda.

Lorsqu'elle s'endormit, elle avait encore des larmes au bout des cils.

Elle s'éveilla reposée. Un peu honteuse du spectacle qu'elle avait donné la veille, elle dit, souriante et détendue :

— Pour en revenir à votre affaire d'Égypte... les Anglais, chez qui nous sommes en ce moment, ne doivent pas aimer beaucoup cette idée de canal, réalisée par un Français ? N'est-ce pas ?

— Pas du tout !

Elle décida qu'elle irait en Égypte avec Manfred, et en attendant alla installer ses dentelles à l'exposition et découvrir celles des autres concurrents.

Plus de six millions de visiteurs virent, entre mille autres choses, les dentelles d'Alençon, et les admirèrent au Crystal Palace de Londres.

Les ateliers Beaumesnil eurent leur médaille

d'or. On la rapporta à Pervenche-Louise qui l'installa sur un présentoir de velours rouge, avec les autres.

Judith-Rose alla sur la tombe de la petite Élisa et se jura, en y mettant des fleurs, qu'elle ne cesserait de veiller sur ses femmes et surtout ses petites filles. Désormais, lorsque l'une d'elles serait malade, elle l'enverrait, en convalescence, à Grand-Cœur où la place ne manquait pas.

*

Judith-Rose était à Paris depuis deux jours.

Elle partirait pour Bruxelles, avec Manfred, le surlendemain. Une grande curiosité la tenait, nourrie d'un grand enthousiasme : elle allait, enfin, voir les ateliers concurrents !

La Belgique était le seul pays à rivaliser sérieusement avec la France en qualité et en quantité de production dentellière.

Manfred avait retardé cette visite jusqu'à ce que Judith-Rose eût découvert tout ce qui se faisait en France, avec l'aiguille ou les fuseaux.

Il était un initiateur méthodique et précis, et les voyages à l'étranger ne devaient se faire qu'après avoir admiré, sur place, les guipures de Lorraine, recherché, à Sedan, des points d'époque Louis XIV — ils en trouvèrent chez un antiquaire — et erré, dans les environs de Paris, sur les traces de centres dentelliers disparus, ou si réduits qu'ils étaient difficiles à retrouver. Quant aux centres normands, ils convinrent qu'elle devait les parcourir seule, Manfred y avait trop de relations pour s'y montrer en sa compagnie. Elle décida qu'elle demanderait, un jour, à Sylvère de les lui faire découvrir.

Elle prenait désormais grand plaisir à passer, seule, quelque temps à son second étage du faubourg Saint-Honoré. Elle en avait terminé l'installation par celle de son cabinet de toilette. Les clientes du rez-de-chaussée et du premier étage des magasins de vente eussent été ravies d'admirer là un parfait exemple de l'utilisation de la dentelle en décoration.

Sur les murs tendus d'épaisse soie du même coloris que les vélins, un vert un peu bleuté, protégés par des glaces sans tain, elle avait fait poser de prestigieux points anciens qu'elle s'était amusée à rechercher, avec une énergie inlassable rappelant celle de Mrs. Boulton. Il y avait de hauts volants, de robes ou d'aubes, en points de France et de Venise, fabriqués aux XVIIe et XVIIIe siècles. Elle s'était suffisamment familiarisée avec la collection des Beaumesnil pour savoir, désormais, les reconnaître sans risque d'erreur. Aussi trouvait-on, sur ces panneaux soyeux, dont chaque heure du jour variait la couleur, comme s'ils eussent été une eau miroitante, de merveilleux dessins à l'aiguille. Toutes les fleurs de la création et de l'imagination, en guirlandes, bouquets, médaillons, étaient là, mêlées à des branches, des feuillages, des rubans, des perles, des plumets de fougères et de palmes, des ananas et des pommes de pin. Parmi les symboles de la royauté, soleils, fleurs de lys et sceptres, ou au milieu de trophées guerriers, évoluaient des personnages en armes ou en pourpoint et jusqu'à des Indiens.

Le tapis, tissé en Angleterre, était un semis de fleurs roses sur un fond plus crémeux. Le plafond un ciel rose et bleu où, assis sur de petits nuages blancs, deux Amours se tendaient un ruban portant la devise que Judith-Rose venait de choisir : « *Ama et fac quod vis.* »

Aime et fais ce que tu veux. Une phrase de saint Augustin qu'elle jugeait lui convenir parfaitement. Elle avait trouvé chez des marchands d'antiquités une fontaine, des cuvettes, des brocs et même une baignoire d'argent en forme de coquille. Il ne lui manquait plus qu'une table de toilette. Elle dénicha à Versailles, chez un horticulteur qui y cultivait des tulipes, un sarcophage romain de marbre blanc. Des enfants joufflus tenant des guirlandes de fleurs jouaient sur les quatre côtés de ce bloc de pierre évidé. Nettoyé, fermé, et recouvert sur le dessus d'un damas rosé et argenté, il servit de présentoir à tous les objets nécessaires à la toilette d'une femme raffinée, petit arsenal d'instruments de vermeil nantis de manches ou d'anses de corail.

Ce cabinet de toilette aurait plu à Bathilde et enthousiasma Noémie. Mais Charlotte haussa les épaules à la vue de ce luxe, qu'elle qualifia de « cocoteux », et dit avec aigreur :

— Pendant que tu te distrayais ainsi, notre ami Henri Dunant a réussi. On a signé la convention de Genève où il a été décidé que les ambulances et hôpitaux militaires seront désormais considérés comme neutres par les belligérants. En temps de guerre les militaires blessés ou malades seront, enfin, recueillis et soignés, à quelque nation qu'ils appartiennent. Il y aura un délégué de la Croix-Rouge dans chaque camp et les infirmiers porteront à leur bras le nouvel insigne, la croix rouge de Genève. Tu auras à cœur, je pense, de cesser d'acheter des colifichets et d'envoyer ta participation à cette grande et belle œuvre. J'aimerais, au passage, que tu ressentes quelque fierté à être du pays à qui revient l'initiative d'un tel élan humanitaire. Pendant que tu t'amuses avec tes dentelles, le monde essaye de progresser, et le Seigneur aime...

— Le Seigneur aime aussi qu'on apprécie la beauté, sans cela pourquoi nous la donnerait-il ? Charles-Albert...

— Laisse Charles-Albert où il est, Noémie, une fois pour toutes.

Noémie, un peu plus tard, put quand même glisser à Judith-Rose :

— Charles-Albert affirmait que la beauté est une prière. Mais, vois-tu, les idées de ma sœur sur l'art et le rôle que les gens fortunés doivent assumer à son égard sont un peu primaires.

— Je les connais, cousine Noémie. Elle pense que notre devoir est de servir l'art, mais sans nous asservir. Et, en réjouissant nos yeux, de faire de bons placements.

— Oh ! je crois que je n'aurais pas dit exactement cela !

Judith-Rose aurait voulu montrer sa nouvelle maison à Manfred, mais il retardait avec de bons prétextes le moment de venir dîner dans la salle à manger dont elle était très satisfaite.

Elle avait repris l'idée de la princesse Mathilde[1], de faire servir les repas dans un jardin d'hiver. Le sien était minuscule. Il y avait tout juste place pour une table de huit couverts, parmi des palmiers et des plantes exotiques. Quatre dryades en terre cuite, de Carpeaux, riaient au milieu des feuillages, et elle était fière de ses chaises curules d'ébène et d'ivoire.

Manfred vint, enfin, la veille du départ pour Bruxelles.

Elle lui montra d'abord ce qu'elle avait eu l'idée de créer dans son magasin, grâce à un local récupéré sur les écuries de l'hôtel : un rayon de dentelle pour petites filles et petits garçons. Elle venait de l'inaugurer. Elle s'était décidée en voyant augmenter le nombre de ses jeunes clients. Et elle leur avait fait un palais de la dentelle à leur mesure.

1. Fille de Jérôme Bonaparte, cousine de Napoléon III.

Il avait l'apparence d'un mini-théâtre. Vingt petits fauteuils de bois doré, tendus de satin rose ou bleu, faisaient face à une scène où des marionnettes, à fines têtes de porcelaine, présentaient des robes et des costumes changés à chaque saison, et parfois même plus souvent. Un violoneux, découvert au coin d'une rue où il grelottait de froid, jouait, dès dix heures du matin, des ritournelles et des airs enfantins. On l'avait habillé en laquais du XVIIIe siècle, avec perruque poudrée, et il faisait la joie des enfants qui lui demandaient leurs chansons préférées. Comme il ne dédaignait pas la boisson, il était parfois très gai et les moins timides des jeunes clients chantaient avec lui.

Cette innovation remportait un énorme succès. Si les marionnettes et la musique faisaient le bonheur des tout-petits, leurs mères, elles, admiraient les jeunes aïeux Morel d'Arthus par Philippe de Champaigne.

Car Judith-Rose n'avait pu résister au plaisir de les exposer. On avait déjà plusieurs commandes de copies du tablier et du bonnet de dentelle de la petite Cornélie, et des grands cols d'alençon des garçons.

Manfred avait un peu oublié ce tableau, il murmura :

— Comme ces enfants sont délicieux !

Et Judith-Rose sentit de la tristesse dans sa voix. Elle se demandait, depuis quelque temps, à l'entendre parler souvent de Louis-Ogier, si l'un de ses plus grands chagrins n'était pas d'être sans héritier. « Et si je lui en donnais un, moi ? » se dit-elle soudain.

Cette nuit-là, où elle le rejoignit rue de l'Université, elle lui en parla, alors qu'elle était dans ses bras.

— Hélas ! mon cœur, ce rêve-là n'est pas pour nous.

*

Ils s'arrêtèrent à Valenciennes. Judith-Rose voulait connaître mieux la célèbre dentelle aux fuseaux, si jolie et si solide à la fois qu'elle méritait d'être appelée « l'éternelle ».

Ils couchaient dans cette ville, après l'avoir visitée.

Elle brossait ses cheveux et, à Manfred assis, à son habitude, à côté d'elle, elle dit, pensive :

— Ce que nous ont avoué les rares marchands qui vendent encore de la valenciennes m'a désolée. Et m'inquiète. Se pourrait-il qu'un jour Alençon subisse le même sort ? Voilà une industrie qui durait depuis le XVIᵉ siècle ; elle comptait trois à quatre mille ouvrières il y a quatre-vingts ans et il ne lui en reste que deux ! Il y a de quoi frémir.

— Ma chérie, rappelez-vous ce qu'on nous a dit : pour une dentelle de même largeur et d'aspect à peu près semblable, on fait dans le même temps deux à trois mètres de lille pour

trente-cinq à quarante centimètres de valenciennes ! Et il fallait, nous a-t-on dit aussi, dix
mois à dix heures de travail par jour à une
femme et à ses fuseaux pour exécuter une paire
de manchettes vendue quatre mille livres ! Qui
achèterait cela aujourd'hui ?

— On nous a dit pourtant que la Belgique a
repris cette production et s'en tire bien, elle.

— La Belgique fait une moins belle valenciennes et la vend moins cher. Moi aussi je fais
de la valenciennes et je la vends moins cher
encore !

— Croyez-vous que pour l'alençon il en sera
de même ?

— A quoi servirait-il que je vous mente ? Cela
arrivera un jour. Mais pas demain. Je pense que
l'alençon a encore une belle carrière devant lui.

— De combien de temps ?

— Ah ! je ne suis pas devin ! Mais si mes
machines continuent à se perfectionner, dans
cinq ou dix ans, c'est moi qui ferai votre point.

— Vous me donnez envie de pleurer.

— Il n'y a pas de quoi, vraiment, je ferai de
l'alençon pour les neuf dixièmes des femmes, et
vous pour le restant. Celles qui pourront s'offrir
vos œuvres d'art.

Comme elle reposait sa brosse, elle lui dit soudain :

— Oh ! que je vous embrasse pour le sublime
bas d'aube de valenciennes ancienne que vous
m'avez offert !

— Offert avec mes bénéfices sur mes « horreurs » mécaniques ! dit-il en riant.

Puis, sérieux, il ajouta :

— A faire ces travaux d'autrefois, vous savez, comme moi, que les femmes perdaient la vue avant trente ans ! Quand je pense que des yeux, aussi beaux peut-être que les vôtres, se sont éteints pour des paires de manchettes destinées à de vieux libertins ou des aubes pour abbés de cour, je préfère mes machines !

— La nuit dernière, vous m'avez dit que mes yeux étaient sans pareils !

Elle s'efforçait de rire. Mais le cœur n'y était pas. Bathilde avait raison, si on décidait de fabriquer de la dentelle, il ne fallait pas penser.

Ils étaient en Belgique.

— Enfin, est-ce beau ou pas, ce fameux point de Bruxelles à l'aiguille, dit point de gaze ? demanda Manfred.

— C'est vraiment beau. Je ne vois que lui qui puisse tenter de rivaliser avec le point d'Alençon. Je dois reconnaître aussi qu'il est plus doux au toucher.

— C'est pour cela que je vous ai vue en porter un morceau à votre joue ?

— Oui. J'ai découvert qu'en dentelle la vue ne suffit pas, il faut aussi le toucher.

Il lui offrit de beaux spécimens des productions locales.

— J'ai compris que vous avez entrepris une

grande collection personnelle. Voulez-vous tenter de supplanter celle des Beaumesnil qui reviendra à votre fils ?

Non. Elle voulait des dentelles pour son plaisir. Pour vivre avec elles.

Alors il lui en offrit encore, choisies parmi les productions belges, dites point d'Angleterre, qu'elle trouvait délicieuses de grâce et de légèreté. Comme elle admirait la finesse du fil, le marchand leur proposa d'aller voir des fileuses.

On les fit descendre dans une cave, leur expliquant qu'un air trop sec rendrait le fil cassant.

Dix femmes travaillaient dans l'ombre, seul un rayon de lumière tombait d'aplomb sur la quenouille. Un morceau d'étoffe noire était placé de façon à faire ressortir la blancheur du fil. Mais l'ouvrière n'arrivait pas, malgré ces précautions, à distinguer les inégalités de son travail, elle les décelait au toucher. On voyait donc ces femmes les yeux et les mains en alerte, et cela donnait à leur visage une fixité qui, dans cette pénombre, était hallucinante.

Judith-Rose avait froid. Elle pensa si intensément à Bathilde qu'elle dut faire un effort pour retenir ses larmes. Sa belle-mère, petite fille, avait-elle, jadis, eu l'air d'une demi-morte comme ces pauvres femmes ?

Bathilde lui manquait.

Elle était sûre qu'elle aurait compris et admis son amour pour Manfred, puisque Odilon n'était plus là. Bathilde avait toujours tout compris.

Peut-être lui aurait-elle dit pourquoi Manfred paraissait si lointain depuis le départ de Paris. Ce voyage lui déplaisait-il ? Alors pourquoi l'avoir entrepris ? Parce qu'il l'avait promis ? Il mettait un point d'honneur à tenir ses promesses. « Nous voyagerons », avait-il dit, et ils voyageaient. Mais en était-il déjà las ?

— Ces fileuses vous ont attristée ? Avouez qu'il serait préférable que la machine parvienne à faire des fils aussi fins ! Elle n'y arrive pas encore... Je me demande si ces femmes sont aussi bien payées qu'on veut le faire croire. Savez-vous que l'on vend le demi-kilo de leur production de six à dix mille francs ?

Comme il voyait des larmes dans ses yeux, il ajouta, à voix basse :

— Essayez d'oublier.

— Qu'elles perdent la vue et meurent si jeunes ?

Elle lui avait jeté sa réponse avec amertume. Elle était furieuse parce qu'elle savait qu'elle pleurait, en fait, plutôt sur elle-même. Pendant ce voyage, quelque chose qu'elle ne comprenait pas mais ressentait profondément était arrivé : Manfred était... différent. A moins qu'il ne s'agît de soucis d'affaires ? Les machines marchaient-elles moins bien qu'il ne le prétendait ? Elle se raccrocha un moment à cette idée. Imitait-il moins parfaitement qu'il ne l'affirmait ces pauvres valenciennes ? Ou avait-il du mal à les vendre ? On devait bien avoir autant de préoccupations dans les ateliers mécaniques qu'ailleurs.

Elle reprit espoir pendant le dîner. Elle se rappelait les longs mutismes de son père lorsqu'il avait des soucis d'affaires. Les hommes prenaient moins sur eux que les femmes. Elle tressa, mentalement, quelques couronnes à toutes celles — et elle était certaine qu'il y en avait beaucoup — qui savaient rester d'humeur égale et même souriantes, malgré les tracas familiaux et ménagers dont leurs compagnons ne soupçonnaient pas l'étendue.

Et brusquement Manfred parla : ils ne pourraient, hélas ! continuer leur voyage. Ils iraient à Malines, Bruges et Gand une autre fois.

Il expliqua qu'au moment où ils quittaient Paris, il avait reçu de mauvaises nouvelles de Bérangère. Elle était très malade ; Martoune, la gardienne, pensait qu'elle avait pris froid en restant trop tard dehors. Le médecin était inquiet.

— Mais alors, pourquoi sommes-nous partis ?

— Je ne voulais pas vous décevoir. Je pensais que Martoune s'affolait à tort. Bérangère, en dehors de son dérangement cérébral, a une très bonne santé.

— Et vous avez reçu d'autres nouvelles plus alarmantes ?

— Non. Mais je suis inquiet.

— Alors rentrons. Vous avez raison.

— Merci.

Il avait posé sa main sur la sienne et l'y laissa, pendant qu'il ajoutait :

— La gardienne me dit aussi que, dans sa fièvre, Bérangère semble récupérer la raison et que, peut-être, elle supportera de me voir près d'elle.

Depuis Compiègne, il ne lui avait jamais parlé de sa femme. L'entendre prononcer son nom rendit celle-ci si présente qu'un frisson parcourut Judith-Rose. Mais elle se calma. Elle avait lieu, tout compte fait, d'être rassurée. Elle n'avait ni déplu ni ennuyé, il était seulement inquiet pour la petite Bérangère, et c'était normal. Elle fut tendre et affectueuse. Il parut lui en être reconnaissant et l'aima avec une ardeur qu'elle essaya de ne pas attribuer au soulagement qu'il ressentait à la voir accepter d'écourter leur voyage.

Elle fut plus inquiète le lendemain lorsqu'elle le vit activer leur retour vers Paris. Elle qualifia de « distrait » le baiser d'adieu qu'il lui donna dans la voiture, avant qu'elle ne rentre chez elle.

Elle pleura en prenant son bain dans sa belle coquille d'argent. Elle n'avait pas assez relevé ses cheveux et elle pleura un peu plus parce qu'ils étaient trempés. Elle pleura davantage en se persuadant qu'un homme marié, même à une folle, fait passer sa femme avant sa maîtresse. Et redoubla de sanglots en se regardant dans ses glaces : elle se trouva jeune et belle en pure perte.

Elle pleurait toujours lorsqu'elle se coucha, parce qu'elle avait conclu qu'elle était sotte et égoïste.

Le lendemain matin, son cas lui parut grave : Manfred, en partant en voyage avec elle malgré les mauvaises nouvelles reçues de Grand-Cœur, croyait pouvoir supporter son inquiétude au sujet de Bérangère. Peut-être même s'était-il dit que la pauvre femme allait être délivrée d'une vie qui était un long calvaire. Et, contrairement à ce qu'il avait pensé, *il n'avait pu surmonter son anxiété*. Aimait-il toujours Bérangère ? Et si elle recouvrait la raison ? C'était possible. Elle eut du mal à empêcher ces idées de tourner dans sa tête.

Elle regardait le faubourg Saint-Honoré de la fenêtre de son salon. Il n'était pas onze heures. Elle ne savait que faire. N'avait envie de rien. Ils seraient longs à passer, ces sept jours avant de retourner à Alençon. Elle avait dit qu'elle partait une semaine et ne pouvait rentrer avant.

Le phaéton du duc de Morny, reconnaissable entre tous, à son cheval blanc et son cheval noir, passa. Elle était heureuse, à ce dîner à Compiègne, à côté du demi-frère de l'empereur... Non. Elle se trompait, elle était triste à cause de Manfred. Déjà ! Il n'avait pas voulu rester huit jours de plus au château et avait donné une excuse bancale pour fuir.

Un splendide huit-ressorts, attelé à quatre chevaux superbes — les plus beaux de Paris, disait-on —, des laquais poudrés, une belle dame, à demi couchée sur des capitons de satin lilas, c'était Mme Musard ! Et elle s'arrêtait aux « Dentelles d'Alençon ». Pervenche-Louise se réjouirait. La capiteuse Élisa Parker, Américaine d'origine, et devenue Mme Musard, s'était fabuleusement enrichie grâce à la protection du roi de Hollande, Guillaume III. Elle l'avait connu à Bade, il s'était épris d'elle au point de la couvrir d'or, sous forme d'actions pétrolières qui montèrent plus haut qu'il n'aurait jamais pu le supposer.

Jusqu'où Mme Musard n'irait-elle pas ? On ne parlait que d'elle en ce moment à Paris.

Comme elle s'ennuyait et qu'elle était triste, Judith-Rose décida d'aller voir cette célébrité de plus près.

Elle mit son chapeau, un petit tambourin couvert de fleurs. Et descendit au rez-de-chaussée qui était en pleine effervescence.

Elle serait passée inaperçue de sa belle cliente si son personnel, la découvrant tout à coup, n'avait montré autant d'étonnement.

L'œil perçant de l'Américaine enregistra cette surprise sur le visage des vendeuses. Qui était cette femme qu'elle n'avait jamais vue ? Elle demanda, on le lui dit. Une marchande de dentelle ! Elle avait failli la prendre pour une dame de la Cour !

Piquée d'avoir manqué de jugement, Mme Musard quêta des détails. Comment s'appelait la propriétaire des « Dentelles d'Alençon » ? Vicomtesse de Beaumesnil-Ferrières ? On pouvait donc être de la Cour — elle se souvenait avoir lu ce nom dans un écho sur les séries de Compiègne — et faire du commerce ? Cette jeune dame l'intéressa et elle s'avança vers elle.

Elles bavardèrent, entourées d'un silence respectueux et étonné. Elles parlèrent dentelles. Mme Musard disait avoir acheté récemment, à Bayeux, au « merveilleux M. Lefébure », la plus étonnante, la plus ébouriffante nappe qui soit. Certainement la preuve du génie de M. Lefébure. Mais Mme Musard professait que les moments de génie ne sont pas constants, elle voulait bénéficier de ceux des autres dentelliers. Elle recevait beaucoup, et il lui fallait d'autres nappes uniques, du jamais vu !

Judith-Rose s'amusa plus qu'elle ne l'aurait cru. L'aplomb de cette représentante du fameux demi-monde était assez fascinant.

— Pouvez-vous venir voir ce que j'ai déjà pour faire mieux encore ? Grignotons une aile de poulet ensemble, demain, chez moi. Et je vous montrerai mon « cheptel » de dentelles.

Pourquoi pas ? Judith-Rose vit là une diversion à sa tristesse. Elle promit. Elle serait le lendemain, à onze heures, à l'hôtel de l'avenue d'Iéna.

Elle eut juste la petite demi-heure de retard nécessaire pour montrer que l'on n'était pas une marchande aux ordres de Mme Musard, née Parker, favorite d'un roi de Hollande dispensateur d'actions pétrolières.

Elle s'était habillée avec la recherche nécessaire à une tenue matinale de bon ton. Robe de lainage blanc soutachée de noir, tambourin garni de cerises de cristal rouge qui tintinnabulaient doucement, bottines noires dépassant de la crinoline écourtée et gants blancs immaculés. Toilette de M. Worth qui lui avait dit :

— Si je vous vois couper une seule mèche de vos cheveux, je ne vous habille plus. Je suis las de tous ces faux chignons ; vos tresses enroulées me permettent de croire encore à la richesse de la nature humaine.

Et qui n'aurait écouté cet Anglais tyrannique mais génial ?

A la minute où elle posa sa fine bottine sur la première marche de l'escalier de Mme Musard, Judith-Rose comprit son imprudence. Cette aile de poulet promise ne serait pas grignotée en la seule compagnie de la maîtresse de maison. Le salon de l'une des cocottes les plus à la mode en ce moment contenait une bonne trentaine de personnes. Dont deux femmes seulement, y compris l'hôtesse, qui s'exclama :

— C'est tous les jours comme cela ! Je me lève croyant passer la matinée seule et nous nous retrouvons quarante, comme chez les Immortels ! Mais vous verrez mes nappes. Nous déjeunons, précisément, sur celle de M. Lefébure.

Passé un premier moment d'inquiétude, Judith-Rose se rasséréna. Elle ne connaissait personne. Aucun danger d'être reconnue. Elle sortait si peu.

Autre surprise, le repas annoncé ne se prenait pas dans une salle à manger, on se rendit aux écuries ! C'était là que Mme Musard donnait ses déjeuners !

Et quelles écuries ! Royales, impériales. De superbes pur-sang vivaient là, dans des stalles d'acajou, sous des lustres de cristal et sur une paille repailletée d'or fin ! Cabochon, l'anglo-arabe blanc, favori de la belle Américaine, ancienne serveuse de bar dans l'Ohio, portait une espèce de bandeau frontal orné d'un cabochon de diamant. Une collection de selles orientales, enrichies de pierreries, ors et perles, et des bouquets de cravaches, tout aussi rutilantes, décoraient la longue salle. On déjeunerait à la lueur des torches comme Ali Baba dans sa caverne.

Sur la table, tout était un hommage au cheval. Depuis la fameuse nappe exécutée en point d'Alençon, chez M. Lefébure, et toute à la gloire de Vermouth et Gladiateur, les premiers vainqueurs du Grand Prix de Paris. Elle avait été faite en trois exemplaires, précisait la maîtresse de maison, parce que « ces goujats d'invités » ne prenaient garde ni à leurs cigarettes ni à leurs verres de vin, et qu'il fallait toujours faire réparer deux nappes à Bayeux pour être sûr d'en avoir une en parfait état chaque semaine. Une estafette faisait, à cheval, le service Paris-Bayeux et retour avec le précieux linge. L'hiver dernier, où le temps n'avait pas été clément, et le cavalier empêché par la neige et la glace de faire sa livraison, on s'était, disait Mme Musard, beaucoup amusé à déjeuner sur des couvertures d'écurie dans des assiettes de vermeil en forme de fer à cheval.

La princesse de Metternich aurait dit fortement regretter de n'avoir pu voir ça.

— Parce que c'est nous qui leur donnons des idées originales à ces dames de la Cour, fit Élisa Musard. Et voulez-vous que je vous dise, madame la dentellière, elles aimeraient bien être à notre place, pour rigolbocher un peu.

On n'avait fait aucune présentation, au salon, avant de descendre aux écuries. Tous étaient censés se connaître. L'hôtesse se contenta de répondre à ceux qui demandaient qui était Judith-Rose :

— C'est une authentique vicomtesse — noblesse remontant aux Croisades — qui aime la dentelle.

Marguerite Bellanger, ravissante ex-écuyère de cirque, seule femme invitée avec Judith-Rose, précisa que cette dernière vendait les produits de ses fabriques.

— Pouah ! une marchande, dirent certains.

— Mais si jolie ! dirent les autres.

Et plusieurs parièrent à qui obtiendrait d'elle, avant le dessert, deux paires de ses cerises de cristal et les arborerait en boucles d'oreilles.

Il y avait là les plus brillants sportsmen de

Paris. Et aussi un gros garçon rougeaud, habillé de neuf, le gilet brillant barré d'une chaîne d'or trop large, la face réjouie à l'arrivée de chaque plat, dont il vérifiait le nom sur son menu. Lorsqu'on lui présenta de belles truffes fraîches et entières, enroulées dans des filaments de pommes de terre rissolées, et qu'il lut : « crottin des chevaux du soleil », on l'entendit murmurer : « J'aimerais bien me trouver sur leur passage tous les jours ! » Et au dessert, un sabayon au kirsch baptisé : « l'écume de Gladiateur », il s'écria : « Ah ! en v'là une, d'écume, qui vaut de l'or ! »

— Avouez qu'il n'y en avait qu'un comme celui-là et que je vous l'ai trouvé, fit le petit duc de Vilmont d'Essorade à son voisin.

— Que porte-t-il autour du cou ?

— Les noms de ses chevaux ! Je suis arrivé à lui faire croire que, nous tous qui sommes là, savions par cœur les noms des chevaux de chacun, et que, s'il avait l'obligeance d'énumérer les siens sur son plastron, nous les apprendrions et dès lors il serait des nôtres. Je lui ai demandé quelques-unes de ses cartes de visite, où vous pouvez lire : Sultane, Favori et autres Bélisaire, et qui, perforées et enfilées sur une ficelle, lui font ce joli plastron.

— Et il a gobé tout ça ?

— Oh ! je pense pouvoir faire mieux dans les jours qui viennent. Je le suis à la trace. Je suis son cornac. M. Jourdain n'était rien à côté de ce rubicond-là.

— Comment l'appelez-vous ?

— Hector Duflan.

— C'est son vrai nom ?

— Je vous jure que oui.

M. Duflan, à ce moment-là, demanda :

— Cette petite dame aux cerises, j'entends qu'elle s'y connaît en dentelles. J'aimerais bien lui dire deux mots, parce que j'ai des problèmes. On m'a dit qu'il était bien porté d'entretenir une cocotte. Je l'ai fait, mais la mienne me ruine en achats de dentelles. Elle les adore ! Elle dit que sans crinoline on n'est pas une femme et sans dentelle on n'est qu'une gueuse. Vous connaissez ma formule : « Donner à bon escient, d'accord ; se faire rouler, jamais. » Or, je crois qu'elle me roule.

— Ne vous laissez pas faire !

— Ce n'est pas pour l'argent, j'en ai beaucoup, c'est pour le principe. Vous croyez que je peux lui parler, à la dame aux cerises ?

— Elle en sera ravie.

— Elle n'a pas l'air de s'amuser. Et elle ne mange rien. C'est fou, d'ailleurs, ce qu'il y a comme gâchis à des repas comme ceux-là ! Ah ! si mon pauvre père voyait ça !

— Monsieur votre père en eût été choqué ?

— Oh ! fichtre non ! Il a commencé sa fortune dans le commerce des arlequins.

— Des arlequins ?

— Les restes, quoi ! Il rachetait et revendait les restes des tables des grandes maisons, des hôtels et des restaurants.

Judith-Rose attendait avec impatience le moment de s'en aller. Assise entre deux messieurs fort galants, qu'elle avait à peine écoutés, elle tressaillit lorsque l'étrange personnage, au non moins étrange plastron, l'interpella tout à coup d'une voix de stentor, du bout de la table où il n'avait cessé de s'empiffrer :

— Madame, je voudrais bien savoir, quand je paye du point d'Angleterre à une dame amie et que j'apprends qu'il est fabriqué en Belgique, si c'est du *vrai* point d'Angleterre que j'ai acheté ou du faux ?

— Du vrai, monsieur. Le point d'Angleterre n'a jamais été fabriqué qu'en Belgique, dont c'est la spécialité.

— Alors pourquoi l'appeler d'Angleterre ?

Ennuyée, comme si elle récitait une leçon, rapidement, pour en finir, Judith-Rose expliqua :

— Pour frauder plus facilement, monsieur. Le port des dentelles étrangères était autrefois prohibé en France. Or, on fabriquait, en Belgique, une belle dentelle très appréciée par nos ancêtres mais que les octrois, surveillés et sévères entre la France et les Flandres, empêchaient de pénétrer chez nous. On la fit alors transiter par voie de mer et entrer en France de même manière. Comme les Français recevaient cette dentelle d'Angleterre, ils lui ont donné le nom de ce pays.

— A la bonne heure ! Donc j'ai offert du vrai angleterre à ma lorette ?

— Tout ce qu'il y a de plus vrai.

— Ce n'est pas une raison pour poser votre cigare allumé sur ma nappe qui est en *vrai* alençon, dit Mme Musard.

— A propos de vrai, madame, demanda encore le gros Duflan, j'ai lu dans les journaux parisiens qu'au bal que vous avez donné pour M. le prince de Chimay vous aviez une robe recouverte de trois mille perles. C'est vraiment vrai ?

— Je vais vous décevoir, mon cher Duflan. Il n'y en avait que 2 990 parce que mon petit griffon les adore. Je lui en donne une, en dessert, chaque jour, et quand il m'a vue habillée avec sa nourriture préférée, il en a croqué dix d'un coup.

— A propos de vrai, encore, dit le comte de Saint-Cernay qui regardait Judith-Rose avec attention depuis un moment, je parie cent louis que les cheveux de madame-de-la-dentelle sont faux. Qui prend le pari ?

Comme on se levait de table, un autre sportsman, que Judith-Rose n'avait pas encore remarqué, intervint pour dire :

— Vous prendrez ce pari une autre fois, mon cher, nous allons, la vicomtesse et moi, visiter deux vieilles cousines qui nous sont communes et je vous l'enlève.

On se récria, mais, ne pensant qu'à fuir avant

d'avoir à dérouler ses cheveux, Judith-Rose suivit son sauveur.

— Comment vont nos deux cousines ? lui demanda, après s'être présenté, le baron Léopold de Maheux.

— Mais... Charles-Albert n'avait pas de fils !

— Non, mais un neveu. En Angleterre, d'où j'arrive.

— C'est vrai ! Je m'en souviens, maintenant. Je crois vous avoir aperçu après la mort de votre oncle, lorsque vous avez livré les caisses de précieux papiers à mes cousines.

— Les pauvres, qu'ont-elles fait d'un pareil présent ?

— Cousine Noémie s'en nourrit. Cousine Charlotte en brûle chaque fois qu'elle le peut.

— Et par quel miracle vous trouviez-vous dans cette écurie aujourd'hui ?

— Parce que je suis trop curieuse.

— Ne recommencez pas ! Et saluez très bas nos deux *cousines* de ma part.

Elle n'attendit pas le retour de Manfred et partit dès le lendemain pour Alençon. Elle en avait assez de Paris. Elle avait passé l'après-midi avec le comptable des « Dentelles d'Alençon » qui déplorait le trop grand nombre d'impayés et l'ennui d'avoir à les rappeler, en moyenne dix à quinze fois, à trop de grands de ce monde. On devait enregistrer aussi, dans le seul mois écoulé, quatre vols importants. Tous favorisés par le port de la crinoline ! En général la dame laissait tomber la dentelle, la faisait disparaître sous ses longues jupes sans même se baisser, d'un simple mouvement du pied. Puis en partant elle rattachait les rubans de sa chaussure, ou défroissait le bas de sa robe, et elle arrivait à passer l'objet dans l'une des poches de la doublure de la longue jupe.

On lui rebattait les oreilles avec ces histoires de vols contre lesquels on ne pouvait rien, leurs auteurs ayant toutes les apparences de la plus parfaite honorabilité. Faire fouiller ? Et si on s'était trompé ? C'eût été là un scandale entraînant la fermeture de ce magasin.

Judith-Rose prit la route de la Normandie assez démoralisée. Seule la pensée de revoir Louis-Ogier amena un sourire sur ses lèvres.

*

Il lui fut difficile, à peine arrivée à Alençon, de ne pas s'élancer vers Pervenchères et Grand-Cœur. Elle réussit pourtant à ne pas sauter sur son cheval et galoper jusque-là.

Elle s'efforça de raconter son voyage à Pervenche-Louise, qui attendait ces nouvelles du monde dentellier comme les femmes de pêcheurs guettent le retour du bateau qui ramène leurs hommes. Elle ne posait pas beaucoup de questions, mais ses yeux quémandaient. Alors Judith-Rose racontait, elle s'admirait de trouver tant de choses à dire, tant de détails à donner à sa belle-sœur. Et elle s'aperçut qu'elle dévidait là tout ce dont elle ne pouvait parler avec Manfred. Elle se dit, en souriant, que Pervenche-Louise n'avait peut-être pas tort de dire qu'il était le diable, parmi ses machines diaboliques et ses cadences de production quasi magiques.

— Mais qu'est-ce qui est plus beau, l'honiton des Anglais ou le point de gaze des Belges ?

— C'est différent, tu le sais bien. Le vieil honiton, et j'en ai trouvé, était séduisant. Le point de gaze de Bruxelles est un concurrent sérieux, redoutable.

— Il faudra un jour, quand Louis-Ogier sera grand, que j'aille voir de près tout cela.

Louis-Ogier ! C'était vrai, Pervenche-Louise s'en occupait plus qu'elle. Et sans jamais le faire remarquer. Pervenche-Louise était ce genre d'être qui vous réconciliait avec l'univers cruel.

— Sylvère est venu souvent nous voir, en ton absence. Il a emmené Louis-Ogier à Grand-Cœur. Manfred y était, ils ont fait connaissance.

— Tu as des nouvelles de Bérangère ?

— Elle est guérie. Et mieux aussi cérébralement. Elle admet et même apprécie, paraît-il, que Manfred vienne la voir.

— Il est toujours là-bas ?

— Je ne crois pas. Mais il pense revenir très bientôt. Peut-être pourront-ils revivre ensemble, un jour, si l'état de Bérangère s'améliore encore... Qu'est-ce que tu as ? Tu as froid ?

Veux-tu qu'on allume du feu dans la cheminée ? Veux-tu une tasse de thé ? Je me demande si ces voyages à Paris et ton travail au magasin ne te fatiguent pas trop. Je suis égoïste de te laisser faire tout cela ! Et je vais encore te demander, demain, de recevoir les petites, de les interroger, de voir celles qu'il faut admettre et celles qu'il faut refuser de prendre ici. Tu fais ce choix tellement mieux que moi !

« Peut-être pourront-ils revivre ensemble, un jour. »

Avait-elle, vraiment, entendu cela ?...

*

C'était au moment de la louée[1], entre la Saint-Jean et la Saint-Pierre, que les mères amenaient leurs filles chez les fabricants de dentelle pour qu'elles soient prises en apprentissage. Pendant trois jours entiers elles arriveraient, accrochées au tablier maternel, souriant timidement ou pleurant, bavardes ou muettes, petites choses fragiles et pourtant capables de rester assises et laborieuses des heures durant. Que fallait-il leur souhaiter ? D'être acceptées ? Ou refusées ? Ces gentilles créatures, nées pour courir dans le soleil et l'herbe verte, faites pour plaire et être aimées,

1. Assemblée de domestiques cherchant du travail à laquelle viennent les fermiers désireux de louer leurs services.

devaient-elles commencer ici une longue tâche qui ne tendrait qu'à embellir, plus tard, les femmes privilégiées et parées et qui étaient, en ce moment même, des petites filles choyées ? Peut-être Manfred avait-il raison, peut-être les machines libéreraient-elles ces enfants, un jour...

Elle en reçut une qui lui rappela Élisa. Un front têtu, sous la dentelle du bonnet, une attitude résolue.

— Si on la laissait faire, elle travaillerait aussi la nuit et nous ruinerait en chandelles, soupira la mère. Cette petiote gagne déjà son pain à faire des ouvrages...

— C'est du beau que je veux faire, intervint l'enfant.

— Le difficile, avec elle, c'est qu'elle ne se contente pas d'un seul travail, elle veut tout apprendre, le point en entier, les dix éléments, pas un de moins, ajouta la paysanne.

— Explique-moi ce que tu veux, dit Judith-Rose.

— Je veux apprendre. Je veux savoir faire toute la dentelle toute seule.

— Eh bien, tu commenceras demain.

L'enfant était rose de joie.

Le serait-elle encore longtemps ?

En inscrivant son nom sur le registre des entrées : « Antonine, Jeanne-Françoise Lepeirier, sept ans. Prise en apprentissage le 26 juin 1865 aux ateliers Beaumesnil, à Alençon », préparait-on, pour plus tard, une autre entrée, à l'hos-

pice cette fois? Une autre main que la sienne ins-
crirait-elle ce même nom avec la mention :
aveugle? Fallait-il être heureuse ou désespérée
d'entendre la jeune Antonine dire avec un beau
sourire : « Merci, merci beaucoup, not' Dame. »
Elle s'en allait toute fière, tablier blanc bien
propre, sabots clic-claquant une chanson joyeuse.
Demain, sur le chemin de la ferme à l'atelier, elle
cueillerait un bouquet de fleurs des champs et le
lui apporterait, en disant encore merci, parce
qu'on l'attacherait, désormais, dix heures par
jour à sa chaise ! Dix heures pour commencer, sa
mère n'en faisait-elle pas quatorze ou seize?

Elle engagea ainsi trente enfants. En refusa
plus de vingt. Et s'attrista aussi d'avoir à laisser
partir, pleurant, celles qu'elle ne pouvait retenir.

Comme vous manquiez, Bathilde. Il eût été si
bon de mettre la tête sur votre épaule et d'écouter : « Allons, allons, du courage, la vie c'est
cela, c'est s'écraser le cœur à tout propos. Mais
c'est aussi écouter les oiseaux chanter. »

Aucune nouvelle de Manfred.

Il fallait aller visiter à Grand-Cœur trois
convalescentes se remettant, si lentement, de
l'empoisonnement à ce redoutable blanc de
plomb. Elle y alla.

Gratienne était une bonne infirmière qui ne
dédaignait pas de longues parlotes avec ses pen-
sionnaires dont les joues reprenaient couleur.

Bérangère était bien pâle, elle. Mais ce teint

laiteux seyait à son visage régulier et à ses bandeaux noirs. Elle était si jolie. Si fine, si délicate, avec sa bouche qui tremblait toujours un peu. Elle est un lys, et moi je dois être une espèce de bonne pêche bien rose, bien ferme. Que préfère Manfred ? Les hommes aiment à protéger ce qui est fragile, elle l'avait compris. Le lys, en tout cas, était sa femme. Essayer de l'oublier serait inutile. Il fallait, désormais, se pénétrer de cette évidence et tenter de vivre ainsi.

Bérangère reconnut Judith-Rose. Pendant qu'elle allait chercher ses derniers ouvrages de dentelle, la Martoune, radieuse, dit combien tout allait tellement mieux. M. le comte, dont Mme Bérangère avait accepté la présence à ses côtés, décidait de faire remettre Petit-Cœur en état. Les travaux allaient commencer. Bien sûr, les hivers étaient toujours à redouter. On savait l'effet que la neige, la tempête et les hurlements des loups avaient sur la pauvre malade. M. le comte pensait qu'il faudrait emmener Madame vers le soleil. Peut-être dans le Sud de la France ?

Il y a des mots, apparemment anodins, inoffensifs comme *soleil, Sud de la France, voyage*, qui, soudain, vous poignardent au cœur, vous imposent la vision d'un coupé capitonné, d'une couverture d'hermine et d'ombrelles roses, mais ce n'est plus Judith-Rose qui est là. C'est Bérangère. Une Bérangère souriante, qui revenait avec son panier et disait :

— J'ai beaucoup travaillé, Manfred était content.

— C'est lui qui vous a donné ces jolis ciseaux ?

— Oui. Avec une longue chaîne d'or pour que je ne les perde pas. Parce que je les perds toujours. Et ceux-là, il ne le faut pas, ils sont si beaux ! Vous avez vu les petits diamants, incrustés dans l'or ?

Elle avait vu. Et pourquoi n'aurait-il pas fait ce présent à sa femme ? Il lui en faisait tant, à elle. Et il pouvait aussi lui tenir la main et l'embrasser. Elle avait de bien jolies mains !...

Étrangement, comme si elle eût deviné, Bérangère lâcha les ciseaux enfilés à la longue chaîne de cou, regarda ses mains, longtemps, et dit :

— Vous voyez comme elles parlent ? Sur les mains, on lit tout. Écoutez les miennes, elles disent que je suis heureuse, elles le disent mieux que mes yeux.

Elle avait de beaux yeux noirs, étirés vers les tempes, avec de longs cils recourbés et des sourcils qui auraient plu à M. Carpeaux, un fameux « coup de pinceau de Dieu », eux aussi. A moins qu'il ne fût chinois...

Que continuait-elle à raconter ? Toujours cette histoire de mains qui parlaient ? Elle était, quoi qu'ils en disent, encore folle, c'était sûr.

— On pourrait faire le portrait de quelqu'un seulement en faisant celui de ses mains. Elles sont le résumé de la personnalité, et elles vivent.

Elles sont les extrémités du cœur. Mais les miennes, maintenant, disent qu'elles ont peur.

— Pourquoi ?

— Oh ! les vôtres ont peur aussi, regardez-les, elles palpitent... Venez avec moi, je vais vous montrer quelque chose.

— Où allons-nous ?

Bérangère entraînait Judith-Rose vers Grand-Cœur. Elles y arrivèrent essoufflées. Bérangère riait d'avoir couru dans le chaud soleil de ce début de juillet. Puis elle sembla avoir oublié ce qu'elle était venue faire ici et son regard, un instant, fut vide. Enfin elle parut reprendre le fil de son idée et entra dans le salon.

Les portraits des Beaumesnil-Ferrières, dentelliers et dentellières depuis le XVIIe siècle, étaient là, en bon ordre, chacun à la place qu'il occupait depuis des lustres.

— Ce ne sont pas de vrais portraits. Parce qu'ils n'ont pas de mains. On n'a jamais vu de dentellier sans mains. Je l'ai dit à Manfred, quand je suis venue ici la première fois.

— Et qu'a-t-il répondu ?

— Que j'étais une petite folle.

Elle faisait le tour de la pièce. Lentement. Elle avait une jolie démarche dansante, des pieds étroits, élégants, et des chaussures neuves de prunelle noire à rubans de satin noués autour de ses chevilles très fines. Sa jupe était écourtée, à la dernière mode. Manfred avait renouvelé sa garde-robe. Manfred avait pensé à tout.

Bérangère s'arrêta devant un portrait de femme en toilette gris argenté, garnie de nœuds de satin blanc et d'un grand col d'alençon immaculé.

— Celle-là est la seule à qui le peintre a fait des mains. Mais il s'est trompé, ce ne sont pas les siennes.

— Pourquoi ?

— Vous ne voyez pas ? Cette comtesse de Beaumesnil a le visage doux, souriant, aimable et bon. Et ses mains sont méchantes, sèches, griffues.

Où voyait-elle cela ?... Après tout, peut-être avait-elle raison.

Maintenant, Bérangère racontait ce dont Manfred lui avait parlé. Il y avait un homme qui, à Paris, faisait les robes des femmes : M. Worth, un Anglais. Avait-on jamais vu cela, un homme faire des robes ? Et il paraît qu'il était très amusant, qu'il se moquait de celles qu'il habillait ! Il disait à certaines : « Je ne veux rien faire pour vous, vous êtes trop laide ! » Et à d'autres : « Vous, je ne vous connais pas, personne ne vous a présentée à moi, allez-vous-en ! » Il avait toujours mal à la tête et se promenait avec des compresses de vinaigre sur le front toute la journée... Il y avait aussi maintenant, à Paris, un nouveau compositeur de musique. Un Allemand, lui, M. Offenbach, il inventait une amusante musique que tous, même l'empereur, fredonnaient...

— Vous a-t-il parlé aussi d'un grand café,

tout illuminé, plein de gens, tellement plein qu'il semble toujours qu'il y en ait qui restent dehors et n'y puissent entrer ? On peut y avoir les meilleurs crèmes glacées et sorbets de Paris. Le café s'appelle Tortoni.

Non, il semblait qu'il ne lui eût pas raconté cela ! Peut-être ne lui racontait-il pas tout de sa vie ?

*

Se promener dans Bayeux et voir derrière les fenêtres des maisons une jeune fille. Elle est courbée sur son carreau, manie ses innombrables fuseaux, autour d'innombrables épingles, les tord, les croise, les entrelace sans se tromper, et fait parfois jusqu'à deux cent mille évolutions pour dix centimètres de dentelle... C'était là chose aussi prodigieuse que l'existence du soleil qui faisait scintiller les épingles. C'était beau comme les sculptures de la cathédrale. C'était Dieu, là encore. Et la jeune dentellière était une prêtresse attachée par son fil à Sa gloire. Mais était-ce bien cela que Dieu voulait — dans ce pays de Normandie où l'esclavage avait été aboli deux cents ans avant les autres régions de France —, voir cette créature attachée là, à sa pauvreté, par un fil, épinglée elle aussi au réseau de sa misère ?

Ainsi songeait Sylvère en allant s'asseoir quelques instants sous son arbre, où il écoutait chanter les cloches de la cathédrale.

Comme un orgue de Barbarie jouait la vieille chanson *Fleuve du Tage* dans une rue voisine, il préféra penser à cette commande de mantilles pour les Espagnes et les colonies ibériques. On les exécutait en blonde[1]. Les blanches pour les jours de procession, les courses de taureaux. Leur éclat argenté seyait aux beautés brunes. Les noires, portées chaque jour, donnaient du mystère à la rue espagnole. Il s'était amusé à découvrir, au cours d'un voyage à Madrid, l'étincelle d'un œil, noir aussi, à travers le dessin de fil. Apprendre que la mantille est sacrée en Espagne, qu'elle ne peut être saisie pour dette, lui avait plu. Il fredonna :

> *Rien que pour toucher sa mantille*
> *De par tous les saints de Castille,*
> *On se ferait rompre les os.*

Les dentelles, noires et blanches, l'amenèrent à penser à deux clientes prestigieuses, deux célébrités parisiennes qui tenaient encore un « salon », dont on disait pourtant que cela tendait à disparaître, et qui l'honoraient de leurs commandes. L'une, la vieille Mme Ancelot, rue Saint-Guillaume à Paris, rondelette et ridée, avait

---

1. Dentelle de soie aux fuseaux. A l'origine en soie écrue ou blonde.

l'air d'une églantine flétrie et ne voulait que du blanc.

— Monsieur Neirel, ne me parlez pas d'autre chose. Je porterai du blanc jusqu'à ma mort. Faites-moi de beaux châles immaculés. Et croyez-vous que je puisse encore mettre de belles barbes dans les cheveux ? Cela m'allait si bien autrefois ! D'ailleurs, je ne sais pas pourquoi je vous pose la question. Je sais fort bien que pour nous, femmes, l'horloge s'arrête à un moment précis, celui de nos dernières amours. Nous restons alors à la mode de ce jour-là. Faites-moi donc faire six paires de barbes en bayeux, du plus beau blanc.

La seconde était ennemie de la première. Peut-être pour lui devoir sa célébrité. Elle s'appelait Mélanie Waldor. Toujours vêtue de noir, elle habitait rue du Cherche-Midi. Elles étaient si voisines qu'elles sauraient bien, un jour, qu'elles avaient le même dentellier. Il les perdrait donc, puisque lorsqu'elles avaient appris qu'elles portaient toutes les deux les productions Lefébure elles n'en avaient plus voulu...

Adélaïde de Courmarin, elle, lui restait fidèle. Elle arriverait au grand trot de son attelage à quatre dans l'après-midi. Il soupira. Elle était devenue duchesse de Roncelles-Libart. Et, veuve d'un duc cacochyme qui ne l'avait pas importunée longtemps, elle avait titre et fortune : le monde lui appartenait... à l'exception de la Cour où elle n'était pas reçue. Il ne tenait pas à savoir pourquoi, l'histoire devait être longue et ennuyeuse, et il avait si peu de temps à lui.

*

Lorsque l'hiver revint, Bérangère se portait bien. Manfred hésita à la dépayser en l'emmenant dans le Midi. Il le regretta. Arrivé à Grand-Cœur le 24 décembre pour passer la soirée avec elle, il dut repartir sans la voir.

La Martoune l'avait accueilli les larmes aux yeux. Depuis le matin Mme Bérangère portait les mains à ses oreilles pour ne pas entendre hurler les loups, fermait les volets pour ne pas voir la neige tomber, ne mangeait guère et refusait d'être coiffée. Sûr, elle hurlerait dans la nuit. Il valait mieux que M. le comte ne l'approche pas. Elle avait son méchant regard des mauvais jours et c'était pitié qu'elle déchire les jolies toiles de Jouy neuves de sa chambre. On n'aurait point dû refaire la maison, sûr qu'un soir d'hiver elle y mettrait le feu de nouveau.

Il demanda asile à Gratienne. Même si Bérangère ne le voyait pas à Petit-Cœur, même s'il s'y enfermait dans sa chambre, elle sentirait sa présence et sa folie redoublerait. Gratienne lui prépara un dîner auquel il toucha à peine.

Il aurait aimé aller voir Louis-Ogier et Judith-Rose, mais il gâcherait la soirée de Noël de Pervenche-Louise en arrivant ainsi. D'ailleurs, les deux vieilles demoiselles suisses étaient là et il ne se souciait pas d'être la proie de la curiosité de Noémie.

Dès le lendemain, il rentra à Paris, ayant décidé que désormais Bérangère passerait les hivers dans le Midi de la France.

8.

Le 1er avril 1867, le jour de l'inauguration de
l'Exposition universelle de Paris, il pleuvait. Les
loueurs de parapluies, à quatre sous l'heure,
prièrent pour que ce temps continue. Mais il fit
beau très vite et très longtemps pendant cette
grande kermesse aux millions de visiteurs. Ce
furent les loueurs de parasols, à deux sous
l'heure — parce que le soleil brille, en général,
plus longtemps que l'averse ne tombe —, qui
firent fortune. L'un d'eux put même ouvrir une
petite boutique qu'il appela *A l'Universelle,* sans
doute, par reconnaissance.

M. Mérimée avait dit : « Je ne suis pas sûr que
l'on puisse être femme sans crinoline. »
M. Mérimée put vérifier, cette année-là, qu'il eût
été préférable de ne pas être sûr du contraire. La
crinoline mourut à l'époque de l'exposition. Au
palais du Champ-de-Mars, les élégantes étaient
en jupe plate avec puff à l'arrière.

Le président de cette exposition était le prince
impérial, âgé de onze ans.

Judith-Rose décida qu'à cette occasion Louis-Ogier ferait sa première visite à Paris. Seule Pervenche-Louise ne se décida pas à abandonner Alençon.

Judith-Rose offrit un voyage et un séjour faubourg Saint-Honoré — par roulement — à tout le personnel de la rue Saint-Blaise. Prudence se récria : « Ah ! merci bien, not'Dame, mais sûr que je n'irai pas à c'te fouère-là ! » Aussi Pervenche-Louise, l'imitant, disait-elle en riant : « Sûr que j'irai point à c'te fouère-là. » Mais elle avait fait travailler ses ateliers nuit et jour pour que ce qu'on y exposerait fût capable de lutter avec les productions Lefébure de Bayeux.

Dans le cœur de Pervenche-Louise, le second antéchrist — après Manfred — était ce M. Lefébure qui s'appropriait la fabrication de l'alençon.

Il fallait sa médaille d'or à Pervenche-Louise... Si elle ne l'obtenait pas... Ah ! si elle ne l'obtenait pas, et que M. Lefébure l'obtînt, elle ne savait trop ce qu'elle ferait, en représailles, mais ce serait terrible ! Et toutes ses femmes, pénétrées du tragique de la chose, répétaient : « Ce sera terrible ! Il nous faut la médaille. »

Il valait mieux, en effet, que Pervenche-Louise ne vînt pas à l'exposition. Les établissements Lefébure et Beaumesnil y étaient côte à côte. Il eût été regrettable que Pervenche-Louise fît grise mine à MM. Auguste et Ernest Lefébure père et fils, qui étaient des hommes de la meilleure compagnie. Judith-Rose eut plaisir à s'entretenir avec eux. Quand les plus grands dentelliers — car le père et le fils étaient les plus grands — lui eurent dit : « La dentelle d'abord, l'émulation ensuite et la concurrence, s'il en reste », elle mit sa petite main dans les leurs et décida de les inviter un soir à dîner faubourg Saint-Honoré pour leur montrer sa collection de points. Celle-ci s'était si considérablement augmentée qu'elle avait dû vider les greniers de son hôtel, faire abattre les cloisons et obtenir ainsi cent quarante mètres carrés de surface habitable où loger ses précieuses dentelles italiennes, belges, anglaises et espagnoles.

Elle n'était pas toujours allée les chercher avec Manfred dans leur pays d'origine. Il avait eu de moins en moins de temps à lui consacrer. Certes, il la voyait à Paris dès qu'elle y arrivait. Mais à Saint-Pierre-lès-Calais, il était de plus en plus indispensable. A Petit-Cœur, souvent aussi. C'était lui qui avait emmené Bérangère, cet hiver, à Cannes.

De cette exposition, Judith-Rose attendait la présence à Paris de Manfred. Il exposait lui aussi. Et si les dentelles à la main triomphaient dans un art à son apogée, la dentelle à la mécanique, il fallait le reconnaître, continuait à faire de tels bonds en avant qu'elle serait en bonne place, elle aussi, au moment des récompenses.

Les ateliers de Sylvère étaient devenus la Société dentellière Neirel et Cie depuis un an, lorsque l'exposition de 1867 ouvrit ses portes. Les principaux actionnaires étaient la duchesse Adélaïde de Roncelles-Libart, Charlotte et Noémie Morel d'Arthus, Théodorine Lortel et Victurnien Artaud. Sylvère avait gardé la majorité, la duchesse avait vingt pour cent des actions, Charlotte et Noémie quinze, et Théodorine et Victurnien se partageaient le reste.

A Bayeux, les trois grandes salles de travail et les dépendances nécessaires étaient réunies maintenant dans deux maisons voisines, rachetées par la société et transformées en fabrique. Leurs petits jardins jouxtaient celui de Sylvère, ce qui avait permis d'en faire un grand qui séparait les deux constructions : la maison d'habitation que Sylvère avait récupérée à son seul usage, et les ateliers et leurs bureaux.

Entièrement pris par l'installation, Sylvère n'avait pas encore pu s'occuper, comme il le souhaitait, de sa propre demeure. Mais il avait des projets d'aménagement et de décoration.

Il avait beaucoup hésité avant d'accepter des associés. M. Lefébure, consulté, l'avait encouragé à le faire. Les dentelles à la main livraient en ce moment une bataille qui serait leur Austerlitz ou leur Waterloo. Pour faire la guerre, il fallait de l'argent. Et cet argent, Sylvère n'avait pas eu à aller le mendier : Adélaïde, à la mort de son mari, avait demandé d'elle-même si les ateliers Neirel avaient besoin d'une associée. Charlotte aussi, apparemment ravie de l'ascension et de la réussite de leur ancien lecteur, avait fait la même offre. Quant à Théodorine et Victurnien, ils songeaient à placer leurs économies, et, si l'on voulait d'eux parmi des duchesses et des dames de la banque, ils seraient honorés d'être de cette société. Aussi conscients de leur valeur l'un que l'autre, et se sachant les deux piliers de cette maison de dentelles, ils considéraient, au fond d'eux-mêmes, que cet « honneur » leur était dû. Peut-être l'ambition d'être actionnaires à part égale avec « les vieilles demoiselles de Suisse » les aida-t-elle à unir leurs destinées. Un matin, Sylvère vit une Théodorine rougissante venir lui dire qu'elle allait se marier. Elle avait cinq ans de plus que son futur et, loin d'en être contrite, elle en tirait une autorité qui, dès le début de leurs accordailles, fut révélatrice : ce serait Théodorine qui, désormais, « ferait crisser la soie », disait Sylvère en riant. Et, avec un attendrissement admiratif dont on ne l'avait pas cru capable, la rude Théodorine disait de son Victurnien : « Fallait bien qu'il arrive à me vendre quelque chose ! Je devais être la seule, à Bayeux, à qui il n'avait même pas placé deux sous de ruban. Alors il m'a vendu son cœur et je l'ai payé avec le mien ! » Sylvère ajoutait que, depuis, illuminé sans doute par l'amour, Victurnien était parti en croisade pour maintenir sur les têtes des villageoises et des citadines normandes les belles coiffes à dentelle. Car la désaffection sérieuse et navrante de ces ornements s'intensifiait. On ne voyait les « bourgognes » et les « grands bavolets » sortir de leurs bonnetières que les dimanches et jours de fête. « La jeunesse a les regards tournés vers Paris, avec tous ces journaux de mode que les colporteurs sèment dans les campagnes et dont les images lèvent plus vite, dans la tête des femmes, que le blé dans les champs ! Elles porteront bientôt des chapeaux ! » se lamentait Victurnien. Et il ajoutait, lyrique : « Quel dommage ! Elles sont si jolies, ces grandes ailes blanches qui volettent dans le ciel normand ! » Parfois il ajoutait encore : « On ne saurait imaginer le chiffre d'affaires co-lo-ssal que représentaient les dentelles des coiffes et des barbes des fermières ! »

A la fois pour lui faire un présent royal et essayer de récolter des adeptes, Victurnien offrit à Théodorine, pour ses noces, une coiffe de Bayeux en point d'Alençon faite dans les ateliers Lefébure. Sur les deux longues barbes qui caressaient les épaules de la mariée, comme sur le haut bonnet, des cœurs étaient semés parmi des branches de pommier en fleur et des oiseaux. C'était certainement la plus belle coiffe que l'on eût jamais faite. Lorsqu'en grande pompe Victurnien l'offrit à sa promise, sur son présentoir en bois tourné portant la date du mariage et leurs initiales entrelacées, elle en pleura d'émotion.

Théodorine portait cette superbe architecture à l'Exposition universelle où elle faisait, dans le stand Neirel, les démonstrations de fabrication des dentelles de Bayeux aux fuseaux. Elle avait aussi son plus beau costume. Sur une longue robe de soie vert foncé, gonflée par trois jupons empesés, s'étalait un grand tablier de soie corinthe, à poches brodées de branches de feuillage vert. M. Lefébure avait offert le devantier en alençon, assorti à la coiffe, et sur lui se croisait le petit châle effrangé, retenu par une croix d'or. Sylvère, lui, avait offert le collier, bijou typiquement normand appelé « esclavage ». Il enserrait un cou charnu et il arrivait, lorsque Théodorine riait, qu'il la serre un peu. Elle disait alors : « Monsieur a voulu que la mariée n'oublie pas qu'elle appartient d'abord à ses ateliers. »

La Théodorine avait vite compris que la belle vicomtesse de Beaumesnil et cette grande statue de marbre blanc qu'elle avait vue dans la chambre de Monsieur ne faisaient qu'une. Malgré une maîtrise d'elle-même dont elle tirait fierté, elle laissa échapper un faible : « Ah ben vrai ! » enregistré par Victurnien qui en avait demandé la raison. « Rien, rien, je t'expliquerai plus tard. » Ou elle n'expliquerait pas. Il lui faudrait réfléchir d'abord. Tout n'était pas bon à dire, même à un mari. Théodorine regardait son Monsieur, si grand, si bien de sa personne, si intelligent. Elle était plus que jamais fière de son maître dentellier. Il parlait avec M. Lefébure et cette vicomtesse des dentelles d'Alençon. Maintenant, on écoutait M. Neirel autant que M. Lefébure. On avait vite su partout que l'un était l'élève de l'autre et que l'élève serait bientôt l'égal du maître.

Dans le froufrou de ses jupes de soie et dans l'envol de ses ailes blanches, Théodorine entreprit la visite de cette exposition où toutes les musiques du monde orchestraient son ascension vers la fortune. Pour la première fois de sa vie, des sons atteignaient son cœur, soulevaient ses pieds de terre et lui chantaient que la ville de Bayeux était le plus célèbre centre dentellier du monde, par la grâce de MM. Lefébure, Neirel... et de quelques autres dont elle était !

Sylvère espérait bien que cette exposition le rapprocherait de Judith-Rose. Il n'aurait pas osé en attendre des rencontres quotidiennes pendant deux semaines, celles que Louis-Ogier passa à Paris.

L'enfant était fasciné par le spectacle. Craignant, comme il voyait la ville pour la première fois, qu'il ne la crût ainsi en kermesse perpétuelle, Judith-Rose avait tenté de lui expliquer l'éphémère et l'exceptionnel de ce qu'il voyait. Il l'avait interrompue tout de suite :

— Mais j'ai fort bien compris, maman. Je vois ce qui est Paris et je vois le reste. Le reste, c'est comme si les livres de la collection de voyages que nous avons, dans la bibliothèque de la maison, étaient tous ouverts en même temps et que ce qui est dedans se mette à exister. Le monde entier ! Je crois que, si je n'avais pas vu cela, je n'aurais pu continuer à vivre !

L'exaltation de cet enfant inquiétait parfois Judith-Rose. Sylvère la rassurait : « Vous étiez ainsi. Il vous ressemble au point que, certains jours, à l'écouter, je me crois de nouveau à Genève. »

Il était bien agréable, pensait-elle, d'avoir Sylvère là dès qu'il le fallait. L'enfant n'admettant pas que son parrain ne fût toujours à ses côtés, ils arpentaient tous trois le fameux « monde entier », dès l'ouverture des grilles et jusqu'à l'heure du coucher du petit garçon.

Levé à six heures du matin, l'enfant calculait, montre en main, le temps nécessaire à la toilette de sa mère et celui du parcours en calèche. Il était prêt le premier et attendait, sagement, le moment du départ. Impossible de lui dire : « Et si nous faisions autre chose aujourd'hui ? », c'eût été lui proposer de renoncer à partir pour le Japon ou la Suède.

— Vous comprenez bien, maman, que ce n'est pas possible. On ne peut *absolument pas* se priver d'un pareil voyage !

Car il avait fait, avec Sylvère, un plan de visite de l'exposition auquel les quinze jours passés à Paris suffiraient à peine. Il consentit seulement à supprimer le pavillon suisse, puisqu'il partirait chez son grand-père passer le mois de juillet. Puis il se ravisa, grand-papa serait heureux de savoir si son pays était bien représenté. Il y alla même deux fois.

Judith-Rose et son fils, avec une poignée d'autres fanatiques, arrivaient en avance et ils attendaient l'ouverture des grilles. Se reprochant les séjours de plus en plus longs qu'elle faisait à Paris, Judith-Rose ne refusait rien à l'enfant.

Sylvère les rejoignait, dès qu'il était passé voir ses étalages, et dans le trop-plein de ces journées elle pensait moins à Manfred et au peu de temps qu'il lui consacrait.

Le matin où, enfin, il arriva, il les aperçut tous trois devant le pavillon de la Grèce et alla vers eux.

La surprise joyeuse de Judith-Rose, l'émoi qu'elle ne put cacher complètement révélèrent à Sylvère ce que son air, si souvent lointain, laissait prévoir : elle aimait toujours cet homme. Il avait vu Manfred à Grand-Cœur un jour, et identifié l'inconnu de la voiture attendant devant l'Opéra.

Le répertoire des pièces jouées sur le boulevard était plein de ces situations triangulaires où soit le mari, soit l'amant, a trouvé l'adversaire de qualité et en aurait volontiers désiré l'amitié. L'ironie du sort voulait que Sylvère vive cette situation. Manfred de Beaumesnil-Ferrières lui était sympathique et il avait plaisir à parler avec lui.

Il était encore très tôt. L'habitude donnée par Louis-Ogier était d'aller, dès l'arrivée à l'exposition, boire du chocolat espagnol, suisse ou anglais, en changeant chaque fois de pays. Ils allèrent tous quatre, ce matin-là, en Espagne.

Louis-Ogier était un bel enfant de onze ans maintenant. Grand pour son âge, il avait les yeux gris d'Odilon et de Manfred. Il était vêtu, à la mode du prince impérial, d'un costume de velours noir. Culotte bouffant aux mollets sur des bas rouges et veste courte sur une chemise blanche. Comme le prince, il portait un chapeau de paille à petits bords relevés ceinturé d'un ruban, rouge ce matin-là.

Louis-Ogier et Manfred se connaissaient à peine. Ils s'étudièrent en buvant l'épais chocolat, tel que l'aimait l'impératrice, et après avoir bien ri parce que la serveuse à laquelle ils s'adressèrent en espagnol leur répondit :

— Excusez-moi, je parle pas anglais, je suis de Belleville.

« L'enfant les rapprochera un peu plus », se dit Sylvère, mélancolique, pendant que Judith-Rose pensait :

« Si Louis-Ogier n'était pas avec moi, il ne serait jamais venu boire ce chocolat qu'il exècre. »

— Aujourd'hui nous allons en Russie, y venez-vous avec nous, mon oncle ? demanda le petit garçon.

A la grande surprise de Judith-Rose, Manfred accepta. Sylvère voulut prétexter des occupations et se retirer. Manfred insista pour qu'il ne les quitte pas. Il insista même au point qu'il eût été désobligeant de partir. Sylvère resta. Mais il avait vu dans le regard de Judith-Rose qu'elle aurait préféré être seule avec son beau-frère. Il s'était habitué à ne recevoir d'elle qu'une amitié banale. Sentir pour la première fois que sa présence l'importunait le fit souffrir d'une douleur qu'il ne connaissait pas encore. Il se souviendrait longtemps du pavillon de la Russie à l'Exposition universelle de 1867 !

Manfred se demandait comment Judith-Rose — sûre sans doute de posséder le fameux sixième sens de toute femme ! — pouvait côtoyer ce Sylvère Neirel, depuis tant d'années, sans s'être aperçue à quel point il était amoureux d'elle. Comment avait-elle pu n'être jamais amoureuse elle-même de ce bel homme, d'une parfaite courtoisie ? Il en déduisit, une fois de plus, que tout était beaucoup trop compliqué dans le fonctionnement de ce qu'il était convenu d'appeler le cœur. La devise de sa famille : « Le cœur peut tout », lui parut une affectueuse plaisanterie. Il aurait bien voulu savoir qui, parmi ses aïeux, en avait vérifié l'exactitude. Il éprouva une sensation de déplaisir à se dire qu'il passerait l'après-midi à aller choisir un cadeau d'anniversaire pour Bérangère et à retrouver ensuite Judith-Rose rue de l'Université.

Quand il embrassa Louis-Ogier, il conclut avec une ironie amère que le fameux : « Le cœur peut tout » était, décidément, une plaisanterie plus sinistre qu'affectueuse.

Louis-Ogier repartit avec Dorothée.

Les cousines Morel d'Arthus arrivèrent. Elles logèrent à l'hôtel Meurice, où elles avaient leurs habitudes, pendant les quinze jours qu'elles avaient décidé de consacrer à l'exposition. La convention de Genève avait au Palais de l'industrie une section où était exposé le matériel des ambulances de guerre. Elles espéraient bien voir là leur ami Dunant.

On prit l'habitude d'aller au Champ-de-Mars pour l'heure du thé, et d'y dîner.

Mlles Morel d'Arthus, qui avaient mille invitations à rendre et qui retrouvaient là beaucoup de leurs relations, tinrent table ouverte, chaque soir, dans un pavillon de nationalité différente. Elles déclarèrent à Sylvère et à Manfred qu'elles seraient très fâchées si, chaque fois qu'ils n'étaient pas priés ailleurs, ils ne les rejoignaient pas.

Un soir, ce fut la duchesse de Roncelles-Libart qu'elles y accueillirent. La belle Adélaïde, avec un titre remontant au xiie siècle, une fortune digne du titre et sa beauté intacte, aurait pu devenir odieuse. Elle paraissait, au contraire, douce et charmante, trop intelligente pour ignorer que plus on monte, plus on se doit d'être courtoise et simple. Sylvère disait d'elle — et à M. Lefébure seulement, dont il savait la discrétion — qu'en condescendant désormais à être l'image de la simplicité, elle devait apparenter son attitude à celle de Louis XIV lavant les pieds des gueux atteints d'écrouelles.

Toutefois, le masque faillit bien craquer lorsque Adélaïde aperçut la belle Judith-Rose.

Elles ne s'étaient pas revues depuis leur première rencontre. Le petit tendron huguenot était devenu trop jolie femme. Cela, Adélaïde l'admit, avec l'ennui d'avoir la même robe de foulard bleu que la vicomtesse. M. Worth entendrait parler d'elle pas plus tard que demain matin ! Lui qui se vantait de ne pas habiller deux femmes de la même manière !

Mais tout se gâta lorsque Manfred parla de la fameuse « série » de Compiègne où il avait retrouvé sa belle-sœur.

Ainsi, ce que la duchesse de Roncelles-Libart essayait d'obtenir : ses entrées à la Cour, c'est-à-dire aux réceptions intimes de Leurs Majestés, lundis, séjours dans les châteaux, thés privés, cette petite vicomtesse l'avait. Et, de surcroît, l'admiration, sinon plus, des deux dentelliers.

Noémie sentait passer, au-dessus de son dîner, des ondes maléfiques. Elles ne pouvaient être émises que par la duchesse, alors elle décida de faire diversion :

— Je suis restée, un bon moment cet après-midi, devant le stand d'une fabrique de gants. J'y ai appris beaucoup de choses. Savez-vous que les gants pour conduire doivent être en chamois ? En castor ceux pour monter à cheval, en peau de chien ceux de la promenade du matin, en canepin blanc ceux de l'après-midi, et en chevreau glacé ceux du soir ? Qui ne sait pas cela ne sait *rien*. C'est ce qu'affirmait un vendeur.

— Moi, comme je cherchais notre ami Dunant partout, j'ai rencontré Lady Morgan et Lady Stepney, fit Charlotte. Elles se querellaient encore au sujet de leurs collections de dentelles. Elles veulent être départagées. Je dois m'y connaître, disent-elles, depuis que j'ai une pupille dans la dentelle. Je ne pouvais plus m'en défaire. Alors j'ai prétendu que la collection de Lady Downpatrick est la première d'Angleterre. Un silence de mort est passé sur nous, et elles m'ont enfin laissée partir. Furieuses.

Songeuse, Judith-Rose dit :

— On contemple ici toutes les civilisations du monde, et que doit-on garder de la nôtre ? Quelques ordres formels : il faut mettre nos fourrures à la Toussaint, quitter nos manchons à Pâques, abandonner le point d'Angleterre dès après les courses de Longchamp et ne porter d'alençon qu'en hiver.

Comme il la sentait triste, Manfred la regarda avec tendresse.

Elle s'efforça de lui sourire, pensant qu'arrivait, en effet, l'heure de sa tendresse. L'heure où elle irait le rejoindre, rue de l'Université. Cette heure où elle comptait un peu pour lui !

Elle était mélancolique, cette fin d'exposition, malgré le scintillement des médailles d'or et d'argent que l'empereur avait remises.

*

Manfred emmena Judith-Rose en Italie.

Par malchance, à Venise, leur gondole frôla celle de Mrs. Boulton.

On se parla, d'une embarcation à l'autre, sous les regards de braise de gondoliers subjugués par la blondeur des chevelures et le laiteux des carnations de ces deux belles étrangères.

Plus précisément, Mrs. Boulton fit un monologue, devant le palais des Doges, au soleil couchant et au son des cloches. Toute de soie d'un mauve mourant, de la chaussure à l'ombrelle, elle pétillait de vie et d'ardeur.

Elle ne boudait pas ce pays. Elle l'avait « maté ». Pas un seul marchand de Venise, ou d'ailleurs, ne se serait risqué à lui proposer un centimètre de dentelle ancienne qui ne fût authentiquement d'époque.

Quatre de ses amies, de New York, venaient d'épouser de sublimes patriciens romains, de grande noblesse *noire,* du parti du pape, tellement plus spectaculaire que la noblesse *blanche,* du parti du roi. L'Italie, d'ici peu, serait colonie américaine !

Cette jolie toilette rose, vicomtesse, était-elle de M. Worth ? Fallait-il toujours montrer, à cet ancien petit photographe, autant de quartiers de noblesse que pour être chevalier de la Jarretière ou chanoinesse du chapitre de Ratisbonne, pour qu'il condescende à vous vêtir ? Si les Françaises aimaient à se faire humilier, libre à elles de s'agenouiller devant cet irascible et migraineux petit dieu des ciseaux.

Et que pensait-on de cette effroyable affaire du Mexique ? Pour sa part, elle ne s'en remettait pas. Un archiduc d'Autriche qui se laissait fusiller par des barbares !... Saurait-on jamais ce qui avait conduit deux altesses raffinées et délicates à délaisser leur palais de Miramar, au bord des flots de l'Adriatique, pour cet empire de cailloux, de chiens sauvages et de vautours ? Ils avaient tout pour être heureux, dans leurs jardins de paradis, ces deux héros de légende qu'étaient Charlotte et Maximilien et même la plus belle collection de dentelle jamais vue ! Elle avait eu le rare privilège, elle, Mrs. Boulton, d'admirer, dans ce palais de marbre blanc, à l'ombre de magnolias en fleur, les flots neigeux d'un trousseau de princesse de conte de fées : tant de prestigieuses malines, de bruges et de bruxelles. C'était... Ah ! c'était...

— A en choir dans le Grand Canal ! dit entre ses dents Manfred, exaspéré.

Et savaient-ils ce que lui avait confié cette belle impératrice Charlotte, du temps où elle n'était encore qu'archiduchesse d'Autriche née princesse de Belgique ? « Les femmes de mon pays m'ont offert tellement de dentelles, lors de mon mariage ! J'en ai là pour toute ma vie, pour cent ans de bonheur, dussé-je en porter de nouvelles chaque jour. »

Échanger cent ans de bonheur dans les plus belles dentelles du monde contre le vomito negro, la poussière et la mort ! Il fallait être folle ! D'ailleurs on le savait, hélas ! la pauvre impératrice l'était devenue. Folle à enfermer, cette jolie, délicieuse jeune femme. Folle à jamais.

Folle... Folle... Chaque clapotis du Grand Canal leur répéta, longtemps, ce mot.

Ils allèrent en Grèce au printemps suivant. A bord du paquebot qui les conduisait à Céphalonie, les habitants apportaient des dentelles anciennes à vendre. Elles étaient jaunes et noircies par le séjour dans les tombes dont elles provenaient.

— En voulez-vous ? demanda Manfred à Judith-Rose. Elles ressemblent beaucoup, ne trouvez-vous pas, aux points de Venise du XVIe siècle ? Mêmes beaux dessins géométriques. J'ai connu, à Londres, une femme de goût qui en avait tendu les murs de sa chambre sur fond de soie couleur d'ambre. C'était très séduisant. Ces dentelles provenaient de Corfou, où le frère de Lady Poltimore, le colonel Buller, les avait collectionnées pendant qu'il y était en garnison.

— Ça ne la gênait pas, cette lady qui vous

montrait sa chambre, de dormir parmi des dentelles de suaire?

— Comme vous êtes agressive!

— Reconnaissez que ces... choses sentent le cadavre.

— Je ne vois pas grande différence entre elles et le sarcophage romain de votre cabinet de toilette, dont vous êtes si fière!

Ce fut l'origine de leur première brouille. Elle ne dura guère. Ils se réconcilièrent vite dès qu'ils furent dans les bras l'un de l'autre. Mais il y en eut d'autres.

*

Ce fut à bord du paquebot qui les ramenait de New York qu'ils apprirent la guerre entre la Prusse et la France.

Comme Charlotte et Noémie étaient à Alençon au moment de la déclaration des hostilités, elles décidèrent d'y rester. Judith-Rose aurait sans doute besoin d'elles.

9.

Julius Bertram pensait qu'il y arriverait seul, mais Léonard avait dû l'aider.

Quelques passants s'étaient arrêtés pour les regarder. Une fille de « la maison au gros numéro » vit aussi les deux hommes s'affairer sur le balcon du premier étage de l'hôtel Morel d'Arthus, et, lorsqu'ils eurent terminé leurs acrobaties, elle appela ses compagnes qui accoururent.

— Pourquoi ont-ils mis ce drapeau ? Et c'est de quel pays ?

— Rouge à croix blanche, c'est la Suisse, dit un jeune garçon, assez fier de son savoir.

— C'est donc pas des Françaises, les deux vieilles dames ?

— C'est pas des ennemies, au moins ?

— C'est des neutres.

Un court silence suivit. Le mot faisait réfléchir.

On entendit le canon. Il tonnait depuis la veille. On s'y était déjà habitué.

— Pourquoi mettre ce drapeau ?

— Ceux qui ne sont pas français doivent signaler leur nationalité. J'ai vu une maison espagnole, une italienne et trois anglaises.

— On ne savait pas qu'on avait tant d'étrangers ici !

Les filles riaient. Une autre canonnade les alarma et, comme on les rappelait, elles s'enfuirent, ramenant leur châle sur la tête parce qu'il neigeait toujours.

Il n'y avait pas le moindre vent. Du bas de la rue, elles purent voir le drapeau suisse au-dessus du balcon se découper sur l'une des tours du château, comme plaqué sur elle, et il était déjà poudré de blanc.

Charlotte et Noémie ne tenaient pas à cet affichage de leur nationalité. Mais Léonard avait fait un tour en ville et en avait rapporté le conseil du maire de ne négliger aucune protection.

— Notre sauvegarde[1] n'est-elle pas suffisante ?

— Mademoiselle sait bien qu'une sauvegarde ne se placarde pas sur une porte.

Depuis la dernière maladie de sa maîtresse, le majordome prenait plus d'autorité. Charlotte, encore très fatiguée, laissait faire.

Les Prussiens étaient bien près de la ville maintenant... Elle soupira. Quand serait-on occupé ? L'absence de nouvelles était difficile-

_____

1. Sorte de sauf-conduit.

ment supportable. Ne pas savoir si on allait être attaqué, bombardé, détruit, incendié, pillé! Et non seulement tout ignorer de la marche des armées françaises et ennemies, mais être dans une ville dont on ne pouvait même pas comprendre qui pourrait la défendre! Et si défense il y aurait. On entendait le canon, on se battait à quelques lieues et ici préfet, maire et militaires se battaient, entre eux, pour l'attribution du commandement des troupes locales. Incurie criminelle.

Charlotte se remit à faire de la charpie. Le Seigneur fasse qu'elle ne soit pas nécessaire!

— Faut-il mettre une bûche? demanda Noémie, toute à sa charpie, elle aussi.

— Attendons un peu. La provision de bois baisse à une telle allure.

— Il fait si froid. Si froid...

Elles pensèrent, en même temps, à ceux qui souffraient plus qu'elles de cet hiver redoutable, n'alimentèrent pas leur feu, et eurent un cri de joie en entendant la voix de Judith-Rose.

La jeune femme arrivait essoufflée, et emmitouflée dans ses fourrures.

— Tu vas prendre une bonne tasse de thé.

— Alors vite, je reste cinq minutes. Gratienne m'a envoyé un messager de Grand-Cœur. Nos convalescentes là-bas, et nous en avons maintenant vingt-huit, de six à soixante ans, prennent peur, il faut que j'aille les rassurer. Gratienne dit qu'« elles sentent le Prussien tout près et veulent partir ».

— Mais tu ne leur seras d'aucune utilité, face à des bataillons ennemis, s'ils arrivent !

— D'abord, je leur ferai du bien moralement, et, ensuite, je leur apporte une sauvegarde.

— Tu ne peux pas envoyer la sauvegarde et rester ici ?

— Cousine Charlotte, il faut savoir s'en servir, d'une sauvegarde. Comment voulez-vous que ces pauvres filles comprennent à quoi elle leur donne droit ?

Cela avait été un moment merveilleux que de voir arriver ces plis recommandés venus de Suisse.

Mortimer Morel d'Arthus n'avait pas voulu confier les trois protections magiques à un seul courrier. Il avait préféré diviser les risques. Par une chance dont Judith-Rose était émerveillée, tous trois étaient arrivés.

Ces parchemins portant l'impressionnant sceau royal prussien en cire rouge, Mortimer en avait expliqué la provenance et le but.

C'était leur vieil ami, celui des porcelaines, parent de la reine Augusta de Prusse, qui avait pensé à les demander pour elles à Sa Majesté, dès le début de l'occupation de la France. Les Prussiens étaient à peine à Metz que déjà le prince déposait, rue des Granges, les sauvegardes royales.

Que pouvait-on en attendre ?

Beaucoup. Elles leur permettaient d'abord de circuler en territoire ennemi. Et aussi, en cas d'occupation de leur région, d'éviter les billets de logement et les contributions de guerre. Enfin, elles aplanissaient les difficultés intervenant entre occupants et occupés.

Mais...

Mais il y avait des règles de grande courtoisie à respecter envers les vainqueurs et envers les vaincus : il serait indécent de se servir de cette protection de la reine de Prusse pour ne pas loger ses officiers et éviter de payer ce que l'on devait à ceux qui avaient gagné la guerre. D'autre part, il serait malséant, vis-à-vis de la population, de paraître se désolidariser d'elle et de se soustraire à la participation aux charges qui l'accableraient.

En résumé, la sauvegarde les ferait respecter par l'occupant qui, obéissant aux vœux de sa souveraine, n'exercerait pas d'exaction majeure sur ses protégées. Mortimer faisait confiance à sa fille et à ses cousines pour se servir au mieux de ces protections.

D'un air pincé, Charlotte avait dit.

— Ton père nous prend pour des paysannes ? Croit-il que nous ne sachions pas vivre ?

L'une des sauvegardes était au nom des deux demoiselles Morel d'Arthus et de leur famille. L'autre à celui de Judith-Rose et de ses demeures. La troisième concernait Pervenche-Louise et la fabrique de dentelles.

— Tu veux aller seule là-bas ? Tu sais ce que tu risques ?

— Je viens vous proposer autre chose. Nous partirions à Grand-Cœur, Léonard, cousine Noémie et moi. Resteraient ici : vous, cousine Charlotte, Julius Bertram et le personnel, Pervenche-Louise, Lucas et Aloysia, rue Saint-Blaise. Qu'en pensez-vous ? Il faut faire vite. Nous devons arriver là-bas avant les Prussiens. Et surtout partir avant qu'ils soient ici et ne laissent plus sortir personne.

— Noémie, va te préparer, dit Charlotte en soupirant.

Noémie était déjà partie.

— Vois-tu, fit Charlotte, à l'horreur de la guerre s'ajoutent pour nous des nuances perturbantes. Individuellement, je ne hais pas les Allemands. Nous avons quelques bons amis parmi eux. Et voilà que, désormais, pour nous, comme pour tous ceux du pays où nous vivons, l'armée prussienne est l'ennemi. Le Seigneur nous met dans de cruels embarras.

Noémie revenait. En chaude tenue de voyage à pied, avec son chapeau bersaglier à plumes.

— C'est un bonnet de laine qu'il vous faudrait. Vous allez geler, et vos plumes aussi.

— Petite, ce couvre-chef m'a toujours porté bonheur ; tant pis pour mon oreille gauche qui est à découvert.

Léonard avait fait diligence. Julius Bertram lui avait promis d'être vigilant et de relire, chaque jour, la liste de ce qui était primordial, nécessaire et secondaire. Soulignée, trois fois, était la recommandation suivante : « Célestin — le dernier laquais engagé — vole presque sûrement du bois. Avoir l'œil sur lui. » Ces demoiselles ne devaient en aucun cas être privées de la moindre brindille.

Rue Saint-Blaise, Judith-Rose pensait avoir tout prévu.

Pervenche-Louise avait sa sauvegarde et savait s'en servir.

Toutes les provisions possibles pour les gens et les bêtes étaient dissimulées au mieux.

Et surtout, la totalité des dentelles les plus précieuses et la majorité des autres étaient en lieu sûr. Comme on savait que les soldats ennemis — et des pillards français aussi — avaient parfois des sondes pour découvrir les creux des murs, il avait fallu trouver mieux. Judith-Rose avait pensé à ce tilleul, dans le jardin des cousines, sous lequel une pierre tombale commémorait le séjour provisoire d'un ancêtre. On creuserait dessous, on mettrait la grande cantine pleine des plus beaux points, et on recouvrirait le tout du rectangle de granit sur lequel on lisait : « A la mémoire de Mortimer Morel d'Arthus, 1615-1683. »

Pour cela, on avait dérangé quelques corneilles. Et une chouette qui habitait l'arbre avait paru intéressée par l'opération et y avait assisté.

Les deux belles-sœurs s'étaient partagé les chevaux et l'argent qu'elles possédaient.

La berline Beaumesnil, plus récente que celle des cousines, était moins vaste. On se serra. Il gelait à moins dix degrés. Prudence avait mis dans les mains de chacun deux pommes de terre brûlantes. Elles seraient d'abord chaufferettes et ensuite dîner. Prudence pleurait. Tous pleuraient aussi. Et ce canon ! Ne cesserait-il donc jamais ? Léonard et le cocher étaient armés et le majordome était tireur d'élite. Noémie rappelait pour la énième fois :

— Au Tir fédéral de Genève, il était toujours parmi les meilleurs. Il ne nous en avait pas parlé, autrefois, par discrétion, tu sais comme il a du tact. Il ne voulait pas souligner qu'il l'avait emporté sur Charles-Albert, si bon tireur pourtant lui-même.

— Tant mieux, il aura peut-être l'occasion de nous prouver son adresse.

— Tu crois que nous serons attaqués ? En chemin ou là-bas ?

Judith-Rose écoutait et répondait machinalement.

Elle se félicitait d'avoir laissé Louis-Ogier en Suisse chez son grand-père qui en était ravi. Anna-Hilda gâtait l'enfant, mais il était si raisonnable ! Il lui monta au cœur une bouffée de tendresse. Manfred aussi aimait le jeune garçon. Beaucoup. Au point que par moments... Non, elle n'était pas jalouse, comme il le disait. Elle ne prenait pas ombrage de leur entente, elle en était heureuse. Comment se pouvait-il qu'il ne le sente pas ? Qu'il ne comprenne pas aussi qu'il y a, parfois, une complicité entre deux hommes — bien que l'un d'eux n'en soit pas encore vraiment un — qui exclut, qui rejette... Bon, elle avait autre chose à faire qu'à soulever ces problèmes.

Depuis qu'ils étaient en forêt de Perseigne, ils n'entendaient plus le canon.

Aucun bruit sinon cet imperceptible frémissement de la neige. On le percevait lorsqu'on s'arrêtait pour écouter, pour savoir si l'on se battait dans la direction de Pervenchères.

— Si y a pas encore de Prussiens, Madame, dit le cocher, il y a des loups. Et c'est p'têt' ben tout pareil.

La neige tombait depuis trois jours. Sans interruption. Une petite neige fine, qui poudrait les hautes futaies avec délicatesse et épaississait le silence des bois.

Bientôt il ferait nuit, et il n'était que quatre heures. On avait hâte d'arriver, et en même temps, dans l'engourdissement de la tiédeur de la voiture, et dans son bercement, Judith-Rose ressentait le vague désir que le trajet se prolonge. C'était comme un répit dans cette tourmente. Le rideau de flocons blancs s'épaississait et faisait écran. On voyait de moins en moins le paysage. On était dans un autre monde où rien ne comptait que la neige, encore la neige et encore... Même la réalité de la guerre était enfouie sous ce manteau glacé qui recouvrait la terre.

Lorsqu'elle était enfant, l'intervention excessive des éléments lui paraissait à tel point rompre le cours normal de la vie qu'elle en attendait une trêve de l'uniformité quotidienne cédant à un mystérieux imprévu...

Le cocher annonça que l'on serait bientôt rendu. Elle fut soulagée et mélancolique à la fois. On retombait dans le réel. Et quel réel?

La belle allée de hêtres, l'allée d'or de l'automne, était, dans la nuit blafarde, un tunnel de glace posé sur un haut tapis de mousse blanche.

La vieille Gratienne ne croyait pas à une venue si rapide de sa maîtresse. Elle se signa et marmonna des grâces tout en faisant sa révérence.

La cuisine était un paradis. On ne manquait pas encore de bois et la haute flambée, les bûches énormes, étaient un luxe qui annonçait une soupe savoureuse et brûlante. Il n'était pas possible, se dit Judith-Rose, que tout ne s'arrange pas ici. La guerre entre Prussiens et Français et la sienne avec Manfred.

On s'embrassa et Léonard le superbe donna l'accolade à Gratienne, de souverain à souveraine. Lui majestueux, elle imposante et solide. On se sentait protégé.

Les dentellières s'étaient levées, serrées les unes contre les autres — les petites filles devant —, n'osant pas encore s'avancer vers les arrivants. Toutes regardaient les fusils de Léonard et du cocher, puis Judith-Rose, comme pour demander : Est-ce vrai, on va se battre ?

Judith-Rose décida que l'on souperait dans la cuisine, après avoir tâté de la température de la grande salle aux tapisseries de verdure. Elle voulait surtout reprendre ses femmes en main. Il y avait encore de l'inquiétude dans les regards. Elle ne savait trop ce qu'elle leur dirait, mais la chaleur de la soupe aiderait.

Gratienne ajoutait une montagne de tartines de pain beurré, des fromages, des pommes et des noix, au centre de la table. L'énorme plateau de bois avait, depuis des siècles, rassemblé plus de quarante couverts, et, comme disait la servante, il ne rétrécissait point. Tous s'installèrent. Tous sauf Léonard. Mme la vicomtesse pouvait juger certains actes nécessaires. Il n'en discutait pas le but politique. Mais il n'avait pas à figurer, pensat-il, dans la stratégie que sa maîtresse décidait de suivre. Il ne s'assiérait pas à côté de ses maîtres. Jamais. Il annonça que, Gratienne et la fille de cuisine faisant le service, il monterait dans sa chambre se rafraîchir. Expression qui alluma quelque gaieté dans certains regards, la température ne cessant de descendre. Mais, avant de s'absenter, il dressa une petite table, dans le fond de la pièce, pour le cocher et les deux valets de ferme de Grand-Cœur. Ces deux-là, tout de même, ne pouvaient décemment manger à la table de sa maîtresse. Puis, avec un regard satisfait sur Madame et Mademoiselle entourées de vingt-huit femmes et petites filles, il se retirait, lorsque Gratienne lui dit :

— Prenez une lampe plutôt qu'une bougie, monsieur Léonard. Il y a un carreau cassé dans la galerie et le courant d'air éteindra votre bougie.

Il affirma qu'il saurait veiller sur la flamme.

A la grande tablée, personne n'avait encore plongé sa cuiller dans la soupe épaisse que l'on vit revenir Léonard. Sa bougie était éteinte, et, malgré le rougeoiement du foyer qui rosissait son proche alentour, il était pâle.

— J'vous l'avais t'y pas dit, monsieur Léonard ?

Et Gratienne lui prépara une lampe.

— C'est étrange, murmura-t-il.

La vieille leva les yeux vers lui :

— Quoi qu'est étrange ?

— J'ai cru entendre rire dans le corridor, où... où il n'y avait pourtant personne. Un gros rire...

— Ah ! l'est malicieuse, not'Dame.

— Quelle dame ?

— Venez faire la veillée avec nous, on en causera.

Il repartit. D'un pas moins décidé que la première fois.

— Ce qu'il faudrait, disait Noémie, ce seraient des tempêtes, des tornades, des fins du monde qui arrêtent la marche des Prussiens, puis les terrassent, les couchent dans des linceuls de glace. Au printemps, à la fonte des neiges, on les trouverait gelés. Peut-être conservés, peut-être vivants, alors, comme la paix serait signée, ils pourraient rentrer chez eux.

Les petites filles hésitaient à rire, mais comme Judith-Rose souriait, elles y allèrent de bon cœur.

Noémie avait raison, il fallait détendre l'atmosphère. Judith-Rose donna les dernières nouvelles d'Alençon. Savaient-elles que le père Larminier, l'épicier, avait eu des soucis à cause des rats qui lui mangeaient une partie de ses stocks? Il avait fait venir le ratier. Toute la troupe avait été exterminée, sauf la plus grosse des bêtes. Un rat énorme, long comme un lapin et si courageux, si malin qu'on ne pouvait en venir à bout. Il était toujours dans la réserve du vieux, grignotant, et ne se sauvant pas quand l'épicier y entrait. Même, il le regardait droit dans les yeux et restait là, sans bouger.

— Il est si « fier », disait le père Larminier, que j'ose quasiment plus lever mon bâton sur lui.

Et ce qui était extraordinaire, c'était l'absence totale, désormais, d'autres rats. Celui-là les chassait. Le père Larminier l'appelait « Mon grand gars » et disait qu'un de ces jours il l'emmènerait de sa réserve dans sa cuisine et pt'êt' même dans sa chambre.

Mais des voisins se plaignaient d'une telle promiscuité, parce que beaucoup commençaient à croire que ce rat-là était un gros Prussien à qui un sorcier avait jeté un sort.

— Ça se pourrait bien, fit Gratienne.

Beaucoup étaient de son avis.

Ils firent une veillée.

Il faisait si bon, devant le feu, à croquer les châtaignes qu'on y grillait. On eut même droit à un « flip » trapu qui mit de la gaieté dans les regards... Aux petites, on avait donné du lait bien chaud, avec une « goutte ». Fallait les aguerrir, disait Gratienne.

— Racontez-moi donc ce rire, dit Léonard.

— Sûr, c'est dame Bertrade, l'ancêtre, la meneuse de loups. On dit qu'elle savait rire comme personne, à en ébranler la toiture, à en faire tomber les tuiles. Sûr que c'est elle. Elle apparaît dans les moments d'importance. Elle doit savoir qu'on approche de l'heure.

— Quelle heure ?

— Celle des Prussiens, peut-être. Le Jacquet, ajouta Gratienne, va donc écouter un peu ce qui se passe sur la route.

Le valet Jacquet mit sa peau de mouton, prit son bâton et obéit. Lorsqu'il ouvrit la porte de la cuisine donnant sur les communs, on entendit des hurlements.

— Pt'êt' pas les Prussiens, mais sûr, les loups, dit-il.

Les petites filles se serrèrent encore plus contre leurs aînées.

Gratienne disait qu'aucun loup n'était jamais entré dire bonsoir à quiconque dans cette cuisine. On la crut.

Judith-Rose regardait ses femmes. Arrivées en

mauvaise santé, elles avaient toutes bonne mine. Dans quelques jours, si tout allait bien, on pourrait leur faire reprendre le travail et elles laisseraient la place à d'autres, celles que l'hôpital, surchargé de blessés arrivant de partout, ne pouvait garder.

Le Jacquet revint. Il n'y avait rien en vue. Par un temps pareil, disait-il, chacun, Français ou Prussien, était à couvert. Il y avait une tempête de neige.

Alors, on somnola devant la cheminée. Personne ne souhaitait regagner sa chambre froide. Les petites furent couchées devant le feu, sur des couvertures. Les autres, assises sur les bancs, s'accoudaient à la grande table.

Noémie, qui avait eu droit à un fauteuil, y dormait.

D'autres hurlements, différents des premiers, interrompirent la somnolence générale.

— Encore des loups ?

On se tournait vers Gratienne.

Elle hocha la tête. Ce n'en était point cette fois-ci. Hélas ! hélas ! c'était la pauvre Mme Bérangère.

— Quand elle entend les loups, pauvre dame, elle est comme possédée.

Bérangère avait dû crier les nuits précédentes, et les dentellières devaient en savoir la raison. Elles hochaient la tête avec tristesse et compassion.

On écouta décroître les cris.

Quand le silence revint, Judith-Rose donna le signal du coucher.

Comment apprendrait-elle où était Manfred ? Et s'il avait rejoint le général Chanzy, ainsi qu'il l'espérait, comment savoir où était le chef de l'armée de l'Ouest ?

Manfred avait dit qu'il donnerait de ses nouvelles dès qu'il le pourrait. Il y avait maintenant plus d'un mois qu'elle en attendait.

Elle se glissa dans le grand lit à baldaquin à rideaux de damas rouge. Noémie y dormait déjà.

Elles avaient décidé de rester ensemble pour se tenir chaud. Le lit avait été bassiné. Il y avait un cruchon de grès pour chacune, plein d'eau bouillante.

Où couchait-il, lui ? Les dernières nouvelles disaient que les armées souffraient cruellement de faim et de froid.

Pourquoi, mais pourquoi, était-il parti ? Alors qu'il disait que tout était perdu.

— Mais si vous n'espérez plus rien, pourquoi vous engagez-vous ?

— Je ne me serai pas battu pour gagner cette guerre. Mais je ne peux la laisser perdre sans y aller aussi.

L'honneur, toujours l'honneur, qui passait avant l'amour. Ils étaient tous les mêmes. Elle pleura.

— Non, ne pleure pas. Il reviendra, lui murmura Noémie. Je peux te certifier que je n'ai jamais vu aucun voile noir au-dessus de sa tête.

— Vous n'en aviez pas vu non plus au-dessus de celle d'Odilon !

— C'est vrai, dit Noémie à regret. Les signes sont comme nous, ils peuvent se tromper. Mais Manfred reviendra et plus vite que tu ne le crois.

— Vous le sentez ?

— Je le sens et je le vois. Marchant dans la neige, dans le froid.

Qui était, en ce moment, en France, ailleurs que dans le froid et dans la neige ? Pauvre cousine Noémie, comme elle vieillissait !

Un paysan, le lendemain matin, monta de Pervenchères jusqu'à Grand-Cœur pour dire que deux uhlans, cette nuit, avaient traversé le village et qu'il fallait peut-être bien s'apprêter.

Gratienne, le front têtu, dit qu'elle ne leur ouvrirait pas.

Léonard approuva. C'était à un homme à le faire et il se prépara.

Il endossa sa livrée dite « à l'anglaise », noire à boutons d'argent. Il avait toujours pensé, avec son vieil ami M. Sosthène, que c'était celle qui avait le plus de classe, tout en étant un peu triste. Et bien triste était ce jour pour Grand-Cœur si les Prussiens s'y installaient.

Gratienne approuva et admira. M. Léonard la subjuguait.

On décida que, dès les Prussiens en vue, les

dentellières gagneraient le premier étage dont la sauvegarde pour Grand-Cœur précisait qu'il était inviolable.

Rien ne vint de la matinée. Et on taillait des tartines pour le goûter des enfants, lorsque le Jacquet arriva essoufflé.

— Les v'là, dit-il. Ils brillent comme des soleils ! Ils sont plus astiqués que des lanternes de calèche. Pour de la belle troupe, c'est de la belle troupe. Et en musique encore !

On prêta l'oreille. Quelques sons, en effet, parvenaient.

Les dentellières, toutes en petits bonnets et tabliers blancs, se sauvèrent au premier étage. Elles avaient peur, mais la curiosité aurait été la plus forte et, si on leur avait donné le choix entre se cacher ou rester, elles n'auraient pas quitté la cuisine.

C'était une petite troupe : cinq officiers et vingt hommes. Tous dragons de la reine Augusta, vêtus de bleu clair, et galonnés et boutonnés d'argent.

— Mâtin, c'est pas sur des carnes qu'ils se baladent, dit le valet Jacquet.

Léonard, digne dans sa livrée noire, les cheveux, les favoris et la moustache aussi blancs que la neige qui l'entourait, s'avança au-devant des officiers.

Il s'inclina, juste assez pour être correct et pas suffisamment pour être servile. Écouta l'officier supérieur, dit quelques mots, s'inclina de nouveau. On entendit ses dernières paroles :

— Je vais en informer Mme la vicomtesse.

Il fit entrer les cinq officiers dans la grande salle aux tapisseries. Lorsque Judith-Rose parut, ils s'inclinèrent vers elle et celui qui paraissait le plus âgé se présenta :

— Comte de Sollenstein, colonel des dragons Augusta.

C'était un homme très mince, de taille moyenne, aux cheveux blond argent et aux yeux d'un bleu très pâle.

Il expliqua que le manoir de Grand-Cœur était la résidence qui lui avait été assignée ainsi qu'à ses quatre officiers, qu'il présenta, et à ses vingt hommes qui attendaient dehors. Ils devaient rejoindre bientôt Son Altesse le grand-duc de Mecklembourg à Alençon.

Il s'était exprimé dans un français parfait.

En allemand, Judith-Rose lui répondit qu'elle les logerait, par courtoisie et non par obligation.

Et comme l'aimable mais hautain aristocrate prenait un air de surprise narquoise, Judith-Rose ajouta qu'elle avait une sauvegarde, précisément de Sa Majesté la reine Augusta dont ils étaient les dragons.

Bien qu'elle ne s'adressât pas à eux, Judith-Rose sentit les regards des quatre officiers fixés sur elle avec acuité.

Elle dit pouvoir offrir les chambres du rez-de-chaussée et l'un des deux salons. Une partie des communs et une grange pour les hommes de troupe et les chevaux. Restait le problème des repas. Il n'y avait qu'une seule cuisine à Grand-Cœur.

Le colonel répondit qu'il ne voyait que deux solutions : ou Mme la vicomtesse laissait la jouissance d'une partie de sa cuisine à deux de ses hommes, ou elle demandait à son propre personnel de nourrir ses quatre officiers et lui-même.

Très correct, mais sans aucune chaleur dans la voix, il informa Mme de Beaumesnil qu'elle pouvait réfléchir une heure et lui donner ensuite sa réponse. Puis il demanda des détails sur la maison qui était dans le fond du parc. On dut expliquer ce qu'était Petit-Cœur et qui l'habitait. Le colonel parut comprendre la situation et exigea, s'il y avait des armes dans cette demeure, qu'elles fussent remises avec celles du manoir.

Léonard conduisit MM. les officiers à leurs appartements, tout paraissait s'être passé sans problème.

Hélas ! on en eut un lorsque Gratienne demanda :

— Et où donc qu'ils vont manger ? Je veux dire qui va leur faire leurs repas ? Ils ont un cuisinier avec eux ? S'ils en ont un, je ne le veux pas dans ma cuisine. Si Madame m'oblige à faire la soupe de ces assassins, je m'en vais.

— Ce ne sera pas moi qui vous obligerai, mais eux. Nous sommes vaincus, nous devons faire ce que veut le vainqueur. Il faut comprendre que nous avons déjà la chance de ne pas être chassés d'ici.

— Eh bien, je voudrais bien voir ça, qu'on nous prenne Grand-Cœur !

Avec patience, Judith-Rose entreprit d'expliquer que la France avait perdu la guerre et que nourrir cinq officiers prussiens valait mieux que de perdre, encore et par-dessus le marché, la cuisine de Grand-Cœur avec vingt-huit dentellières convalescentes à y nourrir chaque jour.

Le front têtu, le regard dur, Gratienne écouta, mais persista dans sa décision : elle ne servirait pas ceux qui avaient tué M. le vicomte. Mme la vicomtesse était bien oublieuse... Nourrir ceux qui avaient décapité ses deux neveux en Afrique. Ah ! elle se souvenait trop de l'affreux chagrin de sa sœur, et elle, elle n'oubliait rien. Faire rôtir des chapons aux ennemis, c'était faire retourner ces pauvres morts dans la tombe.

Judith-Rose eut beau réfuter, expliquer, elle n'obtint rien. Pour Gratienne, d'où qu'ils viennent, des ennemis étaient des ennemis, en bloc, et mieux valait mourir que de leur cuire une soupe.

— En quelque sorte, dit Noémie, ne trouves-tu pas, ma chère petite, que cette sauvegarde embarrasse plutôt ? Sans elle, le colonel et sa troupe prenaient notre place ici, nous partions tous sur les routes, c'était dur, mais ça se faisait sans discussion. Son Altesse, le vieux prince, a toujours eu le génie de nous compliquer la vie, et toujours aux heures des repas, précisément !

On pouvait se laisser aller à rire deux minutes, mais pas plus. Il fallait donner une réponse au colonel.

— Gratienne, une dernière fois, voulez-vous faire le dîner des cinq officiers prussiens ? Léonard le servira, vous ne les verrez pas.

— M. Léonard fera ce qu'il voudra. Mais je lui conseille de se méfier de la noble vieille dame au bonnet rouge. Elle ne va pas beaucoup aimer la présence d'assassins finferluchets[1] ici, ni de ceux qui les servent. Quant à moi, je laisse la place.

Elle vidait trois poulets, tout en parlant. Elle s'essuya les mains à son tablier, l'enleva, le posa sur la table près des volailles, mit son couteau sanglant dessus et dit qu'elle irait habiter à Pervenchères pendant le temps où les assassins resteraient là.

On décida de n'abandonner ni tout ni partie de la cuisine et de faire le dîner des occupants.

Judith-Rose demanda à ses dentellières si une ou deux parmi elles avaient quelques recettes faciles à exécuter...

Il s'en trouva trois, comprenant la situation et heureuses de rendre service. Elles avaient aidé Gratienne depuis un mois qu'elles étaient ici et se tireraient d'affaire.

1. Homme recherché dans sa mise.

— Ouf ! conclut Noémie. J'aurais plutôt donné ma chambre ! La cuisine de Grand-Cœur est l'endroit du monde que je préfère.

Elle apporta sa charpie. Qui savait s'il n'en faudrait pas, ici aussi, s'il y avait des batailles aux alentours ? Elle s'installa dans un fauteuil, près de la cheminée, et décida qu'elle n'en bougerait plus, ce qui lui éviterait de rencontrer le colonel, dont les yeux glacés ne lui plaisaient guère, pas plus que les airs pleins de morgue des quatre autres.

— Finferluchet ! Je trouve le mot de Gratienne merveilleux. Et, entre nous, ils sont bien finferluchets, ces cinq-là ! Je me demande pourquoi la reine Augusta a voulu que ses dragons soient en drap bleu ciel soutaché d'argent ? C'est... c'est finferluchet, il n'y a pas de doute. Si je revois le vieux prince, je le lui dirai.

Comme elle poursuivait sa conversation à voix basse, Judith-Rose, qui aidait ses dentellières à éplucher des légumes, après avoir envoyé Léonard annoncer aux officiers le dîner pour sept heures, lui demanda ce qu'elle marmonnait :

— Je réfléchissais, simplement, que je suis là, à faire de la charpie pour étancher le sang des blessures que ces messieurs, pour qui vous préparez des ortolans, feront plus tard, quand vous les aurez bien nourris, à de pauvres soldats français. Elle n'avait pas tellement tort, la Gratienne.

On se sentait meurtri et humilié depuis que le pays était occupé par les Prussiens. Mais chacun ressentait un apaisement à ne plus redouter leur venue. Les entendre rire et se réjouir de leur gloire en buvant la cave de Grand-Cœur était peut-être moins pénible que de les guetter dans l'angoisse.

— Je me demande..., dit Noémie.

— Oui ?

— Je me demande, s'il y a encore des loups ce soir, et, si la pauvre Bérangère en est incommodée, ce que penseront ces messieurs officiers des dragons Augusta de cette situation particulière.

— Ils en penseront ce qu'ils voudront. Et si cela pouvait leur faire quitter le manoir, nous en serions bien aises.

Il y eut des loups. Et Bérangère hurla. Mais leur parfaite éducation empêcha les officiers prussiens de paraître s'en apercevoir. Ils se contentaient d'ailleurs de dire bonjour et bonsoir, sans plus, et devaient être satisfaits de leurs repas, puisqu'ils renvoyaient les plats vides. L'épaisse tabagie de leurs appartements était la démonstration la plus évidente de leur présence au manoir.

Aux communs, c'était plus bruyant. Les vingt hommes et une trentaine de chevaux mettaient une animation qui attirait aux fenêtres les petites dentellières. Et, comme elles ne travaillaient que partiellement encore, elles s'amusaient à regarder ce remue-ménage de guerre avec l'inconscience de leur âge.

On commençait à prendre l'habitude des présences ennemies, lorsqu'un matin où Judith-Rose revenait de Petit-Cœur — elle y allait chaque jour essayer de distraire Bérangère et de calmer son agitation — le colonel comte prussien lui demanda un moment d'entretien.

— Mes hommes me disent, madame, qu'ils n'ont plus de paille pour les chevaux.

— Je le sais, colonel, il y a deux jours que les nôtres en manquent.

— Comment faites-vous pour les litières?

— Ils n'ont que des feuilles mortes.

— Oh! cela n'est pas admissible. Jamais mes pur-sang ne coucheront sur des feuilles.

Le regard glacé du colonel s'était animé. Il semblait enfin être ému par quelque chose.

— J'aime mes chevaux, je vais faire battre tout le pays, ils auront de la paille ce soir.

Le soir, en effet, on vit arriver quatre charrettes pleines.

Noémie, qui les regardait monter la côte de Grand-Cœur, soupira.

— Ils ont bien de la chance, les chevaux du colonel! Comment ont-ils déniché de la paille, ces Prussiens, alors que le Jacquet a écumé la région sans en trouver un brin? J'ai vu nos pauvres bêtes, elles ont froid, elles sont mal sur les feuilles.

— Nos soldats ont encore plus froid et sont

encore plus mal, murmura Judith-Rose, depuis trente-huit jours sans nouvelles de Manfred.

Comme le colonel sollicitait une nouvelle entrevue, elle se dirigea vers le salon des officiers, presque avec plaisir, heureuse d'une diversion à son angoisse.

— Madame, dit l'officier, j'ai trouvé de la paille.

— Je le sais, colonel.

— En voulez-vous ?

— Qui n'en voudrait ?

— Je vous propose un marché, madame la vicomtesse, je vous donne de la paille pour les litières de vos six chevaux, en échange...

Il marquait un temps d'arrêt, les lacs glacés de ses yeux un peu animés par une petite flamme d'ironie, puis il dit :

— En échange de deux concerts. Je sais que vous êtes une excellente pianiste et je ne peux vivre sans musique. Je vous aurais demandé seulement la libre disposition de votre piano si j'étais en état de m'en servir, mais j'ai été blessé au bras droit, il y a un mois, et je suis encore invalide.

Elle voulait cette paille. Elle la voulait absolument. Le regard, si triste, de sa jument Aphrodite lui avait, ce matin, donné envie de pleurer. Elle avait proposé une petite fortune, dans tout le pays et à dix lieues à la ronde, pour obtenir quelques bottelées. Sans les Prussiens, et avec un peu d'économie, on pensait tenir l'hiver, mais ce qu'ils avaient consommé en quelques jours avait ruiné cette espérance.

— Que voulez-vous dire par deux concerts, colonel?

Il y avait toujours un peu d'ironie dans le regard de l'officier.

— Oh! simplement de la musique. Rien d'autre que de la musique, pendant... disons une heure chacun des deux soirs. Et vous jouerez, madame, ce que vous voudrez.

Elle accepta. Quand le colonel voulait-il ses concerts?

Il proposa le lendemain. Mais eut l'élégance de donner la paille avant. Ses hommes la porteraient aux écuries.

Le colonel comte et ses officiers eurent leurs deux concerts. Noémie en avait fait la préparation avec un souci du respect des convenances et de la bienséance plus que parfait.

Elle avait écrit un mot à faire porter par Léonard:

« La vicomtesse Odilon de Beaumesnil accepte, en échange de vingt-quatre bottes de paille, d'exécuter au piano pour le colonel comte de Sollenstein, pendant deux soirs consécutifs, de huit à neuf heures, des œuvres de Bach, Mozart, Schubert, Beethoven, Liszt.

» La vicomtesse jouera dans son salon de musique, M. le colonel comte écoutera de son salon personnel, en entrouvrant les portes de communication des deux pièces.

» Si, par courtoisie, M. le colonel comte ressentait l'envie d'applaudir le jeu de Mme la vicomtesse, on apprécierait qu'il eût la bonté de s'en dispenser, par respect pour les habitants de cette demeure qui pourraient prendre pour d'inopportuns divertissements un simple échange de produits. »

Elle signa, de tout son nom, en belles lettres, bien lisibles.

Elle se garda de faire lire le billet à Judith-Rose. Elle se contenta de lui dire qu'elle avait conseillé au colonel d'écouter la musique de chez lui, en ouvrant sa porte.

Lorsqu'elle demanda à Léonard comment le Prussien avait réagi, le majordome assura qu'il avait vu, pour la première fois, M. l'officier rire à gorge déployée.

Elle ignora qu'il avait donné l'ordre à son lieutenant de serrer ce billet avec les souvenirs divers qu'il rapportait chez lui. Elle eût été ravie de le savoir.

Elle avait, par ailleurs, réuni les dentellières et leur avait démontré que Mme la vicomtesse se dévouait pour ses chevaux. Sa conviction était que l'on ne s'expliquait jamais assez avec les subalternes. On croyait qu'ils comprenaient comme vous, qu'ils attachaient aux actions ou aux mots la même signification et il n'en était rien. *Il fallait expliquer,* elle n'en démordait pas, et Charles-Albert pensait comme elle.

Les beaux dragons Augusta partirent le lendemain du second concert. Gratienne, qui devait guetter, au village, revint aussitôt.

On aéra le manoir. L'odeur des cigares persista longtemps.

La première veillée sans les Prussiens aurait été délicieuse s'il n'avait fait si froid et si les loups n'avaient tant hurlé. Ils étaient affamés et ne s'étaient jamais approchés si près de la maison. A plusieurs reprises, on vit luire leurs yeux dans la nuit.

Gratienne faisait des rôties, du flip et du lait bouillant parfumé d'une goutte d'eau-de-vie.

Elle se dépensait pour faire oublier et sa conduite et les loups.

Les petites filles, surexcitées par cette vie mouvementée, mangeaient, buvaient et riaient. Elles riaient aussi d'entendre Noémie dire :

— Finferluchet! Finferluchet! Il faut que j'écrive à mes amis de Genève que les dragons Augusta étaient du dernier finferluchet...

La porte de la cuisine s'ouvrit soudain brusquement. Martoune entra. Échevelée, affolée, elle sanglotait :

— Madame Bérangère s'est enfuie... dans ce froid avec des loups, des Prussiens partout !

— Comment est-elle partie ?

— La jument n'est plus à l'écurie.

On réconforta la Martoune. Elle but un peu de flip.

— Madame Bérangère revient toujours, dit Gratienne.

Mais la gardienne était inquiète. Lorsque le pays était sûr, avant la guerre, elle laissait volontiers sa maîtresse sortir, cueillir des fleurs ou se promener. Mais plus maintenant. Un gars de Pervenchères lui avait dit que le pays était traversé continuellement par des uhlans.

On prêta l'oreille. On entendait, encore lointain, le galop d'un cheval.

— C'est elle ! Sûr, c'est elle !

— Ah ! j'y vas, dit la Martoune, soulagée.

Elle allait partir lorsqu'on frappa à la porte.

C'était Sylvère Neirel.

Sylvère arrivait d'Alençon. Charlotte allait bien. Avec Julius Bertram elle s'occupait des blessés qui ne cessaient d'arriver. Elle en avait déjà recueilli vingt-cinq. Pervenche-Louise avait donné dix dentellières pour l'aider.

Les troupes du grand-duc de Mecklembourg avaient tenu la ville quatre jours. Occupation sévère, mais on ne déplorait qu'un mort. Les vainqueurs s'étaient contentés de vider Alençon de ce qu'elle contenait de nourritures pour eux et leurs chevaux, de s'emparer de l'argent et de tout ce qu'il leur avait plu d'emporter. Une lettre de Pervenche-Louise donnait quelques détails : elle se félicitait que les dentelles les plus précieuses aient été cachées, les autres, achetées avec des « bons » sur la mairie, ne seraient, bien sûr, jamais payées, mais ce n'était qu'un moindre mal. Elle avait dû donner ce qu'elle possédait d'or pour aider à l'énorme contribution imposée à la ville. Là encore, ce n'était pas tragique. Il n'y avait plus grand-chose à manger, mais on se débrouillerait. Elle disait, en revanche, que sa sauvegarde ne lui avait pas servi à grand-chose. Elle avait dû loger cinquante hommes et douze officiers. Les officiers avaient été corrects, mais les hommes!... Enfin, on nettoyait. Il n'y avait pas que l'hôtel Beaumesnil qui était sale. Toute la ville n'était qu'amas d'immondices élevés par les Prussiens et laissés là, en souvenir! Deux autres sauvegardes étaient parvenues de Hollande. Elles avaient mis trois mois à arriver. Elles paraissaient venir de la branche hollandaise Morel d'Arthus, de ces dames d'honneur de la reine Sophie. Elle les confiait à Sylvère Neirel qui voulait bien les apporter avec ces nouvelles d'Alençon.

— Encore des sauvegardes! s'écria Noémie. On pourra dire que la famille n'aura pas failli. Tous auront, de près ou de loin, veillé sur nous! La reine Sophie demandant à la reine Augusta de protéger ces Suissesses impénitentes voyageuses! Qu'est-ce que tu en dis, Judith-Rose?

Judith-Rose n'écoutait pas. Elle regardait Sylvère. Elle n'avait qu'une envie, lui demander ce qu'il savait de Manfred. Elle sentait qu'il avait de ses nouvelles et qu'il était venu, avec sa bonté habituelle, les lui apporter. Ce n'était pas tant pour lui remettre les sauvegardes, et dire qu'Alençon était toujours debout, qu'il était là.

Mais les dentellières ne montaient pas se coucher. Et Bérangère ? Il fallait d'abord penser à Bérangère.

La Martoune, l'oreille collée à la porte, écoutait dans la nuit balayée par les rafales de neige.

Sylvère avait dû, à un moment, en forêt de Perseigne se cacher pour laisser passer quatre uhlans, mais depuis, rien. Cela ne voulait pas dire qu'il n'y en eût point. On savait qu'il en rôdait partout.

— Protégez-la, Sainte Vierge, protégez-la, marmonnait la Martoune, désespérée.

Elle répétait sans cesse : « Elle a volé la clef pendant que je dormais. » Ou : « Tout est de ma faute, M. le comte ne me le pardonnera jamais. »

Sylvère, après avoir bu le flip que Gratienne le forçait à avaler, proposait de partir la chercher.

— Mais vous êtes blessé, dit Judith-Rose, en le voyant boiter.

— C'est presque terminé. Un éclat d'obus au Mans. Je vous raconterai.

Et, comme il voyait son regard quémandeur, il ajouta en baissant un peu la voix :

— J'ai fait la bataille du Mans... et j'y ai rencontré le comte de Beaumesnil. J'ai été blessé à la jambe, lui au bras. Ce n'est pas très grave, ni pour l'un ni pour l'autre. Il va bien maintenant.

Elle put articuler, mais en baissant les paupières, pour lui cacher son regard affolé :

— Où est-il ?

— Il pensait, dès qu'il le pourrait, venir ici. Peut-être le verrez-vous arriver bientôt. Lorsque Chanzy a regroupé ce qu'il restait de son armée, après la terrible bataille du Mans, nous étions trop blessés lui et moi pour le suivre. Et maintenant...

Il eut un geste fataliste.

— Maintenant, c'est fini ?

— Je le crois.

Les loups, que l'arrivée de Sylvère avait éloignés un moment, recommençaient à hurler. La Martoune gémissait.

— Je vais aller voir si je peux rejoindre Mme de Beaumesnil, dit Sylvère. Il n'y a plus aucune arme ici, bien sûr ?

— Nous avons tout remis aux Prussiens qui ont occupé Grand-Cœur quelques jours, dit Judith-Rose.

— Nous avons, *en principe,* remis toutes nos armes, intervint Léonard, mais en tant que ressortissant suisse, monsieur Sylvère, je me suis cru autorisé à garder un bon poignard, que j'ai dissimulé parmi les couteaux de cuisine. Et puis...

On attendait. Il ne se pressait pas. Et on avait toujours su qu'il ne fallait pas le bousculer.

— Et puis, toujours en vertu de ma nationalité, j'ai, après mûre réflexion, gardé aussi un pistolet et une boîte de balles. J'avais longuement pensé aux conséquences d'un tel acte et conclu qu'il n'engagerait que moi. Si les Prussiens avaient découvert ces deux armes, j'aurais, j'en suis sûr, été le seul fautif, le seul fusillé. Madame, d'ailleurs, avait ses sauvegardes.

— Et combien de sauvegardes ! dit Noémie. Léonard, vous avez bien fait.

— Avez-vous un bon cheval ? En voulez-vous un autre ? demanda Judith-Rose.

Le Jacquet courut aux écuries seller Lucius qui était le plus solide des demi-sang, le plus calme aussi, et qui connaissait sa région.

— Il vous ramènera ici, si vous vous égarez. Mais soyez prudent, ne vous éloignez pas trop. D'ailleurs, Bérangère ne va jamais très loin.

Depuis qu'elle était rassurée sur le sort de Manfred, Judith-Rose redevenait pleine d'énergie et d'optimisme. Elle tendit une gourde d'eau-de-vie à Sylvère, posa sa main sur la sienne et lui dit : « Prenez bien soin de vous et revenez-nous vite. »

Elle lui apparaissait, dans cette grande cuisine chaleureuse, avec sa robe de laine à col blanc et la longue natte de ses cheveux coulant dans son dos, comme la Judith-Rose d'autrefois. Il savait d'où venait la flamme verte qui illuminait ses yeux. C'était de savoir Manfred sauf et proche. Il fut heureux de se dire que c'était lui qui l'y avait mise. Et il partit.

— Ce qui permet de vivre, fit Noémie pensive, et reprenant sa charpie, ce sont des constantes comme celle-là, comme le dévouement, inaltérable, de cet homme.

— Oui, dit Judith-Rose, l'esprit ailleurs.

— Je me demande bien pourquoi le cher garçon a pris la peine de nous apporter ces sauvegardes hollando-prussiennes ? Ah ! je les vois, nos deux petites vieilles cousines qui trottinent toujours de conserve derrière la traîne de leur souveraine, ne se quittent jamais et tremblent au moindre souffle, hésitant peut-être trois jours et trois nuits avant d'oser demander à leur chère reine Sophie d'intervenir pour une petite nièce « certainement irresponsable, Majesté, certainement », et deux cousines voyageuses impénitentes : « Oh ! très originales, Majesté, certainement très originales et même un peu excentriques... Ces Suisses, Votre Majesté le sait, sont des gens serviables, mais parfois incompréhensibles ! » Donc, conclut Noémie, abandonnant les deux dames d'honneur hollandaises, donc, on a des nouvelles de Manfred.

— Il a été blessé.

— C'est bien ! ceux qui ne l'auront pas été dans cette guerre pourraient en être gênés, plus tard. Tant et tant auront été des héros. Charles-Albert disait toujours : « A ceux qui ne seront pas allés au feu en Afrique, il manquera une expérience et une gloire. » Tu ne dis rien ? Tu t'inquiètes ? Tu as tort, les hommes comme Manfred ne meurent pas jeunes. Ils ont longtemps à souffrir sur la terre.

— Pourquoi dites-vous cela ?

— Je ne sais trop. Mais chaque fois que je vois le comte, j'ai d'abord une impression pénible. Comme lorsque je regarde la couronne d'épines sur le front du Seigneur, dans les églises papistes. Après, ça passe, et j'admire le masque fier et un peu dur de ce beau spécimen de gentil-homme, mais... mais je le plains.

— Ne le plaignez pas de n'aimer que ses machines, la guerre et l'honneur de sa race..., dit Judith-Rose.

— Tu préférerais que je le plaigne de n'aimer *qu'après tout cela* celle qui l'aime ? C'est éton-nant comme tu as toujours cru que nous, les femmes, avons la première place dans le cœur des hommes ! Charles-Albert...

On entendit le galop d'un cheval.

Noémie cessa de découper sa charpie.

Judith-Rose se précipita vers la porte de la cui-sine.

Sylvère revenait seul.

Rien. Il n'avait rien vu. Hormis quatre uhlans qui se dirigeaient vers Mortagne à grande allure.

La Martoune se reprit à sangloter.

Les dentellières, massées d'un côté de la che-minée, les petites endormies à leurs pieds, ces-sèrent de travailler. Elles priaient.

On attendait. Que faire d'autre ?

Bientôt ce serait la fin de la nuit. Tous étaient couchés, sauf Judith-Rose, Noémie et Sylvère.

Judith-Rose avait fait du café et coupait des tranches d'un énorme pain pour Sylvère. Puis elle vint s'asseoir, à côté de lui, sur le même banc, pendant qu'il déjeunait.

Il savait qu'elle attendait qu'il parle enfin. Alors il raconta.

— Nous avons vécu, tous les deux, la même bataille du Mans, sept jours d'agonie.

» Le général Chanzy a lancé la seule armée française de l'Ouest contre celles du prince Frédéric-Charles, le Prince Rouge, et du grand-duc de Mecklembourg. Tout était blanc de neige et tout est devenu pourpre. Une gigantesque tuerie d'hommes et de chevaux.

» C'est à la gare du Mans que nous nous sommes rencontrés, dans une effroyable cohue, un désordre d'apocalypse. Les fuyards prenaient les derniers wagons d'assaut et jetaient les blessés sur les voies pour prendre leur place. Alors, Manfred avec un seul bras, moi avec une seule jambe, nous avons essayé d'empêcher ces actes horribles.

» A un moment — c'était là que nos destinées devaient se croiser —, en relevant le même blessé nous nous sommes reconnus.

» Nous avons continué notre travail, en parlant de vous.

— Que disait-il?

— Que je vous donne de ses nouvelles si je

vous voyais avant lui. Qu'il tenterait de venir ici au plus vite, mais avait promis au général Chanzy, qui l'envoyait essayer de rattraper les fuyards, de le rejoindre avec ce qu'il aurait pu récupérer des restes de l'armée en déroute. Il me dit, plus tard, qu'il renonçait à essayer de haranguer ces hommes. Comme un arc trop tendu, la corde humaine, de détresse en détresse, avait craqué. Chanzy le courageux, Chanzy le tenace devrait céder lui aussi.

— Où devaient-ils se retrouver ?

— Ni l'un ni l'autre ne le savait.

— Alors vous ignorez où Manfred peut être ?

Elle ajouta, avec un petit rire amer :

— Il était déjà difficile à joindre quand ce n'était ni la guerre ni la défaite !

Le jour se levait. Blafard. Un chien aboya, puis les trois autres dont les niches, depuis la guerre, encadraient la porte d'entrée de la cuisine. Quelqu'un arrivait.

Sylvère alla ouvrir.

Manfred entra.

Son visage était blanc comme la neige des arbres qui se découpaient à peine, derrière lui, dans le brouillard.

Il portait Bérangère serrée contre lui.

Était-ce la blessure de son bras, sûrement rouverte, qui rougissait le corsage de la jeune femme ?

— Les Prussiens l'ont fusillée. Il y a trois

heures à peine. Elle avait tué un uhlan, croyant tuer un loup... C'est ce que m'ont dit les paysans qui ont assisté à l'exécution. Elle est morte en criant : « Au loup ! »

Il avait parlé plus pour lui que pour ceux qui l'entouraient et qu'il ne paraissait pas même avoir vus.

Soudain, ce fut comme une scène irréelle, hallucinante. Ne tenant Bérangère que d'un bras, il balaya d'un geste furieux tout ce qui était sur la grande table et, sur le bois nu, il déposa la morte.

La vaisselle, en se brisant, avait résonné dans ce silence, comme un coup de canon.

Sur les cheveux noirs de Bérangère, la neige commençait à fondre. Son visage était humide. Manfred, doucement, l'essuyait de sa main.

— Laissez-nous. Allez-vous-en, dit-il.

Et, comme personne ne bougeait, il cria :

— Allez-vous-en ! Je veux être seul avec elle.

Ils le laissèrent, penché sur elle, lui caressant toujours la joue.

*

— Il oubliera. Il vous reviendra.

— Non. Il n'oubliera pas. Il n'a jamais voulu oublier. Et il ne me reviendra pas.

Judith-Rose était aussi pâle que la morte.

Sylvère prit ses deux mains dans les siennes et ne parla plus.

Elle ne pleurait pas encore. Il attendait. Puis

657

elle inclina la tête sur son épaule et, enfin, sanglota.

Il attendrait aussi qu'elle se reprenne.

N'avait-il pas toujours attendu avec elle ?

10.

D'Alençon et de Grand-Cœur, il avait été difficile de se faire une idée vraie et juste du siège de Paris et de la Commune.

Judith-Rose ne revint passer quelques jours rue du Faubourg-Saint-Honoré que dix-huit mois après ces événements.

En ce bel après-midi de septembre, il paraissait presque impossible de croire à des réalités comme la fin de l'Empire et l'incendie des Tuileries.

Judith-Rose avait fait arrêter sa voiture à l'angle de la rue de Rivoli et du pavillon de Marsan. Elle regardait ce qui restait du palais de Leurs Majestés.

Il en est d'un monument comme d'un être. Ils accueillent la vieillesse, l'infirmité et la mort, selon ce qu'ils ont été. A l'exemple des ruines du Colisée à Rome, celles des Tuileries étaient grandioses et imposantes. Le palais supportait sa mutilation, sa déchéance et les grands jets de suie qui le balafraient, avec un dédain magnifique.

Cette carcasse de plus de trois cents mètres de long, sans toit, fenêtres et portes béantes, disait, avec un mépris souverain, qu'elle avait été demeure de rois et d'empereurs pendant trois siècles et qu'elle acceptait la fin de leur règne dans l'indifférence à la bêtise humaine et au vandalisme.

Le soleil incendiait, à son tour, ce squelette superbe. Mais pour le glorifier, spectacle à la fois solennel et pitoyable.

Judith-Rose frissonna. Elle était fragile encore. De sa rupture avec Manfred, elle émergeait à peine. Blessée, désenchantée, mais non amère. Et, surtout, sans ressentiment. C'était là ce qui l'avait aidée à guérir. Si le poison de la rancune n'a pas d'effet sur lui, un cœur blessé cicatrise plus vite. La devise des Beaumesnil-Ferrières : « Le cœur peut tout », voulait-elle dire aussi « peut guérir » ?

Elle en voulait si peu à Manfred qu'elle s'accusait de ce qui était arrivé. Si elle n'était pas allée au-devant de lui, si elle n'avait pas forcé sa porte pour entrer dans sa vie, sans doute, dès l'amélioration de l'état mental de Bérangère, serait-il revenu auprès de sa femme. Le drame, alors, aurait été évité. Lui en voulait-il ? Parfois, elle le croyait. C'était ce qui faisait le plus mal.

Maintenant, Manfred ne quittait guère Saint-Pierre-lès-Calais. Il y vivait avec ses machines !...

Il avait donné Petit-Cœur à Louis-Ogier. Pour bien signifier qu'il n'y reviendrait jamais.

En repiquant la longue épingle qui retenait son chapeau, Judith-Rose détacha la plume d'autruche blanche, dite pleureuse, qui le garnissait. Comme elle donnait l'ordre de repartir à son cocher, elle ajouta :

— 23, rue de la Paix.

Elle avait le temps d'aller chez Caroline Reboux avant l'heure de la conférence que donnerait Sylvère, dans les salons de l'hôtel Meurice, rue de Rivoli.

Son petit panache à la main, et ce qui restait de son chapeau — une assiette de velours noir — basculé sur le front, Judith-Rose pénétra chez la plus grande modiste de Paris qui « chapeautait » le monde entier.

Comme le couturier Worth, Caroline Reboux devait sa renommée à la princesse de Metternich et à l'impératrice. En témoignaient encore les écussons aux armes impériales des fournisseurs de la Cour, sur la façade de l'immeuble. Ils avaient été perforés à coups de sabre, ainsi que tous les emblèmes dynastiques et les couronnes dont s'enorgueillissaient les magasins les plus célèbres de la rue de la Paix. Mais ils étaient toujours là, tôle percée, peinture écaillée ; et, connaissant sa modiste, Judith-Rose se dit qu'ils y resteraient.

Dans ses salons, à la fois jardin, magasin de fleuriste et atelier de fées, on était accueilli avec une affabilité délicate et charmante, tout à l'image de la maîtresse des lieux. « Pour faire de si délicieux chapeaux, il faut un cœur pur et joyeux », disait Noémie.

Caroline Reboux n'était certainement pas indifférente aux peines de ce monde, ni elle-même épargnée par le destin, mais elle était toujours aussi gaie que ses créations.

Lorsque Judith-Rose la vit, cet après-midi-là, elle tenait à la main une minuscule toque de violettes de Parme.

— C'est joli, n'est-ce pas ? dit-elle. Mais seule une étrangère la portera. Quelle Parisienne aurait encore — ou déjà — envie d'arborer des violettes ?

— Celles-ci sont blanches, celles de l'impératrice étaient mauves.

— Les blanches étaient les préférées du duc de Reichstadt. Même famille...

— Puis-je l'essayer ?

C'était ce que l'on appelait, cette année-là, un « chapeau bergère ». Un léger plateau de fleurs qui se portait en avant sur le front et laissait à découvert le chignon.

— Je crois que je vais vous donner mon chapeau à réparer et repartir avec celui-là, dit Judith-Rose. Il va bien avec ma robe couleur de châtaigne.

— Vous êtes courageuse ! Mais il n'est pas fini tout à fait. J'hésitais, lorsque vous êtes arrivée, à le terminer par un ruban de velours noir, en « suivez-moi jeune homme », ou par une chute de roses qui retomberait sur l'épaule. Que préférez-vous ?

On se décida pour les fleurs. Une guirlande de roses pâles contournait le chignon blond et venait se lover le long du cou, après avoir caressé le visage. C'était ravissant, et seyant, cette touffe de violettes blanches ombrant un regard vert. Judith-Rose soupira et se dit : « Et pour qui ? » Le seul, dont elle aurait voulu l'approbation admirative, ne lui dirait plus jamais : « Comme vous êtes belle. »

Elle quitta les salons de Caroline Reboux le cœur lourd et cligna les yeux en retrouvant la lumière de la rue. Peut-être n'était-ce pas le trop grand éclat du soleil qui les embuait.

Dans le salon de l'hôtel Meurice, parmi les draperies de velours rouge et les plantes vertes, trente rangées de chaises dorées étaient occupées. Noémie avait gardé une place pour Judith-Rose. Elle s'y asseyait, lorsqu'elle entendit, dans son dos :

— Mais c'est notre petite princesse de Babylone !... et avec son jardin suspendu sur la tête, aujourd'hui !

Il y a des êtres que la destinée met sur votre route aux étapes marquantes de votre vie. Ponctuellement, elle envoyait Prosper Mérimée sur le chemin de Judith-Rose. Il était là pour l'accueillir à son retour à Paris.

Elle se retourna vers lui, étonnée et émue. Que

venait faire l'ex-sénateur de l'Empire, l'ex-« fou de l'impératrice » à cette conférence sur la dentelle ?

— Mais comme vous, ma belle amie, écouter ce seigneur dentellier. J'étais assis à la table voisine de la sienne, ce matin, au déjeuner. Je l'ai entendu, et écouté. Il parlait bien de son métier. Lorsque j'ai su qu'il allait en parler à nouveau cet après-midi, j'ai décidé de rester et de l'écouter encore.

Et ils l'écoutèrent.

Sylvère était debout, devant la grande cheminée sans feu, à laquelle il s'adossait, par moments. Il avait annoncé une causerie plus qu'une conférence.

A Bayeux, assis sous leur arbre, MM. Lefébure et lui avaient décidé qu'il fallait, les épreuves terminées et la France revenue au calme de la paix, rattraper le temps perdu pendant la guerre et l'occupation et récupérer la clientèle éloignée, un temps, de la dentelle française. Il fallait agir vite si l'on ne voulait pas que la Belgique et l'Angleterre s'approprient le marché. La publicité faite à Paris devait se doubler d'une autre, axée sur la ville de Bayeux. On allait boire le lait normand sur place, il fallait venir y chercher aussi la dentelle. Avec les chemins de fer, les distances n'existaient plus.

Au premier rang de chaises dorées trônait Adélaïde, duchesse de Roncelles-Libart, qui laissait entendre qu'elle était l'égérie de ce bel homme, mince, racé, sobrement élégant dans son habit sombre à gilet de soie claire. Non loin d'elle étaient Mrs. Boulton et sa fille, récemment mariée à un prince romain, sans doute dans le cadre des compensations italiennes revendiquées par la famille Boulton.

Le reste de l'assistance était composé de cette colonie anglo-américaine fidèle à l'hôtel Meurice parce que le personnel y parlait anglais et que l'on s'y retrouvait, disaient les habitués, « entre soi ». Aussi Sylvère faisait-il son exposé sur la dentelle et sur Bayeux en anglais.

— Sans doute seriez-vous étonnées, mesdames, en parcourant les rues de Bayeux, de voir le nombre d'enseignes anglaises. On en comprendra l'origine si l'on sait que Bayeux est un pèlerinage national pour nos amis de Grande-Bretagne. Ils y viennent à plus de six mille par an. C'est là, chez nous, dans la capitale du Bessin, que se trouve leur épopée nationale, ce monument historique et sacré : la tapisserie, ou plutôt la broderie, de la reine Mathilde, épouse de Guillaume le Conquérant. Récit d'une conquête quasi fabuleuse, écrit à l'aiguille et à la laine, mais aussi merveilleuse preuve d'amour donnée par une femme à l'homme qu'elle admire.

» Ce chef-d'œuvre retrace l'histoire de l'expédition qui offrit le trône d'Angleterre aux Normands. Mais, au-delà de son intérêt historique et artistique, il est, pour nous, gens de Bayeux, une leçon de persévérance. Soixante-douze mètres de broderies ! Comment ne pas être, après un tel exemple, incité à accomplir l'autre œuvre de longue haleine qu'est la dentelle ?

Judith-Rose n'écoutait plus. Elle regardait Sylvère, avec la même intensité que lorsqu'ils s'étaient vus pour la première fois, rue des Granges, à Genève. Elle pensait alors que le sort de ses frères et le sien allait désormais dépendre de ce monsieur arrivé de France. La veille au soir, Mortimer junior et Simon avaient soupiré devant elle : « Pourvu qu'il soit sympathique et pas trop rabat-joie ! » Elle avait ajouté : « Pourvu qu'il nous aime ! »

Les grands frères avaient ri : « On ne lui en demande pas tant ! Qu'il nous laisse vivre à notre guise, c'est suffisant, pourquoi voudrais-tu aussi qu'il nous aime ? » Elle s'entendait encore répondre : « Parce que, s'il nous aime, nous l'aimerons aussi et nous serons heureux. »

A ceux qui entouraient Judith-Rose dans cette salle de l'hôtel Meurice et la voyaient le regard fixé sur l'orateur, elle apparaissait certainement comme l'auditrice la plus attentive.

Sauf à Noémie, qui pensa : « Le découvre-t-elle enfin, tel qu'il est ? Se rend-elle compte de tout ce qu'il a fait pour elle depuis un an ? Pour elle et pour Louis-Ogier, et combien il a le dévouement discret ? »

Judith-Rose ne revint vraiment dans cette salle

qu'à la fin de la causerie de Sylvère, alors qu'il disait, paraphrasant Ruskin [1] :

— ... Tout beau travail ne peut être réalisé qu'à la main. Façonner les créations de son intelligence avec un autre instrument que sa propre main serait comme de donner des orgues de Barbarie aux anges du ciel pour faciliter leur tâche mélodieuse. Il est assez de rêverie, de bassesse, dans la nature humaine pour n'en pas transformer les quelques moments de splendeur en mécanisme !

Les applaudissements crépitèrent.

Judith-Rose tira sur la longue aiguille qui retenait son chapeau. Puis elle cueillit le coussin de fleurs sur ses cheveux et, d'un geste à la fois impulsif et calculé, le lança vers Sylvère.

Le chapeau bergère blanc et rose passa au-dessus des aigrettes noires d'Adélaïde, duchesse de Roncelles-Libart, après avoir frôlé les oiseaux de paradis couleur de feu de Mrs. Boulton et le nid de mésanges bleu et jaune de la princesse romaine, sa fille.

Il atteignit Sylvère qui le recueillit avec adresse en souriant et, le plus simplement du monde, le posa sur la cheminée, derrière lui, comme il l'eût fait de sa paire de gants. Il savait d'où il venait. Il avait guetté l'arrivée de Judith-Rose et enregistré le moindre détail de la toilette de la jeune femme.

1. Critique d'art, sociologue et écrivain anglais (1819-1900).

Tous les chapeaux de cette assemblée de dames, et les têtes qui les portaient, dans un ensemble parfait, se tournèrent vers celle qui venait d'avoir ce geste d'une inconvenance rare.

Judith-Rose vit-elle ces regards étonnés, scandalisés même?

Elle souriait, impassible. Elle entendait dans son dos la petite toux sèche de Prosper Mérimée qui camouflait le rire qu'elle connaissait bien.

Noémie, le buste droit, souriait aussi, mais sûrement à un commentaire savoureux de Charles-Albert sur la situation présente.

S'il était ému, il n'y paraissait guère, et c'est avec sa sérénité habituelle et son air à la fois un peu distant et fort courtois que Sylvère accueillit les compliments des auditrices, pour la plupart étrangères.

— Il faut absolument que vous veniez faire votre causerie chez moi, à mon musée new-yorkais, insista Mrs. Boulton.

Il promit.

Noémie donnait maintenant à Prosper Mérimée les renseignements qu'il lui demandait sur le conférencier, en l'entraînant vers les salons voisins.

Toutes les auditrices, sauf Adélaïde, qui retenait Sylvère, toujours debout devant sa cheminée, et Judith-Rose, toujours assise à sa place, tête nue, étaient parties.

Les regards des deux jeunes femmes se croisèrent. Celui de la duchesse était irrité. Celui de la vicomtesse, serein, mais farouchement résolu. La duchesse de Roncelles-Libart capitula enfin et quitta la salle, furieuse.

Sylvère se détourna une seconde pour cueillir, sur la cheminée, son bouquet de violettes de Parme blanches et de roses, qui sentait délicieusement bon. Caroline Reboux faisait légèrement parfumer ses fleurs artificielles. En respirant le petit chapeau, il s'avança vers Judith-Rose.

— Je pense qu'il faut que vous le remettiez pour sortir d'ici. Mais je considère qu'il est à moi. Je vous le prête et je vous le réclamerai demain.

Elle s'approcha d'un grand miroir. Il la suivit. Elle se coiffait et il la regardait. Elle dit :

— Vous vous souvenez de votre arrivée chez nous autrefois, à Genève ? Je vous avais avoué que, lorsque j'aimais, je donnais tout... Je n'avais aujourd'hui, ici, que les fleurs de mon chapeau à vous offrir.

Il ne répondit pas immédiatement. Le bonheur l'étreignait jusqu'à la souffrance :

— Vous rappelez-vous, à votre tour, ce que je vous ai répondu, alors que vous me demandiez si, moi aussi, je donnais tout, lorsque j'aimais.

— Oui, et je ne comprendrai jamais pourquoi j'ai mis si longtemps à m'en souvenir...

" Le poids du silence "

Quatre saisons parmi les fleurs
Janine Montupet

Dans l'accident qui a tué sa mère, Anicia a perdu la
vue. Son oncle Martial la recueille au "Domaine des
Demoiselles", où il vit avec ses deux filles. Anicia réap-
prend peu à peu la douceur de vivre, mais se sent troublée par la loi du silence qui règne sur la maison : partie quinze ans auparavant, Estelle, la femme de Martial,
est réputée morte ; mais son mari refuse d'évoquer ce
départ devant ses filles...

(Pocket n° 11374)

Il y a toujours un Pocket à découvrir

" La fée du petit point "

La dentellière d'Alençon
Janine Montupet

Sous Louis XIV, les femmes d'Alençon entraient en apprentissage dès l'âge de cinq ans, pour au fil des années devenir des dentellières accomplies. Parmi elles, la petite Gilonne se révèle dotée de tous les dons, tant dans son art que dans son être. Sans doute le destin s'efforce-t-il par là de compenser les malheurs qui se sont longtemps abattus sur la jolie Gilonne. De prévenir aussi, peut-être, les revers que la vie lui réserve encore.

(Pocket n° 10317)

Il y a toujours un Pocket à découvrir

Achevé d'imprimer sur les presses de

BUSSIÈRE

GROUPE CPI

à Saint-Amand-Montrond (Cher)
en Mars 2003

POCKET – 12, avenue d'Italie – 75627 Paris Cedex 13
Tél. : 01-44-16-05-00

— N° d'imp. 31493. —
Dépôt légal : Avril 2003

Imprimé en France